ACERCA DEL AUTOR

Jorge Amado nació el 10 de agosto de 1912 en Itabuna, Estado de Bahía, Brasil. Su padre explotaba tierras dedicadas al cultivo de cacao. Arruinada la familia se retiran a Ilhéus de donde es enviado a Bahía a estudiar con los jesuitas. Participa en luchas políticas. Su primera novela fue *El país del carnaval*. Dentro de una línea muy definida de denuncia aparecen las siguientes novelas *Cacao* (1933) y *Sudor* (1934). Militante del partido comunista, se exilia en Argentina. Retorna a Brasil durante la Segunda Guerra Mundial. Escribe *Mies roja* (1946) y se traslada a vivir a Europa. En Checoslovaquia escribe *Los subterráneos de la libertad*. Vuelve a Brasil y publica en 1958 su clásico *Gabriela clavo y canela*. A partir de entonces aparecen *Los pastores de la noche* (1964); *Doña Flor y sus dos maridos* y *Tienda de los milagros* (1966); *Teresa Batista* y *Cansada de Guerra* (1972); *Uniforme, frac y camisón de dormir* (1980).

Tocaia Grande

Tocaia Grande

Jorge Amado

DIANA *bcdefghijk* **LITERARIA**

Primera edición de EDITORIAL DIANA, S. A.
Marzo de 1988

ISBN 968-13-1842-0

Para Zélia, de casa en casa.

Para Alice y Georges Raillard,
Anny-Claude Basset y Antoinette Hallery,
en la ciudad de París.
Para Lygia y Fernando Sabino.
Para Itassucê y Raymundo Sá Barreto, en
memoria de Basílio de Oliveira.

"Algunas notas de diccionarios y enciclopedias, ciertos apuntes bibliográficos, me hacen nacido en Pirangi. En verdad sucedió lo contrario: yo vi nacer y crecer a Pirangi. Cuando pasé por allí por primera vez, encaramado en el caballete de la silla de la cabalgadura de mi padre, existían apenas tres casas aisladas. La estación del ferrocarril quedaba lejos, en Sequeiro de Espinho".

(A., "O Menino Grapiúna")

"el cacao —fruto mayor de tus sufrimientos;
el cacao —vida vana y muerte recta"

(Hélio Pólvora, "Sonetos para o meu pai morto")

"Uno puede con la creciente y con la peste; con la ley no se puede: sucumbió".

(Lupiscínio, sobreviviente)

Las conmemoraciones de los setenta años de la fundación de Irisópolis y de los cincuenta de su elevación a ciudad, cabeza de comarca y sede de municipio, alcanzaron cierta repercusión en la prensa del sur del país. Si para ello el dinámico Alcalde gastó una suma elevada, no es digno de crítica: todo cuanto se haga por divulgar las excelencias de Irisópolis, el pasado de epopeya, el presente de esplendor, merece aplausos y elogios. Además de las notas pagadas, los diarios de Río y de San Pablo divulgaron algunas noticias sobre los principales acontecimientos que dieron brillo a los festejos, y destacaron las ceremonias, ambas solemnes, de la inauguración de los bustos del coronel Prudencio de Aguiar y del doctor Ignacio Pereira, erguidos uno en cada plaza, la de la Alcaldía y la de la iglesia parroquial.

A partir de la reversión de la situación política, con el fin del dominio de la casta que había asumido el mando después de la muerte de de los Andrade, el padre y el hijo, el propietario de la hacienda mandó y desmandó en la Intendencia durante lustros, desempeñándose él mismo como Intendente o poniendo a alguien de su elección, pariente o compadre. Las pruebas de la capacidad administrativa del Coronel y de su dedicación en el ejercicio del poder aún hoy se ven y se admiran en el perímetro urbano, inclusive la calle empedrada con paralelepípedos ingleses —importados de Inglaterra, ¡sí, señores! —, orgullo de la población irisopolense, mientras que las acusaciones de desvío de dineros públicos se desvanecieron con el paso del tiempo.

En cuanto al médico, en la calidad de cuñado y consejero, de ciudadano de aptitudes singulares, ejerció los cargos más elevados, asumió los cargos más responsables, y presidió la comisión formada con el meritorio objetivo de recolectar fondos destinados a la construcción de la Matriz, magnífico templo católico, otro orgullo de la colectividad: símbolo de la fe y del idealismo de aquellos valientes que, entusiasmados con el denuedo de los dos beneméritos precursores, colaboraron en la colocación de la primera piedra de la localidad. Administrador competente, el doctor encontró la manera de erguir al mismo tiempo la iglesia y el elegante *bungalow* donde aún hoy viven descendientes suyos; ni siquiera, en el auge de las pasiones políticas, se consiguió probar ninguna de las múltiples calumnias achacadas alevosamente contra su honestidad. Acusaciones fáciles, pruebas difíciles.

Se escribieron artículos laudatorios que recordaban, con el énfasis y la retórica necesarios, los hechos del Coronel y del Doctor, páginas de civismo, lecciones de Historia, ejemplos para las generaciones venideras. Todo como manda el modelo, para alegría de los notables, de la intelectualidad, de la juventud —esperanza de la Patria—, en fin, de todos los que son capaces de reconocer y aplaudir el heroísmo y la devoción de los ínclitos antepasados a la causa pública.

Así, el Brasil entero, del Oliapoque al Chuí, puede contemplar, a la luz de la cohetería conmemorativa, la refulgente cara de Irisópolis, comunidad nacida del arco iris en lejano día de bonanza, de paz y fraternidad entre los hombres, conforme proclamó en poema de versos blancos el vate principal de la región, cuyo nombre ciertamente ya oísteis pronunciar entre alabanzas.

En sus textos conmemorativos, literatos, políticos y periodistas omitieron casi siempre el nombre primitivo del pueblo; razones obvias lo relegaron al olvido. Antes de ser Irisópolis, fue Tocaia Grande (Emboscada Grande).

*Digo no cuando dicen sí en coro unísono. Quiero descubrir y reve-
lar el lado oscuro, aquél que fue barrido de los compendios de la Historia por infame y degradante; quiero descender al renegado comienzo,
sentir la consistencia del barro amasado con fango y arena, capaz de
enfrentar y superar la violencia, la ambición, la mezquindad, las leyes
del hombre civilizado. Quiero contar del amor puro, cuando todavía
no se había erguido un altar para la virtud. Digo no cuando dicen sí,
no tengo otro compromiso.*

EL LUGAR

NATARIO DA FONSECA, HOMBRE DE CONFIANZA, ARMA UNA EMBOSCADA EN UN LUGAR BONITO

1

Antes de que existiera cualquiera casa, se cavó el cementerio al pie de la colina, en la margen izquierda del río. Las primeras piedras sirvieron para marcar las fosas rasas en las cuales fueron enterrados los cadáveres al fin de la mañana, hora del mediodía, cuando finalmente el coronel Elías Daltro apareció cabalgando al frente de algunos pocos *capangas* —cuatro gatos locos, los que habían permanecido en la hacienda—, y se dio cuenta de la extensión del desastre. No había quedado ni siquiera una cabra para contar la historia.

El Coronel contempló los cuerpos ensangrentados. Berilo había muerto con el revólver en la mano, no había tenido oportunidad de tirar: la bala le había arrancado la tapa de los sesos; el Coronel desvió la vista. Comprendió que aquella carnicería significaba el fin, ya no tenía medios para proseguir. Encerró la aflicción dentro del pecho, no demostró nada, no dejó que los demás la percibieran. Elevó la voz de mando, dictó órdenes.

A pesar del temporal —lluvia, nubes negras, truenos que apocaban la selva—, algunos buitres, atraídos por la sangre y por las vísceras expuestas, sobrevolaron los hombres ocupados en el transporte de los cuerpos y en la abertura de las fosas.

—Rápido, antes de que el olor aumente.

2

Cabalgaron en silencio hasta la entrada del puente, cuando Natário, en la vanguardia de la escolta que había ido a buscar al Coronel al campamento de Taquaras, estación del Ferrocarril, demoró el paso de la mula, se colocó a la par del patrón, habló con voz mansa:

—Conozco un lugar muy conveniente, Coronel. Puedo mostrárselo, si usted quiere hacer un desvío, cosa de media legua. Queda un poquito más adelante, subiendo el río.

¿Lugar conveniente? ¿Conveniente para qué? La información del mestizo llegaba tan oportunamente que el coronel Boaventura Andrade se sobresaltó. Doña Ernestina; su santa esposa, entendida en espiritismo, afirmaba que algunas personas tenían el don de leer el pensamiento de los otros. En compañía del hijo, Venturinha, estudiante de derecho, el hacendado había presenciado en un teatro de la Capital un espectáculo de prestidigitación y telepatía; se había quedado con la boca abierta, atontado con el supuesto faquir y con la mujer, una rubiona que merecía un macho de mejor raza que aquel alfeñique de barbita tiesa. El alfeñique, la cara hundida, la tez de cera, malo de carcaza pero un prodigio en la adivinación, leía los pensamientos ocultos en las cabezas ajenas como si los leyera escritos en una hoja de papel. Venturinha, presumido aprendiz de abogado, garantizó que todo aquello no pasaba de un truco pero no consiguió probarlo, ofrecer una explicación convincente. El Coronel prefería no profundizar esas incógnitas: de valentía casi legendaria, nada de este mundo lo asustaba; sentía, sin embargo, un temor incontrolable ante las fuerzas de lo sobrenatural. Un lugar conveniente estaba necesitando, ¿cómo había podido adivinarlo Natario?

Escrutó el rostro del capataz, en una interrogación. Natario esbozó una sonrisa. Cara larga de indio, cabellos negros, escurridos, pómulos salientes, ojos menudos y agudos. Ostentaba el título de capataz y si bien ejercía el cargo satisfecho, responsable del trabajo en las plantaciones de cacao, en los últimos tiempos se había ocupado sobre todo de la lucha, mescolanza mortal, que dividía a los poderosos señores. Tenía experiencia, adquirida en situaciones anteriores, siempre al servicio del coronel Boaventura. De joven fugitivo de la justicia, Natario había ascendido a aquellas alturas: *capanga*, capataz, jefe de *jagunços*, hombre de confianza, listo para cualquier cosa. Pesaba los hechos, sacaba conclusiones.

Atento a las conveniencias, el Coronel evitaba hablar de lucha armada, referirse a los tiroteos, emboscadas, encuentros sangrientos con muertos y heridos. Por más reñida que fuera la hostilidad, para designarla utilizaba una palabra que le parecía más civilizada, menos violenta: política.

—La política está hirviendo, don Natario, tenemos que tomar precauciones porque si no acaban con nosotros, ¡qué política más peligrosa!

Poco más había adelantado en la conversación mantenida con el capataz, una semana antes, en la galería de la *casa-grande* de la hacienda Atalaia, al comentar las comprobadas noticias sobre los preparativos del Coronel Elías Daltro, jefe político, señor de la hacienda Cascavel, cuyas plantaciones de cacao lindaban con las de Atalaia. Amigos y correligionarios, los dos coroneles se hicieron enemigos jurados, ya que cada uno se consideraba dueño exclusivo de aquella inmensidad

6

de tierra desocupada, de selva cerrada, que se extendía desde la boca del *sertao* hasta las márgenes del río de las Cobras.

—El vecino perdió la cabeza, mandó a buscar *jagunços* hasta en Alagoas. Tiene *sergipanos* a montones, ni se pueden contar. Don Natario, preste atención...

—Estoy prestando, Coronel.

—O nos cuidamos, hacemos un plan, armamos una trampa bien armada, o perdemos. Tengo que precaverme, en campo raso nadie puede con el vecino. —Decía "vecino" para no pronunciar el nombre del enemigo.

Se había quedado en esas vagas referencias porque aún no había establecido el plan, imaginando la trampa; solamente en Ilhéus había concebido los detalles. ¿Cómo era posible entonces que el capataz se refiriera a un determinado lugar, respondiendo a su preocupación, a la pregunta que todavía no le había hecho?

Lugar muy conveniente. El coronel Boaventura sintió que el corazón le latía más fuerte: ¿acaso Natario tendría el don de leer los pensamientos? Tratándose de gente de sangre india nunca se puede saber. El capataz había hablado exactamente cuando el Coronel reflexionaba sobre la urgente necesidad de encontrar un lugar adecuado donde armar la trampa, operación principal del plan elaborado en secreto. Natario respondía directamente a su pensamiento, antes de que el Coronel abriera la boca para anunciar la decisión tomada:

—¿Conveniente para qué, Natario?

La sonrisa se amplió en el rostro tranquilo del mestizo. Si no fuera por los pequeños ojos penetrantes, pasaría por un individuo dócil y apocado, simplón. Sólo los que lo conocían de cerca los que lo habían visto en acción en momentos críticos, sabían cuánta capacidad de decisión y raciocinio, de valentía y mando se escondía bajo la cara estática.

—Para una emboscada grande, Coronel. Mejor lugar, no conozco.

Coincidencia, sin duda; no había otra explicación. Menos mal, porque si Natario adivinara el pensamiento ajeno, al Coronel no le quedaría otra elección que mandar a liquidarlo. Lo que sería una lástima: *capanga* de tanta competencia no se encontraba vagando en las calles. Natario servía al coronel Boaventura hacía más de quince años con una lealtad puesta a prueba repetidas veces: en las luchas pasadas, en dos ocasiones le había salvado la vida. Cuando llegara a Atalaia pidiendo asilo —había matado a un comerciante en una casa de putas en Propriá— era un muchachote imberbe por el que nadie daba nada. Hoy, el nombre de Natario corre mundo, respetado, bien visto por unos, odiado por otros, temido por todos: cuando abre la boca se hace silencio para oírlo, cuando saca el arma es un dios-nos-ayude, un sálvese-quien-pueda.

7

A cambio de la dedicación y de los buenos servicios, el patrón le había prometido un pedazo de tierra, con escritura registrada en una notaría, en el cual Natario plantaría cacao y establecería una hacienda. Cuando el lío terminara. El Coronel no se arrepiente de la promesa: adivino o no, Natario lo merecía.

—Cualquier lugar sirve para armar una trampa —el Coronel evitaba usar la palabra emboscada—, basta un árbol bien situado y un *capanga* bueno en la mira.

Natario abrió todavía más la sonrisa.

—Usted tiene razón, señor, pero yo estoy hablando de una emboscada grande, que es lo que nosotros precisamos. Por ahí andan diciendo que los hombres que contrató el coronel Elías van a ir para Itabuna en estos días, hoy o mañana. Más de veinte hombres... —reforzó la voz: —Con una pata de palo y un hombre vivo no basta, señor.

Estaban al tanto de los movimientos del coronel Elías, del reclutamiento de los *jagunços*, algunos venidos de lejos, elegidos a dedo para garantizar la toma del poder del abogadito de dos centavos, electo Intendente con la garantía del Gobernador. ¿Por qué diablos el Gobernador tomaba partido en aquella disputa que solamente a ellos les interesaba, a los señores de la región? ¿Por qué se metía a decidir, si no tenía competencia para tanto? El coronel Boaventura no deseaba indisponerse con el Gobernador, pero la Intendencia de Itabuna era asunto privado, que debía ser decidido por los coroneles, por las malas o por las buenas, por un acuerdo o por las armas, el que fuera más fuerte o más sabio designaría al candidato. Sólo necesaria para legalizar el hecho consumado, la farsa de la elección debía suceder a la decisión, jamás precederla. El vecino, juzgándose astuto, había anticipado la fecha y proclamado vencedor al abogadito, y pretendía hacerlo asumir. Enredos de charlatán, el coronel Boaventura los odiaba.

El remedio legal era la anulación del pleito — ¡pleito, una porquería!, nombramiento a punta de pluma, los *capangas* sustituyendo a los electores—, pero para obtenerla no bastaba la petición al juez: igual que la elección, la anulación debía suceder a los hechos consumados. Durante los días pasados en Ilhéus, de donde regresaba, el coronel Boaventura había activado alianzas, hecho promesas, proferido amenazas, aceitado resortes atascados en las notarías, y, como de costumbre, se había hartado en el blando lecho, en el cálido regazo de Adriana, muchacha que mantenía con aparente exclusividad en la pensión de Loreta. Concebido el plan en todos los detalles, tomadas las medidas indispensables para su completo éxito, faltaba sólo descubrir un lugar adecuado y asegurarse del día en que los hombres del vecino tomarían el rumbo a Itabuna. Para astuto, astuto y medio.

Pasada la curva del río, Natario detuvo el paso de la mula:

—No se puede subir montando, Coronel, no hay espacio.

Dejaron las cabalgaduras con los dos capangas. Natario sacó el cuchillo; iba cortando ramas, abriendo un sendero. El corpulento hacendado se agarraba de los arbustos, se resbalaba en las piedras sueltas: ¿valdría la pena tanto esfuerzo? Pero, cuando llegaron a lo alto de la colina, no pudo contener una exclamación al descubrir el inmenso descampado, el valle que se extendía en las dos márgenes del río, vista soberbia, deslumbrante.

— ¡Qué lugar tan hermoso!

Natario balanceó la cabeza, concordando:

—Aquí voy a hacer mi casa, Coronel, cuando la pelea termine y usted cumpla el trato. Esto se convertirá en una ciudad. Estoy tan seguro como si la estuviera viendo. —Miraba a lo lejos, parecía ver más allá del horizonte, más allá del tiempo.

Una vez más el Coronel sintió que se aguzaba la duda: ¿el mestizo sería vidente? Tal vez lo fuera, sin saberlo: había casos, doña Ernestina conocía más de uno. También Adriana creía en telepatía y videncia, en eso las dos se parecían, la esposa y la amante, aunque había otras diferencias.

Natario prosiguió:

—Me enteré de que los tipos del Coronel Elías van a venir por aquí para llegar al río sin cruzar por la Atalaia. ¿Ve aquella senda, Coronel? No hay otra. Si usted quiere, dé las órdenes, yo me quedo aquí arriba con un puñado de hombres, le aseguro que no va a llegar ni uno de ellos a Itabuna. Lugar más conveniente que éste para una emboscada grande no puede haber, Coronel. Desde aquí arriba sólo hay que ponerlos en la mira y despachar a los carabineros al quinto infierno. —Sonrió: —Parece que Dios hizo este lugar a propósito, Coronel.

El Coronel Boaventura sintió que se le aceleraban los latidos del corazón. Además de las fuerzas sobrenaturales, de igual modo Natario lo asustaba también a veces: ¡Con qué tranquilidad convertía a Dios en su cómplice, aliado del Coronel! Menos mal que lo tenía a su servicio; valía por diez, en la temeridad y en el delirio.

—Usted nació para militar, Natario. Si se hubiera metido en el ejército y hubiera guerra, terminaría con galones de oficial.

—Si le parece así, Coronel, y creo que lo merezco, entonces cómpreme una patente de capitán.

—¿De Capitán de la Guardia Nacional?

—No se va a arrepentir, señor.

—Pues la promesa está hecha y va a ser enseguida. Puede considerarse capitán desde hoy.

—Capitán Natario da Fonseca, para servirle, Coronel.

Lugar más conveniente no podía haber.

Antes de dejar la hacienda, Natario había examinado rifles y trabucos naranjeros, carabinas y revólveres; armas de primera, escogidas una por una, compradas a peso de oro; bien aceitadas, a punto de bala. Había hecho y rehecho cálculos, dispuesto a evitar cualquier imprevisto. No podía permitir descuidos, tampoco depender de arreglos dudosos; había afirmado al Coronel Boaventura que ni un solo *jagunço* salido de la hacienda Cascavel proseguiría el viaje hacia Itabuna; estaban en juego su palabra y el título de capitán. El hacendado había ido a aguardar la noticia en Ilhéus.

La lluvia se prolongaba hacía más de una semana. En los caminos transformados en lodazal la marcha se tornaba difícil, extenuante, cada legua valía por tres. En la intención de reducir al mínimo la demora en la emboscada, Natario había esperado el anuncio de la partida del grupo armado por el coronel Elías Daltro para poner a sus hombres en movimiento.

La noticia demoró en llegar pues los condenados habían abandonado el refugio de la hacienda Cascavel con un atraso de dos días, esperando en vano que el temporal amainara. Al redoblarse las lluvias, no tuvieron otro remedio que enfrentar la jornada en aquellas pésimas condiciones: estaban apurados, tenían fecha marcada para llegar. Impaciente —la mañana estaba avanzada—, el coronel Elías presenció la partida, dio las últimas instrucciones a Berilo: en Itabuna debería presentarse al doctor Castro y ponerse a sus órdenes. En cuanto al trayecto, Coroinha los guiaría: andariego y cazador, baquiano experimentado, conocía aquellos parajes palmo a palmo, y pasaría lejos de los límites de la hacienda Atalaia. La expedición había sido preparada en el mayor sigilo, para que de ella no llegaran noticias ni informaciones a los oídos del Coronel Boaventura o de su gente. Excepto Berilo y Coroinha, los demás no sabían hacia dónde viajaban. *Jagunços* pagados para combatir, no eran confidentes ni comandantes; cuanto menos supieran, mejor.

—¿Qué es lo tienes, hombre de Dios? —Indagó Berilo a Coroinha cuando, al oscurecer, se desviaron del camino para tomar por el sendero: —¿Estás viendo pajaritos verdes? ¿O estás con miedo? ¿de qué?

—Estoy prestando atención para no perder el rumbo.

Era posible. El lodo deshacía el estrecho camino abierto por el rastro de los animales en dirección al río. Coroinha se agachaba, olía el suelo, partía adelante. Cada paso costaba esfuerzo; en el lomo, fardos de cansancio. Pequeños roedores cruzaban en disparada, las víboras silbaban, yararás y cascabeles. Berilo había arreglado con el Coronel Elías el lugar donde iban a pernoctar, del lado de allá del puente; iba a ser difícil cumplir el trato: la noche caía y aún estaban perdidos en aquella selva virgen, a merced del tino del baquiano, cada vez más confundido. Berilo se puso alerta, los ojos atentos del hombre.

Mientras tanto, los *capangas* del Coronel Boaventura Andrade habían descendido por la ruta real; aun así la caminada fue penosa. No obstante, llegaron a tiempo para armar la emboscada y permanecer a la espera.

4

Los oídos alerta, intentando distinguir rumor de pasos en medio de la conmoción de la borrasca —el zumbido del viento, el estruendo del trueno, el ruido pavoroso de la caída de un árbol alcanzado por el rayo—, empapados, cubiertos de barro, distribuidos por detrás de los árboles, en lo alto de la colina, los hombres esperan, tensos. Habituados al tiempo largo de las emboscadas, templados en el peligro y en la lucha, íntimos de la muerte, aun así no logran impedir la incómoda sensación de agonía ante la furia de la naturaleza, el fin del mundo. Tratan de mantener la calma, controlar el sobresalto; pero más miedo sienten de Natario: de la intemperie podrán escapar con vida, de la bala del capataz ni por milagro.

Armada la emboscada, designado el puesto de cada uno, Natario determina cómo y cuándo entrar en acción, exige silencio y acentúa la responsabilidad de la tarea: ¡Ay de aquél que yerre la puntería! Enseguida, él mismo se coloca casi al borde del barranco, junto al tronco del *mulungu*, desde donde domina el valle.

Empuñando el arma, Natario permanece inmóvil, al acecho. Le toca el primer tiro, señal para que los hombres abran fuego, sentencia de muerte para el tal Berilo, pistolero reclutado en las Alagoas, facineroso famoso por la perversidad, comandante de la expedición. Después se encargará de Coroinha, el guía, si el infeliz escapa de la primera ráfaga o si otro no lo mata antes. No llega a sentir dolor por Coroinha a pesar de conocerlo hace muchos años: individuo que sirve a dos patrones, que se vende, no merece compasión. Nacido y criado en las plantaciones del Coronel Elías Daltro, persona de su estima y confianza, el baquiano había provisto al enemigo informaciones preciosas por diez reyes de miel colada: el número exacto de componentes de la tropa, veintisiete hombres, ¡un ejército!, las armas que portaban, día y hora de partida, y se había comprometido a emitir un grito de lechuza cuando se aproximara. Tal vez cumpla el trato, tal vez no.

Natario procura percibir cualquier ruido sospechoso: rama que se quiebra para abrir paso, resbalón en el fango, una voz, susurró de conversación —viniendo por el sendero, los *jagunços* estarán descuidados, seguros de que el peligro ha quedado atrás, en los distantes límites de la Atalaia. Incluso podrá escuchar, quien sabe, el canto de la lechuza, pero lo duda. Lo más seguro es que Coroinha, al llegar a las cercanías, se escape: cazador inveterado, conoce escondrijos y desvíos. Así lo imagina, así sucede. Si hubiera confiado en el Judas, habría perdido el momento exacto para el ataque; el renegado no cumplió el trato.

Oído fino, el mestizo distingue, casi adivina el leve entrechocar de pies en el lodo, pisadas prudentes; con la mano hace una señal a los hombres. Aguza la vista, en la claridad del relámpago avista a Berilo. Prepara el arma, no se precipita, deja avanzar al mulato para que el resto de la tropa se coloque bajo mira segura. ¿Por qué diablos el hijo de su madre está con el revólver en la mano y pisa con tanta precaución, examinando los alrededores?

Berilo levanta la vista, escrutando. Natario extiende el brazo, afirma la puntería —con su permiso, Coronel— y tira para acertar en la cabeza. El tiroteo irrumpe en lo alto de la colina y la confusión se establece en el lodazal, abajo; los *jagunços* responden al azar, sin saber adónde dirigir las armas.

Una carnicería, como comprobó el Coronel Elías Daltro. No se tenía noticia de una emboscada de tal envergadura, ni en los tiempos de las primeras luchas, las de Basilio de Oliveira y los Badaró. Iba a quedar en la historia, la emboscada grande.

5

No escapó ninguno de los *jagunços* del Coronel Elías, pistoleros de renombre, traídos del *sertao*, de Sergipe d'El Rey, tierra de valientes, algunos hasta de Alagoas, profesionales. Cuando los hombres descendieron la colina, según Natario, poco trabajo tuvieron: acabar con los heridos, abatir a algunos que intentaban subir para buscar abrigo entre los árboles y desde allí cobrar precio caro por la vida, perseguir a dos o tres que arriesgaban la fuga por donde habían llegado.

Cazando a estos últimos, el negro Espiridiao encontró el cuerpo de Coroinha, próximo a un peñasco detrás del cual ciertamente había querido esconderse: Natario entendió entonces por qué Berilo empuñaba el revólver y andaba con tanta cautela y vigilancia.

Coroinha había sido despachado a cuchillo. Le habían arrancado el corazón y los huevos, costumbre, al parecer, muy del agrado del fallecido valentón de Alagoas. Natario halló correcto que lo hubiera liquidado. Si Berilo no lo hubiera hecho, él mismo se habría encargado de la tarea. Estuvo de acuerdo inclusive con la elección del arma blanca: un soplón no vale el costo de una bala de escopeta. Pero no aprobaba las maldades: matar a un infiel con un tiro o una puñalada es una cosa, abusar del desgraciado es otra, muy diferente.

Las armas de segunda mano, de poca utilidad, Natario no permitió que las recogieran. Dejaron el lugar en medio de la negrura de la noche. Obedeciendo al mando del negro Espiridiao, los hombres regresaron a la hacienda Atalaia. Natario cruzó el puente, siguió hacia la estación del ferrocarril, de donde enviaría el telegrama, en los términos acordados. Con una pequeña alteración en la firma; en vez de Natario, capitán Natario.

Al llegar a la curva del río, Natario miró hacia atrás, recordando; sonrió satisfecho. No recordaba, sin embargo, el tiroteo, los cuerpos caídos, Berilo con la cabeza volada, Coroinha capado agujereado con cuchillo, el corazón fuera del pecho. Llevaba en los ojos y en la memoria la visión del paisaje nocturno, bajo el temporal: las colinas y el valle barridos por la lluvia, el río de vientre crecido como si estuviera preñado, ¡cuánta hermosura! Un lugar más lindo, de día o de noche, con sol o con lluvia, no existía por aquellos lados; mejor para vivir, ninguno.

EL ESTUDIANTE VENTURINHA SE INICIA
EN LA VIDA PUBLICA

1

El rostro demostrando entusiasmo, risa fácil y satisfecha, Venturinha —que había venido a pasar las vacaciones de San Juan— comentó, al abrazar a Natario en la estación de Taqueras:

—Entonces, el coronel Elías se bajó los pantalones y pidió una bacinilla.

El mestizo corrigió:

—Un hombre del porte del Coronel Elías Daltro no pide una bacinilla, Venturinha, pide una tregua.

No se inhibía delante del hijo del patrón. Venturinha todavía no había cumplido nueve años cuando Natario se asiló en la hacienda y quedó socio del Coronel. El muchacho se apegó al joven *capanga*, viajaba en un extremo de su silla de montar, aprendía con él las voces de los pájaros y el manejo de las armas. La primera muchacha que Venturinha poseyó le fue traída por Natario: la pecosa Júlia Saué, prostituta ambulante que ejercía de plantación en plantación, habituada a desvirgar niños. Mejor que ella, sólo la yegua Hermosa Flor.

—Así o asado —prosiguió el estudiante después de montar y llegar a la ruta—, como jefe político, Elías está liquidado. Tuvo suerte de estar tratando con el Viejo, que tiene corazón blando. Si fuera yo, habría acabado de una vez por todas con ese canalla: le arrasaba la hacienda, le prendía fuego a las plantaciones, lo dejaba con una calabaza en la mano, pidiendo limona. Pero a papá le dio pena, aflojó. ¿No crees que el Viejo debería haber ido hasta el fin, haber aprovechado la ocasión?

Natario no alteró la voz; conocía los ímpetus del joven:

—Puede ser que sí, puede ser que no. Pero si piensas que el Coronel no acabó con él por debilidad, te engañas: no fue debilidad, fue sabiduría. Estamos necesitados de paz para derribar la selva y plantar la tierra; es mucho suelo, Venturinha. Si el coronel Boaventura le prendiera fuego a las plantaciones del coronel Elías, hoy estábamos peleando con medio mundo en una guerra de muerte. Quemar cacao es lo mismo que quemar dinero vivo, ese tiempo ya pasó. Tu padre sabe lo que hace, es por eso que está arriba, mandando. A la hora de guerrear, no vaciló, no quiso saber de conveniencias. Pero uno sólo debe luchar cuando no encuentra otra manera de vivir en paz.

—¿Y justo tú me dices eso? ¿Que pasaste la vida con el dedo en el gatillo? ¿El Natario del Coronel Boaventura?

Natario sonrió, los ojos menudos casi se cerraron.

—Tú estás por salir de la Facultad, doctor graduado pero todavía tienes mucho que aprender. Cada hora tiene su utilidad: hora de tiros, hora de trampas. El Coronel quiere que tú seas el mediador con la gente de Itabuna. Me dijo: "Venturinha está necesitando comenzar a desasnarse. Esta vez es él el que va a resolver todo, quiero ver cómo se las arregla". Es necesario que no olvides que todo el mundo en Itabuna opinaba igual que el Coronel Elías, uno es compadre, otro es su ahijado; hay gente que sólo aceptó recoger los platos rotos porque él lo ordenó. Allá, no vas a hablar de prender fuego a las plantaciones del Coronel Elías, porque si no echas todo a perder. Tú eres demasiado caliente, deja el calor para gastarlo con las mozas...

—Ya que hablamos de mozas, Natario, ni te cuento... —comenzó a contar.

Natario no explicó que el coronel había decidido mandar al hijo, en lugar de ir personalmente, porque lo más difícil ya estaba resuelto, los puntos principales del acuerdo definidos y asentados. Se registrarían las mediciones, se anularía la elección, escogerían nuevo plazo y nuevo candidato. Además, tal vez el candidato viniera a ser el mismo abogadillo protegido del Gobernador. El Coronel bromeaba con Natario, comentando las posibles candidaturas:

—¿No quiere ser Intendente de Itabuna, Natario? —Se reía de la idea descabellada.

—De Itabuna, no quiero ser, señor. El que menos manda en Itabuna es el Intendente; ayer, mandaba el Coronel Elías, hoy manda usted. Cuando yo gobierne en un lugar, aunque sea el último agujero del mundo, el que va a mandar en él soy yo. Yo y nadie más.

2

Encargado en Río de Janeiro, el título todavía no había llegado, pero eso no había impedido que al deshacerse de la responsabilidad de la misión de paz en Itabuna, durante todo el tiempo y en todas partes, Natario fuera tratado de capitán. Le atribuyeron el título no sólo *capangas* y asalariados, sino también comerciantes, hacendados y doctores, funcionarios de la justicia, comenzando por el Juez de Derecho. Con el respeto debido al puesto y a la fama.

En la carta al magistrado, redactada con la ayuda de Venturinha, el coronel Boaventura Andrade había pregonado los merecimientos de sus representantes. Iba escribiendo y leyendo, mientras Venturinha y Natario escuchaban:

—"...mi hijo, estudiante de Derecho..."

El muchacho interrumpía:

—Estudiante de Derecho no, padre. Estoy cursando el último año de la Facultad, en diciembre me gradúo, soy un futuro abogado.

—... digo, el futuro abogado Boaventura Andrade hijo..."

—Hijo no, padre. Ponga Júnior, como yo firmo; es más moderno.

—Para mí es hijo y se acabó; ya lo escribí, y no lo voy a borrar; no me gustan esas extranjerizaciones: ¡tú no eres bastardo de inglés o de suizo! —Cerraba la discusión, y proseguía con la escritura y la lectura:

—"...y el capitán Natario da Fonseca, propietario rural, mi brazo derecho..."

Capitán y propietario; el Coronel no se mostraba ingrato ni mezquino. En la ocasión de la medición de las nuevas tierras para posterior registro en una notaría competente, había mandado poner unos cuantos *alqueires* a nombre de Natario, lo suficiente para algunas plantaciones de cacao. No podía compararse con la fortuna del Coronel, uno de los mayores si no el mayor hacendado de la región, pero era un buen comienzo. No había sido mezquino, tampoco generoso, pues la medición y el registro de aquella inmensidad de selva virgen se habían dado de hecho en la noche de la emboscada grande y el verdadero notario había sido Natario. En la notaría, en Itabuna, apenas legalizarían el acto de conquista, el hecho consumado, obedeciendo a la secuencia correcta, tan del gusto del Coronel. Primero la emboscada, después la trampa; mejor dicho, primero la trampa, después la ley.

Parecía más una expedición de guerra que una misión de paz: quince hombres armados de la cabeza a los pies, comandados por el negro Espiridiao. En realidad, no hacían falta, pues el Coronel Elías Daltro se había retirado de la lucha y, según decían, de la política, desembarazándose de viejos compromisos. Hombres y armas no pasaban de ser una demostración de fuerza del señor de la Atalaia, exhibición de riqueza y poderío. Necesaria, según él, para garantizar la paz recién negociada.

Capitán para acá, Capitán para allá, una fiesta en Itabuna. Todo corrió de lo mejor; el juez parecía una seda, trataba a Venturinha de colega, a cuerpo de rey. El abogadito, el mismo doctor Castro a quien Berilo debería haberse presentado, daría pena si no diera asco, iba a ser intendente en la medida justa y deseada. Venturinha logró contener la lengua; no eructó demasiada grandeza ni se proclamó el valiente de los valientes, ni amenazó cielos y tierras con la pistola alemana, arma mimada, una joya. Ni siquiera cuando se emborrachó en el cabaret y quiso agarrar a la fuerza a la pernambucana Doralice, muchacha del Coronel Hermenegildo Cabuçu, ausente en la ocasión, gracias a Dios. Natario lo convenció de desistir y lo sacó del lugar.

En la notaría, cuyos resortes el Coronel había aceitado con anterioridad, no hubo la menor dificultad para el registro de las mediciones y la entrega de las escrituras de los títulos de propiedad que legitimaban la posesión de la inmensa tierra desierta del Coronel Boaventura Andrade y del pedazo de suelo del capitán Natario da Fonseca.

En las pensiones y casas de putas la animación permaneció intensa, día y noche. Los *jagunços* de la hacienda Atalaia dilapidaban dinero; crecía el prestigio del nuevo jefe político, era Dios en las alturas y el coronel Boaventura en la tierra.

Al ver a Natario cruzar la calle del Umbezeiro, María das Dores, sentada en el umbral de la puerta de la calle, lo señaló con un dedo e ilustró a Zezinha do Butiá, novata venida de Lagarto:

—Aquél es Natario, *capanga* del coronel Boaventura, hombre malo, más perverso no existe. Ni él sabe la lista de los crímenes que cometió. Pues bien, puedes no creerme, pero hay mujeres que se vuelven locas por él, Dios me libre y guarde. —Escupió con desprecio.

Mulata delicada, de trasero al aire y pecho de tórtola, Zezinha do Butiá, a pesar de ser recién llegada, parecía bien informada:

—Yo tuve informaciones diferentes. Que ése es el capitán Natario, adinerado, valiente y de buen corazón. Dicen que nunca maltrató a una mujer.

Suspiró, alegre, acompañando a Natario con la vista. Zezinha do Butiá estaba, como se dice, en la flor de la edad y de la hermosura; los hombres peleaban por ella. Le gritó a un negrito ocupado en comer tierra:

—Corre detrás del mozo que va allí adelante, Manu. Pídele la bendición y dile que lo estoy esperando, que puede venir cuando quiera. No necesita traer dinero.

Para unos, criminal, desalmado, bandido sin entrañas; para otros, valiente capitán, de naturaleza bondadosa, perseguido por las damas.

16

3

Antes de dejar la hacienda para pasar en Ilhéus los últimos días de
vacaciones con la madre, doña Ernestina, patrón de todas las virtudes,
Venturinha quiso conocer el lugar donde habían ocurrido los hechos.
Deseaba ver con sus propios ojos, saber a ciencia cierta, para poder
contarles a los colegas de la Facultad y de la farra, en la capital, valorizando los detalles. Natario lo condujo:

—Vas a ver una muestra del cielo.

Entre las piedras del improvisado cementerio, la vegetación brotaba
impetuosa, crecían arbustos, árboles de mamón, se abrían las flores.
La noticia de la hazaña, propagada y aumentada de boca en boca,
atraía curiosos que se desviaban del camino real. El sendero abierto
por los animales comenzaba a ensancharse al paso de los hombres,
transformándose en camino. Buscando acortar el trayecto, una recua
de burros cargados con bolsas de cacao había tomado por allí. La primera.

Venturinha insistió en llegar hasta la cima de la colina, lo que le
costó esfuerzo: corpulento igual que el padre, gordo igual que la madre. Se ubicó detrás del árbol de *mulungu* entonces en flor, sacó la pistola alemana, divisó un camaleón, tiró. El estampido resonó en las
quebradas de la sierra.

—Debe de haber sido emocionante, ¿no, Natario? Hasta me da escalofríos.

¿Natario habría oído? La mirada se le perdía más allá del horizonte
y del tiempo. Todo hombre necesita construir su casa para vivir en ella
con la mujer y los hijos, en el lugar que más le apetezca. Natario tenía
mujer y cuatro hijos.

—El Viejo tendría que mandar poner una placa acá arriba, como se
hace en los campos de batalla.

—¿Para qué? ¿No bastaba el nombre en la boca del pueblo? El
lugar de la emboscada grande. Con el tiempo y los habitantes, apenas
Tocaia Grande.

EL LUGAR PARA PERNOCTAR

EL DIOS DE LOS MARONITAS
CONDUCE AL VENDEDOR AMBULANTE FADUL ABDALA
A UN LUGAR PARADISIACO

1

Los árboles de mamón, nacidos sobre las fosas del improvisado cementerio, daban los primeros frutos cuando Fadul Abdala, habiéndose perdido, descubrió aquella hermosura de lugar. Libanés de estatura agigantada, todo él desmedido —manos y pies, el tórax y la cabezota—, había ganado en los cabarets de Ilhéus y de Itabuna el apodo de Grao-Turco, pero en las calles del cacao era conocido por Turco Fadul o más simplemente don Fadu, en la voz de los asalariados que veían en él a la providencia divina. Deslumbrado con el paisaje, pensó haber llegado a las planicies del Edén, descritas en el libro sagrado que llevaba consigo en la maleta de vendedor ambulante pues, cuando había ocasión o necesidad, don Fadu bautizaba niños a precio de liquidación.

Dejó la maleta pesada, cada día más pesada, el metro doblado en dos que usaba como matraca para anunciar a ricos y pobres la presencia del comercio y de la moda en aquellos parajes. En la valija llevaba de todo, lo necesario y lo supefluo: telas, sedas y paños, franelas, botinas, borceguíes, hilos, agujas y dedales, cintas y puntillas, jabones, espejos, perfumes, tisanas, coloridas estampas de santos y escapularios contra las fiebres.

Se quitó el saco y la camisa, los pantalones y los calzoncillos —en la espalda, las marcas dejadas por las correas de la maleta, callos en los hombros—, se descalzó las sandalias, se zambulló en el río que allí se agrandaba en una pileta de aguas límpidas, que formaban cascadas sobre piedras negras. Nadó, se divirtió chapoteando en el agua, como lo hacía en la niñez, al bañarse en el arroyo de su aldea natal. Encontró parecidos los dos lugares; sólo que las palmeras que allí crecían, en las colinas y en el valle, no eran datileras. Sació el hambre, mamones perfumados y dulces, maná del paraíso, dádiva de Dios, del Dios de los maronitas.

Cajás maduros se esparcían por el suelo bajo el árbol en cuya sombra se abrigó del sol. Probó los frutos, riendo de sí mismo, tamaño hombre desnudo; se recordó muchacho travieso metido en el *djelabá*, recogiendo dátiles: ya entonces grandote y desaliñado. Estaban por

19

cumplirse quince años de la fecha de la partida. Sabor ácido y agreste de los *cajás*, tan diferente del paladar suave y blando de los dátiles maduros, frutos creados unos y otros por Dios para regalo de los hombres.

Fadul había aprendido a creer y a confiar en Dios con su tío Said Abdala, sacerdote maronita de consejo y apetito celebrados. Venían de lejos a consultarlo, le traían dátiles y uvas que él comía a manos llenas mientras resolvía disputas y anunciaba el volumen de las cosechas; la miel de las frutas se le escurría por la larga barba negra.

Había cambiado mucho en aquellos quince años, el tío no lo reconocería, constató Fadul saboreando los *cajás* uno a uno; cambió por fuera y por dentro, prefiere los *cajás* a los dátiles y las uvas no le hacen falta; le bastan las *jacas*, de preferencia blandas. Había vuelto a nacer en aquellas breñas, el niño vestido con el *djelabá* había quedado para siempre del otro lado del mar.

Dios dividió la vida de los hombres entre la obligación y el placer, el llanto y la risa. El placer sin medida de estar allí, chupando *cajás* en la brisa del fin de la tarde, escuchando a los pajaritos, viéndolos volar, joyas del cofre del Señor. Reposando del quehacer de las últimas semanas, del infinito caminar, de los peligros de todos los instantes, el vendedor ambulante no conoce domingo ni día santo. Dios lo había hecho perder el norte para que tuviera un día de descanso, ocio para el cuerpo y el alma.

Por qué no permanecer allí para siempre, en aquel valle idílico igual que los animales que se calentaban al sol, estirados sobre las piedras, lagartos y lagartijas; había aprendido con los asalariados a comer carne de lagarto y saborearla, lamiéndose los labios y los dedos. Sobraba comida, caza y frutas, jacas olorosas, el agua pura descendía de los nacimientos, el paraíso. Fadul Abdala rió una risa gruesa y estrepitosa, en el descompás de su tamaño, asustando a papagayos y lagartos: en ese paraíso faltaba lo principal, que era la mujer.

Pensando en mujeres, pensó en Zezinha do Butiá que en aquellos momentos le estaría poniendo los cuernos en Itabuna. Tampoco podía exigirle que trancara con candado el agujero — ¡un abismo!— sólo porque le había dejado, en un momento de desvarío, dos billetes de diez mil reyes y un espejo enmarcado para que en él se contemplara, suspirando. ¿Suspirando? Ella se le reía en la cara:

— ¡Turco de segunda, comedor de cebolla cruda!

—Turco no, cuida la lengua. Grao-Turco, mi odalisca, tu señor y tu esclavo... —era dado a galanteos; lástima que la pronunciación no lo ayudara.

Le gustó tanto el lugar que pernoctó allí. Recogió unas ramas secas, prendió fuego para espantar a las víboras, se puso los calzoncillos y la camisa, se extendió sobre las hojas secas. Tardó en adormecerse, pensando. En la orilla del río, anunciando la luna, el sapo curucú cantó.

Llegado a Brasil hacía quince años, Fadul había venido para trabajar y enriquecerse. Enriquecerse es la meta de todos los hombres; para alcanzarla, Dios les da alma e inteligencia. Unos cumplen puntualmente el mandato del señor, ganan dinero y se establecen; otros no lo consiguen; alma pequeña, inteligencia corta o tan sólo poca disposición para el trabajo, pereza, ociosidad. Había un ejemplo a mano en la mesa de póquer del Hotel Coelho, en Ilhéus: alma intrépida, audaz, un águila en la inteligencia, Alvaro Faria, si quisiera, podría ser un coronel como el hermano, dueño de edificios y haciendas, millonario. En cambio, no pasaba de un tirado, un vago, que no tenía donde caerse muerto, y vivía a la buena de Dios. Si no fuera por la mesa llena del hermano Joao, la suerte en el juego, motivo de dudas y sospechas, y la malicia para concebir y ejecutar trampas, pasaría hambre.

Hasta entonces Fadul sólo había trabajado en un afán desesperado de burro de carga, cruzando breñas, enfrentando riesgos, las serpientes, las fiebres, las amenazas de criminales, fríos asesinos. En aquel comercio andariego, el revólver, regalo del capitán Natario, era tan importante como la maleta repleta de chucherías.

Todavía no se había enriquecido, lejos de eso. Ni siquiera se había establecido, como decidiera hacer, con un negocio en uno de los varios poblados que brotaban en la huella del cacao, en las encrucijadas de las haciendas, al paso de las recuas y los arrieros. Sin embargo, no podía quejarse; estaba juntando sus ahorros. Sobre todo después de haber iniciado la práctica de la usura.

Se multiplicaban las estrellas en la lejanía del cielo. Fuad Karan, que en Itabuna leía libros en árabe y en portugués, ciudadano ilustrado, más instruido que media docena de abogados —responsable del apodo de Grao-Turco que había inventado al ver a Fadul rodeado de muchachas en el cabaret—, le había afirmado que no eran esas estrellas que veían aquí las mismas que titilan en el cielo de Oriente donde ellos habían nacido. El Grao-Turco no duda, pero no logra establecer la diferencia: las estrellas son todas parecidas, bellas y lejanas piedras preciosas, bastaría una de ellas para hacer la fortuna de un hijo de Dios. En cuanto a la luna, reflejada en las aguas del río, es la misma, aquí y allá: medalla de oro sin lustre, gorda y amarilla, con San Jorge cabalgando su caballo en la faena del dragón. El Oriente citado por Fuad, la tierra natal, se había perdido en la distancia, y para reencontrarlo sería necesario atravesar el mar de lado a lado en la panza de los navíos. Son otras las estrellas, las frutas tampoco le hacen falta: prefiere los *cajás* a los dátiles, y de estrellas está bien servido.

Distante y olvidada, la tierra natal. Fadul Abdala, el Grao-Turco de las putas, el Turco Fadul de las casas-grandes, don Fadu de las míseras chozas, sabe que vino para quedarse, no trajo pasaje de vuelta. En el lugre de los inmigrantes lloró todas las lágrimas, no quedó ninguna. No cambió sólo de país y de paisaje, cambió de patria. Libanés de nacimiento y sangre, lo llaman turco por ignorancia; si supieran ver y constatar, proclamaría a los cuatro vientos su fe de *grapiúna*.

La patria de un ciudadano es el lugar donde él suda, llora y ríe, donde se esfuerza por ganarse la vida y construir un negocio y una casa. Solo con la noche y las estrellas en aquel paraje desconocido hacia donde lo condujo la mano de Dios, Fadul Abdala reconoce y adopta la nueva patria. En ella no vio la luz primera ni se bautizó. Niñerías, despreciables pormenores: más importante que la cuna es la fosa y la suya será abierta en el territorio del cacao. No una fosa rasa como las del cementerio allí plantado (¿por quién, cuándo y por qué?). ¡Ah! Será una tumba de lord, en piedra-mármol, el "aquí yace" en letras doradas. En esos quince años, el muchachito venido de Oriente, al hacerse hombre, se hizo brasileño.

Tanto es verdad que ya arregló con Ubaldo Madureira, notario y compañero de jarana, el precio de los papeles, en descuento. Brasileño con papeles en regla, comerciante establecido, casado y padre de hijos, el negocio creciendo, el dinero llama al dinero: todo es muy en breve, si Dios quiere. Cumplirá su destino como le ordenara el padre Said, al echarle la bendición en la hora triste y alegre del adiós, cuando risa y llanto se mezclan:

—Ve a cumplir la voluntad de Dios, Fadul, hijo de mi fallecida hermana Marama, ve a ganar dinero en Brasil que acá está difícil y no puedo mantenerte más. Ve a enriquecerte, el hombre rico es respetado por sus semejantes y bien visto por Dios.

Trazó en el aire la señal de la cruz, le dio la mano para que se la besara. Levantando el cayado de pastor, el adolescente descendió la montaña, inició la caminata. El Dios de los maronitas es el mismo, allá y aquí.

3

Demoró Fadul en regresar a aquel lugar, pasaron muchos meses. Había proseguido en la fatiga del buhonero, curvado con el peso de la maleta, bajo el sol y la lluvia. Saludado por la clientela con alborozo y afecto pues además de todo era de buena convivencia y de charla amena. Le gustaba escuchar y contar historias, entremezclándolas con exclamaciones de asombro, amplios gestos convincentes y ruidosas carcajadas. Se había hecho fama de mentiroso pero las patrañas que relataba tenían gracia y sentimiento, causaban emociones desencontradas en el público pobre y ávido, en aquellos confines desprovistos de toda diversión:

—Es peor que un cuento para niños. Hasta lloré...

—Me meé de risa en la parte de la mujer con el mono. Este turco ladrón inventa cada una...

La clientela de Fadul era vasta y variada: hacendados, las esposas, los hijos, gente de dinero y prosapia; asalariados, trabajadores de las plantaciones, casi sin un centavo; *jagunços*, con sus amantes, que eructaban palabrerías; muchachas, los mejores clientes, los que más compraban. El ambulante no establecía distinción de clase o de casta. Aceptaba con el mismo agrado invitaciones para almorzar en las casas-grandes y en los ranchos de los asalariados, loco por el *jabá* asado a la brasa con acompañamiento de harina de mandioca y azúcar rubia.

Entre las mujeres de la vida, gozaba de popularidad. No se negaba a cobrar en especies cajas de polvo de arroz, latas de brillantina, frascos de agua de colonia o los intereses de pequeños préstamos. Había casos, aunque raros, de prendas gratis, en días de extravagancia, cuando, llevado por amores, el Grao-Turco perdía el seso; anillos de metal con piedras de vidrio, chispeantes; aros de fantasía, adornos lindos. Bisuterías recibidas con emoción, más apreciadas que un billete de cinco mil reyes por ser regaladas, señales de bien querer y no pago provocador. Sentimental, Fadul se enamoraba con cierta frecuencia. Tenía predilección por las jóvenes bien carnosas, de pechuga saliente; senos voluminosos, buenos para apretar con la mano enorme. Las mujeres delgadas para él no tenían valor, quien aprecia los huesos es el sepulturero, como dice el pueblo con toda razón.

Conocido y estimado en haciendas y poblados, poseía compadres y ahijados. Fiaba con relativa facilidad pero, en la época del vencimiento, día más día menos, comparecía para cobrar la deuda. Si el cliente cambiaba de domicilio, iba a descubrirlo donde estuviera, andaba leguas y leguas, implacable. Admitía atrasos pero, para compensarlos, introdujo la norma del interés bancario en las selvas del cacao: además de la mercadería, llevaba el progreso en la maleta de vendedor ambulante.

Prudente, conciliador, hubo quien lo tomara por cobarde, tamaño cuerpazo y tan miedoso, juicio que no hizo carrera: armado con un simple cortaplumas, don Fadu cobró una deuda a Terencio, tipo de mala entraña, trabuquero. Lo agarró por el cuello, le pinchó el gaznate con la lámina afilada —usada para pelar naranjas y rasgar forúnculos—, y recibió en el momento los tres mil reyes, los intereses y las disculpas. Al saber de ese enredo, el capitán Natario, muerto de risa, lo halló so-

23

bre todo cómico. Sin embargo, como tenía al regateador en gran estima, le dio un revólver de regalo: a veces la fuerza de las manos y un cortaplumas no son suficientes. Un arma de fuego impone respeto, compadre.

Se libró de la acusación de cobarde, jamás de la de ladrón. Esa creció y corrió mundo, notoria y unánime. En el mercado improvisado a su llegada en las haciendas, lo trataban de turco ladrón mientras regateaban el precio de las mercaderías expuestas, invitantes y codiciadas. Fingiéndose herido en su pudor, don Fadu amenazaba con recoger cintas y alfileres, peines y broches, cinturones y cartucheras, la seducción irresistible del comercio, e ir a vender más adelante. La negociación proseguía entre exclamaciones e insultos, risas y suspiros, imprecaciones y lisonjas: de estafador a turquito bendito de mi alma.

Le decían ladrón en la cara pero sin rabia, sin intención de ofensa; formaba parte de la seducción, del regateo, del placer de la compra y venta. Estafador, sin duda, pero un hombre bueno como además él no se cansaba de afirmar a los gritos:

—El turco ladrón es la mamita de ustedes. Quisiera saber: si no fuera Fadul, hombre bueno, temeroso de Dios, ¿quién iba a venir a este culo del mundo para servirlos a ustedes? En lugar de molestarme, deberían agradecerme y convidarme con un trago de *pincha*, ¡pueblo ingrato! —No rechazaba la *cachaça* pero en el cabaret bebía vermut mezclado con coñac.

En las casas-grandes, los coroneles, podridos en plata, ni siquiera por eso reclamaban menos:

—Turco, estás robando demasiado. ¿Dónde se vio que un reloj de porquería, de níquel —porque nunca fue de plata—, cueste todo ese dineral? Es un asalto a mano armada, así no hay cacao que alcance...

Fadul juraba que en Ilhéus un reloj de aquella calidad, plata de ley, costaba el doble. La maleta abierta sobre los ojos avariciosos de las patronas, se mantenía atento al movimiento de la cocina de donde llegaba el olor de los *escaldados*, el sublime aroma de la *feijoada*; para él no había plato que pudiera compararse a la *feijoada*; mucho tocino, las carnes saladas y ahumadas, chorizos y salchichas; en materia de apetito había salido al tío-padre.

Un buen sujeto, servicial. Bueno inclusive para asistir moribundos, facilitándoles el paso de ésta para mejor, rápido y en paz. En ocasiones penosas como ésas era de gran ayuda: no había apego a la vida, por más duro que fuese, que resistiera al vozarrón y la pronunciación de Fadul. Aquel fúnebre canto gregoriano arrancaba lágrimas hasta a los *jagunços* desalmados.

En las breñas del cacao, quien quisiera juntar dinero sin poseer plantación en tierra propia tenía que multiplicar sus aptitudes. Vendedor ambulante, cargando la tienda en el lomo, el turco Fadul ejercía la

24

medicina con frecuencia, el sacerdocio cuando era necesario. Operaba abscesos, retiraba carnosidades; limpiaba heridas con agua oxigenada, las quemaba con yodo. En la maleta: cuatro remedios infalibles: Maravilla Curativa, Salud de la Mujer, Pomada de San Lázaro y aceite de ricino. Con ellos trataba cualquier enfermedad, excepto la vejiga negra y la fiebre maldita; para ésas no había remedio. Atendió y curó mucha gente en aquel *sertao* sin médico ni farmacias, sin ningún socorro.

Sacristán en la aldea libanesa, acólito del padre Said en los menesteres del culto, no vacilaba en bautizar niños que sin su ayuda morirían paganos, sin derecho al reino de los cielos. Bendijo parejas de concubinos, sacándoles del pecado en que vivían, concediéndoles nueva condición social y pretexto para una fiesta con *cachaça* y baile. Don Fadu apreciaba sacudir el cuerpo con una música de acordeón; pareja de primera según la opinión de las mozas.

Ya dueño del arma, Fadul Abdala decidió ampliar el área de sus actividades, y pasó a prestar dinero con intereses. Lo hacía con prudencia, eligiendo a quien confiar su módico capital, su rico dinerito; con plazos escritos para pagos y complicada tabla de intereses. Visible bajo la solapa del saco, el revólver. Regalo, sabían todos, del capitán Natario, prueba de amistad.

Con el agio hizo crecer sus ahorros y vio aproximarse la hora de dejar para siempre la maleta de vendedor ambulante, levantar una tiendita donde establecerse. Sólo le faltaba escoger el lugar de más futuro, poblado reciente donde todavía no existiera competencia.

4

Al describir el paraje donde se había perdido y descansado, supo que el nombre de aquel sitio era Tocaia Grande, así denominado por haber sido escenario de una tenebrosa emboscada seguida de matanza a sangre fría algunos años antes de las despiadadas luchas de los coroneles por la posesión de las últimas selvas; en aquellos lados del río de las Víboras ya no existía palmo de tierra que no tuviera dueño.

En el calor de la narración, tipos de mala fe, lenguas de trapo, citaban nombres a propósito de la renombrada emboscada, pero Fadul sabía dar el debido valor a las alevosías y las intrigas: entraban por un oído, salían por el otro. Ciertas versiones es mejor ignorarlas.

Las otras informaciones —ésas sí de interés— el Turco Fadul las recogió en casas de asalariados, en las galerías de los coroneles, de la boca de los que pasaban, durante las interminables jornadas, en el transcurso de semanas y meses. Las recuas que descendían de las haciendas conduciendo cacao para embarcarlo en el ferrocarril, en

Taquaras, abandonaban poco a poco el antiguo camino y se desviaban por la Tocaia Grande, punto ideal para pasar la noche. A partir de cierto tiempo, el tránsito por el atajo se había tornado más intenso que por la ruta real.

Un día, un arriero conocido, de nombre Lázaro, ciego de un ojo, al destacar las ventajas del pernoctar en Tocaia Grande —los animales podían calmar la sed sin correr riesgos en la pileta que allí formaba el río, y encontraban pasto en la abundante vegetación y no tenían hacia dónde huir—, se quejó de que todavía no hubiera, en lugar tan propicio, una taberna, por menor que fuera, donde vendieran un trago de *cachaça*, un pedazo de carne ahumada, unas galletas, un poco de rapadura, sal y azúcar. El astuto que se estableciera en Tocaia Grande iba a enriquecerse del día a la noche.

Fadul escuchó con atención, prosiguió su caminata de ofertas y cobranzas. Pero, al volver a Itabuna con el doble objetivo de rehacer la existencia de mercancías y ver a Zezinha do Butiá —más que un enamoramiento, una fatalidad, pues ni siquiera era gorda ni pechugona—, se las ingenió para pasar por aquellos lugares, acompañando un hato de ganado. Cuál no sería su sorpresa al constatar que Tocaia Grande había dejado de ser un descampado. Además del barracón de madera, depósito para almacenar cacao seco, se habían levantado algunas casas de barro y otras estaban en construcción. Había muchachas que hacían la vida, trabajadores de las plantaciones más cercanas —cortadores de leña y asalariados—, *jagunços* que estaban de paso, arrieros que pasaban allí la noche. Sonidos de acordeón, cantos, luz de antorchas, jadear de cuerpos en las chozas. Por la mañana, con la partida de las tropas, la animación disminuía, pero volvería a crecer al finalizar la tarde.

Al llegar allí la vez anterior, se dio cuenta de que había sido traído por la mano de Dios. Mientras se imaginaba perdido, el Señor lo conducía, guiaba sus pasos. No para que se regocijara con un día de ocio, como había pensado. Lo había traído para mostrarle el lugar donde debía honrar el trato hecho, cumplir su destino. No podía vacilar. Antes de proseguir viaje, Fadul Abdala tomó las providencias necesarias.

EL CAPITAN NATARIO DA FONSECA VISITA SUS DOMINIOS

1

Arreglo verbal, más que suficiente. Entre ellos, un acuerdo escrito y firmado, además de innecesario, significaría afrentosa desconfianza, prueba de desestima. Por el trato, Natario recibió el título de administrador de la hacienda Atalaia —capataz no es puesto para un capitán de la Guardia Nacional—, con derecho a pasar unos días, todos los meses, en la propiedad que había comenzado a establecer en las tierras recibidas en pago de los buenos servicios, aquéllos que ningún sueldo recompensa. Bonachón, el coronel Boaventura había puesto fin al asunto.

—Ahora, entre nosotros, Natario, ya no existe patrón y empleado, somos harina del mismo costal.

—Mientras usted viva, señor, estoy a su disposición para cualquier cosa que necesite.

—Lo sé, conozco su dedicación y trataré de corresponderle.

Natario, la fisonomía seria, todavía tenía motivo de conversación:

—Hay otra cosa que quiero pedirle, si usted me da permiso, Coronel.

¿Otra cosa? Sorprendido, el Coronel miró al mestizo:

—Puede hablar, estoy escuchando.

—Zilda está con barriga otra vez. Quiero que usted y doña Ernestina bauticen al niño cuando nazca.

—¿Era ése el pedido? —Extendió la mano: —Pues chóquela, compadre. Vamos a hacer una fiestecita el día del bautismo. Es el quinto, ¿no?

—Sí, señor. Ya tengo dos granujas y dos recién nacidos.

—¿Y en la calle, Natario?

—Un montón, Coronel, perdí la cuenta. Todos con mi cara, ni que fuera una estampa de santo.

En general la visita del Capitán a sus tierras duraba tres, cuatro días, suficientes para pagar a la media docena de asalariados, controlar cómo andaba el trabajo, llenar los ojos con la visión de las plantaciones frondosas. Pero en cierta oportunidad se demoró por allá cerca de tres semanas, al frente de los trabajadores en la limpieza de un resto de selva que aún había que desmontar. Si lo dejaba por cuenta y riesgo de los contratados, ni Dios podía prever la fecha de la quema. Bajo su comando, ningún hombre se quedaba con los brazos cruzados.

Propiedad pequeña, en la voz de los entendidos haciendita para unas quinientas arrobas anuales, contando cosecha y frutos precoces. Sin embargo, el Capitán era de otra opinión, y le dio aires de hacienda: Boa Vista. En la afirmación del dueño, la Boa Vista, un par de años después de la primera nivelación, produciría por lo menos el doble de las quinientas arrobas previstas por los envidiosos. Plantada en suelo fértil, montada con todo cuidado por quien durante tantos años cuidara —y todavía cuidaba— patrimonio ajeno, entendido como ningún otro en los detalles del cultivo del cacao, era hacienda segura para mil arrobas, y Natario se disponía a apostar dinero a quien dudara. Y eso

27

sin contar las futuras plantaciones, que serían sembradas en las tierras que acababa de desmontar.

Daba gusto contemplar las mudas de cacao que crecían vigorosas a la sombra húmeda de los árboles. Los ojos menudos del Capitán brillaban, en una precipitación amorosa, al comprobar el esmero con que habían sido dispuestas, las distancias entre cada una de ellas en la medida justa, los hoyos abiertos al pie de la letra, casi no había tenido pérdidas. No cabía discusión: ningún cultivo del mundo se puede comparar con el cacao, ninguno recompensa tanto y tan rápidamente. Plantar cacao es lo mismo que sembrar oro en polvo para recoger lingotes. Verdad comprobada, la sonrisa abría los labios, apretaba los ojos del patrón de la Boa Vista. Había que tener paciencia y esperar.

La tierra que el coronel Boaventura Andrade había mandado a registrar a nombre del antiguo capanga estaba situada cerca de la Tocaia Grande, nadie supo si a propósito o por coincidencia. Los imprudentes especularon sobre el nombre dado por Natario a la propiedad, insinuando que se habría inspirado en la visión del valle junto al río, cuando, en la distante noche de la tempestad, el arma en la mano, se demoró al acecho: buena vista a pesar de la oscuridad. La lengua del pueblo es larga y afilada, y más larga aún la capacidad de inventar. No servía de nada el repetido aviso de la cautelosa mayoría: con chismes y habladurías no se gana ni un centavo partido por la mitad y se puede ganar un tiro fácil de rebote de las balas vagabundas detrás de los árboles. ¿Para qué revolver aguas pasadas si el capanga ya no existía y quien por allí transitaba era Capitán y hacendado?

Tocaia Grande quedaba a medio camino entre la hacienda Atalaia y la de Boa Vista, la distancia a cubrir entre los dos destinos no iba más lejos de una legua y media, dos leguas como mucho; en buena cabalgadura, un salto. Yendo o viniendo, el Capitán cruzaba siempre por el atajo, cortando camino. Así pudo acompañar, atento y participante cuando era necesario, la transformación que fue ocurriendo.

Habiéndose enterado de los planes del Coronel Robustiano de Araújo, Natario le aconsejó construir el depósito en Tocaia Grande. Inmensa hacienda sin tamaño, en la cual además de plantar cacao el Coronel criaba ganado, la Santa Mariana quedaba en el nacimiento del río de las Víboras, en los límites de la *caatinga*, muy distante de las vías del ferrocarril. Motivo por el cual el Coronel había decidido levantar un lugar apropiado, un depósito para almacenar cacao seco y entregarlo a los exportadores; que ellos se arreglaran con el transporte hasta Ilhéus. Al hacendado le gustó el lugar, siguió el consejo y, como le fue bien, ya estaba anunciando la construcción de un corral donde el ganado reposara en la caminata hacia los mataderos de Ilhéus y de Itabuna. Consejo valioso, el Coronel agradecido mandó entregar una novilla al Capitán.

28

El Capitán estaba presente cuando los trabajadores mandados por el Coronel Robustiano amasaron barro, cortaron varas e irguieron las primeras chozas; asistió a la llegada de la primera prostituta, Jacinta, más conocida por Coroca por ser ya mayor. La edad ya no le permitía buscar clientela de plantación en plantación; se quedó allí, a la expectativa de los arrieros cada vez más numerosos pues Tocaia Grande se había hecho punto muy concurrido para pasar la noche.

Al recomendarle el lugar, Natario le había anunciado al coronel Robustiano la intención, antigua y permanente, de construir, en la colina sobre el valle, una casa para vivir, en breve. Ni bien se encontrara más holgado de dinero; lo poco que tenía lo había enterrado en Boa Vista.

2

Contento de la vida, el capitán Natario llegó a Tocaia Grande en mitad de la tarde. Como había demorado fuera de Atalaia más tiempo del previsto, estaba apurado. No tenía intención de detenerse en el valle, pero el movimiento desacostumbrado, el número de hombres ocupados en derribar y transportar troncos de árboles, lo hizo parar la mula frente al rancho de Jacinta. ¿El coronel Robustiano habría decidido apresurar la construcción del corral? La mujer, vieja y gastada, apareció en la puerta, exhibiendo la vejez de los pechos a través de las rasgaduras de la combinación.

—Buenas tardes, Coroca —Natario saludó sin bajar de la mula.

—Buenas tardes, Natario... —Corrigió: —...capitán Natario. —Antes, cuando él era jovencito, habían ido juntos a la cama un montón de veces, algunas de ellas, fiado; al verlo tieso y necesitado, Coroca le abría las piernas a crédito, pero últimamente él no alcanzaba para tantas que se le ofrecían: —¿Estás volviendo? Demoraste por allá. ¿Alguna mujer nueva?

—Sólo si el mango del cuchillo es una mujer... dime, si es que sabes: ¿qué alboroto es éste? ¿Es el corral del coronel Robustiano o qué diablos es?

—Fue don Fadu, que contrató un puñado de hombres para levantar una casa. Casa de madera, no rancho así no más como el mío. Allá adentro están trabajando, se ve desde afuera por los agujeros.

—¿El turco Fadu? ¿Va a poner un negocio? —Se quedó pensativo: —¿Adónde? Señálame el lugar.

—La que debe de saber es Bernarda, fue con ella que él se quedó la noche que durmió acá y tomó esa decisión.

—¿Cuál Bernarda? ¿La hija de Florencio?

29

—Ella, sí. Llegó hace unos quince días. Se fue de la casa del padre. Vino con un convoy de burros de la Boca do Rio. Es una novedad, los hombres sólo quieren ir con ella.

Antes de tocar al animal, Natario preguntó:

—¿Necesitas dinero, Coroca?

—No estoy pidiendo limosna. Antes me muero de hambre.

El Capitán rió, los ojos se le cerraron; peste de vieja altiva.

—Todavía te debo unos dineros atrasados, ¿te acuerdas? Desde entonces.

—Eso podría ser.

Le entregó unas monedas y partió en busca de los trabajadores; por ellos supo de los proyectos de Fadul. El vendedor ambulante le había dejado a Bastiao da Rosa algún dinero y órdenes para derribar y preparar bastante madera para la construcción de una casa de dos puertas en la parte del frente y tres habitaciones en los fondos. Palacete igual en aquellos parajes solamente en Taquaras, junto a la vía del ferrocarril. Además, Lupiscinio, el carpintero, había venido de Taquaras, mandado por don Fadu para hacer el mostrador y las vidrieras. Trabajo grande y caro. Bastiao da Rosa opinó:

—El Turco enloqueció, Capitán. Tocaia Grande no es para tanto lujo.

Natario movió la cabeza, discrepando. ¿Loco? No creía. Sabía sin ninguna duda que, tarde o temprano, Tocaia Grande sería una ciudad al lado de la cual Taquaras no pasaría de pueblo despreciable, un lazareto.

3

El rancho de Jacinta era un palacete si se lo comparaba con la choza de paja donde Bernarda se alojaba: media docena de palmas mal unidas, cuatro pedazos de palo metidos en el suelo. En el interior, un catre, una cacerola de barro sobre tres piedras, nada más.

Natario desmontó, recorrió los alrededores con la vista. La muchacha venía llegando del río, mojada de la cabeza a los pies, en la mano la ropa que había ido a lavar: un calzón y una enagua. El vestido de tela rústica, empapado encima de la piel, se le pegaba al cuerpo oscuro y lo exhibía; de los cabellos sueltos escurría agua, gotas en el cogote. Al reconocer al visitante demoró el paso para luego partir corriendo, los brazos extendidos hacia él. En los ojos de Natario corría una niña de dos años de edad que dejaba el charco de barro donde jugaba para colgarse desnuda y sucia, de su cuello. Al asilarse en la hacienda Atalaia, él había vivido una larga temporada en la casa de Florencio y de

30

Ana, su amante. Florencio no trabajaba en las plantaciones, ocupado en trabajos de mayor envergadura: se encargaba de armas y de *jagunços*.

¿Qué edad tendría Bernarda?, se preguntó cuando la imagen de la niña se incorporó en la muchacha envuelta en agua y sol. La había conocido bebé de pecho, colgada de las ancas de la madre: de cierta manera Natario había ayudado a criarla. En la salita de la pobre casita de dos piezas, Ana había armado una hamaca para el huésped; en el piso, en una caja transformada en cuna, dormía la niña. Se despertaba llorando, en medio de la noche, pero raramente Ana despertaba para darle el pecho. Muerta de cansancio, sumergida en sueño de plomo en el cuarto vecino, ni oía el lloriqueo de la hija. Natario retiraba a la nena de la caja, la colocaba en la hamaca y con el balanceo la hacía adormecer, encima de su pecho.

Tendría unos cinco años, no más, cuando el coronel Boaventura trajo al padre Alfonso para bendecir la capilla que doña Ernestina había mandado levantar en pago de una promesa a San José, su protector, a quien el Coronel debía la vida —a San José y a Natario, que había apretado el gatillo a tiempo: con su permiso, Coronel—. La fiesta duró dos días: multitud de invitados, hasta de Bahía vino gente. El padre celebró la misa, consagró la imagen del santo y bautizó a un buen número de niños y a unos cuantos hombres que todavía eran impíos. Despropósito de comilona, desparramo de bebidas, corrió *cachaça* a lo grande en las casas de los trabajadores: una locura. Modesto siervo de Dios, partidario incondicional del Coronel, modelo de fe cristiana y de civismo urbano, el padre Alfonso pecaba de gula, comía por un regimiento.

Natario aprovechó la fiesta para casarse con Zilda, con quien vivía en concubinato hacía más de un año. El la había encontrado vagando en el camino de Agua Preta, pálida, raquítica y asustada, huérfana de padre y madre, enterrados juntos a causa de la viruela. Un grupo de renegados le pisaba los talones, banda de perros detrás de una perra sin dueño, cada cual con su trabuco. Más por distracción que por apetito, Natario entró en la competencia y mandó a Mané Bragado hacia la tierra con los pies juntos: el provocador lo había desconocido y había sacado un arma. Ya que la flaquita había costado la vida de un hombre, la llevó consigo y enseguida le hizo un hijo.

Callada y sumisa, trabajadora y aseada —la casita de madera daba gusto—, Zilda ganó cuerpo y colores, consideración y afecto, y se quedó. ¿De dónde sacó coraje para decirle a su hombre y señor el deseo que tenía de casarse con él? Con el padre, para no vivir en contra de la ley de Dios, con el juez no era necesario.

Cuando la recogió, Natario todavía vivía en casa de Florencio; en la hamaca de soltero la embarazó, bajo los ojos de Bernarda, por así decirlo. Bernarda continuaba durmiendo en la sala pero con la presencia de Zilda perdió el lugar en la hamaca, el balanceo y el pecho acogedor.

En la ocasión del bautismo colectivo, Ana los invitó para que fueran padrinos de la niña. Hacendosa, Zilda hizo, con trapos viejos, una muñeca de paño para la ahijada. Natario nada le dio además de lo que ella más deseaba: poder llamarlo padrino, besarle la mano y recibir la bendición.

Mientras Florencio permaneció en la Atalaia, Bernarda vivió más en la casa de los padrinos que en la de los padres. Andaba cerca de los diez años cuando Florencio, habiéndose disgustado con el Coronel por una nadería, arrogancia de *jagunço* que se negaba a ocuparse de tareas pesadas, se mudó a la hacienda de Boca do Mato; el coronel Benvindo estaba buscando un buen carabinero para que gritara a los asalariados. Natario y Zilda se ofrecieron para quedarse con la ahijada, pero Florencio no quiso hablar del asunto. Necesitaban a Bernarda para que ayudara a criar a la hermanita: en aquel entretiempo Ana había parido una hija más. Irará de nombre, Irá de sobrenombre. Después, cuando sucedió lo sucedido, Zilda opinó que ya desde entonces Florencio tenía los ojos puestos en la niña.

Con la mudanza de los compadres, solamente de cuando en cuando Natario había vuelto a ver a Bernarda. A los trece años era una mujer hecha, linda, codiciada. La codicia por una mujer en el fin del mundo del cacao no tiene freno ni medida, pues no había hembra más que para unos pocos afortunados; todo lo que usaba falda tenía encanto y utilidad. Sin hablar de las yeguas, mulas y burras viciosas.

El ataque de congestión derribó a Ana sobre la cama, muda y sorda, en tinieblas para siempre. Despojo sin más función que la de dar gastos y trabajo mientras Bernarda se desarrollaba en una seducción opulenta y ostentosa. Desde el cuarto, sentado junto a la paralítica, Florencio oía a la hija roncar en la sala, poderoso llamado. ¿Qué podría hacer el viejo borracho? Se acostó con la cría antes de que lo hiciera otro. Nadie quiso meterse en el asunto, no valía la pena. *Cangaceiro* contratado en el *sertao* de San Francisco cuando comenzaron las luchas por la posesión de la tierra, en ellas Florencio había establecido una macabra hoja de servicios. La hija era de él, a él le correspondía cuidar de su familia como mejor le diera la gana. O la calentura.

4

Cuentas hechas en la cabeza mientras aflojaba la cincha de la silla, el Capitán llegó a la conclusión de que Bernarda debía de andar entre los catorce y los quince años. Si viviera en Ilhéus sería una muchachita tonta, todavía jugaría con muñecas; allí, en las breñas, mujer adulta, meretriz de puerta abierta.

Había venido corriendo con los brazos extendidos, había dejado caer la ropa recién lavada, pero, al aproximarse, hizo más lento el paso y bajó la vista. Apoyado en el animal, Natario la contempló y aun sin querer recorrió con los ojos apretados el cuerpo entero de la ahijada: ágil y esbelta, compacta carne de bronce. Una confusión dentro del pecho donde sentimientos y emociones se atropellaban, contradictorios, como si él fuera dos. La voz cálida llegaba todavía del pasado:

—La bendición, padrino.

Pero enseguida la realidad se imponía:

—Recibió mi recado, ¿no?

—¿Recado? Ahora mismo acabo de saber que estabas aquí, por la boca de Coroca. ¿Qué pasó?

Soltó la mula, que se alejó en busca de pasto, no iría lejos. Sin esperar la respuesta, cruzó la entrada de la choza, se sentó en el catre hecho con dos tablas. Bernarda lo acompañó y se mantuvo de pie delante de él: en tan pequeño espacio casi le tocaba las rodillas.

—Dime, ¿qué fue lo que pasó? —En la voz aparentemente fría y neutra se traslucía una punta de cuidado.

Bernarda levantó la cabeza y miró de frente al padrino:

—No aguanté más. Papá sólo hace dos cosas cuando viene del monte: beber y pegarnos. —Las palabras salían lentas y pesadas. —Y eso que el padrino sabe.

Con la mano arrugaba la falda, única señal de aflicción:

—En casa no hay qué comer, solamente *cachaça*. No nos morimos de hambre por la ayuda de los vecinos y porque yo fui para los yuyos con quien quiso pagarme, corriendo riesgos: si papá llegaba a saber, me mataba.

Natario escuchaba sin hacer comentarios. Bernarda hizo un ruido con la nariz; el llanto amenazaba irrumpir pero ella lo retuvo en el fondo de la garganta; su ánimo había sido templado a fuego lento. Arremangó la punta del vestido para con ella apagar el ardor de la vista. El Capitán reparó en el muslo macizo, percibió la curva del trasero; la ahijada había comido el pan que amasó el diablo. Muerto de pena — ¡pobre chiquita!— , sintió que el corazón se le contraía, pero sus ojos permanecieron fijos, nublados de codicia hasta que la mujercita soltó la falda y prosiguió:

—Papá me hizo, a mí, la hija de él, su amante, todo el mundo lo sabe. Mientras mamá vivía, sin habla y sin acción, me frené, no iba a dejar a mamá morir solita. Pero después que la enterramos, me mandé mudar. —Otra vez miró al padrino para afirmar: —El que pensó que yo estaba de acuerdo, se engañó. Yo estaba en una casa sin remedio con mamá en aquel estado.

33

Estaba en una casa sin remedio, verdad pura, pero Natario apenas informó:

—No supe de la muerte de la comadre Ana.

—Hace unos veinte días que faltó. Le mandé un recado a usted a la Atalaia. ¿No se lo dieron?

—Estaba de viaje. Acabo de llegar. ¿E Irá?

—Se quedó con papá.

—¿Y si hace con Irá lo mismo que hizo contigo?

—¿Con Irá, padrino? Pero es demasiado chica, todavía no tiene años y todavía no largó sangre.

—¿Y el compadre es hombre de reparar en esas tonterías? En la casa de Luisa Mocotó, en Rio do Braço, hay una nena de diez años haciendo la vida. Dicen que el padre fue el que la atropelló. Lo que más abunda acá es el cacao y los padres que se amanceban con las hijas.

Afirmaba sin comentar, era así y se acabó. En el silencio pesado de intenciones y pensamientos, el Capitán empujó con el pie las palmas que hacían de puertas. Extendió la mano, tocó el vestido de tela rústica pegado a la piel de la ahijada. Bernarda no se movió ni movió los ojos.

Su ahijada. Chiquitita, venía corriendo, desnuda y sucia, a colgarse de su cuello. Natario le ofrecía una moneda de veinte centavos pero se negaba a aceptarla. Quería, eso sí, montar en su cogote, agarrar las alas del sombrero de cuero, jugar. Creció dormitando en la hamaca, roncando contra el pecho del *capanga*, riéndose cuando él le hacía cosquillas en las plantas de los pies. El universo de la niña se resumía en el padrino, además de él existía solamente un desierto de desolación e indiferencia.

Más que padrino. Casi padre. ¿Y? Padre de verdad era Florencio y ella no se había negado cuando el viejo la quería. Había dormido con él durante más de un año, si no con gusto, conforme. Natario apoyó la mano sobre la panza de Bernarda, ella permaneció inmóvil pero, cuando los dedos le tocaron el seno, esbozó una sonrisa y bajó los ojos. El Capitán la atrajo hacia el catre.

Después del sollozo estrangulado, del ay de ansia y júbilo, del grito de victoria, Bernarda pasó la mano levemente por el rostro del padrino, se estremeció, sonrió y dijo:

—Siempre pensé que un día habría de echarme así con usted.

Se cobijó en el pecho sudado, igual a la niña de la hamaca:

—En los sueños pasó, un montón de veces. Cuando quiero una cosa sueño con ella. ¿Usted también, padrino? —Sacaba conversación para mantenerlo allí, en su regazo.

—Los sueños son mentira, soñar no vale la pena. Cuando quiero una cosa, la hago o la tomo. —Endulzó la voz para concluir: —Es mejor tener que soñar. Yo también tenía ganas.

34

Palabras benditas, venturosas: el padrino había tenido ganas. muerto de ganas de acostarse con ella y penetrarla. La desolación y la maldad de la vida se deshicieron, no cabían en el mundo luminoso del beso y de la caricia cuando cuerpos y almas se desvestían y se ofrecían sin pudor, sin timidez. ¡Ay, qué maravilla, mi padrino, vamos a hartarnos, necesito compensar los infinitos días, las noches de miedo y asco! ¡Ay, mi padrino, tanto tiempo podrido! ¡Tanto tiempo triste! ¡Vamos a hartarnos, no se vaya!

—Padrino, ¿no se va enseguida, no? Todavía es temprano. Se disculpaba: —No tengo nada para servirle. Sólo yo misma, si el padrino tiene ganas.

Con ganas los dos, se demoraban en la pereza, haciéndola durar hasta que el sol descendió del cielo para dormir en el río y la mula relinchó allá afuera. Mientras se ponía las botas, el Capitán quiso saber:

—¿Qué fué lo que le dijo el Turco?

—Va a montar un negocio acá. Dicen que tiene futuro. Debe de estar volviendo.

—Cuando aparezca le ordenas que vaya a hablar conmigo a la Atalaia. Pero avísale pronto que la colina que queda en la curva del río, aquella más alta, es mía, hace un tiempón.

La palabra del padrino era la verdad y la ley; Bernarda hizo la pregunta apenas para prolongar un momento más la conversación y la estada, la bienaventuranza:

—¿Usted la compró junto con la plantación?

—La plantación me la gané por méritos. Hice también para merecer ese cerro, pero no sé quién me lo dio en recompensa; si fue Dios o si fue el Diablo. Sólo sé que es mío y en él nadie pone la mano ni apoya el pie.

No le ofreció dinero, al despedirse: la lastimaría si lo hiciera: en lugar de una moneda de veinte centavos, la chiquita pedía tan solamente aprobación. Pero, antes de tomar el atajo, el Capitán arregló con Bastiao da Rosa y Lupiscinio que aprovecharan las sobras de la madera cortada para Fadul; con ellas levantarían, por su cuenta, una casita de tres cuartos, donde la ahijada y Coroca pudieran vivir y ejercer el oficio. Quien conquista mando y autoridad, contrae igualmente obligaciones. Debe cumplirlas.

EL NEGRO CASTOR ABDUIM DA ASSUNCAO
AGREDE A UN SEÑOR DE INGENIO
DESPUES DE HABERLO CORNEADO DOBLEMENTE

1

El negro Castor Abduim da Assunçao había traído del Reconcavo, de donde procedía, el apodo de Tizón Encendido y en parte lo había conservado, ya que raramente respondía por el nombre de bautismo; pasó a ser apenas Tizón, muchacho alegre. Al mismo tiempo, al emprender la fuga, había dejado atrás y para siempre el apodo de Príncipe de Ebano, repetido por Adroaldo Muñiz Saraiva de Albuquerque, Barón de Itauaçu, con evidente acento de broma pero que la Baronesa Marie-Claude Duclos Saraiva de Albuquerque, o simplemente Madama, pronunciaba revoleando los ojos, haciendo tintinear la lengua, moviendo el culo.

El culo y no los cuadriles, las ancas, las caderas, en la opinión competente a pesar de apasionada de la mulata Rufina, que la anunciaba solemnemente en la cocina de la casa-grande provocando risas y burlas: ya que Madama no poseía tales magnitudes, no las podía revolear. En cambio abría unos ojos enormes, suplicantes, perturbadores, y exhibía bajo las puntillas de la transparente blusa de organdí, en un descaro de gringa, un par de senos diminutos pero firmes, altaneros, de una albura más que blanca, color de rosa: un galanteo. Cuando el joven Castor, vistiendo un vistoso traje de criado, surgía en el comedor trayendo los cristales en la bandeja de plata, Madama susurraba: *Mon Prince*; y la voz se diluía en gozo.

También la voz de Rufina se diluía en gozo al verlo en la sala, todo verde-amarillo con toques rojos en las mangas infladas; suspiraba: ¡Tizón Encendido, ay, mi Tizón! Cuerpo digno del esmero de opulento señor de ingenio o de canónigo reverendo y magnánimo, piernas desnudas, hombros desnudos, senos túrgidos, color de melaza, una opulencia, entremostrándose en el escote de la bata de algodón, no descaradamente sino con miedo. Nalgas de popa de *saveiro*, navegaba en marea alta, pavoneándose en el hocico de Castor, tizón de fuego que le encendía llamas en las entrañas.

Castor no se sentía muy cómodo en la librea de paje, de criado de servir, cosida ante la vista de Madama, que la había copiado de un libro de figuras. Prefería el trapo pasado entre las piernas atado en la cintura y el calor de la fragua del taller del tío Cristóvao Abdui, su único pariente. La Baronesa lo había retirado de la bigornia para transformar al aprendiz de herrero en paje, palafrenero, en favorito: los siervos no tienen voluntad ni albedrío. Aun así, a pesar de la vestimenta burlesca y de la condición doméstica de lacayo, Castor mantenía el porte altivo, la risa perenne y contagiosa. Inconsecuente juventud, tizón encendido o *prince noir*, le hacía perder la cabeza a Rufina, dispuesta a enfrentar las peores consecuencias, y llcvaba a Madama al frenesí.

2

De la incomparable calidad de los negros en el ejercicio de la *bagatelle*, Marie-Claude estaba enterada gracias a Madeleine Camus, *née* Burnet, compañera de colegio, su *aimée*. En el Sacré-Coeur, pulcras y disolutas alumnas de las monjas, *amies intimes*, cambiaban informaciones, proyectos y sueños, conversaban de religión y de puterías, ansiosas a la espera del día de la liberación.

Al regresar de Guadalupe, donde el marido, teniente coronel de artillería, había comandado la guarnición, Madeleine había hecho dos declaraciones perentorias: a) todos los tenientes coroneles nacen con irrevocable vocación para ser corneados, y ni la más pacata de las esposas puede impedir que cumplan su destino; b) los negros, en materia de cama, son absolutamente insuperables. No había mejor prueba de la primera afirmación que el mismo esposo de Madeleine; él era el que había traído a la casa, en calidad de ordenanza, al negro Dodum, exactamente la mejor prueba, la más espléndida, de la segunda revelación.

Proclamada baronesa y señora del ingenio debido al feliz matrimonio con noble más o menos colonial, más o menos mestizo y riquísimo —en relación a la fortuna no había más o menos, sino más y más—, Marie-Claude viajó hacia los trópicos distantes y misteriosos donde estaba situado su reino dulce y verde de caña de azúcar y siervos negros. Llevaba en el equipaje vestidos finos, un cargamento de remedios, afligidas recomendaciones maternas y la excitante información de Madeleine. Al principio todo fue novedad y animación, motivo de fiesta y risa, pero la monotonía no demoró en prevalecer.

Cansada de los bailes provincianos en los cuales, a causa de la elegancia y los trajes europeos, provocaba envidia y conquistaba aversiones entre las mujeres atrasadas y maledicientes, cansada sobre todo de la presunción y la tontería del Señor de Itauaçu, tan pagado de sí mismo como vacío de interés, para contener los bostezos y soportar el destierro, Marie-Claude se dedicó a la equitación y la fornicación. Jinete petulante, solita o acompañada por el Barón, cruzaba los campos en los caballos de raza, los más fogosos del Reçoncavo.

Esposa atenta, comprobó en la práctica que, igual que los tenientes coroneles, todos los barones nacen con irremediable vocación para ser corneados: imposible impedir que la hagan realidad. Siendo así, una esposa devota debe estar lista para cumplir su deber, solidaria con el destino del marido. Un día, cuando disertaban sobre la pureza y la belleza de las razas equinas y similares, andando por los alrededores de los establos, el Barón Adroaldo había señalado a un negro adolescente, envuelto en chispas, en el taller del herrero, llamando la atención de Madame la Baronnese hacia aquel magnífico espécimen de animal de raza:

—Repara en el torso, las piernas, los bíceps, la cabeza, *ma chère*: un bello animal. Ejemplar perfecto. Observa los dientes.

Reparó, obediente e interesada. Demoró los ojos mojados en el ejemplar perfecto, en el bello animal. Observó los dientes blancos, la sonrisa ociosa. ¡*Malheur*! Una faja de paño le escondía la primacía.

El Barón era de verdad una autoridad en razas, había heredado la competencia del padre, perito en la elección y compra de caballos y y esclavos. Pero Marie-Claude había aprendido con las monjas del Sacré-Coeur que los negros también tienen alma, que la adquieren con el bautismo. Alma colonial, de segunda clase, pero suficiente para distinguirlos de los animales: la bondad de Dios es infinita, explicaba Sor Dominique disertando sobre el heroísmo de los misioneros en el corazón del Africa salvaje.

—*Mais, pas du tout, mon ami, ce n'est pas un animal. C'est un homme, il possède un' âme immortelle que le missionaire lui a donné avec le baptéme.*

—*Un homme?* —El Barón se largó a reír.

Cuando el señor de Itauaçu reía en francés, posando de aristócrata culto e irónico que se divertía con una banalidad humana, se tornaba intolerable por afectado y arrogante. Un homónimo suyo, Adroaldo Ribeiro da Costa, abogado y literato de Santo Amaro, al oírlo reírse a carcajadas masacrando sin piedad la lengua de Baudelaire, maestro bienamado, había comenzado a llamarlo Monsieur le Franciú, para alegría de los oyentes y a espaldas del Barón: el poeta vivía en la luna pero no al punto de exponerse a las iras del mandamás.

—No me toméis a mal, *ma chère*, pero vuestra afirmación es una estulticia. ¿Dónde se ha visto decir que un negro es un hombre? Un bello animal, repito, con certeza menos inteligente que vuestro caballo Diamante Azul.

—*Très beau, oui. Un homme très beau, un prince. Un prince d'ébène!*

— ¡Príncipe de Ebano! *Vous étes dróle, Madame*. Permitidme reír. —Y rió estrepitosamente, superior y absoluto.

La burla grosera, la soberbia, *le ricanement sardonique* del Barón terminaron de convencerla: el destino es el destino, trazado en el cielo. La Baronesa adoptó a Castor y no se arrepintió. Si el señor del ingenio se dio cuenta del interés que dictó la mudanza de estado del aprendiz de herrero, que ahora le servía a la mesa, hizo la vista gorda, él mismo ocupado en voltear negritas, usando y abusando de ellas como si aún perdurara la esclavitud.

Señor feudal, desvirgó a muchas pero solamente con Rufina mantuvo una relación prolongada; en la cocina de la casa-grande ella se daba aires de señora, amante cubierta de oro y plata —*balangandas,* pulseras, aros, collares, trencillas, además de la cruz de madreperla que le había dado el reverendísimo Canónigo—. La generosidad del Barón no conocía límites: como si no bastaran los regalos valiosos, se encaprichaba en instruir a la mulata en la práctica de refinamientos de las extranjeras, sin éxito pues ella prefería la broma al natural: la gula insaciable dispensaba salsas y aderezos.

Para acortar el cuento, pues el enredo detallado de la cornada doble o del doble corneo del Señor de Itauaçu se revela demasiado largo para el espacio que le cabe en la historia de Emboscada Grande, regístrese ya aquello que en poco tiempo se tornó de dominio público: combatiendo en dos frentes de batalla, en el de Madama todo de oro, en el de Rufina todo de cobre, con la fuerza y la inocencia de los diecinueve años por cumplir, Castor Abduim ornó de potentes y graciosos cuernos la aristocrática testa del Barón.

3

El mimoso y perfumado vientre de Madame la Baronnese se contraía goloso, se llenaba de rocío cuando ella, en la soledad del *boudoir* rota por los ronquidos del Barón, pensaba en el Príncipe de Ebano y lo detallaba con apetito: los labios gruesos, los dientes de morder, la lengua áspera, el pecho ancho, las piernas fuertes y el resto, ¡ay!

Perdón por la mala palabra que evidentemente no pertenece al vocabulario de Madama. Ella jamás diría esto, jamás usaría un término así de mezquino y poco delicado para nombrar aquella ostentación única y principal, a cuya simple vista se obliteraba el cerebro de Rufina y se humedecían las partes de Madama. Partes: otra palabra infeliz, ordinaria pero corriente entre la gente de la cocina de la cual ella proviene y de cuya alcahuetería Dios nos libre y guarde.

A pesar de tener la sensibilidad a flor de piel, la Baronesa se mantenía lúcida aun en los momentos culminantes, celosa de la lógica y la exactitud gálicas. Con justa pertinencia designaba a la hermosa y notable potestad conforme la ocasión y la utilidad: con las dos manos empuñaba *le gran mat*, se hartaba de mamar el biberón, se abría para recibir por delante y por detrás *l'axe du monde*.

Asqueada del rapé y los remilgos del Barón, que destacaba los bálsamos del Canónigo compasivo y magnánimo, Rufina buscó consuelo y abastecimiento en el mismo pecho amplio en el que la suave baronesa reposaba los bucles de la rubia cabellera: el pecho de Castor Abduim da Assunçao, Tizón Encendido, Príncipe de Ebano, criado de lujo, ex aprendiz de *marechal-ferrant* en la forja de su tío Cristovao Abduim, ambos de cabeza hecha por Xangó.

En los cañaverales, en el bangüe, en los ingenios del Reconcavo, en las ciudades de Sao Félix, Cachoeira y Santo Amaro, en Maragopipe y hasta en la capital, comentaban el caso, decían que la cofradía de San Cornelio, el santo patrono de los cornudos, tenía nuevo e ilustre presidente, el Barón de Itauaçu, *Monsieur le Franciú*, cuerno al cuadrado, cornísimo, cornisísimo, rey de la mansedumbre. *"Un gentil cocu"*, para usar una definición que sonaba simpática y *amical* en la boca de la Baronesa su esposa. ¡Ah! La boca de la Baronesa sólo era comparable al tajo de Rufina, dos obras de arte, dos competencias, opinión compartida por el Barón Adroaldo Muñiz Saraiva de Albuquerque, hidalgo y señor de ingenio, y por el negro Castor, nacido siervo en las plantaciones de caña. Comprobaba así, de una vez por todas, que la verdad se impone al sabio y al letrado, al rico y al pobre, a la nobleza y a la plebe.

4

Para que nadie se forme un mal juicio de Adroaldo Muniz Saraiva de Albuquerque, Barón de Itaucu, y no se le atribuya el pecado de señor de ingenio atrasado, sustentáculo de indignos preconceptos, indigno de esposa europea, civilizada, debe decirse que el incidente con Castor, motivo de la agresión y de la fuga, no tuvo como causa inmediata la intimidad establecida entre la baronesa y el ayudante de herrero. Todo indica que los bucólicos pasatiempos de Madame no hacían mella en el barón. Ella los ostentaba con dignidad y nonchalance, como un bello ejemplo para los bárbaros señores del azúcar de justicia sumaria que mataban a las señoras y señoritas que se atrevían con los negros; a los negros los mandaban capar antes de matarlos.

La vez que el barón levantó el brazo con el látigo y abrió una herida en las nalgas desnudas de Rufina, fue a causa de la indignación producida por la actitud de la muchacha; la ingratitud, la falta de respeto. Se sintió agredido en aquello que le era más sagrado, el sentimiento de propiedad. Había gastado conocimientos y dinero con la ingrata. Le había concedido la honra de desflorarla y de fornicar asiduamente con ella; la había instruido acerca de refinadas prácticas sexuales que la sierva, ruin, estulta, se negaba a admitir; le había otorgado el estatuto de concubina, elevándola a la condición de cría de la casa, de animal doméstico; le había regalado muchísimas prendas de vestir

40

y cosméticos. La traición de la mulata le dolió en el alma. No se trataba de simples caprichos momentáneos de esposa aburrida, tonta liviandad, pecado venial. Se trataba de un pesado agravio, afrenta vil, humillante escarnio al señor y amo, culpa imperdonable, pecado mortal. Tolerar tal ultraje significaría socavar los fundamentos de la moral y de la sociedad.

Así cuando, al regresar de la cabalgata matinal, sorprendió en las dependencias del antiguo ingenio a Rufina siendo poseída por Castor a la manera elemental de los rústicos, la mulata abajo y el negro encima, el barón se enfureció; no era para menos, convengamos. Un latigazo se alcanzó a escuchar sobre el cuerpo de Rufina. Enfurecido, el barón la castigó con denuedo. Entonces Castor le arrancó el látigo de las manos, lo partió en dos pedazos y lo tiró a lo lejos. A su turno el barón pasó al insulto y a la amenaza:

—Te voy a arrancar los huevos, Príncipe de Mierda, negro inmundo.

Con la cara hirviendo y la mirada turbia, el Príncipe de lo que fuera —de ébano o de mierda— asió con la mano izquierda al barón de la chaqueta de montar, y con la derecha le propinó un puñetazo en la cara. Sólo paró de cachetearlo cuando acudió la gente, venida de la casa grande y del bangüé, en un alboroto que tenía algo de festivo: no todos los días se asiste al espectáculo del abofeteamiento de un señor de ingenio.

Cabeza y cojones puestos a precio, Castor se lanzó a recorrer el mundo. Se hubiese quedado, si la baronesa, que hubiera podido salvalo, hubiese intervenido a su favor. Pero ella no quiso: afectada por la traición del negro —*Aie Madeleine, le plus beau noir du monde, le plus vilain des hommes!* —Madama enfermó, guardó lecho en días melancólicos, mientras se preparaba para viajar a Europa en compañía del barón, en una segunda luna de miel bien merecida.

El fugitivo llegó a la capital después de descender por el río Paraguaçu en un saveiro cargado de azúcar y *cachaça*. Madre Gertrudis de Oxum, que lo hospedó, consideró la ciudad de Bahía demasiado próxima a Santo Amaro como para ofrecer garantía de vida a un negro acusado de tamaños crímenes: atreverse a levantar los ojos hacia la íntegra y virtuosa esposa del amo; repelido, pretender violentar a una pobre e indefensa sirvienta; impedido de llevar adelante el torpe intento, intentar asesinar al señor del ingenio. Los policías lo perseguían con orden de prisión; capoeiras venidos del Reconcavo registraban las calles con orden de matarlo.

Escondido en la bodega de un velero de dos mástiles viajó de Bahía a Ilhéus. En el *terreiro* donde velaba por los *orixás*, en un cocotal entre Pontal y Olivença, el pai Arolu lo acogió y lo recomendó al coronel Robustiano de Araújo, cuya riqueza no le impedía dar comida a los encantados y recibir la bendición y los consejos del *babalo-*

rixá. En eldorado del cacao el pai Arolu tenía tanto o más prestigio que el Señor Obispo: había llegado primero y poseía indiscutibles poderes sobre el sol y la lluvia.

5

Llevaba Castor cinco años trabajando como herrador de caballos en la hacienda Santa Mariana cuando, siguiendo el rastro de la manada de burros, se le ocurrió pernoctar en Tocaia Grande. Su destino era la ciudad de Itabuna, más exactamente las calles de piedra donde estaban localizadas las casas de las prostitutas; iba a sacar al cuerpo de la miseria. Para quien se deleitara en abundancia, degustando manjares finos, mercaderías nacionales y extranjeras en el jolgorio de los ingenios de azúcar del Reconcavo, las haciendas de cacao del sur del Estado dejaban mucho que desear en materia de mujeres.

En general, estaba satisfecho, no sentía nostalgia a no ser del tío. Aunque pudiera no regresaría. Allá no pasaba de ser un siervo con el único derecho de obedecer sin levantar la voz. Tratado de príncipe, poniéndole los cuernos al Barón en el lujo de las sábanas de lino, de las mantas de encaje, de las colchas de satén, ni en el lecho de Madama se había sentido un hombre libre. Para que eso sucediera, se había hecho necesario meter la mano en la cara del Barón, correr peligro de muerte, atravesar el mundo y llegar a las tierras del cacao donde cada uno tenía su valor y, bien o mal, se le pagaba por lo que hacía.

La falta de mujeres en la hacienda, él la compensaba acompañando las manadas de burros; en las paradas, en los poblados, en las ciudades encontraba el calor de las putas. Había madurado y se había convertido en un negro tranquilo y cordial; había conservado el modo simple y el porte altivo, el carácter amistoso. Cuando demoraba en aparecer, algunas muchachas protestaban por la larga ausencia de Tizón: para animar una fiesta no había otro igual que él.

Artesano capaz y habilidoso en la fragua rudimentaria montada en la Santa Mariana a fin de atender las necesidades de la hacienda —herrar el ganado, ensillar a los animales de monta y carga, afilar los cuchillos, reacondicionar instrumentos de trabajo, palas, azadas, hoces—, para arreos, anillos para ofrecer a las conocidas, herramientas de candomblé que mandaba de regalo al pai Arolu: arco y flecha de Oxóssi, abebés de Oxum y Iemanjá, hacha de dos cabezas de Xangó. El coronel no ahorraba elogios a la destreza y la pericia del herrador, un artista según su parecer. Tizón había ofrecido al hacendado un par de estribos, labrados por él con esmero y oficio, piezas de valor.

Buena persona, el coronel Robustiano de Araújo. Rico y poderoso, no se jactaba de hidalguías, no miraba desde arriba, con desprecio, a los trabajadores. Aun así, el sueño de Castor era montar una fragua de herrero en uno de los nuevos poblados, trabajar por cuenta propia, no servir a un patrón por bueno que fuera.

AYUDADO POR COROCA, TIZON ABDUIM EXTRAE UN MOLAR A LA AMANTE DE MANUEL BERNARDES, CARABINERO FAMOSO

1

De repente, gemidos punzantes cubrieron la algazara habitual del comienzo de la noche en el vasto campamento en que Emboscada Grande se había transformado. Venían de lejos, en un crescendo: desesperados ayes de dolor. Alguien imploraba socorro y hablaba de muerte. El acordeón se silenció en las manos de Pedro Cigano, que andaba a la buena de Dios sin rumbo cierto, haciendo de todo y no haciendo nada. Los contumaces jugadores de ronda suspendieron la partida, arrieros y trabajadores despertaron, se pusieron de pie, salieron a ver lo que estaba sucediendo. Al lado de Coroca en la cama de campaña, el negro Castor se irguió atento.

—Parece que están matando a alguien. —Comentó la prostituta.

—Voy a ver. —Dijo el negro, poniéndose los pantalones, —Ya vuelvo.

—Yo también voy. —Coroca apuró el oído: —Es llanto de mujer.

Perduraba en torno de Tocaia Grande una leyenda de peligro y violencia —no le habían dado ese nombre por acaso, si bien últimamente no se tenían noticias de discusiones de importancia por allí. De vez en cuando un tiro, una cuchillada, peleas en torno de naipes grasientos. Días antes, dos hombres casi se matan a puñal para decidir cuál de ellos iba a pasar la noche con Bernarda; corrió sangre pero no hubo muerte, incidente de poca monta. Aun así, moradores y viajeros se alarmaban al escuchar gritos de dolor, pedidos de socorro.

Tres figuras despuntaron por detrás del galón en el cual se acumulaba el cacao proveniente de la hacienda Santa Mariana y reposaban los arrieros que lo traían y los *jagunços* que lo guardaban. Coroca y Castor pudieron distinguir, a la luz de la luna llena, la mujer todavía joven, mulata oscura, de basta cabellera crespa, hembraza vistosa si no estuviera tan despavorida: con la mano se tapaba un lado del rostro, gemía sin parar. La acompañaban un hombre flaco, albino, ya de cierta edad, y una vieja. Coroca se había adelantado al encuentro de los caminantes: nada serio, apenas una enferma camino a Itabuna, en busca de atención. No debía de encontrarse en estado grave ya que venía caminando con sus propios pies y no transportada sobre los hombros en una red, moribunda. Se oyó la risa de burla de la mujer:

—¿Tanto aspaviento por un diente? ¿Sacar a la gente del sueño por una tontería de esas? Un descaro.

Afligida y rabiosa, la vieja enfrentó a Coroca:

—Quisiera verla si le pasara a usted, mi señora. Hace tres días que la pobre no hace más que sufrir, no tiene descanso, comenzó anteayer y no paró de doler, cada vez más, la infeliz no tiene sosiego.

Había elevado la voz para que la oyeran los curiosos que afluían:

—Vamos hacia Taquaras, para ver si encontramos por allá un hijo de Dios que le arranque el diente. Si no lo encontramos, seguimos para Itabuna. Es mi hija, la mujer de él.

Señaló al hombre que se mantenía callado. La vieja se despachaba en detalles; con seguridad había tenido que repetir la explicación camino afuera. Continuó:

—Creo que fue un mal que le hicieron. Esa Aparecida que...

No logró contar el caso; la voz brusca del hombre le cortó la palabra:

—¡Basta! Usted habla de más.

Traía puñal en la cintura y escopeta colgada al hombro. Aun sin el aviso dado por la vieja, enseguida percibieron que la criatura era propiedad de él, por la preocupación y por el cuidado reflejados en el rostro ceñudo que se enternecía al mirar a la llorona. Observó fijamente a Castor cuando el negro se aproximó risueño y se ofreció:

—Si está buscando a alguien que le arranque el diente, doña, no necesita ir hasta Taquaras. Aquí mismo podemos intentarlo. Venga conmigo.

El hombre quiso saber:

—¿Ir a dónde?

—Al depósito del coronel Robustiano, para que yo espíe la condición del diente.

—¿Y tú entiendes del dolor de dientes? —Más que pregunta, el tono de voz contenía sospecha y advertencia.

Castor no vaciló, se abrió en una sonrisa.

—Entiendo, sí señor. Vamos doña.

A una señal del hombre, se encaminaron hacia el depósito de cacao; los *jagunços* abrieron paso al grupo, igualmente interesados en las peripecias del suceso. El público había crecido con la presencia de Pedro Cigano, de Bernarda, de Lupiscinio, de Bastiao da Rosa, de trabajadores y arrieros. Cambiaban murmullos, miraban de soslayo hacia el hombre armado, el carpintero hizo un gesto, Bastiao da Rosa respondió con otro, confirmando. Habían reconocido al taciturno; había envejecido y estaba enamorado, lo que lo tornaba aún más peligroso. Lupiscinio sintió un escalofrío en la columna vertebral, un frío en los testículos: todo podía suceder.

44

Tizón pidió que la mujer se sentara encima de unas bolsas de cacao y abriera la boca, pero ella no se movió, continuó gimiendo a la espera de la decisión del albino, que insistió en la pregunta:

—¿Entiendes de verdad?

El negro rió nuevamente, juguetón y bien dispuesto:

—Ya le dije a vuestra señoría.

—No soy señoría, ni suya ni de nadie. Soy Manuel Bernardes, de Itacaré, y no aprecio las burlas. Voy a mandarla a sentarse pero el riesgo es suyo. —Ablandó la voz al dirigirse a la mujer: —Siéntate Clorinda, abre la boca, muéstrale el diente al mozo.

Lupiscinio y Bastiao da Rosa lo habían identificado antes de que proclamara el nombre facineroso de aviso y amenaza. Carabinero al servicio de los Badaró durante las luchas trabadas con el Coronel Basilio de Oliveira, en el cerco final cuando la munición se terminó y él se quedó solo, no se rindió; armado con el puñal, todavía hirió a tres. Apresado y atado, iban a acabar con él con maldad pero el coronel Basilio no lo consintió: macho de aquella especie no se mata a sangre fría. Mandó que lo soltaran y le extendió la mano. Manuel Bernardes pasó a vivir a Itacaré donde plantaba maíz y mandioca y poseía una casa de harina. Fama capaz de rivalizar con la de él, sólo la de Natario da Fonseca.

En aquel momento todos temieron por la vida del negro Tizón, muchacho trabajador y afable, muy estimado. Herrador de mano segura y fuerte al golpear el clavo, herrero de dedos ágiles e ingeniosos en el trato de los metales. Defecto serio, aparentaba poseer sólo uno: era audaz a más no poder, metía las narices en todo, todo lo quería resolver, el belcebú. Iba a pagar caro el atrevimiento, ¿quién le había mandado entrometerse? Ciertamente no tenía competencia ni experiencia, no pasaba de un negro hábil y holgazán.

Adolescente, se había metido con las hembras del Señor Barón, la legítima y la preferida. Por valles y montes, cañaverales y matorrales, por el campo verde y por el cielo azul había cabalgado las dos cabalgaduras exclusivas del señor de ingenio, arriesgando la cabeza y los huevos. Había demostrado experiencia y competencia, había perdido el miedo de una vez por todas.

—Mucho gusto, señor Manuel. Mi nombre es Castor Abduim, me llaman Tizón por ser herrero. Ya tuve otros apodos, le puedo contar un día si usted quiere oír. Ahora, vamos a aliviar a su doña. En el mundo no hay cosa tan mala que se compare con un dolor de dientes, es lo que oigo decir y repetir. Yo nunca tuve, gracias a Dios. —Rió de un lado a otro de la boca exhibiendo los dientes blancos.

45

—¿Es abajo o arriba? ¿De qué lado, doña?

—Abajo. En éste.

Los presentes se habían aproximado, todos querían ver, las miradas iban del carabinero al negro, de la mujer a la vieja. Tizón le pidió a Coroca que tomara la antorcha y la colocara a la altura del rostro de Clorinda. Apenas conseguía ver a la luz vacilante y humosa de la lámpara; fue tanteando con los dedos en el lado derecho hasta que la enferma gimió más fuerte y él sintió el agujero de las caries en el molar. Anunció:

—¡Una muela! Si la moza quiere y alguien me consigue una tenaza, puedo arrancarla.

La voz de Manuel Bernardes volvió a resonar, todavía en duda y amenaza:

—¿Ya arrancó alguno?

En aquel culo del mundo, un calzador de herraduras acaba siendo médico de bichos. Más de una vez, Castor había extraído dientes de burros y caballos. De mujer y hombre, todavía no, ¿pero qué diferencia hay?

—Muchísimas veces.

Entre los trastos de depósito encontraron la tenaza. El negro pidió que obtuvieran un poco de *cachaça:*

—Para que la moza tome un trago y sienta menos.

Un arriero trajo una botella que tenía más de la mitad. Tizón la probó y elogió: es de la buena. Explicó a Clorinda:

—Va a doler un poco; si quiere que arranque tiene que aguantar. —La sonrisa infundía confianza: —Pero es un dolor solo, después pasa, se acabó.

—Pues hágame esa caridad.

Gentil, el negro extendió la botella al albino, ofreciendo:

—¿Un traguito? Es bueno para sosegar el juicio.

—No, gracias; —Al lado de la mujer, agarraba el arma, impasible.

Castor no se dio por vencido.

—¿No quiere? ¿No le gusta, o es creyente? La moza sí que la tiene que tomar, le guste o no le guste.

Por la forma en que tomó la botella, se vio enseguida que Clorinda no se negaba un trago. Hasta paró de gemir.

—Ahora, abra la boca, doña. ¡La luz, Coroca!

Palpó las encías de la quejumbrosa que se revolvía a cada toque de la mano incómoda. En el silencio espeso y tenso, una atmósfera de alarma y aprensión envolvía a los presentes, atentos a cada palabra, a cada gesto. La vieja sacó la botella de la mano de la hija, se sirvió ella también. Tizón rió y comentó:

—¿Qué es eso, abuela? ¿También se va a arrancar un diente? Tenga.
—Le entregó la tenaza, y se volvió hacia el descomedido: —Présteme el puñal, don Manuel.

—¿Para qué?

—Ya va a ver. Necesito separar la encía para poder agarrar el diente con la tenaza.

Recibió el arma, recetó otro trago de *cachaça* para Clorinda.

—Así, va a ponerse borracha. —Se alarmó la vieja.

—Cuanto más borracha mejor para ella.

Pedro Cigano comprobó y alabó, con un movimiento de cabeza, el desembarazo de la llorona: bebió de la garrafa con disposición.

—Prepárese, que va a doler un poquito. —Avisó Castor.

—Peor de lo que está, no puede ser. —La *cachaça*, si no la había emborrachado, le había dado coraje.

Pidiéndole a Coroca que moviera la lámpara de forma que pudiera ver dentro de la boca abierta, el negro separó la encía del diente, poco a poco, con la punta del puñal; filetes de sangre se escurrieron por las comisuras de los labios de la mujer. Manuel Bernardes desvió la vista, miró hacia adelante. Además de los gemidos contenidos, no se oía el menor ruido. Clorinda, de cuando en cuando, se agitaba al sentir la mordedura de la cuchilla.

—¡Listo! —Comunicó Castor. —Pásele la botella, abuela.

Devolvió el puñal; Manuel Bernardes limpió la sangre en el pantalón caqui. Tizón esperó que la mujer terminara de beber. Le hizo abrir la boca de par en par, pero aun así tuvo dificultad para introducir la tenaza. No fue fácil tampoco tomar el molar entre las tenazas: a pesar de la delicadeza y la habilidad demostradas por el herrador de animales, la tenaza mordió dos o tres veces la encía lastimada, haciendo que Clorinda se retorciera. Aprovechando un momento en que el negro había retirado la tenaza para separar la encía con los dedos, la mujer se zafó y se levantó de un salto. Sin siquiera mirarla, Manuel Bernardes dijo:

—Tú quisiste, ahora tienes que aguantar, el mozo avisó. Anda, siéntate y no te levantes más.

Era una orden, pero transmitida con blandura, la voz no se había elevado, jamás la elevaba al hablar con Clorinda. El albino estaba enamorado, reflexionó Bernarda y se preocupó por Tizón: si el negro estropeaba la boca de la mujer y no sacaba el diente, iban a presenciar una desgracia más. Miró alrededor y leyó en la cara de los demás la misma agonía, ¡ay, mi Virgen de la Capistola!

La mujer se quedó quieta y Tizón logró finalmente tomar el molar entre las garras de la tenaza. Afirmó los pies en el suelo, dio un tirón con violencia pero la enferma se movió, el diente resistió, no vino con la herramienta. El negro, paciente, recomenzó la difícil tarea, minutos

47

interminables. Los presentes se comprimían en torno. Alguien, tal vez Bernarda, dejó escapar un suspiro. La voz, ahora alterada y dura, de Manuel Bernardes exigió:

—¡Termine con eso de una vez!

Castor sonrió a la luz de la lámpara y prosiguió, tranquilo, hasta sentir el diente bien agarrado por la tenaza que lo tomaba por la raíz. Pidió la ayuda de dos hombres para inmovilizar a Clorinda, e impedirle que se moviera. Antes de que alguien se ofreciera, Manuel Bernardes decidió:

—No precisa a nadie, basta conmigo.

Apoyó la escopeta en las bolsas de cacao, clavó las dos manos en el cogote de la mujer. Entonces el negro afirmó el cuerpo, tiró con toda su fuerza: la fuerza de un herrero habituado a aplicar herraduras a animales, a martillear el hierro candente. La tenaza salió sucia de sangre, y Castor exhibió la muela entre las pinzas, un diente deforme que daba gusto ver.

—Ahí está su diente, moza.

Clorinda escupió una escupida gruesa, se limpió con la mano el mentón rojo. Tomó la botella de *cachaça*, bebió lo que sobraba como si fuera agua, después agradeció:

—Dios se lo pague, mozo. Disculpe los malos modos.

Manuel Bernardes colocó la escopeta al hombro. Se aproximó;

—Chóquela. —La mano extendida: —Disculpe el mal juicio, fue por verlo tan joven. Trabajo terrible de penoso. ¿Cuánto le debo?

—No me debe nada, no vivo de arrancar dientes.

Había surgido, nadie sabe de dónde, otra botella de *cachaça*, que pasaba de mano en mano y llegó a ellos. Manuel Bernardes la tomó por el cuello, engulló dos tragos calibrados, se limpió la boca en la manga del saco; se rió por primera vez al entregar la botella al negro;

—No soy creyente, no, Dios me libre y guarde, pero no tenía ganas de beber con usted en ese momento. —Se despedía: —Si un día me necesita, ya sabe dónde vivo.

Se oyó un sonido repiqueteante; nacía del acordeón de Pedro Cigano, un baile de Alagoas que bullía en la sangre y los pies del pueblo. La vieja se inflamó y salió al paso ligero y menudo de la danza: vieja enloquecida por la *cachaça* y el *forrobodó*. Se formó la ronda a su alrededor, las manos marcando la cadencia acelerada. Bastiao da Rosa, blanco de ojos azules, trajo a Bernarda al centro de la rueda; formaban una pareja extraordinaria. Clorinda, apaciguada, miró en una invitación al albino que tenía al lado, Manuel Bernardes volvió a sonreír, el pecho aliviado del dolor de la compañera y de la tensión de matar. Retiró la escopeta del hombro. De las bolsas llenas de cacao subía un olor activo que se mezclaba al de los cuerpos sudados, aromas familiares. aromas de primera, uno y otro.

—Doctor Tizón... —bromeó Coroca colgando la luz en un clavo en la puerta de entrada.

Juntos dejaron la fiesta, volvieron a la cama de campaña. Coroca no era perfumada y elegante Baronesa, no poseía el cuerpo esbelto y joven de Rufina, pero, para atender una emergencia, valía tanto o más que otra cualquiera: tenía la sabiduría de Madama, el fuego de la mulata. Tajo de rechupete.

3

Universo húmedo y tórrido, el lodo y el polvo dividían el calendario del cacao. Las lluvias, tan imprescindibles como el sol, duraban la mitad del año, pesadas, interminables, creciendo fácilmente en tempestades tropicales. Si sobrepasaban, sin embargo, el tiempo útil, se podían tornar fatídicas y hacían pudrir en los árboles los frutos necesitados de luz y calor. Coroneles y capataces, *jagunços* y asalariados vivían con los ojos puestos en los cielos en busca de las señales anunciadoras ora de lluvia, ora del buen tiempo: para que en la fuerza de las aguas los árboles de cacao reventaran en flores y en el brillo del sol los brotes crecieran vigorosos y se encendieran en oro. Para que se mantuviera alta la leyenda de aquella región privilegiada acerca de la cual corrían tantas noticias y se contaban historias para asombrar a todo el país.

En busca de trabajo o de fortuna descendía del norte, subía del sur hacia el nuevo eldorado una variada y sufrida humanidad: trabajadores, criminales, aventureros, mujeres de vida, abogados, misioneros dispuestos a convertir gentíos. Llegaban también del otro lado del mar: árabes y judíos, italianos, suizos y alemanes, sin olvidar a los ingleses del ferrocarril Ilhéus-Conquista y The State of Bahia South Western Railway Company y del consulado con la bandera de Gran Bretaña, la flema inalterable y la sólida capacidad de beber. El cónsul inglés había dejado la familia en Londres, y contratado en Ilhéus una india silenciosa para todo el trabajo de la casa. En la cama, con su desnudez pequeña, ella parecía una diosa del bosque y tal vez lo fuera. El Señor Cónsul le hizo un hijo lindo, un mestizo de ojos azules, un gringo color de chocolate.

La gente de aquellos labrantíos recientes, ricos y cruentos, era de poca religión, si bien gastaba con cualquier propósito el nombre de Dios, pronunciándolo en vano, al sabor de las emboscadas y las trampas. De promesa fácil, todos los años los coroneles renovaban arreglos, asumían compromisos con la corte celeste, en razón de las lluvias, en razón del sol, buscando comprar la buena voluntad de los santos y el perdón para los crímenes, si es que se puede llamar crímenes a los accidentes de la conquista.

En los tiempos de la colonia, cuando todavía no existía el cacao, San Jorge, traído en el oratorio de las carabelas por los blancos, había sido proclamado patrón de la capitanía. Montado en su caballo, la lanza erguida, santo guerrero, protector en la medida exacta. En el apartamiento del bosque, traído por los esclavos en las bodegas de los barcos negreros, dueño de la selva y de los animales, cabalgaba un puercoespín, una quijada gigantesca, un *caititu*. Se fundieron el santo de Europa y el orixá de Africa en una divinidad única que comandaba el sol y la lluvia, que recibía las oraciones y los cantos, las misas y los *ebós*: en andas de la procesión, en el altar mayor de la catedral de Ilhéus o en la choza del pai Arolu que había nacido esclavo y se había refugiado allí para mantener la libertad. En el *peji*, lado a lado, el arco y la flecha, emblema de Oxóssi trabajado en la fragua por Castor Abduim, y la estampa en colores vivos de San Jorge en la luna hiriendo al dragón, recuerdo del árabe Fadul Abdala, hombre temeroso de Dios en las horas de ocio cuando el comercio lo permitía.

Las rutas, los caminos y atajos que conducían de las haciendas a los poblados, a los puestos intermedios y a las estaciones del ferrocarril de los ingleses, a la ciudad de Itabuna y al puerto de Ilhéus, no pasaban de una sucesión de amenazas a los animales y a los hombres: feroces terrenos agujereados, lodazales de dar miedo, despeñaderos, precipicios, el peligro escondido en cada pisada. Para cruzarlos, los burros y las mulas, de paso prudente y lerdo, valían más que las yeguas y los caballos de elegante trote, de rápido galope.

Algunos coroneles, vanidosos de la fortuna y de la altivez, lores ingleses de cabello rizado y tez morena, amaban exhibir grandes anillos de brillantes en los dedos habituados al gatillo de los revólveres, abrir cuentas en los almacenes para mujeres finas y gastadoras, traídas de Bahía, de Aracaju, de Recife y hasta de Río de Janeiro, cabalgar por las calles de las ciudades montados en caballos de raza, pura-sangres. Pero para viajar a las casas-grandes de las haciendas viajaban en el lomo seguro de las mulas y de los burros, algunos tan buenos en el trote como el mejor caballo.

Manadas de burros transportaban el cacao seco de las haciendas a las estaciones del ferrocarril o hasta Ilhéus e Itabuna donde se encontraban las sedes de las firmas exportadoras pertenecientes a suizos y alemanes. Los animales más viejos permanecían en las haciendas, conduciendo el cacao blando de las plantaciones a los coches. Los arrieros, en las largas y penosas travesías por esos caminos intransitables y arriesgados, elegían lugares que ofrecieran condiciones favorables para pasar la noche. Campamentos que con el tiempo y el movimiento daban, casi siempre, inició a un paradero. Algunos se desarrollaban en poblados y villas, futuras ciudades, otros apenas vegetaban: una hilera de casas con una puta y una taberna de *cachaça*.

Con el pasar del tiempo, Tocaia Grande se transformó en el punto para pasar la noche preferido por los arrieros que venían de la enorme área del río de las Víboras en la cual había gran número de propiedades, entre ellas algunas de las mayores haciendas de la región. La noticia de la construcción de un negocio mandado levantar por el Turco Fadul, hombre astuto, de visión, influyó en la rapidez con que surgieron nuevos lugares donde vivir: chozas, cabañas, ranchos, unos de barro batido, otros de madera, los más pobres de paja seca.

La primera casa de piedra y cal fue levantada por el negro Castor para abrigar el yunque y la fragua, meses después de la historia del diente de Clorinda, la vistosa concubina de Manuel Bernardes. Según las habladurías, el herrador contó con la ayuda del coronel Robustiano de Araújo, que le adelantó algún dinero sin intereses y sin plazo para pagarle:

—Este negro es inteligente. Si no cae en una trampa, se va a hacer rico. Es un atrevido, aprendió con las gringas, por eso es abusador, más conquistador nunca vi.

EL CASERIO

EN EL TIEMPO DE LAS VACAS FLACAS, FADUL ABDALA, VICTIMA DE PESADILLAS, INTENTA AMANCEBARSE

1

El tiempo de las vacas gordas tardaba en llegar, sometiendo la paciencia y el ánimo de Fadul a pruebas difíciles, a penas atroces. No obstante se mantuvo firme, leal al trato hecho: estaba cumpliendo su parte, Dios no habría de fallarle. Fadul no perdía ocasión de recordar —con humilde oración casi siempre, con airada exclamación cuando estaba desesperado— los solemnes compromisos asumidos: el Señor lo había llevado de la mano a aquel lugar para que allí se estableciera y enriqueciera, consumando su destino.

En determinadas ocasiones, con todo, vaciló y estuvo al borde de la capitulación. Otros horizontes se ofrecían con perspectivas inmediatas, atrayentes visiones, mientras él penaba en la limitada y lenta gestación de Tocaia Grande. Dispuesto a ganarle el alma, el Demonio hacía miserias para convencerlo: montaba fantásticos esquemas, promovía seductoras propuestas, encendía espejismos en el intenso deseo del ermitaño.

Para conquistarlo, el Indigno usaba y abusaba de la estampa fatal de Zezinha do Butiá. La cruel le invadía el cuarto de dormir, impúdica e insolente, para perturbar las contadas, indispensables horas de descanso. Sucedía invariablemente en las noches del más arduo trabajo cuando, al fin de la insana lucha, Fadul se tiraba en la cama con el cuerpo muerto en busca de necesario reposo, del sueño reparador, de un sueño propicio en cuyas reconfortantes peripecias se reconociera rico y respetado. Al contrario, se veía enredado en ansiedad y riña. Apenas adormecía, ella desembarcaba desnuda y deslumbrante.

Ofuscándole los ojos cerrados, se exhibía el tajo de Zezinha, el mismo paraíso, patria del deleite, maná y néctar. Se exhibía y se negaba. La hija del diablo se agitaba provocadora, haciendo todo lo posible para extraviarlo. Imperiosa invitación en el requiebro, en la seducción, en la ternura; rechazo violento en el desprecio y en la lujuria, lengua de serpiente, viperina.

¿Qué haces enterrado en ese agujero inmundo, en esos lugares perdidos? ¡Turco ignorante, bestia! Antes, por lo menos venías a Itabuna y en mis senos reposabas tu cansancio de vendedor ambulante. Eras retozón, te decían Grao-Turco y tenías mucho para elegir. Hoy sólo por un día abandonas tu cueva de víboras y de culebras, apenas apareces y ya estás de vuelta. Restando las horas de comprar, el minuto que te queda mal tolera el descanso y un suspiro, pobre de ti, turco tonto y bruto, burro de carga de Dios.

Trataba de agarrarla, ella se esquivaba, huía fuera de la cama, de negación, la pelea duraba la noche entera sin que él consiguiera tocarla o conmoverla. Al son del primer rebuzno, Zezinha se esfumaba en el rayar de la mañana.

Fadul despertaba fatigado, envuelto en sudor, retorcido de calentura. En el alba difusa todavía vislumbraba senos y muslos, el trasero atrevido, el vientre aterciopelado, ¡el tajo que se disolvía! Mañana largo todo y me voy. Se repetían los rebuznos y los relinchos por el valle. Los arrieros no tardarían en aparecer por el trago matutino antes de salir al camino.

En las idas a Itabuna, Fadul mendigaba la caridad de una visita de Zezinha a Tocaia Grande, le ofrecía el oro y el moro. Ella cobraba algo a cuenta de los gastos del viaje, prometía aparecer en breve: con seguridad un día de éstos, el día de San Nunca.

2

En el mísero poblado, víboras y culebras, pura verdad. Peligro permanente, las víboras, la mayoría venenosas, venían de la selva y de los matorrales, amenaza mortal y corriente. Desechos perdidos en los caminos, sobras recogidas en Tocaia Grande, las mujeres, pocas y acabadas, apenas alcanzaban para la impaciencia de los necesitados arrieros, para el afán de los leñadores y asalariados en tránsito de una hacienda hacia la otra. Estando a apenas dos o tres jornadas de abstinencia para llegar a la abundancia de Ilhéus y de Itabuna, los pobres no soportaban la aflictiva espera. En el poblado no había margen de elección, pero quien está muerto de hambre come cagajón y se chupa los dedos.

Se salvaba Bernarda, todo lo contrario de las demás, una hermosura. Muchacha joven, lozana y limpia, cuerpo pujante, muñeca de reluciente piel oscura y crines negras, potranca bravía. ¿Los reveses de la vida la habían encallado allí o ella había elegido a propósito? No demostraba deseos de irse, actuar en plazas mayores. Si lo hiciera, no faltaría seguramente, en Ilhéus o en Itabuna, en Agua Preta o en Itapira, coronel que le pusiera casa y le abriera cuenta en las tiendas de la ciudad para tenerla en privilegio. Hubo quien la indujera a tentar fortuna con otra clientela. Me gusta aquí, dijo, y sonrió.

Recién establecido, después de pesar los pros y los contras, Fadul le había propuesto concubinato, la había invitado a vivir con él, ayudándole en la lucha en el depósito, compartiendo el lecho enorme. Le había avisado a Lupiscinio al encargarle cama y colchón: acuérdese de mi tamaño y acuérdese también de que las más de las veces voy a tener una putita aquí junto conmigo.

Bernarda había agradecido y rechazado. Estaba a las órdenes para cuando Fadul la necesitara, cuando sintiera ganas de dormir con ella, en la casa que escogiera, en la cama que prefiriera, bastaba con que le avisara. Alcanzaría, si quisiera, con acostarse con ciudadano tan cortés, hombre tan caliente, y los buenos servicios no hacían necesario el pago. Vivir amancebada, sin embargo, no quería. Ni con Fadul ni con nadie, fuera quien fuera. Le contó la novedad a Coroca:

—¿Sabes? Don Fadu me dio un frasco de agua de colonia. Don Fadu es una buena persona. Me llamó para que viviera con él.

—¿Amancebada?

—Como te lo estoy diciendo.

—¿Vivir con el turco? Ya tienes la vida hecha, qué suerte tienes.

—No quise. No quiero atarme a él ni a ninguno.

—¿Y por qué no?

—Para vivir, sólo quiero con un hombre que quiera bien. Bien de verdad.

—Pensé que tenías una inclinación hacia el turco.

—Puede ser. Pero no voy a vivir con nadie ni por amor ni por dinero. —Pensativa, los ojos en el suelo, explicó: —Vivir juntos, como marido y mujer, sólo por amor que dura toda la vida, que lastima a la maldita y al corazón. No pudiendo ser así, para mí se acabó. Mejor ser prostituta.

Las dos se conocían hacía poco tiempo, recientes en el lugar y en la convivencia. Coroca no hizo comentarios, se tragó preguntas y consejos. Bernarda levantó la vista, rió y bromeó:

—Tocaia Grande es un lugar de hombres lindos. Don Fadu, Pedro Cigano, Bastiao da Rosa y el más lindo, mi padrino.

Bernarda se imponía, predilecta. Predilecta de todos, cautivante: disputada de noche por los arrieros, no siempre libre para el apetito de Fadul. De vez en cuando, cuando se cansaba de la mezquina elección, el árabe hacía venir una prostituta de Itabuna, que le costaba un dineral.

3

Terminaba de despertarse junto al mostrador mientras servía la primera *cachaça* de los arrieros. Aquél era el dinero más penoso de ganar: de madrugada, antes de la mañana, sin haber tenido tiempo de aliviar la barriga y lavar el cuerpo. Ni bien pudiera dejaría para otro aquella usura y se dedicaría exclusivamente a las ganancias más abultadas, los cansancios menos molestos.

Defecaba en los yuyos, atento a las víboras. Se zambullía en las aguas del río, limpiándose del sudor, del olor de los chinches y de las visiones nocturnas. Blanqueaba los dientes refregándolos con tabaco picado; soplaba las cenizas reavivando las brasas bajo la hornalla de hierro, lujo asiático adquirido a precio de liquidación en una cobranza de deuda en Taquaras. Ponía agua a hervir para el café en una vasija de lata. Nuevamente en paz consigo mismo, cavilaba sobre la vida y sus percances. Aunque todavía no era fácil, la dádiva ya había sido más difícil. Estaba seguro de que, si desistía, enseguida se arrepentiría: la gracia de Dios no está destinada a los hombres de poca fe. Para merecerla y convertirse en un comerciante rico y respetado, debía mostrarse a la altura del duro desafío.

Rasgaba con las manos potentes la jaca blanda, amarilla ánfora de miel; con los dedos retiraba las bayas suculentas, el zumo se le escurría por los costados de la boca. Asaba en la brasa el pedazo de charque; le había encargado un asador a Castor Abduim, maestro herrero ingenioso, pulso fuerte en la fragua, martillo habilidoso en el remate. La grasa de la carne seca goteaba sobre la harina de mandioca, no podía haber nada de mejor sabor, golosina más grata al fino paladar de un grapiúna. Un pedazo de charque, un puñado de harina de mandioca y, para cortar la sal, bananas-prata bien maduras. Se mezclaban los sabores y los perfumes de la jaca y del jabá, de las bananas y de la rapadura, de los *cajás*, de los *mangabas*, de los *umbus*. En días de gula y de refinamiento, en una punta de rama afinada a cortaplumas clavaba una banana-daterra y la tostaba hasta verla de color de oro, rasgada por el calor. Para evitar que se quemara, la envolvía en una capa de harina de mandioca, después de sacarle la cáscara: una delicia.

Llegaba una brisa de la corriente del río, las putas reposaban del desgaste de la noche; Tizón salía para recoger la caza y sustituir las trampas. Los hombres del depósito de cacao y los trabajadores que construían el corral para el ganado del coronel Robustiano de Araújo todavía no habían comenzado la faena del día. Solamente el trinar de los pájaros rompía el silencio de Tocaia Grande. La hora predilecta de Fadul: bebido el café bien caliente, se sentaba en el umbral de la puerta, encendía el narguilé, recorría con la vista los apacibles alrededores: el valle, el río, los montes, los árboles y el pobre caserío; el Grao-Turco reposando en sus dominios.

De allí no sacaría los pies: ni por consejo del médico, ni por amenaza de *jagunço*, ni por amores de mujer. Todavía no había nacido hembra capaz de obligarlo a desistir, a mudar el curso de su destino. Quien pierde la cabeza por una mujer, a punto de abandonar el uso de la razón, acaba en la penuria, es objeto de risa y de desprecio, queda desmoralizado. Si viniera Zezinha do Butiá al frente de un cortejo de Carnaval, integrado por las damas más galantes de los cabarets de Ilhéus y de Itabuna, ni así conseguiría llevarlo a cometer un desatino. Ninguna polleruda, ya fuera Zezinha, mujer de la vida, amor de calle de piedra, o fuera la doncella Aruza, una flor de partido, o Jussara Ramos Rabat, viuda rica, novias ofrecidas, una y otra seductoras y engañosas. Son diversas y desiguales las tentaciones a las que está sujeto un buen cristiano, todas vestidas de ilusorio encanto y de real peligro.

Mientras volvía a templar sus propósitos, mantenía la margen del río bajo vigilancia, sobre todo el trecho donde quedaba el "bidet de las damas", nombre dado por Castor, negro acostumbrado a francesadas, a la pileta de piedras, con pequeñas cascadas, en la cual las putas venían a bañarse y a lavar la ropa. Quién sabe, Bernarda tal vez mostraría su aire gracioso, y renovada después del baño aceptaría poblar de fiesta y elegancia el vacío de la mañana.

Bernarda, oscura enigma. Otrora había llegado a pensar que ella le concedía preferencia en la lista de enamorados de sus dones, pues se dejaba quedar horas y horas escuchando historias de las mil y una noches, cuentos para niños, episodios de la Biblia, especialidades del turco, y en la cama batallaba encendida en fuego, derretida en gozo. Hubo quien dijera que había enamoramiento entre los dos. Mientras tanto, Bernarda no había aceptado juntar sus trapos con los de él, dejando de ser mujer perdida para elevarse a la condición de amante en recatado amancebamiento. Prefería seguir siendo puta de casa y tajo abierto a cualquiera que pasara. Fadul no entendía: tan indescifrable como un versículo del Corán, abstruso libro de los infieles.

En conversación con Coroca sobre la vida y sus enredos, le preguntó de pasada si ella tenía explicaciones para la absurda conducta de Bernarda. Coroca se esquivó:

— ¡Quién iba a pensarlo! La cabeza de la mujer es un pozo oscuro, no se puede ver el fondo. Me quedé con la boca abierta cuando lo supe. Pero, si yo le dijera, don Fadu va a dudar: en Itabuna conocí una mujer que largó al marido adinerado, dueño de una tienda, loco por ella, para ir a hacer la vida en una casa de prostitutas. Se llamaba Valdelice, era una linda mujer y le gustaba ser puta. El mundo es más arrevesado de lo que uno se imagina, don Fadu. Es lo que le puedo decir, más no sé.

UNA BANDA DE GITANOS HACE RANCHO EN
EMBOSCADA GRANDE EN UNA NOCHE DE LUNA LLENA

1

En aquellos inicios del poblado, el paso de la caravana de gitanos dejó nostalgias a pesar de todos los pesares. Por mucho tiempo la recordaron aunque en el espacio de un día y una noche poca cosa de hecho habría sucedido que valiera la pena relatar. Persistió no obstante una fascinación irresistible, un misterio para descifrar.

Los gitanos aparecieron en medio de la tarde y acamparon del otro lado del río. Debían de haber perdido el rumbo o lo abandonaron a propósito, vaya a saber.

Soltaron las carrozas rodeadas de telas coloridas, cubiertas de cuero. abarrotadas de chucherías. Las mujeres se encargaron de encender el fuego mientras los hombres fueron a hacer beber a los animales, caballos y burros, a la orilla del río. Sólo Josef, el más viejo, enrulada cabellera blanca, aros en las orejas, anillos en los dedos, puñal en el cinturón ancho, chaleco en lugar de saco, cruzó de inmediato por encima de las piedras y se dirigió al depósito de Fadul. La estampa de un rey, pensó Coroca al verlo.

Vistos de lejos parecían muchos, en verdad no llegaban a veinte, contando a los niños. Más que bastante, consideró el capitán Natario da Fonseca, al día siguiente, al reparar en aquella gitanería acampada frente a Tocaia Grande. El Capitán desmontó a tiempo de impedir que el turco concluyera el negocio de la compra de un burro, pero de los sucesos de la víspera supo apenas por haberlo oído.

2

Lo que entonces se decía y se repetía en la costa y en el *sertao*, todos lo saben: los gitanos son otra nación, dudosa. No se confunde con la raza grapiúna ni con ninguna conocida, no se mezcla con sergipano o turco, portugués o curiboca, con otra grey sea cual fuere. ¿Quién compareció alguna vez al casamiento de un gitano con gente del país? Aún está por suceder. Nación aparte, casta de brujos y estafadores, los gitanos viven de engaños y embustes, de trampas.

En el lomo de los caballos robados, los hombres se asemejaban a hidalgos, condes y barones, duques y marqueses. Reclinadas en colchones percudidos en las carrozas donde viven; vestidas de andrajos floreados, largas faldas de volados; recubiertas de pulseras y collares, las mujeres pasarían por princesas y reinas a no ser por la vagancia, la lengua de trapo y los pies descalzos. Llevados por las apariencias hay quien diga y hasta escriba que los gitanos son el resto de la corte real de Babilonia errante por el mundo, cumpliendo su destino. Sea como fuere, convenía guardar distancia, ser cauteloso en el trato de negocios, esconder los bienes más preciosos. Un pueblo sin suelo, ¿dónde se ha visto? Nadie puede confiar.

Hasta los indios, nación más perseguida, tiene suelo donde posarse, bien poco les quedaba ya por esos lares en los cuales antes, mucho antes, las tribus pataxós ocupaban extensas áreas. Señores de las selvas y de los ríos, los indios pescaban y cazaban, danzaban y guerreaban, habían sido muertos en su gran mayoría, total, no tenían utilidad ninguna en la labranza del cacao. Alejados, los sobrevivientes buscaban mantenerse en contados reductos pero el menor pretexto era razón de sobra para liquidarlos. Todavía representaban algún peligro, aunque diminuto. Hacía tiempo que había dejado de oírse la noticia de una población víctima del ataque de indios. Había sucedido, sí, pero en fecha remota, antes de que existiera Tocaia Grande.

En Tocaia Grande, punto perdido en el inexistente mapa de la región del río de las Víboras, se sucedían las prostitutas: andariegas como los gitanos, no calentaban lugar; se alquilaban a los arrieros y los que pasaban: había dinero que ganar y riesgo que correr en las noches turbulentas. El galpón que se elevaba en el descampado atraía putas, asalariados y leñadores. Los asalariados venían de las plantaciones que comenzaban a ser sembradas en los claros abiertos con el desmonte del bosque por los leñadores: primero el machado y el fuego, después seguidos por la pala y la azada. Algunas raras prostitutas allí se quedaban, levantaban una chocita; ciertamente motivos serios las habían decidido a vivir en un lugar tan ordinario.

Perseguido suelo de indios, misérrimo suelo de prostitutas. Suelo de gitanos no existe: es el lomo de los caballos, el pescante de las carrozas, las plantas de los pies. Nadie puede confiar. ¿Pero quién no se hechiza con un par de aros centelleando al sol, con una joya verdadera o falsa, quién no desea ver la ventura que le reserva el día de mañana?

3

Para que todo quede claro o no se haga todavía más oscuro en el relato del paso de los gitanos por Tocaia Grande, se hace necesaria una referencia, aunque sea breve al pasado de Guta, ya entonces perfumada con el dulce aroma del tabaco.

Guta, que se jactaba de sabida y de viajada, nunca había puesto los ojos en un gitano de verdad en toda su vida de prostituta. Pedro Cigano, de quien se había prendado ni bien llegara a Itapira, procedente de

Amargosa, enamoramiento de viaje, de poca duración, de gitano tenía solamente el apodo y el gusto de la mentira; por la sangre le tiraba el indio, de allí el color claro y el cabello liso. Engañada por el nombre, Guta se metió con el acordeonista pero se deshizo del compromiso unas tantas leguas más adelante, en la primera encrucijada: hasta más ver, mozo, no hay bien que dure siempre. No se enoje ni lo tome a mal. Prosiguió en su búsqueda.

No hay bien que dure siempre, Guta lo había aprendido en lo mejor de la fiesta. La fiesta había durado pocas lunas pues Sô Nacinho era de luna y de furia y de ella pronto se hastió. Sô Nacinho disponía de elección numerosa y variada en Amargosa: en el *eito* donde las mozas recogían las hojas de tabaco, en el varal donde se secaban, en el taller donde enrollaban cigarros en el sudor de los muslos.

Dueño de las tierras, de las plantaciones, de los rollos de tabaco, de los cigarros olorosos, como si la riqueza no bastara, Sô Nacinho —Inácio Beckmann da Silva— poseía ojos azules, herencia de alemanes, alta estatura, risa seductora, trato cortés; un garañón. Cuidadoso de sus pertenencias, cruzaba atento entre las mozas, sucedía que reparaba en una de ellas, mulata floreciendo a la edad justa. Los ojos azules de Sô Nacinho se empañaban, las mandaba llamar a la oficina. Mientras el capricho perduraba no existía macho más ardiente y enamorado, más tierno y afable. Hasta que pasara la luna, que la furia terminara. Igual el súbito interés, de repente el hastío: mandaba a la moza de vuelta a la rutina del trabajo: no hay bien que dure siempre.

No vale la pena demorarse en la historia de los amores de Guta y Sô Nacinho pues en lo principal no hay novedad que agregar. Acababa de cumplir catorce años, mujer hecha, a punto para la cama, una comezón en el hueco de los muslos y el olor dulce de tabaco: esperaba impaciente que Sô Nacinho reparara en ella. No por ser el patrón, por ser lindo. Cuando recibió el recado de que lo buscara en la oficina, Guta estaba lista y dispuesta, acudió alborozada. Sô Nacinho sabía cómo tratar a una mujer cuando la quería y cuando la despreciaba. Lindo y falso como un gitano, así lo definían.

Si casi todo fue repetición de lo sucedido con las demás, sin embargo Guta no aceptó el regreso al taller para enrollar cigarros en la concavidad de los muslos, prefirió ser prostituta. Pero no permaneció en Amargosa pues no deseaba vivir afligida con la agonía de verlo pasar por la calle sin advertirla. No se enojó ni lo quiso mal, no lloró ni rogó, de nada servía. Arregló el atado, le informó a la tía que bien o mal le había servido de madre cuando la madre le faltara:

—Tía, deme la bendición, me voy.

—¿Por qué no te quedas por aquí, tontita? Don Waldemar de la panadería tiene los ojos puestos en ti, me lo hizo saber.

En Amargosa, ni Waldemar de la panadería ni otro cualquiera: tenía asco del lugar. Atado en la cabeza, caminó hacia Corta-Mao donde se instaló de foja nueva. Después, descendió por el rastro del cacao: las noticias de opulencia y de desperdicio se repetían seductoras, alborozando a las putas.

Aprendió rápido y bastante y se consideró inteligente por no dejarse dominar por hombre alguno, no vivir como las otras rezongando por los rincones por la inconstancia de los enamorados. Tampoco bajo el látigo de un rico coronel. Prefería vagar al sabor de las contingencias en ciudades, poblados, lugarejos, en descalabrados parajes peores que Tocaia Grande. Libre y soberana. A pesar de que ya no tenía la hoja nueva, continuaba despertando la codicia de los viajeros. Todavía le ardía la comezón en el hueco de los muslos y persistía el dulce aroma del tabaco.

Sabida y viajada, no había olvidado, sin embargo, la figura de Sô Nacinho, la hermosura, los ojos azules de gringo, el arrebato y la incontinencia. Tampoco los modos finos, la labia, las palabras lindas, todo falsedad para seducir. ¿Y? Era el dueño, podía tomarlas a la fuerza, usar como se usa un plato o una bacinilla. En cambio, él la había tratado como si fuera la señorita de una familia noble y no como criada, pertenencia suya, a las órdenes. Macho parecido, tan impetuoso y galante, no había encontrado por más que buscara día y noche. Tuvo enamoramientos, gimió de gozo en el pecho de otros hombres pero ninguno fue igual a Sô Nacinho, lindo y falso. Como un gitano, comprobaban.

Cuando oyó decir que los gitanos habían acampado en la otra orilla, Guta salió disparada a sacar en limpio la comentada aparición. Tal vez fuera a rever la cara perdida, oír de nuevo las engañosas palabras de cariño, reencontrar la noche de Amargosa exhalando perfume de tabaco.

El primer gitano que ella vio fue Josef, apoyado en el mostrador de don Fadu, conversando. Lo avistó de lejos al cruzar en dirección al río, se aproximó para juzgar mejor: a no ser en la altura, en nada recordaba a Sô Nacinho. Viejos, los anillos del cabello cubiertos de polvo, trajes viejos y gastados, un pobre vagabundo. Aun así percibió o adivinó en el gitano algo además de aquella apariencia, una especie de altivez, de garbo, que lo situaba por encima del ricachón de Amargosa. ¿Encima de Sô Nacinho? Qué idea tan estrafalaria.

Pero al mirar a Miguel de pie junto al caballo ya nada le pareció estrafalario. No se preocupó más con los parecidos, las linduras, las falsedades. El recuerdo de Sô Nacinho dejó de lastimarla, se desvaneció en aquel momento en una sombra huidiza, en un recuerdo distante.

La búsqueda había terminado, Guta podía incluso morirse. Pero no antes de acostarse, aunque fuera una vez, con el rey de Babilonia, de pie en la otra margen del río, sonriéndole.

4

Las monedas tintinearon sobre el mostrador, Josef se disponía a pagar las provisiones al contado, como si se hiciera absolutamente necesario para evitar dudas y desconfianzas. En el desamparo de aquellas breñas no convenía abusar: había visto más cruces en el cementerio que casuchas en el poblado. Pero la hora ingrata del desembolso todavía no había sonado, la pendencia mal había comenzado. Josef intentó retomar la charla sobre la calidad de los animales:

—Tengo de lo bueno y de lo mejor. Caballada de primera.

Fadul había dado a entender un vago interés en las compra de un burro pero no había demostrado apuro en discutir las condiciones, dejando enfriar el asunto: hacer negocios con un gitano exige astucia. Habló de otra cosa:

—¿Piensan demorarse?

—¿Aquí? ¿Para hacer qué? No hay ni ollas para arreglar. —Escupió mostrando los dientes de oro: —¿Negociar con quién? Salvo Su Señoría.

—Va a ver cómo se anima más tarde cuando lleguen las tropas. Y los trabajadores, atrás de las prostitutas. Es concurrido.

—¿Concurrido?

Josef extendió la mirada en dirección al descampado, a los ranchos escasos, a las chozas podridas, reparó en la casita de madera donde vivían Coroca y Bernarda, se detuvo a observar al *jagunço* en la puerta del depósito de cacao seco. Balanceándose, concluyó:

—Es el paraje más bonito de este río. Merecía mejor suerte. Con el perdón de Su Señoría.

Juntó las compras y las colocó en una bolsa de arpillera. Contó y recontó las monedas en la palma de la mano pero no las entregó:

—Si usted quiere puedo traer los animales hasta aquí. Los traigo todos para que Su Señoría elija. Ahora mismo.

Fadul no había reparado en el desusado tratamiento —Señoría para acá. Su Señoría para allá—, solamente le pareció gracioso: sabiduría de gitano. La lisonja no pasaba de melindre de intruso para trampear mejor. En cambio, reaccionó a la propuesta de examinar los burros inmediatamente; la aceptación significaría un tácito compromiso:

—¿Está loco? ¿Traerlos aquí, cruzar el río? ¿Para qué tomarse todo ese trabajo?

—Su Señoría habló de un burro...

—Por hablar. Por eso no vale la pena calentarse. Después voy allá, hay tiempo de sobra.

—No pretendo demorarme.

—¿Van a pasar la noche, no?

—Josef no dijo ni sí ni no; amagó:

—¿Para ver la concurrencia? ¿Será que vale la pena? Disculpe la franqueza pero lo dudo.

Ofreció otra solución, más fácil:

—Su Señoría viene conmigo y elije el burro de una vez. Antes de que lo compre otro.

Fadul se mantuvo irreductible:

—Ahora, no. Los clientes no van a tardar en llegar. Venga mañana a la mañana, si tengo tiempo veo los burros.

No valía la pena insistir; Josef estaba acostumbrado a aquel juego de cautela y astucia. Si con otros las reglas no cambiaban, imagínense con un turco.

—Siendo así voy a dormir aquí para servir a Su Señoría.

—Quédese si quiere. Por mi causa, no.

El gitano apiló las monedas en la tabla del mostrador, metió la mano en el bolsillo del pantalón, sacó un pañuelo atado en las cuatro puntas, deshizo los nudos y desparramó junto al montón de monedas la tentación dorada de las bisuterías. Fadul desdeñó las chucherías:

—Fuí vendedor ambulante muchos años. Todavía tengo un resto de esos artículos. ¿No quiere comprar? Le hago buen precio.

—¿Vendedor ambulante? —Cabizbajo, Josef ató el pañuelo, lo metió en el bolsillo, repitió: —¡Vendedor ambulante!

Enseguida se rehizo, sin embargo, y en un movimiento rápido colocó sobre el mostrador un pequeño paquete de papel marrón: ¿de dónde lo había extraído sin que Fadul se diera cuenta?

—Pues entonces, vea y dígame si Su Señoría tiene de esto en su surtido de cosas.

Desdobló el papel dejando afuera un relicario prendido a una cadena. El turco contuvo con esfuerzo la exclamación que le vino a la boca y con esfuerzo desvió los ojos. Josef proclamó:

—Ni en Ilhéus se encuentra uno igual.

Tomando la cadena en la punta de los dedos, elevó el relicario a la altura de los ojos del comerciante: el sol relampagueaba en las ranuras, valorizando la joya.

—¿Qué me dice Su Señoría?

No sirvió que Fadul demostrara indiferencia; Josef había observado el interés despertado en la manera en que el vendedor ambulante extendió la mano para tomar el relicario, en el cuidado con que lo recogió: joya concebida en el tamaño exacto para la vertiente de un cuello de mujer.

—Mire qué regalo para que Su Señoría le dé a la patrona. Oro macizo. Preste atención a la terminación.

—No soy casado. No tengo mujer. —Ninguna prostituta, ni aun Zezinha do Butiá, valía tal regalo.

No desmereció la pieza, no dijo que fuera falsa ni que fuera fea. Vendedor veterano, experimentado en el trato con los metales, Fadul sabía distinguir y evaluar. Por la cadena no daría nada, una ordinariez. El relicario sin embargo era oro de ley, pieza de alto precio, robada con toda seguridad. Lo abrió para examinar el interior, lo sopesó en la mano. No la desmereció pero le negó utilidad.

—No quiero ni saber si de veras es oro. No tengo a quien dar ni qué hacer con esa joya. Para mí no vale nada. ¿Para qué me sirve?

—¿Para qué? Para negociar más adelante, para ganar dinero. Su Señoría está bromeando, sabe que es oro del bueno.

Dependiendo del precio, podía ser un negocio de primera: joya para vender en Itabuna, o en Ilhéus por un dineral. Pero Fadul se mantuvo reservado, no abrió el juego. Depositó la pieza en el mostrador, balanceó la cabeza, encogió los hombros dando el asunto por terminado. No tenía prisa.

Ni él ni el gitano, que, indiferente a los gestos negativos del turco, observaba el camino por donde un hombre se aproximaba, un habitante del lugar. Fadul también lo vió; se trataba del carpintero Lupiscinio. Sobre el mostrador grasiento, entre Josef y Fadul, el escapulario relucía. Josef esperó que Lupiscinio entrara y diera las buenas tardes para volver a levantar la cadena y exhibir el esplendor del relicario:

—Pieza parecida a ésta Su Señoría no encuentra ni en Ilhéus ni en Bahía. Vino de Europa con mis abuelos, lo recibí de herencia. —Para comprobar la afirmación pronunció una frase en la lengua de su pueblo pero volvió a hablar español, al dirigirse a Lupiscinio: —¿Qué le parece al caballero?

Impresionado con la algarabía incomprensible y con los modos del gitano, el carpintero, que no era entendedor de esas cosas, no garantizó que fuera oro pero no contuvo la admiración ante el trabajo de la pieza:

—Una perfección, trabajo de artista. ¿Es de oro?

Ofendido con la pregunta, Josef señaló a Fadul:

—Pregúntele a él, si realmente quiere saber si es de oro o no. ¡Qué cosa! —Enrolló la joya en el papel marrón y la devolvió al bolsillo del chaleco. —No está en venta.

Fadul sacó los brazos del mostrador, retiró del estante una botella llena por la mitad, midió la cantidad habitual de Lupiscinio y, antes de servirse, ofreció al gitano todavía resentido:

—¿Acepta un mata-bichos?

Alzaron los vasos, Josef degustaba la *cachaça* despacio, no la bebió de un trago como los otros dos. Fadul entonces preguntó, la voz neutra, desnuda de cualquier subentendido:

—No es que yo quiera comprar, no tengo a quien dárselo ni a quien vendérselo. Sólo para saber, por curiosidad, dígame cuánto está pidiendo por el relicario. El relicario, sin la cadena.

Josef vació el vaso lentamente, con un ruido de la lengua elogió el aguardiente. Volvió a retirar el paquete del bolsillo del chaleco y a desdoblar el papel marrón dejando la joya a la vista en el mostrador. Por un instante apenas, pues en un gesto inesperado la colocó en el mano del turco:

—Guárdelo hasta mañana, compruebe si es oro, los gramos y los quilates que tiene. Mañana, cuando vaya a elegir el burro, Su Señoría me la devuelve, o, si quiere quedarse con él, Su Señoría mismo marca el precio, cuanto crea que vale. —Dejó la pieza en la mano de Fadul:
—Mañana arreglamos todo, todo junto.

Antes de que el tendero pudiera contestar o reaccionar, Josef agarró la bolsa con las compras, recogió y guardó las monedas separadas para el pago y cruzó la puerta sin mirar para atrás.

— ¡Nada de eso! —Gritó Fadul al recuperar la voz: — ¡Venga acá! Lleve su paquete.

Demasiado tarde: el gitano iba lejos mientras Lupiscinio, atontado, sin entender lo que estaba pasando, pedía explicaciones. Volvió Fadul a examinar la joya demorada y detalladamente. Quien le vende fiado a un gitano es tonto, disminuido de juicio pero, por menos que pudiera valer, aquella pieza valía muchas veces el precio de las compras hechas y no pagas: carne seca, *feijao*, azúcar y una botella de *cachaça*. No corría riesgo de estafa, si alguien tenía que perder era el gitano. Por las dudas, a la hora de arreglar cuentas se pondría el revólver en la cintura.

Coroca, que acababa de llegar, batió palmas al ver el relicario:

— ¡Qué cosa más bonita! Doña Marcelina, mujer del coronel Ilídio, tenía uno que no llegaba a los pies de ése. —Se dirigió al turco: —¿Lo compró, don Fadul? ¿Está pensando en casarse?

5

Pedazo de hierro resonando contra el borde del cazo, el gitano Mauricio, profusos bigotes, brazos tatuados, pañuelo atado a la cabeza, recorrió Tocaia Grande de punta a punta anunciando la presencia de los eximios remendones de objetos de metal, de ollas y cacerolas. Dispensado pregón, oferta vana: ni una sola olla para arreglar: los cacharros de barro, las escudillas de lata no requerían cuidados. María Oina percibió cuando, dirigiéndose hacia el campamento, Mauricio tomó al sol con las palmas y lo recogió en el fondo del cazo. Se hicieron densas las sombras del crepúsculo, crepúsculo de miedo y encantamiento.

Infatigables diablos, los niños embrollaron las chozas en ausencia de los moradores. Nadie trancaba las puertas al salir. No había qué robar, nada de valor, a excepción de los instrumentos de trabajo de

Lupiscinio y de Bastiao da Rosa, de algunas pertenencias del viejo Gerino o dos hombres bajo sus órdenes en el depósito de cacao. Fadul puso al carpintero de sobreaviso; en cuanto al rubio Bastiao da Rosa, ejecutaba una obra en una hacienda próxima y había llevado consigo los utensilios de pedrero.

El número exacto de niños de la caravana jamás se supo. Surgían de repente, los pequeñitos y los grandotes, inmundos, legañosos, atrevidos, ojos de azogue buscando algo que ratear. Inocentes, lindos, necesitados, infelices, las manos extendidas, mendigando. Aun no habiendo qué robar, desaparecieron algunos utensilios: un pedazo de espejo, un cuchillo sin mango, la pipa de barro de Gerino, la bruja de paño de Bita Boa Bunda, menudencias.

Hasta la hora del crepúsculo cuando el convoy de la hacienda dos Macacos desembocó en el descampado, conducida por Maninho con la ayuda de Valerio Cachorrao, las prostitutas habían constituido la única clientela. Siempre sobraba en la cintura de la falda una moneda de cobre, un níquel con que pagar la lectura de la suerte en la palma de la mano o adquirir un adorno irresistible, un par de argollas, anillo de vidrio. Fue mínimo, sin embargo, el tráfico de bisuterías, pues en la venta de don Fadu se amontonaban sin salida colgantes iguales o más bonitos. Con todo, compraron una u otra chuchería, llevadas por la labia de las gitanas, hechizadas por los ojos de los gitanos, por los ojos hondos de Alberto. De vuelta del río, Guta había informado a las compañeras y rivales:

—Llegaron de una vez cuatro reyes de Babilonia. El más jovencito es mío, vayan sabiendo. no se metan con él.

Un crepúsculo encantado, sortilegio. El sol se había puesto en el fondo del cazo que llevaba Mauricio, Alberto deshojaba fantasías. La historia de la corte real de Babilonia, ¿quién no la conocía? Folletín de entrega semanal, cuento de niños de boca en boca, canción de cuna:

> *Allá viene el rey de Babilonia*
> *con su corte real.*
> *Allá viene el rey de Babilonia*
> *de él me voy a enamorar,*
> *con él me voy a casar...*

6

Alborozada clientela para la buena suerte. leída en las líneas de la mano, murmurada al pie del oído en la media lengua de las gitanas. Las gitanas nacen con el don de adivinar. Aun ciertas prostitutas meti-

66

das a bestias, que juraban no creer en embustes y charlatanerías, extendían la mano con la moneda de veinte centavos.

Para que no quedaran dudas, para asegurar la confianza, las videntes comenzaban por el relato verdadero de hechos sucedidos en el pasado de fulana, hablando de ellos como si los hubieran presenciado. Por un níquel más anticipaban el futuro, garantizaban concubinatos, amancebamientos, ricos hacendados, coroneles de alcurnia, alejaban rivales, anunciaban amores exclusivos y eternos. Proveían sueño y amor al por mayor y a precio bajo.

En la feria de las pitonisas al ponerse el sol, le cupo a Bernarda la más vieja y maligna de las gitanas, la abuela, cansada de tanto repetir vagos y exactos sortilegios. Tomando la mano que la pequeña le extendía —no pasaba de una niña— le habló de la persecución de un viejo; siempre existe un viejo que persigue niñas. Tiro acertado: con aquella simple referencia demostró perfecto conocimiento de lo que había ocurrido, lo que dejó a Bernarda boquiabierta:

—Es así mismo. Sé quién es el viejo.

No podía ser otro sino el padre, pero de él y de aquel tiempo no quería acordarse.

—De lo que quiero saber es de después, de aquí para adelante. Quiero saber si yo le voy a gustar toda la vida.

—¿Tu hombre?

Levantó la vista de la mano hacia los ojos de Bernarda, y comprobó la ansiedad y la pasión.

—Quieres que él sea sólo tuyo, ¿no? ¿Que no vaya más con ninguna? Pon doscientos reyes en la mano y yo hago un rezo y él nunca más va a querer saber de otra.

—¿Por qué habría de querer que él fuera sólo mío? —Se espantó Bernarda: —El puede tener cuantas quiera.

Sorprendida, la gitana volvió a mirar el rostro tenso de la niña. Lo que todas pretendían, sin excepción, era ser la única, primera sin segunda; encargaban maleficios contra las rivales, pagan rezos y mandingas. Buscó la pretensión del absurdo en la faz afligida de la niña, y preguntó atónita:

—Entonces, ¿qué es lo quieres?

—Quiero saber si él no se va a cansar de mí, dejar de verme. Si nunca se va a hastiar de mí.

—Pon doscientos reyes y la gitana te cuenta todo. —En la avidez del dinero agregó para decidirla: —Veo sangre y muerte...

Bernarda evaluó los doscientos reyes:

—Diga de una vez. ¿El me va a querer toda la vida?

Tamaña aflicción en el pecho de la niña penetró el pecho de la gitana, llegó al embotado corazón: abandonando las fórmulas repetidas, siempre las mismas, vaticinó únicamente lo que la infeliz quería oír:

—Toda la vida.

—Usted habló de muerte...

—Tú vas a morir en los brazos de él. —Anunció.

7

Valerio Cachorrao apuntó hacia las carrozas en el otro lado del río:

—Gitanos... —Tal vez porque estuviera con el pensamiento en las prostitutas, constató: —Nunca me acosté con una gitana.

—Ni tú ni nadie. —Maninho había encanecido cuidando burros, había ganado práctica y autoridad, no acostumbraba hablar en vano: —Las gitanas son de mucho exhibirse para enrollar a los desprevenidos. Pero huyen en el momento de ir a la cama, dejan al cliente con las ganas. Con las gitanas no vale de nada.

—Hablas por hablar, Maninho.

—Tú naciste ayer, no sabes nada. ¿Alguna vez te topaste con una gitana haciendo la vida? ¿Dónde? Yo, que soy mayor, nunca vi una gitana en una casa de prostitutas. Ni en Ilhéus. Y mira que allá tienen prostitutas de todo el mundo.

Valerio Cachorrao no pasaba de ayudante de arriero pero escupía fanfarronadas de *jagunço*:

—Pues si una gitana se mete conmigo, haré con ella lo que yo quiera, ya vas a ver.

—Tú no sabes lo que dices. Lo que necesitamos es no quitar los ojos de los burros, los gitanos no son gente.

—Déjalo por mi cuenta.

Fadul le había prometido a Josef una noche concurrida de arrieros, leñadores y asalariados que poblarían el descampado, con dinero para gastar. Disculpe Su Señoría pero lo dudo, había replicado el gitano. Por el modo le sobraba razón, pues aquella fue una de las noches de menor afluencia de viajeros en Tocaia Grande. Además de la tropa de la hacienda Dos Macacos, conducida por Maninho y Valerio Cachorrao, solamente otro convoy, procedente de la hacienda Santa Mariana, pernoctó en el poblado, trayendo una carga de cacao seco para el depósito. El arriero se llamaba Dorindo, mestizo fuerte, de poco hablar. Dudu Tramela, el ayudante, negrito valiente de unos quince años, que hablaba por los dos, un parlanchín.

Aparte del convoy con los tres hombres y el muchacho, se contaban tres leñadores y un asalariado, los cuatro en busca de mujer. Agréguese a esas ocho almas el pardo Pergentino, que llegó al caer de la noche llevando dos burros con mercadería destinada a la hacienda Atalaia, donde comenzaban los preparativos de almuerzos y cenas. En el rancho vestido del turco —rancho vestido, como decían los arrieros para provocar a Fadul y oírlo enfurecerse–, Pergentino quiso saber si el comerciante le podía dar noticias del paradero del capitán Natario da Fonseca. El administrador de la Atalaia le había marcado un encuentro en Tocaia Grande.

—Es para darle un encargo que me pidió que trajera de Taquaras. Dijo que iba a llegar aquí hoy en la mañana.

—Todavía no llegó. Si quiere, deje el pedido: cuando el Capitán aparezca se lo entrego.

—Voy a dejar el pedido y si usted me lo permite voy a dejar la carga también. No soy loco, como para dejar las cosas ahí, en la cara de los gitanos. Son compras que el coronel Boaventura mandó de Ilhéus. Es para la fiesta. —Explicó.

El turco sacó en limpio el rumor que corría:

—Quiere decir que esta vez el doctor viene de verdad, ¿no?

—Así es.

—¿Qué, doctor? —Valerio Cachorrao metió el hocico en la conversación. Había venido con Maninho a matar el hambre de mujer y a comprar una lonja de carne seca para chamuscar en la brasa y comerla con harina de mandioca y rapadura.

—El hijo del Coronel, que es doctor abogado. Estaba afuera hace más de seis meses.

—¿Por dónde andaba? ¿Haciendo qué?

—En Río de Janeiro, gozando de la vida.

—Y hace muy bien. Oí decir que es un sujeto valiente. —Prosiguió Valerio Cachorrao siempre listo para una conversación de valentones y alborotos.

—Tuvo a quien salir. —Intervino Maninho a la par de los acontecimientos: —El coronel Boaventura nunca supo el color del miedo.

—Es que, además de un macho, es un semental.

Le cupo al pardo Pergentino afirmar:

—También en ese particular salió al padre.

Asomó a la puerta el bulto de un gitano, el brazo pasado por la cintura de una puta. A la puta todos los presentes la conocían: Guta, mulata de buena cama, atrevida y burlona, presumida.

8

Si el tráfico de viajeros fue pequeño, inmenso fue el campo de estrellas en la noche del embrujo. La luna llena fija sobre el río iluminó la extensión del valle de Tocaia Grande: las colinas, el descampado, el magro caserío, el descanso de los arrieros y, en la margen opuesta, las carrozas de los gitanos y la ronda de los burros y caballos.

María Gina reconocía la ruta de los príncipes y de las hadas: pisaba sobre la luz de la luna derramada sobre las piedras al cruzar la corriente en busca del gitano que había recogido el sol en el fondo del cazo. Con seguridad, cierta y absoluta, había sido él quien desatara la luna y sembrara las estrellas en el infinito. ¿Por qué no la había llamado para ayudar en el pastoreo? Tenía que encontrarlo, así debía ser, estaba destinado y hacía mucho que ella lo aguardaba.

Alguien había hecho referencia a la llegada de la corte real de Babilonia y a los cuatro reyes huidos de los naipes. Palabras confusas y contradictorias, pedazos de adivinanzas, una excitación repentina incendiando la tarde. María Gina de nada se espantaba, habituada a ver espejismos, a oír voces, a tratar con apariciones: el lobizón, la mula sin cabeza, el gigante Adamastor, la señora doña Sancha cubierta de oro y plata y el rey Salomón con el manto de estrellas.

Tímida y tranquila, avejentada, vivía en su rincón, envuelta en trapos, en los labios una sonrisa temerosa y permanente, hablando sola, o conversando sabe Dios con quién; ella ciertamente sabría, pero guardaba reserva, y, cuando preguntaban, se ponía un dedo sobre los labios en señal de secreto y la sonrisa se ampliaba. En la cama, de vez en cuando se extraviaba: tal vez por eso mismo sólo los extraños la elegían; los conocidos solamente como último recurso iban con ella. Agarrada al compañero decía cosas ininteligibles, se deshacía en llanto, reía a las carcajadas, rechazaba el pago. Como si, de repente, hubiera reencontrado un perdido amor. Como si el desconocido cliente fuera una persona suya, marido o amante, y ella misma fuera otra, no la mansa María Gina que entraba en la selva, y, cuando todos pensaban que se había perdido para siempre, regresaba vestida de hojas y flores. Mansa, no le hacía mal a nadie.

En la noche de los gitanos, caminando sobre la alfombra de la luz de la luna, María Gina cumplía su destino de la misma manera que la corte real de Babilonia. En los labios la sonrisa entera.

De lejos se podía reconocer quién venía: la luna se derramaba en los caminos, la negrura de la noche se había extinguido. No del todo, sin embargo, pues ningún alma supo explicar en los límites de Tocaia Grande la desaparición del gitano Miguel, de los cuatro embusteros el más joven, y de Guta, apasionada y atrevida. ¿En qué escondrijo, en qué oscuridad se habían metido?

El último en verlos fue Dudu Tramela a media distancia entre el depósito de cacao y el negocio de Fadul. Iban abrazados, tan fuera del mundo que pasaron cerca de él sin notar la presencia del muchacho a pesar de la claridad.

—¡Válgame Dios! —Murmuró el charlatán pensando en lo que podría suceder cuando la pareja llegara a la choza de la prostituta donde

70

Dorindo debía de estar a la espera, impaciente. Loco por Guta, Dorindo comía fuego, vomitaba azufre.

Pero, por lo visto, los enamorados no se dirigían a la choza y contra la previsión de Dudu el encuentro no se dio en aquel momento. Igual que lo que pasó con María Gina, desaparecieron en los pliegues de la luz de la luna mientras el viejo Josef tomaba el rumbo del descampado yendo al encuentro de los arrieros a fin de comerciar chucherías y caballos. Un sordo canto de sapos celebraba la luna llena.

9

Para leer la suerte de las mujeres, cuanto más vieja y bruja la quiromante, más se le creía. Para tomar, sin embargo, la mano de los hombres, medir con la uña la línea del destino, mirar en los ojos del cliente al hablar de pasión desesperada, la gitana debe ser joven y atractiva, promesa y tentación en el sisear de la voz.

Cuando la vieja Julia, una arpía curvada por la edad, desembocó en el rancho de los arrieros proponiéndoles revelarles el ayer y el mañana, Maninho, ocupado en chamuscar la carne seca, bromeó con su segundo:

—Cachorrao, llegó la gitana que estabas esperando.

—Esa, ni gratis. —Murmuró Valerio Cachorrao.

Pero le entregó la mano a Malena ni bien la diabla apareció a la sombra de Josef, él ofreciéndole animales de raza para la venta y trueque, para cualquier negocio, ella ofreciendo vaticinios. ¿Apenas vaticinios? Valerio Cachorrao, atraído, creyó que Malena estaba sugiriendo mucho más: tenía razón para así pensar y actuar en consecuencia, pues otra cosa no había hecho la desgraciada además de ofrecerse con el mayor descaro.

—¿No quiere que la gitana le lea la mano, mi lindo? —dijo ella dirigiéndose al ayudante de arriero, y repitió abriendo los labios en una sonrisa provocativa: —¡Vamos, lindo!

Envanecido, el presumido le extendió la mano después de limpiarla en la pierna del pantalón:

—Ahí está...

En el escote del vestido podían entreverse los senos de Malena cuando ella se agachaba. Por una fracción de segundo Valerio Cachorrao vislumbraba dos senos turgentes: Malena enseguida levantaba el busto, la embromadora.

Joven, alta y bien hecha, el rostro de luna llena, las ancas de yegua, Malena tomó la mano de Valerio, le apretó los dedos brutos, recogió la moneda, recorrió con la uña la línea del destino en una cosquilla leve y excitante que descendía de la palma de la mano hasta los testículos del cuidador de burros.

Valerio Cachorrao poco oyó del gastado discurso, ocupado en evaluar con la otra mano el cuerpo de la gitana. Mal pudo sentir, sin embargo, el volumen del trasero, pues la demonia, sin dejar de provocarlo con la mirada y la sonrisa, se esquivaba y pedía otra moneda:

—Pon otra, lindo, para que te cuente el resto...

El resto Valerio Cachorrao quería oírlo, sentirlo y tocarlo lejos de allí, en la negrura de la selva, fuera de la vista de Maninho y de Josef entretenidos en una charla descansada. Josef rezongaba por el lugar: ¿dónde está la concurrencia prometida por el turco? Maninho se reía despacio:

—Quédese unos días más y va a ver.

—Qué va. No soy loco y estoy con prisa.

Támbién Valerio tenía prisa, ya había perdido demasiado tiempo y tres níqueles en la palma de la gitana. Quiso tomarla por la muñeca, ella torció el cuerpo, se le rió en la cara, esquiva, una vez más lo provocó mostrándole la lengua, revoleando los ojos negros y pedigüeños:

— ¡Pon una más, lindo!

El lindo quedó desarmado ante tanta zalamería. Terminó por meter la mano en la bolsa, buscó la moneda y la trajo entre los dedos. No la puso, sin embargo, en la palma de la mano como la maldita proponía, no era tan bobo. La mantuvo refulgente en la punta de los dedos y, retrocediendo rumbo a la selva, desafió:

—Ven a buscarla.

No había terminado de hablar y la renegada, en un revolotear arrojado e imprevisto, le arrebató el níquel: un giro del cuerpo, un paso de danza, nunca Valerio había visto cosa igual, tan graciosa y pérfida. Antes de que él pudiera reaccionar, Malena se había puesto a correr. Cuando quiso perseguirla ya no la divisó en el descampado; apenas vio a Josef que caminaba hacia el depósito de Fadul; la maldita se había desvanecido en la luz de la luna. Pero Valerio todavía oyó, mezclados con el croar de los sapos, los ecos de la carcajada de la gitana.

La voz convencida de Maninho y la risa pachorrienta llegaron del fuego encendido para cocinar la carne seca y calentar el café.

—No quisiste oír lo que te dije, pisaste el palito. Las gitanas son así: mucha soga para engañar, y en el momento se niegan.

— ¡Hija de puta! —Ladró Valerio Cachorrao.

10

Tal vez nada habría sucedido, si es que sucedió algo digno de registro, y Valerio Cachorrao no habría llevado adelante indignadas amenazas, si no fuera por la aparición en el descampado del arriero Dorindo. Venía de la tienda de Fadul, espumando rabia. Se sumaron indignación y rabia: solidarios, Cachorrao y Dorindo se sintieron víctimas de idénticos maleficios engendrados por la misma raza excomulgada de los gitanos. Todo se completó cuando el pardo Pergentino, apoyado el testimonio propio y de los tres leñadores, anunció el éxodo de las prostitutas, de todas ellas: no se encontraba ni una sola en los límites del poblado que pudiera atender a los arrieros y viajeros, por más que se buscara. Una calamidad, el fin del mundo.

Valerio Cachorrao trataba de ahogar en *cachaça* la indeleble sensación de la uña de la gitana arañándole los huevos. Le había arañado la raya de la mano y no los huevos, pero la caricia se había alojado en el oscuro escroto del arriero; el calor del aguardiente no lograba apagar la cosquilla leve, aquel frío en la raíz de los testículos. La puta de la gitana lo había hechizado, había hecho y deshecho con él para después perderse llevándose el dinero que Cachorrao había reservado para pagar la noche de la negra Flaviana en la pensión de Lidia, en Itabuna. Necesitaba encontrar a la maldita, estuviera donde estuviera, para recuperar sus monedas preciosas y enseñarle que con hombre macho no se juega ni de él se abusa. ¿Qué gusto tendría el tajo de una gitana? Un trago detrás del otro, el arañar de la uña en las profundidades de los cojones.

Las razones de Dorindo eran diversas pero tenían en común con las de Valerio la presencia de los gitanos de Tocaia Grande. También Dorindo había pensado liberarse del insoportable dolor de los celos empuñando la botella en el almacén del turco, donde había sabido del encantamiento, y después en la compañía de los arrieros: la cara larga, la boca cerrada, sin conversación. Cachorrao alardeaba hazañas y valentías, Dorindo rumiaba en silencio su disgusto. Por él ya había hablado, en el depósito y en el galpón, exagerando las amarguras de su protagonista, el ayudante Dudu Tramela que había presenciado la brujería.

Después de escuchar en silencio, como de costumbre, la narración del muchacho, Maninho había discordado en un punto de la cuestión, a su ver fundamental. Según él, Dorindo no tenía por qué considerarse cornudo, traicionado y humillado. Maninho sabía de la vida y de sus percances, persona de opinión y de principios.

Es público y notorio que la delicada flor del buen-amor no abre ni resplandece si no hay interés y concordancia de ambas partes, del hombre y de la mujer. No vale de nada que uno de los dos se enamore solo: si no es correspondido, queda en el aire, volando en el viento, situación penosa y deprimente, bastante triste.

Sucede a menudo, con el mismo Maninho había sucedido: encandilado por los cabellos rojos de Zulmira Fogaréu, la maldita le había dado la espalda, no quiso saber ni oír hablar de él. Encima, el otro era un alfeñique, un medio-ancho: parece imposible pero fue así. Sentir,

73

Maninho sintió, pero no se dio por aludido, no acusó recibo ni se proclamó cornudo. Lo peor en esas aflicciones es cuando el despreciado se defiende y resuelve del desconsuelo hacer un escándalo.

Con todo, si no se hubiera topado con Valerio Cachorrao bebiendo junto al fuego, tal vez Dorindo habría masticado su rabia sin mayores tropiezos. Por más que Maninho tentara impedirlo, Cachorrao, se salió con la suya, pedazo de bestia que se arbolara de cuernos. ¿Cuernos por qué, de qué manera, si Guta jamás lo había querido de novio?

11

Enseguida de entregar la carga al viejo Gerino en el depósito de cacao seco, Dorindo, apurado, se había dirigido a la choza de Guta: ya había pasado que otro llegara primero y la contratara para toda la noche. Cuando sucedía, Dorindo se contenía a la fuerza para no tirar la choza abajo y agarrarse con el tipo que había osado precederlo y ocupar el lugar que era suyo. Tuya, cómo y por qué, interpelaba Guta que no era de tolerar valentonadas de ciudadano alguno, mucho menos de un individuo con quien nunca había tenido relación ni asumido compromiso. Jamás se había interesado en Dorindo; si él tenía tanta pasión por ella, un fanatismo, paciencia: lo recibía con cortesía como el oficio impone, se daba con clase, a él y a los demás: los que iban a la cama con ella no tenían de qué quejarse, gracias a Dios. La prueba es que volvían casi siempre, pues, además de la amabilidad y de la categoría, los cautivaba el olor dulce del tabaco y la comezón en el hueco de los muslos.

En la choza vacía, Dorindo había esperado largo tiempo el regreso de Guta, pero, como la demora ya se había prolongado demasiado, terminó por desistir. ¿Tal vez, harta de Tocaia Grande, la prostituta había viajado hacia Taquaras, Ferradas, Macuco o Agua Preta? ¿Para dónde se había mudado, la mala peste? Habría de descubrirle el paradero aunque ella estuviera en Itabuna donde funcionaban más de veinte pensiones de putas.

Rumiando tales tristezas, Dorindo tomó el camino de la calle de casas, media docena, y fue a matar la sed y la desolación en el rancho vestido de Fadul. Allá encontró a su ayudante, Dudu Tramela, y por la boca del charlatán se enteró de que Guta no había abandonado Tocaia Grande para nada, si bien era imposible decir dónde estaba en el momento pues se había embrujado de repente. Ella y el gitano.

—Así como lo estoy viendo a usted, los vi embrujados.

—¿Vio qué?

—Embrujados. —Explicó: —Yo los estaba mirando, agarraditos, no

74

les saqué la vista de encima, ¿y dónde están? Se embrujaron, sólo puede ser eso.

Dorindo se sintió todavía más herido y afrentado. Encontrarla ocupada con un cliente lastimaba mucho pero no daba motivo para queja y acusación: Guta se estaba ganando la vida, tan solamente. Pero saberla abrazada al gitano, exhibiéndose a la luz de la luna, lejos del catre y de la choza, riendo como loca, desapareciendo detrás de un árbol cualquiera, dolía hondo: no era trabajar, era coquetear. El bastardo la había hechizado, no podía haber laya peor que los gitanos.

El turco, con otras preocupaciones, preguntó por preguntar:

—¿Y tú tenías amores con Guta?

—¿Por Dios! ¿Usted no sabía? —Quien respondió fue Dudu Tramela.

Dorindo nada dijo, pagó el trago y lo que quedaba en la botella: tomándola por el cuello se dirigió hacia el galpón donde fue recibido con la consideración que merece un compañero de faena afectado por la desdicha. Sabían del caso; Tramela ya lo había contado con detalles. Valerio Cachorrao, en la loable intención de consolar a Dorindo, confesó el engaño de que había sido víctima. También la demonia de la gitana se había esfumado delante de él y de Maninho.

—Usted lo vio, ¿no, don Maninho?

El arriero no desmintió ni confirmó, ocupado en arrancar con los dientes un pedazo de rapadura y echarse en la boca un puñado de harina de mandioca.

12

No tardó en crecer el grupo reunido en torno del fuego y de las botellas de *cachaça*. El pardo Pergentino había ido a la Baixa dos Sapos a darle a Bernarda un recado del Capitán Natario da Fonseca. No había podido cumplir con el encargo y había vuelto con la noticia aterrorizante de la desaparición de las mujeres, de todas ellas, sin excepción.

—¡Desaparecieron todas! ¡Ay, desaparecieron! —Anunció, abriendo los brazos para medir la extensión de la desgracia: —¡Toditas!

Noticia enseguida confirmada por el asalariado y los tres leñadores. Trabajaban para el coronel Osmundo Ochoa en el establecimiento de una hacienda leguas más adelante; habían venido de lejos, de un tirón, en busca de las mentadas prostitutas que desde algún tiempo hacían la vida en Tocaia Grande. De las prostitutas no habían encontrado rastro en los límites del pueblo.

Los arrieros paraban allí con el fin de disfrutar durante la noche en alegre compañía femenina: parada de arrieros es coto de prostitutas, lugar de *cachaça* y de animación. Los asalariados y los leñadores venían a pie de las plantaciones, por senderos y atajos, para apagar la lamparilla de las chozas y desahogar las necesidades. Por lo visto, ya no había lamparilla que apagar, mujeres en cuyo seno reposar, puta disponible para el gozo y el desahogo.

A Pergentino le había llamado la atención el absurdo silencio reinante en la Baixa dos Sapos, de costumbre tan ruidosa y movida. Tres o cuatro penitentes, cucarachas tontas iguales a él, rondaban de choza en choza constatando el desvanecimiento de las casquivanas. Aves de desvanecimiento, decían los letrados para señalar la naturaleza andariega de las mujeres de la vida: se habían ido en bandada y, según parecía, de una vez y para siempre.

Vacía la casucha de madera, ausentes Bernarda y Coroca, Pergentino no había mandado a avisar a Bernarda que al día siguiente pasaría por Tocaia Grande, según sabía, el Capitán—, tampoco había encontrado puta con quien pasar la noche. Haciendo de tripas corazón, pues la necesidad obliga, había caminado hasta la distante choza de María Gina, de las putas del poblado la menos codiciada. Habían desaparecido todas las rameras de Tocaia Grande; no había quedado ni siquiera la loquita. ¡Calamidad sin tamaño y sin remedio!

En el galpón, empinando la botella de *cachaça* por invitación de Maninho, el pardo Pergentino, enfurecido, a los gritos preguntaba a Dios y al mundo qué se había hecho de las prostitutas. ¿Por qué se escondían, cerraban las puertas, si no era jueves ni viernes santo? Sólo podía ser una maldad de los gitanos: gente de mala entraña, nación de herejes.

Para acabar con Tocaia Grande sólo faltaba que don Fadu cerrara las puertas del rancho vestido y fuera a ganar dinero con otra clientela.

13

La frustración del asalariado y los tres leñadores se impuso y precipitó la decisión tomada por Valerio Cachorrao con el aval de Dorindo y Pergentino. Desilusionados, los cuatro camaradas regresaban a las palas y a las azadas, a los machetes y a las hoces, al rudo trabajo de sol a sol en el desmonte del bosque, en la siembra de las mudas de cacao. Habían recorrido largas leguas en demanda de mujer. En la selva y en los plantíos, las pocas que existían tenían dueño y eran guardadas con siete llaves, cualquier descuido o atrevimiento costaba la vida: del descuidado o del atrevido, si no de los dos. Habían venido a putear y no encontraban putas; renegaban de la nobleza del lugar.

Al contrario de Pergentino, los leñadores y el asalariado no pretendían hembra para toda la noche, pues debían estar de vuelta antes del rayar del día. Se contentarían con un desahogo rápido, pero ni eso obtuvieron. Dónde se había metido la garbosa Jacinta Coroca, vieja arrugada pero, según se decía, todavía capaz de recibir y despachar a los cuatro, uno por vez, se aclaraba al pasar, pues el ser mujer de brío y de vergüenza no admitía descaros e impudores. En Ilhéus ciertas prostitutas, a la usanza de las gringas, iban con dos o tres al mismo tiempo, pero Jacinta, ni de jovencita había ejercido en las pensiones de lujo de las ciudades ni se había dado a tales depravaciones: no había dinero que lo pagara.

Después de haberse echado unos tragos en la bodega de Fadul para compensar la decepción, los cuatro infelices, viendo el fuego encendido en el descampado, pararon para hablar un poco y así pudieron confirmar el aviso dado por el pardo Pergentino de la catástrofe que se había abatido sobre Tocaia Grande.

—Que ellos digan si estoy mintiendo.

Valerio Cachorrao se exaltó, volvió a eructar amenazas en el aliento de *cachaça*: vamos a rescatar a las putas y a mostrarles a esa banda de renegados que ningún vagabundo puede abusar impunemente de ciudadanos que se ganan la vida con el sudor de la frente, cuidando burros, derribando árboles, labrando la tierra. ¿Qué gusto tendría el tajo de una gitana?

El asalariado y los leñadores declinaron la invitación: si no se apuraban perderían el día de trabajo. Voz aislada, Maninho no aconsejó la aventura, perdió toda importancia, no le prestaron oídos. Valerio Cachorrao, Dorindo y Pergentino, tres cojonudos, decidieron cruzar el río y dar una lección a la patota de los gitanos. Maninho fue con ellos por lo que pudiera suceder.

Dudu Tramela no tomó parte en la empresa, ya que aún no portaba más armas que un pedazo de cuchillo. Maninho le susurró un recado para don Fadu: avísale del jaleo que se está armando. Vaya ligero, antes de que haya una desgracia.

Caminando hacia el río, a Maninho le llamó la atención el silencio: los sapos habían suspendido su ronca cantinela. En la noche embrujada, en los caminos de la luna, bajo el cielo de estrellas, ¿dónde andaban los sapos cururus? Habían desaparecido, ellos también, junto con las putas.

14

Maninho cruzó el río preparado para lo peor: una vez más iba a presenciar la inicua violencia. Inicua e inútil, lo sabía de sobra, lo había aprendido en los caminos del cacao, llevando y trayendo convoyes. En el pasado, había perdido a otro ayudante en un fortuito enfrentamiento: al contrario de Valerio Cachorrao. Ze da Lía era tranquilo, buen sujeto; el caso se dio por una moneda de cien reyes.

De Valerio Cachorrao poco temía: jactancioso y, encima, borracho, no representaría peligro si no llevara en la cintura un revólver, pistolón que cargaba por la boca, fuera de uso, todavía capaz de matar. Cachorrao lo había ganado apostando al juego de ronda allí mismo en Tocaia Grande, meses atrás, y no lo había largado más. De Pergentino, Maninho sabía poco, pero siendo hombre del coronel Boaventura debía de ser valiente y prudente al mismo tiempo, en la medida del capitán Natario da Fonseca. Miedo le daba Dorindo, por callado y ofendido; lo que tienen de inofensivos los cornudos mansos, sujetos despreciables pero exentos de maldad, lo tienen de peligrosos, de imprevisibles, aquellos despechados que se niegan a cargar los cuernos reales o imaginarios. Se carcomen por dentro y cuando explotan no hay quien los contenga en su furia. Cruzando el río sobre las piedras resbaladizas, Maninho sostenía al tambaleante Valerio Cachorrao, pero se preocupaba sobre todo por Dorindo.

Desembocaron en el cercado por detrás de las carrozas y así no pudieron ver lo que estaba sucediendo. Oyeron, sin embargo, un sonido de tal manera inusitado que ni el mismo Maninho había podido clasificarlo, mucho menos los otros. El sonido creció y se elevó, guitarra o cavaquinho. Música de iglesia no sería tampoco pues, a pesar de conmovedora y linda, nada tenía de solemne, era blanda y vibrante, alegre y melancólica, todo a la vez y al mismo tiempo, y daban ganas de bailar. Maninho jamás había escuchado cosa tan bonita y enternecedora en toda su larga vida. No tenía idea de cuántos años cargaba en el lomo, de la edad exacta, pero la cabeza había comenzado a blanquearse.

Los cuatro hombres venidos del poblado, tres de ellos dispuestos a la venganza y al castigo, a recuperar bienes preciosos, monedas y mujeres, a expulsar a los gitanos con la compulsión de las armas, frenaron la marcha cuando la melodía subió hasta las estrellas y se desparramó en la selva. También los animales, onzas, serpientes, grillos y lechuzas, pararon para oír. Maninho comprendió entonces por qué los sapos-cururos, de oído fino, habían suspendido el canto.

Para avanzar, los valentones disminuyeron el paso, cautelosos; traspusieron las carrozas y vieron una escena singular. Allí estaban, plantadas, las desaparecidas prostitutas, las ocho, unas sentadas, otras de pie. Dos de los forasteros —uno era Mauricio, el otro era Miguel— empuñaban instrumentos antes nunca vistos en aquellos parajes, y tocaban para la platea de putas y gitanos. María Gina llorando y riendo, Josef, aros en las orejas, anillos en los dedos, Bernarda próxima a la abuela de las brujas que le había dicho la suerte, Malena amamantando un niño, Alberto amparándola con el brazo, todos los demás, viejos, jóvenes y niños. En un silencio de piedra, la corte real de Babilonia y la luna llena.

Quien no disminuyó el paso fue Fadul Abdala, que llegaba acompañado por Dudu Tramela: el muchacho quería ver para contar. El turco venía corriendo, para alcanzar a tiempo a los pendencieros. Al rumor de las ramitas partidas, salió de atrás de un tronco el rostro flaco de Coroca. Encaró al grupo y, severa, se puso un dedo en los labios exigiendo silencio: fue obedecida. Fadul reconoció los violines.

Cayéndose de borracho, Valerio Cachorrao dio un paso hacia adelante, hizo un gesto con el brazo para que los otros lo acompañaran; de nada sirvió. Todavía intentó empuñar el arma, pero Maninho se la arrebató, sin mayor esfuerzo. También Dorindo, al percibir a Guta sentada en el suelo, escuchando embriagada, quiso gritar su nombre, insultarle a la madre, llegó a abrir la boca pero el turco la tapó con mano deforme. Cosas del Perro; el pardo Pergentino hizo la señal de la cruz. Y nada más que eso sucedió.

Josef vino de atrás y se unió a Mauricio y a Miguel: no parecía un rey, parecía un dios de la selva virgen. Agregó al dulcísimo sonido de los violines el divino misterio de la flauta de Pan en el concierto de las zardas en aquella noche de los gitanos en Tocaia Grande.

DE PASO EN EL POBLADO, EL ABOGADO ANDRADE JUNIOR SE MUESTRA PESIMISTA CON RESPECTO AL FUTURO DE TOCAIA GRANDE

1

Cumpliendo el trato hecho con el pardo Pergentino y el recado mandado a Bernarda, el capitán Natario da Fonseca desmontó en Tocaia Grande por la mañana y poco después cruzó el río al ver del otro lado el campamento de los gitanos. A tiempo de impedir que Fadul Abdala fuera enroscado por Josef y le comprara un vistoso burro cuya apariencia le había encantado.

Entendido en oro y joyas, en artículos de vendedor ambulante, no lo era en mulares y equinos, y el turco había propuesto pagar por el animal exactamente la mitad del precio pedido por el gitano en el comienzo de la transacción. Valía la pena asistir a los trámites del regateo, admirar los circunloquios y las evasivas de la porfía en que se empeñaban los dos ladinos: discusión interminable. Ora ruidoso griterío de protestas y acusaciones, ora llanto quejumbroso. Se proclamaban mutuamente víctimas de la ganancia, de la avaricia y de la mala fe del adversario. En medio de la conversación escapaban palabras y frases en árabe y en romani, si es que aquella recua de gitanos hablaba realmente romani según Fadul oyera de la boca sapiente de Fuad Karan cuando, en el cabaret en Itabuna, le había relatado el caso.

Declarándose timado, menoscabado en su patrimonio, de todos modos Josef se disponía a aceptar la propuesta del comerciante, cuando el Capitán, reuniéndose a ellos, echó todo a perder. Después de apretar la mano de Fadul y de saludar a los gitanos con un movimiento de cabeza —Mauricio y Miguel en las cercanías, guardaban los animales—, Natario quiso saber:

—¿Estás comprando el burro, compadre Fadul?

—¿Que la parece, Capitán?

—Tengo que verlo.

Se aproximó al animal, le pasó la mano por el anca, le abrió la boca, le examinó los dientes ante la mirada sospechosa de Josef.

—¿Quiere tirar el dinero, compadre? ¿Comprar un burro que no sirve? ¿Se volvió loco? Parece el doctor James, que compró dos de una vez y creyó que estaba haciendo un negocio. —Sonrió, recordando la inocencia del derrochón que había resuelto dedicarse a la agricultura y sembrar plantaciones.

—¿Qué no sirve? ¿Qué me dice? No sé qué me quiere decir. —Habiendo reconocido al capitán Natario da Fonseca, Josef prefirió pasar por ignorante y contradecirlo: —No sé de qué se trata.

Natario no perdió tiempo en responder. En compensación, mostrándose insultado con la tentativa del gitano de hacerlo caer en la trampa, Fadul hizo un escándalo, se puso como una fiera, se enfureció. Josef no se dio por enterado: el turco sabía tan bien como él que vender gato por liebre hace parte del comercio de animales.

—Si ése no le sirve, elija otro.

Después de circular por entre la manada cuidada por Mauricio y por Miguel, el Capitán, experimentado conocedor de burros y caballos, desechó cualquier negocio. Digno de atención, apenas había notado un potro capaz de llegar a ser en el futuro una buena cabalgadura: no interesaba. Para cargar mercaderías en el terreno agujereado del atajo entre Tocaia Grande y Taquaras, Fadul necesitaba, eso sí, un burro fuerte y sano, sin defectos.

—En la feria de Taquaras encontrará un burro en condiciones. Es más seguro. —Sugirió Natario.

No opinó sin embargo con respecto a la discusión sobre el relicario cuyo precio había sido arreglado antes de la pendencia; de joyas no entendía. Josef intentó deshacer el trato, volver atrás.

—Sin el burro, el precio es otro...

—¿Qué? ¿Otro? ¿Cómo, si ya estaba convenido?

—Sin el burro... Su Señoría...

—Su Señoría es la puta que lo parió... —Ahora sí, Fadul estaba furioso: —¿Qué es lo tiene que ver un negocio con otro? Pago lo convenido, ni un centavo más.

Llevaba la ventaja de estar en posesión de la joya. Retiró del bolsillo del pantalón un rollo de billetes viejos, enmendados, se pasó saliva en los dedos, comenzó a separarlos.

—Ya no quiero venderlo. —Declaró Josef.

—Demasiado tarde, yo ya lo compré. —Fadul extendió la cantidad acordada, terminando de contarla.

Josef, la mano posada en el mango del puñal, consideró en silencio la situación; Mauricio y Miguel se habían aproximado, apostándose a su lado. Si el árabe estuviera solo, a pesar del tamaño, de la cara y del revólver en la cintura, habrían intentado amedrentarlo y resolver el asunto a lo bruto. Pero hasta los gitanos conocían el nombre y los hechos del capitán Natario da Fonseca. Josef terminó por recibir los billetes e, insolente, los volvió a contar; también él tenía que afirmar su orgullo. Se dio vuelta sin decir palabra pero el Capitán no lo dejó partir:

—¿Y el látigo, no lo quiere vender?

Látigo curioso, diferente, obra de maestro: colgaba del puño del gitano. Taca de mango trenzado, agarrado por anillos —¿de plata o de metal? —Incrustaciones embutidas en el cabo trabajado —¿de hueso o de marfil?—. Josef se volvió lentamente:

—Ya perdí mucho dinero hoy, no quiero perder más.

—Diga ya cuánto quiere por el látigo; si es justo se lo compro.

Plata y marfil, metal y hueso, nuevamente el gitano y el árabe se empeñaron con visible placer en la especulación y el regateo. El Capitán interrumpió el altercado y sin más compró el látigo por un precio que Fadul consideró caro.

Casi enseguida, las carrozas de los gitanos se movieron, se pusieron en camino rumbo al pontilháo.

2

—¿Qué es lo que el compadre va a hacer con eso? ¿Vender? ¿Darlo de regalo? —deseó saber el capitán Natario da Fonseca, admirando el relicario posado en los dobleces del papel marrón que Fadul había abierto encima del mostrador.

El tendero sonrió con su gruesa risa satisfecha mientras servía el aguardiente de una botella reservada:

—Me costó un montón de dinero, pero vale mucho más. De eso conozco. Donde el hijo de su madre iba a llevarme por delante, engatusarme, era en el precio del burro, si no fuera por usted. Fue Dios quien lo mandó, Capitán.

Por la puerta miró hacia la otra margen; las carrozas ya habían desaparecido en la distancia:

—Bien lo dice la Biblia: quien a hierro mata a hierro muere. Está todo escrito en la Biblia, Capitán. El gitano quiso robar, salió robado.

—¿Realmente vale tanto?

—Puedo venderlo por mucho más de lo que pagué, en Ilhéus o en Itabuna. Es sólo ofrecerlo en el cabaret, no ha de faltar un coronel que lo quiera comprar. —Balanceó la cabezota: —¿Regalarlo? No tengo novia ni mujer, y aunque la tuviera, no soy millonario para dar un regalo de ese precio. Fue un buen negocio. Usted es el que pagó de más por el látigo, se precipitó. Si insiste, el gitano se lo deja más barato.

—Puede ser, pero me falta paciencia para negociar. Lo compré para regalarlo, compadre, y encima a un varón.

—Ya sé, lo compró para dárselo al doctorcito, ¿no?

Llamar doctorcito a semejante hombre podía incluso parecer broma de mal gusto, falta de respeto, pero Natario lo había conocido de niño y Fadul lo había visto muchacho. La noticia del regreso de Venturinha, después de prolongadas vacaciones en Río de Janeiro, dominaba las conversaciones en los bares de Itabuna y de Ilhéus, en las estaciones del ferrocarril, en Agua Preta, en Sequeiro de Espinho y Taquaras, en los poblados y lugarejos, en las casas grandes de las haciendas.

—Venturinha va a tener que penar de acá para allá, de allá para acá, tragando polvo, comiendo lodo: el Coronel quiere que, además de abogar, se ocupe de la Atalaia. Ya compró un burro para montar y una yegua de campo, hasta lo ayudé a elegir. Dos cabalgaduras de primera, sólo que quien va a andar en ellas es Venturinha. —Los ojos menudos se iluminaron: —El Coronel está loco por el hijo, no se imagina, compadre.

—Es cierto. Es hijo único y ahora es doctor. ¿A qué padre no habría de gustarle? —Igualmente, sus ojos se iluminaron: —Cuando yo tenga hijos, también van a ser doctores. Pero no quiero abogado: uno va a ser médico, el otro va a ser cura.

—¿Y un cura es doctor, compadre?

—¿Por qué no habría de serlo? Es todavía más que los otros, Capitán, es doctor de Dios, hasta tiene corona en la cabeza.

Lleno de recuerdos, el hilo de una sonrisa asomó en la boca de Natario:

—Pensar que lo cargué en el cogote... —vibró un latigazo en el aire: —Le va a gustar este látigo, es bonito y bueno.

Látigo sin par, digno de abogado elegante, hijo de padre millonario, de coronel del cacao que pesaba mucho en política, dictaba leyes en la justicia, daba órdenes en las notarías. Para pleitear cuestiones de tierras no habría en toda la zona abogado capitalino que pudiera competir con él, hacerle frente: Venturinha tenía todo y todavía más.

Natario conocía los gustos del muchacho, las preferencias, los impulsos. Lo había visto crecer y mucho le había enseñado, lo había librado de varias dificultades, sobre todo en casas de mujeres de la vida y en los cabarets, y se había dado el lujo de reprenderlo cuando, adolescente y académico, el hijito de papá se pasaba de vueltas. Más de una vez tuvo que contenerlo: débil para la bebida, Venturinha perdía la cabeza fácilmente. Al verlo graduado, doctor abogado, Natario, igual que el Coronel, se enorgullecía de él:

—Para hacer trampas no va a haber otro igual.

—Ahora sí que el Coronel va a hacer y deshacer. Menos mal que usted es gente de ellos y yo soy compadre de usted, Capitán.

Empinaron los vasos saludando la vuelta del doctor Andrade Junior —así se leía en el diploma de la Facultad de Derecho: Boaventura da Costa Andrade Junior—. Finalmente el coronel Boaventura Andrade iba a poder llevar adelante los ambiciosos planes políticos trazados en ocasión de la graduación del hijo en diciembre del año anterior. Estaban a fines de mayo; habían pasado seis meses.

3

En la Calle del Comercio, en Itabuna, la puerta de la escalera de un edificio de dos plantas, propiedad del Coronel, ostentaba desde diciembre una placa reluciente donde se leía: Dr. Boaventura da Costa Andrade Hijo, abogado. Andrade hijo, como constaba en el certificado de bautismo; Junior era invención de gringos y el hacendado detestaba los extranjerismos. La parte de abajo del edificio servía como depósito de cacao seco, allí los arrieros de la hacienda Atalaia bajaban las cargas en un continuo movimiento de hombres y animales. A pesar de residir en Ilhéus, el Coronel había sido de la opinión de que Venturinha debía montar oficina en Itabuna, municipio nuevo y progresista en cuyo territorio estaban situadas las propiedades rurales que un día serían suyas, y que no le impediría ejercer su profesión en toda la región. En mayo, finalmente, el joven abogado llegaba para asumir, según parecía, la oficina y las responsabilidades que lo esperaban, muchas y trabajosas.

La graduación de Venturinha había sido un acontecimiento cantado en prosa y verso; los meses habían pasado pero las conmemoraciones del ostentoso evento aún se recordaban. Los festejos, comenzados en la capital, se prolongaron en Ilhéus y en Itabuna y concluyeron en la hacienda.

El día magno de la graduación, por la mañana, el Arzobispo de Bahía, primado de Brasil, había celebrado misa cantada en la catedral Basílica y en el verboso sermón llamó a los graduados a la "defensa intransigente del derecho y la justicia, misión sagrada de aquellos que adoptaban la meritoria carrera de la abogacía". En el silencio de la Catedral, el Coronel había rezongado al escuchar las palabras de Su Reverendísimo: bonitas pero falsas, sin sentido. Los abogados no pasaban de ser unos embrollones, metidos a entendidos, útiles sin duda, indispensables exactamente para legitimar las violaciones del derecho y de la justicia. Carísimos, además. Ahora el Coronel tenía uno en casa, a su disposición.

La solemnidad de la graduación tuvo lugar por la noche en salón noble de la Facultad, bajo la presidencia del Gobernador del Estado. Envueltos en la toga negra, de borla y bonete, los nuevos abogados prestaron juramento y recibieron de las manos de Su Excelencia los tubos con los diplomas. Doña Ernestina no había parado de llorar y el coronel Boaventura Andrade, cuero y alma curtidos en tantas peripecias, aspiró escondiendo una lágrima en el puño del saco. Traje nuevo, azul oscuro, de cachemira inglesa.

Al día siguiente, un domingo, se realizó el baile ofrecido por los recién graduados a sus familiares y a la sociedad baiana en el Club Carnavalesco Cruz Roja. Señoras y señoritas que ostentaban lujosas ropas, los hombres de riguroso blanco en las engomadas pecheras de lujo. El Coronel y doña Ernestina aparecieron emperifollados de la cabeza a los pies. Ella, con las grasas oprimidas por las ballenas del corsé; él comprimido en el cuello duro, en los zapatos de charol; aun así no cabían en sí de contentos. Gastaron champagne francés y coñac Macieira confraternizando con los Medauar y los Sá Barreto, familiares de los otros dos muchachos que se habían graduado en el mismo grupo: las plantaciones de cacao comenzaban a producir doctores.

Al baile siguió, por la madrugada, monumental orgía en el prostíbulo de Madame Henriette de cuyo origen marsellés eran pruebas la pronunciación, la pericia y los honorarios. Farra ofrecida por Venturinha a algunos colegas, los más íntimos: el Coronel había aflojado generosamente los cordones de la bolsa.

Madame Henriette no tenía rival en la organización de una franchela de categoría, de una *féerie* como ella misma proclamaba. Prostíbulo discreto, *rendez-vouz* aristocrático, madamas refinadas, reclutamiento a peso de oro entre mancebas y mantenidas de señores de alta jerarquía: hidalgos del Reconcavo, mayoristas de la Ciudad Baja, comerciantes de la Ciudad Alta, desembargadores, altos títulos milita-

84

res, políticos poderosos; el clero y la nobleza. Recatadas y opíparas, cada una más deseable que la otra, comenzando por la galante patrona del puterío, francesa y rubia. Interesada, financista, la *saga* Henriette dividía el tiempo de trabajo entre tres clientes de categoría, adinerados y viciosos; romántica, la *folle* Henriette reservaba íntegro el tiempo de ocio al joven y lindo Jorge Medauar que, por casualidad, se había graduado aquel mismo día, junto con Venturinha, amigo y confidente, compañero de juergas; Medauar era el poeta del grupo, aplaudido y solicitado, ay, Jesús de las mozas y las prostitutas. Componía versos y los publicaba en los diarios; las doncellas recitaban en las fiestas familiares el "Soneto del Claro de Luna de Tus Cabellos", dedicado a una anónima "H., drolática y adusta flor del mar mediterráneo". La amarilla cabellera de Henriette —campo de trigo pleno de luz de luna, primavera aurifulgente en las rimas del soneto—, desatada y luminosa, comandaba la fiesta, fiesta de él también, como se ve. No pudiendo del mismo modo la castellana hacer pareja con el anfitrión y en sus brazos desmayarse, con el prevaricó la pelirroja Rebeca, la de los mechones color de vino, *soidisant* exclusiva del Capitán de los Puertos. *Soi-disant* exclusivas, todas ellas, sin excepción.

Misa y baile, graduación y parranda, alegrías pretéritas pero siempre presentes en la memoria del coronel Boaventura Andrade, que las recordaba con gusto y cierta melancolía. Se había arrodillado durante la misa cantada, se había divertido con los embustes del sermón, se había conmovido en la ceremonia de graduación, se había entretenido en el baile a pesar del cuello de punta doblada y de los zapatos de charol. De la farra había sabido y la había aprobado cuando en los brazos morenos de Dominga Beija-Flor —*soi-disant* exclusiva de Monseñor da Silva, prior de la Sé, pozo de virtudes, santo varón—, en el séptimo día descansó de las fiestas, solemnidades, emociones.

4

A pesar de la conocida mala voluntad para con los enredos de los abogados, estafadores más temibles que los matones y los carabineros, el coronel Boaventura Andrade, en aquel diciembre de la graduación de su hijo, no intentaba ocultar la satisfacción. Un hijo doctor, todavía una rareza en esas tierras, además de complacer el corazón de los padres, motivo de orgullo y consideración, significaba el próximo remate de proyectos largamente concebidos.

Los estudios costaban caro; los precios de los libros de Derecho y de las prostitutas buenas andaban por las nubes, ¡no había cacao que alcanzara! No era broma financiar los gastos de un académico, mantenerlo en la Capital con la comodidad que se imponía a un retoño del coronel Boaventura Andrade: la fama del hacendado resonaba en Bahía: plantaciones ilimitadas, millares de arrobas de cacao en cada cosecha, calles de casas alquiladas en Ilhéus y en Itabuna, y el dinero a intereses.

Aun así valía la pena: el título de doctor valía tanto como una buena hacienda, llave para abrir las puertas de la política y proporcionar un casamiento afortunado. Con el hijo doctor allí a mano, el Coronel ya no necesitaría utilizar los servicios de otros abogados para cuidarle los intereses en los foros y notarías, tampoco depender de terceros a quienes elegir para cargos de confianza, a quienes delegar mandos. Quedaba a salvo de engaños y falsedades, de sorpresas: asunto más traicionero que la política, sólo la justicia. Por eso andan siempre juntas, de la mano.

Venturinha, sin embargo, tenía otros planes para los meses siguientes. Después de tantos años de estudio, pruebas escritas, exámenes orales, quemándose las pestañas encima de los tratados, reclamaba mercidas vacaciones. No las habituales vacaciones estudiantiles de fin de año en Ilhéus y en Itabuna, reclutando prostitutas de tercera en los cabarets, sino vacaciones de doctor recién graduado, en Río de Janeiro. Había conocido la capital de la república mal y puercamente —son los términos adecuados— durante la excursión de una embajada de estudiantes, escasos quince días, cuando cursaba el tercer año. Esta vez pretendía demorarse los meses de enero y febrero, empezando antes de año nuevo y volviendo después del carnaval. Quien tanto se había aplicado a los estudios —apenas un aplazamiento en todo el curso—, se había hecho acreedor a una recompensa a su altura: Río de Janeiro con la billetera llena.

El Coronel escuchó y concordó: a fin de cuentas, dos meses más, dos meses menos no representaban gran cosa. En los planes delineados, mayor que la urgencia, eran las ganas del Coronel de ver al hijo brillando al frente de la oficina, defendiendo causas, pronunciando discursos ante un jurado, cuidando de la hacienda, interviniendo en política, candidato a diputado del estado o a Intendente de Itabuna.

5

Antes de la hora del almuerzo, el capitán Natario da Fonseca montó en la mula en frente de la casita de madera, dijo hasta pronto a Bernarda y a Coroca, saludó de lejos a Fadul y partió a recibir en la estación de Taquaras al abogado Andrade Junior de vuelta a sus pagos. El muchacho venía en compañía de doña Ernestina, que lo había recibido en Ilhéus. A propósito, para no demostrar el alborozo que lo consumía, el Coronel se había quedado esperando en la Atalaia. Pero

Natario había sido testigo de la emoción del hacendado cuando abrió y leyó el telegrama enviado por Venturinha —reenviado de Taquaras por un mensajero— en el que anunciaba el desembarque y marcaba fecha para llegar a la hacienda: el tiempo necesario para que el Coronel tomara las providencias para recibir dignamente al hijo doctor que por fin se había decidido a regresar de Río de Janeiro; había prometido volver enseguida después del carnaval, y ya estaban en las vísperas de San Juan. La alegría se había reflejado en el rostro ancho del Coronel que había llegado a quedarse sin habla, leyendo y releyendo el mensaje telegráfico. Por fin, riendo por la boca y por los ojos, había dado la noticia:

—El está en camino, ya llegó a Ilhéus. Nuestro doctor, Natario.

Iba el Capitán pensando en esas cosas cuando percibió en la ruta más adelante un bulto de mujer. Cantaba una canción de cuna que él había escuchado en sus tiempos de niño, en Propriá. La había oído en la voz de las lavanderas en las márgenes del río San Francisco:

Allá viene el rey de Babilonia
de él me voy a enamorar
con él me voy a casar...

Pequeño atado en la cabeza, en la mano un ramo de hojas y de flores de selva, mustias, en la boca una sonrisa jubilosa. María Gina, los pies descalzos, vagaba por el camino.

—¿A dónde vas, María Gina? —preguntó el Capitán.

—Por ahí, don Capitán. —No era de revelar sus secretos, los guardaba para sí, pero Natario la había ayudado cierta vez y ella no había olvidado: —El me está esperando, salió adelante porque tenía que sacar el sol del cazo y ponerlo en el cielo para que amanezca el día.

—¿Y quién es él, si no es mucho preguntar?

A María Gina le gustaba conversar con el Capitán por ser él tan considerado, delicado como no había otro en esos lados de la vida: la vida tenía dos lados diferentes, y ella vivía en uno y en otro y fácilmente los confundía.

—Primero él tomó el sol y lo guardó en el cazo, bien en el fondo. Después, con el otro rey, tocó la música de la luna. —Sonriendo, prometió: —Cuando yo sepa su nombre, no se preocupe que se lo diré a usted. Pero sólo a usted.

El sol estaba en brasas marcando la hora; si el tren de hierro no se atrasaba, en poco tiempo más Venturinha desembarcaría en Taquaras. ¿Todavía se acordaría de María Gina?

Natario la conocía de la hacienda Atalaia, niña ya extraviada, la mirada vaga, sonriendo sin motivo, mostrando las partes. Venturinha había experimentado las mujeres hacía poco, vivía arrebatado, no podía ver una falda.

—¿Te acuerdas de Venturinha, María Gina?

La prostituta detuvo la marcha, se quedó parada en el camino aferrando las ramas, hizo un esfuerzo; el recuerdo venía de lejos, del otro lado, envuelto, confuso de sueños y visiones:

—¿Quién, don Capitán? —Del Capitán, sí, ella se acordaba: cuando el atrevido había comenzado a pegarle, él se metió, se puso de parte de ella indefensa, partió al atrevido en tres pedazos y el malvado nunca más volvió a maltratarla. —No, no me acuerdo.

—Venturinha, el hijo del Coronel, allá de la Atalaia. Hace mucho tiempo.

—No, del hijo no me acuerdo. Sólo me acuerdo del Coronel, a él le gustaba acostarse conmigo, era bueno.

Había quien no quería andar con ella porque era tonta. Tenían miedo del castigo del cielo, pues esas criaturas golpeadas son de la estima de Dios; quien abusa de ellas puede pagarlo caro, aquí en la tierra, o después quién sabe dónde. Venturinha no creía en agüeros, y volteaba a María Gina debajo de la barcaza en el olor del cacao puesto a secar. Del Coronel, Natario nunca había sabido ni desconfiado.

—¿El coronel Boaventura?

—Tenía el pecho velludo, bueno para pasar la mano.

Recomenzó la marcha lenta, los ojos otra vez perdidos, los labios abiertos en la sonrisa de júbilo: iba en busca del rey de Babilonia, dueño del sol. Metió en el ruedo de la falda las monedas que el Capitán le puso en la mano.

El Capitán Natario da Fonseca espoleó la mula, ganó distancia. Si el tren de hierro cumplía el horario, Venturinha no tardaría en desembarcar. Doctor graduado. ¿Todavía se acordaría de María Gina?

6

Ni en diciembre, tampoco en mayo: los planes del Coronel se habían postergado nuevamente. ¿Hasta cuándo? La pregunta había quedado en el aire, Venturinha no había fijado fecha: el curso de especialización no tenía un plazo seguro para terminar. Se prolongaría por algunos meses, cinco o seis, no sabía: como máximo hasta diciembre. ¿Pero cómo dejar escapar una oportunidad así? No aparece todos los días y las pocas vacantes habían sido disputadas por candidatos de todo el país y hasta del extranjero. Que el Coronel supiera que entre los pretendientes se encontraban argentinos. Sí, señor, argentinos. El, Venturinha, había obtenido la inscripción debido a las buenas relaciones que había establecido con ilustres profesores durante esa corta estada en Río de Janeiro, ¿Corta? Cinco meses, el Coronel los contaba con los dedos: enero, febrero, marzo, abril y mayo.

El Coronel había tenido conocimiento de las intenciones de Venturinha a través de larga epístola rellena de considerandos y de razonamientos, en la cual el muchacho daba cuenta a los padres de la resolución de prolongar los estudios, participando en importante curso sobre el Derecho de Propiedad de la Tierra, necesario a quien quisiera abogar con éxito en la región; le sería de gran provecho.

Tropezando con el lenguaje sibilino con que había sido redactada la carta, lenguaje de abogado, el Coronel, inmerso en dudas, ordenó a su hijo que viniera a Ilhéus a explicarse mejor pues no pretendía ni hallaba posible decidir tal asunto por correspondencia.

A su ver, habiendo completado el curso de la Facultad de Derecho, ostentando el rubí en el dedo anular, enmarcados y puestos en la pared de la sala de visitas el diploma y el cuadro de graduación, Venturinha estaba apto para iniciar la carrera y recorrer el camino trazado: ejercer la abogacía, casarse con muchacha de familia rica —tan rica por lo menos como la suya—, hacer política, asumir las responsabilidades y los puestos que le competían. Para eso el Coronel había trabajado como un negro, luchado con arma en la mano, corrido peligro de muerte. No veía necesidad de nuevos cursos, ¿no se había graduado ya y recibido el diploma de doctor?

Colocado contra la pared, Venturinha no tuvo más remedio que suspender la temporada carioca y venir a argumentar a viva voz:

—¡Interrumpí el curso, estoy perdiendo clases! —Se lamentaba.

Enternecida, doña Ernestina se levantaba en apoyo del hijo. En general no osaba discutir los planes del marido cuando de ellos se enteraba, lo que sucedía rara vez. Pero, en aquella ocasión, salió de su habitual pacatería para reclamar, con inesperada energía, la comprensión y la indispensable financiación del Coronel para que su niño pudiera atiborrarse de conocimientos. Lo que el chico quería era estudiar, pretensión loable, ¿cómo impedirlo?

—Curso dictado por maestros consagrados, los mayores especialistas.
—Peroraba Venturinha parado en medio de la sala, los brazos levantados.

El Coronel lo veía en la tribuna del jurado, la voz redonda, la respuesta lista, el dedo en ristre, su hijo doctor. Escuchó en silencio los argumentos del muchacho, la bobería de la mujer: analfabeta de padre y madre, apenas sabiendo firmar el nombre, ¿qué diablos entendía Ernestina de cursos y currículums? Por fin, molesto, a disgusto, el Coronel había terminado por ceder y concordar.

Había pesado en su decisión el parecer del doctor Hernani Tavares, juez civil de Ilhéus que, al tanto de la carta de Venturinha, le había alabado la idea de inscribirse en un curso sobre Derecho de Propiedad de la Tierra, novedad en materia de estudios jurídicos, utilísimo sobre todo en una región de tantos conflictos por la posesión de la tierra, de tremendos embrollos. Había sido igualmente sensible al gusto por el estudio demostrado por el hijo en la conversación que comenzara al caer la tarde, después de que los invitados al almuerzo se despidieron, y se prolongara noche adentro. No bastaba, dijo Venturinha en la pausa de la cena, poseer diploma y anillo de rubí, quería sentirse realmente preparado para ejercer como es debido la abogacía y la política. Intentaba alcanzar el saber de los maestros, pretendía ser uno de ellos. En el balance de debates no se debe olvidar a los argentinos, venidos de tan lejos para asistir a un curso dictado en el Brasil: también ellos pesaron en la sentencia final del Coronel. Coaccionado pero no enojado. Triste por ver que el hijo se ausentaba nuevamente:

—Hasta fin de año, solamente. En año nuevo quiero que estés aquí, me estoy poniendo viejo y estoy cansado.

El Curso Libre sobre Derecho de Propiedad de la Tierra, abierto a cuantos abogados quisieran participar en él, estaba destinado sobre todo a proveer crédito a aquellos que pretendían presentarse a concurso para cargos públicos en los Ministerios de Agricultura y de Justicia, para la magistratura. Venturinha se había enterado de él por casualidad y había corrido a inscribirse pero raramente lo frecuentaba. En cuanto a los abogados argentinos, en verdad ni uno solo había venido a beneficiarse con las luces de los eminentes maestros brasileños.

Por vías indirectas se beneficiaba con el Curso Libre la argentina Adela La Porteña, en la intimidad Adelita Chucha de Oro, "procedente de los teatros de Buenos Aires, donde recogía aplausos y ovaciones", para asesinar tangos en los cabarets de Río de Janeiro: cobraba precio de cantora y no de puta. Extranjera y artista, para el mozo pajuerano tenerla en propiedad privada era lo máximo, la gloria excelsa. Además, loca por él, perdidamente enamorada: "¡por ti yo me rompo toda!"

7

De los trascendentes estudios de Venturinha, el árabe Fadul Abdala vino a saber por el propio interesado, cuando, días, después, el viajero se detuvo en Tocaia Grande acompañado por el capitán Natario da Fonseca y por dos hombres armados. Ya que debía pasar por Itabuna para atender a la exigencia del Coronel —pasa por allá, recibe a los amigos en la oficina, diles que a fin de año estarás de vuelta trayendo otro diploma, doctor en tierras —, no podía llegar como un leguleyo en busca de causas, hijo del Coronel Boaventura Andrade, jefe político del municipio, señor de horca y cuchillo. No podía hacer menos: el Capitán, los dos *jagunços*, la yegua de montar y el látigo.

Natario lo había convencido de tomar por el atajo cuando le habló del relicario. En el ocio de la Atalaia, Venturinha, roído de nostalgias, gimiendo de vanidad, le había contado confidencialmente al Capitán los amores argentinos, según su viejo hábito de jactarse de las conquistas: el mestizo siempre había sido oyente atento e interesado. Esta vez no hablaba de una cualquiera, ya fuera una concubina que corneaba con él al generoso protector en un cuarto de prostíbulo, ya fuera una muchacha de familia, astuta y sagaz, a quien tomaba de los muslos y le tocaba los pechos en la puerta del jardín. Se refería a la sublime Adela, reina de los palcos del Río de la Plata, "la patética intérprete del tango arrabalero". Un sueño de mujer, grande y blanca, blanca como la leche, cuerpo escultural: parada era una estatua, en la cama un terremoto. La concha de color rosa, ¡ah, la concha de Adelita, Natario, no le puedo decir!

Se había quejado por no haber encontrado en Ilhéus prenda digna de La Porteña: un anillo, un collar, una pulsera, un diamante. Había recorrido los negocios, inútilmente: apenas fantasías de latón. Iba a quedar mal con la diva, pues le había prometido llevarle una joya bonita de Bahía. El Capitán se acordó del relicario comprado al gitano por el turco: tal vez eso resolvería el problema.

Venturinha se apeó junto al moro, al lado de la tienda de Fadul. El árabe acudió apresurado, se dobló en una curvatura de placer, contento con la inesperada presencia del hijo mimado del Coronel.

—Supe de la llegada del doctor por el Capitán. Quiere decir que ahora se va a quedar con nosotros, aquí...

—Todavía no vine para quedarme, Fadul; los estudios me retienen en Río de Janeiro por algún tiempo.

¿No había ya terminado la Facultad, no se había graduado? El espanto del comerciante, aunque contenido, no escapó a Venturinha, que le dio la merced de una explicación. Con lo que se preparaba para responder a inevitables y capciosas preguntas de los amigos y conocidos de Itabuna:

—Estudios de especialización: derecho de propiedad. Un título más para juntar al de doctor.

—¡Dos veces doctor! —Concluyó Natario.

Esclarecimiento incompleto, aun así Fadul batió palmas con las manazas, festejando:

—¿Qué le sirvo, para conmemorar? De bueno, aquí, sólo hay cachaça. Tengo un coñac pero no se lo recomiendo.

Venturinha recorrió con los ojos el surtido de bebidas, cachaças variadas puras o compuestas con hojas, flores y madera; en una de las botellas, el cuerpo enroscado de una víbora coral. Quitapenas baratos para asalariados y arrieros. Pero Fadul buscó en la parte escondida del mostrador una botella casi llena: retiró el corcho, limpió la boca, balanceó la cabezota, satisfecho:

—Una especialidad. Aguardiente de mandioca hecho por el negro Nicodemus en Ferradas. —Exponía la botella a la claridad de la mañana: el aguardiente tenía reflejos azulados: —Reservada para quien la merece. El Capitán puede darle alguna referencia.

—De primera. —Confirmó Natario: —Fuerte como todos los demonios.

—También para eso tengo remedio... —Rió el turco y salió puerta afuera.

En los fondos de la casa crecía un árbol de *cajú* cargado de frutos maduros, amarillos y rojos. Fadul recogió unos cuatro o cinco:

—Después de beber, chupe un *cajú* y el efecto se le pasa.

—No necesito eso... —Venturinha casi se ofendió y tragó de un sorbo el aguardiente que el tendero le acababa de servir.

—¿Qué fue de aquella pieza que el compadre compró de manos del gitano? El doctor quiere verla. —Habiendo empinado el vaso, Natario chupaba el *cajú*, y el zumo se le escurría por los costados de la boca.

—Voy a buscarla.

Venturinha se sirvió nuevamente: la *cachaça* de mandioca era otra cosa, no tenía olor y sabía bien, quemaba el pecho. Cuando Fadul expuso la joya en el mostrador encima de un pañuelo, Natario le dio la botella para que la guardara:

—Antes de que acabemos con ella. Para Itabuna falta mucho camino y este aguardiente es un garrote en la cabeza. Mientras ustedes conversan y negocian, voy a hacer una visita.

No quería ser mediador en la compra y venta de la joya y sabía que Bernarda lo esperaba, impaciente. Bernarda, la cada día más bonita.

8

Por precio de amigo, poco más del doble de lo que le había pagado a Josef, Fadul le cedió el relicario a Venturinha. En Ilhéus, en un bar del puerto, en Itabuna, en el cabaret, conseguiría una oferta mucho mejor. Pero, como explicó, el doctor mucho lo merecía. Había dejado que el propio Venturinha, que se jactaba de conocer joyas, fijara el precio, repitiendo la maniobra del gitano:

—Su precio es el mío, doctor. Pague lo que quiera.

Venturinha reclamó un trago más de aguardiente mientras contaba los billetes nuevos, crujientes:

—Y el Capitán, ¿por dónde anda? Se llevó la yegua.

—Sólo puede estar en la casa de Bernarda.

Salieron andando, pasaron frente a los ranchos del poblado; Bastiao da Rosa, en la puerta de la choza donde vivía, levantó el sombrero:

—Dios le dé buen día, don doctor.

Atravesaron el descampado: bajo el galpón humeaban brasas en las cenizas de los fuegos encendidos en la noche anterior. Los pajaritos venían a picotear los restos de comida de los arrieros. Llegaron a la Baixa dos Sapos. Las mujeres en las puertas de las chozas, semidesnudas, miraban curiosas: ¿quién no había oído hablar de Venturinha, el hijo del Coronel que estudiaba para doctor? Guta avanzó en dirección a ellos:

—¿No me conoce más, Venturinha?

Venturinha negó con la cabeza; no conocía a la osada, tantas había saboreado en esas breñas.

—Es Guta —esclareció el turco.

La prostituta se aproximó poniéndose en frente del visitante:

—A usted le gustaba mi olor, ¿no se acuerda?

Dulce olor de tabaco, recordó. Y habiéndose acordado metió la mano en el bolsillo y le entregó a Guta un billete de cinco mil reyes, una fortuna. Con tres dosis de aguardiente subiéndole del buche a la cabeza, el doctorcito —¡tamaño hombre!— se sentía leve y magnánimo. Todos allí eran siervos suyos. En cuanto a Adela, exhalaba sándalo. Palpó el relicario en el bolsillo del saco de montar. Antes de entregarlo, le colocaría en el interior un retrato suyo para que ella lo llevase en el cuello albo, en el escote sobre los senos: ¡ah, los bellos senos de Adelita!

En la puerta de la casita de madera, recuperó su yegua. Rechazó el café ofrecido por Coroca pero, bonachón, bromeó con la prostituta:

—¿Tú, todavía estás viva, Coroca? ¿Y todavía fornicando, vieja desgraciada? —Todos allí eran siervos suyos.

Coroca no era sierva de nadie y fornicando sólo podía significar algo malo. La vieja le contestó:

—Tú ahora hablas lengua de doctor que uno no entiende. Antes eras un chico, venías a acostarte a mi cama. ¿Quién te enseñó lo que sabes de las mujeres? ¿No fue esta vieja desgraciada?

Otros cinco mil reyes desperdiciados. Con ella había aprendido a gozar junto con la compañera, a demorarse en el placer: las que había tenido antes de Coroca lo despachaban en un abrir y cerrar de ojos. Cosas pasadas.

—Adiós, Coroca.

Desde arriba de la silla de cuero fino y pectoral de plata, en yegua altanera, recorriendo el poblado con la mirada, viviendas y moradores, el abogado Andrade Junior extendió la mano al árabe Fadul Abdala en despedida.

—No sé qué es lo que usted está haciendo en este pueblo inmundo. Si quiere ganar dinero, ¿por qué no abandona este agujero y se va para Itabuna? —Todos allí eran siervos suyos. —Si quiere ir, cuente conmigo. Esto no tiene futuro, nunca pasará de ser un chiquero.

El Capitán Natario da Fonseca ni siquiera lo oyó exteriorizar esos conceptos: se ponía los pantalones, se calzaba las botas. En la cama, desnuda, Bernarda le sonreía.

9

De la pesimista previsión del abogado, el Capitán se enteró varios días después, cuando pasó de nuevo por Tocaia Grande. Venturinha había partido hacia Río de Janeiro, donde lo esperaban el Curso Libre, el saber de los maestros, las fastidiosas lecciones y Adela La Porteña, Adelita Chucha de Oro, el saber de las putas, las noches de tango y de jarana.

Bebiendo un trago de aguardiente de mandioca, Natario se refirió a la estada del joven doctor en Itabuna, donde había sido muy festejado:

—Hasta parecía que había llegado el Niño-Dios.

A pesar de la discreción que le era habitual, sabiendo que Fadul era amigo de Fuad Karan, narró un divertido episodio ocurrido en el cabaret durante la noche animadísima. Cuando Venturinha repitió por centésima vez que regresaba a Río para concluir un docto curso especializado en propiedad de la tierra, Fuad Karan clamó a los cielos:

—¿Para qué? ¿Mi Dios, para qué? ¿Quién sabe y entiende más de propiedad de la tierra que el Coronel, tu padre y amigo? ¿Acaso no fue él quien dictó las leyes que rigen ese derecho aquí? Tú no me engañas, Venturinha, en esta historia tuya hay un enredo de faldas. Cuenta de una vez.

Sin desmerecer la magnitud del Curso Libre, Andrade Junior, abogado y *dandy*, recién llegado de la Metrópolis, habló con conocimiento y entusiasmo de la bohemia carioca y exaltó a las mujeres, cosmopolita y refinado. En el cabaret de Itabuna, entre rudos coroneles y ávidos doctores, titiló por unos instantes la estrella de los palcos de Buenos Aires, la diosa de la Ribalta, la argentina Adela.

En cuanto al futuro de Tocaia Grande, la opinión del abogado no impresionó al Capitán:

—Guíese por mí, compadre, que estará más seguro. Venturinha puede entender de mujeres y de leyes, cosas con las que gastó dinero. Pero de cultivo de cacao y de este lugarejo nada. —El, Natario, lo sabía con seguridad: —Puede creer en lo que le digo, compadre: Tocaia Grande será una ciudad.

EN REPETIDAS NOCHES, EN LOS YERMOS DE TOCAIA GRANDE, FADUL ABDALA DESFLORA A LA DONCELLA ARUZA

1

Sí, son diversas y desiguales, como ya se dijo antes y como aquí se comprueba, las tentaciones del diablo a que está sujeto un buen ciudadano del rito maronita, todavía más si él es un ínfimo comerciante puesto y olvidado por Dios en esos lugares donde el diablo perdió el poncho: un chiquero, como lo definiera Venturinha. ¿Comerciante? Mejor dicho, vulgar tendero.

Despierto o durmiendo, en la ambición de enriquecerse rápido, Fadul Abdala sufrió tentaciones de toda especie en los desolados tiempos de las vacas flacas. Elucubraciones a la luz del candelero sobre negocios, ganancias, lucros, dineros a montón, mueblería, tienda de telas. En el amplio y solitario lecho del turco, en Tocaia Grande, la virginidad de la novia propuesta y las calenturas de la viudedad ofrecida, bellas las dos, fogosas ambas, se sumaron a la absoluta desnudez de las mujeres de la vida, comandadas por Zezinha do Butiá.

La ilheense Aruza, hija de Jamil Skaf, el de La Preferida Muebles y Colchones de Lujo, heredera y graduada de la escuela normal, tímida novia, casta virgen: además de virginidad, la dote. Ni tan tímida ni tan casta; las apariencias engañan con frecuencia y no hay dote que compense las perdidas virtudes.

Jussara, viuda reciente y apetitosa, no por ser sobra de difunto era para despreciar. El fallecido Kalil Rabat le había dejado en herencia la Casa Oriental en la Calle del Comercio en Itabuna, y una rara colección de cuernos que sería donada la noche de nupcias a quien lo sustituyera con papeles firmados en el lecho conyugal y en el mostrador de la tienda.

En el ansia de la doncella, en el arrebato de la viuda, cornudo por anticipado, ¿dónde se ha visto? Para tapar agujeros están los ayudantes de pedreros.

Jamil Skaf, padre devoto, y Jussara Ramos Rabat, viuda alegre, poseían ideas propias y precisas con respecto a marido y matrimonio, coincidentes en lo que se refiere a la vocación y a la capacidad comercial de los árabes. Vieron así en Fadul al candidato ideal, el mejor de todos, y, ayudados por el Demonio de la Ambición, uno de los peores, con breve diferencia de tiempo estuvieron listos para conducirlo al padre y al juez; poco faltó en una y otra circunstancia.

En Ilhéus, Fadul escapó ileso a los meandros de la virginidad; el abogado se había anticipado. En Itabuna, descubrió a tiempo que

Satanás habita el cuerpo de las viudas: para apagar la hoguera encendida no basta un libanés gigante, servido por instrumento celebrado en los prostíbulos de la región.

De qué manera Jussara, señora acomodada, figura de primera, había obtenido preciosos detalles sobre la eficiencia de Fadul Abdala al frente de cualquier clase de comercio así como sobre el tamaño y la rigidez del instrumento, se sabrá o no en el momento preciso, pero desde luego se puede adelantar que le cupo a Zezinha do Butiá destacado papel en esos chismes. En las artimañas y en los embustes de la vida, entre Aruza, retoño de padres ricos, con su uniforme azul y blanco de estudiante de colegio de monjas en Ilhéus, y Jussara, fuerza de la naturaleza toda vestida de negro, de la cabeza a los pies, de luto riguroso, dueña de surtida tienda en el centro de Itabuna, he aquí que Zezinha do Butiá, amor callejero, mujer perdida, escoria, fue de valía y confianza.

2

De paso por Ilhéus a donde había ido a completar su provisión, efectuar pagos y ver el mar, Fadul Abdala fue invitado a cenar, en compañía de Alvaro Faria, en la casa de Jamil Skaf, patricio acomodado en la vida, propietario de La Preferida, próspero negocio de muebles y colchones.

Fadul se sorprendió de la invitación, hecha en el Bar Chic, en las inmediaciones del puerto, pues a pesar de que conocía a Jamil hacía varios años no mantenía con él relaciones de intimidad. Se veían cada muerte de obispo en bares, en el cabaret, en pensiones de prostitutas, intercambiaban apretones de manos, amabilidades, nada más que eso. En el bar, tomando el aperitivo, haciendo tiempo para el almuerzo en el Tacho de Bibi, en el Pontal, chupín de *pitú* regado con cerveza, Fadul gozaba momentos de profunda elevación espiritual escuchando a Alvaro Faria, hombre de mucho saber y poco trabajar. Igual que Alvaro Faria para una charla, una buena conversación, solamente Fuad Karan, uno en Ilhéus, otro en Itabuna, cada cual más ilustrado y espirituoso, dos luminarias.

—Se come y se bebe muy bien en casa de Jamil —le susurró Alvaro—, y la hija es deslumbrante—. Bajito y bigotudo, agitado, hablando hasta por los codos, el patricio, después de haber hecho la invitación, agregó que luego de la cena podrían ir a la pensión de Tilde, recién inaugurada en el Unhao con lujo de francesas.

3

A pesar de que los invitados eran apenas ellos dos, Alvaro y Fadul, la cena tuvo aspecto de banquete, tal la variedad de platos árabes y brasileños y la categoría de los postres. Fadul se hartó.

Al elogiar la fina calidad del quibe y el sublime sabor del araife, pastel de almendra con almíbar de miel, su dulce predilecto, supo que había sido la hija única de los dueños de casa, la futura profesora Aruza, quien había preparado la cena: cocinera emérita, en horno y en hornalla. Ayudada, es claro, por innumerable batallón de criadas.

Durante la cena, Aruza se mantuvo tímida, sin tema, respondiendo con monosílabos si le dirigían la palabra. Ni siquiera sonreía cuando los demás se reían a mandíbula batiente con los chistes y los dichos de Alvaro Faria. Antes de que se sentaran a la mesa, Fadul había oído de boca de Jamil el elogio de las prendas de la hija de la cual mucho se enorgullecía.

—En diciembre se gradúa de profesora, toca piano, recita poesías de memoria. Muy instruída, no ahorré dinero.

Hizo silencio, como si calculara cuánto había gastado en la educación de la heredera, pero enseguida prosiguió enumerando virtudes:

—Devota y trabajadora, obediente.

Como no se había referido a la belleza, Fadul se quedó sorprendido cuando la vio entrar en la sala. Jamil hizo las presentaciones:

—Esta es mi hija, Aruza, amigo Fadul.

Fadul extendió la mano enorme, sonrió con cortesía. Alvaro Faria tenía razón: Aruza era realmente deslumbrante. Cabellos ondeados, boca carnosa, ojos rasgados, cintura fina, senos abundantes en la blusa blanca, ancas fuertes en la falda azul. Poco sensible a los cuerpos delgados y de formas leves, a talles delicados, Fadul se vio ante la personificación de su concepto de belleza. Feliz quien con ella se casara. Jamil completó la presentación:

—Este es mi amigo Fadul Abdala, de quien te hablé.

Aruza le concedió apenas una rápida mirada, la voz casi inaudible:

—Mucho gusto.

Demasiado linda, no habría en Ilhéus muchacha más bonita. Fadul buscó en la cabeza un término justo para definirla, y lo encontró en el Corán: begume. Begume, princesa musulmana.

4

Terminada la cena, después de eructar con satisfacción, Jamil invitó a los comensales a tomar el cafecito en la sala de visitas, abierta para la ocasión. Hacia allá se dirigieron:

—¿Adónde vas, Aruza?

Aruza se escabullía corredor afuera. Se detuvo y respondió sin mirar al padre:

—Voy hasta la casa de Belinha, vuelvo enseguida.

—No, no vas. Tenemos invitados, tu lugar es aquí.

Aruza deshizo el camino, vino a sentarse. Recogidas las tazas de café, Jamil ordenó a la hija:

—Abre el piano y toca música para que escuchen los amigos.

Resignada, la muchacha obedeció. Comenzó con "La Prima Careza". Alvaro Faria aplaudió, aire de éxtasis; en verdad estaba lleno de tanta comida. Siguieron "Sobre las olas" y "Para Elisa". Aruza quiso dar el concierto por concluido pero Jamil exigió:

—¿Y la mía? ¿No vas a tocarla?

Volvió nuevamente hacia el piano, y atacó la "Marcha Turca"; el entusiasmo fue general. Al terminar, mientras Fadul y Alvaro aplaudían, la muchacha se levantó y se dirigió al padre:

—¿Puedo ir ahora?

Obstinada, reflexionó Fadul sintiendo la tensión crecer en la sala. La voz de Jamil dejó traslucir una punta de cólera a pesar de la sonrisa bajo los grandes bigotes:

—Ni ahora ni después. Siéntate ahí y conversa con Fadul.

Enseguida se envolvió en acalorada controversia con Alvaro Faria sobre la política local. Aruza y Fadul cambiaron algunas palabras, él intentó interesarla en la Biblia y el Corán, sin obtener éxito. Ella ni siquiera ponía cara de escucharlo, se mordía los labios: ¿estudiante castigada o asustada doncella, amenazada en sus sueños y proyectos?

La mirada preocupada, doña Jordana, la madre, se abría en sonrisas para el invitado: no dejó que el silencio perdurara y Jamil lo percibiera. Encontró un tema al gusto de Fadul, los dulces árabes: describió recetas, discutió detalles de miel y gergelim.

No era gorda, apenas rolliza, pero en el rostro todavía conservaba vestigios de belleza. Hacía veinte años, cuando su padre Chakif le impusiera a Jamil en matrimonio y obediente ella aceptara, no había en Ilhéus begume mas seductora. Aruza había salido a ella en la hermosura, pero había heredado del padre la firmeza y el empecinamiento.

Allá fuera, en la calle, alguien silbaba con insistencia un trecho vivaz de la "Marcha Turca".

5

En el camino hacia la pensión de Tilde, en busca de las francesas, falsas pero excelentes, el non-plus-ultra en materia de refinamiento, según Alvaro Faria, Jamil Skaf suspendió el paso y, tomando el brazo de Fadul, nervioso quiso saber qué le había parecido Aruza.

—Una belleza, una begume. Y ni hablar de la educación.

Entonces, de frente, el patricio preguntó:

—¿Quiere casarse con ella?

—La Preferida va viento en popa, voy a abrir una filial en Itabuna y tengo una plantación de cacao en Río do Braço. Aruza es hija única.

—Repitió: —¿Quiere casarse con ella?

Indagación tan intempestiva dejó a Fadul atontado a punto de no prestar la debida atención al protocolo de la francesa que le tocó. Pero después, en el cuarto de hotelito de Mamede, se dio cuenta de que Jamil Skaf había decidido elegir novio para Aruza.

Que Jamil eligiera un novio para la hija y se lo impusiera, se trataba de un procedimiento habitual, correcto y justo, digno de aplausos. Padre dedicado, preocupado por la felicidad y el futuro de Aruza, actuaba así para asegurarle un hogar bendecido, vida tranquila, continuo bienestar. La buena tradición, probada y comprobada, innegable, mandaba que los padres, responsables por la suerte de las hijas, eligieran entre los varones del reino todavía solteros el mejor de todos para ponerle alianza y dote. Unos pocos descuidaban el deber paterno dejando a las doncellas suspirantes, inconstantes, inmaduras, elección y decisión en asunto de tal importancia. De tales despropósitos resultaban casamientos infelices: ¡esposas en llanto, hogares deshechos, herencias desbaratadas, fortunas dilapidadas! Jamil Skaf, con empeño y diligencia, buscando el mejor en el reino del cacao, fue a localizar a Fadul Abdala en los confines del mundo.

Fadul quedó en pensar; en la próxima venida a Ilhéus respondería. Enseguida, sin embargo, agradeció la honra y la confianza.

6

A la mañana siguiente, al dirigirse a la estación donde tomaría el tren, Fadul Abdala, por casualidad o a propósito, recorrió un inesperado itinerario que lo llevó a pasar al pie de la Ladera de la Conquista. En lo alto de la Conquista, el Colegio Nuestra Señora de la Piedad, de las monjas ursulinas, formaba maestras primarias, proveyendo título y diploma a todas las muchachas ricas de Ilhéus y de la región del cacao que allí estudiaban en régimen de internado o de externado. De mañana y de tarde las externas subían y bajaban la ladera en alocado alborozo juvenil. Abajo circulaban pretendientes, indóciles bellacos.

Al verlo con su maleta, el aire inconfundible de vendedor ambulante, la mano en el sombrero para saludarla, Aruza dejó escapar un pequeño grito —podía ser de desesperación o de alegría— y lo señaló a la amiga que no era otra que Belinha, vecina y confidente. Venían hablando sobre él. Fadul prosiguió el camino hacia la estación, llevando en los ojos la visión de la muchacha vestida con el uniforme azul y blanco.

A la hora del recreo, en el rincón preferido bajo los mangos, Aruza se deshizo en llanto. Belinha no veía remedio posible pero Auta Rosa, alumna interna, estudiante de segundo año, astuta y dispuesta, presentó inmediatamente solución para el problema de la pobre enamorada, capaz de rescatarla del peligro de casarse con el novio escogido por el padre. Belinha lo había visto de pie en la ladera, y confirmaba: enorme hombrón, un grosero, el opuesto del mimoso abogado por quien Aruza suspiraba y que suspiraba por Aruza.

Dar el mal paso, solución radical, si bien agradable, y sobre todo urgente, sólo Auta Rosa la propondría con semejante franqueza. Exigía disposición y coraje: tendrían que enfrentar a la familia y la sociedad. Auta Rosa, en el decir de la madre Ana de Jesús, que le había confiscado correspondencia clandestina, era el Perro en cuerpo de persona. Encerrada con siete llaves tras los altos muros del colegio, conseguía no sólo cartearse con el novio, el fatídico periodista José Julio Calasana, sino también, ciertamente, con él se encontraba a escondidas. Si no fuera así, ¿cómo podría el redactor y tipógrafo de la Gazeta Grapiúna, en las cartas que le escribía y le enviaba con Belinha, hacer referencias tan expresas, apasionadas e impúdicas a detalles de la anatomía de la estudiante, habitual y recatadamente ocultos bajo el uniforme azul y blanco? Al leer las ardientes misivas, la madre Ana de Jesús había pecado doblemente: por haberlas leído y por haberlas restituido al escondrijo debajo del colchón, sin llevarlas al conocimiento de la Madre Superiora: tenía una debilidad por la alumna, extravagante e inconstante pero dueña de un corazón de oro. La Madre Ana de Jesús, antes de tomar los hábitos, también había sido mujer y había tenido novio.

Artera y convincente, Auta Rosa mandaba. Aruza escuchaba los diabólicos consejos, fascinada.

7

En la soledad de Tocaia Grande, Fadul Abdala desvirgó a Aruza Skaf en incontables oportunidades, con blandura o violencia, paciente o ávido, en el sueño y en la vigilia.

Solo en la cama o poseyendo a alguna prostituta del lugar, Fadul la tuvo, insaciable. Duró cerca de dos meses, período transcurrido entre la llegada a Ilhéus con la mosca azul zumbando en la cabeza y los encantos de la estudiante en los ojos, en el pecho, en la entrepierna, y la noticia dada por el coronel Robustiano de Araújo. Ciertas noches él la tuvo y la desfloró tres o cuatro veces seguidas.

Temiendo asustarla u ofenderla, Fadul se esforzaba por ser delicado y prudente en los contactos iniciales, al desvestirla del uniforme azul y blanco. Caricias timoratas, besos furtivos en los hombros, en el cuello, tacto cauteloso insinuándose en el descubrimiento de tesoros resguardados: un placer de los dioses. Poco a poco la doncella se rendía, el pudor se trastocaba en deseo, Aruza consentía en los avances de Fadul, se dejaba desvestir.

El cuerpo desnudo extendido sobre el magro colchón de pasto seco, manta de chitao, olor de chinches, en el abandono de Tocaia Grande, Aruza se entregaba. Senos abundantes, buenos para agarrar y apretar con las manos, trasero poderoso, ancas de yegua y la concha. Todo de conformidad con el gusto y la gula de Grao-Turco. Finalmente Dios se había compadecido de él.

Se modificaban las posiciones —las probó todas—, variaban el tiempo, el lugar y el ritmo de la metida, el tajo de Aruza jamás se repetía. En la hora crucial, Fadul oía el grito, indispensable como la sangre: grito y sangre de Siroca. Por un instante, corto pero atroz, Aruza era la pequeña Siroca rindiéndose indefensa en los confines del cacao a la fuerza y a la labia del vendedor ambulante.

Tomaba y volvía a tomar la intacta virginidad, a deshojar la codiciada flor de la virgen. Virginidad variada y múltiple, la flor de Aruza, que se mantenía siempre bella, apretada y caliente, cambiaba al sabor de la fantasía. Fue abundante en pelos o no los tuvo, tenue plumón. Se abrió como rosa de muchos pétalos, ofreciéndose. Se escondió en los muslos cerrados, recatado botón. El pimpollo se alzaba arrogante o receloso se cubría.

Fue el tajo de Bernarda, el de Dalila, el de la pequeña Cotinha, el de la inmensa Marieta Quince Arrobas, el tajo de rechupete de Coroca, tantos y tantos otros, puros y nunca libados. Fue el inviolado tajo de Zezinha do Butiá, un abismo. Solamente el grito no se modificó, permaneció lamento fatal, de dolor y perdición, de la pequeña Siroca.

Fadul Abdala amanecía con ojeras profundas de tanto disfrutar. Le sucedió comenzar a desvestir la virgen, llamarla a gritos durante el sueño, y terminar de poseerla despierto, los ojos abiertos. En Tocaia Grande, en el plazo de más de dos meses, la virginidad de Aruza Skaf fue también la deforme y bruta mano del turco.

8

No siempre los sueños se resumían a placer y gozo, al disfrute de un virgo. Tres personajes perturbaron las nupcias sin freno a que el árabe se entregó durante muchas noches, vicioso y voraz, insaciable garañón.

Como ya se sabe, Aruza, al ser penetrada, reproducía el grito de Siroca, y era de la mulata la sangre que Fadul sentía que le ensuciaba los dedos. El caso había ocurrido en sus inicios de vendedor ambulante: para que Siroca consintiera, se prodigara, le había prometido el oro y el moro, y aun así tuvo que usar las manos para abrirle las piernas. Con el correr del tiempo vino a saber que, como consecuencia de un intento de aborto, Siroca había muerto en Macuco, donde había ido a hacer la vida. Cosas que pasan.

Ciertas noches, a la hora exacta en que Fadul iba a disfrutar las virtudes de la novia, Zezinha do Butiá, impúdica y pervertida, surgía en la cama sin que la llamaran. ¿Piensas que vas a estropear la honra de una doncella, virginidad intacta, turco bruto e ignorante, bestia? Señalaba con el dedo y él veía el agujero abierto, el orificio hecho: por allí había pasado antes, con certeza, un abogaducho de segunda, bueno de pico, silbando la "Marcha Turca". En lugar de la impoluta virginidad, un par de cuernos. ¿Por qué motivo Jamil Skaf le proponía gratis la mano de la hija única, la filial de La Preferida en Itabuna, sociedad en la mueblería, la fortuna inmediata y fácil? Debía de tener motivo grande, ¿y cuál podría ser? Zezinha do Butiá se le reía en la cara: vas a cubrir con tu corpachón y tu ambición la vergüenza de la hija del patricio, turco cabeza hueca, idiota y mercenario. Por dinero eres capaz de todo, ¿o piensas que no lo sé?

Cierta vez, cuando desesperado intentaba expulsar a Zezinha do Butiá al romper de la aurora, se despertó a tiempo de reconocer en la difusa luz del alba a la verde víbora-espada bella y mortal deslizándose a los pies de la cama. Después de matarla, se puso a pensar y repetir: Zezinha do Butiá había venido a salvarle la vida. ¿Solamente la vida? ¿O para evitar que se metiera en un callejón sin salida y encontrarse, cuando menos lo esperara, cargando el peso de San Cornelio en las procesiones de Ilhéus? Demasiado tarde para arrepentirse y escapar.

También el Señor Dios de los maronitas surgía cabalgando truenos, se mostraba en la claridad del rayo en noches de borrasca para cobrarle el trato hecho. Cruzando la selva por atajos intransitables, había traído a Fadul Abdala de la mano hasta el lugar donde cumplir su destino: ganar dinero honesto con trabajo y sudor, enriquecerse sin necesidad de convertirse en socio menor, recadero de ricachón, marido de mujer comentada.

La verde víbora-espada. El cansancio de la noche, la alborada de los arrieros, la soledad. ¿Quedarme aquí, Señor, trabajando, purgando mis penas? En Ilhéus me esperan mesa abundante, cama blanda, vida fácil y la hermosa de las hermosas, virginidad de begume, de princesa musulmana.

102

Nube inmensa cubriendo el cielo, el Señor Dios de los maronitas se deshacía en nubes y en lluvia en el rayar de la mañana, y dejaba al libanés dirigiendo solo vírgenes e incertidumbres.

9

Cuando, después de mucho cavilar, de pesar pro y contra, Fadul había decidido retornar a Ilhéus para llevar adelante el proyecto de matrimonio propuesto por Jamil Skaf, sucedió que el coronel Robustiano de Araújo pasó por Tocaia Grande, camino a la hacienda Santa Mariana. Después de demorarse con el viejo Gerino, jefe de los hombres que guardaban el depósito de cacao seco, detuvo el caballo o en frente a la bodega de Fadul. Venía de Ilhéus y le traía un recado del amigo Alvaro Faria, aquel descansado de buena vida que, en los bares, en las salas de juego, en el cabaret, comentaba, con la vivacidad que le era habitual, la crónica de la ciudad. Le había pedido que no se olvidara de repetir al árabe Fadul detalles de la fiesta de casamiento de la hija de Jamil Skaf.

¿Quién, Aruza? Pero si dos meses antes ni siquiera estaba de novia, ¿cómo se había casado así, tan de repente? El coronel Robustiano de Araújo se puso las dos manos delante de la barriga, en expresivo gesto.

¿Preñada? Si no lo estaba, debería estarlo, según las malas lenguas murmuraban. Aruza y el doctor Epitazio Nascimento, abogado sin causas, habían enfrentado las lágrimas de doña Jordana y la furia de Jamil y habían confesado el mal paso, fruto de amor desesperado. El joven abogado había desembarcado hacia poco tiempo de un barco de la Bahiana, dispuesto a hacer carrera rápida, y lo hizo.

Como no servían de nada los lamentos y las recriminaciones, Jamil Skaf, hombre práctico, había apurado el casamiento para que la hija pudiera ostentar en el altar guirnalda y velo, flores virginales de naranjo. Si demoraba, la barriga podía aparecer, pues, repitió riendo el coronel, para eso habían hecho lo necesario. Dama de honor, juntamente con Belinha, Auta Rosa, radiante, recogió el ramo arrojado por la novia.

Fadul escuchó, no hizo comentarios. Esperó para maldecir a que el caballo del Coronel desapareciera en la ruta: *cass-amabúk-charmuta!* Nunca más soñó con Aruza, no volvió a desvirgarla. Zezinha do Butiá volvió a reinar absoluta en el lecho enorme, durante las noches solitarias de Tocaia Grande.

JUSSARA RAMOS RABAT, VIUDA Y HEREDERA DE KALIL RABAT, VA A TOCAIA GRANDE

1

Fadul Abdala había conocido a Jussara Ramos Rabat, viuda y heredera de Kalil Rabat, en la feria de Taquaras al negociar la compra de dos burros necesarios para el transporte de mercaderías hasta Tocaia Grande, y para servirle de cabalgadura. Habiendo escogido cuidadosamente los animales, examinándoles los dientes y las patas, conforme le recomendara el Capitán Natario da Fonseca, se dedicó al placer del regateo en la discusión del precio con Manuel da Lapa, señalando defectos imaginarios, poniendo en duda cualidades evidentes.

—Tenga piedad de mí, don Fadul, por lo menos redondee la cuenta.

—Ni un centavo más.

Jussara era lo que el pueblo llamaba un hembrón, mujer de llenar la vista de cualquier hijo de Dios; nativa color de cobre, refulgiendo al sol. Al verla andar en su dirección por entre yeguas y jumentos, viéndola detenerse ante él, mirándolo con insistencia, Fadul se perturbó y la transacción estuvo a punto de irse por la borda; se quedó atontado, sin voluntad y sin acción. Dándose cuenta del peligro, Manuel da Lapa resolvió aceptar el precio propuesto para no terminar en nada.

—¿Estoy hablando con Fadul Abdala? —comenzó ella por preguntar, y enseguida rió con una risa arisca y audaz, un sonido de cascabeles.

Los ojos chispeaban, en contraste con la voz tibia y desconsolada que moría entre las palabras como si Jussara fuera a desmayarse: lánguida y arrobada, la seducción en persona en la feria de Taquaras. Quien no la conocía, al encontrarla y oírla por primera vez, se sentía de inmediato dispuesto a protegerla, a defenderla contra trampas, engaños, traiciones. Fadul no la conocía, nunca la había visto antes.

Con esfuerzo el turco logró sacarse el sombrero para saludarla deferente y cortés. La recorrió enseguida disimuladamente de arriba abajo, de la cabeza a los pies, tratando de adivinarla bajo las telas que la cubrían. Jussara proclamaba viudez a los cuatro vientos, en cambiantes tonos negros en la falda de montar, en la blusa de seda, en el chal que le envolvía los cabellos, resguardándolos del polvo. Se vestía de luto cargado pero en la brasa de los ojos y el carmín de los labios no se distinguía sombra de lágrimas, residuo de tristeza. Si había sentido al muerto en algún momento, ya no lo lloraba: rezumando vida, respiraba languidez y placer, traslucía al sol de la feria en promesa e invitación. En la mano, un látigo con mango de plata; en la boca carnosa, semiabierta, los dientes blancos y perfectos, dientes para morder.

–Oí hablar mucho a su respecto –No dijo de quién lo había oído ni lo que le habían hablado, como si la afirmación ocultara algún secreto. –Mi nombre es Jussara. ¿Conoció a Kalil Rabat dueño de la Casa Oriental?

Fijando la vista, Fadul descubrió bajo el chal floreado una rosa color de sangre puesta detrás de la oreja, y el descubrimiento lo alborozó. ¿De dónde había venido esa mestiza? ¿De las profundidades de la selva donde peleaban curibocas, o de un campamento nómada de gitanos? ¿Cuántas sangres se habían mezclado para dar como resultado ese misterio, para alcanzar esa fascinación?

–Lo conocí. Más de vista que de trato. Supe que murió.

–Soy la viuda de él. No entiendo de mostrador de tienda. Pobre de mí.

Extendió el látigo, tocó el pecho del gigante, al mismo tiempo insolente y rendida:

–Cuando pase por Itabuna venga a verme. Le voy a mostrar la tienda. Estoy buscando quien me ayude: nadie se toma en serio a una viuda que se ocupa de negocios. Pobre de mí.

Le dio la espalda, caminó hacia donde un lacayo la esperaba sosteniendo al caballo pampa por las riendas. Antes de subir a la cabalgadura, Jussara se arrancó el chal de la cabeza en un gesto repentino. Dejó que los cabellos negros –más negros que la falda de montar, la blusa de seda, las puntillas y los volados– se escurrieran libres por la espalda: golpeaban en la cintura. Fadul tragó en seco, espiando atontado. Ayudada por el lacayo, Jussara puso un pie en el estribo, montó, se acomodó en la silla. Volvió la cabeza hacia el turco, dijo adiós con la mano. Un minuto después ya no estaba.

Manuel da Lapa extendió la mano cobrando el precio de los dos burros, y comentó:

–Una realeza de mujer, un despropósito, don Fadu.

Montado en uno de los burros, llevando de las riendas al otro, Fadul se dirigió hacia Tocaia Grande: ¡Pobre de mí, ay de mí! Proscrito relegado al culo del mundo.

2

En los quince días que siguieron al encuentro en la feria de Taquaras, Jussara Ramos Rabat, viuda y heredera, perturbó las horas vacías de Fadul Abdala. ¿Qué intenciones ocultaban gestos y palabras, la insistencia de las miradas, la languidez de la voz?

Bajo la blusa de moños y adornos, cerrada en el cuello como determinan la modestia y el pudor, debajo de la falda de montar amplia y larga, el turco aun así adivinaba abultadas mamas, senos turgentes

105

—buenos para palpar con las manos, como le gustaba—, el requiebro y la grandeza de los cuadriles, la planicie del vientre de cobre y la colina de musgo, boca del mundo temerosa y carente. Desvestía a Jussara de falda y blusa, de los innúmeros adornos, demasiadas formalidades, y la veía desnuda entre los animales en el tumulto de la feria; ninguna yegua se le comparaba en porte y gallardía. Ella le apeteció y él la deseó con tamaña intensidad, a punto de no conseguir poseerla en sueños, a pesar de adormecerse con el pensamiento puesto en ella, en calentura extrema, en el brío insólito.

Pobre de mí, había dicho y repetido Jussara renegando de la viudez y el comercio, dos problemas graves: ¿qué buscaba en aquella letanía? ¿Con qué propósito lo había invitado a visitarla en Itabuna? ¿Para ofrecerle empleo en el mostrador de la Casa Oriental, proponiéndole tal vez un porcentaje de las ventas, pequeña participación en los lucros? Trabajar para otros no lo tentaba, prefería afanarse sin descanso en lo que era suyo, durante las noches y las madrugadas de Tocaia Grande, sin tener a quien dar satisfacción ni rendir cuentas.

¿O acaso, siendo viuda y joven, buscaba marido que se ocupara de ella y del comercio de telas? Joven, rica y tan hermosa, debería de tener en la ciudad de Itabuna, en el puerto de Ilhéus, filas de candidatos arrastrándose a sus pies: ¿por qué habría de salir tras un tendero en la feria de Taquaras en medio de mulas y burros? ¿Pudiendo elegir entre hacendados, comerciantes, abogados, doctores de toga y birrete? Ciertamente apenas estaba buscando un vendedor digno de confianza. Que buscara a otro, él no lo haría.

No llegó, conforme queda dicho y entendido, a entusiasmarse con las perspectivas generadas por el inesperado encuentro, de las conversación ambigua y breve. Repudiaba las posibilidades mezquinas —empleo de cajero, porcentaje en la tienda— mientras las tentadoras le parecían espejismos imposibles. El, Fadul, no pasaba de ser un árabe solitario de cabeza caliente que se inflamaba por cualquier tontería, viendo un incendio donde sólo se quemaban unas pajas. Marido de Jussara, dueño de la Casa Oriental: locuras para llenar el tiempo vacío en las tardes de Tocaia Grande. Aun así, iría a visitarla en Itabuna cuando pasara por allá. Al menos para volver a verla, para lamer con la vista aquellas insolencias de mujer: una realeza, un despropósito, como dijera Manuel da Lapa.

Se adormecía con el pensamiento puesto en ella y, en ciertas noches, raras, anduvo dándole unos palmadas, seduciéndola un poco, pero no había pasado de eso; la mestiza se arrancaba de sus brazos: púdica, virtuosa, se retiraba del sueño. Cuando Fadul se daba cuenta proseguía en el eterno correr detrás de Zezinha do Butiá, que lo provocaba ofreciéndose y huyendo fuera de la cama. No llegó a introducir el hierro y a comprobar el calor de la hornalla cuyas chispas salta-

106

ban de los ojos de fuego de Jussara. Nunca había visto una viuda tan recatada y honesta.

3

Sentado en el umbral de la puerta pensaba en Jussara, vaga quimera en el humo del narguile, cuando la vio en carne y hueso desmontar del caballo pampa y entregar las riendas al lacayo. Fadul Abdala había llegado del baño en el río; el calor sofocante le pesaba en el lomo y en la nuca. En la luz intensa del comienzo de la tarde Tocaia Grande dormitaba en el sopor y en el silencio.

Había sucedido tan abruptamente que Fadul no se sorprendió ni se maravilló, como si estuviera presenciando la cosa más natural del mundo. Incluso dejó de mirar a Jussara para acompañar con la vista al lacayo, muchacho cuidado y cepillado, montado en burro de silla, que conducía al caballo por la brida hacia la sombra de los árboles. Pero de repente se dio cuenta del absurdo de la escena y, restregándose los ojos, enfrentó a la mestiza que se encaminaba hacia él. Apenas tuvo tiempo de levantarse para recibirla.

—¿Por qué no fue a visitarme a Itabuna? Lo esperé en vano.

—Todavía no fui allá. —Demoraba en recobrarse.

—Ya que usted no fue, vine yo, pobre de mí. —Con los ojos recorrió las cercanías: —Qué lugar pequeño. ¿Qué hace enterrado aquí?

Movió la cabeza, en desacuerdo. Los cabellos enroscados en rizos, una peineta de tortuga, adorno fino, sujetándolos en lo alto del rodete. Antes de que el turco respondiera, prosiguió;

—¿Va a quedarse parado ahí? ¿No me invita a entrar? ¿No me ofrece nada para beber? —Y fue entrando.

Se detuvo junto al mostrador, examinando los artículos en venta, pocos y pobres, movió nuevamente la cabeza en señal de desaprobación, pero no hizo comentarios.

Todavía atontado, Fadul la acompañó. ¡Dios del cielo! ¿Era verdad o el sol le había pegado en la sesera haciéndole ver espejismos a la luz del día? No sabiendo qué ofrecerle —no tenía nada digno de ella—, preguntó:

—¿Qué desea tomar?

—Acepto un trago de agua, de la vasija. —Jussara señaló el pequeño cántaro en el marco de la ventana.

Rodeó el mostrador, entró en la casa, investigando las habitaciones, atravesó el umbral del cuarto de dormir:

—Me gustan las camas grandes, pero nunca vi una de este tamaño.

—Es para que yo quepa. —Se enorgulleció Fadul entregándole la escudilla con agua fresca.

107

Jussara bebió a pequeños sorbos, como si degustase un vino raro, mientras volvía a posar la mirada en el turco, a medirlo y aprobarlo satisfecha, la boca mojada semiabierta, los ojos turbios:

—Caben dos de su tamaño y todavía sobra.

Rió con una risa de sobreentendidos, corta y espesa, y le devolvió la escudilla.

—Gracias. Cuando vaya a Itabuna no deje de ir a verme para que le muestre la tienda. No sé cuidarla sola, no doy abasto. —Repetía lo que le había dicho en la feria de Taquaras: le ofrecía empleo en el mostrador del negocio, ¿o, quizás, la mano en matrimonio? —¿Cuándo va a ir por allá?

Endulzó la voz, se deshizo en seducción, pidió y avisó:

—No demore, vaya ni bien pueda. No puedo quedarme esperando toda la vida. Pobre de mí.

Dio media vuelta, lista para salir del cuarto y retirarse de Tocaia Grande. El turco se estremeció:

—¿Ya se va?

—¿Y qué es lo que me voy a quedar haciendo aquí? Pasé sólo para verlo.

Se ensombrecieron los ojos de Fadul, oscuros de impaciencia y de calentura. Sin querer tomarse el trabajo de cerrar la puerta, caminó hacia Jussara y la tomó en los brazos. Ella no se esquivó ni lo rechazó, sólo dijo con aquella voz lánguida de quien necesita apoyo y protección:

—Tenga pena, no abuse de mí. ¿No ve que soy viuda y necesito casarme de nuevo? Si yo perdiera la cabeza, ¿qué va a pasar después? Pobre de mí, que ni siquiera puedo querer bien...

Fadul no respondió, guardó silencio: la conversación podía esperar, él no. Estaba lleno de furia, los ojos ofuscados, sentía estremecerse el cuerpo de la mestiza. Le arrancó la blusa, el corpiño, —ah, los pechos opulentos, buenos para agarrar con las manos—, Jussara gimió levemente. Fadul le sacó la falda, las enaguas, rasgó las puntillas de los calzones negros atados con lazos en las rodillas: también los calzones eran negros.

Dobló a aquella realeza, a aquel despropósito de mujer, sobre el colchón de pasto y de chinches, vestida apenas con las altas botas de montar. Fadul no perdió tiempo en desvestirse: se desabotonó la bragueta liberando la verga que, de tan impaciente y rígida, le dolía. Poseyó a Jussara.

Deshizo el rodete en lo alto de la cabeza de la mestiza, liberados se soltaron los cabellos, sábana negra de satén, que cubría la cama. La boca del mundo, húmeda y golosa, acogió la verga del cacique libanés; el baile duró toda la tarde.

—¡Ay, qué hice, Dios mío, qué idiota soy! Viuda sin juicio, vine por marido y salgo deshonrada. ¡Ay, pobre de mí!

Miró en lágrimas al turco extendido sobre ella, aplastándole los senos y los muslos, cuando jadeantes regresaron de la primera travesía del desierto y el océano. Antes de que él le sacara las botas, se desvistira y finalmente cerrara la puerta. Jussara tenía hablar fácil, acentuado por un lamento contrito, dolorida queja con que se acusaba y se afligía:

—Ahora que consiguió lo que quería, puede burlarse de mí, despreciarme, llamarme loca, echarme. La culpa es mía, estaba tan bien en Itabuna, ¿qué vine a hacer aquí? A deshonrarme, cuando necesito un marido que me cuide y se haga cargo de la tienda. Maldigo el día en que lo ví en Taquaras y perdí la cabeza. Quedé loca, estúpida de la cabeza, no mando más en mí. No tuve fuerzas para resistir, me deshonré. ¡Ay, me deshonré!

No paró de culparse mientras el hombrón se levantaba de la cama, cerraba la puerta y se desvestía: desnudo, aumentaba de tamaño, se hacía todavía más grande. Desde la cama, estirada, lo observaba de soslayo, ¡qué marido! Trabajador y codicioso, presumido y tonto, igual a Kalil Rabat, bobo alegre nacido para cabestro y cuernos. Con la ventaja de que era grandote, bien parecido y poseía aquel miembro. Jussara llegaba con las manos llenas: el resplandor del rostro, la tentación del cuerpo, dinero en abundancia, la tienda de telas mejor surtida de Itabuna, la insolencia y la seducción, la fogosidad. ¿Qué más podía desear un pobre tendero confinado en tan remoto lugarejo?

Como no le parecía que aquel momento era el más apropiado para dialogar sobre la honra perdida de la viuda y cómo restaurarla, el turco escuchaba en silencio, impaciente, la lastimada letanía, interminable. Jussara no se calló ni siquiera cuando él la liberó de las botas, grata providencia. Patética, asumió la responsabilidad del fatídico desvío:

—Yo tengo la culpa, no huí a tiempo. No me importa, se acabó.

Antes de que de repente ella decidiera dar por terminado el jolgorio apenas comenzado, Fadul se extendió al lado de la mestiza, con la mano deforme y delicada le acarició los senos, apretándolos despacio; le rozó el trasero y la pellizcó con suavidad, corriendo los dedos por la raya. Jussara se estremeció y suspiró, se acurrucó en el pecho velludo, sintió la tórtola contra los muslos, prosiguió entre desmayos:

—Si abusó de mí, yo lo dejé, ahora piensa que soy una perdida, ¿cómo ha de querer casarse conmigo? —Elevó la voz haciéndola clara y precisa al afirmar: —Juro por el alma de mi madre que fue la primera vez que pequé en toda mi vida. Nunca tuve otro hombre fuera de mi marido. Perdí la cabeza, ¡pobre de mí!

Las piernas desnudas se cruzaron, se entreabrieron los muslos de Jussara y la voz desfalleció de nuevo:

—Perdí mi honra... Estoy en sus manos... —acarició el rostro de Fadul, puso miel en la voz para confesar: —... pero ni aun así me arrepiento, ¡hombre malvado! Cegó mis ojos, ¡me sedujo!

Ni deshonrada me arrepiento —palabras buenas de escuchar: inflaman el pecho, inflaman el corazón, incendian los testículos de un macho bueno en la cama—. A pesar de la prudencia con que acostumbraba actuar en asuntos así de importantes y melindrosos, Fadul se decidió a prometer, para cumplir, tal vez, después de comprobar y esclarecer ciertos pormenores:

—No se preocupe. En estos días voy a Itabuna y allá conversamos y resolvemos. No se preocupe por el negocio.

—¿Es verdad? ¿Va a cuidar de la tienda? ¿Va a cuidar de mí?

—Quédese tranquila. —Y no dijo más.

5

Ella había venido en busca de marido, se convenció Fadul al oirla desesperada. Marido que pusiera fin al incómodo estado de viudez y se hiciera cargo de la tienda, garantizando los lucros. Para conquistarlo jugaba con apuestas altas, apostaba el cuerpo y la honra. ¿Pura sabiduría o santa ingenuidad? ¿Simpleza o mala fe? ¿Pasión devoradora o calculado embuste?

Desfalleciente, Jussara, noble y romántica, proclamaba amor a primera vista:

—Vine porque desde el día en que lo vi en la feria quedé sin juicio, no tuve más cabeza para pensar a no ser en usted, hecha una maldita. Ahora estoy en sus manos para ser feliz o deshonrarme de una vez. —Volvió a preguntar: —¿Va a quererme o va a renegar de mí?

El momento no era favorable a la reflexión, para sacar en limpio dudas, sospechas, incertidumbres, menos aún para asumir compromisos. En lugar de responder a la afligida indagación, tomó a la viuda en los brazos, no podía esperar ni un minuto más. Ella le dio la boca para que se la besara, labios carnosos, jugosos, lengua atrevida, dientes que mordían; él la recorrió y la atravesó.

¿Sería respuesta positiva aquel afán desesperado, la loca posesión? Con seguridad sí, pues, ¿cómo podría Fadul vivir de allí en adelante huérfano de la respiración, del sudor, del perfume, del vértigo de Jussara? Los cuerpos entrelazados, confundidos, recorrieron las arenas del desierto, cruzaron las aguas del océano, llegaron al fin del mundo en ansia y gozo, dos potencias, dos potestades, un potro salvaje, una yegua en celo.

Cuando al caer de la tarde Jussara recompuso el rodete y montó el caballo pampa traído por el lacayo —muchacho hábil y perfumado—, Fadul, por fin, se comprometió a besarla en despedida:

—Dentro de unos días arreglamos todo en Itabuna.

Antes de salir, Jussara había colocado el último triunfo sobre la mesa, mejor dicho sobre la cama. Mientras vestía los andrajos de calzones de puntillas, se ponía las enaguas y el corpiño, la blusa y la falda negras, viuda honesta e inconsolable, avisó que lo ocurrido jamás volvería a suceder: quien quisiera acostarse con ella para practicar la dulce y peligrosa broma de hacer bebitos —así se expresaba, púdica, bajando los ojos— tendría antes que llevarla al padre y al juez. No podía exponerse, caer en la boca de todo el mundo por ponerle cuernos al difunto: no habiendo hecho cabrón a Kalil Rabat en vida, se sentía en la obligación de respetar su memoria y tenía necesidad de actuar así para no dar que hablar a la gente. Nunca había conocido a otro hombre además del marido, Fadul había sido el primero y el último y por única vez cuando, ciega de pasión, perdiera la cabeza y se entregara. ¡No, no volvería a suceder! De nuevo en la cama, ya fuera en los brazos de quien amaba, ya fuera en los brazos de otro, de un ciudadano trabajador y decente que le propusiera casamiento —no habría de faltar—, solamente después de los papeles firmados, nunca antes como acababa de suceder. Esposa, sí, amante no, ¡Ay, pobre de mí!

Espoleó al caballo pampa, seguida por el criado, en el apuro de llegar a Itabuna a esparcir las buenas nuevas. Si Fadul no había sido explícito, si no había asumido compromiso categórico, Jussara sabía leer entre líneas, descubrir las intenciones en la inflexión de la voz y no tenía dudas de que el turco vendría corriendo tras su rastro. Le había dejado en la piel, en la boca, en el pecho, en la pistola, su gusto inolvidable, de allí en más indispensable; el desgraciado ya no sabría vivir sin poseerla. No tenía dudas, podía llamar al padre y al juez.

Sobre Fadul Abdala, novio a la vista, había obtenido anteriormente, en casual conversación con una amiga de la infancia, dos informaciones precisas: comerciante trabajador y capaz, igual a él no había otro; tampoco miembro que se comparara con el suyo. Acababa de comprobar la verdad de aquella referencia. Para ganar dinero en los miserables confines de Tocaia Grande, era necesario ser comerciante de mucha astucia y diligencia. En lo que se refiere al miembro, la viuda lo había empuñado con las dos manos, lo había cotejado en la propia carne, ¡loado sea Dios!

El sol todavía no se había escondido en las aguas del río, cuando Jussara desapareció en el rumbo de Taquaras, antes de que el primer convoy de burros surgiera en el camino. Nadie la había visto llegar, nadie la vio partir. Excepto Coroca que, al aparecer para comprar querosén, señaló:

—¿Mandó llamar una prostituta de Itabuna, don Fadu?

6

En sosegado anochecer en la joven y pujante ciudad de Itabuna, habiendo depositado la bolsa de viaje en el cuarto de Zezinha do Butiá en la pensión alegre de Xandú y tomado un baño de tina —Zezinha había calentado agua en la pava y le había restregado la espalda con esponja seca y aromático jabón, ¡maravillas de la civilización! —. Fadul Abdala se disponía, en el galante decir de la bella, a darle de comer a la tórtola.

—Vean qué tórtola, ya me había olvidado cómo era.

¡Qué tamaño de tórtola, un privilegio! Jugando con la susodicha, Zezinha do Butiá, nostálgica, canturreó una romántica melodía sergipana:

> Tórtola, tortolita
> juguete de amor
> haz tu nido
> en mi cueva..

En el cuarto, después del baño, dándole de comer a la tórtola con hartazgo, Fadul vio que la prostituta estaba tristona y taciturna, como si algún disgusto la preocupara. Ciertamente malas noticias de la familia, llegadas de Sergipe. Zezinha mantenía a una vasta parentela en la ciudad de Lagarto, cerquita de Butiá, donde había nacido: el padre enfermo de fiebre y de *cachaça*, una cantidad de mujeres decrépitas y locas, madre, abuela y tías, todas dependientes de ella, las pobrecitas.

A Fadul casi le extrañó, tanto sentimiento puso Zezinha en la impetuosa entrega: desfalleciendo en sus brazos, lánguida y amorosa. Hasta parecía que enamorada se entregaba por primera vez como si fuera la última. No era que habitualmente se mantuviera distante y fría; muy al contrario, era una explosión de mujer. Los dos se entendían a las mil maravillas y se gustaban. Ninguna otra satisfacía a Fadul tan completamente como ella por el celo y el empeño y más todavía por revelar en el ansia y en la vehemencia del ocio una punta de cariño y afecto. Por eso mismo no la comparaba con las demás prostitutas que conocía y frecuentaba. A pesar de no exhibir pechos grandes y no ostentar trasero exuberante, manifiestas preferencias del Grao-Turco, a ninguna extrañaba tanto, a ninguna codiciaba con tanta fiebre; era Zezinha quien le poblaba los sueños en el exilio.

Se zambullía en ella, se olvidaba de los males de la vida, reposado y feliz: un abismo el tajo de Zezinha do Butiá, pero también un remanso

112

de paz, seguro abrigo. La atracción entre los dos duraba desde hacía mucho tiempo, había comenzado cuando él aún era vendedor ambulante y ella era una novata en Itabuna.

Construyendo castillos en el aire en Tocaia Grande al imaginarse millonario, próspero y bien forrado ricachón, antes de ninguna otra cosa iba a retirar a Zezinha de la pensión de Xandú, le ponía una casa. Le daba de lo bueno y lo mejor sin medir los gastos, comodidades, mimos, lujos, mucama para servirla, costurera que la vistiera de reina; quería que fuera sólo prostituta suya y de nadie más. Amante en cuya compañía descansara de los negocios variados, todos pingües, del cansancio de la familia. En la familia poco se demoraba pensando: mujer discreta y obediente, hijos robustos.

En el cuarto pobre de la pensión de putas, el crepúsculo entraba por la claraboya y se diluía en sombras en las sábanas de algodón. Zezinha estaba diferente, no era la misma. Alguna cosa grave había sucedido, capaz de modificarle la alegría habitual. La tirana no le aplicaba nombres —turco esto, turco aquello—, lo llevaba a broma, no cobraba inexistentes deudas, tratando de desplumarlo, no se perdía en risas despreocupadas. Ardiente y ávida como nunca, pero envuelta en melancolía, silenciosa, con una espina en el pecho que la lastimaba. Tristezas de familia, ¿qué más podía ser?

7

Se espesaron las sombras, era el fin de la tarde. Al deshacerse el abrazo, Fadul saltó de la cama sofocado, temeroso de llegar al encuentro con Fuad Karan en el café de Rómulo Sampaio, donde el amigo de todos los días desperdiciaba erudición ilustrando a la élite de la ciudad a la hora sagrada del aperitivo y del juego de dados. Desatenta a los deberes del oficio, Zezinha se dejó estar echada, no vino a ayudarlo:

—Ya estás atrasado, ¿no?

—Bastante. Tengo que apurarme...

—Anda corriendo, la novia es capaz de no esperar. Apúrate, antes de que ella encuentre otro para llevar a la cama.

Conversación extraña, voz insolente y despreciativa. Sorprendido y desconfiado, la pulga en la oreja, Fadul no llegó a ponerse los calzoncillos:

—¿Novia? ¿Qué historia es ésa?

—¿Vas a negarlo? En Itabuna no se habla de otra cosa...

—¿Qué cosa? Dilo de una vez.

—Todo el mundo sabe que arreglaste casamiento con Jussa. ¿Tienes el coraje de negarlo?

113

Se confirmaba la desconfianza que lo había asaltado: pareceres de la viuda que transformaba promesas de visita, vago inicio de noviazgo, en compromiso formal de casamiento. Jussa, diminutivo de Jussara; Zezinha le tiraba el apodo en la cara: un insulto, una bofetada. Tomando los calzoncillos, preguntó:

—¿Jussa?

—Jussa Pobre-de-mí, no me digas que no la conoces... El otro día Fuad Karan estuvo acá y me dijo: "Sabes, Zezinha, tu Fadul enloqueció y se va a casar con la viuda de Kalil Rabat". Me quedé zonza, no le creí: "No puede ser, no lo creo". Pero él me dijo que era verdad, que tú ibas a ser el nuevo rey... —se calló.

—Habla derecho, desembucha, ¿Rey de qué? —Levantó la voz, incómodo al saberse en la calle de la amargura, objeto de comentarios y murmullos.

—Rey de los cabrones, como el finado Kalil, un hombre bueno que murió de tanto cargar cuernos.

Eso Fadul no lo esperaba, no estaba preparado para la abrupta revelación, una trompada en el cráneo: abrió los ojos, quedó boquiabierto, tragó en seco:

—¿El fallecido era cabrón? ¿No estás mintiendo, no?

—Si no crees en mí, pregúntale a Fuad, él sabe bien. Pregúntale a quien quieras. En Itabuna todo el mundo conoce la fama de Jussara.

Ofuscados, los ojos de Fadul volvían a ver a la mestiza de luto, inmaculada. En los oídos, la voz seductora y púdica: fue la primera vez que pequé en toda mi vida, nunca anduve con otro hombre además de mi marido; cuando lo vi, sin embargo, hombre malvado, no tuve fuerzas para resistir, ¿qué puede la honradez contra la fatalidad? Jurando por el alma de la madre y abriendo las piernas, la puta descarada. Todo en ella había sido maña, falsedad, bellaquería: perra, vaca, puta, ¡tres veces puta! ¿Cómo había podido creerle, justo él, que se jactaba de astuto? Convencido, vanidoso, había inflado el pecho: Fadul Abdala, irresistible garañón. Babeado, había venido corriendo como ella previera. Se desahogó en árabe.

—¡Hala! ¡Hala! ¡Charmuta!

—Tú lo que tienes de grande lo tienes de tonto. Cuando ves una mujer bonita y promesa de riqueza, no ves nada más, ni siquiera un par de cuernos. —Demoró los ojos en la figura del turco confundido, atónito: —¿O será que no sirves? ¿Cierras los ojos para no ver? Es lo que dicen por ahí.

Desnudo, grandote y descorazonado, un sapo cururu atravesado en la garganta, no terminaba de tragarlo. —¡Charmuta! ¡Arkut! Fadul se tiró en el borde de la cama, trató de controlar la voz, la cólera y la vergüenza.

—¿Qué es lo que andan diciendo por ahí?

114

—Eso... Que te vas a casar a causa de la tienda, sin importarte el resto, sin que te importe la fama que ella tiene. Que por dinero vendes el alma. Si piensas que Jussa va a cambiar de vida, no sabes que es una mujer con fuego en el traste, no hay hombre que lo apague.

Desmoralizado, Fadul estaba allá abajo, en el fondo de un pozo, enterrado en la mierda, cabrón, arkut señalado con el dedo. Movió la cabezota:

—No sabía que ella era así, vivo en la selva.

—Esto no debería importarte y tampoco debería meterme, no gano nada con esto. Si fuera astuta me callaba. Si te casas con ella no vas a ser un ricacho lleno de dinero, puedes ponerme una casa, sacarme de la vida. Fuad hasta me felicitó, dijo que vas a estar podrido en plata... —un sollozo escapó del pecho contra la voluntad de Zezinha: —... podrido en plata, fue lo que él dijo, ¿me estás escuchando?

Una pausa en el intento de contener el llanto, la voz entrecortada:

—Si te casas con ella, no quiero verte nunca más. —Se puso a llorar.

No trató de contener el llanto, contener los sollozos en el pecho, aguantar firme: Zezinha do Butiá se cubrió el rostro con la manos y se dejó ir. Mirando el brillo de las lágrimas en la cara de la prostituta, oyéndola sollozar por su causa, indignada y triste por pensarlo novio de Jussara, rico y cornudo, Fadul recobró el ánimo, liberado del despecho y la vejación, volvió a erguirse, se retiró intacto de la rabia y la vergüenza.

El buen Dios de los maronitas había acudido a tiempo. A Fadul ya poco le importaba que Jussara fuera viuda honesta o la más hablada y fornicada madama de Itabuna, ya no pensaba en casarse con ella. Le importaban, eso sí y solamente, las lágrimas de Zezinha, el llanto incontrolado, el dolor, el despecho, la tristeza de la pobre, señales de que lo quería bien.

—¿Quiere decir que era por eso que andabas apagada? ¿No era enfermedad ni muerte de un pariente?

—¿Tú piensas que no tengo sentimientos?

La noche había caído entera, manto de negrura. En la sala, Xandú encendió un candelero.

8

Estuve tentado, sí, confesó Fadul al narrar a Zezinha do Butiá las peripecias de la breve y maligna alucinación que casi lo lleva a atar su destino al de Jussara Ramos Rabat, Jussa-Pobre-de-mí, ganando ella marido y consideración, ganando él la más provista tienda de telas de Itabuna y el imperio de los cornudos mansos: Fadul de la Mansedumbre. Había escapado a tiempo gracias al buen Dios de los maronitas que para salvarlo había echado mano una vez más de los buenos oficios de Zezinha, elevada a la condición de ángel de la guarda. Dada la enormidad del peligro, la prostituta no se había contentado con aparecérsele en sueños como lo había hecho en la ocasión de Aruza: había venido en persona para salvarlo de la deshonra.

Zezinha sabía mucho y contó con sobrados detalles las andanzas de la viuda antes y después de enterrar al muerto y llorarle los cuernos. Dando nombre a éstos, una fila de afortunados. A varios él los conocía, fácil sería comprobar la veracidad de los enredos si así lo deseara, pero Fadul ya no tenía dudas que esclarecer.

Después, en el cabaret, Fuad Karan había agregado nuevos datos, referido circunstancias curiosas, ampliado la lista de los galanes. Ciudadanos de los más diversos se atropellaban en la caudalosa crónica de la mestiza. Nadie podría acusar a Jussara de juiciosa en materia de hombres: siempre que vistiera pantalón y levantara el palo merecía su atención y, si las circunstancias eran propicias, lo llevaba a la cama. Fuad Karan, erudito, había resumido: Jussara sufre de furor uterino, mi Fadul, no hay remedio que valga. Fuego en el traste, confirmaba Zezinha, no hay macho que lo apague.

Si los amores de la moza Aruza y del abogado Epitacio do Nascimento darían para componer una narración de profundo sentimiento y alguna bribonada conforme se escribió, el romance de los deslices de Jussara exigiría un volumen abultado, digno de la pluma de Bocaccio, en la opinión autorizada de Fuad Karan, cuyo vicio mayor era la lectura, y después las mujeres y el juego. Libro chistoso y picante, de sentimientos fáciles y aventuras gruesas, de engaños y desengaños, al cual no faltarían con todo episodios emocionantes como la patética tentativa de suicidio de Bebeto Passos, estudiante de vacaciones. Jussara apreciaba el sexo masculino en general pero revelaba preferencia por los muchachos jóvenes, adoraba a los adolescentes, y no dejaba de tener junto a ella permanentemente, siempre a mano, a un lacayo bien cepillado. ¡Kissimak!, rugió Fadul recordando al jovencito; Fuad se solidarizó con la indignación y se unió al insulto. En su tiempo —de Fuad, pues también había navegado en aquel mar de escollos— el lacayo era un muchachón grandote y atrevido, vago petulante. ¡Kissimak! Maldijeron juntos.

Jussara Ramos Rabat, personaje secundario en la historia de Tocaia Grande donde pasa a caballo y se detiene contadas horas; no cabe aquí el relato de sus incontables aventuras: muchacha soltera, señora casada, viuda en busca de nuevo marido que se ocupara de la Casa Oriental y del jardín de cuernos, ¡ay, pobre de mí! Jussa-Pobre-de-mí, el furor uterino consumiéndola, fuego en el traste dañándola, lacayo a su disposición. Por un tris no fue Jussara Ramos Abdala. Nos despedimos de ella de una vez y para siempre pero lo hacemos con pesar y con nostalgia: una realeza, un despropósito de mujer en el acertado decir de Manuel da Lapa, entendido en yeguas y mulas, en burras.

Jussara, tentación de la que el Demonio se sirvió en una nueva embestida para cambiar el destino de Fadul y conquistarle el alma haciéndolo romper el compromiso establecido con el Señor. Por una mujer bonita y fortuna fácil, ay, Fadul, ¡tú le vendes el alma al diablo! No la vendió. El buen Dios de los maronitas estaba atento y había develado la trama, teniendo por intérprete y emisaria a Zezinha do Butiá, mujer de la vida.

Fadul se admiró de que Zezinha supiera tanto de Jussara. Al final de cuentas, fuera como fuere, se trataba de una señora viuda de conocido comerciante, rica e hidalga, baluarte de la sociedad, fina, mientras ella, Zezinha, no pasaba de lo que se sabe: una perdida. Pero hablaba de la otra como si la conociera de chica:

—¿Y no la conozco? Jussa es de Lagarto, crecimos juntas. Jovencita, desapareció de casa como una luz. Vine a dar nuevamente con ella aquí en Itabuna, casada con don Kalil, poniéndole los cuernos.

De todo lo que ocurrió había quedado un regusto amargo que hacía agonizar al turco: la mestiza había abusado de él, lo había enredado y expuesto a la risa y la burla. Retirarse simplemente del pretendido noviazgo, dejándola plantada, no lo satisfacía, necesitaba mostrarle todo su desprecio. Se acordó entonces de la pregunta de Coroca en la tarde de mentiras y adulaciones: ¿mandó llamar una prostituta de Itabuna, don Fadu?

Le expuso a Zezinha la feliz idea que se le había ocurrido: enviar a un mensajero a la casa de la viuda llevando el dinero correspondiente a la paga habitual de una puta por una tarde en la cama. Gesto afrentoso que le lavaba el alma; Zezinha estuvo de acuerdo con el plan pero consideró la cantidad pequeña, indigna de quien tenía fama de ser tan generoso con las prostitutas y abajo de lo que Jussara merecía. La mestiza no era una puta cualquiera, de esas de puerta abierta en un rincón de la calle. Había tenido suerte, había subido en la vida: siendo viuda, había estado casada, flor y nata, adinerada, tenía mucama y lacayo a su servicio. Además había viajado hasta Tocaia Grande. ¿Cuántas veces Fadul se había puesto sobre ella en el correr de la tarde? ¿Por acaso no le había gustado? Una flor de mujer, un hembrón, fuego en el traste.

Cuanto menor la paga, mayor el insulto, la humillación, discutió el turco, pero terminó vencido. Zezinha no se convenció: deseaba evitar que él pasara por tacaño, por avaro mezquino: si iba a pagar, que pagara lo justo, incluso un poco más. Fadul, sensible a esos elocuentes argumentos, se dispuso finalmente a enviar el doble de lo que cobraban las prostitutas mandadas venir de Itabuna: porque Jussara era viuda y porque no ejercía el oficio por dinero.

Quiso llamar a Vadeco, muchacho de recados, hazlo-todo en la pensión de Xandú, para llevar el encargo en la mano: aquí está el pago que mandó Fadul. Riendo, Zezinha agarró los cobres:

—Desperdiciar dinero con Jussa, ¡no tienes remedio! Es lo mismo que tirar el dinero: ella va a reírse y dárselo de regalo al lacayo. Queda mejor en mi mano, lo necesito para ayudar a mi gente.

DURANTE LA AUSENCIA ANTERIOR DE FADUL ABDALA EL RENOMBRADO MANEZINHO INVADE TOCAIA GRANDE AL FRENTE DE JACUNCOS

1

No enfrentó solamente tentaciones del demonio, soñando despierto, penando adormecido. Putas y doncellas en celo ofreciéndose en el lecho, viuda rica, pretendidas novias, tiendas de telas, mueblería, promesas de fortuna rápida, de vida alegre, ¡fantasías locas! Víctima de la crueldad y la codicia de los hombres, había enfrentado otras pruebas, capaces de abatir y poner en fuga a ciudadanos menos obstinados. Antes de comenzar a ganar dinero en abundancia, Fadul Abdala había purgado sus pecados en Tocaia Grande.

Antes, en la labor de vendedor ambulante, al menos era dueño de su tiempo: se demoraba fácilmente una semana en Ilhéus e Itabuna, deleitándose. Instructivas conversaciones con Fuad Karan y Alvaro Faria, disputados torneos de dama y de dados, tentadoras y arriesgadas partidas de cartas al póquer y al pif-paf, cabarets —dos en Ilhéus, uno en Itabuna—, pensiones de mujeres, las luces de la civilización. Abundancia para el cuerpo y la cabeza, Fadul se lavaba el alma, sacaba la panza de la miseria.

Clientela de regateadores, no tiene fecha ni horario para las compras, vive atenta al anuncio de la matraca para la fiesta de la llegada del buhonero. Pero el depósito, al principio un boliche, poco más o menos, exigía la presencia permanente del propietario para ofrecer y servir, cobrar y recibir, imponer respeto. Negociando con las puertas abiertas en poblado nuevo, dueño del único comercio que atendía a los forasteros, no podía darse los lujos del vendedor ambulante: recoger la mercadería, ponérsela a la espalda y deambular cuando y adonde quisiera. Fadul había pasado a vivir un calendario sofocante. Alejarse de Tocaia Grande implicaba problema y riesgo.

118

Había espaciado los viajes, reducido los días de ausencia. Aun así, en los comienzos no gozaba de un momento de sosiego mientras permanecía en Ilhéus y en Itabuna el plazo estrictamente indispensable para las compras y los pagos: comprar era un arte, el arte del embuste y el regateo, pagar era una ciencia de plazos y de intereses. Aun durante la noche, corta para la conversación, el juego, el cabaret y las prostitutas, el pensamiento proseguía inquieto en el depósito, en las sobresaltadas breñas. Ya había sucedido en ocasión de su primera ausencia, y podía repetirse. A pesar de la solicitud de Coroca y de la sombra protectora del capitán Natario da Fonseca.

Hacía tres meses que no salía de Tocaia Grande, desde la festiva llegada de la primera provisión conducida en las grupas de un convoy que regresaba de Taquaras. Carga voluminosa, desde *cachaça* hasta carreteles de hilo, desde harina hasta munición para escopetas, abundancia que hacía doler la vista. Para adquirir tanta clase de cosas en tamaña cantidad había gastado sus economías, todas ellas, y aún había quedado debiendo. Casa comercial, mitad depósito de ramos generales, mitad tienda de menudencias, aun cuando fuera pequeña, no era una maleta de vendedor ambulante.

Habían acudido todos a ayudarlo en la descarga y los que estaban de paso: contados uno a uno no sumaban veinte criaturas en aquel día jubiloso de la inauguración. Fadul salvó la fecha con media docena de cohetes y una ronda gratis de *cachaça*; en seguida comenzó las ventas.

Solamente cuando la provisión empezó a faltar, resolvió tomarse unos días para rehacerla en las plazas de Ilhéus y de Itabuna. Había ganado experiencia con respecto a los artículos que debía comprar: cuáles los de mayor consumo, las cantidades justas, las marcas preferidas. Grande era el gasto de *jabá, cachaça* y *rapadura*, pero de la media docena de pantalones de brim habían salido apenas dos y a precio rebajado. En compensación, había vendido todos los de franela y más si hubiera habido.

Alta noche, encerrado en la casa para que nadie lo viera, a la luz de la antorcha recontó el rollo de dinero, billetes de poco valor, sucios, rasgados, remendados con jabón. Retiró de la provisión un pañuelo de cuello, grande y rojo, en él depositó los billetes a la manera de los asalariados, aprendida en los tiempos de vendedor ambulante. Hizo un nudo en las puntas y con una presilla fijó el atado en el fondo del bolsillo derecho del pantalón. En cuanto a las monedas, muchas, de cobre y de níquel, después de separarlas por valor, envolvió cada montículo en un pedazo de papel y los guardó en una bolsita de cuero que llevaría atada a la cintura debajo de la camisa. Por senderos y atajos, caminos y rutas del río de las Víboras, la fama de riqueza del turco Fadul corría en medio de murmullos: dinero escondido, anillos de brillantes, monedas de oro. Había quien afirmara haber espiado libras esterlinas:

119

tintineantes, encandilaban la vista. Jamás podrían imaginar que en el pañuelo y en la bolsita estaban el capital y el lucro, sus ahorros, todo cuanto poseía fuera de la sobra de las provisiones dejadas en el depósito.

Después de haber atendido a la clientela de la madrugada, había colgado bien visible en el frente del negocio un aviso penosamente dibujado en letras mayúsculas en la tapa de una caja de zapatos: cerrado por ausencia del dueño. Cerradas por dentro, con barras de madera, las dos puertas del depósito, y, con llave, la de la entrada de los fondos, de mañanita metió el revólver en la cintura y aprovechó la compañía de Zé Raimundo que llevaba numeroso convoy procedente de la hacienda Atalaia para entretener la caminata hasta Taquaras, tres leguas y media a pie.

De visita a una comadre que ejercía en la estación, una tal Zelita, con ellos iba también Coroca; flacucha, débil, no pesaba casi nada. Zé Raimundo la acomodó entre dos bolsas de cacao encima de la grupa de Luna Llena, mula fuerte y mansa, madrina del convoy: cascabeles sonoros en los cabezales y en el pectoral. Altiva, Coroca se daba aires de mujer de capataz, de amante de hacendado. Fadul, alforja al hombro, reía como loco anticipándose a los placeres que lo esperaban en Itabuna. Solamente en el tren, al querer pelar una naranja, se dio cuenta de que había olvidado en Tocaia Grande su estimado cortaplumas.

2

En los dos primeros días de la ausencia de Fadul, nada grave había sucedido. Después de descargar los animales, arrieros y ayudantes se dirigían al "rancho vestido del turco". Así decían refiriéndose al negocio de Fadul, hecho de madera, material barato, en una de las puntas de la hilera de chozas de barro batido inicialmente conocida por el Camino de los Burros, después y durante varios años por la Calle del Frente. En esa ocasión, Tizón Abduim todavía no vivía en Tocaia Grande, donde iría a levantar enseguida la primera casa de piedra y cal para en ella instalar su taller de herrero; el depósito era la construcción del poblado.

Arrieros y ayudantes llegaban sudados, cubiertos de polvo y barro, sedientos, necesitados de un trago de *cachaça* para restaurar las fuerzas, para combatir el frío o el calor según la ocasión. Se deparaban con el cartel, si había alguno que supiera leer y firmar el nombre, deletreaba la comunicación a los demás, caso contrario recibían la noticia de las prostitutas. Entre insultos y risas discutían el incumplimiento del tur-

120

co, que los abandonaba en el momento de necesidad para ir a abastecer el véndelo-todo.

—Turco hijo de yegua, justo hoy...

—¿Por qué no puso a alguien en su lugar?

—¿Y quién habría de ser?

—Pedro Cigano está ahí sin hacer nada...

—Si el negocio fuera tuyo, ¿lo dejabas en las manos de él?

Sentían la falta del depósito. La vida se había modificado, se había hecho más fácil desde que Fadul se estableciera en Tocaia Grande: no había necesidad de llevar elementos para pasar la noche habiendo allí lo necesario. Además, como hacía en los tiempos de vendedor ambulante, Fadul acostumbraba fiar —con garantía y pequeño agio— cuando el camarada volvía seco de los poblados o de las ciudades, habiendo dejado en las calles de piedra los últimos cobres. Los comentarios terminaban siempre en el recuerdo de dichos y hechos del turco embustero y ladrón, pero finalmente buen sujeto. Terminaban yendo al encuentro de las mujeres de la vida:

—Vas a ver, las chicas resolvieron cerrar los ranchos...

El número de prostitutas variaba; unas llegaban, otras partían, las putas no calientan lugar. Fijas, una media docena, no más, en aglomeradas chozas frente al río, en el extremo opuesto del barracón en el cual el coronel Robustiano de Araújo depositaba el cacao seco, listo para ser entregado a los exportadores. Coroca, al elegir el lugar para la casita cuya construcción el capitán Natario da Fonseca encomendara recientemente a Bastiao da Rosa y Lupiscinio, se negó a levantarla en el Camino de los Burros:

—La quiero aquí mismo... Casa de puta en una calle de frente no da resultados. La calle del frente es para casas de familia.

Lupiscinio se admiró:

—¿Qué familia, doña Coroca?

Con el respeto debido a los más viejos, la trataba de doña y mandaba al hijo y auxiliar lija-tablas, Zinho, un chico, a que le pidiera la bendición.

—No va a demorar, ya verás.

—¿Será así de veras?

—Es mejor quedarse acá desde ahora, cerca de los sapos, que más tarde ser echada. Hoy todo es igual, no hay diferencia, ¿pero en el futuro quién sabe?

Así nació la Baixa dos Sapos, hacia donde se dirigían arrieros y ayudantes en busca de un cariño de mujer; en aquella circunstancia, con el depósito cerrado, iban más temprano con la esperanza de un trago de *cachaça* o de café. Otros se dejaban quedar en el descampado, tomaban una *jaca* blanda bien madura: para llenar la panza no hay refrigerio que se le compare en el sabor y la sustancia.

Al anochecer del tercer día, en medio de continuos golpes de lluvia, el afamado Manezinho desembocó en Tocaia Grande, seguido por otros dos *jagunços*, Chico Serra y Janjao. Cabalgaban animales en pelo, lazos de cuerda en torno a los pescuezos en lugar de brida o de cabestro: lucidos burros de silla, de trato fino y pasto gordo, escogidas cabalgaduras de coroneles. Entraron tirando, para que no quedaran dudas.

Se detuvieron en el descampado donde los conductores de los primeros convoyes que pernoctaron en aquel sitio habían construido una especie de toldo de paja, precario abrigo contra el sol y la lluvia. Allí encendían fuego, asaban charque, cocinaban mandioca y fruta-pao, hervían café y platicaban sobre la vida y la muerte, o sea sobre el cultivo de cacao, tema eterno y apasionante. Mostrando la armónica, Pedro Cigano acababa de proponer a los ciudadanos presentes seductor trato: juntar dos o tres putas y organizar un baile a cambio de algunas monedas de centavos. A la despabilada negra Dalila, que buscaba un cliente, le había gustado la idea: nada mejor que un baile para amenizar la noche. Fuqui-fuqui con una mujer en la cama era todavía mejor, discutía un hambriento ayudante de arriero mirando el traste de la negra con codicia: arrogante trasero de prostituta, pero ¿dónde está el dinero para pagar tanta insolencia? Con los tiros y el tropel de los burros la conversación se debilitó.

Los *jagunços* quisieron saber dónde quedaba la casa del turco. Allí adelante, pero debido al viaje del propietario las puertas del rancho vestido estaban cerradas por unos días.

—Nosotros abrimos. Para quien no lo sepa, mi nombre es Manezinho. —Dijo, y después de recorrer al grupo con la vista, partió en la dirección indicada.

Naturalmente con el objetivo de demostrar la precisión de la puntería, Chico Serra apuntó en el árbol próximo al tallo de una fruta-pao y la derribó. Echándose sobre el animal Janjao estiró la mano y sopesó el trasero de la prostituta:

—Aguanta, harapiento, que yo ya vuelvo.

Pedro Cigano se había dado cuenta de que los forasteros estaban al tanto de la ausencia de don Fadu y por eso habían venido: con buena intención no había de ser. Desistió de llevar adelante el proyecto del baile; la noche se anunciaba peligrosa.

—¡Van a asaltar la tienda!

—Es capaz... —concordó uno de los dos arrieros revolviendo las brasas con el cabo del látigo de conducir burros. —Ese Manezinho es el diablo en persona: fue *capanga* del coronel Teodoro das Baraúnas, carga un montón de difuntos en la espalda. No hace un mes mató a un doctor en Agua Preta, todavía está huyendo. A los otros no los conozco.

El vaquero, de vuelta de Itabuna donde había dejado un grupo de vacas del coronel Robustiano de Araújo, conocía sin embargo a los otros dos de vista y de reputación, pésima. Chico Serra nunca había servido para nada, a no ser para matar gente; andaba a la deriva desde que el coronel Maneca Sá lo echara de la hacienda Morro Azul por no tener más trabajo para él. En cuanto al más alto, seguramente ya habían oído hablar de Janjao Fanchao, que no era otro el susodicho. Además de perverso, raro de la cabeza, golpeador de mujeres, facineroso, comedor de culos.

—¡Ay, Dios del cielo! —exclamó Dalila y salió corriendo para avisar a las prostitutas y esconderse en la selva.

Habiendo dado su recado, el cuidador de mulas propuso a los presentes asilarse todos en el barracón donde el coronel Robustiano mantenía permanentemente tres hombres bien armados que cuidaban el cacao día y noche. Allí estarían seguros y al abrigo de la lluvia cada vez más copiosa. No quería arriesgar la vida quedándose en el descampado; recogió la escopeta y se levantó:

—¿No vamos a hacer nada? —Pedro Cigano preguntó para descargar la conciencia, pues ni él mismo pensaba enfrentar a los bandidos para impedir el asalto.

—¿Qué es lo que nosotros tenemos que ver? —El vaquero comenzó a andar hacia el lado del depósito de cacao.

—¿Quién está tan loco para correr el riesgo de llevarse un tiro por causa del turco? El lío es con él, no con nosotros. —Alejándose del calor del fuego, el arriero desparramó las brasas con el mango del látigo; también él se puso de pie y caminó.

Los demás lo acompañaron rechazando la sugerencia de Pedro Cigano de al menos ir a espiar lo que estaba sucediendo: les gustaba el turco conversador y hábil, pero no al punto de enfrentar por su causa *jagunços* feroces, desalmados asesinos. Sólo el ayudante, muchacho audaz y atrevido, fue a apostarse con el trotamundos detrás del tronco de árbol de *jaca* desde donde avistaban el depósito. La lluvia se había transformado en aguacero, nubes cubrían el cielo.

Tampoco Pedro Cigano, a quien Fadul tantas veces había matado el hambre y aún más la sed, fue hasta el árbol con el propósito de serle de alguna utilidad: se arriesgaba porque tenía una intuición y deseaba comprobarla. No sería para robar *feijao*, carne seca, *cachaça*, carne ahumada que Manezinho, Chico Serra y Janjao estaban forzando las puertas del negocio: Pedro Cigano creía saber cuál era el motivo real.

Al *sarará* lo conducía sólo la curiosidad, deseo intenso de ver y aprender. Cuidador de burros novato en el oficio, por primera vez se encontraba con una banda de bandoleros cometiendo tropelías: su

123

experiencia se reducía a alborotos en puteríos, asuntos de poca cuantía.

4

Al fin de las luchas por la conquista de la selva, cuando las trampas sustituyeron a las emboscadas en los recientes conflictos entre los coroneles del cacao por la posesión de las áreas desocupadas, sobraban *jagunços* yendo y viniendo por las rutas sin rumbo cierto, ofreciéndose para matar por un pago módico, matando gratis para robar. De las centenas de matones llegados al sur del Estado de Bahía, provenientes del *sertao* de tres estados y de las barrancas de otros tantos ríos, armas y punterías al servicio de los ricos hacendados, unos pocos habían demarcado tierras, sembrado plantaciones, pasando a usar las armas solamente en rigurosas coyunturas. La mayoría se acomodó en las haciendas, jefes de grupos de asalariados, *capangas* de confianza, capataces. Algunos, sin embargo, no se adaptaban a las nuevas condiciones y cruzaban los caminos practicando horrores, asustando a la gente.

Acabaron liquidados uno a uno, pero durante una larga temporada fueron muchos, de siniestra fama. Entre los más temidos, se destacaba Manezinho, había participado en los legendarios combates trabados entre Basilio de Oliveira y los Badarós. *Capanga* de Teodoro das Baraúnas, de infausta memoria, no había querido servir a ningún otro coronel ni deponer las armas. Ultimamente había planeado organizar una banda para asaltar haciendas, caseríos, poblados. Solo, hacía de todo lo peor: imagínese lo que podría hacer al frente de una pandilla de buenos carabineros. Para comenzar, había reunido a Chico Serra y Janjao.

En las pasturas de una hacienda por donde habían pasado enlazaron los burros; nadie los había visto, ¡y que los vieran! Manezinho rió de la advertencia de Chico Serra todavía temeroso del poder de los coroneles.

—Si usted está con miedo, váyase. En mi compañía sólo quiero hombres machos.

Escuchando por acaso falaz charla de mujeres, palabras vanas, en el Beco da Valsa en Taquara, Manezinho se había enterado del embarque de Fadul Abdala en el tren para Itabuna. Las perdidas condenaban el descuido, la imprevisión, más que descuido e imprevisión la desidia, el desatino del turco, un idiota: viajaba dejando oculta en la casa de Tocaia Grande los ahorros acumulados en los años de vendedor ambulante, tesoro a disposición del primer osado que se dispusiera a descubrirlo. Discutían el lugar del escondrijo, ¿en la vivienda, debajo del colchón? ¿En el negocio, entre mercaderías? Acordes al proclamar

124

la grandeza de la suma, abultada bolsa de monedas de oro según el testimonio de personas conocidas y de absoluta confianza.

5

Ataron a los animales en los palenques clavados en la pared lateral del depósito, tentaron derribar las puertas del frente sin resultado; las trancas de madera resistieron comprobando la competencia de Bastiao da Rosa. Dieron vuelta alrededor de la casa, encontraron la entrada de los fondos, fue mucho más fácil. Después de que Manezinho tiró a la cerradura sin éxito, Chico tomó distancia, embistió contra la puerta con toda la fuerza del cuerpo, la traba comenzó a ceder. Janjao completó el trabajo.

Dentro de la casa encendieron los candeleros, viento y lluvia entraban por el vano de la puerta. No les pareció necesario dejar un centímetro vigilado: cada cual más conocido, ¿quién se atrevería a atacarlos? Se sirvieron *cachaça* bebiendo por la boca de la botella; una botella para cada uno, los tres estaban con ganas. Manezinho, para limpiar el pensamiento, mantener la cabeza fresca durante la ocupación delicada y trabajosa de la búsqueda del tesoro: a pesar de la apariencia bruta no le faltaba perspicacia. Janjao, debido a la sed permanente que lo atormentaba. Chico Serra, para mantener el ánimo; su especialidad era la emboscada, esconderse detrás de un árbol a la espera del señalado para derribarlo de un tiro certero: no perdía uno.

Registraron la casa de punta a punta, de rincón a rincón. Primero se detuvieron en las habitaciones del fondo. En la menor, que servía de cocina, nada encontraron además del calentador y la improvisada vajilla. En el dormitorio, en la cama, encima de la frazada sucia, yacía el cortaplumas de Fadul. Antes de guardarlo en el bolsillo, Janjao examinó con interés y satisfacción la larga y fina lámina de acero: exactamente lo que él necesitaba para sosegar putas metidas a bestias a la hora de romperles el orto. Sonriendo, empinó la sobra de aguardiente, tiró la botella vacía contra la pared.

Manezinho y Chico Serra rasgaron el colchón, desparramando el pasto seco. Janjao trajo nueva provisión de *cachaça* y entre los tres desarmaron la cama enorme, la obra maestra del carpintero Lupiscinio, toda ella de madera de ley traída de la selva donde crecían jacarandás, *yinháticos, putumujus, paus d'arco,* selva de *peroba-rosa* y *pau-brasil.* Buscaban el escondrijo donde pudiera estar la bolsa de monedas de oro. Ni escondrijo ni monedas.

El otro compartimiento servía de depósito de mercaderías. Durante animado interregno se divirtieron llenando de chucherías las alforjas, destruyendo todo lo que no les fuera de utilidad inmediata. Saludaron con entusiasmo y tragos de aguardiente el encuentro de los pantalones de brin. Se sacaron los de tela rústica, viejos, remendados, se pusieron esos lujos de tela cara. Chico Serra se puso dos, uno encima del otro. Se abarrotaron de deslumbrantes naderías, pero tampoco en el depósito descubrieron rastro del tesoro.

—Está escondido en la tienda. Deberíamos haber comenzado por ahí. —Razonó Manezinho.

Precavido, caminó hasta la puerta, miró hacia afuera: sólo la oscuridad de brea y la furia del aguacero, ningún ruido además del zumbar del viento. Manezinho sonrió, orgulloso de la merecida fama: ningún hijo de su madre había osado perturbarlos. El nombre y el renombre de los cojudos llegan a los lugares antes que ellos.

6

Bernarda había intentado atreverse, sólo ella. Cuando Dalila apareció en pánico invitando al mujerío a escaparse a la selva, Bernarda estaba ocupada con un arriero y los gritos no le hicieron mella. Palabrotas, gritos y amenazas eran habituales en la noche del poblado: cuanto mayor la ocurrencia, mayor el desorden. Pero el alboroto crecía y se agrandaba: Bernarda, después de llevar al compañero a hartarse de gozo, se puso la combinación y salió para ver. Volvió con la noticia:

—Los *jagunços* están atacando la tienda de don Fadu.

No oyó la respuesta ni se preocupó por recibir el pago; así mismo como estaba partió en disparada bajo el aguacero. Empapada, llegó al toldo del descampado: nadie. ¿Dónde andarían? Defendiendo el depósito tampoco estaban, no venían ruidos de aquellos lados. Se dirigió al barranco: allá encontraría al menos tres hombres encargados de guardar el cacao seco. Se largó azotada por el viento; todo calmado alrededor, demasiado calmado, daba miedo.

Una de las puertas del depósito se entreabrió al rumor de sus pasos. Ojos acostumbrados a ver en las tinieblas, Bernarda percibió el caño de la carabina. Gritó su nombre, la puerta se abrió del todo.

Dentro del barranco, los cabras y el pastor montaban guardia, las armas empuñadas. Sentados en el suelo, arrieros y ayudantes disputaban partidas de naipes: unos apostaban, otros miraban, desatentos todos, el sentido puesto en los *jagunços*. Miraron a Bernarda pero nadie abrió la boca; prosiguieron el juego. Sabían que ella no había venido en busca de cliente: requerida, nunca había necesitado salir a procurarlos. El agua le chorreaba del cuerpo, hacía charcos en el piso: la combinación pegada a la piel le moldeaba los senos y el vientre, los muslos y las ancas. A la luz difusa de los candeleros parecía una visión del otro mundo.

—Dicen que los *jagunços* están atacando la casa de don Fadu.

No hubo respuesta. El cuidador de mulas quiso hablar, se arrepintió, se quedó mirándola como si estuviera con la vista encandilada: ¡ay!, nunca se había acostado con Bernarda.

—¿Están o no?

Desviando la mirada de la sombra de los mechones mojados de la atrevida, el vaquero movió la cabeza y confirmó:

—Joao Fanchao, Chico Serra y Manezinho, no podían juntarse tres peores que ésos.

—¿Qué providencia hubo?

El hombre que le había abierto la puerta se admiró de la pregunta; la voz neutra, explicó:

—¿Providencia? Ellos vinieron con la intención de asaltar la tienda, después de robar se van.

Contando los cabras, el pastor, los arrieros y ayudantes, sumaban nueve hombres, cuatro de los cuales estaban armados con arma de fuego, además de cuchillos y puñales de los viajeros.

—Ellos no pasan de tres y sólo aquí hay nueve...

En el silencio, dio un paso al frente, escupió en el suelo:

—Nueve hombres cagándose de miedo.

—A mí ninguna vagabunda me llama miedoso... —Se ofendió el otro cabra hasta entonces callado.

Caminó hacia Bernarda dispuesto a darle una trompada en el oído, para enseñarle respeto y consideración, pero desistió al escuchar la advertencia del viejo Gerino:

—¿Estás loco, Zé Pedro?

Los jugadores de naipes que habían suspendido las apuestas volvieron aliviados a echar las cartas grasientas del mazo. El viejo ablandó la voz para dirigirse a Bernarda. Jefe de los cabras designado para montar guardia en el barranco, no demostró haberse ofendido con la acusación de la prostituta: nadie que lo conociera podía acusarlo de cobarde. No se olvidaba además de que la que había hablado era persona del capitán Natario: si el cabra se hubiera atrevido, ni Dios lo salvaría. Gerino se consideraba responsable por el cacao y también por los hombres a sus órdenes.

—¿Hacer qué, Bernarda? Dime, que yo no lo sé. Nosotros no tenemos nada que ver con ese asunto. Nos pagan para cuidar el cacao del coronel, si ellos vienen para acá van a comer fuego, es para eso que trabajamos. Sólo para eso.

—Pero están robando la tienda y dicen que van a agarrar a las mujeres y pasarnos en general a todas, una por una.

—Nosotros no estamos aquí para cuidar mercadería de turco ni concha de prostituta. ¿Qué es lo que piensas? ¿Qué esto es una ciudad? Esto es un pueblo con una bodega, cuatro putas y nosotros acá, en el barracón del Coronel: cada uno se cuida solo y Dios nos cuida a todos. Si quieres, quédate aquí con nosotros, que nada te va a suceder.

Caminó hasta la puerta donde estaba Bernarda, afligida y tensa, y le dijo sin rencor:

—Pero si no quieres quedarte, si resuelves matarte por el turco, puedes ir. Nosotros no salimos de acá. Si ellos vienen les enseñaremos con cuántos palos se hace una jangada. Uno sólo tiene una vida y una muerte para gastar.

7

Ni en los cajones y estantes ni en las tablas gruesas del mostrador, ¿dónde diablos el turco excomulgado escondió la plata? Allí también desarmaron todo, cosa por cosa, trabajo cansador e inútil. Ha de estar en alguna parte, había reafirmado Manezinho imponiéndose al apuro de los compañeros: a la borrachera de Janjao, deseoso de deleitarse con el trasero de la negra, a los temores de Chico Serra, receloso de un ataque sorpresa de los vaqueros.

—¿Dónde diablos? ¿En las bolsas de harina, de *feijao*, de maíz? Habían abierto las puertas del frente de par en par y rabiosos comenzaron a arrojar afuera las mercaderías, amontonándolas bajo la lluvia. Desparramaron el *feijao* y el maíz, el arroz y la harina, el azúcar negro, cortaron a puñal la pieza de carne seca. Para ahuyentar el miedo, Chico Serra rompió cuellos de botellas a tiros de revólver; en los matorrales donde se habían refugiado, las prostitutas escuchaban los estampidos y se meaban aterrorizadas.

Chorreando lluvia desde atrás del árbol de *jaca*, Pedro Cigano y el muchacho hacían esfuerzos para ver y entender, apenas percibían las figuras moviéndose en la negrura. Janjao y Chico Serra acumularon los productos unos sobre otros, Manezinho echó querosene encima de la pila y prendió fuego. Hubo un altercado, las voces se elevaron amenazadoras. Janjao quería incendiar la casa, Manezinho lo impidió a los gritos. Seguro de que la bolsa de monedas se encontraba allí, bien guardada en alguna parte, el jefe de la banda tenía planes de volver en breve, cuando el turco hubiera regresado del viaje. Bajo el caño de las armas, sería el mismo Fadul el que los conduciría al botín. Besándoles las manos.

Janjao, que en vez de sesos tenía mierda en la cabeza, trató entonces de prolongar la permanencia en el poblado, el tiempo de romper el trasero de la negra, pero Manezinho no le prestó oídos:

—Si quieres, quédate, para que los arrieros te maten. ¡Vamos! —Ordenó a Chico Serra, que no deseaba otra cosa.

Salieron los dos en disparada, tirando hacia arriba como despedida. Janjao todavía recorrió con la vista los alrededores, en una obstinación de mentecato: ¿cómo ver a la negra en aquella oscuridad, aun cuando ella se hubiera quedado espiando a la espera bajo el temporal? Finalmente desistió: descargó el arma en la dirección del descampado donde la había encontrado, con una maldición espoleó el animal con toda su fuerza, en el apuro de alcanzar a los compañeros. Maldijo de nuevo: ni el tesoro ni el culo de la negra.

Las llamas no resistieron a la lluvia pesada, se fueron extinguiendo poco a poco; un olor fuerte de maíz, de azúcar, de *feijao* quemados, de carne chamuscada, se desparramó en el viento. El vagabundo y el *sarará* salieron de atrás del árbol de *jaca* y se aproximaron. Pedro Cigano pasó sin parar enfrente de la fogata, entró en la casa, ¿tal vez tendría más suerte que los *jagunços*? También él creía a pie juntillas en la existencia de la caja abarrotada de monedas de oro acumuladas por el turco: no era una bolsa, era un baúl. El ayudante de arriero, novato en los caminos, desconocedor del cuento, se contentó con lo que salvó de la hoguera. Luego se juntaron a ellos hombres venidos del barracón, mujeres llegadas de los matorrales. Disputaron ávidamente las sobras del saqueo en la morada y en el depósito y lo que pudieron rescatar de las llamas. Así se consumió parte de la mentada fortuna de Fadul Abdala, aquella que él no llevaba encima del cuerpo, las mercaderías dejadas en el rancho vestido.

Pedro Cigano prosiguió incansable noche afuera investigando aun después de que todos los demás se retiraron. Sostenido por dos botellas de *cachaça* milagrosamente salvadas de la saña de Manezinho, del capazo de Chico Serra, de la sed de Janjao Fanchao y de la rapiña de los aprovechadores, horda de desgraciados.

8

Si se cree en la versión pregonada por el errante Pedro Cigano, que llegó a todas partes, las imprecaciones de Fadul Abdala estremecieron cielos y tierra, sacudieron los cuadrantes del mundo, tan terribles fueron. *Anuns* y *mutums*, papagayos y guacamayos huyeron en desbandada hacia lo más recóndito de la selva, los erizos se escondieron en los huecos de los árboles, los dormilones *japurás* se despertaron sobresaltados, los ariscos cuises se metieron debajo de las piedras, las víboras se pusieron en sobreaviso armando los botes por lo que pudiera suceder. *Potocas* del conocido *garganteiro*, vagabundos sin itinerario fijo.

Sin embargo, al hacer las cuentas, sacando a esos nueve, los relatos de los demás testigos de vista de la llegada del turco a Tocaia Grande, tres días después del asalto, exhibieron igualmente dramaticidad y grandilocuencia. Lo habían visto fuera de sí golpeándose el pecho con los puños cerrados; después, desesperado, elevar las grandes manos abiertas hacia lo alto apuntando en dirección al desatento, al negligente, al omiso Dios de los maronitas a cuya guardia entregara antes de partir la paz de la casa, la seguridad de la mercadería. Abrió la boca en un rugido de animal herido por la traición del propio padre. Le echó en cara al Señor con fuertes gritos el haberlo abandonado en la hora más necesitada y amarga y lo hizo en árabe, tornando el espectáculo todavía más patético. Además, para hablar con Dios, Fadul usaba siempre la lengua materna, pues no tenía certeza de que el Todopoderoso conociera el español. En español juró venganza, juramentos que se perdieron vacíos de sentido: ¿dónde, cómo y cuándo podría ejecutarlos? Nunca.

El colérico diálogo con el Altísimo sirvió para aliviarle el corazón sujeto a pena tan atroz. Dios no lo había abandonado, apenas había expuesto su carácter y su fe a una prueba mucho más difícil que las pesadillas con Zezinha desnuda e intangible. Al mismo tiempo, le había salvado la vida sacándole de Tocaia Grande en la ocasión del asalto.

Lo habían visto callarse, apaciguado. Se demoró mirando el desorden y la basura como si quisiera guardar consigo aquella imagen tatuada en las entrañas. Después llamó a Lupiscinio allí presente y le dio órdenes precisas: comenzar el trabajo por el mostrador y por los estantes; la cama no tenía prisa. El mismo día en que llegó y constató la desgracia, don Fadu volvió a servir a la clientela.

Por su propia iniciativa no hablaba de lo ocurrido. Cuando le sacaban el tema no se negaba a la conversación, pero respondía con prudencia, aparentando calma y resignación. No reclamó que nadie se hubiera metido en defensa de las puertas de la vivienda y del negocio, y encontraba para tal comportamiento disculpa y explicación: sólo un loco arriesgaría la vida para ayudar a las bolsas de azúcar, los carreteles de hilo. Por el propio Gerino supo del intento de Bernarda y de cuán difícil había sido mantenerla en el barracón a salvo de la muerte y de una violación de los *jagunços*. Si veían a esa hermosura queriéndose meter en la vida de ellos, ¡adiós Bernarda! Antes de acabar con ella se servirían como previsible: los tres en la misma ocasión y brutalmente, bajo el comando de Janjao Fanchao: sodomita, el nombre ya lo dice todo. El turco había apoyado la conducta del viejo: había hecho muy bien, Bernarda estaba mal de la cabeza.

No habló de irse a comerciar a otro lugar, menos expuesto, o de regresar a la vida de vendedor ambulante: como si el asalto hubiera reforzado la decisión de fijarse en Tocaia Grande. Había perdido, sin embargo, aquella alegría sonora, la jovialidad; no hacía bromas, no charlaba con los clientes, como antes. No se veía una sonrisa en sus labios por más que lo provocaran. ¿Qué había sido del turco contador de historias, farsante y charlatán, lleno de inventiva y de gracia, el ¡ay-Jesús! de las prostitutas? Inquietas, ellas se preguntaban si, un día, don Fadu volvería a reír y embromar.

Enterrado en el trabajo con el ahínco y el rendimiento conocidos, superaba el disgusto, la rabia por el considerable perjuicio. Pero persistía una herida que le castigaba el pecho, que le impedía el sueño, que lo roía por dentro sin darle sosiego: la imposibilidad de vengarse. Le dolía saber en libertad a los *jagunços* que habían invadido su propiedad y destruido y robado bienes valiosos: estaban sueltos, lejos del alcance de sus manos. Fadul se sentía infeliz, mal con la vida triste y fea.

9

Poco más de una semana había transcurrido desde el regreso de Fadul Abdala, ya estaba harto de oír bromas y lamentos, reintegrado a la rutina habitual: un día, al fin de la mañana, el capitán Natario da Fonseca desmontó de la mula y la ató al palenque, en la pared lateral del depósito. Fadul vino apurado de los fondos de la casa para saludar y servir al amigo, preparándose para una conversación animada y larga sobre los detalles del episodio.

Al contrario de lo esperado, el Capitán no sacó el tema de aquel infausto asunto. Saboreó la medida de *cachaça* a pequeños tragos, habló de esto y de aquello. Dio noticias del coronel Boaventura, siempre fuerte, con salud gracias a Dios, pero un tanto triste porque el doctor Venturinha se había ido a Río de Janeiro, después de las fiestas de graduación, y parecía no tener apuro por volver; comentó sobre las plantaciones que él, Natario, había comenzado a sembrar en Boa Vista, iba a ver cómo prosperaban.

Sorprendido y decepcionado ante tamaña indiferencia, Fadul se contuvo a duras penas para no dejar traslucir la decepción, el disgusto que le causaba tal actitud del Capitán de cuya amistad se jactaba.

Natario siempre había demostrado estima por el turco. Fadul era todavía vendedor ambulante cuando él, en cierta ocasión, le había ofrecido un revólver y comenzado a llamarlo compadre. Las relaciones habían crecido y estrechado después de que el comerciante se estableciera en Tocaia Grande. Con todo, el Capitán no hizo ninguna referencia al hecho reciente y palpitante, ni siquiera se puso a las órdenes, como manda la buena educación, no dijo ni mu.

131

Teniendo preparado el cigarrillo de tabaco picado, Natario aceptó el fuego ofrecido por Fadul, rechazó una nueva dosis de caña, se dispuso a seguir viaje. Levantándose del mostrador enderezó el cuerpo, metió la mano en el bolsillo del saco de brin caqui, sacó de adentro el cortaplumas que el turco había olvidado sobre la cama al salir hacia Taquaras:

—¿Esto no es suyo, compadre Fadul?

Colocó el objeto sobre la tabla del mostrador, Fadul Abdala sintió un golpe en el pecho.

—Sí, es mío, Capitán. Si no es mucho preguntar, ¿cómo llegó a sus manos?

—¿Y cómo habría de ser, compadre?

Caminó hacia el costado de la casa, volvió con la mula, puso el pie en el estribo, leyó la interrogación ansiosa en los ojos de Fadul, montó y respondió:

—Me enteré del caso, enseguida di con ellos. Tres malos tipos, compadre Fadul.

Se iluminaron los ojos del turco, le nació la sonrisa en la boca, sintió al mismo tiempo ganas de llorar, de todos modos quiso confirmar:

—¿Los tres, capitán?

—Los tres, en la misma fosa. Hasta pronto, compadre.

10

Retornaron la risa fácil, la carcajada estrepitosa, la alegría, los piropos, el gusto de narrar y discutir, la calentura y el apetito; el goce de la vida. Nuevamente se oyó en Tocaia Grande el vozarrón de Fadul Abdala en charlas y conversaciones, y cuando, por fin, a cambio de algunas monedas, Pedro Cigano volvió a sacar el acordeón, convocó a las damas y armó un baile, el que más se mostró en los gestos de la cuadrilla fue el dueño del rancho vestido. Había vuelto a ser el mismo don Fadu de antes, el corazón liberado de la sed de venganza.

No se liberó, sin embargo, de la preocupación. Obligado a viajar periódicamente para rehacer el surtido, pagar a los acreedores, ponerse al tanto de las novedades del comercio y dedicarse a lo que se sabe, dejaría el almacén cerrado, a la vista de los que pasaban, gente de toda laya, a disposición de los salteadores y de los ladrones, de los grupos de *jagunços.*

Es bien verdad que la negra suerte de los tres matones corría mundo: invenciones de monta, detalles de dar escalofríos. Circulaban al menos cinco versiones totalmente diferentes pero todas tétricas al respecto de la muerte de los tres hombres, y los chismosos garantizaban que el capitán Natario da Fonseca era socio del turco en las ganancias

132

del negocio, nada más ni nada menos. Cuando le preguntaban, don Fadu no desmentía: más que cualquier arma de fuego, aquel sacrosanto nombre defendía las puertas del negocio.

Aun así, a medida que el volumen de mercaderías iba menguando en el depósito, se tornaban evidentes las señales de intranquilidad en el rostro y en las maneras de Fadul. Ah, si descubriera a un cristiano capaz y digno de fe a quien pudiera confiar el mostrador, la caja y el revólver, ah, partiría mucho más sosegado y satisfecho. La atención a los clientes se mantenía ininterrumpida, las ventas no sufrirían paralización y la presencia de un tipo valiente al frente de la tienda, que durmiera en la casa, tal vez bastaría para impedir otra tentativa de asalto; la presencia del encargado y la sombra amiga del capitán Natario da Fonseca. Desgraciadamente, no veía en los yermos de Tocaia Grande ciudadano portador de tantas y tan específicas cualidades.

Para alegría de unos, espanto de otros, quien desató el nudo y resolvió el problema, quien enfrentó la responsabilidad y asumió la pesada carga fue — ¡imagínese!— la vieja Jacinta Coroca. Había vuelto de Taquaras con la tropa de Zé Raimundo, acomodada en la grupa de Luna Llena, repicando cascabeles, al día siguiente del saqueo, a tiempo de constatar la depredación y medir el perjuicio. Movió la cabeza en silencio; no fue a importunar a Fadul con preguntas y corazonadas.

Al sentir, cierta noche, la aflicción del turco, tan grande que lo mantuvo callado durante la trayectoria de la fornicación habitualmente ruidosa y festiva, Coroca se ofreció mientras lo aseaba con delicadeza y celo:

—Si quiere, don Fadu, haga su viaje tranquilo que yo me encargo del negocio. Déjelo conmigo, yo lo reemplazo. Puede ir sin cuidado.

De pie, enorme y desnudo, chorreando agua del mástil desinflado, el turco miró estupefacto a Jacinta, que sostenía un pedazo de jabón curvada frente a la pequeña palangana comprada a plazos al mismo Fadul. El se demoró en medirla y pesarla como si nunca la hubiera visto.

—¿Me estás proponiendo que viaje dejando el almacén abierto mientras tú respondes por todo, y vendes, recibes, das vuelto?

Depositando el peso del jabón junto a la palangana, Coroca tomó un trapo limpio, secó con cuidado las imponentes partes:

—Sólo tiene que darme los precios por escrito, ya sé bastantes. Voy a dormir arriba del mostrador hasta que usted llegue.

Irguió el busto: a la luz de la antorcha el cuerpo curvado y frágil se elevó, los ojos brillaban.

—¿Tú? —Fadul la encaraba pasmado, la boca abierta.

Una broma de mal gusto del Señor Dios de los maronitas que una vez más lo abandonaba a suerte ingrata. Enojado, loco de rabia, levantó el pensamiento a los cielos: en esta hora adversa en que, desespe-

133

rado, busco el auxilio de un hombre macho, competente y serio, ¿el ayudante que me ofrecéis, Señor, es esta puta vieja y descarnada?

Entonces, una luz brilló en el juicio de Fadul Abdala y entendió que valentía, sabiduría y decencia no son privilegios de los machos, de los ricos y de los fuertes; son atributo de cualquier mortal, aun en el caso de una puta vieja y descarnada. ¿No era Coroca buena en la cama y en los consejos?

—¿Tú? —Repitió con otro acento.

—Yo, sí, señor. María Jacinta de la Inmaculada Concepción, que ustedes llaman Coroca. Sé leer, firmar mi nombre y hacer cuentas, y ya me hice cargo de una verdulería en Río do Braço. Miedo sólo sentí una vez cuando me gustó un hombre, fue él el que me enseñó a leer.

Colocó el trapo al lado del jabón y la palangana. Sonriendo, concluyó:

—Y nunca aprendí a robar, ni sé por qué.

EL VILLORRIO

INSTALADO EN TOCAIA GRANDE
EL NEGRO CASTOR ABDUIM ENFRENTA LA SOLEDAD

1

El cuerpo ensangrentado del chancho salvaje sobre el dorso desnudo, la alforja repleta colgada de un hombro, un paño amarrado a la cintura, Oxóssi surgió de la selva y anduvo en dirección al río. En la claridad del sol Epifanía reconoció al encantado por el porte altivo y por la caza predilecta, señor de los bosques y de los animales bravíos. El día anterior había visto de lejos a Xangó en la fragua inventando el fuego. Xangó o Oxóssi, el negro Tizón Abduim cruzó la planicie armado con cuchillo de monte y escopeta.

En el Bidet de las Damas, amplia pileta formada por la corriente, Epifanía se bañaba envuelta en agua y brisa, descansando de la noche atareada; sobre una piedra la bata amarilla que acababa de lavar y el peso del pan de jabón. En la ciudad de Bahía, donde había nacido, en casa de doña Quequé en las Siete Puertas, se había rapado la cabellera crespa, se había *hecho la cabeza* al mando de Oxum, la vanidosa. Oxum, mujer de Oxóssi y de Xangó, madre de las aguas mansas: Epifanía se estremeció, sintió un frío en lo más profundo, tiritó entera.

El cazador depositó la carga en el suelo, más adelante, donde el río se ensanchaba: de la herida mortal en la garganta del jabalí la sangre escurrió enrojeciendo el barro. Desató el paño de la cintura y lo colocó al lado de la alforja, del cuchillo. El mismo había fabricado la lámina larga y ancha, afilado la punta y templado el filo. Igualmente trabajo suyo era la alforja de cuero crudo destinada a transportar la caza menuda. Levantando los brazos, se zambulló en el río para limpiarse la sangre que le cubría las espaldas. Epifanía había erguido el busto para ver mejor.

Al volver a la superficie, por fin Tizón la vislumbró en medio de la corriente de cascadas: la figura de una *iiabá*, seguramente Oxum en persona, dueña de los ríos, en visita a distante provincia de su reino. Antes de que la visión se desvaneciera en la reverberación de la luz, él la reverenció tocándose la cabeza con la punta de los dedos y repitiendo el saludo: ora-ye-yewo. Pero como el sortilegio persistía, aguzó la vista, saludó con un brazo y para sacar conversación pidió prestado el pedazo de jabón. Ella se puso de pie exhibiendo los pezones morados

135

y puntudos, los maduros senos, delgada de cintura y sin embargo abundante de caderas. De tan retinta la piel negra era azulada. La negra Epifanía en la flor de la edad, peligro suelto en las sendas del cacao, andariega de lugar en lugar, haciendo rancho donde hubiera animación.

Vino a traer el pedido en mano haciendo equilibrio entre las piedras lisas y resbaladizas. El cuerpo de azabache despedía luz; destellos de azul en el liso color de la brea. Habiendo hecho la entrega, se arrodilló y así permaneció viéndolo enjabonarse: el agua nacía del vientre de Epifanía. Epifanía de Oxum, mujer de Oxóssi y Xangó.

Al devolver lo que había sobrado del pan de jabón, el negro le tomó la muñeca y la midió en el fondo de los ojos.

—Tizón, ya oí hablar... —seseó Epifanía dejándose llevar sin resistencia, sumisa:

Se zambulleron juntos, enlazados. Después, él la condujo río arriba, manteniéndola apretada contra el pecho, nadando lentamente en la celebración del encuentro. Epifanía ya no sentía el cansancio de la noche ajetreada. Cuando vieron en la orilla el cuerpo del jabalí, preguntó para que él nuevamente oyera y reparara en la ronca languidez de la voz nocturna:

—¿Fue usted que lo cazó, padre?

Con un gesto de cabeza él asintió y sonriendo demostró satisfacción: caza mayor levantada en buena hora, muy oportunamente. Dádiva de Oxóssi o de Xangó, tal vez ofrenda de Oxalá. En un rincón del taller había situado el altar, colocado los santos: el arco-y-flecha, el martillo de dos cabezas, el *paxoró*. Aclaró la razón del regocijo:

—Mañana es domingo.

—¿Y eso qué tiene? ¿En este rincón perdido qué diferencia tiene un día domingo y un día de semana?

Recién llegada, Epifanía no estaba al tanto de los hábitos y las costumbres. No eran muchos pero cada uno de ellos había costado esfuerzos, exigido habilidad, sobre todo mucha paciencia: Castor Abduim da Assunçao, cuando asumía una empresa, no acostumbraba desistir o volver atrás:

—Después le cuento.

Extendió en el lecho de piedras el cuerpo rendido de la madre de las aguas mansas, le miró el rostro y le tocó el vientre marcado por las estrías anchas: no las vio ni las sintió. Vio apenas la boca jadeante entreabierta, los ojos laxos semicerrándose; sintió apenas el plumón del pubis, pelos rizados de dulce tacto. La corriente cubría y descubría a los encantados; el río se llevó el resto del jabón.

2

Durante el día la ociosidad, el tedio. Habituado a la convivencia y a la fiesta, el negro Castor Abduim da Assunçao, de apodo Tizón, padeció melancolía, carencia y desamparo cuando bajó sus petates en aquellas tierras remotas para en ellas levantar una casa de piedra y cal. Purgó sus pecados, si los tenía, pero no huyó al desafío de la inmensa soledad.

Había decidido solo, único responsable, señor de su destino. Había recurrido al coronel Robustiano de Araújo y obtenido de él un préstamo indispensable para instalar la fragua, pero no le había pedido consejo ni prestado satisfacción; ni a él ni a nadie. Así actuaba desde que escapara de la muerte segura al huir, aún adolescente, de los cañaverales de Santo Amaro. Huérfano de esclavos libertos, destinado por capricho de la gringa a bufón y lacayo, había desafiado el lazo y el cuchillo, a la policía y los matones, al poder del señor del ingenio, había roto las cadenas de la servidumbre. Nadie lo mandaba: al castigar al Barón, había extinguido el miedo y la obediencia.

Con precio puesto a su cabeza, abandonó la perenne fiesta del Reconcavo, dejando atrás para siempre el brillo y la ostentación del azúcar: la casa-grande, la capilla, las caballerizas, el ingenio, el alambique, la bagacera. No volvería a acompañar a las procesiones tras los altares de los santos, cada cual más rico de oro y plata. en los rincones de la antigua casa de esclavos, otro *ogam* asumiría el *rumpi* en la orquesta de los tamboriles para el toque del *alujá* a la hora de Xangó en las noches de los *orixás*, cada cual más importante que los *eirus*, los *xaxarás*, los *abebés*. Había vuelto la espalda a las señoras y las mucamas, a los refinamientos adulterinos de las hidalgas, al esplendor de las mulatas perfumadas de lavanda. Había abandonado para siempre y nunca más los lujos de Europa, Francia y Bahía, los cañaverales, las barcazas en las aguas de Paraguaçu, la civilización de los señores del azúcar asentada en el lomo de los esclavos.

Sólo extrañaba a su tío Cristóvao Abduim, herrero eximio que le enseñara el oficio, *alabe* incomparable de la orquesta en el llamado del *adarrum*, que lo iniciara en el toque de los tamboriles. El Reconcavo era una fiesta única.

El Reconcavo era una fiesta única, pero Tizón no extrañaba la fiesta del Reconcavo. Se contentaba con el diminuto y arisco rancho de mujeres perdidas, amaba el inculto paisaje agreste, las grandes extensiones de selva virgen y el deslumbrante amarillo de las plantaciones de cacao. En las diversiones del ingenio le había tocado el puesto de oscuro figurante: paje, mero criado doméstico aun cuando fornicaba con la Señora Baronesa en la alcoba de la casa-grande, en las blancas sábanas de lino del Señor Barón. En Tocaia Grande, un hombre libre: desafiando la soledad plantaba las semillas de otra fiesta.

137

Enamorado de la hermosura del lugar, confiado en su futuro, había decidido quedarse en aquella naciente encrucijada de arrieros. Clientela asegurada, lo que ganaba daba para vivir y juntar el dinero para pagar el préstamo del Coronel. Desligado para siempre de la necesidad de alquilar la fuerza de los bravos, la destreza de las manos, el tuétano de la cabeza. En el Reconcavo todo estaba listo y acabado; allí todo estaba por hacerse.

Cuando encendió la hornalla, manejó el fuelle y abatió el martillo sobre la fragua, cuando levantó la pata del burro Charuto para en ella colocar una herradura nueva arrancando vivas de la concurrencia —putas, arrieros, *jagunços*, don Fadu y Pedro Cigano—. Emboscada Grande apenas pasaba de ser un concurrido pero deshabitado paso de recuas de cacao seco, el mísero poblado: una docena de chozas de barro batido o de paja en el Camino de los Burros, un rancho, algunas viviendas de ladrillos, además del barracón del coronel Robustiano y de la casa del turco, animado comercio de *cachaça*, tabaco y rapadura.

Fue después de la llegada de Castor que se sumaron a la fila de ranchos, en el Camino de los Burros, algunas casas de ladrillo y tejas. Con la construcción del taller, el poblado se amplió, creció hasta convertirse en pequeña aldea, acogiendo nuevos moradores: pedreros y ayudantes, carpinteros y raspa-tablas. De la misma manera que Lupiscinio y Bastiao da Rosa, contratados antes por Fadul, también el maestro Balbino y el maestro Guido, Zé Luiz con su mujer, Merencia, llegaron en carácter provisorio con la intención de permanecer sólo lo que durara el trabajo, y fueron quedándose. Balbino, pedrero de oficio, maestro de obras. Guido, ebanista y no carpintero, como aclaraba, con un dejo de vanidad, Zé Luiz y Merencia, él rollizo y bebedor, ella grandota y orgullosa, habían improvisado un horno en el cual cocieron las tejas para la casa de Castor. Para atender un pedido mayor del coronel Robustiano de Araújo, ampliaron la incipiente alfarería, barro de primerísima calidad.

Habiendo decidido quedarse del todo, Merencia, cabeza del matrimonio, trató de levantar la casa de albañilería para alojarse en ella con el marido: en la choza junto al horno. Zé Luiz había escapado por milagro de ser mordido por una yarara. Hacia los costados del río, en la Baixa dos Sapos, existían lugares lindos, pero él prefirió construir en el Camino de los Burros, al lado del rancho de Lupiscinio; distante de los ranchos de las putas, ruidoso reducto de pecado y alboroto. La condición de mujer casada no le impedía darse con las prostitutas, no les negaba el buen día ni las buenas tardes, pero de ahí a ser vecina de las rameras había una gran distancia: no eran de la misma clase. Toda la razón tenía Coroca, reflexionó el carpintero: las calles del frente son privativas de las familias, aun en el culo del mundo.

Cuando Tizón llegó y encendió la fragua era cada uno para sí mismo y Dios para todos, como había explicado el viejo Gerino a Bernarda la noche de asalto y de vejamen. Para no transformarse en un alma sombría y triste, miserable, necesitaba modificar con urgencia los hábitos y el procedimiento de los pocos habitantes: implantar la convivencia donde reinaba la indiferencia. En Tocaia Grande, Castor Abduim enfrentó la soledad con el mismo risueño sosiego con que se exhibió en la cama de Madama, desabotonó los senos de Rufina y agarró del cuello al Señor Barón, en viejos tiempos. Si no había pasado tanto tiempo, por lo menos lo parecía.

3

Quien más se alegró con la presencia de Tizón Abduim en Tocaia Grande fue Fadul Abdala. Contento al punto de destinar una botella de *cachaça* para el consumo gratis en la tarde en que el negro suspendió la pata de burro Charuto en medio de la gritería del festivo corrillo reunido ante el taller.

Se habían conocido en la hacienda del coronel Robustiano: el negro herrando animales, el turco exponiendo las mercaderías de la maleta de vendedor ambulante. En cierta ocasión, estando los dos de paso por Taquaras, juntos se encontraron en animado baile, placentera diversión en la pensión de la india Alice; a la hora de mayor afluencia, apareció una banda de revoltosos y el tranquilo bailongo acabó en un desastre con golpes y gritos. Escaparon ilesos y el negro, además de haberle arruinado la cara a unos de los valentones, le había sacado el revólver; el que no tiene competencia para manejar un arma de fuego no debe sacarla de la cintura, pues puede fácilmente perder el arma y el orgullo.

Fadul veía en Tizón una garantía más contra eventuales y siempre temidas amenazas a la tranquilidad del lugar. Bien es verdad que Coroca se las arreglaba perfectamente con su trabajo en la ausencia del propietario, cuidaba el almacén, y que ningún *jagunço* había vuelto a sobresaltar a los habitantes de Tocaia Grande: antes de decidirse a hacerlo el temerario debía pensarlo dos veces. Los peligros se habían reducido. De cualquier manera, sin embargo, el taller abierto con el negro al frente significaba una razón de peso más para desanimar a ladrones y malhechores. El comerciante y el herrero comenzaron por establecer un pacto: no se alejarían los dos al mismo tiempo de Tocaia Grande; cuando uno de ellos necesitara viajar, el otro se mantendría en su puesto, listo para intervenir en el caso de que hubiera una novedad.

Entre el movimiento nocturno y el matinal dictados por la llegada y la partida de los convoyes, la insipidez se imponía, insoportable: los dos proscritos llenaban las horas muertas hablando de bueyes perdidos, intercambiando recuerdos, acordándose de peripecias y aventuras, narrando cuentos de niños. O sólo se hacían compañía en silencio: el árabe en la preparación del narguile, el negro remachando piezas de hierro o de latón.

A Fadul le gustaba apreciar el trabajo de Castor, al mismo tiempo bruto y delicado, verlo transformar un inútil fragmento de hierro en un adorno para mujer, anillo o broche, hacer de un viejo pedazo de lata una vasija para el pote y el brasero. Por su parte, no había oyente más atento que Tizón para las narraciones del turco, episodio de la Biblia, fantasías del Oriente, con profetas y tetrarcas, magos prodigiosos y apreciables odaliscas que mostraban el ombligo. Ojos abiertos, boca en exclamaciones y risa, el negro seguía peleas e intrigas, paso a paso, apasionadamente. No se perdía detalle ni aun cuando el levantino, al referir una situación complicada, para explicar mejor explicaba en árabe.

A veces una prostituta se sentaba en el suelo al lado de ellos para escuchar y conversar; a veces eran más de una: dos o tres. Entonces Castor cantaba, se formaba una rueda, marcaban el ritmo con las manos:

> *Es de mañana*
> *es de madrugada*
> *vamos a sacar leche*
> *Oh Maninha*
> *de la vaca manchada.*

Las mujeres se burlaban de la pronunciación de don Fadul pero él no se preocupaba, persistía animadísimo en el coro: de niño, en el Líbano, había cantado en la iglesia de la aldea. Si coincidía que Pedro Cigano se encontraba presente con el acordeón, ellas le pedían a Castor el favor de una cantinga: el negro conocía muchas canciones, *tiranas* y *lundus*, y no se hacía rogar:

> *Si Dios me preguntara*
> *qué quieres que te sea dado*
> *quiero vivir en el ruedo*
> *de tu vestido encarnado*

Grave y caliente la voz de Tizón resonaba en los matorrales y en las entrañas. Extasiada, Zuleica, polvorilla trigueña y romántica, garantizaba que los pájaros hacían silencio en los árboles para escucharlo cantar. Artes y embrujos de Castor Abduim, herrador de burros: acallaba a los pájaros, cautivaba a las víboras, rendía los corazones. Negro imaginativo y alegre, hechicero, ¿sin él qué sería de Tocaia Grande?

4

Antes, para saber la fecha del mes y el día de la semana necesitaban consultar el único almanaque existente en Tocaia Grande, colgado junto a la puerta del barracón de cacao seco. Como figura, tenía un dibujo colorido que daba gusto ver: paisaje invernal de campo europeo, montañas blancas de nieve y un gran perro peludo que llevaba al pescuezo un barrilito, cosa de admirar. Pegado bajo la estampa un pequeño y voluminoso bloque constituido por páginas impresas que designaban la fecha y el día, el almanaque propiamente dicho. Regalo de año nuevo del coronel Robustiano de Araújo al viejo Gerino, hombre fiel.

Propietario orgulloso de tal preciosidad, Gerino mostraba la pintura a las prostitutas y a los arrieros, repitiendo informaciones del coronel, en el extranjero hace un frío de los diablos y el barril está llenito de *cachaça* para socorrer a los necesitados. Calendario más bonito y educativo no se podía desear, sin embargo era inconstante e inseguro, pues el viejo Gerino pasaba días y días sin arrancarle las páginas y cuando se acordaba de hacerlo, para atender a las recomendaciones del Coronel, las retiraba a la buena de Dios: una, dos, nunca más de tres para economizarlas, letras y números incomprensibles para la casi totalidad de los residentes y viajeros. La vida transcurría en permanente atraso y nadie podía garantizar con exactitud si era fines de marzo o comienzos de abril, si era miércoles o sábado. ¿Y el domingo, día santo? En aquel entonces el domingo no existía en Tocaia Grande.

Sin saber si las lluvias estaban adelantadas o atrasadas, se tornaba difícil conjeturar sobre el volumen de las cosechas, prever la cantidad de cacao que debían producir las plantaciones y haciendas en la extensión del río de las Víboras, si había o no abundancia.

Confusión y desconcierto: a algunos poco les importaba, pero otros se inquietaban y afligían. El turco Fadul debía recibir dinero de clientes a quienes fiara o prestara a intereses, efectuar pagos a proveedores, fechas precisas unas y otras, anotadas en árabe en un cuaderno. Merencia consideraba el domingo, día de descanso obligatorio conforme ordena y exige la ley de Dios —del Dios de la presumida alfarera, ya que el Dios de Fadul, menos ortodoxo, permitía el comercio dominical obviamente con justa elevación de precios y de ganancias—. Bernarda agonizaba tratando de adivinar los días felices de las visitas del padrino.

Las visitas del padrino, razón de su vida. Antes rápida parada —¡ay, demasiado rápida!— a la ida y a la vuelta entre las haciendas Atalaia y Boa Vista; últimamente había comenzado a demorarse en compañía de Bernarda la noche entera; ¡ay, noche demasiado corta! Debido al absurdo calendario de Gerino, hasta el capitán Natario da Fonseca se vio obligado a alterar hábitos y horarios.

Lo que hace reír hace llorar y viceversa, afirman las putas con conocimiento de causa. Bernarda comprobó lo acertado del proverbio, por el derecho y por el revés, en el diminuto e infinito curso de una noche. Fue a partir de la tenebrosa noche del peor de los abandonos, cuando lo sintió perdido para siempre, que el padrino resolvió modificar los horarios y ampliar la exigua medida de la bienaventuranza. Bernarda había contenido el llanto en el fondo de la garganta, tenía práctica en encerrar lágrimas y sollozos en el pecho; rió mejor pues rió último al descifrar el motivo y consecuencia.

En la ida mensual a Boa Vista, el capitán Natario da Fonseca apareció en medio de la mañana; a la vuelta hacia Atalaia se apeaba de la mula en medio de la tarde. Oportunidad breve y dividida: todos querían verlo, cambiar unas palabras, saber las novedades; se entretenía mucho tiempo charlando con Fadul.

De mañana o de tarde, mientras Bernarda y el Capitán se hartaban y rehartaban en la cama de campaña, Coroca preparaba un café endulzado con rapadura para servir bien caliente durante los minutos de conversación que precedían al placer. Al llegar de Atalaia, Natario refería noticias de la familia, de Zilda y de los chicos: tu madrina te mandó la bendición y este pedazo de tela, que es para que te hagas una falda. Al regreso de Boa Vista, no tenía otro tema más que las plantaciones recién sembradas. Discurría entusiasmado sobre el satisfactorio crecimiento de las mudas, perspectivas optimistas: contenta, Bernarda batía palmas. Si, al contrario, especulaba sobre las lluvias, cuya duración podía modificar las previsiones ahogando los brotes, Bernarda conjuraba los malos augurios, anunciaba el sol. No se olvidaba de mandar pedir la bendición de la madrina a la hora de la partida. Hora penosa, aborrecida: tendría que arrastrar un interminable mes para tenerlo de nuevo contra el pecho, escasos segundos para el ansia desmedida. ¿Cuándo se demoraría con él una noche entera, desde las sombras del crepúsculo hasta el alba del día? ¿Cuándo, Padrino?

Pues resulta que, en una de aquellas distantes tardes de otrora, al saborear el cafecito de Coroca, el padrino había informado inesperadamente que de ahí a quince días, de regreso de la fiesta de casamiento de una hija de Lourenço Batista, jefe de la estación de Taquaras, pernoctaría en Tocaia Grande, calentaría la cama de la ahijada. ¿Toda la noche con ella? ¡Ay, bendito sea Dios! Costaba creer que fuera verdad una noticia tan apetecida y grata. Encendida, sin caber en sí, pidió que el padrino repitiera el día exacto. No había cómo errar: pasado el próximo domingo, el otro, menos de dos semanas. La noche entera.

No había cómo errar, reafirmó Coroca después de que Natario espoleó la mula y ganó el camino. Las páginas impresas en negro en el bloque del almanaque indicaban los días de la semana, de lunes a sábado, pero el del domingo destacaba en rojo, para diferenciar el día santo, día de fiesta. Menos mal que existía el calendario de Gerino, pues en Tocaia Grande los días transcurrían iguales, y fiesta había únicamente cuando Pedro Cigano inventaba un forrobodó en noches de mucha concurrencia de arrieros y viajeros.

El desinterés de Bernarda por el calendario colgado en la pared del barracón se convirtió en extremo cuidado: empezó a ir cotidianamente, a la mañana temprano, a constatar el lento transcurrir del tiempo. Vio aparecer y desaparecer la primera página roja en el pequeño mazo del almanaque, quedó esperando la segunda, de tal forma impaciente y afligida que uno de los cabras comentó:

—La chica vio pajaritos verdes. No puede vivir tranquila.

—Bernarda no está bien de la cabeza. —Aseguró Gerino recordándola, airada e insultante, la noche de los *jagunços*.

¿Cómo podía ella adivinar que el vistoso calendario estaba atrasado tres días? Contratada para toda la noche por un asalariado —dinerillo ganado con el sudor del mango del cuchillo y de la azada, ahorrado centavo a centavo con la intención de retozar sin apuro, a lo grande, con la mentada Bernarda—, estaba ella en la cama, abajo del sujeto, la cabeza puesta en el padrino, cuando percibió leve ruido en el frente de la casa. Prestó atención: del lado de afuera alguien trataba de abrir la traba colocando un puñal en la hendidura de la puerta. Bernarda tuvo un sobresalto, se movió; el fulano gimió de placer al sentir el inesperado movimiento, aceleró el ritmo de la metida: ¡qué mujer! Bien le habían dicho.

Bernarda lo supo enseguida y con certeza absoluta: era el padrino, que había adelantado la fecha del viaje. Quiso levantarse, no tuvo tiempo. En la llama tímida del candelero encendido en la sala vio la sombra echarse sobre la cama de campaña y al bulto apoyarse en la puerta del cuarto ordenando sin elevar la voz (bastaba la autoridad):

—Váyase enseguida, camarada.

En la oscuridad, el asalariado no reconoció al intruso. Mulato corpulento, habituado a encontronazos en casas de mujeres de la vida, imaginó que tenía que vérselas con uno de esos borrachos avasalladores, mucha fanfarronería y poca sustancia. Todavía encima de Bernarda, habló grueso:

—¿Irme, por qué? ¡No sea idiota!

—Porque yo lo ordeno.

—¿Y quién es usted para mandarme a mí? —Se fue levantando, dispuesto a dar una lección al insolente.

—Soy el capitán Natario da Fonseca. —Se apartó dejando la puerta libre, el acero de la escopeta destelló en la pálida luz del candelero.

— ¡Por el amor de Dios, no tire, Capitán!

Juntó el pantalón y la camisa, disparó puerta afuera, desapareció en la selva, sólo dejó de correr cuando se consideró a salvo. Mucha suerte había tenido: había visto al Capitán antes de cometer la locura de ponerle la mano en la cara y condenarse a muerte. Con aquella descarriada, por mejor hembra que fuera — ¡y era!— no volvería a acostarse, ni gratis, Dios lo libre y guarde.

Bernarda se puso de pie, atontada, sin palabras, ni la bendición le pidió. Natario guardó el arma, el rostro impenetrable, la voz severa, rigurosa:

—Te avisé que venía a dormir aquí el día de hoy. ¿Te olvidaste?

—El padrino me dijo que iba a venir el domingo. Hoy mismo miré el almanaque de don Gerino.

Del otro cuarto llegó la voz de Coroca:

—Es cierto, fui junto con ella, y marcaba jueves. —Después de hablar, volvió a sus quehaceres: tranquilizar al aterrorizado compañero que le proponía pagarle e irse: —Quédese tranquilo, mozo, no tenga miedo.

El Capitán se sentó en la cama, se sacó el cinturón, comenzó a descalzarse las botas:

—Ve a lavarte.

Bernarda salió disparada en dirección al río pero volvió de la mitad del camino en el mismo apuro en busca del jabón: el agua no bastaba para limpiar la piel del sudor y el recuerdo del cagón.

Al regresar mojada e inmaculada, lista y preparada para las nupcias con el padrino, lo encontró durmiendo aparentemente un sueño profundo, sin siquiera sacarse el pantalón. Bernarda se quedó abatida, sin saber qué hacer. Se sentó en un costado de la cama, le tocó el rostro levemente con los dedos húmedos. Sin abrir los ojos, el padrino le dió la espalda. ¿Estaría realmente dormido o la repelía sin piedad? En el humo del candelero él la había visto debajo de otro, se había ofendido, ya no la quería de amante.

Jamás había dado muestras de celos, no la guardaba exclusiva para sí. De paso por Tocaia Grande la tomaba en los brazos con arrebato y dulzura, como si por lo menos hubiera una atracción. No cambiaban palabras de cariño, juramentos y promesas, y no era necesario, pues estaban juntos en la cama. Caballero y cabalgadura, se montaban; perro y perra, lobos hambrientos, devorándose. En los intervalos conversaban sobre las plantaciones y los familiares, preocupaciones y devaneos, la casa que iba a construir para él y Zilda en la punta de la colina. ¿Cuándo, Padrino? No corría dinero, no había pago, no se paga el buen querer. Si por acaso Bernarda pretendía algo más, en nin

144

gún momento lo dio a entender, insinuó o pidió, y se contentaba con lo que él concedía o consentía.

Mal sentada en el travesaño de madera de la cama de campaña, veló el sueño de Natario durante la noche aciaga. No pegó un ojo, maldita y desgraciada. Abandonada. ¡Tanto había soñado tenerlo consigo una noche entera! Sin que ella pidiera o suplicara, el padrino había decidido venir por propia voluntad, él también tenía ganas: allí lo tenía, pero era mejor que no fuera así. Ajeno, indiferente, perdido para siempre. Le había dado la espalda, todo había acabado. Peor que la ausencia era el desprecio.

Cuando lo sintió roncar, por fin dormido de verdad, se levantó despacio, se acurrucó en el pecho del padrino como hacía antes: él en la hamaca de soltero, ella chiquitita. Recordó lo bueno y lo malo, la baba del padre en su boca, la fuga y el reencuentro, aros dorados, regalo que de él recibiera y vanidosa usaba cuando se juntaban. Así, paso a paso, se fue dando cuenta de lo aparente y lo real y comprendió que el enojo y el desprecio no pasaban de engaño y fingimiento para ocultar celos y herida, dolor de cuernos. Señal que gustaba de ella, no la consideraba una puta cualquiera, igual a tantas otras con las cuales se apareaba en la perdición del mundo del cacao. Tampoco era una atracción pasajera que hace reír pero no sufrir.

Antes del alba, habiendo apartado el cuerpo de Bernarda de encima del pecho, despacito para no despertarla, Natario se levantó, salió para orinar y bañarse. Alarmada ella saltó de la cama, se colocó las argollas en las orejas, corrió atrás del padrino. De lejos lo espió agachado en los matorrales. Se reencontraron en la orilla del río, ella lo miró a los ojos:

—No tuve la culpa.

—Ya me lo dijiste. Aun así, me quedé con rabia.

Bernarda lo ayudó a sacarse los pantalones, se disolvían las tinieblas y las estrellas, había llegado el fin de la noche. No había habido ofensa ni olvido, injusticia o amenaza. Penas de amor, dolor de cuernos: aun así, me quedé con rabia, hacía llorar y reír.

En la despedida, Natario previno:

—Vuelvo de aquí a siete días para pasar la noche. Cuenta con los dedos para no errar de nuevo.

Si quiso dar a la voz entonación de enojo y de advertencia no lo consiguió: con la mano acariciaba los cabellos de la ahijada y en la cara inmóvil del padrino, semblante tallado en madera, Bernarda vio la sombra tímida de una sonrisa.

6

Instalado en Tocaia Grande, el negro Tizón instituyó el día domingo al señalar con acontecimiento marcante y permanente el inicio de la semana: congregó a los habitantes a un almuerzo. Sirvió para evitar equivocaciones, pecados, desengaños, sirvió al comercio, a la religión y al bienestar de las criaturas.

Cazador inveterado, la selva le proveía lo necesario para variar la comida. Amigable, en los días de abundancia destinaba parte de la caza para regalar a los moradores más allegados, ora uno, ora otro. Cuando una prostituta le preguntó el motivo por el cual no vendía en vez de dar —podría embolsar un interesante dinerillo—, respondió que aquel no era su oficio, se ganaba la vida con el trabajo en el taller. Tampoco pensó en sacar lucro, no lo movió ningún ánimo de ganancia cuando decidió fabricar carne seca y seguidamente se dedicó a organizar el almuerzo de los domingos. Sólo pensó en mejorar la vida cotidiana y en reunir a la escasa gente de la aldea.

Para fabricar la carne seca contó de inmediato con el apoyo de Fadul —tal vez sería un buen negocio— y con la decisiva colaboración de la negra Dalila, de vuelta en Tocaia Grande. No hubo de parte de la suntuosa ramera segundas intenciones cuando se ofreció para colaborar; ni por ser especialista, de práctica comprobada, exigió pago o beneficio: colaboró gratis.

Después del susto que se había llevado cuando Janjao Fanchao amenazó violarle el trasero, la prostituta había desaparecido, seguramente en busca de paisajes menos adversos donde pudiera revolcar en paz su codiciado pubis. Recorrió leguas y leguas: cuando menos se dio cuenta se vio nuevamente en aquellos peligrosos lados. Verificó el crecimiento del lugar: más gente, nuevos ranchos, menos riesgos y la fragua encendida.

Al tanto de los hechos y de las intenciones de los fallecidos, de la planeada afrenta, Fadul comunicó a Dalila con evidente satisfacción la muerte del marica. La prostituta ya sabía: lo sucedido le había causado alegría, había dado que hablar; el rumor se había esparcido, la había alcanzado en Itapira, donde ella se había detenido en el transcurso entre cosecha y cosecha. ¿Tan lejos? ¿Cómo le estoy diciendo?

—Dicen que lo caparon, bien hecho. Dios es grande.

No teniendo interés en desmentir los crueles detalles de las contradictorias versiones sobre el fin de los bandidos, muy al contrario, Fadul desvió el rumbo de la conversación:

—¿Así que es verdad que eres virgen de atrás?

Dalila no se dio por aludida, y respondió enseguida, categórica y enigmática:

—Por la fuerza, don Fadu, ni de adelante ni de atrás.

Nada agregó, para no ser hipócrita como tantas otras. Sentimental, cuando estaba enamorada no sabía negarse; cuando necesitaba, se curvaba a la pulposa oferta: la culpa era de Dios, que la había hecho tan

146

bien servida. Lo dejó curioso en la pregunta: por la fuerza, antes la muerte, don Fadu.

Se entretenían la prostituta y el turco en esas astucias y negaciones cuando Castor apareció con la invitación: ¿no quería Fadul asociarse a él en una empresa de éxito imprevisible? Pensaba hacer carne seca, nunca lo había hecho antes pero experimentar costaba poco. En la hacienda del coronel Robustiano había visto a los sertanejos salar la carne de vaca en los días de pobreza y exponerla al sol; resultaba un manjar todavía más delicioso que el *jabá*. El pondría la caza, y el turco la sal, ¿qué le parecía?

Dalila movió los cuartos traseros ofuscando al sol y se declaró entendida y práctica en la materia. En el alto *sertao* donde naciera, en medio de la crianza de ganado, el pueblo vivía de eso, de salar carne seca transformándola en *carne-de-sol* por cuenta del coronel Raúl, el mismo, dicho sea de paso, que la había desflorado. Salaban también cerdos y bichos menores, aves diversas, freían pajaritos para comer y vender en la feria. De los pajaritos se masticaba todo, hasta los huesos.

Inicialmente constituida por los tres compañeros —la caza de Tizón, la sal de Fadul, la pericia de Dalila—, la sociedad enseguida se amplió: si sociedad podía llamarse al reducido grupo. Lupiscinio y Bastiao da Rosa armaron un varal donde colgar la carne salada. Otras mujeres vinieron a ayudar y hubo gran concurrencia en la orilla del río, durante el tratamiento con salmuera. Cambiaban ocurrencias, bromas, carcajadas, una diversión. Mucho trabajo, poca carne, suficiente sin embargo para que cada uno tuviera su porción. Fadul verificó que para negocio no sobraba, pero aun así valía la pena: no todo es dinero en este mundo.

El sol fuerte colaboró para el éxito de la experiencia: durante aquellos días afanosos no llovió. Cuando Dalila, desde lo alto de sus zuecos y de su competencia, anunció que la carne-de-sol estaba a punto para ir al fuego y ser comida, improvisaron un verdadero festín. En una cacerola de barro Bernarda y Coroca cocinaron en el *feijao* parte de la carne, Zuleica torró harina de mandioca en la grasa de la fritura, Cotinha hizo dulce de *jaca* (¡y nadie daba nada por Cotinha!). Recaudaron algunos dineros para comprar a Fadul una botella de *cachaça*, el mismo vendedor contribuyó reduciendo el precio. Terminó en canto.

Así nació la idea del almuerzo dominical. Animado como él solo, Tizón fue el autor de la propuesta que mereció caluroso aplauso de los comensales: un almuerzo que los reuniera una vez por semana para llenar el vacío, conversar y reír. Al comienzo unos pocos, luego los demás fueron adhiriéndose.

En el toldo en medio del descampado, los domingos, se aglomeraba la escasa población a la hora del sol rajante. Tizón y Fadul, Gerino y los hombres del barracón, Guido y Bastiao da Rosa, Balbino y Lupisci-

nio, Coroca y Bernarda, Zé Luiz y Merencia, Zuleica y Dalila, la dulce-
ra Cotinha. Proveyendo alimentos o trabajando, casi todos colaboraban con el almuerzo, todos participaban en él. Cuando estaba presente, Pedro Cigano ponía la música, y además de canto había baile.

Merencia daba gracias al Señor por el día santo, Fadul acompañaba
la oración murmurando el árabe, las putas decían amén. Los arrieros
retardaban la partida de los convoyes para comer y beber acompañados.

A PEDIDO DE EPIFANIA, EL NEGRO CASTOR ABDUIM ORGANIZA LA FIESTA DE SAN JUAN

1

Cierta mañana tempranito, el negro Castor Abduim estaba herrando al burro Piaçava cuando, al desviar los ojos hacia el interior del
taller, reparó en el perro echado al pie de la fragua. Imaginó que pertenecía a Lázaro, veterano de los atajos de Tocaia Grande, o a Cosme,
hijo y ayudante, muchacho metido en todo. Sería una adquisición
reciente, pues no recordaba haberlo visto en los rastros del convoy.
Empapado, aprovechaba el calor del fuego antes de retomar la caminata. Tizón no le envidiaba la suerte: tiempo de conjuro.

Debido al mal estado de los caminos —camino digno de ese nombre
ya no había, noche adentro, maldiciendo: en medio de la jornada Piaçava había perdido una herradura, y había comenzado a manquear,
aumentando el atraso. A esa hora no había ni una sola puta disponible.

Madrugaron en la puerta del herrero; pretendían alcanzar Taquaras
antes de la salida del tren. Mientras Cosme reforzaba los nudos en las
lonas colocadas a la carga para defenderla de la lluvia fina y persistente, Lázaro se detenía a admirar la precisión y destreza de Castor. Las
cabezas y los hombros cubiertos con bolsas de arpillera convertidos
en capas y capuchas, pies descalzos, pantalones arremangados, padre
e hijo patinaban en el barro, renegaban del cielo cubierto, opaco y
triste.

No se trataba de una nube repentina, aguacero brusco y rápido,
una de aquellas lluvias de verano que no dejan vestigios, no llegan a
apagar el ojo del sol. El invierno había comenzado, lluvia incesante,
día feos, noches frías, horizonte ceniciento, el barro y la tristeza.

En los poblados y en los caseríos, en los puntos donde pasar la
noche, arrieros y ayudantes buscaban el refugio de las prostitutas;
en las tabernas y tienduchas templaban la garganta, calentaban el
pecho con un trago de *cachaça*. Antes de salir al camino, Lázaro y

148

Cosme matarían la sed en el rancho vestido de Fadul. La noche anterior habían llegado tarde para las putas. En materia de mujeres y otras cosas tenían gustos similares, es natural: en la ruta, callados, atentos a los barrancos y a los despeñaderos, venían ambos con el pensamiento fijo en Bernarda. La fantasía aliviaba el cansancio, encogía las leguas del largo camino. Si no pudiera ser Bernarda, tan codiciada, otra cualquiera servía igual.

Bien calzado, Piaçava rebuznó, coceó en el aire, se juntó al convoy. Lázaro bromeó al efectuar el pago:

—Está contento, con borceguíes nuevos, el hijo de puta.

Cosme reunió los burros, Castor deseó buena travesía, entró en el taller; más tarde, cuando la lluvia amainara iría a recoger la caza. Junto a la fragua, el perro levantó la cabeza, movió la cola. El negro, ahuecando las manos en torno a la boca, gritó:

— ¡Lázaro! ¡El perro!

Lázaro suspendió la marcha:

—¿Qué perro?

—El que vino con ustedes.

—¿Con nosotros? Con nosotros no vino ningún perro, estás viendo visiones.

Si no había venido con el convoy de Lázaro, ¿con quién entonces? ya ha de aparecer el dueño, pensó el herrero. Con la intención de aclarar el caso se sentó en la silla de Xangó: así había denominado a una piedra cuadrada, traída de los matorrales, colocada al lado del altar. Extendió la mano, el perro intentó ponerse en pie, apenas consiguió mantenerse sobre las patas. Se llegó con mucho esfuerzo, descaderado, agitando la cola. Observándolo más de cerca, flojo y descarnado, transido e inmundo, los huesos agujereando la piel, Tizón concluyó que se trataba de un perro sin dueño, vagabundo, en demanda de cuidado, de comida y de perra en celo. De la misma manera como había llegado se iría.

Le hizo un cariño leve, rascándole la cabeza. Después lo palpó con cuidado: había recibido un violento golpe en los cuartos traseros y había quedado descaderado. Gimió al sentir la mano del negro que le tocaba los cuadriles caídos, ladró cuando la presión se hizo más fuerte, pero no tenía huesos partidos. Mientras duró el examen no dejó de festejar a Castor, balanceando la cola embarrada, carente de pelos, lamentable. Era de tamaño mediano.

2

Con los ladridos, Epifanía vino curiosa de allá adentro a ver lo que estaba sucediendo. Un trapo de tela floreada alrededor de la cintura, los pechos a la vista, parecía inmune al frío de la madrugada. Se espantó al ver al perro, sucio y suplicante. Preguntó, compadecida:

—¿De dónde salió esa alma en pena?

—De ningún lugar. Apareció.

Cómo había llegado, de dónde había venido, Castor no supo responder: de repente se había manifestado allí, calentándose al fuego. ¿De repente? Epifanía no acostumbraba espantarse; tenía una explicación para las cosas más difíciles de descifrar. Nada le parecía confuso, ambiguo u oscuro; para ella todo era claro, fácil de entender. Todo menos el negro Castor Abduim.

—Diversión del Compadre. —Se refería a Exu, el travieso, el engañador. —Piensa en lo que te digo y desata el nudo. ¿No le das comida todos los lunes? ¿Para quién es el primer trago de *cachaça* que bebes? ¿No es para él? y respóndeme ¿quién vio en la tierra un cazador que cace sin perro? Exu no falta a quien goza de su estima.

Fue a buscar agua en una escudilla. El perro bebió ávidamente. En cuanto a los restos de carne y de *feijao*, sobras del día anterior, los consideró con sospecha; se demoró oliéndolos, indeciso, dudando que le cupiese tanta suerte. Los ojos temerosos iban de Castor a Epifanía suplicando permiso y garantía. En otras ocasiones le había ido mal.

Llena de compasión, Epifanía empujó la vasija de barro con la comida debajo del hocico del pobre: sólo entonces él tragó el pedazo de carne y de *feijao* de una sola vez, por las dudas de que se arrepintieran. Después extendió la lengua, lamió la mano de la negra que se había acurrucado al lado de Tizón.

—Pobrecito, muerto de hambre.

—Lo trataron mal al bichito, está con las caderas arruinadas. Lo corrieron con un palo.

—Con tanto barro no se puede ver de qué color es, si es blanco o pardo, pero mira: tiene una mancha negra en el pecho, otra en la cabeza. Vas a ver, hasta es lindo.

—¿Lindo?

Castor rió, incrédulo: corazón de oro igual al de Epifanía todavía no había nacido: soberbia y embustera, ciertamente, pero bondadosa y servicial como ninguna otra. Chasqueó los dedos, llamando a aquella alma en pena, —así había dicho ella condolida— que allí se había refugiado:

—Ven acá, alma en pena.

En un esfuerzo, el perro consiguió mantenerse en pie, a los tropezones se aproximó. Ladró fuerte, la cola en alto, alegre: se había calentado al fuego, había recibido agua, comida y afecto. Al nombre de Alma en Pena respondió a partir de aquel instante.

Fuera de Epifanía, autoridad en encantamientos y brujerías, *macumbera*, ninguna persona supo jamás de dónde había venido el

150

perro y cómo había llegado hasta esos lares. No se tuvo noticia cierta ni chisme dudoso, ni siquiera un puede-ser-que-sea. Nadie lo reconoció ni lo reclamó. Tampoco se fue, como Tizón había predicho. Si antes no había tenido dueño ahora pasó a tenerlo. Le gustó la casa, reconoció al amigo y lo adoptó.

3

Epifanía fue hasta la puerta del taller exponiéndose a la lluvia menuda, ininterrumpida: no se podía ver el cielo. Se lamentó:

—Estoy con un peso en el pecho, un agobio. Hasta parece que me ojearon. Es bien capaz.

Tizón se levantó; quería aclarar una duda que lo atenaceaba hacía días:

—De verdad que no andas bien. Estas...

En la mañana sin sol ni un rayo de luz ni una gota de calor. Epifanía, tal vez a propósito, lo interrumpió:

—Nunca vi un lugar más atrasado; acá uno no se divierte ni en San Juan. ¡Estoy harta!

Pero él prosiguió y completó:

—Estás queriendo irte, ¿no es eso?

Epifanía fue hacia Castor, moviéndose toda, las caderas y los senos lloviznados. Al llegar delante del negro le puso las manos en los hombros anchos y lo enfrentó, voz de queja y desafío:

—A ti no te importaría ni un poco.

Sabihonda, aproximó el cuerpo: conocía sus poderes y las debilidades del negro. El reflexionó antes de replicar:

—Lo que tú quieres saber es si me voy a enojar, si me voy a quedar amargado, para reírte de mí. Tú eres dueña de hacer lo que quieras. Nosotros no tenemos papeles firmados y no hay bien que dure siempre, tú misma lo dijiste y lo repetiste, ¿te acuerdas? Pero no digas que no me importa.

—No te importa nada. No te gusto yo ni te gusta ninguna. Pero un día alguien te va a gustar de verdad y ahí vas a sentir. Vas a comerte los codos, vas a saber lo que es bueno. —Lo envolvió en los brazos.

—¿Cómo puedes decir una cosa de ésas? ¿Que no me gustas? ¿No lo estás viendo, no lo estás sintiendo?

Sentía contra los muslos el miembro tenso:

—Para ir a la cama te gusto, sí. Yo, Zuleica, Bernarda, Dalila, hasta Coroca, ¿cuál es la que no te gusta? Bandada de bobas, todas locas por Tizón, comenzando por mí. Dicen que en Taquaras es igual. ¿Sabes lo que eres?

El cuerpo del negro junto al suyo, la calentura creciendo, ¿de quién

151

los poderes y las debilidades? Cerró los ojos: ¿de qué servía ser astuta, enredadora? Enamorada, consumida, terminaba siempre bajando las armas en el auge de la porfía.

—Hay veces que pienso que no pasas de ser un chico grande, sin juicio ni querer. Haces todo por parecerlo. Pero tú eres el diablo.

—Todavía no respondiste: ¿estás pensando en irte de aquí?

Sin deshacer el abrazo, Epifanía apartó el cuerpo:

—¿De verdad quieres saber? Nunca en mi vida pasé un San Juan sin saltar una hoguera, sin asar maíz, sin comer *canjica*, sin bailar cuadrilla. —Miró hacia afuera, la lluvia apretaba en el cielo de plomo: —El mes de junio está llegando. Para mí no hay fiesta que se compare con la de San Juan.

Habiendo vaciado el pecho, se sintió tonta y triste; volvió a apoyarse entera; aun lloviznada calentaba más que la fragua, su calor quemaba. A esa altura ya no le interesaba saber quién se rendiría antes:

—No pensaba quedarme aquí por tanto tiempo, tú me ataste los pies. Pero nunca me pediste que me quedara.

—¿Y era necesario?

—Para todo tienes respuesta, eres el diablo en persona. Ya había arreglado con Cotinha, pero por tí soy capaz de olvidar San Juan.

—¿Tanto te gusta San Juan?

—¡Demasiado!

Ella deseaba las fogatas encendidas, las batatas, el maíz, las ollas de *canjica*, las *pamonhas*, los pasos de cuadrilla; lo merecía. Todas las otras lo merecían igualmente. Tizón corrió la mano por el trasero altivo de Epifanía. La negra Epifanía, mandona, ladina, los hombres comiendo en la mano, arrastrándose a sus pies, tratados a látigo y espuela: echada en los brazos de Tizón, sin acción, sin mando, ¿quién diría?

—Si quieres, puedes ir a jugar el San Juan en un lugar más grande, más concurrido. Pero anda sabiendo que de todas maneras este San Juan va a haber fiesta en Tocaia Grande. En la víspera y en el día.

—¿Quién la va a hacer? ¿Tú?

—También me gusta y la extraño.

—¿La vas a hacer para tu negra?

—Para tí y para todo el mundo.

—Qué negro artero eres. Quiero ver.

—Pues vas a ver.

Epifanía arrulló, gimió subyugada, se hundió en un vagido:

—Estoy con un quebranto en el cuerpo: tú me enrollaste, me ojeaste. Tú eres *Exu Elegbá*, eres el Perro.

—Mi nombre es Castor Abduim, las mozas me llaman Tizón, un buen muchacho, ¿o tú no lo crees?

El perro los acompañó con la mirada cuando los dos, el negro y la negra, riendo el uno y el otro, volvieron hacia el cuarto detrás del ta-

152

ller: al oír gemir la red, Alma en Pena escondió el hocico entre ías patas delanteras y se adormeció.

4

Derretida de risa en la puerta del taller, Epifanía sostenía en las dos manos la piedra enorme y pesada:

—La encontré en el río, me pareció linda, la traje para tí.

Mujer madura y endurecida, cuerpo y corazón curtidos, tenía aires de niña, llena de gracia y de fantasía. Un guijarro, un fruto, una flor, un asustado lagarto verde: un regalo cada día, además de ella misma a cualquiera hora, dádiva principal. Negra, redonda y lisa, la piedra rodó en el suelo; la carcajada franca creció en los labios carnosos de la prostituta:

—¿No parece un cojón?

Parecer, parecía: un cojozón enorme y negro, el de Oxalá, de otro no podía ser. Tizón rió con la desvergonzada; la arrogancia la hacía agresiva e insolente; pero sacando esos detalles era querida y cautivante.

—¡El cojón de Oxalá! Voy a ponerlo en el altar.

Los orixás vivían en el altar, dioses poderosos y paupérrimos. Para que ella lo entregara a Oxum en ofrenda, Castor trabajó en el fuego y el martillo un *ababé* de latón con un pequeño espejo claveteado al centro; el sable alumbraba como si fuera oro, resplandecía: una opulencia. Colocado en el altar para uso y disfrute de la madre de las aguas mansas, de allá Epifanía lo retiraba para abanicarse con él y mirarse en él. ¿Cuál de las dos la más vanidosa? ¿Oxum o su hija?

Epifanía poseía un collar amarillo de cuentas africanas, su mayor tesoro, y un juego de caracoles mágicos con el cual podía adivinar. Algunas prostitutas le tenían miedo, guardaban distancia; asustadas le decían hechicera.

Había dado con sus huesos en Tocaia Grande entre una cosecha y otra, cruzando caminos fáciles y seguros, el sol del verano ordenando la vida y las criaturas. La pobreza del caserío se disolvía en el paisaje incomparable, enla hermosura del lugar. No habiendo cacao para transportar, el movimiento de convoyes y arrieros decrecía en los intermedios de las cosechas. Un pájaro carpintero en el culo, las prostitutas no calentaban lugar, se iban hacia plazas populosas de clientela estable. Enfrentando pocas y pobres rivales, Epifanía reinó casi absoluta en la Baixa dos Sapos en el taller de Castor Abduim. En la estación del calor no hubo cama más requerida, prostituta más de moda, a excepción de Bernarda. Pero Bernarda no contaba: becerra nueva, ejercía en cama de campaña, vivía en casa de madera y se hacía rogar, desdeñosa.

Epifanía halló a Fadul bien parecido, se acostó con él la noche de la llegada, volvió a hacerlo repetidas veces, aprendió la magnitud y la destreza de la verga, pero no se dejó embelesar pues de inmediato había caído apasionada por Tizón al verlo de lejos en la fragua desatando chispas, esgrimiendo llamas. Las pasiones se viven de una por vez, si no es así no es un amor verdadero, es engaño y traición que termina en lamento y llanto, cuando no en cuchilladas y tiros. Epifanía consideraba el enamoramiento un asunto serio y complicado: aventura y sufrimiento, armonía y desavenencia, pugna y reconciliación. La reconciliación duplica y templa el apetito.

Teniendo la cabeza hecha por Oxum, o sea, personificando él mismo y la vanidad, preñada de caprichos, en ciertos momentos más parecía hija de *Iansan* empuñando banderas de guerra para imponerse soberana. Los caprichos, Tizón los toleraba sonriente, le causaban gracia, le satisfacía las voluntades. Mandarlo a él, sin embargo, nadie lo mandaba.

En el mismo día del encuentro en el río, al ocupar la hamaca en el taller para proseguir el placer, Epifanía previno, dispuesta a ocupar el trono y a dictar la ley:

—No vayas a querer montarte en mi cuerpo sólo para verme enamorada. Nosotros no tenemos papel firmado y no hay bien que dure siempre. Hoy estoy aquí contigo en la hamaca, mañana estoy con los pies en el camino, buscando mejorar.

—No me gusta mandar... —respondió Castor poniéndose en ella: —... ni que me manden.

Siendo negra color brea, una pelada sin un lugar donde caerse muerta, ordenaba como si fuera gringa, blanca, rosada y rica; puta de oficio, se daba aires de señora bien casada. Se enojaba fácilmente, arremangaba la falda, arrogante partía hacia afuera:

—Si quieres mujer, búscate otra, conmigo no va a ser más.

Pasada la rabia, arrepentida, regresaba para hacer las paces y sacarse el atraso. Más de una vez sucedió que lo encontró acompañado: tú mandaste que buscara otra...

Se ponía furiosa, amenazaba con palos y piedras, con *ebós* fatales. Ciertas prostitutas suspiraban por Tizón, negro lindo, pero se quedaban atrás para no exponerse a las *macumbas* y maldiciones. Con todo, había quien enfrentara el riesgo: la osada Dalila, por ejemplo. Cuerpo cerrado, a ella nada le hacía efecto, ni veneno de víbora, ni vejiga, ni trabajo hecho por cabrona despechada. Se declaraba hija de Obaluaie, el Viejo.

A pesar de las maldiciones y los *calundus*, valía la pena. Valía la pena ver a Epifanía atravesar impávida el descampado haciendo frente al sol: Castor veía relámpagos de azul en la piel negra de azabache como antes percibiera variaciones de oro en el cutis blanco nieve de la

154

Señora Baronesa. A ella se parecía Epifanía: a la Madama. Eran las dos igualitas: mellizas, hermanas gemelas.

En la mesa de la cena en la casa-grande la hidalga mostraba en el escote del vestido de París una flor rara, recogida del jardín. Apenas el Barón había salido a fumar en la galería, allí al lado, el cigarro que tanto la incomodaba, la descarada llamaba al lacayo con el dedo y le decía:

—*C'est a toi, mon amour.* —Agrandaba el escote revelando los senos: —*Viens chercher...* —la voz desfalleciente.

Epifanía llegaba con una flor de la selva clavada en el rasgón de la bata de bahiana, se curvaba para que él la retirara y viera los pezones tiesos:

—Me pareció bonita, la traje para ti. —La voz en el último estertor.

Iguales en el descaro, en la vanidad, en el capricho, en la seducción, dos *iibás* iguales en el despotismo. Una y otra con la misma única intención: mandarlo, darle el brazo a torcer, ponerle silla y freno, meterle la espuela.

5

Atravesar el verano fue fácil y agradable. Chica alegre, traviesa, risueña, mujer sazonada, fogosa, limpia; compañía placentera en la cama, en el baile, en la rueda de *coco*, en el almuerzo de los domingos, en una simple conversación. Donde aparecía era bien vista, saludaba con alborozo. Con ella el lavado de la ropa en la corriente del río se transformaba en ocio; sabía anécdotas, dichos graciosos. Admirada y temida, Epifanía se impuso, comió y eructó.

Temida a causa de la hechicería, de los caracoles. Tiraba los búzios, descubría qué hacer para atar a un hombre al ruedo de la falda de cualquier fulana o viceversa, para acabar con el embrujo más pertinaz, para unir y separar parejas: recetas infalibles. Así constaba y se decía. No eran embustes ni dichos sin fundamento, la prueba estaba allí, a mano: lo sucedido con Cotinha, Zé Luiz y Merencia. Había dado que hablar, sido motivo de espanto y de burla. ¿Qué otra cosa además del *ebó* podría justificar el desatino de Zé Luiz?

Al llegar a Tocaia Grande, antes de poseer choza propia —además levantada en un abrir y cerrar de ojos, en menos de medio día de trabajo por diversos voluntarios, todos ellos contentos de agradar a la recién llegada, a quien Fadul le había provisto la estera a crédito, más jabón, agujas, carreteles de hilo y otras menudencias—, Epifanía había encontrado refugio en el rancho de Cotinha, de quien se hizo amiga. En una ocasión, a pedido de la bajita, preparó un hechizo con hojas escogidas y el corazón de un *nambú* obtenido en el caza del Tizón, y

155

lo colocó en el camino de la alfarería. Tiro en el blanco: el encantado Zé Luiz comenzó a arrastrarle el ala a Cotinha, se metió con ella con todo, empezó a gastar lo que no tenía, a dilapidar ladrillos y tejas. Era uno igual al otro, un par de compinches.

Quien no se conformó con el éxito del trabajo fue Merencia, al darse cuenta de los desperdicios del marido. La *cachaça* y el descaro son vicios masculinos incurables: una buena esposa no puede prohibirlos pero debe limitarlos; así lo hacía ella proveyendo a su media naranja, los fines de semana, de un exiguo espacio para tales abusos: insuficiente para quien, enamorado, actuaba con la holgura de un coronel. Cuando lo pescó en flagrante intentando hurtar economías obtenidas con ingentes sacrificios, le aplicó santo remedio, comprobado en ocasiones precedentes: le levantó la mano y le dio una tunda. El pacato alfarero, curado de la pasión, volvió a los hábitos moderados: *cachaça* más liberal y un polvo fuera de casa solamente los domingos. Y que se diera por satisfecho.

Epifanía iba y venía del río hacia la selva, de la choza de Cotinha a la casa de Coroca y Bernarda, del barracón del cacao hacia la tienda del turco, cada dos por tres aparecía en el taller y se demoraba quieta, viendo a Castor trabajar el hierro y el latón, asegurándose de que ninguna mujer tenía puestos los ojos en él, ofreciendo el culo a quien tenía compromiso y dueña.

No confesaba, trataba inclusive de no darlo a entender, pero se comía por dentro, devorada de celos, cuando desconfiaba que él se había acostado o estaba en vías de acostarse con otra: encamarse con Tizón era todo lo que el puterío deseaba, montón de vagabundas. Epifanía había estado a punto de perder la cabeza con Dalila, una apestosa que no valía nada.

Mientras el verano duró luminoso y leve, ella rió de todo y todo disculpó. Pero vino el invierno, oscuro, frío y triste. El movimiento creció, bien es verdad, el dinero corría en abundancia. Pero, aún así, se tornaba difícil soportar el barro y la llovizna, y mucho más la altanería de Castor Abduim, herrador de burros, garañón impenitente, negro mentiroso y engañador.

Cuando la diminuta Cotinha dispensó al nuevo *ebó* — ¡no aguanto a los hombres que se dejan pegar por una mujer!— y resolvió pasar en una tierra más adelantada las fiestas de junio, las de San Antonio, San Juan y San Pedro, tres santos de su devoción, Epifanía no vaciló:

—Voy contigo.

—¿Te cansaste de Tizón?

Iba a decir que sí, pero se arrepintió:

—El que se cansó fue él. —Reflexionó mirando la lluvia: —Si alguna vez le gusté, nunca me lo dijo.

Como se sabe, no cumplió el trato, no siguió viaje. Además, tampoco Cotinha cambió de plaza, también ella se quedó. Al oír hablar de la fiesta de San Juan que el negro estaba preparando, más que apurada fue a ofrecerse para fabricar el indispensable licor de *jenipapo:* los frutos caían de los árboles, se pudrían en el suelo.

—¿Y sabes hacerlo?

Había aprendido con las monjas en la cocina del convento, en Sao Cristovao, ciudad sergipana donde naciera.

—¿Fuiste monja en un convento? —Se admiró Castor.

—Quería ser, pero no llegué. —Un vestigio de tristeza en la voz cantada. —Trabajaba de criada a cambio de comida y para servir a Dios. Después Fray Nuno, un monje portugués que venía todos los días a decir misa, me desvirgó atrás de la campana grande. —Recordó con nostalgia: —¡Qué macho, bendito sea Dios! Yo apenas le llegaba al ombligo. Se levantaba la sotana, me arremangaba la falda y me daba leña.

Suspiró con la mención de aquella época bienaventurada en que llevaba vida de abadesa: vino de misa y tórtola bendita:

—Pero las hermanitas lo descubrieron, me echaron.

6

El barro y la llovizna. El invierno duraba desde fines de abril hasta los comienzos de octubre, atravesaba toda la temporada y parte de la cosecha, los meses de mayor movimiento, cuando la animación alcanzaba el auge. El frío castigaba a las criaturas, la lluvia deshacía los caminos pero, del medio de la tarde al medio de la noche, Tocaia Grande vivía horas intensas, circulaban dinero y emociones.

En la fragua encendida, a la luz del día o a la luz de las lámparas, el negro Castro Abduim, el torso desnudo, examinaba herraduras, calzaba burros, reajustaba arreos, afilaba cuchillos, medía el filo de los puñales y los aguzaba, reacondicionaba armas de fuego. Siempre a las órdenes para dar una mano en los apuros de los arrieros que veían en la fragua de Tizón y en el almacén de don Fadul sucursales terrenas de la divina providencia. Lo restante lo resolvían las putas.

La perenne lucha cotidiana del invierno le parecía bien poca cosa teniendo en cuenta la pretensión que lo había hecho levantar allí un taller destinado a mucho más. Herrar burros, ¡óptimo!, le proporcionaba lo necesario para vivir, pero era con la rústica fabricación de ollas, baldes y pavas, de cuchillos y de puñales que venía logrando pagar el préstamo tomado al coronel Robustiano de Araújo. El hacendado, todas las veces que el negro se le aparecía con la intención de amortizar la deuda, repetía la misma simpática arenga, nadie le pagaba; si todos los demás fueran dispuestos y honestos como el herrero todo estaría mejor en los límites del río de las Víboras.

157

Tizón no se apuraba: sabía que todavía no había llegado el momento de realmente ganar dinero gordo con el taller. Pero sabía también que estaba por suceder. De la hacienda Santa Mariana, en el nacimiento del río, hasta aquellos matorrales en torno de Tocaia Grande, se extendía un ilimitado territorio de plantaciones nuevas, sembradas recientemente, en los años que siguieron a la sanguinolenta conquista, a las emboscadas y matanzas. Allí, entonces, no habría medida capaz de evaluar el lucro y la ganancia. Tocaia Grande ya no dependería de convoyes y arrieros.

dependería de convoyes y arrieros.

Forjaba adornos, balangandas, anillos, daba regalos a las prostitutas: en el Reconcavo se había habituado a pagar a las mujeres con labia y amabilidad. Le obseguió a Fadul una *soqueira* moldeada según la proporción de los dedos deformes del turco, arma arrolladora, término bien empleado; le regaló al capitán Natario da Fonseca un puñal largo y burilado, las iniciales del capitán entrelazadas, grabadas al fuego. Adecuado para sangrar a una cabra sinvergüenza; Natario no lo sacaba del cinto: nunca se sabe lo que puede ocurrir.

A la ida y al regreso de Boa Vista el Capitán no dejaba de echarse unos párrafos con Fadul y con Castor. A veces se reunían los tres en la tienda o en el taller a charlar sobre el volumen de la cosecha y el precio de la arroba de cacao, sobre líos y muertes, casos de Ilhéus y de Itabuna, y los cambios del mujerío. Bebiendo despacio unos tragos de *cachaça*.

—¿Qué novedad es esa? —Quiso saber el Capitán al notar el perro a los pies del negro: —¿Te lo dieron de recuerdo o lo compraste a alguien?

—Ni una cosa ni la otra. Acudió sin que lo llamaran.

—Es mejor hablar de otra cosa, Capitán. —Aconsejó Fadul riendo, bonachón. —Este negro tiene arreglos con el diablo.

—Ya oí decir... —Natario sonrió levemente, concordando: —Pero un buen perro vale la pena. Tuve uno que no me largaba, murió de una mordida de víbora. Allá en casa hay un montón mezclados con los chicos. Ninguno sirve para nada.

Le hizo fiesta con los dedos, Alma en Pena respondió moviendo la cola pero no se levantó de los pies del negro. El Capitán cambió el asunto:

—¿Dicen que el amigo está armando una fiesta de San Juan?

—Estoy pensando en eso. Para que la gente se divierta un poco, que las muchachas se distraigan y también porque me gustan las fiestas. ¿Qué le parece al Capitán?

—¿No le dije que tiene arreglos con el diablo? Ya me enrolló, voy a poner el azúcar y la sal, dinero para comprar maíz y coco seco, y él encima quiere cohetes y acordeonista. —Se quejó el turco sin parar de reír.

—No chille, compadre, usted también da la vida por un poco de diversión. Ya lo he visto andar leguas con la maleta en la espalda para ir a un baile.

—Sí, eso es verdad, ya sucedió.

Picando tabaco suelto para el cigarrillo, el capitán Natario da Fonseca se volvió hacia el negro:

—Me parece que hace bien. Tocaia Grande está creciendo, no va a demorar en convertirse en pueblo. Ya es hora de civilizarse.

—Para pueblo todavía falta mucho. —Fadul había dejado de reír.

Para llegar a Tocaia Grande, yendo en dirección al norte, viniendo del sur y viceversa, el capitán Natario da Fonseca cruzaba buena parte del área del río de las Víboras, conocía palmo a palmo las recientes plantaciones de los coroneles, extensas hasta el punto de perderse de vista, los sembradíos menores de gente como él, íntimo de cada árbol: encendiendo el cigarrillo de paja abría los portones del futuro:

—Da gusto ver las plantaciones creciendo tan ligero. Es bien capaz que este año ya den flor y fruto; no veo la hora.

No veían la hora, todos ellos. Los ojos se llenaban de codicia y de esperanza, el corazón latía en el pecho más de prisa. ¡Dios oiga sus palabras, Capitán! El árabe juntó las manos y las elevó al cielo:

—¿Este año, Capitán? ¿Plantas de cuatro años? ¿No dizque las plantitas tienen que tener cinco para empezar a florecer? Decía plantitas en lugar de plantas; la voz cálida y tierna, hasta parecía que hablaba de doncellas en las vísperas del primer celo.

—Me parece que va a ser este año, sí. Tanto que ya arreglé con Bastiao y Lupiscinio la construcción del *cocho* y de las *barcazas* en Boa Vista. —El *cocho* donde retirar la miel de los carozos del cacao blando después de la cosecha, las barcazas donde secarlos al sol. —No va a pasar más de un año antes de que tengamos cacao, si Dios quiere, si no hay mal tiempo. —Vivían dependiendo de la lluvia y del sol para que los brotes surgieran fuertes, sin el peligro del *mela*, de la putrefacción de los frutos.

Buenas noticias para los carpinteros y los pedreros, para Merencia y su marido Zé Luiz: comenzaban los trabajos y los pedidos. Hasta ese momento era necesario festejar el San Juan para que la vida no fuera solamente el trabajo, la caza, la *cachaça*, el chisme y el amor de las mujeres, el barro y la llovizna.

7

Ya es hora de hablar de Zuleica, que a pesar de vivir en Tocaia Grande desde el invierno precedente, apenas mereció breve referencia: según ella los pájaros hacían silencio para escuchar el canto de Castor

159

Abduim de Assunçao; era trigueña y romántica. En la cohorte de audaces que rondaban el taller de Tizón, Zuleica desentonaba por discreta y retraída. Presencia casi furtiva, rostro cándido, modos reservados: si no estuviera allí haciendo la vida, podría pasar por muchacha de familia.

Otras serían más bonitas, más jóvenes, más atrevidas, más arrebatadas en la cama, pero ninguna era más solicitada, pues ninguna se le comparaba en el trato. Delicada y tímida, atenta. No obstante, Coroca solía decir que todo aquel recato no pasaba de orgullo, duro como piedra:

—Zu sabe lo que quiere. Tiene bríos y no es mentirosa.

Realmente, cuando tomaba una decisión, súbita e imprevista, no había quien la hiciera volver atrás. Lo hacía sin dar el brazo a torcer, sin modificar la postura mansa, soñadora. Se engaña el que piensa que las putas son iguales unas a otras, exhibido bando de ordinarias, desprovistas de sentimiento, de recato. Jacinta completaba:

—Cada una tiene su cara y su disfraz, su manera de mostrar el culo.

Antes de la llegada de Epifanía, trayendo en el equipaje la soberbia, la truculencia y las arrogancias, había habido un demorado y sereno enamoramiento entre Tizón y Zu, jamás turbado por despechos, malas palabras, desacuerdos. Plácido y cotidiano, hubo quien garantizara que el amorío terminaría en amancebamiento cuando, terminadas las obras del taller, el herrero habitara en casa propia. Pero, vago y putañero, él no la invitó; soberbia y orgullosa, ella no dijo nada, permaneció la misma de siempre, contentándose con merecer la preferencia del negro. Prosiguieron tranquilos el enamoramiento y la vida.

Ya lo decía yo, recordó Coroca cuando ante la arrogancia y los arranques de Epifanía, el interés de Castor por la novata, Zuleica se retiró silenciosamente. Sin pelea, sin escándalo. No le oyeron rezongos ni indirectas. Dejó de frecuentar el taller, de limpiar la casa y cocinar, de comer junto con él. Pero no se tornó enemiga, no cambió de mal para cambiar de bien en la primera oportunidad; se daba con Epifanía. Se quedó en su lugar, cautelosa, pero no conforme, diagnosticó Coroca; que se engañe el que quiera.

Si dejó de aparecer en el taller, no abandonó la rueda de charla y de canto, no dejó de *batucar* el ritmado coco: los ojos perdidos en la distancia cuando el negro soltaba el pecho y acallaba a los pajaritos. Al principio, Tizón no dio importancia al retraimiento de Zuleica. Basta que yo chasquee los dedos para que Zu vuelva corriendo.

De hecho, la prostituta no se negó cuando, en ocasión de uno de los *calundus* de Epifanía, el herrero vino a buscarla para la hamaca. Pero cuál no fue la sorpresa del negro al verla levantarse, al final del primer balanceo del rosal, ponerse el vestido, lista para irse. Peor todavía: extendió la mano, cobrando. Había venido como mujer de la vida,

160

quería que él se diera cuenta, marcaba la diferencia: no se quedaba a pasar la noche, continuar el placer, no se había entregado gratis, por cariño.

Tomado por sorpresa, Castor se quedó como atontado, sin saber qué decir. Incómodo, le entregó unas monedas; ella las recibió pero las dejó caer en el suelo al cruzar la puerta del taller. Mansa llegó, mansa partió, la cabeza erguida.

Tizón no rió, no se burló, no tomó el gesto de Zu como afrenta o agresión. ¿Tal vez una lección? Sólo entonces comprendió cuánto la había lastimado, no por dormir con la otra sino porque al hacerla favorita había dejado a Zuleica en el papel de las muchas, sin darle la menor satisfacción. Ni que fuera esclava. En la hamaca, pensativo, el negro atravesó la noche con una duda clavada en el corazón: cuando jadeante lo abrazara en la hora del suspiro y del derretimiento, ¿Zu estaba acabando junto con él o había simulado el gozo cumpliendo con su deber de prostituta competente?

Comenzó a tratarla con extrema cortesía, a destacarla siempre que le era posible si bien no volvió a invitarla a la hamaca. Ella se mantenía alejada, en la opinión general el amorío había terminado por completo, cosa del pasado. Se hacía difícil creer en Coroca, cuando, tranquila, reafirmaba:

—Zu está loca por Tizón, no se lo saca de la cabeza.

Unica en darle la razón, Epifanía agregaba un argumento poderoso: ¿cuál era el motivo por el cual la fulanita no había encontrado todavía un tipo con el cual acostarse gratis? ¿Quién vio alguna vez puta sin hombre, mucho más en ese culo del mundo donde no había otros quehaceres?

Un domingo, después del almuerzo colectivo cada vez más concurrido, estando todos reunidos en la risa y en el ocio, Merencia —en el fondo, una romántica— solicitó que Castor brindara a los presentes algunas canciones: ¡él sabía tantas! El negro anunció que iba a comenzar por una copia de la preferencia de Zuleica:

—Una que tu siempre me pedías que cantara, ¿te acuerdas, Zu?

—¿Cuál? Ya sé: ¡María, vas a casarte? —Salió de su seriedad, batió palmas.

Tizón soltó la voz, los ojos puestos en Zuleica como si no hubiera nadie más presente:

María, vas a casarte
y yo voy a darte las felicitaciones
Voy a darte una prensa, ay ay
falda de puntillas, ay ay
de dos centavos...

Eso bastó para que Epifanía, sentada al lado del negro, se retirara en un arranque de rabia. Si se metía con las otras, ¿qué decir de esa mentirosa? Escupió en el piso, le pasó el pie encima.

8

El baile, inventado por Pedro Cigano para alegrar la noche de San Antonio, terminó en golpiza, bala y sangre. Sin embargo, debe tenerse en cuenta que no hubo intención mezquina, vil interés de dinero en la alegre propuesta del trotamundos. Si el baile le rendía unos dineros, mejor. Pero no había pensado en eso al empuñar el fuelle; sólo deseaba celebrar dignamente a uno de los santos más merecedores. Argumentó y convenció, pero no cabe responsabilizarlo por lo que aconteció, nadie lo hizo.

En verdad, al llegar al caserío en aquel día lluvioso y frío, no pensaba demorarse más de una noche, dormido si era posible en la estera de una prostituta que le calentara la carcaza. Su destino era Taquaras, o también podía ser Ferradas, Agua Preta, Río do Braco o Itabuna, ni él mismo lo sabía con seguridad. Ansiaba pasar las fiestas de junio donde pudiera divertirse en grande y gratis, comiendo, bebiendo y bailando *a la vonté*. Pero al encontrarse con los preparativos de San Juan en Tocaia Grande se entusiasmó.

Ya los preparativos en sí fueron una fiesta. Ocuparon, durante bastante más de una semana, casi todo el tiempo libre de la reducida población que parecía multiplicarse en la realización de tantas y tan diversas empresas. De vuelta a las haciendas, los arrieros utilizaron alforjas y bolsas vacías para en ellas transportar lo que no se podía adquirir en el rancho vestido de Fadul: los marlos del choclo, el coco seco, los cohetes y los fuegos: bombas, buscapiés, espadas, incluso estrellitas y otros caprichos infantiles de las prostitutas. Sin hablar del globo, pues el globo era un secreto compartido sólo por Tizón y Coroca, nadie más sabía de su existencia.

Al ver a Bastiao da Rosa, Lupiscinio, Zé Luiz, Guido, Balbino, atareados, transformando en espacioso barracón de paja —rústica estructura de varas, estacas y horquillas, bien asentada en la tierra, piso de barro batido, liso y sólido— el antiguo toldo erguido en los viejos tiempos por los primeros que habían pernoctado allí, Pedro Cigano desistió de proseguir viaje. Y lo hizo en el momento adecuado, pues Fadul acababa de recibir el recado de Lulu Sanfona en el que lamentaba no poder aceptar la invitación para venir a tocar en Tocaia Grande en la fiesta de San Juan: famoso en la región, disputadísimo.

Dispuesto a ayudar y no habiendo sido hecho para hacer fuerza, Pedro Cigano orientó y dirigió. Incansable, yendo de un lado para otro, se fatigó dando órdenes y consejos, transmitiendo órdenes a hombres y mujeres.

Las mujeres hacían y deshacían, no despreciaban trabajo. Ayudaban a construir el barracón, acarreaban leña que los hombres cortaban en la selva para las fogatas, juntaban ramas, improvisaban fogones sobre piedras en los cuales cocinarían la *canjica* y las demás exquisiteces típicas de junio. Con la ayuda de Epifanía, la laboriosa Cotinha se ocupaba de los *jenipapos*, pelándolos, sacándoles las semillas amargas, exprimiéndolos para transformar después el jugo en licor. Se esmeraba en el trabajo recordando el sabor — ¡maravilla!— del vino de misa y las virtudes — ¡ay, tantas!— de Fray Nuno. Lusitano y galante, el fraile le decía con su gracioso hablar: ven aquí, jovencita. Ella obedecía, él enamoraba. Pedro Cigano se ofrecía para probar el almíbar cuando fuera al fuego: determinaría el punto justo del néctar. Gusto refinado, eximio degustador de comida y bebida, bueno para la música, comodín sin rival en los alrededores.

Habían planeado una fogata, monumental, en frente al barracón, en el descampado; es decir, una para cada noche. Pero como había sobrado mucha leña habían decidido, por propuesta de Merencia, apoyada por Tizón, entregar el resto de las ramas a quienes quisieran armar delante de su rancho una fogata menor donde asar batatas y maíz. Quien quisiera podría llevar a su casa un poco de *canjica*, una botella de *jenipapo* para servir a los vecinos antes de reunirse todos para el inicio de los festejos, los alegres festejos de San Juan: comer *pamonhas, canjica* y *manué*, beber licor, saltar sobre el fuego, bailar cuadrilla.

Durante aquellos días la tienda de Fadul conoció un movimiento poco común, el turco se hizo la fiesta pero, en cambio, colaboró para la jarana con varios artículos y con llorados dineros. Tizón había aumentado el número de trampas en la selva para garantizar caza suficiente, además de proveer unas monedas para el maíz, el coco y los cohetes. Debido a razones sobradamente conocidas, no se puede olvidar la ayuda del capitán Natario da Fonseca. Lamentando no poder participar en la fiesta, abrió la billetera y contribuyó en su nombre y en los de Bernarda y Coroca. Pero no por eso las dos —y casi todas las demás— dejaron de colaborar con alguna moneda ganada con el tajo, escondida en lo profundo de la pobreza, ofrecida con satisfacción.

El maíz y el coco, el azúcar y la sal habían sido distribuidos entre las mujeres; los *jenipapos* sobraban marchitos bajo los árboles. Cada persona se encargaba de esa o de aquella tarea, en general de más de una. Para ejecutarlas se reunían en grupos animados: conversaban, bromeaban, discutían, rezongaban, reían, se mandaban un trago de *cachaça* para matar el bicho —los bichos malos de invierno: la lluvia detestada, el frío cortante—; no eran de hierro.

163

No había obligación ni horario de trabajo. Ni obrero ni capataz, ningún patrón. Si Fadul y Tizón orientaban y dirigían, lo hacían discretamente sin dar muestras y también ellos se ocupaban de las tareas pesadas. Nadie mandaba a nadie. Así venía sucediendo desde que, en el almuerzo dominical, Castor propusiera festejar San Juan.

Al encontrar vacío el puesto de mando, Pedro Cigano lo ocupó y sus pareceres tuvieron que ver con la ampliación de la fiesta; señalando una deficiencia, corrigiendo una injusticia. Celebrar San Juan, feliz idea; ¿Pero por qué discriminar contra los otros santos de junio, si eran los tres iguales en la devoción y en los prodigios? ¿Por qué no comenzar festejando San Antonio, santo casamentero, patrono de las novias, y terminar alabando a San Pedro, patrono de las viudas? El hecho de que todavía no hubiera en Tocaia Grande ni doncella candidata al matrimonio ni viuda lacrimosa nada significaba: un día, con la gracia de Dios, sobrarían unas y otras. El, Pedro Cigano, se ponía a las órdenes con el acordeón para animar gratis un baile en la noche de San Antonio. Encenderían una pequeña fogata, probarían un pedazo de *canjica*, un trago de licor de *jenipapo*, danzarían la polca y la mazurca, en un ensayo preparatorio de la gran noche, la de la víspera de San Juan. Para ella guardarían los fuegos y la cuadrilla.

No es difícil convencer a la gente. En aquel solitario y carente fin del mundo nada despertaba más entusiasmo que un forró, un agitahuesos. Sucedía de cuando en cuando, cuando Pedro Cigano pasaba por allí o cuando un acordeonista, un tocador de guitarra o de *cavaquinho* pernoctaba por casualidad en Tocaia Grande.

Tizón se preguntaba cómo no se le había ocurrido semejante inspiración si en el Reconcavo las fiestas de junio comenzaban el día primero, con las trecenas de San Antonio, y solamente terminaban en la noche del veintinueve para el treinta, con los festejos de San Pedro.

9

Los arrebatos de puta son realmente así: fuego de paja, muchas chispas y poca brasa; comienzan de repente y de repente acaban, duran poco. Explotan, inesperados, se inflaman, llegan al auge, pierden el impulso, se desaniman y cesan. No queda ni humo.

El alboroto provocado por Epifanía y Dalila en el comienzo de la fiesta, en la noche de San Antonio, no llegó a ser sensacional pero bastó para animar. Como más tarde se pudo comprobar, influyó en el ánimo de Misael, pájaro de buena apariencia y acomodado, según se deducía de los modos petulantes. En compañía de dos vaqueros, un viejo y un muchacho, regresaba de Itabuna donde había dejado numerosas cabezas traídas del *sertao* de Conquista. Vestían trajes de cuero, montaban buenos caballos, portaban armas y dinero. Se detuvieron en Emboscada Grande al caer de la tarde. ¿Fiesta de San Antonio, una juerga? Así se habla.

Bailaban unas pocas parejas al son de la armónica de Pedro Cigano cuando Epifanía se soltó abruptamente de los brazos del maestro Guido y amenazó con partirle la cara a Dalila, que daba vueltas con el susodicho Misael. Liberándose de la pareja, Dalila replicó:

— ¡Ven, si eres mujer!

Guido y Misael se apartaron para asistir desde el palco: ¿a quién no le gusta apreciar detalle por detalle, palabra por palabra, sopapo por sopapo, una riña de mujeres?

Epifanía atacó escupiendo. Apuntó al ojo izquierdo de Dalila y acertó en pleno. Se cruzaron los insultos:

— ¡Negra piojosa! ¡Cagona!

— ¡Puta apestosa! ¡Mugrienta!

Negras y putas las dos, piojosas, apestosas, pero eran dos negras de primera, dos putas requeridas, dos princesas del lugar. En Tocaia Grande, para ser de primera y requerida, para ocupar el puesto de princesa o el trono de reina —el trono de Bernarda— no se exigía gran cosa, flagrante hermosura o fina educación, dadas las condiciones del puterío perdido en el lugarejo, pila de andrajosas. De cualquier manera, las dos se destacaban y despertaban envidia y celos.

Dalila extendió la mano con la que se limpiara el ojo y la estrelló en la cara de Epifanía. Se agarraron de los pelos, intercambiaron sopapos, se atacaron a puntapiés y arañazos. En torno de ellas se formó animada rueda e hinchada que incendiaba a las contendientes.

—Apuesto dinero a la culona. —Desafió Misael honrando a su dama.

—Le doblo la apuesta. —Aceptó Guido no menos caballero.

Sin parar de tocar, Pedro Cigano se levantó del largo banco de madera, obra de Lupiscinio, donde había estado sentado en compañía de Zuleica, y vino a colocarse en la rueda. Vale la pena registrar que en ningún momento, ni aun cuando el jaleo estuvo a punto de generalizarse, el músico dejó de tocar el acordeón en una especie de acompañamiento musical ejecutado en sordina. No obstante estar sin dinero, arriesgó una moneda en favor de Epifanía, tan seguro se hallaba del resultado. Bastiao da Rosa cubrió la apuesta por puro espíritu deportivo, para animar la competencia, sin alimentar ilusiones sobre el recibimiento de aquellos cuatrocientos reyes. Pedro Cigano debía a Dios y a medio mundo.

Según opinó Guido, las apuestas quedaron naturalmente anuladas cuando Zuleica entró en la refriega sorprendiendo a todos menos a Coroca. Dalila parecía al borde de la derrota; de un manotazo Epifanía le había arrancado la falda de *chita* —la vieja, pues la nueva la tenía reservada para San Juan— y la había dejado con el trasero al aire para regocijo de la platea. Sin saber cómo reaccionar, Dalila se vio en la inminencia de dejar el campo de batalla. En ese momento, levantándose del banco donde había estado acompañando las peripecias del concurso, Zuleica agredió a Epifanía a puntapiés; llevaba la ventaja de calzar zuecos. Sintiéndose apoyada, Dalila, revoleando el culo desnudo, voló nuevamente encima de la rival. La rueda aplaudió con palabras, palmas y silbidos.

—Dos contra una, flojonas. Les voy a dar a las dos.

Pero Epifanía no las enfrentó sola: la pequeña Cotinha, solidaria, se metió en la pelea y reveló inesperada valentía. Rodaron las cuatro en el suelo, hechas una bola; además del culo de Dalila se veían los pechos de Epifanía: se había desabotonado la bata de bahiana.

Con la intervención de Zuleica quedó claro el verdadero motivo de la batahola, según el parecer de las mujeres motivo justo por no decir sublime: el negro Castor Abduim da Assunçao que estaba allí de lo más tranquilo.

Por él suspiraban, se maldecían y se batían: comían de su mano. Verdad generalizada enseguida comprobada: aproximándose a las matonas sucias de tierras, arañadas y escupidas, semidesnudas, Tizón —¡ay, qué negro tan pillo!— ordenó sin levantar la voz:

—Por hoy, basta, muchachas, vamos a celebrar.

Creció el sonido del acordeón en una cadencia fluida, bulliciosa, irresistible. Volviendo la espalda a las peleadoras, el ingrato herrador de burros ofreció la mano a Merencia, mujer casada y derecha que desaprobaba toda aquella chusma, y salió con ella a bailar. Dalila se puso la falda y regresó a los brazos de Misael; Epifanía a los de Guido. Fadul sacó a Cotinha; el turco era todavía más grande que el fray Nuno de Santa María, pero el tamaño no le daba miedo a quien se había educado sirviendo a Dios en las alturas. El modo manso de siempre, el mismo aire de cabra muerta, ni parecía haber peleado, Zuleica aceptó la invitación de Bastiao da Rosa, el barbudo de oro, se descalzó los zuecos. En el piso de barro batido pasaban descalzas, leves y ondulantes en el lustre del sudor, en la fragancia del *pituim.*

Tocando su armónica, golpeando con los pies en el suelo para marcar el compás, Pedro Cigano bailaba entre las parejas en medio del barracón. Nadie sintió la falta de Lulu Sanfona. La fiesta de San Antonio comenzaba a animarse.

10

¡Ay!, se animó demasiado la fiesta del Gitano. Las confusiones no se limitaron al intercambio de sopapos y de insultos entre prostitutas: ocurrió más y peor, desgracia y maldición. Los ánimos se caldearon, la cosa se puso negra pero en el momento de mayor sofoco se oyó una exclamación inesperada. Le cupo al árabe Fadul Abdala anunciarla, aunque el sentimiento que la dictó era común a todos los presentes, a excepción de los forasteros con los trajes de cuero revestidos de insolencia. Palabras simples —en el momento adecuado se sabrá cuáles fueron—, se inscribieron en la sangre.

Los inconvenientes recomenzaron con una discusión entre Guido y Misael. Referente todavía a la apuesta hecha durante la pelea de las mujeres, los dos centavos arriesgados al culo de Dalila, a las tetas de Epifanía. Por algún motivo no revelado o por ningún motivo, solamente para provocar, Misael, después de tomar unos tragos, proclamó a Dalila vencedora y reclamó el pago inmediato.

Se insultaron en un intervalo de la música mientras bebían el *jenipapo* de Cotinha, sabroso y fuerte. Llegaron a las malas palabras y las amenazas pero no fueron a los hechos, pues el turco Fadul resolvió intervenir. Se había acostumbrado a hacerlo en cada baile; el reducido número de prostitutas causaba constantes desavenencias, provocaba desafíos, riñas feroces. Fadul apartaba a los contendientes y casi siempre le bastaba usar la reconocida autoridad moral: dueño del almacén, acreedor de muchos de ellos. Si era necesario, no obstante, recurría a la fuerza bruta.

Sin tomar en cuenta la presencia silenciosa y hostil de los otros dos vaqueros, el turco, las manos excesivas, los dedos de tenaza, tomó por el brazo a cada uno de los valentones colocándose entre ellos:

—Acá adentro solamente pelean las mujeres. Para los hombres, si quieren, es allá afuera, allá hasta pueden matarse, si tienen ganas. Este es un salón de baile. —Abrió las manos dejándolos libres, miró de frente a los ayudantes de Misael, el viejo y el muchacho, se dirigió a Pedro Cigano: —¿Dónde está la música, hombre de Dios?

Rezongando sobre el destino que Guido debía dar a los dos centavos —quédese con ellos, no los preciso, métaselos por el culo—, Misael se alejó seguido por los dos ayudantes. Menos mal que Guido no oyó el ñeñeñé: no acostumbraba provocar, pero, si lo provocaban, no huía, enfrentaba. Los desgraciados no se vengan en tierra ajena, mueren en la cuna a la menor señal de trifulca.

Se hizo evidente que Misael estaba dispuesto a buscar pendencia, cuanto más bebía más provocador se ponía. Exigió que se tocaran las canciones de su preferencia, y afrentó a Pedro Cigano con monedas tiradas como limosna que el acordeonista recogía sin darse por afrentado; tuvo un altercado con uno de los cabras del barracón de cacao a causa de Dalila, a quien quería de compañera constante; alabó la excelencia de su caballo Pirapora, se proclamó buen mozo, rico y valiente. Aliento de onza, ronquido de chancho, recordó el viejo Gerino que lo había conocido en otros lugares. Desafíos y fanfarronerías se perdían

167

en la música, en el zapateado, en el rumor de la jarana, en el aliento de la *cachaça*.

Estaban la fiesta y la noche bien avanzadas cuando una nueva discusión explotó en un rincón de poco movimiento. De un lado, los tres vaqueros: el jefe Misael, el viejo Totonho y el muchacho Aprigio; del otro, tres mujeres: Bernarda, Dalila y Margarita Cotó con el muñón de brazo y la cara pecosa. Lo que al comienzo pareció un simple desentendimiento a propósito de parejas de baile, no era nada de eso: se trataba de la inicua imposición de los forasteros. Como tenían que seguir viaje con el cielo aún oscuro, para ganar tiempo, exigían que las tres prostitutas abandonaran inmediatamente el baile, pues no pretendían salir de Tocaia Grande sin antes retorzar un poco. Estaban apurados, no podían esperar que la jarana llegara al fin: por lo que se veía, iba a prolongarse hasta entrada la mañana. Rápido, señoras burras, andando.

Pero las putas, en la concurrencia de los festejos, habían decidido cerrar sus puertas, y no aceptar clientes las noches de los forrós de junio: fiesta es fiesta. Tenían la intención de divertirse, bailar, gozar, beber y reír, flirtear, si se daba la ocasión. Ya que no era una noche igual a todas las otras, —noches de trabajo, de sudar en pechos extraños, de representar gimiendo sin sentir ganas, gozando de mentira— las tres rechazaron al unísono las ofertas del adinerado vaquero y sus dos subordinados: hoy, no, ustedes disculpen, queda para la próxima vez. Hoy, por ningún dinero.

Misael había elegido a Dalila y dejado a Bernarda para el viejo y Margarita para el joven. Había vacilado entre Bernarda y Dalila pero guardaba en la niña de los ojos la visión del trasero de la negra, provocador de silbidos. El viejo se chupaba los dedos, alborozado, el muchacho no se quejó de las pecas y del muñón de brazo de la Cotó, defectos de nacimiento: a los dieciocho años se embiste lo que venga y se pide más.

De nada sirvieron las explicaciones de Dalila, buena de pico, ni el empellón de Margarita —ni bien Balbino, mulato joven y audaz, comenzaba a arrastrarle el ala—, tampoco la negativa rotunda de Bernarda: el negocio está cerrado, abuelo. Nosotros lo abrimos, rezongó el viejo.

Los vaqueros estaban bastante picados y el tiempo era corto. Fuera, dijo Bernarda cuando el viejo Totonho intentó arrastrarla hacia afuera. Con la calentura y el licor de *jenipapo*, el atrevido vaciló. Misael, que aferraba a Dalila de la muñeca, perdió la paciencia y amenazó:

—Si no quieren ir por las buenas, irán por las malas, ¡señoras putas!

La música se había silenciado para que Pedro Cigano pudiera aliviar la sed con un trago de *cachaça*, la advertencia resonó en el barracón; las prostitutas se aproximaron, curiosas; Misael, buen mozo, rico y valiente, pensó que venían a disputar el lugar de las asquerosas:

168

—Ya elegimos a éstas, a ustedes no las necesitamos. —Se volvió hacia las preferidas y empujó a Dalila: ¡Vamos!

Epifanía dio un paso hacia adelante, el sudor escurriéndosele sobre la piel negra; enfrentó a los vaqueros, la voz enronquecida, llena de licor:

—Ni ellas ni nosotras; ninguna que tenga vergüenza va a coger hoy con ustedes. ¿No sabe que estamos de puertas cerradas? Vayan a metérselas a las vacas, si quieren. —Para no perder el hábito y porque también ella había abusado del *jenipapo* de Cotinha, escupió en el suelo y pasó el pie encima.

Un hombre que se precia no se lleva a su casa afrenta de macho, mucho menos de prostituta. Misael anunció antes de actuar:

—A esas tres les vamos a romper el culo, quieran o no quieran, y tú vas a cobrar en la cara, ¡puta de mierda!

La bofetada resonó en los cuatro costados del salón; salón: así había dicho el turco, lugar donde se baila, lugar de diversión y no de pelea. La negra perdió el equilibrio; la segunda trompada, todavía más fuerte, la derribó al suelo; un hilo de sangre se escurrió por el mentón grueso:

—¡Hijo de puta! —Aulló Dalila, loba desatada.

11

—¡Hijo de puta! —repitió Bernarda avanzando ella también.

Cuando los vaqueros se dieron cuenta, estaban acometidos, cercados por furias infernales. Partiendo en defensa de Epifanía, Dalila se había tirado contra Misael tratando de asfixiarlo. ¿No se habían atacado, rivales y celosas, a golpes y escupitajos al inicio del baile? Los arrebatos de puta, ya se dijo, no dejan rastro, son querellas de comadres.

Se unieron todas ellas sin excepción para enfrentar a los forasteros y rechazar el dictamen impuesto: si no tuvieran el derecho de cerrar las puertas cuando bien se les antojara, si no fueran dueñas del propio tajo, ¿qué les restaría en la vida miserable? Todas las que en la ocasión ejercían el oficio en Emboscada Grande: Dalila, Epifanía, Bernarda, Zuleica, Margarita Cotó, Marieta Quinze Arrobas, Cotinha, Dorita, Teté y Silvia Pernambuco, desgreñadas, borrachas, solidarias. Faltó en el relato el nombre de Jacinta Coroca, no por olvido sino por aprecio y consideración: sola, valía más que todas las otras reunidas. Cuando el inexperto Aprigio amenazó con sacar el revólver pensando resolver con él la maraña de uñas y dientes, Coroca le aplicó un puntapié en los huevos. El grito del muchacho se oyó a una legua y media, en la estación de Taquaras, según el verídico relato de Pedro Cigano, testigo de vista y oído.

169

El viejo Totonho, pobre tipo digno de conmiseración, era de los tres el más indignado. Esperaba voltearse a Bernarda en una noche de cubrir becerras nuevas, veía que el sueño se deshacía y no se resignaba. Asaltándola por la cintura terminó por derribarla; buscaba tocarle los pechos, levantarle la falda, dispuesto, sabe Dios, a montarla allí mismo en el barracón, en medio del revuelo, a la vista de los presentes. Enloquecido, temblando como si estuviera sufriendo un ataque de malaria. Endulzaba la voz para suplicar: vamos... Apretaba los dientes para ordenar: ¡vamos! Se arrancó el traje de cuero para tener más libertad de acción. Fue su error principal: le perdieron el respeto que el traje imponía. Bernarda aprovechó para zafarse, y, antes de que Totonho pudiera levantarse, Marieta Quinze Arrobas, abundante, lenta y maternal, tiró el corpachón encima del infeliz: sonaron los huesos. Lloriqueando las últimas esperanzas, todavía en el suelo, el viejo imploró, al ver a Bernarda precipitarse sobre Misael:

—Aprigio, agárrala que ya voy.

¿Cómo podría el muchacho agarrar a Bernarda, si doblado en dos se defendía de los zapatos de Coroca? En cuanto al revólver, Coroca lo había colocado en el escote entre los pechos marchitos: dejar un arma al alcance de un chico es correr peligro de muerte.

Todo sucedía al mismo tiempo, en contados minutos. Misael trataba de liberarse del cerco cada vez más agresivo; arañado y escupido, distribuía bofetadas, acertó un golpe en la cara de Dalila, apenas se podía mantener en pie. Acorralado, veía que no iba a tener más remedio que darse por vencido y huir, en las ancas del caballo Pirapora, de la afrenta de la culona y los insultos y las injurias de las demás. Quien busca una pelea con putas no carbura bien, es débil de la cabeza.

12

A pesar de la cara pétrea de Fadul, Misael aguardó confiado y sonriente cuando vio a los hombres que se encaminaban en su dirección. Seguro de encontrar en ellos comprensión y estímulo, ayuda para domar a aquellas pestes y obligar a las insubordinadas a cumplir los deberes inherentes al trabajo de puta: mostrar la argolla a quien manda y paga, sin discutir ocasión y preferencia. Con respecto a eso no daba el brazo a torcer. ¿Dónde se vio que una mujer de la vida tenga voluntad, horario de trabajo, día de descanso?

El árabe se aproximaba, furioso: sin una palabra, unas detrás de las otras, las prostitutas habían abandonado la danza y dejado a los caballeros en el *ora pro nobis*, como si la fiesta hubiera terminado en lo más animado. Gritó al endiablado mujerío:

—¿Qué es lo que están haciendo aquí?

Pero al darse cuenta del jaleo, se dirigió a Misael:

—¿El amigo no para de provocar confusión? ¿Para qué vino? Vamos a terminar con esto.

Hubo una tregua en la pelea; las uñas y los golpes dieron lugar a la discusión. Contemporizó:

—Nosotros no queremos lío. Sólo queremos que unas putas brutas vengan con nosotros para aliviarnos el indio.

—Ellos quieren llevarnos a la fuerza y todas nosotras estamos de descanso. —Interrumpió Epifanía, la sangre escurriéndole de una comisura.

—No voy ni muerta. —Reafirmó Bernarda.

—¡Las putas no tienen decisión! —Replicó el viejo Totonho aproximándose a la bella prometida.

Coroca había suspendido la tunda de zapatos al muchacho.

—Nosotras somas putas, no esclavas. —Dijo, y encaró a Fadul como si lo desafiara: —¿No es así, Fadul? ¿Usted piensa igual que ellos?

Convencido del apoyo de los hombres, considerándose lleno de razón, con la intención de pagar una vuelta de *cachaça* antes de ausentarse con los vaqueros y las escogidas, Misael se quedó atónito al oír al negro Castor Abduim preguntar y asegurar:

—¿Ustedes no saben que la esclavitud se acabó hace más de veinte años? Ellas van si quieren, si no quieren no van.

Misael miró alrededor, recorrió con la vista desde Tizón a Zé Luiz, del mestizo Balbino al blancucho Bastiao da Rosa, de Guido a Lupiscinio, de Gerino a Fadul, de los cabras del depósito de cacao a los arrieros y viajeros, de Pedro Cigano con el acordeón a Merencia, grandota e interesada, y por fin miró la cara del herrador de burros:

—No debería haber acabado, para no tener negros atrevidos como tú. No sé qué me pasa, que no te parto la cara. —Después se volvió a los otros: —Si ustedes no quieren pelea, no se metan.

Con lo que llevó la mano al cinturón ancho; el viejo y el muchacho se acercaron confirmando el agravio. Antes de que el vaquero sacara el revólver, Fadul, después de sonreír a Coroca, habló en un tono sereno como si estuviera conversando amenidades y no dictando órdenes.

—Deje el arma en paz, don Misael, ¿no es ése su nombre? Y trate de irse antes de que sea tarde. —Contuvo del otro lado al negro rebelde: —¡Quédate quieto, Tizón!

Manteniendo la mano en la pistolera, Misael aún dudó:

—¿Ustedes van a pelear por esas mierdas?

—Si el amigo quiere obligarlas, nosotros peleamos. Vaya sabiendo una cosa. Acá es así: el que se mete con uno, se mete con todos.

—Es así mismo, si no le gustó, arrégleselas. —Intervino Merencia, tan celosa de su condición de mujer casada que no había aceptado, no faltaba más, habitar en las vecindades de las prostitutas para man-

171

tener distancia, imponer respeto. Las manos en las caderas, se buscaba problemas como si aquellas perdidas fueran parientas suyas, primas, sobrinas y hermanas.

Fadul resumió:

—Son las reglas del lugar.

Aun cuando no lo hubiera sido hasta entonces, había empezado a serlo desde aquel instante. Buen mozo, rico y valiente, Misael no podía recular:

—Me cago en sus reglas y en ustedes.

No llegó a empuñar el revólver, pues Tizón voló encima de él. Acompañado por Alma en Pena que, habiendo dejado el banco bajo el cual se escondiera para dormir al son de la música del acordeón, vigilaba al amigo y al enemigo.

Solamente entonces la refriega comenzó de verdad. Fadul agarró al viejo Totonho por la camisa y por el fundillo de los pantalones, lo levantó en el aire y lo arrojó lejos. Las mujeres se divertían arrancando la ropa del muchacho Aprigio. Con tantos hombres ansiosos de participar, era una cobardía. Guido mal contenía la impaciencia: rogaba a Castor que le cediera a Misael con quien tenía cuentas que ajustar. Pero Tizón hacía hincapié en demoler solo a la hermosura, la riqueza y la valentía del provocador para enseñarle el valor de un negro atrevido. Alma en Pena saltaba alrededor gruñendo y mordiendo.

Al salir corriendo, para garantizar la fuga, el viejo Totonho tiró al aire: nadie se había acordado de sacarle el arma, una escopeta antigua. La bala acertó en la cabeza de Cotinha.

13

En la hamaca de trabajar y de dormir, regalo de Zé Luiz en los áureos tiempos, colocaron el cuerpo de Cotinha, encogido cuerpo de chica raquítica, y lo llevaron al primitivo cementerio donde crecían árboles de mamón, bananeros y maduraban *potangas* color de sangre. Había llovido sin parar durante la noche, en el transcurso de la fiesta y del revuelo, pero por la mañana la lluvia cesó y el sol vino para el entierro.

De madrugada algunos hombres habían cavado la tierra al lado de un *cajú* en flor. Fosa profunda, la primera que se abría después de que el lugar comenzara a llamarse Tocaia Grande. Tomaron las palas y las azadas después de la partida de Misael y de Aprigio, el muchacho dan vueltas con la silla de Totonho.

Cuando los hombres salieron a perseguirlo, el viejo había montado en pelo al caballo Pirapora —veloz como el viento, según los alardeos de Misael—, y se había mandado mudar en un galope desenfrenado.

Las desgracias acontecen, difuntos con un agujero en la cabeza, orificio en el pecho, una bala loca: la mayoría de las veces, el gatillo fue apretado por el miedo, no por las ganas de matar.

Siendo así, se dieron por satisfechos con la zurra aplicada a Misael y a Aprigio. Los dos vaqueros quedaron acobardados, verbo apropiado por todos los motivos. Aliento de onza, ronquido de chancho, había dicho Gerino, que lo conocía de otras maldades: puesto de rodillas, Misael pidió perdón para salvar la vida.

Castor y Lupiscinio equilibraron sobre los hombros las puntas de larga vara de bambú hundida en los puños de la hamaca y la llevaron. El acompañamiento mezcló lágrimas y risas; se refirieron a la muerta con benevolencia, no le echaron en cara los enojos, los malos ratos; le alabaron la valentía, la sinceridad, el dulce de *jaca*, el de rodajas de banana y el licor de *jenipapo*. En el silencio del camino hacia el cementerio, el negro Tizón rememoró detalles de conversaciones, el convento de Sao Cristóvao, el vino de misa, la campana grande y el buen fray Nuno culeando. Había sonreído con el recuerdo y, en el momento de bajar el cuerpo a la fosa, preguntó:

—¿Quién sabe decir una oración? Ella vivió en un convento, fue casi monja. Vale la pena rezar por ella.

Hicieron más de una tentativa pero ninguno supo una oración entera del comienzo al fin, ni siquiera la corta Avemaría. Merencia había perdonado a la pecadora, como enseña y ordena la caridad, pero no al punto de comparecer en el cementerio. Aun así el alma de Cotinha no subió al cielo —si es que existe un cielo de putas— sin la llave de una oración que le abriera las puertas.

Cubriendo fragmentos del Padrenuestro y del Salve, se elevó la vozarrona de Fadul Abdala. En la infancia había sido monaguillo al servicio del tío padre en la aldea libanesa. Recitó en árabe con unción y sentimiento, daba gusto oírlo, ganas de llorar, Epifanía no se contuvo, rompió en sollozos.

Apenas regresaron el sol desapareció, el invierno regresó.

14

Epifanía no esperó el fin del invierno para cambiar de tierra. Se había divertido en San Juan y San Pedro, dijo a quien quisiera oírla que nunca se había divertido tanto.

En la noche de San Juan se encendieron las fogatas frente a los ranchos, varias; los vecinos se visitaron. El descampado se iluminó con los cohetes, los buscapiés, las espadas, las rueditas, las estrellitas, los fósforos de color, azules, verdes, rojos, sulfurinos, tan bonitos. Comieron y bebieron hasta saciarse y las prostitutas confesaron embelesadas:

no existía bailarín de cuadrilla capaz de compararse con Castor Abduim; parecía un maestro en cosas extranjeras. Epifanía saltó fogatas con Zuleica, se hicieron comadres.

El momento supremo fue el lanzamiento del globo, sorpresa para todos menos para Tizón y Coroca. Apenas lloviznaba: lo llenaron de humo al pie de la fogata mayor, en el descampado donde se encontraban. Antes de desaparecer, se confundió con las estrellas raras y opacas: la estrella de mentira era la más bella.

Festejaron, aún, la noche de San Pedro para dar fin al licor de jenipapo de Cotinha y aprovechar la presencia de Pedro Cigano con el fuelle.

Días después, a la mañana temprano, Castor acababa de terminar con los cascos de Rosedá, madrina del convoy de Elisio —después de haberlos nivelado con el pujavante, los había rematado con cuatro pulidas herraduras—, cuando vio a Epifanía a la espera, lista para partir: habían pasado la noche juntos y ella no había anunciado nada. El atado en la cabeza, pequeño paquete de trapos y chinelas, sus pertenencias.

—Me voy, Tizón. —Iba a aprovechar el convoy de Elisio para no viajar sola. — ¿Puedo llevarme el *abebé* que me hiciste? —En los ojos y en la voz la decisión, un atisbo de tristeza y el rudo orgullo.

Tizón le entregó el espejo de latón que figuraba a *Oxum* en el *peji* de los *orixás*. No le pidió que se quedara, apenas dijo:

—Voy a acordarme de ti toda la vida.

Epifanía extendió la punta de los dedos: descalza, el atado encima de las motas, el *abebé* en la mano, siguió al convoy hacia el destino de Taquaras. Alma en Pena la acompañó durante un buen trecho, pero al entender que la negra se iba del todo, desanduvo camino y volvió a echarse al calor de la fragua. Continuaba feo y flaco; se había revelado, sin embargo, valiente y buen cazador. Cuidaba el taller y los pasos de Tizón.

EL CAPITAN NATARIO DA FONSECA
SE ENCUENTRA EN LA RUTA A UNA FAMILIA
DE SERGIPANOS Y LA ENCAMINA HACIA
TOCAIA GRANDE

1

Para ser un grupo de peregrinos les faltaba solamente el canto y los perros, reflexionó el capitán Natario da Fonseca al avistar la caravana.

Adolescencia vagabunda, Natario no había rechazado las fiestas de los santos milagreros en las barrancas del río San Francisco, donde naciera. Había sido guía de ciego, mimado de prostitutas, ayudante de beato. Cabalgando la bestia del Apocalipsis, el beato Deoscóredes marchaba impávido hacia el día del juicio final clamando por penitentes en las vísperas del fin del mundo. A su lado, en vez de trompeta, el arcángel anunciador llevaba una carabina, ejercitaba la puntería.

Comparsa en la procesión de las llagas, mensajero de la demencia, protegido del Buen Jesús y de la Virgen Madre, el imberbe pregonero había tocado las extremidades del horror, bailado en la fiesta de los moribundos, recibido las cenizas de la cuaresma, quemado judas en el aleluya. En los testamentos de Judas quedaba para el pueblo el asombro de los prodigios y el pago de las promesas, ¡ah, tierra de pobreza e iniquidad! En los límites del cacao no existían peregrinajes ni milagros.

2

Se sucedían los grupos de sergipanos en los derroteros del río de las Víboras, adentrándose en los matorrales; las haciendas recientes reclamaban trabajadores. De paso, se abastecían en el comercio de Fadul, se bañaban en la corriente, recogían informaciones. Del dinero contado y recontado, algunos más necesitados sustraían unas monedas para aliviarse con una mujer. Lugar lindo, aquel.

En la desvalida patria sergipana se oían maravillas, narraciones fantásticas sobre las tierras del sur de Bahía y el cultivo de cacao. Tierras fértiles, muchas aún vírgenes —era llegar y tomar posesión—, cultivo sin igual, mina de oro. Trabajo de sobra con la hoz, con la azada, con el llevar y traer burros, con el corte de cuchillo, con la escopeta. Quien tuviera ambición, estuviera dispuesto y supiera aprovechar la suerte, podría enriquecerse.

Se recitaban casos en las ferias, ejemplos comprobados, la pura verdad. La historia en versos del coronel Henrique Barreto, el Rey del Cacao, pasaba de boca en boca, de oído en oído, sobre el sonido de las guitarras: "Muerto de hambre, salió de Simao Dias..." Había llegado jovencito, "su capital, un mango de cuchillo". Al comienzo, asalariado, después arriero "llevando burros noche y día". Había puesto una bodega en un poblado "para vender *cachaça* y municiones", había juntado lo necesario para comprar un pedazo de tierra, "en ella puso plantas de cacao", y cuando se dio cuenta "se convirtió en un gran potentado". Rey del Cacao, el coronel Henrique Barreto, nacido y criado en la miseria de Simao Dias: en las fiestas de fin de año, enviaba algún dinero a los parientes que por allá seguían indolentes, apáticos sergipanos. El, el coronel, se había tornado rico.

En la rutas y atajos se cruzaban grupos de hombres jóvenes o en la plenitud de la edad, casados y solteros. Tomaban el rumbo del sur de

Bahia, abandonando los campos feudales, las pequeñas ciudades muertas; apenas llegaban a la edad de la razón o cuando perdían la última esperanza de encontrar trabajo y pago.

Adiós, padre, madre mía, denme su bendición, voy a radicarme en Itabuna. Adiós, mujer, hijos, voy adelante a ganar dinero en Ilhéus para el viaje de ustedes. En las alforjas y en los corazones llevaban preparados contra fiebres y mordeduras de víboras, recuerdos y consejos, caras queridas, lágrimas y sollozos. Padre y madre, mujer e hijos permanecían en Sergipe con la promesa y esperando, ilusorias razones de vida rescatadas lentamente por los viejos en la quietud de la locura mansa. Las resentidas solteronas, ésas se encerraban con las llagas de Cristo en la soledad histérica de los caserones, en aullidos y blasfemias. Los hijos aguardaban la edad del adiós y de la partida.

En los caminos pocos matrimonios, sobre todo con niños. Raramente familia numerosa, machos y hembras, viejos y jóvenes, abuelos, hijos y nietos. Pero sucedía: juntos habían decidido emprender la travesía, juntos pretendían quedarse. Clan ancestral, vigorosas raíces, lazos profundos de sangre y sustancia. Terminaban por dispersarse en la pugna del cacao: en las plantaciones, en las cocinas de las casas-grandes, en las emboscadas, en las casas de putas. Violaban los fundamentos, nuevos valores se imponían.

Se cruzaban hábitos, maneras de festejar y de llorar. Se mezclaban sergipanos, sertanejos, levantinos, lenguas y acentos, olores y condimentos, oraciones, juramentos y melodías. Nada persistía inmutable en las encrucijadas donde se enfrentaban o se unían pobrezas y ambiciones provenientes de lugares tan diversos. Por eso se decía *grapiúna* para designar el nuevo país y el pueblo que lo habitaba y construía.

Diligentes y obstinados, los sergipanos poblaron el territorio del cacao. Trabajo no faltaba, enriquecerse se podía: material de trovas y sueños, invitación para calzar las alpargatas y partir. Mantenían cierta solidaridad entre sí, se ayudaban siempre que era posible.

Algunos, al desembarcar en Ilhéus, traían domicilio seguro: la hacienda de un coterráneo, Coronel cuya fama de riqueza alimentaba conversaciones y ruedas en los días pobres de las ciudades vacías de hombres.

Cuando Natario huyera de Propriá, traía un recado de un pariente, vago primo distante, para el coronel Boaventura Andrade. En clima de riesgo, es más seguro confiar en un coterráneo.

3

El capitán Natario da Fonseca detuvo el paso del animal al aproximarse a la caravana para corresponder mejor al saludo del viejo, repetido en un eco de voces cansadas: buastardes. El viejo se sacó el sombrero para pedir la información. Quería saber si iban en buen camino hacia las haciendas establecidas en las selvas del río de las Víboras y si era verdad que en aquellos lados estaban contratando trabajadores. Verdad, sí: las cosechas iban a comenzar, los brotes crecían que daba gusto verlos.

No necesitaba preguntar para saber de dónde procedían pero Natario indagó para estirar la charla:

—¿Sergipanos?

—Sí, señor.

—¿Una sola familia?

Contaba con la vista: además de los tres matrimonios, el muchacho alto y fuerte, la niña de trenzas, el chico que llevaba una trampa de cazar pajaritos. La mujer de pañuelo atado en la cabeza cargaba un bebé de meses, la otra, más joven, estaba con panza. Diez almas, en breve once. Mejor no podía ser.

—Sí, señor. Somos todos parientes.

—¿De dónde vienen?

—El viejo demoró un instante en responder —¿Y si la noticia hubiera llegado hasta allí?; pero se decidió:

—Estamos llegando de cerca de Maroim. ¿Lo oyó nombrar?

—Pasé por ahí cuando vine, hace mucho tiempo. Soy natural de Propriá.

Detenidos y atentos, los otros acompañaban el diálogo. Apoyada en una rama de árbol, rústico bastón, la vieja flaca, seca de carnes, las motas blancas, más de polvo que por la edad, dio un paso en dirección al caballero; la mujer con el niño en brazos la acompañó. Coterráneo es casi pariente, no es lo mismo que un extraño. Tal vez ese ciudadano de Propriá, bien puesto, montado en mula vistosa, encima de buenos arreos, podría ser ayuda y salvación. Algún motivo tendría para sacar conversación bajo el ardor del sol, a la orilla del camino. La familia era grande, ¿cómo hacer para no desgarrarse unos de otros, sobre todo después de lo sucedido? La vieja no se atrevía a preguntar. Deseaba paz para su gente pero había perdido la seguridad.

—Acá hay muchos sergipanos. Pero casi todos llegan solos, las familias son escasas, mucho más de este tamaño. ¿Por qué vienen todos, si no es mucho preguntar?

Uno de los hombres se adelantó al viejo:

—Por allá está faltando el trabajo, dicen que acá sobra. Por eso y nada más.

No miró al Capitán, sino a los demás: la pregunta estaba respondida, ninguno de ellos tenía que agregar. Brusca, poco esclarecedora, con todo no había habido insolencia o desafío en la respuesta, apenas recelo, reserva, ¿quién sabe? El viejo había bajado la cabeza cuando el

177

hijo lo atropellara, tomándole la palabra; precedencia y respeto yacían en el maldito Maroim.

Natario no se dio por aludido, no se afectó. Conocía los relatos de memoria y salteado, idénticos en la peripecia principal. ¿A cuántos había visto llegar, el arma de fuego todavía humeante? Paseó la vista de uno a otro, midiendo y pesando a los cuatro hombres, ¿cuál de ellos había tirado? No descartó al muchacho más joven: la edad se cuenta doble.

—Por eso y nada más, bien respondido. Guarde su secreto, no soy padre confesor. Cuando uno desembarca por aquí nace de nuevo, no tiene cuentas que rendir. Puede hasta cambiarse de nombre, si quiere.

Fue entonces cuando el hombre más mozo se desprendió de la mano de la mujer y fue en dirección a Natario:

—Nos obligaron, nos echaron. No vinimos porque quisimos, vinimos a la fuerza.

— ¡Cállate la boca! —ordenó el mayor, el que había hablado antes.

El viejo esbozó un gesto, pero no llegó a completarlo. El Capitán bajó la vista hacia el arma en el hombro del muchacho pero no llegó a hacer pregunta o comentario. El mozo, sin atender al gesto del padre, o la orden del hermano, sacó pecho, liberó la afrenta que lo consumía:

—No pasó como usted está pensando. Ellas no me dejaron... —apuntó a la vieja y a la grávida, madre y esposa: —Bien que quise acabar con el renegado. —Miró la palma de su mano: ¡—Ay, ellas me ataron las manos! ¡Consumieron mi intención!

Arrebatado, había querido en la ocasión tomar el arma y provocar una desgracia. Casada hacía poco, la mujer joven, bonita y preñada, lo agarró del cuello: ¡piensa en mí y en el chico! La madre le arrebató la escopeta, prefería morir a tener un hijo criminal, preso o fugitivo de la policía.

—No crié hijos para que sean asesinos ni para que mueran en las manos de un pistolero. —Así había muerto otrora su padre y su hermano, de muerte violenta, en el mismo inútil desafío.

Entre las dos le vaciaron el ánimo, sólo le sobró la amenaza a los cuatro vientos. Para el Senador poca diferencia existía entre la amenaza y la tentativa de consumar el crimen, cuya responsabilidad era de todos juntos y de cada uno por separado. Justicia de Salomón, dictada en la cerca del corral.

4

En el fulgor del sol a pleno, en el camino de las selvas, vomitaron la narración, cada histrión declamó su parte con entonación precisa; en la fosa de la reincidencia enterraron el pasado, dolorosa espina, carga

178

inútil. Volvieron a ser casi como eran antes de que la impiedad hubiera establecido método y término, razón y sinrazón. Casi como eran pero no enteramente: aun curadas, las llagas dejan marcas indelebles.

Una vez más el Capitán escuchó la conocida crónica de los caminantes. Hombres y mujeres, del viejo al muchachito, trabajaban medidas brazas de tierra a medias con el amo y señor, hacendado de ganado, jefe político, senador del estado. La vida transcurría plácida, plantaban y recogían, llevaban la parte que les tocaba a la feria de Maroim, vendían y retaceaban. Los domingos las mujeres acudían a la iglesia, los hombres al bar.

Un día, sin motivo aparente, quedó lo dicho por no dicho. La habilidad para hablar, la palabra empeñada de nada sirvieron. Tuvieron que entregar la tierra labrada, la casa, el gallinero, el pozo, la seguridad y la risa por diez reyes de *miel colada*.

Convocado a la sede de la hacienda, el viejo regresó con el pago estipulado por el Senador —no sirve de nada discutir, es tomarlo o dejarlo—, plazo para arreglar el atado y buscar otro lugar, un ardor en los ojos, un nudo en la garganta. ¿A quién quejarse? ¿Al obispo?

Para las mujeres en la hora de la desgracia hubo, bien es cierto, el consuelo del padre-maestro, él mismo afectado por la medida inesperada que venía a privarlo de los gordos capones, de las frutas escogidas, de los tiernos *aipims*, dádivas semanales de aquella buena gente, temerosa de Dios. Aconsejó resignación y obediencia. De cierta manera —opinó semicerrando los ojos, entrelazando los dedos sobre la panza— debían considerarse criaturas de suerte por la naturaleza bondadosa del Senador. Dueño de la tierra —¿o la tierra era de ellos, acaso?, si el Senador quisiera, podría haberlos echado sin paga de ninguna especie, sin plazo, sin apretón de manos. Precisaba aquellas tierras para transformarlas en pasto para el ganado, buena pastura en lugar de la mandioca y del *feijao*. El rebaño tenía preferencia, nada más justo. El Senador había sido doblemente magnánimo: primero, al permitirles labrar y cosechar por tanto tiempo; después, al pagar por lo que no debía. Aun recordó el plazo concedido, suficiente para que pudieran ir a la feria el sábado a vender los últimos productos, antes de la mudanza. Cabía agradecer. Le echó la bendición. Dios es grande.

Si no fuera por el arrebato y las amenazas, el caso habría transcurrido sin otros problemas. Pero, al enterarse por vías irregulares de la cólera y de las palabras vanas, el Senador se chocó profundamente: no toleraba la ingratitud. Canceló el plazo, decretó la expulsión inmediata; si cualquier miembro de la familia era encontrado rondando sus tierras, no habría complacencia.

En cuanto al atrevido, al bandido que había pensado en asesinarlo, ése necesitaba una lección. Preso, lo ataron a un poste dentro del corral, sin agua, sin comida, cocinándose al sol.

Tuvieron que arrastrar a la preñada que se había abrazado a las piernas del marido dispuesta a morir junto con él. La vieja se plantó al pie de la sacristía de Maroim hasta ser recibida por el padre-maestro. Modesta oveja del rebaño del Señor, hela aquí de repente extraviada furia; más bien parecía tomada por el Perro. Padre, si no lo sueltan vamos a volver y van a tener que acabar con todos nosotros, uno a uno, comenzando por mí; va a ser una matanza. Hasta el padre-maestro, de naturaleza contemplativa y pachorrienta, perdió el rumbo, tuvo miedo, sintió un frío en la panza:

—Dios te perdone, mujer. Voy a ver lo que puedo hacer.

Demostrando nuevamente generoso ímpetu, el Senador atendió al pedido del padre, mandó soltar al miserable a tiempo para que se reuniera con el resto de la mala raza. Antes, sin embargo, le administraron media docena de latigazos, utilizando la palmeta de los negros de antigua y benemérita utilidad.

El Senador no admitía gente de mala fe en sus dominios. Sus dominios: el Estado de Sergipe, suelo y aguas, los árboles, los animales, los caminos, la justicia. Tenía algunos socios menores, ricos señores de ingenio. Los demás eran siervos.

5

—Vinimos echados...

¿De qué serviría llevar la escopeta al hombro? Demasiado tarde, había pasado el momento. Mejor seguir el consejo materno y olvidar: encerrar en las tripas la hinchazón y el ardor del castigo.

—Podría ser peor —concluyó la vieja—; lo que pasó, pasó. La provocación se acabó y nosotros estamos con vida. Dios ha de ayudar para que podamos seguir juntos.

El Capitán no comentó los hechos, no dijo sí, ni no, no tomó partido en favor o en contra, no aprobó ni condenó. Historia ordinaria, de poca monta, la vieja no dejaba de tener razón: lo que pasó, pasó; si permanecían juntos podrían transformar el infortunio en abundancia. Familia numerosa, ordenada y trabajadora, habituada al cultivo de la mandioca, del *feijao*, del maíz, a la crianza de gallinas y de cabras. Exactamente familias así era lo que estaba necesitando Tocaia Grande para asentar raíces y progresar. Establecida la primera, acudirían otras. rían otras.

—¿Realmente quieren seguir todos juntos?

—Tenemos esa intención pero nos dicen que no es fácil. —El viejo retomó la palabra y el mando.

—¿Cómo es el nombre de usted?

—Ambrosio, a sus órdenes para servirle.

—¿Y usted, tía, cómo se llama?

—Evangelina, pero me dicen Vangé. ¿Habrá alguna manera...?

—Todo tiene arreglo, menos la muerte.

Comenzó por declarar el nombre y el título; por esos extremos del mundo todos me conocen. Comenzó entonces a hablar sobre Emboscada Grande, aldea a menos de una legua de camino, que crecía en un lugar muy bonito. Les contó de las tierras en las orillas del río en las cuales podrían plantar largos *alqueires* de *feijao*, de maíz, de mandioca, tierras sin dueño, de quien llegara primero. En las plantaciones de cacao tendrían que irse cada uno por su lado, sin remedio.

—¿Tierras sin dueño? ¿De veras?

—¿Buenas para labrar?

—Y si después...

Dos veces la vieja lo había visto suceder, testigo y personaje.

—Acá es el principio del mundo, doña Vangé. No es como en Sergipe, donde todo ya tiene dueño y señor. Hasta los milagros de los santos.

Vangé comprendió que el hombre de Propriá era un emisario del destino, se sintió liberada de los temores y de la incertidumbre. El viejo Ambrosio, sin embargo, consideró:

—El dinero que tenemos no nos alcanza ni para empezar.

—Ni precisa. Al llegar allá, busque a un turco llamado Fadul, dígale que va de mi parte. El les va a facilitar todo lo que ustedes necesitan.

Explicó por fin el porqué de tanta generosidad:

—No conozco un lugar más hermoso a la vista que Tocaia Grande, pero sólo va a prosperar el día que tenga familias viviendo en él, niños pequeños y animales domésticos.

El hermano mayor, el de la respuesta brusca, callado desde entonces, aún quiso saber:

—¿Usted es de allá?

—Nací, en Propriá, como ya dije. Pero es en Tocaia Grande donde voy a morir cuando llegue la hora.

6

El grupo de peregrinos había desaparecido en la polvareda del atajo. El pensamiento del capitán Natario da Fonseca refluyó hasta las barrancas del río San Francisco, a los prados de la indigencia y la deriva. En el silencio de la selva oyó quejidos y un clamor de agonía. Por un breve momento cabalgó de nuevo, lado a lado, con el beato Deoscóredes listo para decretar el fin del mundo y la liberación del pueblo. Pero la bestia del Apocalipsis era un lerdo jumento de pesebre cuando, para enfrentar el imperio de la abominación, el profeta debería montar al menos el lobizón o la mula-sin-cabeza. La vida de las criaturas continuaba sin valer un ay. Ni siquiera los latigazos a los negros habían sido abolidos, mucho menos el resto.

¿Para qué detenerse en tales desórdenes seculares, acobardarse? Los lazos de la cuna y el nacimiento se habían roto para siempre en remota coyuntura. Compromisos presentes y actuales requerían sus cuidados. En lugar de rifle, portaba puñal y revólver: garantías de acuerdos verbales, promesas de rectitud.

Una sonrisa afloró a los labios de Natario: el turco se iba a llevar un susto al enfrentarse con los sergipanos portadores del recado. Ni que fuera a propósito, aquella mañana exactamente, los dos habían conversado y Natario había dado el diagnóstico y propuesto el remedio:

—Pues es como le digo, compadre Fadul: mientras no haya familias viviendo acá, mientras siga siendo nada más que arriero y meretriz, el movimiento va a continuar tacaño. Pero no se desespere. Enseguida voy a conseguir unos sergipanos para que vivan acá. Ya se puede ir viendo: las plantaciones nuevas van a empezar a dar cacao, el dinero va a correr.

—Que Dios lo oiga, capitán Natario. Dinero es lo que está haciendo falta.

—¿No me cree, turco? ¿Sabe cuántas propiedades nuevas hay en los alrededores?

—Si no lo creyera no me hubiera quedado por acá. Sólo que pensé que iba a ser más rápido, y está yendo despacio.

—Todo tiene su momento exacto, Fadul, no vale la pena impacientarse. Antes demoraba porque las plantaciones todavía estaban creciendo. ¿Ya pensó, compadre, en esas plantas todas cargadas? Es un mundo abierto, Tocaia Grande va a dejar de ser un pueblo en ruinas, un caserío. Ni bien se quiera acordar va a dejar atrás a Taquaras. Escríbalo en un papel, si tiene dudas.

—Dios todo lo puede, Capitán. ¿Cuándo es que el amigo va a traer a los sergipanos?

—Cualquiera de estos días, Fadul. Cuando menos se lo espere.

Así había dicho a la mañana, al pasar por Tocaia Grande viniendo de la hacienda Atalaia. Cuando menos se lo espere: parecía a propósito, una cosa combinada. Era una pena no poder ver la cara del turco a la llegada del grupo: el espanto, los gestos, el vozarrón. El diálogo con Dios sobre la singular coincidencia. El Dios de Fadul Abdala era un ente próximo, casi miembro de la familia, amigo poderoso pero íntimo, socio en los negocios.

El Capitán estimaba a Fadul, turco ladino, bueno para la charla y la diversión, comerciante astuto, una fiera en el trabajo: vendedor ambulante en las plantaciones y las haciendas, que seguían lamentando su falta. Viendo lejos, se había establecido en Tocaia Grande en el

182

entusiasmo del creciente movimiento de convoyes y viajeros. Había atravesado sin una queja el tiempo de las vacas flacas, había soportado las siete plagas sin desandar camino, alegre compadre y compañero.

LA FAMILIA DE SERGIPANOS LLEGA A TOCAIA GRANDE Y EL CAPITAN NATARIO DA FONSECA INICIA LA CONSTRUCCION DE CASA PROPIA

1

La mañana estaba entrada y las dos prostitutas, la vieja Jacinta Coroca y la joven Bernarda, se calentaban al sol del verano en la puerta de la casa de madera mandada a construir por orden del capitán Natario da Fonseca. Jacinta remendaba trapos de vestir; Bernarda peinaba la negra y espesa crin, sus cabellos eran hermosos y ella lo sabía. Los examinaba uno por uno, en busca de liendres.

Desviando la atención de la delicada tarea de renovar el hilo en la aguja, Coroca miró de reojo a la compañera, y rompió el silencio y la quietud:

—Una mujer de la vida que se queda preñada no sirve. Mas le valía haberse quedado en la plantación rompiendo cocos de cacao.

Lo dijo en voz baja, apenas audible. En voz baja prosiguió su conversación de acento cargado, acompasado rezongo: la vista fija en la costura, como si hablara para sí misma y nadie más. De la misma manera Bernarda la oía: como si nada oyera y todavía perdurara el sosiego de la mañana.

—¿Por qué diablos tenía que quedarse con barriga? ¡Vas a ver que ni siquiera sabe quién es el padre del infeliz ¡ ¡Qué va a saber!

La caricia del viento en el agua del río, en la copa de los árboles, en los cabellos de Bernarda. Coroca razonaba:

—Quien no tiene sesos no puede elegir el oficio de puta, que no es oficio sencillo, es más bien dificultoso. Si ella piensa que es como sacarse los piojos, juntar los dientes riéndose, ponerse perfume en las partes, está muy equivocada. La mujer de la vida es igual a la monja: cuando entra en el convento, larga todo. Padre y madre, hermana y hermano, el nombre verdadero y el derecho a quedarse preñada y parir. Pero las monjas se hacen santas y van al cielo a sentarse en la mano de Dios y nosotras no pasamos nunca de putas, condenadas sin salvación.

Miró el horizonte más allá del río y de las colinas, la luz intensa le dolió en los ojos:

—Me gasté la vista de tanto ver chicos cagados y hambrientos con los mocos colgándoles de la nariz, llorando por los rincones en las casas de prostitutas. Los hijos de prostitutas son la raza más desamparada que existe. Hay que ser imbécil, como ella, para pensar que una puta puede darse el lujo de un hijo, que puede echar niños al mundo. Es lastimoso ver a una prostituta haciendo la vida con un niño pequeño agarrado al ruedo de la falda.

Sin interrumpir la letanía, suspendió la costura, examinó los arreglos en las rasgaduras de la blusa descolorida:

—Si no sabía cómo hacer para no quedarse con panza, ¿por qué no les preguntó a las mayores? Cómo es que a mí nunca me pasó, y estoy en la vida hace una pila de tiempo: los dedos de las manos y de los pies no alcanzan para contar los años que llevo en esta lucha. No es de hoy que me llaman Coroca.

Se calló por un instante, indecisa. Los recuerdos de la vida irregular eran privilegio suyo, exclusivo. Pero si ella no acudía en socorro de Bernarda, la ignorante iba a arrastrar la cruz de un hijo toda la vida. Bernarda podía ser su nieta.

—Yo era jovencita cuando mi madre me enseñó a no quedarme preñada del coronel Ilidio. Estaba amancebada con el Coronel, con casa puesta. Fue él quien me socorrió cuando Olavo, después de desvirgarme, murió escupiendo sangre, débil del pecho. El Coronel me puso casa, surtido de todo cuanto yo pidiera. Bastaba que yo deseara algo, y él me mandaba el doble, amorío de carnero viejo. Yo estaba de lo mejor, mamá no se cansaba de decírmelo. Pero no tenía que quedarme preñada, que eso doña Marcolina no lo iba a tolerar. Durante más de siete años fui dueña y señora, ¿o ella piensa que nací mujer perdida? Sólo caí en la vida cuando el Coronel faltó y doña Marcolina mandó que me dieran una zurra y me echaran de Macuco. Fue la primera orden de ella a los cabras, después de ponerse el luto de viuda y hacerse cargo de la hacienda. —Apartó la vista de la costura: —Hubiera sido mejor que me mandara matar.

Por entre los hilos de la cabellera suelta sobre el rostro, Bernarda acompañó la mirada de Jacinta que vagaba sin rumbo. Contra la claridad, los ojos parecían vacíos, ojos de ciego. Coroca retornó a la costura, la perorata recomenzó:

—Si me hubiera preguntado, yo le habría enseñado. Bastaba que ella me dijera: Jacinta, ¿cómo se hace para no quedar preñada? Pero ¿cuándo fue que ella preguntó? Lo que faltaba era quedarse con panza, sin siquiera saber quién es el padre del niño.

Había comenzado a remendar una enagua, lanzó otra mirada hacia el vientre entumecido de la prostituta, ablandó la voz:

—Tampoco es motivo para que ella se fastidie. Conozco la receta de un líquido hecho con hojas que se buscan en la selva, que nunca falla. La fulana lo toma y el mismo día, a las pocas horas, tira todo afuera y no queda ni rastro. Hay que tomarlo dentro del agua, a la hora del baño. Lo aprendí con la finada Cremilda que se quedaba con panza cada dos por tres, no porque quisiera sino porque ella era así, se quedaba preñada sólo con el aliento de los hombres. Pues bien: tantos agarró, tantos devolvió.

Miró a la joven de frente: compañera de casa y de oficio, tan joven, sin una gota de juicio. Coroca no podía permitir tamaño desatino:

—Estoy hablando contigo, tengo edad para ser tu abuela. Te preparo la bebida hoy, tiene gusto feo pero lava el vientre. La tomas a la tarde, y amaneces con la barriga limpia. ¿Estás oyendo?

Bernarda levantó la cabeza, echó los cabellos hacia atrás y finalmente enfrentó la mirada de la vieja.

—Usted discúlpeme pero no voy a tomar nada para vaciarme la barriga, no se tome el trabajo de ir a la selva a buscar hojas. Sé que usted me habla por mi bien, intentando ayudarme. Pero yo tengo panza porque quise tenerla, no fue por ignorancia. ¿Cómo fue que nunca me pasó cuando Padre dormía conmigo? No quería tener un hijo de él: cuando Padre me abría las piernas, yo cerraba el resto del cuerpo.

—¿No sentías nada con él?

—Usted puede no creerme, pensar que estoy mintiendo. Las primeras veces, sólo me daba rabia, sólo me hacía llorar. Después ni eso. —Hizo un gesto con un hombro espantando aquellas amarguras pasadas: —No quiero ni acordarme; ahora no me importa nada más que el niño que está en mi barriga. Lo tengo porque quise y lo voy a parir, nadie me lo va a impedir. Nadie en el mundo.

Se estiró, colocó las manos sobre el vientre para exhibirlo mejor: después tomó la mano de Jacinta y la besó.

No había nada que hacer, ninguna bebida que lo resolviera. Coroca asintió con la cabeza, concordando. Descifrada la charada, desaparecían las razones para la conversación cargada; el vinagre se hizo miel para el coloquio:

—Ya veo. Es hijo de él, ¿no?

No era necesario pronunciar el nombre para que Bernarda supiera a quién se refería Jacinta y abriera los labios en una sonrisa triunfante:

—Es del Padrino, sí, adivinó. —Irguió el rostro, desvestida de la bravura y de la contienda, los cabellos rodaron sobre los hombros, volaron al sabor de la brisa; Coroca la vio de frente hacia el sol, ufana —¿Qué más puedo querer en el mundo, qué más puedo pedirle a Dios? Que nazca hombre, parecido a él.

—Todos los hijos de él salen con la cara del padre. Los de Zilda y los de la calle.

—El mío va a ser igual en las facciones y en el brío.

Cada mortal, por más miserable y desposeído, por más pobrecito y solo, tiene derecho a una cuota de alegría, no hay vida que sea toda de amargura. No importa el costo, el precio a pagar. La misma Jacinta

185

había pagado precios absurdos por un capricho, la llama de un deseo. Nunca se había arrepentido, ni siquiera cuando después de fenecer la excitación y el júbilo, la soledad acechó cenicienta y acerba. Al final, ¿qué lleva uno de la vida además del dolor y el ansia, de la agonía y la aventura de un amor? Vale la pena correr el riesgo: por más caro que sea el precio, será barato.

—En este mundo nada es gratuito, todo se paga. Puede pagarse con la vida, ya lo he visto. Si esperas un niño porque quisiste y te dispusiste a hacerlo, nadie puede meterse y condenar. Pero, después, de nada sirve que te quejes, tienes que aguantar callada.

—¿Quejarme? ¿De qué? ¡Dígame! ¿No ve que estoy como loca, riéndome por los rincones?

Alegre corazón, risa suelta, cabeza de pájaro.

—Cabeza de pájaro, necesitas prepararte para el parto. Hasta los bichos de la selva se preparan para parir.

—Estaba esperando que faltara menos tiempo para acordar con usted.

—Más vale hablar de una vez. ¿Dónde va a parir? ¿En Taquaras? ¿En Itabuna?

—Lo voy a tener aquí mismo.

—¿Aquí? ¿Estás loca? Acá no hay partera para sacar al niño en el momento de nacer.

Bernarda volvió a sonreír:

—¿No hay? ¿Y usted?

—¿Yo? —Tomada por sorpresa, Coroca se asustó, se estremeció:

—Hice mucha cosas en ese mundo de ahí afuera, ni te puedes imaginar, hasta cuidé enfermos de viruela. Pero nunca traje un niño al mundo.

—Pues váyase preparando para traer al mío.

La vieja enmudeció. Había asistido a más de un parto, le había sucedido ayudar a la partera en el momento del milagro trayendo palanganas y agua, los trapos. Las parteras, unas reinas, competentes, compenetradas, el paso tranquilo, el gesto medido, la palabra definitiva, importantísimas en los poblados, en las manos los poderes de Dios. Cuando volvió a hablar lo hizo con la voz estrangulada, ronca de repente, provenida de las entrañas:

—¿Realmente quieres que yo traiga a tu niño? ¿Piensas que soy capaz de atender un parto? —Había dejado de lado el hilo y la aguja, las prendas para remendar.

—Si usted quiere puede hacer todo lo que quiera.

—Traer un niño al mundo, ayudarlo a nacer, ¡ay, mi Dios bendito! —Se miró las manos flacas, huesudas. — ¡Puede ser que sí!

—Después que yo dé a luz, vamos a ser comadres.

—Ya somos comadres desde San Juan, ¿te olvidaste? Comadres de fogata, ahora vamos a serlo de vida y muerte.

186

Balanceó la cabeza, condenándose:

—¡Pensar que yo estaba queriendo matar al granuja antes de que naciera. ¡Vieja puta, mala!

Se rieron las dos mansamente, dos putas calentándose al sol en la puerta de la casa de madera en la aldea de Tocaia Grande, al comienzo del verano. Risa gratuita, la de la vieja y la de la joven, igual al viento que alborozaba la copa de los árboles, estremeciendo a la corriente del río, risa de pura satisfacción.

2

—Sólo puede ser aquí. —Afirmó Ambrosio deteniendo la marcha.

La planicie se extendía a los dos lados del río, circundada por las colinas abruptas. Especie de bosque raso, la vegetación rastrera y espesa cubría la margen izquierda completamente deshabitada. En la margen derecha se divisaban a lo lejos chozas esparcidas al azar, y más cercana, la fila de ranchos alineados a la orilla del camino. Había contadas casas de tejas, construcciones de madera y una de paja, vasto barracón en el campo abierto.

—No mintió el hombre cuando dijo que era lindo. —Murmuró el viejo.

—El Capitán. —Corrigió la vieja Vangé. —El dijo que era capitán, capitán Natario.

El viejo Ambrosio, la vieja Evangelina, conocida por Vangé. Demacrados, flacos, canosos: él no pasaba de los cincuenta, ella todavía no había llegado a esa edad. Dos viejos labradores corridos de sus plantaciones, en busca de un pedazo de tierra donde sembrar y recoger por cuenta propia. Miraban la selva virgen que se alzaba delante de ellos, pujante y antigua. Tierras sin sueño, era llegar y tomar posesión. ¿No sería otro embuste, treta vil? ¿Por qué el hombre, un capitán, habría de mentir? El horror había ocurrido en la lejanía de Sergipe, tierras cultivadas. Aguas pasadas.

Dinorá se mantenía junto a Vangé, el niño en los brazos. Se volvió y sonrió al marido, Joao José, llamado Jaosé. Terminada la peregrinación, iban a poder bajar las parcas pertenencias, finalmente establecer casa. Habían pensado que nunca más llegarían a un lugar de reposo, un sitio donde trabajar el suelo, plantarlo, criar cerdos y gallinas. Criar al hijo, esperar otro. Había temido que el niño muriera en el camino, en sus brazos: el pequeño gemía bajito y despacio, sin fuerzas para el llanto.

El marido dio un paso al frente, se colocó entre la madre y la mujer; respondió a la sonrisa acariciando con los dedos el rostro flojo de la compañera. El, Joao José, se había olvidado de sonreír. Antes de lo

187

sucedido en Maroim —¿había sido ayer o habían pasado muchos años?— Dinorá poblaba la casa de canciones, cara lozana, ojos vivos, alegre, alborozada. A la noche, él la tomaba en los brazos, reían y suspiraban juntos.

Dedos toscos, mano callosa y sucia: el cariño inesperado tocó apenas la cara de Dinorá ampliando la sonrisa tímida en los labios resecos. Ungüento milagroso, se derramó sobre las llagas, por fuera y por dentro, en lo expuesto y en lo recóndito. Las puntas de los dedos tocaron cada fibra de su ser: bálsamo suave, llama voraz. Dinorá se sintió renacer, otra vez mujer para el trabajo y la cama.

La hermosura de las cercanías no encubría la pobreza del lugar. Jaosé se quejó, taciturno:

—Me imaginé un pueblo, apenas pasa de caserío. Está en los comienzos.

—Para eso estamos nosotros. Dicen que la tierra es buena. —Replicó Ambrosio levantando la voz para imponer la confianza.

Los retrasados se unieron a los viejos. Parados bajo el sol en la curva del camino, miraban la tierra de promisión, los ojos presos en las colinas y en las chozas, corazones desacompasados. Vacilaban entre el descreimiento y la seguridad, sentían miedo, tenían dudas pero buscaban desvestirse de los padecimientos y de la amargura. Se agarraban a las palabras del Capitán: tierra fértil y abundante.

—Si la tierra es buena no necesitamos otra cosa.

—Tierra de abundancia, bendito sea Dios. Basta ver la fuerza de los árboles.

—Vamos a necesitar mucha fuerza para abatir esa selva.

—Creo que el hombre...

—¡El Capitán! —Vangé renovó la advertencia.

—... Creo que estaba hablando de las tierras del lado de allá del río. —Agnaldo, el de los latigazos, señaló el bosque de la margen opuesta:

—Sólo hay que limpiar y plantar.

—Ojalá. Es mejor. —Aun así, Jaosé persistía en la duda, un pie atrás;

—Pero no hay a quien venderle.

—El Capitán dijo que no va a demorar en haber.

—Dios quiera.

—Ha de querer.

Recomenzaron la marcha, al frente el viejo Ambrosio con el bastón, restaurado en el respeto y en el mando. Vangé se encargó del niño para que la nuera pudiera ir tomada de la mano con el marido. Agnaldo ofreció el brazo a la preñada extenuada y jadeante:

—Estamos llegando, Lía. Falta poquito. —Que no fuera a parir antes de tiempo. —¿Por qué estás llorando?

—Es de contenta.

—¿Dónde quedará la casa del gringo?

Diva, la jovencita de trenzas, respondió a la pregunta del hermano:

—Debería ser aquélla. —Indicaba con el dedo el taller vestido de piedra y cal.

— ¡Vamos!

Allá fueron, cansados peregrinos sergipanos, entre el temor y la fe, la desdicha y la expectativa. El niño y el joven pasaron adelante del grupo corriendo en dirección al río.

—¿Para dónde van?

—Déjalos, madre. Ojalá pudiera ir yo también. —Atajó Diva: los cabellos rubios de polvo, la cara percudida, el olor fuerte, el cuerpo pidiendo un baño.

—Y yo. —Concordó la barrigona.

—Después. Ahora vamos a hablar con el turco.

3

Esmirriados doce años, el niño más pequeño lanzó la red de cazar pájaros a la orilla de la corriente donde el río se llenaba de cascadas. Se libró de los andrajos, se zambulló.

Aurelio, el hermano, miró hacia atrás, no vio a nadie fuera de su gente que levantaba polvo en el camino. Se arrancó la camisa, y comenzaba a desabotonarse los pantalones cuando escuchó unas risas. Espió río abajo y sorprendió en una piscina de piedras a un animado grupo de mujeres. Aurelio se quedó sin movimientos, sosteniéndose el pantalón. Las prostitutas, *a la vonté*, unas semidesnudas, otras en pelo, restregaban trapos, se bañaban, olvidadas en ociosas charlas. Aturdido, el adolescente no supo qué hacer ni cómo impedir el bulto que crecía solito en la braqueta. Tierra abundante y dadivosa: desperdicios de muslos y tetas, de culos y tajos. Aurelio andaba por los diecisiete años.

Nando, el más chico, tomaba posesión del río, conquista inicial. Después vendrían los árboles, los monos, los pajaritos.

4

Es fácil reconocer a un turco por la nariz corva, por el cabello crespo, por el acento enredado. En la casa de piedra y cal se depararon con un negro retinto, martillando hierro en el yunque, sebosa piel de *caititu* atravesada en la cintura. Turco de aquel color nunca había visto: Diva no consiguió contener la risa.

Tizón suspendió el trabajo; no sabía por qué la niña se reía bajo las trenzas pero también se rió, suelto. Enseguida vio a los viejos y al resto de la gente. En el horizonte, viniendo del río, Bernarda atravesaba el descampado. Diva se sintió en paz y confiada. El cuerpo menudo de niña, el aire de muchacha maltratada por la vida.

—La casa del turco es esa grande, de madera. Al frente queda la tienda, al fondo es la casa. A esta hora de la tarde, Fadul o está durmiendo o está haciendo cuentas. Voy con ustedes.

Curiosa, acompañó al grupo hasta la bodega. Echado sobre el mostrador, Fadul Abdala estudiaba nombres y fechas anotados en un cuaderno; relación de débitos y préstamos, días de vencimiento.

—Fue el capitán Natario quien nos mandó venir. Dice que la tierra es buena para plantar y que usted nos iba a dar lo que necesitamos.

El turco pasó la mirada de uno en uno:

—¿Vienen de Sergipe?

—Sí, señor.

Se dio entonces algo que los peregrinos no entendieron: el hombre se puso de rodillas, elevó las manos a los cielos, clamó en árabe: hablaba con alguien de su confianza, era con Dios. El rostro jubiloso, frases de loor: el compadre Natario no faltaba jamás a su palabra. A la mañana había prometido enviar en breve familias sergipanas para que poblaran Tocaia Grande. La tarde todavía no había caído y el primer contingente había llegado ese mismo día, ¡loado sea Dios!

Se levantó, para demostrar la satisfacción que lo embargaba, comenzó por ofrecer *cachaça* a los hombres. Considerando, luego, a la vieja, la parida, la preñada y la doncella, fue a buscar en sus escondites una botella de licor de *jenipapo*, sobra de las muchas preparadas por la finada Cotinha para las fiestas de junio en el pasado invierno. Le sirvió a la parida y a la doncella, la preñada pidió agua para matar la sed, la vieja prefirió un trago de *cachaça*. Contando al niño de pecho sumaban ocho, pero informaron que faltaban los dos más jóvenes, que se habían escapado para bañarse.

—¡Los sergipanos! —Aulló el turco como loco.

Se puso a las órdenes. La tierra estaba ahí, sobrando, bastaba con cruzar el río. Puente no había, ni canoa, el paso era por encima de las piedras en un lugar de la corriente; en el invierno se hacía más difícil debido a las lluvias. Tierra de la mejor calidad a la espera de quien la cultivara.

—¿Y no tiene dueño? ¿De verdad?

—Por ahora sí, son los amigos; tienen que elegir el pedazo que quieran. ¿No fue lo que les dijo el Capitán?

—¿El es fiscal, notario?

—Como si lo fuera.

Joao José continuaba con una espina en la garganta.

—¿Y a quién le vamos a vender?

El turco abrió los brazos desmedidos:

190

—Por detrás de la selva son todas plantaciones que comienzan a dar frutos. Clientes no van a faltar.

Así le había afirmado el compadre esa misma mañana y solamente un loco se atrevería a dudar del capitán Natario da Fonseca.

Para que no se quedaran a la intemperie los primeros días, aconsejó el barracón donde los arrieros y los demás viajeros se refugiaban, puesto de mucho movimiento durante la noche y en ciertas noches salón de danzas y diversión. Tizón, siempre sonriendo, recordó que las mujeres, si querían, podrían resguardarse en una choza abandonada, la que fuera de Epifanía; una novata había ocupado la de Cotinha. Sobre todo para la grávida y la otra con el niño, mejor que el barracón. Lo único que tenía de malo es que quedaba en la Baixa dos Sapos, reducto de las prostitutas.

—¿Y qué tiene? —Dijo Vangé.

Coroca apareció para comprar querosén, y le llamó la atención el movimiento allá afuera.

—Son los sergipanos que mandó el capitán. Van a plantar mandioca al otro lado del río. Y también fríjol y maíz.

—Lo estábamos necesitando.

Del Camino de los Burros, de la Baixa dos Sapos, acudieron mujeres y hombres, chismosos. Ofrecieron préstamos, trajeron de comer. El niño pasó de brazo en brazo.

5

Al bajarse del carro de bueyes, Zilda, la mujer de Natario, no fue saludada con cohetes sólo porque el Capitán había olvidado prevenir a Fadul con la necesaria antecedencia. No por eso el acontecimiento dejó de ser tan celebrado como la llegada de los sergipanos, dos meses antes. La noticia de que el Capitán había resuelto finalmente comenzar la construcción de su casa había causado sensación, marcaba una etapa más en la vida de Tocaia Grande. Los cacaos nuevos florecían en las plantaciones próximas, las vísperas de la primera cosecha.

Días antes, Balbino y Lupiscinio abrieron una senda y subieron la colina para estudiar la localización de la casa; Bastiao da Rosa y Guido se ocupaban del cocho y de las barcazas en la hacienda Boa Vista. Zilda había venido para decidir con pedreros y carpinteros sobre el conjunto y los detalles de la obra. Obra de envergadura, el propietario no era un cualquiera y poseía familia numerosa, mujer y ocho hijos, cinco legítimos, tres adoptados. Curiosamente, los ocho se parecían demasiado unos a otros. Zilda no hacía distinción entre los legítimos y los adoptados, como si los hubiera parido a todos.

Cuando el carro de bueyes gimió aún en la distancia, los moradores acudieron en alborozo al descampado para saludarla. Pero Natario, al frente de la yunta de bueyes, cabalgando la mula en un trote lento, dirigió la comitiva hacia la casa de madera donde vivían Coroca y Bernarda. Las dos esperaban en la puerta.

Zilda había traído con ella dos hijos: Edu, el mayor, muchachito alto de trece años, la figura del padre cagada y escupida, y el último, nacido al fin de las luchas, poco después de que Natario hubiera ganado los acres de tierra donde había sembrado cacao, ahijado del coronel Boaventura y de su rolliza y santa esposa, doña Ernestina. En honor de la madrina había recibido en la pila bautismal el nombre de Ernesto.

Delicada de cuerpo, frágil de apariencia, en verdad saludable y dispuesta, Zilda se apeó arremangándose el borde la falda. La ahijada le besó la mano:

—La bendición, madrinita.

—Dios te bendiga, hija. Buen día, Coroca, tu estás cada día más fuerte.

—Voy tirando como Dios permite.

Natario había desmontado, aflojaba la cincha de la mula. Pretendía proseguir viaje ni bien le hubiera mostrado a Zilda la colina donde iban a levantar la casa a la vera del árbol de *mulungu*. Ernesto bajó del carro arrastrando un perrito atado con una cuerda. Asustado, el animal se resistía, mostraba los dientes. Tocando con la punta de los dedos la mano extendida de Castor Abduim, presente en la recepción, Zilda comunicó:

—Es una perrita que traje para usted, don Tizón. Hace un mes que nació; Negrinha tuvo una camada de seis. Dicen que usted tiene un perro, aquí tiene una hembra para él.

Rió con una risa breve, agradable. Los que la conocían apreciaban la manera como cuidaba la casa y criaba a los hijos, los de sangre y los recogidos, mujer como se merecía tal marido. Devota, discreta y decidida.

—Vas a tener que esperar a que crezca... —Avisó el negro a Alma en Pena que le saltaba alrededor, rebelde.

Tizón rascó el hocico de la perrita, le hizo cosquillas en la panza y la puso en el suelo. Alma en Pena la tocó con la pata, le gruñó en broma. Ofrecida, dijo Tizón llamándola así por haberla recibido de regalo y por verla, minúscula y atrevida, saltar provocando al perro.

Tironeando la oreja de Edu, también Natario se dirigió a Castor.

—También va a ganar de ñapa este granuja, mi hijo mayor, Eduardo. Se va a quedar con usted para aprender el oficio. Haga de él un buen herrero como usted.

—Déjelo de mi cuenta.

—Vamos a entrar —convidó Coroca.

En el fuego la lata con el café recién colado. Algo de comer sobre la mesa improvisada en un cajón de querosén: fruta-pan cocida, carne seca chamuscada, farinha, mandioca, jaca y mangas corazón de buey, verdes de color, maduras de gusto, grandotas, incomparables. Apenas probaron el banquete pues Natario los apuraba:

—Vamos, que quiero irme a la plantación. Ustedes van a tener mucho tiempo para conversar.

Antes de acompañar al marido y a la procesión de moradores en dirección a la colina, Zilda entregó a Coroca un par de chinelas con pompón rojo, prenda de lujo venida de Ilhéus, y a Bernarda un pequeño envoltorio que contenía ropitas de bebé: camisola, escarpines de crochet, gorrita azul con cinta blanca, todo hecho por ella, habilidosa como no había otra.

La panza de Bernarda había crecido mucho. A ver si son mellizos, bromeó Zilda tocando el vientre de la ahijada. Barriguda, piernas hinchadas, Bernarda no pudo acompañar a la madrina en la escalada. Manejando los cuchillos, Lupiscinio y Balbino ensanchaban el sendero recién abierto.

Natario no había vuelto a la cima de la colina desde que subiera allí con Venturinha interesado en las minucias de lo sucedido, hacía años. Poco después de la noche del temporal, la noche de la emboscada, de la emboscada grande.

LA ALDEA

LA VIEJA JACINTA COROCA
SE INICIA EN EL CONCEPTUADO OFICIO DE PARTERA

1

—Quién te viera y quién te ve... Apúrese un poco, doña Coroca...
¡Bendito sea Dios! —El carpintero Lupiscinio se refería a los cambios
ocurridos en Tocaia Grande.

Se dirigían al descampado, él y Jacinta Coroca. Los domingos por
la mañana los labradores exponían frente al barracón de paja productos de la tierra y animales domésticos, traídos en la canoa cavada por
Bastiao da Rosa y por él mismo, Lupiscinio, en un tronco de vinhático
que Ambrosio y los hijos habían derribado a golpes de machete. En
aquel principio del mundo los maestros de oficio, pedreros o carpinteros, no rechazaban pedido, hacían de todo; a partir del último invierno nadie podía quejarse de la falta de trabajo. Ya que los arreglos se
hacían de palabra, la mayoría al fiado, sucedía con frecuencia que el
pago se atrasara, pero la palabra dada bastaba como aval. La mayoría
de las veces la tarea contaba con la ayuda colectiva: el cambio de trabajos era moneda corriente en el lugar.

Detrás de los sergipanos de Maroim, otras dos familias se habían
establecido en la margen opuesta del río, labrando y plantando, crian-
do gallinas, cabras y cerdos. Debido a la abundancia de víboras venenosas, construían las moradas sobre pilotes, abajo instalaban los chi-
queros. La capa de tocino que cubría a los cerdos los hacía inmunes
a las mordeduras de las serpientes que ellos mataban y comían. A pedido de los nuevos moradores, Guido y Lupiscinio planeaban la instalación de un puentecito en la parte más estrecha de la corriente.
Habiendo perdido más de una res en las barrancas, el coronel Robustiano de Araújo demostraba interés en el proyecto. También el Capitán.

La familia de José dos Santos, procedente de Laranjeiras, sumaba
cinco personas: él, la mujer y las tres hijas. La de Altamirando, constituida por el matrimonio y una hija, había venido del *sertao* obligada
por la sequía; la hija, Cao, lesa de nacimiento, había cumplido trece
años. Cada quince días Altamirando compraba una vaca en el corral
del coronel Robustiano —a crédito, para pagar en la quincena siguiente—, y la mataba para vender la carne fresca los domingos y salar lo

restante. En sociedad con Ambrosio, José dos Santos tenía la intención de construir una casa de harinas: las plantaciones de mandioca se vislumbraban impetuosas.

—Hasta hace poco no más —prosiguió Lupiscinio—, sacando los pajaritos, las víboras y los burros de las tropas, no se veía otra raza de bicho suelta por aquí. ¿Se acuerda, doña Coroca? Hoy...

Señalaba la bandada de gallinas y pollos que huía alborotada. La gallina sin cola, propiedad de Merencia, picoteaba cercada por la numerosa nidada de pollitos de pescuezo pelado. Bajo la *jaqueira*, en las proximidades del almacén de Fadul, una chancha que había parido hociqueaba en busca de frutas podridas al frente de una hilera de lechoncitos.

—Sí me acuerdo... Gente trabajadora esa de don Ambrosio, sin desmerecer a los demás. Gente buena. Hoy doña Vangé amaneció allá en casa llevando un capón gordo. Ni que me debiera algo.

—¿Y no le debe, doña Coroca?

—La que le debe soy yo, y no tengo con qué pagar. —Miró sus manos resecas de dedos largos y flacos. —Sólo Dios sabe.

Elogiaron a los sergipanos y a los sertanejos, hablaron de esto y aquello, cambiaron puntos de vista culinarios al sabor de la conversación ociosa en la mañana de domingo. Para Lupiscinio no había carne de ave que se comparara con la de la gallina *sura*. Coroca no estaba de acuerdo: según su opinión, la gallina de angola llevaba ventaja sobre todas las demás. Zilda, mujer del capitán Natario, hacía un plato que se llamaba frito de capote: ¡el que lo prueba no se olvida jamás! Capote, uno de los nombres de la gallina de angola, que tenía más de veinte y era arisca: prefería vivir en los matorrales, no se acostumbraba al corral.

—Doña Vangé dijo que va a criar esa raza de gallinas. En la Atalaia las tienen de monte; Natario prometió traer unos huevos para que los empolle una gallina mansa.

—La casa del capitán Natario ya está lista, la casa y los muebles. ¿Cuándo se mudará?

—Si fuera por Zilda ya se habrían mudado. Pero es Natario el que marca la fecha, sólo él sabe, Natario no hace nada porque sí. Si todavía no se mudó, ha de tener un motivo.

—Seguramente.

Las razones del Capitán, no les cabía discutirlas. Ni a ellos ni a Zilda. A nadie.

2

Los cambios comenzaron a ocurrir con la llegada de los sergipanos el verano anterior. Pero realmente ganaron impulso y se aceleraron cuando, después del período entre cosecha y cosecha, los cacaos florecieron y dieron frutos en las haciendas plantadas en las vecindades al término de la lucha, durante el desmonte, por el coronel Boaventura de Andrade y por sus socios y protegidos.

Sin el inicio de las cosechas poco y nada se habría modificado en Tocaia Grande, a pesar de la experiencia y de la dedicación de los sergipanos en el trato de la tierra y de los animales domésticos. Pero el advenimiento de Ambrosio y de Vangé se había transformado en un marco que dividía el tiempo: antes y después de aquel día de calor y sol en el que Diva había confundido al negro Castor Abduim con el turco Fadul Abdala y se deshiciera de la risa.

Ya al siguiente mes de mayo entraron en Tocaia Grande, entonces detenida aldea, algunos burros procedentes de la hacienda Boa Vista. El Capitán Natario da Fonseca, él en persona, montando la mula negra, guiaba al exiguo convoy de cuyas alforjas venía el primer cacao recogido en sus plantaciones. Grato episodio, resultó en una fiesta como no podía dejar de suceder.

Unas pocas arrobas, una nadería por supuesto si se las comparaba con la producción de otras haciendas, pero todo el oro del mundo no conseguiría pagar la emoción del ex jagunço: en el rostro inmóvil los ojos menudos destellaban, en el labio se percibía el atisbo de una sonrisa. La conmemoración se había prolongado en un baile importante, con *cachaça* gratis y abundante. Bernarda no cabía en sí de contenta. A pesar del barrigón había pasado la noche estremeciéndose en los brazos del padrino.

3

Antes el tiempo pasaba lento, el presente permanecía estacionario durante meses y meses. Pero, con las plantaciones en plena producción, los acontecimientos de la semana anterior ya eran cosas del pasado. Los días se atropellaban, el ayer se hacía remoto, el anteayer ni hablar, perdido en la distancia.

Pertenecía pues al pasado el domingo en que en la canoa cavada en el tronco de vinhático, nuevita, el joven Aurelio y la niña Diva cruzaron el río trayendo escasos productos para vender a quién los quisiera comprar. Los primitivos habitantes vieron expuestos sobre bolsas de arpillera lo que jamás habían visto en venta en Tocaia Grande: chauchas, *chuchus, quiabos, maxixes, jilós* y zapallos, todo en reducida cantidad. Hubo quien se negase a creer en los propios ojos.

Cada semana se ampliaba la variedad y la cantidad de las mercaderías; el turco Fadul había saludado con alegría los primeros granos de pimientos: los olorosos, redondos y amarillos, los *malaguetas*, largos,

197

pintados de verde y de rojo. Nando vendía pajaritos. El y Edu, socios de diversiones, armaban trampas en la selva poblada de *papa-capins*, *sabiás*, benteveos, golondrinas, *lavadeiras*, *curiós*; fabricaban jaulitas rústicas. En el taller de Tizón, un *pájaro sofré* inflando las plumas hinchaba el pecho cantando y silbando.

Poco había demorado Lía en arrodillarse frente al barracón para ayudar en la feria. Cuando —¿el otro día o hacía ya tiempo?— la vieron al lado del marido, el suegro y los cuñados, ella traía en brazos y amamantaba al vástago recién nacido llorón y gordo.

Enseguida las familias de José dos Santos y de Altamirando se incorporaron a la de Ambrosio en la muestra de la cosecha de la semana. Cao corría detrás de los *baés*, envolvía lechoncitos como si fueran bebés: en los rasgones del vestido los senos maduraban. Con Edu y Nando cortaba el valle en disparada. Las piernas finas, el cabello en caracoles, la risa inmoderada, la mirada incierta, desbocada. Bravía y atrevida.

La incipiente feria atraía, además de los moradores, a leñadores y asalariados de las propiedades cercanas. Venían a comprar legumbres y verduras inexistentes en las haciendas donde la tierra, cuanta hubiera, se destinaba exclusivamente al cultivo del cacao. Un pedazo de calabaza para cocinar en el *feijao;* chuchu, kilós y maxixes para hacer un guiso y comer con carne seca. Pero venían también por el paseo, en busca de diversión, fiesta y mujeres. Había quien llevaba guitarra y *cavaquinho*; Lico Carapeba soplaba música en una armónica, un don de Dios. En el taller, el *pájaro sofré* retomaba la melodía.

Se ampliaba el contingente de prostitutas, se multiplicaban los ranchos, antes dispersos, avecinándose en callejas y caminitos movidos y ruidosos. Los bailes comenzaban al caer de la tarde, animadísimos. Estaba lejos el tiempo en que solamente el almuerzo de Tizón aseguraba la existencia del domingo.

Solos o en grupo, al pasar al lado de Coroca y Lupiscinio, los asalariados se sacaban los gastados sombreros de paja y saludaban respetuosos, la voz cantada y lenta:

—Buen día, don Lupiscinio. Buen día, doña Coroca.

Antes apenas el carpintero y el hijo raspa-tablas la trataban de doña por ser ella mayor: aun siendo prostituta merecía respeto debido a la edad. Pero también eso era cosa del pasado. Los habitantes recientes se dirigían a Jacinta diciéndole doña Coroca, atentamente, y los hijos de asalariados y leñadores hasta le pedían la bendición. Si una puta ni siquiera es señora, mucho menos doña, no pasa de una mujer perdida y despreciada; una partera, muy al contrario, es una persona considerada y merecedora de aprecio y deferencia.

4

El primer niño que Coroca ayudó a traer al mundo, iniciando a los cincuenta y cuatro años de edad y de pelea el oficio de partera, no fue el de Bernarda, como estaba previsto y preparado.

Dormía profundamente al lado de Zé Raimundo, cliente de remotas épocas con quien podía conversar y reírse antes y despés de la montada —larga y excelente montada, Coroca cuidaba su renombre, se esforzaba por merecerlo— cuando alguien comenzó a llamarla a los gritos golpeando la puerta.

—Es para usted, comadre. —Informó Bernarda, que se había despertado en el cuarto de al lado.

—Ya voy.

En la puerta, empapado hasta los huesos, sin siquiera dar las buenas noches, Agnaldo le preguntó:

—¿Es la partera? Mamá me mandó buscarla. Vamos rápido que Lía está con dolores. —Repitió: —¡Rápido!

Orden repentina e imprevista: todavía confundida, Coroca no lo pensó dos veces:

—Vamos.

El tiempo de ponerse unos trapos encima. En el cuarto, Zé Raimundo abrió un ojo y quiso saber el motivo del barullo.

—No es nada. Voy acá cerca, enseguida vuelvo.

Todavía estaban cavando la canoa en el tronco de vinhático, Agnaldo cruzó a nado, Coroca equilibrándose sobre las piedras, habituada. Solamente entonces, cuidando de no resbalar en el lodo y caer al río, se dio entera cuenta del motivo que la conducía a la otra orilla: demasiado tarde para volver atrás. Era de Bernarda la culpa de la equivocación y del llamado. Si le preguntaban dónde iba a parir, con cuál partera de Taquaras o Itabuna, la sin-juicio sacaba a relucir la repetida cantilena: ni en Itabuna ni en Taquaras, lo tendría allí mismo en Tocaia Grande, con la ayuda de la comadre Jacinta:

—¿Y Coroca sabe hacer partos?

—Claro que sabe... ¿Qué es lo que ella no sabe?

Se vio Coroca con fama de partera experimentada antes de traer niños al mundo, antes de haber comenzado a ser partera. Al tanto de los rumores, la vieja Vangé se había acordado de ella en el momento de la necesidad cuando la nuera comenzó a sentir las contracciones. La propia Vangé tenía cierta experiencia en esos trotes pues había parido nueve hijos, los cinco vivos y los cuatro que murieron. En los campos de Maroim había ayudado más de una vez a la comadre Desidéria en la arriesgada empresa, inclusive en el parto de otra nuera, Dinorá. No por eso se atrevía a socorrer sola a la parturienta Lía, tan joven todavía y mal repuesta de los sufrimientos padecidos; de noche soñaba con el marido atado al tronco junto al corral, se despertaba sobresaltada: había retenido al niño en el vientre por milagro.

Vangé temía un parto difícil, y para el éxito exigía la mano habilidosa y firme de una partera entendida, capaz y expedita. Habiendo preguntado, supo de Coroca, muy competente.

5

Extendida sobre las tablas del catre, los ojos saltones, Lía no paraba de gemir y de reclamar la presencia del marido. Ambrosio y Jaosé iban y venían inquietos. Diva no sabía qué hacer; Dinorá acunaba al hijo, medio atontada. Vangé se vio sola, no lograba controlar la inseguridad y el mal presagio. ¿Dónde está esa comadre, que no llega? Sólo Nando en la pieza de al lado dormía sin tener conocimiento de lo que estaba sucediendo.

Agnaldo entró chorreando agua, caminó apurado hacía Lía, le tomó la mano, se sentó a su lado. Al verlo, la llorona aflojó el cuerpo, se relajó, sin dejar de gemir. Vangé le echó en cara al hijo:

—¿Y la comadre?

—Estoy aquí, doña Vangé. Buenas noches a todos.

Coroca se aproximó al catre, ordenó a Agnaldo:

—Usted, mozo, mándese mudar, salga de aquí, deje a la pobre en paz. Con usted al lado no va a parir ni hoy ni nunca. —Extendió la mano al viejo Ambrosio y a Jaosé: —Ustedes también, no quiero hombres en este cuarto.

Como un centinela, permaneció de pie al lado de la cama hasta verlos salir. Solamente entonces se volvió hacia Diva y ordenó:

—Nena, trae el candelero, ilumina acá.

Ocupó el lugar dejado por el muchacho, sonrió a Lía, con las manos le midió el vientre y el volumen de las contracciones.

—Ahora, hija mía, vamos a hacer fuerza para que ese mocoso salga enseguida. No tengas miedo, un parto no es una enfermedad. —Le hizo un cariño en el rostro: —¿Ya elegiste el nombre?

—Todavía no, señora.

Coroca asumió el mando como si nunca hubiera hecho otra cosa en su vida más que traer niños al mundo, hecho trivial, tarea cotidiana. Vangé no se sintió sola, recobró la confianza, se puso a las órdenes de la comadre. Coroca preguntó por la botella. Diva trajo una botella vacía, todavía con olor a *cachaça*.

—Sopla fuerte en ella. —Recomendó Coroca pasando la botella a las manos de Lía para luego retomarla: —No una sola vez, sino sin parar. Voy a hacerlo yo, mira cómo se hace.

Enseñaba la manera correcta:

—Observa. Toma aliento bien profundo, así como hice yo, y sopla mientras aguantes. —Había tomado aliento, soplado en la abertura del pico: —Después lo haces de nuevo, no pares de soplar.

Mandó que hirvieran agua en una olla de barro para el baño de asiento necesario para acelerar los pujos y apresurar el parto:

—No hay otra cosa mejor.

Le llamaba la atención a Dinorá, el niño en brazos, inútil: venga a ayudar. Traiga la palangana, póngala acá cerquita.

Coroca nunca había hecho un parto, pero en las pensiones de prostitutas había presenciado un sinnúmero de ellos, fáciles y difíciles: Había ayudado a las respetables comadres en los preparativos, admirando los conocimientos y la práctica de las sabias señoras. Pero también había visto niños nacer muertos o morir al nacer en las manos de curiosas sin competencia, por descuido o ignorancia. Se proclamaban parteras, eran hacedoras de ángeles y encima cobraban. Coroca solía decir riéndose que nadie había presenciado el nacimiento de tantos hijos de puta como ella. Pero, con la responsabilidad de partera, de traer a la vida o condenar a muerte prematura, aquél era el primero. Y nada menos que de mujer casada.

Sentía un frío que le iba subiendo de las entrañas hasta el pecho, pero no lo demostraba, no dejaba que se percibiera. Apariencia tranquila, despreocupada, se demoraba en una conversación corriente sobre los plantíos y los animales domésticos, las gallinas ponedoras y la chancha preñada. Interrumpía la charla para exigir que Lía continuara soplando en el pico de la botella con fuerza y sin descanso. Las contracciones eran cada vez más seguidas, se tornaban más prolongadas, la muchacha sentía que se rasgaba por dentro: ¡ay, que me voy a morir!

Aun así, Coroca la hizo reír en medio de los dolores:

—A la hora de hacerlo, bien que te gustó, ¿no?

Apuraba a Dinorá y a Diva para que calentaran el agua:

—Vamos con eso. Pongan más leña al fuego.

En la pieza vecina, el niño se despertó llorando, llamaba a la madre, Dinorá quiso ir, Coroca no la dejó:

—Que se ocupe el padre. Usted está ocupada.

—Míralo, Jaosé. Mira lo que le pasa.

Joao José afirmó:

—Está cagado.

—Pues límpielo usted. —Atajó doña Coroca antes de que Dinorá dejara la olla sobre la pila de piedras para cuidar al hijo.

Echaron el agua hirviendo en la palangana de estaño comprada a crédito en el almacén del turco como casi todas las demás pertenencias. Ayudaron a Lía a levantarse del catre y a acomodarse en la palangana, la falda arremangada hasta el medio de la panza:

— ¡Ay, no aguanto! Me está quemando las carnes.

—Cuánto más caliente, mejor.

Vangé y Dinorá la sostenían por los brazos, Coroca le mantenía las piernas abiertas para que el calor penetrase cuerpo adentro. Con el vapor caliente el vientre se dilataba, recrudecían los dolores, las contracciones se sucedían una atrás de la otra. Lía ora gemía, ora gritaba: Agnaldo espiaba desde la puerta, sufriendo. Diva se comía las uñas, inquieta.

Cuando el agua comenzó a enfriarse, llevaron a Lía de vuelta para el catre.

6

Reunidas en torno al catre, con el agravamiento de los gemidos, durante el transcurso de la noche, las mujeres aguardaron que aconteciera la vida. El niño llegó al rayar de la mañana, los hombres ya habían partido hacia el trabajo; comenzaban a labrar la tierra cuando todavía estaba oscuro. Dispensada por Coroca, Diva los acompañó cargando la mochila donde llevaba la comida: charque, farinha, rapadura, un racimo de bananas. Agnaldo fue a la fuerza, Coroca no permitió que se quedara:

—Los padres sólo sirven para molestar.

Atenta, percibió cuando, en el correr de una contracción más fuerte, pujó tan violento hasta el punto de silenciar a Lía en medio de un grito, el pequeño cráneo cubierto de pelusa negra surgió en la dilatada vulva y allí permaneció atascado.

—Está naciendo. —Constató Coroca en un murmullo.

—Se atascó. ¡Ay, Dios mío! —Alarmada, Dinorá retorcía las manos.

—Cállate la boca. —Reprendió Vangé.

Menos mal que la comadre había despachado a Diva y a Agnaldo para el campo. Si estuvieran allí iba a ser un dios-nos-libre-y-guarde. Se agachó para ver.

Arrodillándose ante Lía, Coroca adelantó las dos manos, una de cada lado de la boca del mundo de la parturienta, metió los dedos para ampliar el paso. Tocó entonces con infinita delicadeza la cabecita frágil, con destreza y seguridad la trajo a la luz de la aurora en la concavidad de las manos. Después tiró del cuerpo envuelto en sangre. En una última contracción, Lía expelió la placenta.

Morado, el recién nacido no lloró: ¿estaría muerto o vivo? Al levantarlo, Coroca se dio cuenta de inmediato de que el cordón umbilical se había enrollado en el cuello del bebé y amenazaba estrangularlo.

Había visto suceder ese inconveniente más de una vez, y sabía cómo actuar. Rápidamente desenroscó el cordón, desahogando a la criatura.

Recibió el pedazo de cordel que Vangé, aliviada, le extendía, midió cuatro dedos de largo y lo ató al cordón umbilical. Sin esperar la tijera —en aquel sofoco nadie sabía dónde estaba—, lo cortó con los dientes y anudó el ombligo.

Peso de carne sanguinolenta, el infante fue colocado debajo de la palangana: batieron palmas encima del estaño hasta que oyeron desatarse el llanto, los vagidos afirmando la vida.

—Albricias, comadre, —dijo Coroca dando vuelta a la palangana, tomando el niño en las manos para mostrárselo a la madre. —Es un hombrecito.

El parto estaba terminado, el primer parto hecho por Coroca. Si le preguntaban quién acababa de parir, si ella o Lía, no sabría responder. Acabada la aflicción, la madre y la abuela sonrieron. Dinorá perdió el aspecto de cucaracha tonta, corrió hacia el campo con la noticia: es un niño, una hermosura de niño.

Vangé templaba el agua de la palangana para el baño del nieto:

—Vi muchas parteras traer niños al mundo, pero nunca vi a ninguna que se compare con usted, con sus manos de hada. Manos benditas, comadre Jacinta.

Manos de hada, benditas. Sin encontrar respuesta apropiada y no queriendo pasar vergüenza, Coroca le dio la espalda, se refugió en el otro cuarto: sollozaba mansamente, las lágrimas le corrían por el rostro. Si alguien saliera a contar en Tocaia Grande y por el mundo de afuera que la había visto derramada en llanto, iba a pasar por el mayor de los mentirosos.

EL CORONEL BOAVENTURA ANDRADE PROPONE UN BRINDIS CON CACHACA

1

Bastaron unos pocos burros, reducido convoy, para conducir aquella temporada el primer cacao de la hacienda Boa Vista. Muchos fueron necesarios, convoy numeroso, para transportar la primera colecta efectuada en la misma ocasión en las plantaciones del coronel Boaventura Andrade. Al fin de las luchas la hacienda Atalaia se había doblado en tamaño, y no tardaría en duplicar, quien sabe triplicar la producción.

Administrador de las propiedades rurales del Coronel, Natario había decidido y obtenido que las cosechas se iniciaran simultáneamente en el pedazo de selva que le había cabido en recompensa y en la inmensidad registrada por derecho de conquista a nombre del compadre y jefe en la notaría de Itabuna. No cosechó para sí antes de cosechar para el Coronel.

Si la Boa Vista era un primor, ¿qué decir de las tierras incorporadas a la Atalaia? Ni las haciendas del coronel Henrique Barreto, el presumido rey del cacao, exhibían trato igual ni obtenían semejante rendimiento, a pesar de la presencia permanente de un agrónomo con diploma de doctor y de las técnicas de los podadores, contratados entre cosecha y cosecha. Leñadores y asalariados no jugaban cuando trabajaban; imposible hacerlo bajo las órdenes del Capitán Natario da Fonseca. En cambio, la paga nunca se atrasaba y no se cometían engaños en las cuentas semanales.

Tentativa de robar a leñadores y asalariados hubo solo una, y no se repitió. El hábil Perivaldo, empleado responsable por el pago del personal, una especie de contador, fue denunciado por Natario por algunas irregularidades: estaba sumando de menos, sustrayendo de más de los créditos y débitos de los trabajadores. Constatada la veracidad de la acusación, lo echaron pero no llegó lejos. Apenas traspuso los límites de la Atalaia sirvió de pasto a los buitres: un único tiro, no valía más.

—¿Era necesario? —Preguntó el Coronel Boaventura a Natario al comentar, a solas con él, lo sucedido: —¿No alcanzaba con una paliza?

—Por lo hecho, sí; por la afrenta, no.

—¿Afrenta? ¡De qué me habla!

—Para disculparse el desgraciado anduvo diciendo que fue usted el que lo había mandado hacer. Además de ladrón, difamador.

— ¡Hijo de puta! Sacarle a quien no tiene. ¡Dios me libre y guarde! Quien planta cacao no precisa robar a los trabajadores. Actuaste bien, compadre.

—Con su permiso, Coronel.

¿Cuántas veces había oído esa frase? Natario actuaba con su permiso y con absoluta corrección. Jamás había abusado y jamás había sacado ventaja. El Coronel balanceó la cabeza en aprobación, y agregó:

—Tú cuidas mis tierras y guardas mi nombre.

Administrador capaz y responsable, Natario proporcionó al Coronel Boaventura Andrade cacao superior —ni una sola arroba *good o regular*—, y en cantidad mucho mayor que la calculada por los entendidos: al verificar los números, el doctor Clóvis Bandeira, el citado ingeniero agrónomo, había quedado con la boca abierta, felicitando al hacendado.

Propietario, cultivador de cacao, oficial de la Guardia Nacional con la patente de Capitán, ni así Natario se despreocupaba de los intereses del patrón: como si la hacienda Atalaia le perteneciera, suelo y beneficios. Sin dejar de cuidar con idéntico empeño sus plantaciones, simple hacendita de la medida de dos *alqueires*. Hacendita en otras manos, no en las suyas. En las suyas, Capitán Natario da Fonseca, la hacienda Boa Vista.

2

Sentado en el sillón a la cabecera de la larga mesa del comedor de la casa-grande de la hacienda Atalaia, el Coronel Boaventura Andrade recorrió con la mirada a los excelentísimos señores presentes, vecinos escogidos especialmente, y, elevando la voz, se dirigió a Natario. Interrumpiendo sin ceremonia la elocuencia del Promotor Público de Itabuna que exaltaba los manjares. ¡una bestia el Promotor!

—Eres un hombre derecho, compadre Natario. —Declaró.

El Doctor Flavio Rodríguez de Souza, bueno para acusar en el Tribunal del Jurado, se calló en medio de una frase cuando, haciendo chasquear la lengua, en nombre de la justicia, calificaba el guiso de manjar de los dioses. Se callaron todos los demás. El Coronel dijo y volvió a decir para que no quedaran dudas:

—Un hombre de bien como existen pocos.

Para que todos los invitados —la crema de Ilhéus y de Itabuna, de Sequeiro de Espinho y de Agua Preta— supieran cuánta consideración él dispensaba a quien la mereciera por serle leal y devoto durante más de veinte años.

—¿Cuántos, compadre?

—Ya pasó de los veinte, Coronel.

—Eras un cachorro pero yo vi enseguida que merecías confianza. Nunca dejaste de merecerla en todo este tiempo.

Afirmación perentoria pero el Coronel todavía no había terminado de hablar y de reír.

—Me dijeron que hiciste una casa fuera de la Atalaia donde vas a vivir con la comadre y los niños. ¿Piensas dejarme?

—Mientras el Coronel esté vivo y esté satisfecho con mis servicios, soy hombre suyo, incondicional. Pero es verdad que voy a vivir en la mitad del camino entre la Atalaia y la Boa Vista. En un lugar que una vez le mostré, ¿se acuerda?

Mientras el Coronel esté satisfecho con mis servicios soy hombre suyo. Habiendo oído lo que deseaba oír, el Coronel respiró, aliviado. Había quedado aprehensivo con la noticia de la construcción de la casa de Natario.

—Me acuerdo, compadre. Me acuerdo muy bien, ¿cómo no había de olvidarme? Pues si hablé de eso fue para decirte que no conozco hombre más derecho que tú, compadre. Quiero que se sepa que nunca me fallaste.

Presidía el almuerzo conmemorativo del cumpleaños de doña Ernestina, su santa esposa. Volvió a llenar el vaso con el espeso vino tinto portugués. Había hecho traer dos barriles de Ilhéus teniendo en cuenta aquel almuerzo que deseaba no fuera sólo abundante y sabroso: lo quería opulento y festivo. Para celebrar igualmente la presencia del hijo, recién llegado de Río de Janeiro.

Siendo él, el Coronel Boaventura Andrade, más que rico, siendo millonario, un potentado del cacao, últimamente andaba retraído, con poca charla y poca risa. Se decía por lo bajo que la pena del Coronel se debía a la ausencia del hijo único y doctor que se demoraba en la capital del país desde la graduación, hacía ya cinco años, largos y amargos. Frecuentando cursos y más cursos, coleccionando diplomas, especializándose. En qué, el Coronel no lograba descubrirlo: sólo en gastar dinero.

El Coronel elevó el vaso en dirección a Natario para brindar por el compadre, *jagunço* y capataz. Su brazo derecho, como había escrito cierta vez el Juez de Itabuna, al término de las luchas por la posesión de las selvas del río de las Víboras. Repitió:

—Nunca me fallaste.

Recorrió a los invitados con la mirada plena de recuerdos:

—Dos veces me salvaste la vida. ¡A tu salud, compadre!

Rostro estático, sentado al otro extremo de la mesa, Natario se levantó, alzó el vaso — ¡a la suya, Coronel!— y enseguida lo vació. El silencio aun persistió pues los comensales no sabían si el anfitrión había concluído o no su discurso.

Los comensales, personas de categoría, todas ellas, conforme ya se informó: el Juez en lo Civil, de Ilhéus, y el Juez de Derecho, de Itabuna, éste acompañado por el Promotor y el Intendente; el doctor Joao Mangabeira, diputado del estado, todavía joven pero ya famoso por la inteligencia; el Coronel Robustiano de Araújo, de la hacienda Santa Mariana, el Coronel Brígido Barbuda, de la hacienda Santa Olaia, el Coronel Joao de Faria, de la hacienda Piauitinga, que luchara al lado de Basilio de Oliveira en Sequeiro de Espinho, el Coronel Prudencio de Aguiar, de la hacienda Linda Vista, el Coronel Emilio Medauar, árabe que además de la hacienda Nova Damasco poseía un negocio en Agua Preta. Un hijo suyo, Jorge, colega de estudios de Venturinha, también vagabundeaba en Río de Janeiro, escribía artículos en los diarios, había publicado un libro de versos, que el padre, eructando orgullo, mostraba en las reuniones de amigos. Completaban el cuadro dos abogados en trampas y el viejo padre Alfonso, de apetito y sed reconocidos, la edad no le había aplacado la gula.

Políticos, magistrados, abogados y el padre comían de la mano del Coronel, apoyaban calurosamente la alabanza al ex *capanga*. Pero solamente los hacendados, los coroneles, eran sus iguales; sabían el porqué

de las cosas, conocían el exacto valor de la lealtad, el precio de la vida
y de la muerte, entendían las razones de las alabanzas.

3

Almuerzo doblemente festivo, todos se daban cuenta. Conmemo-
rando la fecha natalicia de la santa y adiposa señora y la presencia a la
mesa del único hijo del matrimonio, el doctor Boaventura da Costa
Andrade Junior —Andrade hijo en la obstinación del Coronel—, cuando estudiante de derecho en Bahía más conocido en la Facultad y en
los prostíbulos por Venturinha, el Venturoso. Había venido de Río de
Janeiro hacia donde fuera en corto viaje de placer después de la graduación y donde se instalara hacía más de cinco años con raras y
rápidas visitas a Ilhéus. Una plaga esa manía de vivir en Río de Janeiro: los muchachos ricos del interior perdían la cabeza, abandonaban
la tierra y la familia como si no tuvieran obligaciones que cumplir,
tampoco amor a los padres.

El mozo Medauar, ése al menos firmaba notas y versos en las gacetas, profesión de dudosos beneficios pero de lustre y estima. "Poe-
mas de amor amante", así se titulaba el libro que el gringo Emilio
llevaba debajo del sobaco para ostentar en las casas y en las haciendas de los amigos, en el mostrador de la tienda, en los bares, en las
pensiones de putas. El abogado Andrade, Junior o Hijo, no había
publicado libro ni escribía en los diarios; acumulaba cursos, uno
detrás de otro: el Coronel se había cansado de alardear diplomas.
Pendían inútiles de las paredes de la oficina de Itabuna, cerrada,
virgen hasta aquella fecha de los vastísimos y carísimos conocimientos del abogado.

El Coronel no tenía ni siquiera ánimos para anunciar en Ilhéus y en
Itabuna los nuevos títulos obtenidos por el eterno estudiante. ¿Eterno
o crónico? ¿Cuál de los dos adjetivos había empleado el burlón Fuad
Karan para definir la profesión de Venturinha? ¿O lo había proclamado vitalicio? Frente al Coronel, alabanzas irrestrictas a la pasión del
abogado por los estudios; por detrás la carcajada, el menoscabo.

Había desistido de luchar para tenerlo junto a él, transformando
finalmente en realidad antiguos planes, archivadas ambiciones, cumpliendo el destino brillante que para él había soñado y decidido. Pero
no perdía la esperanza de que, en una de esas apresuradas visitas, por
milagro de los cielos, el disipador resolviera asentar la cabeza, asumir
la oficina, y ponerse a trabajar como es debido: doña Ernestina,
habiendo abierto los ojos, hacía promesas a los santos de su devoción
para que devolvieran a su niño a la casa paterna. El Coronel no quería
morir sin admirar al hijo haciendo un discurso en la tribuna del jurado,

absolviendo reos, señor de la elocuencia y del sarcasmo, deshaciendo promotores.

También Venturinha alzó el vaso de vino en dirección a Natario. Había engordado bastante, se parecía a la madre pero imitaba al padre en los gestos y en la postura, en la jactancia. Con el vaso en la mano, miró al Coronel y al cabra, también él quiso poner su granito de arena en la charla intencionada:

—¿Y la puntería, Natario, continúa de primera?

En el rostro cerrado del mestizo pasó aquella su sonrisa breve y esquiva:

—Todavía paga los gastos, Venturinha.

En el silencio que siguió, el Promotor Público de Itabuna, doctor Flavio Rodríguez de Souza, retomó la palabra y reasumió el tema del banquete manjar de los dioses.

4

—¿Quiere vender, compadre? Si quiere, soy candidato. —Bromeó el Coronel Boaventura Andrade después de haber recorrido de punta a punta la hacienda Boa Vista, admirando las plantaciones, sembrados nuevos, cacaos en impetuoso crecimiento. Solamente en la hacienda Atalaia se podía ver cultivo igual, tan bien cuidado.

El Coronel había terminado exactamente de inspeccionar sus propiedades, el inmenso latifundio. La posesión inicial que él desmontara y plantara hacía distantes años, cuando, en el ímpetu de la juventud, desembarcara en aquellas tierras del sur de Bahía, llegando de Sergipe: habiendo llegado a primer cajero de la firma Lopes Machado & Compañía, en Estancia sólo le restaba marcar el paso. Largó todo y se fue. Otras dos haciendas, limítrofes de la primitiva, se unieron a ella, compradas en buenas condiciones durante los primeros conflictos, cuando Itabuna todavía era Tabocas y el tren no era más que un sueño. Con los líos que envolvieron la conquista de la parte aún sin dueño de las tierras del río de las Víboras, había duplicado el casco del establecimiento. Allí crecían las plantaciones de floración reciente y de primera cosecha. Daba gusto verlas.

Apenas Venturinha retomara el camino de Río de Janeiro —repitiendo la gastada cantilena: terminado el curso vengo para quedarme, si me demoro es para capacitarme, no estoy perdiendo el tiempo ni gastando el dinero a lo loco, no se aflijan—, el Coronel había decidido salir con Natario para la ojeada habitual e indispensable: quien no cuida personalmente de lo que es suyo no merece tener ni se puede quejar. La extensa cabalgata, iniciada antes del nacer del sol, interrumpida de plantación en plantación, le había servido para alegrarle el corazón, para sacarle de la cabeza la ausencia del hijo, espina venenosa que le corroía el pecho. También le había servido para comprobar de nuevo la competencia y la corrección del administrador. Los elogios no bastaban, Natario era merecedor de estima y gratitud. Por eso el Coronel, en lugar de volver a la casa-grande, anunció:

—Quiero ver también sus plantaciones, compadre, y la casa que se hizo para vivir con la comadre en ese lugar: ¿cómo se llama?

—Tocaia Grande, Coronel.

El Coronel Boaventura Andrade alargó la vista por los cacaotales, en la rememoración de viejos tiempos, de otras andanzas con Natario:

—Ya había oído ese nombre. De cuando en cuando lo escucho en la boca de un arriero. Qué nombre feo para un lugar tan lindo.

—Así es, Coronel. Pero es tarde para cambiarlo.

—Todo en la vida tiene su motivo y a nadie le cabe el derecho de cambiar, Natario. Es como un apodo: cuando se te pega, ya no hay nada que hacer.

Penetrando plantación adentro, el hacendado comentó, embelesado con la pujanza de los cacaos que florecían a la sombra de los árboles de la selva, gigantescos:

—No hay nada más lindo en el mundo, Natario, que un árbol de cacao cargado como ese. —Señaló el cacao que tenía al frente, tronco y ramas recubiertos de frutos que maduraban en todas las gamas del amarillo, iluminando la sombra. —Para poder compararse, sólo una mujer joven y bonita. Dos cosas que alegran a un viejo como yo.

Mujer joven y bonita como la hija del finado Tiburcinho y doña Efigenia, identificó el Capitán, acompañando la mirada errante del Coronel. Reveló el nombre de la codiciada en medio de la luz dorada en la frescura de la selva:

—Hablando de mozas bonitas, Coronel, ¿usted vió ya a Sacramento, la hija del finado Tiburcinho?

El Coronel se estremeció: el mestizo leía sus pensamientos; ya lo había hecho antes, más de una vez: la gente de sangre india tiene arreglos con el diablo.

—Ya la vi, sí, Natario. Lo que tú no sabes, lo adivinas.

5

Para consolarse, olvidar la ausencia del hijo, el Coronel necesitaba algo más que recorrer la hacienda, inspeccionar las plantaciones y los servicios: los cochos, los invernaderos, las barcazas.

En momentos de desahogo, con el padre Alfonso, en la sacristía de la catedral, o con la médium Zorava, en la Tienda Espiritista Fe y Caridad, doña Ernestina, bañada en lágrimas, se refería a la ingratitud del

hijo: algún espíritu inferior se le había pegado. El Coronel no hablaba
de ingratitud, siempre había sido prudente en el uso de las palabras:
cuando decían emboscada él decía trampa, y la lucha sangrienta por la
posesión de la tierra, las refriegas y combates, los tiroteos entre *jagunços*, las muertes — ¡tantas!— se habían reducido en su decir a confusiones de la política. Cuando algún amigo, de intimidad y confianza,
sacaba el tema de la prolongada demora de Venturinha en Río de Janeiro, el Coronel explicaba, levantando los hombros en un gesto de
quien atribuía poca importancia al hecho: cosas de muchacho. Antes
de que lo rotularan de irresponsabilidad o de caso sin remedio. No se
quejaba, evitaba el asunto, encerraba la amargura en el fondo del
pecho. Pero Natario lo conocía como a la palma de su mano, y sabía
que le costaba tanto el silencio como la explicación: cosas de muchacho.

Doña Ernestina, entregada por completo a la religión y a la indolen-
cia —para matar la tristeza por el cabeza hueca se atragantaba de dulces y chocolates—, envejecía obesa y pudibunda. De los libertinajes
de cama a que se entregara en remotas eras con el marido ni quería
acordarse; libertinajes en su opinión, pues jamás los cónyuges fueron
más allá del modesto papá-y-mamá procreador. Había cumplido el
deber de esposa, concebido y dado a luz un hijo. En la esperanza de
tener una niña y así completar la pareja, todavía había aceptado
durante unos años que el coronel la frecuentara, cada día más arisca.
Ella lo hizo por la niña que no vino, por ningún otro motivo: como la
gran mayoría de las señoras casadas, sus conocidas y amigas, nunca
había sabido, ni por boca de otros, el significado de la palabra orgasmo y lo que era gemir de gozo en los brazos del compañero. Unas
pocas descaradas, es bien cierto, se comportaban en el lecho conyugal
como putas en cama de burdel, no se daban el lugar, maculaban la
nobleza del matrimonio y la sublime condición de madre de familia.
Poquísimas e indignas. Para las bajas necesidades de los hombres sobraban las prostitutas, las públicas y las exclusivas. Doña Ernestina
tenía conocimiento de la existencia de Adriana, amante del Coronel
hacía más de diez años: no le hacía mella. Tampoco la ofendía el desinterés del marido: hacía un siglo que no se le ponía encima, que la
dejara en paz. Gracias a Dios.

Menos mal que la santa señora pensaba así, pues con la religión y
las golosinas —los santos, los espíritus, los chocolates, el flan, las masi-
tas de coco— doña Ernestina se había convertido en un *sapo-buey*
mientras el Coronel, debido a la edad, se hacía exigente. La misma
Adriana ya le parecía poco apetitosa, comida recalentada, pan viejo.
Hacía once años que se veían, Adriana había perdido el vicio y el ro-
manticismo. Se quejaba de los intestinos, sufría de flatulencia, tenía
jaquecas, se irritaba con facilidad, día y noche en las sesiones de espi-

ritismo, era una segunda esposa, copia de la primera, un poco menos gorda y más joven. Joven es un decir: ya había pasado la década de los treinta y no había conservado ni la lozanía ni el donaire de su juventud, de cuando el Coronel la había conocido y se había enamorado. Para burro viejo, pasto nuevo.

6

Sacramento sobresalía de tal manera entre las mujeres, manejando cuchillos y partiendo cocos de cacao en las plantaciones, que ninguno de los asalariados, de los leñadores, de los arrieros, jamás se había atrevido con ella.

No porque fuera soberbia y vanidosa, pues era reservada y seria; ya había cumplido quince años pero parecía no estar apurada por dejar el rancho de barro batido, donde vivía en compañía de la madre, para juntarse a un hombre. Ponerle los ojos de codicia, ¿quién no se los puso, al verla pasar modesta, pero garbosa, bien arreglada, las formas del cuerpo apenas contenidas en el vestido de tela rústica? Desde Espiridiao, negro de motas canosas, cabra de confianza cuyas únicas tareas consistían en acompañar al Coronel en los caminos y dormir en casa-grande con el arma al alcance de la mano, hasta muchachotes ayudantes de arriero, contumaces en las burras y en las mulas, en las yeguas de anca empinada. El anca empinada de Sacramento, yegua preferida, ¡ay!

Hasta Venturinha había reparado en ella durante los pocos días que había estado en la hacienda y la había señalado a Natario cuando, junto a las barcazas, charlaban animados al respecto de las aventuras amorosas del joven: le gustaba contarlas, a Natario le gustaba oírlas. En el cocho, Sacramento bailaba sobre el cacao blanco la danza de la miel para limpiar los carozos, dejándolos listos para el secado en las barcazas y estufas. La miel se escurría por las grietas del cocho. Agarradas en la cintura las puntas del vestido de Sacramento, los muslos a la vista, los cuadriles revoleándose al paso leve y rápido:

Soy del color del cacao seco
soy la miel del cacao blando...

—¡Que mestiza bonita! Mira, Natario. Merece...
—No merece nada, Venturinha. No se meta, ella tiene dueño.
—¿Te estás volteando a esa pollita? Felicitaciones.
—Más quisiera. —Con un movimiento de cabeza señaló hacia la casa-grande.
—¿El viejo?

211

Venturinha rió: de pie, en la galería, el Coronel observaba el cocho donde dos mujeres, madre e hija, trabajaban: doña Efigenia y Sacramento. Natario cambió de tema:

—Cuéntame a quién terminaste dándole el regalo que compraste de la mano del turco Fadul.

—Se lo di a una alemancita, una bailarina que se llamaba Kath. Una locomotora, Natario, pimienta pura. Casada, encima.

En el viaje anterior, Venturinha había narrado cómo, al llegar a Río en la ocasión de la compra del relicario, había deparado con la sublime Adela, la tanguista argentina, "loca por mí, Natario", en la cama con un crupié del cabaret —en la parte de atrás funcionaba el garito—, un tal Aristides Pif-Paf. Estaban tan entregados a la diversión que ni lo vieron entrar en el cuarto. ¿Se acordaba Natario de aquella vez que le había regalado un látigo lindo? Le había sido de gran utilidad: con él había cortado la cara del hijo de puta y había dejado sangrando el traste de la perra...

—Entonces estás con una alemana. A ti sí que te gustan las gringas...

La alemana también pertenecía ya al pasado, había durado poco, partido hacia otros lados, hacia otros palcos, con el marido. En la oportunidad Venturinha estaba amancebado con otra bailarina, sólo que gallega, la cosa más linda del mundo, Natario.

—¿Oíste hablar alguna vez de un baile llamado flamenco? ¿Con música de castañuelas?

No, por el nombre extranjero Natario no lo conocía. Pero había tenido la oportunidad de ver en un circo en Itabuna a una fulana que tocaba castañuelas y bailaba. Vestía un traje apretado y falda larga: parecía gitana, tal vez era gallega. Para aclarar la duda, Venturinha estremeció el cuerpo gordo y voluminoso en el fandango, imitando con las manos y la boca el acompañamiento y el sonido de las castañuelas.

—Era parecido... —Reconoció Natario.

Venturinha suspendió la exhibición y comentó:

—Unos celos mortales, de meter miedo. No puedo mirar a otra mujer, que se pone hecha una fiera, amenaza con matarme, ya hizo varios escándalos. Una española es capaz de todo cuando está enamorada. —Alegre y satisfecho, orgulloso, la misma risa contenta del muchacho que frecuentaba putas en Taquaras e Itabuna, siempre jactándose de una aventura. —¿Sabes cómo se llama? Imagínate: se llama Remedios.

—¿Remedios? ¡tú cada una! ¿Remedios? ¿Y eso es un nombre?

Allá se había ido Venturinha hacia Río de Janeiro detrás de su gringa, dejando al Coronel marchito y sin gracia recorriendo las plantacio-

212

nes de cacao para levantar la cabeza y mantenerla erguida. Para que volviera a reír, sin embargo, no bastaba.

—Usted está necesitando, Coronel, poner en la casa-grande una persona para ayudar a doña Pequena en la limpieza y en la comida. Doña Pequena está demasiado vieja para yugar sola. —Más no dijo, ya que no era necesario.

—Siempre fuiste bueno para los consejos, Natario.

En la hacienda Boa Vista, el Coronel Boaventura Andrade le había preguntado en broma si no quería vender. No se había sorprendido con el trato dado a las plantaciones: idéntico al que encontrara en la hacienda Atalaia. Se sorprendió no obstante al llegar a Tocaia Grande: con el tamaño y el movimiento del poblado.

7

Antes de desmontar junto al paredón, al lado del almacén de Fadul Abdala, el Coronel Boaventura Andrade preguntó a Natario:

—¿Cuántos años hace, Natario?

—Ya pasaron siete años, Coronel.

—Era un lugar desierto, me acuerdo bien. Me acuerdo también de lo que dijiste: esto algún día va a ser una ciudad. Todavía no lo es, pero le falta poco.

Una exageración del visitante. Apenas era una aldea que crecía con rapidez después de haber vegetado durante años. Los sufridos años de las vacas flacas cuando Fadul estuviera sujeto a tantos percances y tamañas tentaciones. El turco se precipitó puerta afuera para ayudar al Coronel a desmontar.

—Qué placer, Coronel, verlo en este fin del mundo.

—Buen día, Turco Fadul, permítame que le diga que estoy boquiabierto. Nunca pensé que fuera un caserío tan grande. Ya había oído comentarios pero aun así estoy impresionado. Usted acertó cuando dejó de caminar y se estableció aquí. Bien se dice que la raza árabe tiene buen faro, donde pone el pie los negocios crecen. No falta mucho para que se haga rico y plante cacao.

—Fue Dios el que me trajo, Coronel, vine de la mano de El. Pero solamente me quedé, nó me fui en los comienzos cuando todo era difícil, debido al Capitán aquí presente. Si no fuera por él, no sé qué habría sucedido.

Parado frente a las puertas del almacén, el Coronel estudió los alrededores. Del otro lado del río crecían las plantas hasta perderse de vista.

—¡Qué hermoso maizal! ¿Sergipanos?

Natario informó:

—La mayoría. Pero también hay gente de *sertao*.

—Hoy mismo llegó una familia, vino del lado de Estancia. —Contó el turco: —Cinco personas.

—¿De Estancia? Yo soy de allá: buen lugar para esperar la muerte. —¿Cuántos años hacía que no iba a la ciudad donde naciera y comenzara a trabajar? Desde el fallecimiento del padre, el viejo José Andrade, ciudadano que no llevaba ultrajes a la casa y tocaba el trombón en la Lira Estanciana: —La gente de Estancia es buena, ordenada y trabajadora. No es como la gente del norte, de la orilla de San Francisco. —Provocaba a Natario, divirtiéndose: —Gente alborotada, llena de palabrerío, ¿no, Natario?

El Capitán no se alteró con la broma, casi sonrió:

—La diferencia, Coronel, es que en Estancia sólo hay pobreza. En San Francisco la pobreza es una tontería, abunda la miseria.

Un burro rebuznó cerca del río. El Coronel, antes de aceptar la invitación de Fadul para entrar en el almacén, se detuvo a observar las casas nuevas, levantadas en el Camino de los Burros, unas cuantas. Miró más allá del descampado la aglomeración de chozas, un montón.

—¿Y allá qué hay?

—La Baixa dos Sapos, el lugar de las prostitutas. Antes eran cinco o seis, ahora ya perdimos la cuenta.

Demoró el Coronel espiando el movimiento. En la puerta del depósito del Coronel Robustiano de Araújo un convoy de muchos burros descargaba cacao seco. En el corral, hombres de traje de cuero cuidaban una manada de vacas. Cerdos, gallinas y pavos esparcidos por los alrededores hociqueaban y picoteaban. Una asustada bandada de *conquéns* pasó disparada. Una vieja atravesaba el río sobre las piedras.

—¿Y tu casa, Natario? ¿Es aquella? —El Coronel señalaba la casa de piedra y cal del negro Tizon Abduim.

—No, Coronel. La mía queda encima de aquella colina. Se puede ver desde acá. A no ser que usted quiera subir.

El Coronel elevó la mirada hacia la construcción reciente, residencia a la altura del dueño de la hacienda Boa Vista: dominaba el poblado.

—No hay necesidad. La veo desde acá. Flor de casa, sí señor.

Sonrió con afecto a su ex *jagunço*, su compadre: quería hacerle un regalo para adornar la casa recién construida:

—¿Y los muebles, Natario, ya los compraste?

—Sí, señor. La mayoría la mandé a hacer acá mismo por Lupiscinio; los otros los traje de Itabuna.

El Coronel reflexionó, los ojos puestos en la casa de Natario:

—Me enteré de que a la comadre le gusta la música. Está loca por las cantigas, ¿no?

—Demasiado.

—Pues le voy a regalar un gramófono igual al mío. Para que lo tenga en la casa y escuche música cuando quiera. —En las horas muertas de la Atalaia, el Coronel se distraía escuchando arias en el gramófono, novedad de aspaviento, pieza de ostentación, obligatoria en las casas de los adinerados.

—Gracias, Coronel. Zilda va a quedar loca de contenta.

Fadul insistió con la invitación:

—Pase, Coronel, la casa es suya.

El hacendado cruzó el umbral de la puerta, depositó el látigo sobre el mostrador, recorrió los estantes con la vista, evaluando la mercadería. El árabe vendía de todo un poco y el establecimiento era al mismo tiempo bar de *cachaça*, almacén de ramos generales, tienda de ropa de confección y de telas baratas —algodón, batista, franela—, mercería de chucherías.

—Si quiere descansar, Coronel, allá adentro tiene una hamaca. Es casa de pobre pero está a sus órdenes.

—Me quedo acá mismo, Fadul, no voy a demorar mucho.

Ruido de pasos allá afuera, alguien corriendo. Era una mujer despeinada, cabellos sueltos al viento, el aire urgente y agitado. Venía como loca y gritó sin tomar aliento, aun antes de detenerse en la puerta del negocio:

— ¡Capitán Natario! ¡Capitán Natario!

Mulata clara, todavía joven y poco gastada, mojada de sudor, los senos grandes y puntudos que saltaban de la blusa rota, ojos abiertos de quien había sido testigo de un hecho de envergadura, la mujer jadeaba por la carrera. Natario dio un paso hacia adelante:

— ¿Qué pasa, Ressu? —Se llamaba María de Resureicao.

—Doña Coroca me manda avisarle que Bernarda tuvo un niño. Ahora mismo. —Respiró y sonrió con los dientes blancos y los labios de granada. —Dice que se quede tranquilo, que todo salió bien.

La sonrisa se amplió, llenó el rostro entero:

— ¡Lo ví nacer!

En la cara de Natario no se movió ningún músculo. Era necesario conocerlo al derecho y al revés, por dentro y por fuera, para percibir una señal de alegría, una muestra de satisfacción en la cara y en el corazón del mestizo. Pero también el Coronel Boaventura a veces se daba el lujo de leer el pensamiento ajeno:

—Le voy a dar la bendición a tu hijo, Natario. —Puso la mano en el hombro del compadre: —Pero antes vamos a beber a su salud.

—Tengo una botella de Arak, un anís muy bueno que vino de Itabuna, hecho por las hermanas Arhat. Voy a buscarla. —Ofreció Fadul.

—Déjalo para después, Turco Fadul. El licor de anís, cosa de gringo, no conviene. Para brindar por el niño sirva un trago de *cachaça*. Y no olvide que la moza también acepta.

Ruidos alegres y festivos resonaron en el Camino de los Burros: llegaba un convoy. En el cabezal y el pectoral de la mula madrina pendían adornos, entrechocaban cascabeles.

ENCUENTROS Y DESENCUENTROS DE AMOR CON CASA DE HARINAS Y PUENTE

1

Es fácil identificar a un turco por la simple apariencia, ya sea sirio, árabe, libanés. Son todos la misma raza, todos son turcos, reconocibles por la nariz corva y por el cabello crespo, además del acento enredado. Comen carne cruda picada en un pilón de piedra. Así conjeturaba Diva caminando con los parientes para llegar a la construcción de piedra y cal en la tarea en que los primeros sergipanos llegaron a Tocaia Grande, llenos de miedo y de incertidumbre.

En lugar de un turco, se encontraron con un negro retinto que martillaba hierro, el torso desnudo, una piel de caititu, grasosa, atada en la cintura, resguardándole las partes. La sorpresa había hecho que Diva se desatara en una risa confundida de niña, luego respondida por el herrero que se desbocó en una carcajada sonora y acogedora. Con la boca abierta en risa, dio la bienvenida y se presentó a los forasteros:

—Mi nombre es Castor Abduim pero me llaman Tizón. Vivo acá herrando burros.

Al oírlo, Diva se contuvo. Se quedó seria, se sintió en paz y confiada. Se volvió hacia Vangé y vio en los ojos experimentados de la madre un atisbo de esperanza que le reencendía el ánimo. El rostro de Ambrosio estaba iluminado. ¿De dónde provenían esa paz que marcaba el término del viaje y de la injusticia, esa fe en el futuro? Estallaban chispas en la fragua, el fuego encendido levantaba humaredas. Plantado delante del yunque, risa festiva, de buen augurio, el negro parecía un animal de gran porte, soberbio, un árbol majestuoso, símbolos de la fuerza y de la mansedumbre, un ser alegre y transparente. Diva volvió a reír pero ya no era con una risa confundida de niña, era un sonreír tímido de muchacha, casi furtiva.

Castor quiso adivinar la edad, se quedó con la duda. Delgada, las piernas unos tallitos, las trenzas duras de polvo, la incontenida carcajada, niña aún. Pero, bajo el vestido, los senos se afirmaban atrevidos, y, en la cara, los ojos eran relampagueantes, huidizos, la sonrisa disimulada, la expresión pensativa: de repente se le figuraba mayor, una mujer hecha. Tanto podía tener apenas trece años como dieciséis o diecisiete.

El negro los acompañó hasta la casa de Fadul Abdala, casa para vivir y negocio. Diva iba a su lado, los ojos bajos. Los de Tizón miraban de frente, francos y comunicativos. Moviendo la cola, Alma en Pena se unió a la caravana.

2

Había cumplido catorce años en la ruta; sino fuera por Vangé no se habría acordado. En el campo, en los buenos tiempos de Maroim, conmemoraban los cumpleaños, mejoraban la cena, había torta de *carima* o de mandioca, y si la fecha caía en domingo o en día santo, el almuerzo era festivo, con la presencia de vecinos y compadres. Quien sabe, tal vez en la ocasión de los quince años volvieran a festejar, instalados en aquel lugar a donde se dirigían por consejo del hombre a caballo, armado, que se había dicho Capitán.

En el polvo y en el cansancio de la caminata, solamente Vangé se había acordado. Por ser madre y por estar preocupada con el crecimiento de la hija más joven. Raquítica, delgaducha, no le salían formas, como si hubiera dejado de desarrollarse: tardaba demasiado en florecer. Vangé echaba la culpa a las tribulaciones —los sustos, la pérdida de la casa y los plantíos, acompañados por los latigazos, la brutalidad y la indiferencia— por el cuerpo menudo de la niña, por su modo incoherente, ora triste, ora enloquecida. Había llegado a la edad de catorce años sin siquiera todavía haber echado sangre, señal de estar lista para marido e hijo. ¿Se habría quedado seca para siempre?

Aquella tarde ya distante de la llegada de la familia a Tocaia Grande, después de recibir alimentos provistos por los moradores, provisiones fiadas por el turco, encendieron fuego en el descampado para preparar de comer. Antes del pobre refrigerio, sin embargo, las mujeres fueron a lavarse al río, lo estaban necesitando. El negro Tizón les indicó el lugar llamado Bidet de las Damas, nombre puesto por él, un remanso en medio de la corriente. Dinorá bañó al niño y Diva se desató las trenzas. Cuando el negro la volvió a ver, lamentó que fuera tan pequeña.

Solícito y cortés, Castor había ido al taller a buscar un pedazo de carne salada para mejorar las provisiones. Después guió a las mujeres hasta la morada levantada por Epifanía donde todavía no se había alojado otra prostituta. Vacía tal vez por ser exactamente mejor hecha y cuidada que las demás o porque daban por seguro el regreso de Epifanía, día más día menos, Epifanía, brava, peleadora y diablera. A la vieja Vangé le pareció mejor quedarse en el descampado junto al marido y los hijos: de cualquier manera no cabría tanta gente en la choza. Así que Castor condujo a las otras tres: Dinorá con el niño, Lía cargando la panza llena y Diva. También Agnaldo fue con ellos, con el deseo de ver a Lía acomodada. Alma en Pena ladraba a la luna que se desataba inmensa en las corrientes del río.

Cubierto por una estera, el catre de paja, ancho como convenía a las necesidades del oficio —los embates, los excesos y las fiestas— se deshacía en el abandono. Dinorá acostó al bebé sobre la estera, Lía se echó al lado. Agnaldo buscó ramas, Diva encendió el fuego, se elevó un humo húmedo. Densa sábana, el calor envolvió al niño y a la preñada, se alegraron las chinches.

El negro había desaparecido, ni había dicho buenas noches: a Lía le extrañó. Pero enseguida lo vieron de vuelta: había ido a buscar, en la casa de piedra y cal donde vivía y trabajaba, una hamaca grande y vistosa, sucia por el uso. La hamaca donde Tizón recibía a las prostitutas, se anidaba con las enamoradas, la red de Zuleica y de Epifanía, para citar apenas dos. El mismo la colgó de los ganchos clavados en los extremos de la choza:

—Caben dos, la hamaca es de matrimonio. —Dijo, dirigiéndose a Diva y Dinorá.

Solamente entonces deseó las buenas noches, después de colocarse a sus órdenes. En caso de que necesitaran alguna cosa, que no tuvieran timidez, podían llamarlo en el taller a cualquier hora. Partió en compañía de Agnaldo, precedidos por Alma en Pena. Desde la puerta, vano mal cubierto por una palma de cocotera, Diva los vio partir: el perro, el hermano y el herrero. Permaneció por un momento contemplando la luna llena, clavada sobre el río. Había llegado, finalmente.

3

Dinorá desdeñó la hamaca y prefirió extenderse en el catre, junto a Lía: entre ellas el niño. En el calor de los cuerpos, el llorón se durmió y enseguida la madre roncó, muerta de cansancio. También el inquieto mal dormir de Lía más adelante se calmó y la grávida por fin pudo olvidar el peso y el volumen del vientre ancho e hinchado.

Sola en la hamaca, piernas y brazos encogidos, Diva siguió despierta, atenta a los rumores que se sucedían en la Baixa dos Sapos o que allá resonaban provenientes del descampado. Oyó pasos, palabras sueltas, sobras de risa: el movimiento iba creciendo a medida que la noche se completaba en el valle de Tocaia Grande. Diva percibió el resonar de cascos en la distancia, escuchó nombres de animales pregonados por arrieros y ayudantes: Cangerao, Flor da Mata, Coscorote, Diamante, Mariscas, ¡yegua como la peste! De un rancho próximo llegaron pedazos de diálogo:

—Hoy no puede ser, estoy indispuesta... —se disculpaba la mujer.

– ¡Puta mierda, qué mala pata! –Lamentaba el hombre.

De repente oía a alguien gritar en medio del silencio el apodo del negro:

– ¡Tizón! ¡Eh, Tizón!

Sin duda un arriero en busca de los servicios del herrador de burros que por lo visto había acudido con presteza pues el llamado no se repitió.

La hamaca exhalaba un olor fuerte, ciertamente provenía del negro, y la envolvía. Allí él había sudado en las noches de calor, en los brazos de las mujeres, y el sudor había impregnado en la tela su olor de hombre, su aroma de macho, su perfume. Embriagador, el olor espeso la emborrachaba; Diva se sentía como en la noche del pasado San Juan cuando abusara del licor de *jenipapo*. Un mareo, la cabeza pesada a punto de sufrir vértigo.

No lograba sumergirse en las profundidas del sueño, desligarse de los recuerdos de la tarde. Pero no estaba enteramente despierta, vagaba en el mecerse de la hamaca, aprisionada a la ponzoña de ese olor que ya había sentido antes en el taller cuando el herrero explotara en risa, erguido ante el yunque. En la hamaca, reposante y persistente, le entraba en la nariz, le penetraba en los poros, se le desparramaba sobre la piel, entumeciéndole los pezones de los pequeños senos, se le escurría por los cuadriles y por el vientre y venía a quemarle los labios vírgenes de la ay-María. Sentía el cuerpo de Castor fluctuando sobre la hamaca, la piel de *caititu* cubriendo y descubriendo las partes. Con los brazos potentes la tomaba y la estrechaba contra el pecho.

Por fin el sueño se impuso pero Diva no durmió tranquila: durmió con el negro hasta la mañanita. Pero no era negro. Ni negro ni blanco, ni mestizo ni pardo ni *cabo-verde*: era luminoso y un fuego le crecía entre las piernas. Durante buena parte del transcurso, que fue largo y accidentado, Castor figuró un *caititu* descomunal: sería un jabalí si Diva supiera lo que era un jabalí. La guiaba a través del valle, sobrevoló las colinas y el río, se posó en la luna llena. Acorralándola en un rincón de la fragua bajo una tempestad de chispas, él la montó. Diva se sintió desatar, fundirse en lava.

Cuando despertó con el llanto del sobrino y el ruido de los convoyes moviéndose en la partida, de la boca del cuerpo la sangre fluía, oscura y gruesa, escurriéndosele por los muslos. Vertida por obra y gracia del olor del negro que se le había metido en las entrañas y la había hecho mujer.

La mancha roja marcó en la tela sucia de la hamaca la insólita hazaña del negro Castor Abduim da Assunçao, Tizón de apodo, que, después de haber herrado dos patas de burro Lacarote, había dormido bien la noche entera. Solo, lo que muy raramente sucedía.

219

4

Cuando Ofrecida —nombre dado por Castor por haberla recibido de regalo y por ser una perra confiada y atrevida desde chiquita— venía a provocarlo, saltando a su alrededor, mordiéndole las piernas, pellizcándole el hocico, Alma en Pena se prestaba a la broma, salía desatinado a perseguirla, la hacía rodar en el suelo, le ponía la pata en la panza para mantenerla inmóvil: jamás se le había ocurrido otros instintos además del alegre juego de falsos enojos y amenazas, de diversión y burla.

Se iba tornando Ofrecida menos juguetona a medida que crecía: pasaba horas durmiendo al calor de la fragua, junto a Alma en Pena, acurrucada en él. Pero no dejaba de instigarlo a las correrías por el descampado, azuzándolo, desafiándolo para peleas que no pasaban de inocente diversión. Castor se divertía con la agitación del dúo de perros callejeros que rodaban en el polvo, gruñendo y ladrando como si corrieran el riesgo de hacerse pedazos. Después, cansados, las lenguas colgando, se echaban a los pies del amigo, en busca de una caricia. Alma en Pena sólo se revelaba descontento cuando Ofrecida, valiéndose de la poca edad y del tamaño reducido, saltaba a la falda de Tizón para que él le rascara detrás de las orejas y en la panza. Celoso, el perro se erguía en las patas traseras y, apoyándose en las piernas del herrero, expulsaba a la entrometida y ponía en su lugar, en el regazo de Tizón, la fea cabezota.

Pero un día todo cambió y sin motivo aparente desconoció al compañero. Parecía haber sido ayer y sin embargo había transcurrido más de medio año desde la primera visita de Zilda a Tocaia Grande: la mujer del Capitán había sacado a la perrita del carro de bueyes y la había colocado en el suelo, frente a la casa de Bernarda. Inmediatamente ella había provocado a Alma en Pena y él había comenzado a hacer lo que quería con aquella ofrecida. Ofrecida, dijo Tizón llamándola por el nombre.

Con seguridad que había sido entonces cuando el calendario había comenzado a andar a ritmo acelerado e inesperadamente Ofrecida mostró los dientes al ver a Alma en Pena aproximarse para dar inicio al cotidiano torneo de juegos. Ladró airada y lo mordió cuando él insistió en recomenzar las inocentes correrías, hacer piruetas en el terreno.

Durante algunos instantes Alma en Pena permaneció atontado, sin entender lo que estaba sucediendo. Pero he aquí que también él se transformó, dejó de ser el travieso juguetón. La relación entre ellos se modificó por completo. Ella comenzó a huir como si le temiera, a evitarlo como si lo despreciara, lo repelía cuando él se acercaba. Pero si huía era cerca, si lo evitaba era por segundos, y si lo repelía más aún lo buscaba, mirándolo de reojo, mostrándole los traseros.

Abandonando hábitos asentados y deleitables, Alma en Pena se olvidaba de ladrar a los convoyes, de saltar alrededor de los burros, había perdido el hambre —el hambre voraz de Alma en Pena que ninguna comida saciaba—, llegaba al absurdo de dejar a Castor salir solo a cazar al rayar del día. Desvariando alrededor de la perra, preso al olor que se desprendía de los labios de la vagina hinchada, destilando sangre.

Durante unos pocos días, Alma en Pena rondó a Ofrecida, ateniéndose con paciente obstinación a las negaciones, al desprecio, al rechazo, a la violencia de las dentelladas. Dispuesto a conquistarla, y la conquistó. ¿Pero no sería por casualidad todo lo que la perra deseaba? Ofrecida fue dejando de gruñir, de huir, de mostrar los dientes, permitió que él aproximase el hocico, oliera la vulva entumecida, que le pasara la lengua ávida y lamiera la sangre que la cubría.

Cierta tarde, en el terreno frente al taller, delante de los ojos prendidos de Nando y de Edu que lo azuzaban, en la presencia del negro Castor, del Turco Fadul y de Coroca empeñados en una charla descosida, Alma en Pena consiguió meter el clavo —la pistola del perro es igual a un clavo de cabeza, explicaba Edu, experimentado en la crianza de perros callejeros— en las fértiles entrañas de Ofrecida. Después de terminada la ceremonia, la perra y el perro se quedaron enganchados uno a otro: Nando quiso echarles agua para desatar el nudo pero Castor no lo consintió: deja que del resto se encarga la naturaleza.

5

Mal comparado, se puede afirmar que lo mismo había sucedido, idéntico tironeo, con el herrero Castor Abduim da Assunçao y la sergipana Diva, al menos en lo que se refiere al modo como él la vio y al modo como la trató unos cuantos meses, más de un semestre, y de la sorpresa cuando, un día igual a los otros, de repente se dio cuenta del cambio. Sorpresa es poco decir para tamaña impresión: una revelación.

Un día igual a los otros para la gente del lugar, no para el cazador de burros, fulminado. Tampoco para la muchacha, más esquiva e impetuosa que la perra Ofrecida al entrar en celo y sangrar por los labios hinchados de la vagina. Esas y otras cosas singulares que nos reserva la vida —enigmas, prodigios, maravillas— la naturaleza se encarga de explicarlas y resolverlas. Así había enseñado el mismo Castor Abduim al apresurado Nando: no cuesta repetir concepto tan provecto y sensato.

6

Pero el que primero se dio cuenta de la transformación de Diva fue Bastiao da Rosa, pedrero lleno de clientes, ciudadano de buena apariencia, blanco de ojos azules, pieza rara en esos parajes, de alta cotización entre las mujeres, partido disputado entre las prostitutas.

De las casas, todavía contadas, de ladrillo y tejas, levantadas en el Camino de los Burros con materiales de la alfarería de Merencia y Zé Luiz, la de Bastiao da Rosa —José Sebastiao da Rosa— era de lejos la más vistosa y confortable, lo que se explica fácilmente: trabajando para sí mismo, había puesto todo su empeño en la solidez de los cimientos y en la perfección de la terminación. Paredes azules, ventanas color de rosa con parapetos de madera, canaleta para que corriera el agua de la lluvia. Y el lujo de la casita para las necesidades, en el jardín; un agujero profundo y encima de él una caja de madera para sentarse sobre ella. Como en las casas de Taquaras y de Itabuna. La primera letrina de Tocaia Grande, comodidad enseguida imitada por Fadul y por Castor. Había correspondido a Fadul, sin embargo, la iniciativa de hacer cavar un pozo detrás del almacén, aun antes del gran pozo que servía al corral y a los arrieros, servicio del Coronel Robustiano de Araújo.

Casa demasiado grande para un hombre soltero, se murmuró en Tocaia Grande que Bastiao da Rosa pretendía casarse, constituir familia, corrieron rumores a propósito de una novia contratada en Itabuna, ciudad de donde él procedía. Allá había dejado fama de hombre enamorador, incansable bala perdida, que había destrozado corazones de mozas casaderas. Tocaia Grande no era más que un lugar para pasar la noche de los arrieros cuando allí viniera, contratado para construir, en régimen de empresa y sociedad con Lupiscinio, la casa de madera del Turco Fadul Abdala que había resuelto jubilar la maleta de vendedor ambulante. Como se entendieron bien, se había quedado definitivamente, le gustaba el lugar. Se detenía en constantes temporadas en las haciendas próximas, contratado para levantar barcazas, cochos y estufas, se había dejado crecer el bigote y la barba, podía pasar por gringo si quería, bastaba hablar enrollado. En Tocaia Grande empataba con Tizón en el favor de las putas.

Pero transcurría el tiempo y Bastiao da Rosa continuaba soltero, ni siquiera había pensado en amancebarse a pesar de no haber faltado quien se lo insinuara. Inclusive María Beatriz Morgado, prima pobre de doña Carmen Morgado de Assis Godinho y, por afinidad, del Coronel Enoch de Assis Godinho; pobre pero hidalga. Bastiao se había demorado en la hacienda Godinho, maestro de obras al frente de la reforma de la casa-grande, y por diversión le había pasado la mano en los pechos a doña María Beatriz: la hidalga ya no era virgen, el primo rico la había tomado también por diversión. Si no fuera así, la prima pobre, ya treintona, que ostentaba una pechuga respetable, sobraría intacta para los gusanos. Enamorada, la doña quiso abandonar la cama y la comida que los primos le proveían por caridad —por su parte ella se ocupaba del arreglo de la casa, fiscalizaba el trabajo de las criadas y cuidaba de los niños— para vivir con Bastiao sin exigir papeles firmados ni dar satisfacción a los prejuicios, a la jactancia, a los desplantes de los Morgados y Godinhos. Bastiao da Rosa se echó atrás, esquivó el bulto, no deseaba pudrirse en una encrucijada, víctima de una emboscada, a causa de una mujer.

Había cruzado el río en compañía de Guido, atendiendo la invitación del viejo Ambrosio y de José dos Santos para discutir acerca de la construcción de una casa de harinas: no reconoció a Diva al encontrarla escarbando la tierra, azada en mano. Pensó que se trataba de una de las hijas de José dos Santos. Eran tres y cada una de ellas valía por un hombre dispuesto en el trabajo: dos todavía eran jóvenes y una mayor, ciega de un ojo, Ricardina. No por eso dejaba de encontrar quien la quisiera: la habían visto a los apretujones con Dodô Peroba, un tipo medio chiflado que había ido a parar a aquellos lados nadie sabe cómo ni por qué. Solamente por los pajaritos no podía ser. Había encargado una silla de barbero a Lupiscinio, fiada, para pagar cuando pudiera: se dedicaba a cortar pelo y afeitar. Según el Capitán Natario da Fonseca, que se había transformado en su cliente, la silla de barbero de Dodô Peroba era una prueba más de la evidencia del progreso: Tocaia Grande ganaba proporciones de población adelantada.

Contratado con frecuencia, así como los demás maestros pedreros y carpinteros, para construir diversos servicios en las haciendas, Bastiao da Rosa poco paraba en Tocaia Grande, hacía meses que no veía a la hija de Ambrosio. Se acordaba de la chiquilina callada y delgaducha, las trenzas colgadas, jugando con los muchachos, vendiendo en la feria al lado de los padres y hermanos. No podía ser la misma que tenía adelante, el busto erguido, la falda levantada, trabajando la tierra con la azada, el sudor escurriéndole por la frente: eso era un desparramo de mujer: joven, lozana y tan bonita, ¿a quién se parecía? A las verdes plantaciones de mandioca.

Antes, los matorrales crecían resecos en el polvo, suelo de espinos y de víboras. Con la venida de los sergipanos florecían plantíos de *feijao*, campos de maíz y mandioca, vergeles de maxixe y de chuchu. Todo se había transformado. No sólo la tierra, también la gente. Jaosé, Dinorá y el hijo que por poco no había muerto en el camino. El sombrío Agnaldo y su mujer Lía: había llegado preñada, sacando los bofes por la boca. Aurelio y Nando, sin hablar del matrimonio de viejos, golpeados y humillados. Los peregrinos expulsados de Maroim seguían siendo campesinos, incansables en el trabajo. El niño que Lía había tenido en las manos de Coroca, el primero en nacer en Tocaia Grande, era un lechoncito.

Ambrosio y José dos Santos detallaban planes para la casa de harinas, Lupiscinio escuchaba y discutía. Bastiao da Rosa pensaba, los ojos en la moza echada sobre la tierra, iluminada de sol, el rostro de santa, un cuerpo de reina: con aquella sí valía la pena amancebarse.

Con Castor Abduim no pasó así, tan de repente, pero no por eso la sorpresa y el sobresalto fueron menores. La revelación se dio algunos días después de la mudanza de la familia del Capitán Natario da Fonseca a la residencia construida en lo alto de la colina: la principal de Tocaia Grande por el tamaño, por la comodidad y por la situación. Cargando una canasta en la cabeza, Diva trepaba la subida, empinada pero bien calzada de pedruzcos para permitir el paso de los animales aun en la estación de las lluvias. En cambio sería fácil cerrarle el paso a los extraños; bastaba colocar un hombre con la carabina en la mano en cualquiera de las vueltas de la rampa tortuosa. Por casualidad, pasando en dirección al río, él la vio subiendo y espantado se detuvo: simplemente no podía ser Diva, se negaba a creer a sus propios ojos. Pero era Diva, si, no era otra: al pararse a acomodar la cesta, ello lo había percibido abajo espiando, boquiabierto: bajo la falda aparecían los muslos desnudos. Sonrió y la saludó con la mano.

El pueblo ya había bautizado a la colina, le había dado el nombre de Otero del Capitán pues de allá arriba, como si estuviera en un mirador, el Capitán podía escrutar el poblado entero, de la Baixa dos Sapos con los ranchos de las putas y la casita de Bernarda hasta la calle de casas que se extendía en el Camino de los Burros; desde el descampado con el lugar de la feria, el galpón de paja, parada de arrieros y salón de baile, hasta el depósito de cacao y el corral del coronel Robustiano, el taller de Tizón donde Edu, el hijo mayor, aprendía el oficio, y el almacén del turco en las proximidades del árbol de *jaca*. Veía también en el otro lado del río las plantaciones de los sergipanos y de los sertanejos, los sembrados y las ramadas, los penachos del maizal, los cerdos, las gallinas.

Todo aquello y el movimiento de los viajeros, el capitán Natario da Fonseca lo abarcaba con la vista desde la galería de su residencia. Mejor todavía desde el árbol de *mulungu*, algunos pasos más adelante, desde donde había mostrado en cierta oportunidad el lugar entonces desierto al Coronel Boaventura Andrade y vaticinado cómo sería en el futuro: esto llegará a ser una ciudad. Poco faltaba, había concordado el Coronel al pasar por allí siete años después. Manera de hablar del Coronel: poblado pequeño, para ser una ciudad le faltaba casi todo. Pero cuando él, Natario, había llegado muchachote a la abundancia del cacao huyendo de la indigencia de Sergipe, Taquaras no pasaba de

224

un reducido punto donde pasar la noche, la estación no existía, no estaba todavía el tren, y la ciudad de Itabuna, ese coloso, era la aldea de Tabocas.

Por ese motivo el Capitán se mantenía atento a lo que circulaba y sucedía, opinando y envolviéndose si era necesario. Habiendo prestado dinero para la construcción de la casa de harinas que Lupiscinio y Bastiao da Rosa estaba poniendo en pie por cuenta de Ambrosio y José dos Santos y se había unido al coronel Robustiano de Aráujo para financiar el corte de la madera para el proyectado puente. En esas obras había puesto casi todo el lucro de la cosecha pero quien conquista mando y autoridad contrae obligaciones. Así pensaba y actuaba desde mucho antes de recoger cacao, apenas comenzara a sembrar plantaciones en las selvas de Boa Viagem y se demorara con Bernarda, refugiada allí haciendo la vida.

8

No había sucedido de repente, de improviso: al contrario de Bastiao da Rosa, que llevaba siglos sin verla, el negro la veía y le hablaba constantemente y si no se había dado cuenta la culpa la tenía él y nadie más. Estuvo en asiduo contacto con Diva a partir del fin de la tarde en la que acompañara a la familia sergipana al almacén de Fadul y le prestara la hamaca en el rancho de Epifanía, la niña Diva, atolondrada y encelada. Hasta el momento en que la vio escalando colina arriba, equilibrando en la cabeza una cesta repleta de *chuchus, quiabos, maxixes* y *xilós,* batatas, productos de los plantíos, regalos que Vangé mandaba a la cocina de Zilda. Pudo entonces contemplar los muslos desnudos y el trasero apenas cubierto por el calzón, muslos y trasero de mujer. Para revelarle el rostro que siempre había hallado bonito, una amabilidad, y medirle el busto, rondando por allí, esperó que ella bajara. La vio de cuerpo entero, enloqueció y nunca más la trató de niña Diva. Pero continuó hallándola alocada, con un tornillo menos en la sesera.

Antes ella venía corriendo con Cao y Nando por el descampado en busca de Edu, para sacarlo del trabajo e ir los cuatro a cazar *teiús* en la selva, armar trampas para los pajaritos o hacer bailar un trompo —en las horas de hocio la diversión de Balbino era fabricar trompos que ofrecía a un vendedor en la feria de Taquaras— o remontar cometas hechas por Merencia también en las horas de ocio, cada cual más colorida y valiente.

Nando y Cao entraban en el taller, Diva jamás. Se quedaba en la puerta espiando. Tizón le miraba el rostro angelical, descansaba el yunque, invitaba:

—¿No quieres entrar, niña Diva?

Hacía que no con la cabeza y, sin esperar a los otros, salía a correr como si huyera de él, temerosa: ¿temerosa de qué, por el amor de Dios? Al principio a él le extrañó, después dejó de fijarse: raro el día en que ella no se mostraba en los alrededores del taller, escondiéndose detrás de los árboles de cacao, furtiva y asustada. Los brazos y las piernas sucios del trabajo de la tierra.

Cierta mañana, tempranito, entrando en la selva para recoger la caza como lo hacía cotidianamente, Castor la sorprendió siguiéndole los pasos, disimulándose detrás de los árboles. También en el río: nadaba al caer de la tarde en las aguas profundas, bien distante del trecho de playa y de cascadas donde las mujeres lavaban ropa y se bañaban, cuando Diva emergió ante él, casi tocándole el cuerpo desnudo: un trapo mojado más la desnudaba que la vestía. Si no fuera tan chica, él no se habría resistido. Gritó: ¡cuidado, niña Diva!, para alertarla del peligro de la corriente fuerte y para romper el sortilegio; aquel río era morada de embrujos. Duró menos de un minuto; ella se había sumergido nuevamente y ya se había ido: nadaba rápido como un pez. O una sirena.

A menudo Castor la encontraba y le hablaba. Diva sonreía, bajaba la cabeza, salía corriendo pero no iba lejos. Tosco y ciego, Tizón no entendía las rarezas, las maneras extrañas de la criatura y tampoco percibió el cambio que había transformado los tallitos finos en piernas torneadas, los incipientes senos en busto arrogante: para él siguió siendo la niña Diva, de trenzas colgantes, que corría por el descampado. No se dio cuenta cuando ella abandonó el juego con los otros y la compañía de los adolescentes, de la retardada y los muchachos, y comenzó a andar solita o con la madre y las cuñadas. Solita, para ir a espiarlo en las inmediaciones del taller. No la vio sacar cuerpo y hacerse mujer.

Solamente percibió la transformación y tuvo plena conciencia de ello al divisarla subiendo el sendero hacia la casa del Capitán Natario. Se quedó atónito, sintió disparar el corazón. Decidió quedarse a la espera para confirmar el milagro. Diva lo vio con claridad, allí clavado, pero hizo como si no lo hubiera visto, no lo miró ni disminuyó el paso. Pero paró más adelante, volvió la cabeza hacia atrás y rió como si estuviera burlándose de él. ¡Que lo entienda el que pueda!

No lograba descifrar la causa y el objetivo, la razón de ser del insensato comportamiento adoptado por ella: las carcajadas y los ojos bajos, los disfraces y las fugas, las insinuaciones y las esquivadas, las osadías y el retraimiento. La figura se había modificado pero los modos subsistían inalterados, absurdos. Castor se rompía la cabeza tratando de encontrar la clave de la charada. Si no fueran boberías, tonterías de niñas, parecerían indirectas, verde para cosechar maduro, arterismos de mujer, filo de puta.

Desde que la vio volver la cabeza para mirar y reír, desde entonces ya no tuvo otro pensamiento ni puso en su pecho otro deseo: sin Diva la vida no valía la pena, no era vida. Pero se decepcionó cuando percibió —y fue fácil percibirlo— que también Bastiao da Rosa le requería. Barba y bigotes rubios, cabellera abundante y ondulada, cara roja de gringo: de gringo de las Europas y no de turco oscuro, casi tan oscuro como cualquier mestizo del campo; el pedrero le llevaba nítida ventaja. Como ella no era francesa sino morena sergipana, habría de preferir al blanco de ojos azules y no al renegrido. Solamente las francesas, como él sabía y tenía pruebas, dan el debido valor a la raza negra. Pero no por eso desistió: resignarse, huir de la lucha no era de su naturaleza, mucho menos en aquella circunstancia en que el premio de la porfía era la propia vida.

9

Viendo a Durvalino sacar agua del pozo para los gastos de la cocina, Fadul recordó con nostalgia a Zezinha do Butiá y suspiró: tanto el aljibe como el cajero le traían de vuelta a la prostituta. Estaba satisfecho: el pozo era de gran utilidad y Durvalino había pasado más de un año de servicio en el mostrador del almacén, se había mostrado de gran servicialidad. Y honesto, por más increíble que parezca. Zezinha no ostentaba pechos abundantes ni caderas anchas, conocidas preferencias del turco en materia de mujeres —mamas grandes, traste de avispa, buenos para agarrar con las manos— pero a ninguna otra se había apegado tanto. Tenía más atractivos que el cacao: el rostro una joya, el cuerpo una estatua, la concha un abismo, el corazón sentimental. Nuevamente suspiró, desconsolado.

Se dio cuenta de que pensaba en ella en términos de pasado, como si la prostituta se hubiera pegado un tiro y estuviera muerta y enterrada en el cementerio de Lagarto, lo que felizmente no era cierto. En la práctica hacía poca diferencia: enterrada en el cementerio o vegetando en casa, sólo en el sueño y en el pensamiento podía reencontrarla, oírle el hablar cantado y manso invitándolo para el regalo de la cama: ven, turco, muéstrame la tórtola, ya me olvidé como es. Le ponía nombres, le sacaba dinero, lo envolvía de todas las formas, un ángel del cielo, una merced de Dios. Cantaba cancioncitas de cuna: tórtola, tortolita, tórtola de amor. ¡Cuánta nostalgia!

De ella Fadul había recibido una única noticia después de que, desesperada, se fuera a Sergipe: carta enviada en mano por el portador, el sobrino Durvalino, adolescente alto y flaco, pantalones por la mitad de la pierna, cara cubierta de granitos y verrugas. Carta de garabatos y borrones, sin puntuación, la letra grande e irregular subiendo y bajando en el papel al sabor de la mano inhábil, Fadul la descifró y tantas veces la leyó que casi la aprendió de memoria. Podía recitarla como si fuera una poesía o un versículo de la Biblia: "... Estas mal trazadas líneas son para decirte Fadul mi amor que no me olvido de ti ni nunca voy a poder olvidarme porque a la noche sueño que estoy en la cama abrazada a ti y cuando me doy cuenta estoy con los ojos mojados y allá abajo tambien donde tú sabes pero un día voy a volver si Dios quiere". Al final de la página, bajo la firma: "tuya para siempre María José Batista", ella había puesto una cantidad de comas, puntos finales, signos de exclamación y de interrogación para que él los desparramara en la carta donde fuera conveniente.

Se refería a la breve estada en Tocaia Grande, antes de viajar: "cuando estuve ahí vi que vivías muy sacrificado trabajando como un burro de carga". Por eso le enviaba al sobrino Durvalino, hijo de su hermana mayor, viuda y tísica, "más para allá que para acá", para que fuera su empleado. Cualquier pago que le diera, por menor que fuese, sería una caridad: "más mejor que morir de hambre acá". Pero no dejaba de ponerlo en bobo, de llevarlo a broma, para no perder la mala costumbre: "me quedo tranquila, sé que no eres avaro y por el muchacho pongo las manos al fuego". ¡Angel del cielo, merced de Dios!

Ya venía pensando en contratar a un cajero que lo ayudara en el mostrador, ¿pero dónde encontrar a alguien de confianza? En los años de las vacas flacas, al menos le restaba el día entero para dormir, si así lo quería. Los arrieros y las putas constituían el grueso de la clientela, de vez en cuando algunos viajeros. La faena mayor tenía lugar a partir del fin de la tarde y por la mañana bien temprano, era esa la parte más pesada del trabajo. El movimiento, sin embargo, había aumentado mucho con el crecimiento de los sembrados. Además de despertarse antes del rayar de la aurora y de acostarse entrada la noche, durante el transcurso del día tenía que mantener abiertas las puertas del almacén, ya que a toda hora aparecía gente. Si realmente quería ganar dinero no podía descuidarse, ponerse a dormir con la panza llena; tenía mucho trabajo por delante como para llenarse la panza.

Así acogió a Durvalino con visible benevolencia y secreto entusiasmo. Zezinha do Butiá —divina providencia— una vez más le resolvía un problema. Pero no dejó que el muchacho percibiera su regocijo, pues no solamente en el comercio con los gitanos el ciudadano necesita ser prudente: también en el trato con la gente de Sergipe. Fuad Karan no se cansaba de decir que los sergipanos son los árabes del Brasil y Fuad no tenía el hábito de hablar en vano.

—Como necesitar, no necesito, me arreglo bien solo en el trabajo. Pero siendo un pedido de Zezinha no puedo dejar de atenderlo.

Averiguó las habilidades del muchacho: sabía leer, escribir y hacer

228

las cuatro operaciones, se decía dispuesto a enfrentar cualquier trabajo, peor que cortar caña al sol no podía ser.

—Pues vamos a ver. Guarda tus cosas en el cuarto de las mercaderías, tira una estera para dormir y puedes comenzar. Sobre el dinero conversamos después. Va a depender de ti, no de mí. Si me dejas satisfecho, no te vas a arrepentir.

Por fin dejó escapar la pregunta que aseguraba en el pecho:

—¿Y Zezinha, cómo está?

Como Dios permitía, respondió el sobrino. No estaba viviendo ni en Butiá ni en Lagarto, vivía en Acaraju en una casa puesta por el doctor Pánfilo Freire: médico recibido, no ejercía la medicina, producía azúcar mascavo y refinado en el bangüe del Funil, destilaba *cachaça*, hacía rapadura, estaba podrido en plata y había pasado los setenta. Amancebada con un ricachón, muy bien. Fadul no quiso saber otros detalles: fogosa como era, Zezinha no habría de contenerse con tórtola de viejo verde, setentón.

10

Fadul había mandado a cavar el pozo atrás de la casa por consejo de Zezinha do Butiá. Regalado en la ocasión feliz e igualmente melancólica de la visita de la prostituta a Tocaia Grande -para pagar una promesa hecha y repetida y para vibrar cuchillada honda, para sangrar. Un día de éstos, cuando menos lo esperes, aparezco, juraba ella en la pensión de Xandu, en Itabuna. El turco no se dejaba ilusionar: el día de San Nunca. Pero el padre de Zezinha había estirado la pata en Lagarto, víctima de fiebre o de *cachaça*, ¿para qué aclararlo?

En Lagarto, las viejas, las locas, los chicos, no sabían qué hacer, necesitaban de ella para trazar un rumbo en la orfandad: reclamaban su presencia, no bastaba el dinerito mandado todos los fines de mes, religiosamente. Antes de embarcar, ella había venido a despedirse, aprovechando el convoy de Zé Raimundo para hacer el viaje montada en un burro de pisada suave. Llegó sin avisar, Fadul estaba ocupado en el almacén cuando oyó los gritos del arriero, anunciando:

—¡Don Fadu! ¡Don Fadu! ¡Venga corriendo a ver el regalo que le traigo!

Alegre y risueña, Zezinha le saltó al cuello:

—¿No dije que un día venía, turco de los mil diablos?

Después lloró lágrimas de veras sentidas al contar la muerte del padre, un hombre bueno que no había tenido suerte. Mientras fue fuerte había labrado la tierra de terceros, y había terminado en la *cachaça* cuando el paludismo se le montara encima. La familia trabajaba por día en plantaciones ajenas, los hombres cortaban caña en los campos del bangüé. Si no fuera por la ayuda de Zezinha, pasarían hambre. De las hijas mujeres, Zezinha había sido la única que había subido en la vida, prosperado, gracias a Dios que la protegiera. Había ido a ser puta en Itabuna.

La hora no le era propicia para las bienvenidas, los convoyes llegaban, los arrieros y ayudantes invadían el rancho vestido para comprar qué comer, las prostitutas aparecían en busca de cliente y un trago de *cachaça*. Zezinha, que había llevado al cuarto el baúl, vino a ayudar al turco en el mostrador y, haciendo así, aumentó el consumo de aguardiente, todos querían brindar con ella y con el ladrón del turco, ¿quién no estaba enterado del amorío antiguo y persistente?

Mucho más tarde ella lo acompañó hasta la orilla del río, donde Fadul había venido a llenar una lata de agua para las necesidades de la casa, en aquel día aún mayores: Zezinha, debido al miedo de una enfermedad fea, tenía manía de limpieza. El fuego encendido en el descampado, las lámparas, una que otra estrella iluminaban la noche de brea. Ellos iban tomados de la mano: de tan agarrada, Zezinha parecía una doncella paseando con el novio a escondidas de la familia.

—¿Por qué no haces cavar un pozo para tener agua en tu casa?

—Cuesta dinero.

—Más cuesta el trabajo que te tomas. ¿Dónde se ha visto?

El llenó la lata, quiso volver, tenía prisa por extenderla en la cama: tantas veces en sueños allí la había perseguido, tratando de agarrarla. Esquiva y cruel, ella se ofrecía pero no se entregaba, le huía de los brazos, se le reía en la cara. Había llegado el día del desquite, e iba a cobrar con intereses de agiotista.

—Vamos...

—Todavía no.

Le tiró del brazo, se sentaron en la orilla del agua, junto al Bidet de las Damas, los pies en la corriente, oyendo el croar de los sapos. Zezinha apoyó la cabeza en el hombro ancho del turco, metió la mano por dentro de la camisa para acariciarle el pecho peludo.

—No quería irme sin ver a mi turco.

—¿Y sin clavarme el cuchillo, no? —Hablaba en tono de broma, sin acento de queja o acusación.

—Vine a buscar ayuda, no voy a mentir. Pero no fue sólo por eso que vine, Dios es testigo. Tú eres un turco bruto e ignorante, piensas que no tengo sentimientos.

Fadul la envolvió en los brazos y la miró a los ojos: las lágrimas ya no se debían a la muerte del padre. Eran lágrimas de tristeza y de buen querer, lloradas en la noche de encuentro y despedida.

11

Zezinha do Butiá se levantó al mismo tiempo que Fadul Abdala cuando los relinchos y los rebuznos comenzaron a despertar el valle y los arrieros se fueron a reunir los convoyes. Noche de soñar, no de dormir, noche de risas y suspiros, de ayes dolientes, de gemidos acallados, de palabras buenas para decir y oír. Fadul le propuso que se quedara durmiendo; ya de pie, ella se negó:

—Voy a ayudarte.

Consideró el tamaño del lecho, grandioso, un atisbo de reproche en la voz cantada:

—¿Fué acá que le metiste la tórtola a Jussa, no? La tarde entera... ¡puta descarada!

Después de tanto tiempo, ella aún se acordaba lastimada y con rencor. El turco le tocó el cuerpo desnudo, con la mano enorme:

—Mujer igual a ti, no hay. Y no va a haber.

Zezinha sacaba vestidos del baúl, elegía cuál usar. Para servir *cachaça* en el mostrador a aquella hora de la mañana, se vestía de fiesta. Se había preparado como si fuera a viajar a Ilhéus y no para aquel culo del mundo.

Cuando el movimiento cesó, después del baño en el río, la carne seca chamuscada y la madura *graviola*, salieron a andar por el lugar. Las prostitutas espiaban desde las entradas de las chozas, saludaban divertidas. Coroca bromeó al pasar al lado de ellos en la Baixa dos Sapos:

—¿Se amigó, don Fadu? Le doy mis felicitaciones, supo elegir. —Se volvió a la visitante: —¿Usted es Zezinha, no? Yo soy Jacinta, cuando don Fadu viaja para verla, yo soy la que se queda acá encargándose del rancho vestido.

—Solamente vine a despedirme, me voy a Sergipe. Fadul me habla siempre de usted, dice que usted vale por diez hombres.

—Gentileza de él.

Recorrieron Tocaia Grande de punta a punta, ella conoció al viejo Gerino, a Merencia y a Lupiscinio, a Castor ya lo conocía: no sólo de vista y de charla, también de lo demás. De vuelta al mostrador de la tienda, Zezinha resumió su opinión:

—Tan pobre como Butiá, el lugar donde nací. Sólo que Butiá, en lugar de ir para adelante, anda para atrás como cola de caballo. Si pudiera, me quedaba acá, contigo.

A la mañana siguiente, después de la noche en claro, Fadul despachó a los arrieros con Zezinha de cajera, entre risas y chanzas. Cuando el último convoy ganó la ruta, el turco entregó la llave de la casa y el revólver a Coroca, puso las alforjas en los dos burros y acompañó a la prostituta al tren en la estación de Taquaras.

Callados, recorrieron las leguas del camino. Tristes como si estuvieran despidiéndose para siempre. Al subir al tren, Zezinha le recordó,
tocándole el pecho con el dedo estirado:

—Manda a hacer el pozo, no te olvides.

No se preocupó por esconder las lágrimas.

—Gracias por la ayudita. —Hizo un esfuerzo para sonreír: —Y por
todo lo demás. —Incontrolables, los sollozos irrumpieron altos y dolo-
ridos.

El turco metió la mano en el bolsillo, sacó un pañuelo grande, floreado, descolorido, y se lo dio a Zezinha, que zambulló el rostro en él,
de pie en la puerta del vagón.

Fadul quiso hablar, no pudo. El tren silbó, comenzó a andar, Zezinha do Butiá decía adiós con la mano con el descolorido pañuelo
floreado.

12

Durvalino había demostrado ser de piedra, incansable en el trabajo
y comprobadamente honesto: si hurtaba una u otra moneda para alimentar el vicio entre las prostitutas, se trataba de una cantidad tan
insignificante que Fadul fingía no darse cuenta. Fuera de eso era un
flaquito chismoso y cumplidor. El rey de los apodos, debido a la altura y a la lengua de badajo. Palo-enjabona, Caña-de-Pescar, Lleva-y-
Trae, Usted-ya-va-a-Ver y ¿Ya-sabe?, así mismo, con signo de interrogación en la voz. Esos, entre los principales; había otros, menos corrientes, más poéticos. Lombriz-de-Turco, Sorete-de-Puta, Piojo-del-
Perro.

Ninguna persona en su sano juicio tentaría disputar con Pedro Cigano la condición de pregonero-mayor de los sucesos ocurridos en aquellas bravías comarcas, el extenso y turbulento territorio del río de las
Víboras con un sinnúmero de propiedades, de puntos para pasar la
noche, poblados, aldeas, caseríos. Ofreciendo a precio vil el sonido de
su fuelle, señal de alegría y fiesta, Pedro Cigano, pies de siete leguas,
recorría los caminos, llevando, de sitio en sitio, las últimas informaciones, las noticias más recientes: quién había muerto y quién había
parido, bodega que había abierto o cerrado sus puertas, peleas, desórdenes, amancebamientos, bravuconadas de *jagunços*, invasiones de
tierras, matanzas de indios, ventas de plantaciones y haciendas, los
lugares de las putas, andariegas como el acordeonista. Merecía confianza pues no era de inventar, bastaba con disminuir un poco la
extensión y el volumen de la historia: sólo al contar él aumentaba,
engrandecía, con una hebra de cabello trenzaba una peluca.

Con todo, en lo que se refiere a los límites de Tocaia Grande
nadie le sacaba ventaja a Durvalino, al tanto del menor incidente, de

cualquier charla de prostitutas, de pasajero desacuerdo de arrieros en las partidas de ronda, del requiebro de los enamorados; nada ocurría en Tocaia Grande sin que Durvalino lo supiera y lo contara. Lleva-y-Trae decían para designarlo, pero a ese llevar y traer y al hábito de exagerar —en lo que se parecía a Pedro Cigano—, se debe agregar todavía la manía de prever el desarrollo de cada asunto, anunciando lo que iba a suceder. Además de Lleva-y-Trae, lo bautizaron también de Usted-Ya-Va-a-Ver.

Figura familiar en la Baixa dos Sapos, se metía constantemente en camisa de once varas como consecuencia de sus afirmaciones, sus están-diciendo-por-ahí, de los chismes y los rumores, pero sobre todo debido a las conjeturas y los augurios. Anduvo cobrando unos sopapos, unas corridas de putas de mala entraña que se habían considerado injuriadas o calumniadas por Caña-de-Pescar, si bien, en general, había sido recibido con agrado y curiosidad al despuntar en el puterío con aire misterioso y la pregunta habitual: ¿ya saben la novedad? Por ¿Ya Sabe? lo saludaban al verlo surgir, luengo de piernas de compás y ojos muy abiertos.

Gracias a Durvalino, Fadul estaba a sus anchas: ya no tenía que levantarse antes del sol para atender a la salida de los arrieros, le había pasado la penosa obligación. Llegaba al mostrador después de aliviar la panza, zambullirse en el río y tomar café con farinha, *jabá* y rapadura. Listo para oír, junto con el cordial "buen día, patrón", las noticias, los comentarios y las previsiones del empleado que no iba al retrete, al río y al fogón antes de desembuchar.

—¿Usted ya sabe lo que está pasando entre Tizón y Bastiao da Rosa por la muchacha Diva? Todo el mundo lo sabe...

También Fadul lo sabía, el mismo Durvalino le había llamado la atención con respecto al interés que los dos citados personajes rondaban a la hija de Ambrosio y de Vangé, le arrastraban el ala, a la vista de todos. Con la tendencia al juego característica de la población de Tocaia Grande —la estable y la transitoria— ya apostaban sobre cuál de los dos la sacaría mejor en el torneo de agrados y cortesías por la conquista de la virginidad de la galante sergipana. De que Diva fuera virgen no cabía ninguna duda, ni el propio ¿Ya-Sabe?, lengua larga y viperina, había levantado ninguna sospecha a ese respecto: virgen hasta el momento en que Castor o Bastiao, uno de los dos, le hiciera el trabajo. La opinión pública se encontraba evidentemente dividida al medio a propósito del resultado de la contienda, pero Durvalino tenía formado su punto de vista, no admitía discusión, era categórico.

—¿Usted no cree que don Bastiao gana de lejos? Es mucha petulancia de parte de don Tizón pensar que Diva va a preferir un negro feo, un horror —acá entre nosotros, que él no se entera—, a un blanco que hasta parece salido de alemanes? Don Tizón se va a quedar pagando, ya va a ver.

—Tú crees que Tizón es feo porque es negro, pero para que tú seas como él no falta casi nada. —Durvalino era todavía más oscuro que la tía, mulata color de cacao seco: —El color no hace a la lindura o la fealdad de nadie, tanto puede ser lindo un blanco como un negro. —Bajando la voz, consideró como si hablara consigo mismo: —Zezinha, si fuera blanca, no sería más bonita...

Por un huidizo instante, él la volvió a ver junto al mostrador sirviendo *cachaça* a los arrieros. Enseguida completó, aumentando la confusión del lengualarga:

—Pues yo apuesto el dinero que tú me robas a que el que va a ganar es Tizón.

Durvalino tragó saliva:

—¿Qué yo robo? ¡No diga una cosa de ésas ni en broma! ¡Maldición! —Después de maldecir, volvió al tema apasionante: —Si usted dice que don Tizón va a ser el vencedor, no soy yo el que vaya a dudar. Ressu es de la misma opinión, está loca por él. Hay cada cosa... Pero usted va a ver: esta pendencia acaba mal, acaba en lío... ¡Ya va a ver!

13

Líos, confusiones, barullos, siempre había alguno, debidos la mayor parte de las veces a las cartas o a las desaveniencias por motivo de mujer. En general eran disputas de poca monta, no valían susto y comentario. Sucedía que dos almas se enemistaban en las apuestas del juego de ronda o en la noche pasada con una prostituta: se enojaban y se desafiaban, pero casi nunca pasaba de eso, se metían los terceros a apaciguar. Sin embargo se registraron algunas situaciones delicadas, incidentes graves.

El más grave de todos se dio en aquella primera recordada fiesta de San Antonio cuando a Cotinha le dieron un tiro en la cabeza y murió en el instante. Otras muertes fueron a aumentar las cruces en el cementerio, pero sólo dos a consecuencia de una trifulca entre mujeres en el poblado: dos leñadores se habían empeñado en lucha corporal por causa de Sebá, una sujetita ordinaria, sin valía, una cualquiera. Pues bien, por esa piojosa uno de ellos acabó sangrado y enterrado a los apuros, sin acompañamiento, mientras el otro desvalido desapareció en la selva y de él no se supo nunca más. También impunemente —¿será necesario repetirlo?— un *jagunço* mató a un ayudante de arriero que intentó hacerle trampa en el momento de dar vuelta las cartas: juego o mujeres, las únicas razones, como se ve. Además de esas fosas, el cementerio creció debido a las víboras y a la fiebre que se propagaba suelta en toda la zona del cacao.

Una enferma estiró la pata en la ruta, cerca de allí, sufría de panza-de-agua, la llevaban a Itabuna, una fila de familiares sucediéndose en la

234

tarea de cargar la hamaca. La enterraron en el poblado, después de emotivo velatorio en el galpón de paja, con sustancial consumo de *cachaça*. La vigilia cruzó la noche en continua animación debido a la solidaria presencia de los arrieros y de las .putas. A falta de padre, Fadul Abdala, siempre listo para cualquier cosa, encomendó el cuerpo con unción y piedad, diciendo salmos en árabe, y lo hizo gratis no cobraba los servicios religiosos, el buen Dios los tendría en cuenta el día del juicio.

Ocurrieron otras riñas de cierto bulto que por poco no terminaron en desgracia. Así, por ejemplo, cuando Valerio Cachorrao, ayudante de arriero, de mucha bravuconada y débil para la bebida, estando tomado, resolvió tomarse libertades con la mujer de Chico Espinheira: de paso hacia Taquaras, el matrimonio pernoctaba en el descampado. Chico Espinheira, el mismo, aquel mismo que había ido a juicio en Ilhéus, al fin de las luchas, acusado de ser el asesino del Coronel Justino Maciel y de dos *capangas*. El turco y el arriero Maninho acudieron a tiempo de impedir lo peor: Chico Espinheira con una de las manos agarraba a Valerio Cachorrao por las amígdalas, con la otra trabajaba despacio con la punta del puñal. Valerio Cachorrao quedó lavado en sangre pero se zafó con vida.

Estando todavía Tocaia Grande en sus comienzos, dos leñadores, que, además, habían llegado juntos dispuestos a aliviar las necesidades naturales, se batieron a cuchillo y se hirieron los dos para saber cuál de ellos iría a pasar la noche con Bernarda. La habían visto en el almacén pero ni siquiera le habían hablado: si la hubieran consultado antes no habría habido pelea ni cuchilladas, pues ella estaba con la regla, la almeja cerrada. Corriendo el riesgo de sacarla mala, Fadul consiguió apartar a los violentos rivales; ¿rivales por qué, si Bernarda no había demostrado el menor interés por ninguno de los dos? Terminaron haciendo las paces cuando finalmente desistieron de la cabrita. Coroca les lavó las heridas con alcohol y consoló a uno de ellos, el otro lo cargó Dalila, también muy apreciada debido a la exageración de la argolla.

Bernarda, después de haber llegado a Tocaia Grande, había dado lugar a frecuentes disputas, resueltas a los puñetazos o con la carta más alta dejada al azar del naipe. Pero, al quedar patente la protección con que la distinguía el Capitán Natario da Fonseca, la codiciada dejó de ser objeto de apuesta y desafío. Podía darse importancia y abusar, atendiendo tan solamente a quien aceptase y decidiese recibir en los días libres que le sobraban para ganarse la vida. Reservaba tres días para el padrino al anuncio de su próxima visita: la víspera de la llegada para con tiempo y sosiego preparar la acogida, el día de la bienaventuranza y el siguiente. Este último para recordar en paz los principales detalles, cada palabra, cada gesto, la sonrisa esquiva, el abrazo poderoso, la respiración y el desmayo. Su vida se resumía en esas horas venturosas, pasadas en ruda y tierna compañía.

Ahí queda el registro de las desavenencias más serias, de los accidentes más violentos, los muertos y los heridos: no fueron tantos, mucha valentonada, poca sangre. Altercados menores, pequeños encontronazos. Fadul se había cansado de evitarlos, con un grito, imponiendo su ascendencia de comerciante cuando no la de acreedor. O, en último caso, a los golpes, como ya había sucedido. En el inhumano universo del cacao, Tocaia Grande tenía una mala fama inmerecida. Lugar pacífico, seguro punto donde pasar la noche: vista amena, algún dinero, diversión fácil.

14

Durvalino no se contentó con prever inevitable confusión a consecuencia de la disposición con que Bastiao da Rosa y Castor Abduim buscaban conquistar las buenas gracias de la doncella Diva: marcó fecha y lugar para el encuentro. Sucedería seguramente en domingo, durante el baile anunciado para conmemorar la presencia en Tocaia Grande de la mujer de Lupiscinio, ciudadano merecedor. La mujer de Lupiscinio, doña Ester, insulsa, antipática, costal de males, no era dada a fiestas, ni siquiera bailaba. Su diversión mayor consistía en conversaciones con los vecinos para comentar enfermedades y discutir la eficiencia de medicinas estrambóticas y de rezos infalibles.

Durante años doña Ester se había negado a vivir en Tocaia Grande, dejándose estar en Taquaras mientras marido e hijo luchaban sin descanso en los confines del mundo. Por fin, notando que Lupiscinio hacía escasear las idas a la estación, mandándole con los arrieros y por mucho favor lo necesario para los gastos, había decidido venir a pasar unos días con el ingrato y prestarle atención al muchacho, un niño cuando acompañaba al padre para aprender con él, el oficio de carpintero. Habilidoso y aplicado, Zinho pretendía llegar a ebanista y moldear como lo hacía el maestro Guido:

— ¡Carpintero un comino! Trágate la lengua, yo soy maestro ebanista.

Doña Ester no era de bailes pero no por eso el pueblo iba a dejar de festejarla. La idea del sacude-huesos había partido, además, del negro Tizón, afecto, como bien se sabe, a una fiestita fuera cual fuere la naturaleza y el objetivo. Sobre todo en aquella ocasión: aprovecharía para aclarar lo que le era cada vez más oscuro: hacia cuál de los dos postulantes se inclinaba la preferencia de Diva, si es que había preferencia. Difícil de saber tratándose de criatura tan mutable y caprichosa: ora ofrecida en risa, ora de ceño fruncido, la cara larga, aire de eno-

236

jo. Decidió solo sobre la realización de la fiesta, sin consultar a nadie más, al ver asomar en el Camino de los Burros la figura siempre bienvenida de Pedro Cigano. Tratándose de forró, ¿quién iba a oponerse?

Hacía mucho que Pedro Cigano había dejado de ser el único y adulado acordeonista que animaba los bailes del poblado. Los domingos aparecían otros, acompañados por guitarristas y tocadores de *cavaquinho* y armónica. Pero todavía lo consideraban el mejor de todos, sin rival. Y, además, se contentaba con cualquier atención, no acostumbraba exigir el oro y el moro para asumir el fuelle y de él sacar con los dedos hábiles la dádiva de la música.

Gitano por ser nómade, hoy acá, mañana allá, el acordeón al hombro, distribuido entre tantos pueblitos, el andariego demostraba evidente preferencia por Tocaia Grande, lugar lindo, un refrigerio para los ojos, que él había conocido antaño, mucho antes de la llegada del turco Fadul. Sólo Coroca, en una choza hecha con cuatro palmas secas caídas de una palmera vieja, acogía arrieros. Los convoyes mal comenzaban a abrir la senda en la selva para reducir el tiempo y las leguas de la jornada.

En las idas y venidas, Pedro Cigano había presenciado el crecimiento del lugar, las chozas en la Baixa dos Sapos, la fila de casas en el Camino de los Burros, el depósito de cacao, el almacén del turco, el galpón de paja, el corral y el taller. Jamás imaginó sin embargo que iba a ver plantíos creciendo en el otro lado del río, alfarería de tejas y ladrillos, casa de harinas, animales domésticos multiplicándose, sueltos en el descampado. La casa del Capitán, esa no lo sorprendió pues siempre lo había oído afirmar que día más día menos iría a vivir allí, con la familia. Si se creía lo que decían entre dientes y hurtadillas —nadie era tan loco para hablar de ciertas cosas en voz alta—, el Capitán había llegado antes que todos, antes aún de tener patente y tierra, cuando no pasaba de ser un *jagunço* al frente de *jagunços*, teniendo a la muerte por trabajo y compañera.

En aquellos días, conversando con Coroca, Bernarda había colocado a Pedro Cigano en la lista de los hombres bonitos de Emboscada Grande; él, Fadul, Bastiao da Rosa y el mismo Capitán. No figuraba el nombre de Castor Abduim pues el herrero aún no había asomado la cara por ahí. La fama de bonito no la había adquirido sólo del recuerdo de la muchacha; muchas otras putas corroboraban la misma opinión: era extensa la lista de idilios del acordeonista, enamoramientos esparcidos en la vastedad del río de las Víboras, donde había por lo menos media docena de ranchos, putas ejerciendo el oficio, avidez de cariño, soledad.

En el mostrador del turco, Pedro Cigano supo incontinenti por la boca del cajero Durvalino de la exasperada contienda que oponía al negro Tizón y al rubio Bastiao da Rosa —Bastiao da Rosa, recordó, figuraba en la lista de Bernarda— y del probable desenlace trágico previsto por Usted-Va-A-Ver.

Hacía mucho tiempo que Pedro Cigano no iba a Emboscada Grande, animando *forrós* durante una Santa Misión en Lagoa Seca, Corta-Mao e Itapira: había un fraile alemán muy bueno en la explicación de las penas del infierno y en la masticación, no había comida que le alcanzara, para hacerle frente sólo al padre Alfonso, ¿se acuerda de él? Señaló la construcción en la otra margen del río, casi lista:

—Aquello, allá, ¿qué es?

—La casa de harinas de Ambrosio y Zé dos Santos. —Aclaró Fadul: —Va a haber harina para hartarse.

—El que la está haciendo es don Bastiao. —Agregó Durvalino: —Se pasa allá el día entero, cerca de ella... De Diva... Para mí, don Tizón ya perdió, quedó afuera...

Pedro Cigano no tomó partido; estaba entretenido evaluando el crecimiento del poblado:

—Sí, señor, quién lo iba a decir... —extendió el vaso vacío a la espera de otra dosis, al final hacía un montón de tiempo que no conversaba con el amigo Fadul.

—Empezó a haber cacao... —dijo el turco midiendo a disgusto un trago más del aguardiente gratis y explicando lo que uno y otro estaban cansados de saber.

—¡Loado sea Dios! —Brindó el músico.

Una bandada de muchachos pasó delante de la puerta, corriendo, levantando polvo, al frente una muchacha insultando: hijos de puta, pajeros, inmundos. Señalándola, el acordeonista quiso saber quién era.

—La hija de Altamirando, Cao. Es débil de la cabeza. Vive por ahí con los muchachos, no va a demorar en hacer panza. —Previó Fadul.

Pedro Cigano acompañó la mirada de Durvalino que seguía a los vagos. No sólo de comentar la vida ajena se ocupaba el cajero, sonrió el rey del fuelle, divertido. La muchacha, de vuelta, para escapar a la persecución, se metió en el almacén, se paró junto al turco, sofocada. En los rasgones del andrajo que vestía, se exhibía la pujanza del cuerpo adolescente.

—No deje que me agarren, don Fadu. Están queriendo abusar de mí.

Del lado de afuera, jadeantes, Nando, Edu y su hermano Peba, de once años, hijo del Capitán pero no de Zilda, apenas madre adoptiva, aguardaban. Seguros de que ella volvería a a provocarlos después de beber agua del pozo que Lombriz-de-Turco le servía en un vaso todavía sucio de *cachaça*, pero al ver a Pedro Cigano, Cao menospreció los juegos de la mancha y la gallina ciega, miró con desdén a los mocosos afuera, a la espera. En el almacén se encontraba entre hombres, uno aún joven pero los otros curtidos por la vida. Se sentó en el piso, mostró la lengua a los muchachos, se golpeó el brazo con la mano en un gesto insultante para enloquecerlos, y los olvidó. Las piernas estiradas, la risa escapándosele por la boca semiabierta, feliz de la vida:

—¿Va a haber baile? Lo que más me gusta es bailar.

16

Lengua desatada, Durvalino comentaba sin parar el asunto que oponía a Tizón y a Bastiao da Rosa, discutía las perspectivas de los pretendientes, hacía previsiones, no aceptaba apuestas por falta de dinero. Pero se callaba, sordo y mudo, si por acaso oía alguna referencia acerca de quién inauguraría, sin duda muy en breve, los expuestos tres centavos de la loquita Cao. Siendo él mismo candidato, prefería no abordar el tema. En esos arriesgados asuntos de mujeres, dejaba los chismes y los aspavientos para los demás, los que se complacían en contar ventajas. Por su parte, calladito, sin hablar de sus servicios, iba acostándose con las putas más conceptuadas, hoy una, mañana otra. En el caso de Cao, doncella y tonta, sobraban postulantes, fogosos y demostrativos. Acechando, Durvalino.

Cao no tomaba en cuenta a Nando y Edu, menos todavía a Peba, les faltaba competencia. En el cansancio de las correrías, no iban más allá de aprietos, tocaditas, cuerpos apoyados: cuando querían levantarle la falda, Cao escapaba. El hecho de que actuaran juntos tornaba imposibles mayores consecuencias y los muchachos, en el fondo del alma, preferían las yeguas y las mulas, las viciadas: habituales en la mayoría de los convoyes que pernoctaban en Tocaia Grande, Edu y Nando conocían a todas ellas y si venía un convoy nuevo, enseguida descubrían las afectas al trato de los hombres. Tenían olfato, jamás se engañaban.

Los verdaderos postulantes eran otros, muchachos que estaban llegando a la edad adulta, ya frecuentaban prostitutas y sólo recurrían a las mulas en caso extremo. Dos de ellos, sobre todo, preocupaban a Durvalino e interesaban a Cao, que los incentivaba tanto como al cajero. El sergipano Aurelio, alto, turbulento, últimamente entregado al aprendizaje del *cavaquinho*. Zinho, antiguo en el lugar, siempre limpio y arreglado, de buenas maneras, discreto, poco dado a desórdenes. ¿Cuál de ellos, el afortunado?

Solamente Dios, que la había hecho así, loquita, podría decir si Cao sentía realmente atracción por alguno de ellos. Por cierto no desdeñaba a ninguno, ni aun a los más chicos. Tontos, ignorantes, mal servidos —sólo conseguían vencerla en la carrera cuando ella lo permitía—, los chicos, a pesar de todo, la ayudaban a pasar el tiempo y le encendían el fuego. En cuanto a los tres guapos que la pastoreaban y buscaban derribarla en las sombras de los matorrales o en las subidas del río, Zinho, Aurelio y Durvalino, ella los mantenía en la agonía, con agua en la boca y el palo en la mano. Se dejaba tocar por uno o por otro, les permitía que le colocaran la tórtola en los muslos o en la raya del traste, bajar la mano del pecho hasta los pendejos crespos, pero cuando intentaban abrirle las piernas, siempre encontraba modo de huir.

Si a alguien le fuera dado el adivinar su pensamiento, se enteraría de que atracción, deseo vehemente y violento, ella no sentía por ningún varón, sino por la singular especie de los machos grandes. Ni chicos, ni muchachos, hombres maduros, machos, garañones. Escondida detrás de los árboles solía espiar a Fadul y Castor meando, y los evaluaba. Una de las veces pudo compararlas: los dos estaban juntos y conversaban. La de Fadu — ¡ay, Jesús!— un espanto, parecía de burro. La de Castor — ¡Ave María!—, un verdadero tizón, de ahí el apodo, sólo podía ser por eso. A aquellos, sí, ella les abriría las piernas en el momento que quisieran. También al acordeonista, lindo como el Perro.

17

El reino de Iemanjá es el océano, son las aguas saladas y bravías, mundo sin cancela: comparada con el mar, la tierra es un pedacito. Castor Abduim, huyendo de la muerte decretada, había embarcado en un velero en el puerto de Bahía. Durante la noche vio la mano de Janaína en el claro de luna, apagando el rastro de su paso perseguido. La cabellera de espuma en el vaivén de las olas, los ojos candentes en el cielo de estrellas, y, en el vientre de plata, el cortejo de los ahogados. Novios que ella había elegido entre los barqueros, los pescadores, los marineros más valientes. Iban con ella para las nupcias en el fondo del mar, las tierras de Ajocá. Ieamanjá tiene dos semblantes, anverso y reverso, la faz del nacimiento y el perfil de la muerte. Castor navegó hacia la libertad en las aguas que nacían de sus senos: condenado a morir, ella le preservó la vida: madre y esposa.

Al llegar a Ilhéus, el pai Arolu le indicó la playa donde quedaba la morada de Iemanjá, una gruta sobre las rocas, penetrada por las olas. El le llevó un *ebó* de atenciones: frasco de perfume, jabón, un pañuelo azul para los cabellos.

Dueña del mar, señora de las tempestades, ¿qué había ido ella a hacer en los estrechos límites de aquel río de aguas plácidas? El negro Castor Abduim da Assunçao, hijo de Xangô, con una banda de Oxalá y otra de Oxóssi, grababa a fuego en el metal blanco, con primitivos instrumentos de trabajo, dando forma y vida a la sirena en el centro del abebé. El abanico de Iemanjá es de plata, de oro el de Oxum, no habiendo plata y oro, uno es moldeado en metal blanco, el otro, en amarillo. Con el mismo agrado las hermosas los utilizan en la fiesta de los encantados cuando vienen a bailar en medio de la gente del pueblo. Tizón quería colocar el abebé entre los fetiches del peji; tal vez, establecida en el taller, ella abandonara refugios y escondrijos para tomar en la mano el abanico sin igual y encender en la fragua la aurora y la alegría.

Viniendo del río, afluente de su reino, allí Oxum se había proclamado y había sido soberana, había ocupado la hamaca de dormir y de soñar. Pero Oxum, como sabemos los de la secta, *ekedes* u *ogans,* es elegancia y seducción, capricho y orgullo, liviano corazón. No se da de compañera sino de amante: el tiempo de las amantes es tumultuoso y corto. Epifanía había partido llevando el abebé dorado. Alma en Pena la había acompañado durante un trecho del camino. Ahora el perro cercaba a Diva cuando ella se mostraba y se escondía detrás de los árboles. Le hacía fiestas, moviendo la cola, y ella le daba restos de comida envueltos en hojas de mandioca.

Iemanjá de Sergipe, dueña de las playas de cocoteros y de la blancura de las salinas, la dulce Inaé. Madre y esposa, hecha para la preñez y el parto, Iemanjá significa fecundación y permanencia. Fue ella quien parió a los encantados cuando se entregó a Aganjá al comienzo de los comienzos, en el principio del mundo. El Castor Abduim da Assunçao, había nacido hijo de esclavos y se había hecho negro liberto y desenvuelto, hombre libre, sin amo y sin patrón; protegido de Oxalá, tenía el deseo de un hijo, al menos uno: con Alma en Pena no bastaba.

No había aprendido el miedo ni aun cuando los matones lo buscaban para matarlo por orden del Señor Barón. No sabía lo que era la timidez, se mostraba como se muestra el sol, impulsivo y ardiente. Así proclamaban las mujeres, haciéndolo figurar en las conversaciones o en versos de música: Castor Abduim, diablo reinador.

Muy al contrario, delante de Diva parecía otro, no era el mismo Tizón, risueño herrador de burros, maestro herrero de mano diestra, seductor de prostitutas, mucamas e hidalgas, a cuya intrepidez las encantadas se rendían, sumisas. Víctimas del mal de ojo, andaba sumiso el adulado Príncipe de Ebano, el disputado tizón encendido. Enfermo de amores, había perdido la gracia y el ímpetu.

Iemanjá había venido del mar para darle medida diferente, hacerlo medroso y tímido, acobardado. ¿Dónde estaba el coraje para ir a buscarla, tomarla por la muñeca y traerla cautiva? ¿Dónde su risa abierta, su frase directa, el sol de su cara larga, de fosas nasales fuertes y labios gruesos, de ojos vivos? ¿Qué pasa con el negro Castor Abduim da Assunçao, atacado de amores, arrastrándose a los pies de una blanca? ¿Blanca? Tenía cabellos largos y cutis pálido; en el ingenio, en Santo Amaro, sería mulata-blanca.

La sirena nadaba entre las olas bajo un cielo de estrellas. Castor cinceló todavía —su cincel era un clavo largo— la luna menguante, pues la luna comanda el mar en ausencia de Janaína. Estaba listo el abebé donde ella se mirara y se reconociera.

No, no podía continuar en aquella apatía, un flojo, un indolente, cautivado, perdiendo el tiempo en enamoramiento de muchacho, de miradas huidizas y adivinadas intenciones. Tenía que volver a ser el negro voluntarioso, altanero y ufano, cuanto antes. No había sido para humillarse así, entregado, que le había puesto los cuernos al Barón, señor de ingenio, soberano de la vida y de la muerte, que había prevalecido en el lecho de madama, en la estera de la amante, y por fin le había roto la cara. No había sido para entregarse de manos atadas a una blancucha, cucaracha descascarada, aquella que deseaba para madre de sus hijos, abuela de sus nietos, dueña de su casa. Es necesario hacer un despacho para Omulu, el viejo, también conocido por Obaluaiê, padre de la nostalgia y de la vejiga, del mal de amores y la fiebre sin nombre, para que le restituya la salud y la fuerza. Aprovecharía para dar comida a *las cabezas*, a sus santos protectores, Xangó, su padre, Oxóssi y Oxalá. Para curarse de los amores, de la ojeada, del quebranto. Para nada más.

Bastiao da Rosa dirigía la construcción de la casa de harinas, se quedaba el día entero al lado de Diva. Por lo que constaba y se decía, se había hecho íntimo de la familia, adulaba a los viejos, confraternizaba con Jaosé, Agnaldo y Aurelio, se los veía juntos en la tienda de Fadul. Contienda difícil, tormento lento: Tizón estaba enterado de las apuestas y de los presagios. Pero, en su duro orgullo, no deseaba competir, usar artimañas, adular parientes. Quería tenerla, sí, y para siempre. Pero solamente si ella quisiera venir en sus propios pies, si así se lo ordenaba el corazón. No recurriría a los encantados para que ella se decidiera a gustar de él y a él entregarse a causa de un sortilegio, de un trabajo hecho. Ese era un asunto de él, Castor Abduim da Assunçao, y no de los orixás.

En el abebé, Iemanjá resplandía: mirar la cola de la sirena era ver las nalgas de la sergipana.

18

Despachados los arrieros, en el medio de la noche, Tizón fue a despertar al vendedor de pájaros Dodô Peroba en el Camino de los Burros, solo no daría cuenta del recado. Alma en Pena abría la marcha hacia la selva pero Ofrecida se había quedado junto a la fragua, pesada de la segunda panza. De la primera había parido siete cachorritas. Madre dedicada, se desesperaba al separarse de las crías que terminaron desparramadas por los cuatro rincones del poblado. Una pareja con Merencia y Zé Luiz, otro en el plantío de Altamirando, los tres restantes regalados al vaquero Lirio, responsable del corral, a Zinho, y a Edu. Como si a este último no le bastara la ristra de perros y gatos que Zilda había traído con el equipaje. Con la mudanza de la familia a Emboscada Grande, Edu, que seguía trabajando en el taller, había vuelto a vivir con los padres.

El sol todavía no había dado señal de vida y ya Tizón y Dodô habían descargado en casa del negro el resultado de la caza: una paca grande y gorda, debía pesar sus buenos diez kilos, dos cuises y un teiú, abatidos cuando registraban los matorrales en busca de una tortuga para Xangô. Trajeron también media docena de caracoles, los *igbins*, vacas de Oxalá. Dodô Peroba volvió para recoger los pajaritos: había dejado las trampas armadas en las ramas de los árboles, y si no se apuraba Edu y Nando harían la feria a su costa.

En la ausencia de Tizón, Ressu, *iia* Bassé, cocinera de los orixás, había iniciado los trabajos, poniendo a hervir en las ollas de barro el *inhame* y el maíz blando, cortando los quiabos para el *amalá*; en el fuego, sobre un pedazo de estaño, saltaban los pochoclos, los *doburus* de *Obaluaie*. En la víspera, Castor había batido palmas en la puerta de la choza de Ressu y cuando la prostituta atendió con la esperanza de un cliente, él la saludó invocando al santo: ¡Esparrei! Requirió sus servicios: Ressu era caballo de Iansan, hecha en un barco de *aiôs* en el candomblé de Casa Blanca, jovencita en Bahía. Ressu se había puesto en el cuello las cuentas de color rojo oscuro y había traído el alfanje y el *erukeré* de cola de caballo.

Habiendo depositado la caza, el negro cruzó el río, se dirigió al plantío de Altamirando: el chancho era indispensable por ser la comida predilecta de Omolu. El sertanejo acababa de despertarse, se quedó sorprendido: Tizón cazaba *queixadas*, caitutus, puerco-espines, ¿para qué habría de querer un animal de chiquero? Lo necesitaba vivo, explicó Tizón. Había pasado la noche rondando las armadillas, inútilmente. Además de la paca, sólo una *surucuçu*-apaga-fuego había caído en las trampas, de cerdo salvaje ni vestigios.

—¿Un lechón le sirve? Grande, no tengo. Sangré el último el sábado pasado.

Servía: no por joven y pequeño el lechón deja de ser de la raza de los suinos. Altamirando se negó a recibir el pago: ¿y los pedazos de carne salada que Cao traía a casa, mandados de regalo por Tizón? Sin olvidar que todavía le debía un resto de dinero de los cuchillos de selva hechos a mano, y a crédito, por el herrero.

—Lleve el lechoncito, después arreglamos.

En los lados del río, el cielo rojo anunciaba el sol. Los arrieros aún dormían.

19

Para evitar desórdenes y confusión, comenzaron por servir *cachaça* a Exu. Allí estaba él en el peji, el pequeño Exu de hierro, hombre de las encrucijadas, el artero compadre, la tórtola mayor que las piernas. Para seguir, para adelantar la preparación de las comidas, cortaron la cabeza de la tortuga; bicho más difícil de morir no hay: en la olla, los pedazos aún se agitaban y se movía como si la vida perdurara en ellos. Mientras atizaba el fuego, Ressu, sin volverse, preguntó:

—¿*Ebo* de simpatía? Nunca vi uno tan grande.

—De salud.

—El amor también es una enfermedad, sólo que no se ve. Ablanda el cuerpo de la persona, peor que la tristeza. Un quebranto, ¿sabés cómo es?

—¿Cómo no voy a saber? Ya tuve dos, y malos. Parece mal de ojo pero es peor: la criatura pierde las ganas de vivir.

Aun así su curiosidad no estaba satisfecha:

—El chancho es para Omulu, está bien. ¿Pero para qué esa porción de bichos diferentes?

—Obligación que estoy debiendo a las cabezas, hace tiempo. Creo que es por eso que estoy flojo de esta forma...

—¿Flojo? ¿Tú? —Rió seductora.

Tizón la apuró:

—Vamos, antes de que claree el día.

Ella avivó el fuego bajo las latas y las ollas: la carne de tortuga demora tiempo en cocinarse. Se juntó a Tizón y fueron hacia el fondo de la casa, él llevaba el cuchillo de punta y un tazón hecho de cáscara de coco. Ressu tomó las patas del lechón. Tizón lo sangró. Cuando la sangre saltó, roja y caliente, el negro aproximó la boca al pescuezo del animal y sorbió la vida. Con ganas y avidez. Después fue la vez de Ressu. Por fin, llenaron el tazón para la exigencia de los santos.

Cantaron las cantingas de Omulu. Batiendo palmas con las manos al ritmo de Opanijé, danzaron las danzas de orixá: las del enfermo, curvado, debilitado, comida por la *vejiga negra*; las del curandero, salvando al pueblo de la peste y de la *caruara*, derrotando a la muerte. Tizón, tocando el suelo con la frente, saludó y ofreció el sacrificio, el *ebó* de sangre, suplicando a Obaluaié fuerzas para vencer el quebranto y el mal de ojo que le callaban la boca y le amarraban los brazos, que lo sofocaban.

La comida fue servida en latas y en platos de estaño: para cada uno de los orixás su propio manjar, aún humeante. ¡Atotó, Omulo! Para el mediador de la dolencia y de la salud, el cerdo y los pochochos. ¡Okê, Oxóssi!, rey de Quetu, amo del bosque, cazador: le sirvieron paca, teiú y *cutias*. Para Xangó, señor del rayo y del trueno, la tortuga y el *amalá*: ¡Kwô-kabiessi! Y para Oxalá, orixá *nlá*, gran orixá, el padre de todos, la medida docena de caracoles, los igbins de aquella selva, además del inhame y el maíz, todo sin sal como él exige y le conviene. Los platos olorosos en el peji, delante de los fetiches de paja, de hierro, de madera y de metal; el xaxará de Omolu, el arco-y-flecha de Oróssi, el martillo de dos cabezas de Xangó, el paxorô de Oxalá.

Se oyó entonces la claridad del rayo y el ruido del trueno, el rugir de la suçuaranaç y de la onza negra. Las apagadas estrellas nuevamente se encendieron en un cielo rojo, color sangre. Iansan llegó en una nube negra, montó su caballo, empuñó el alfanje y el erukerê, lanzó el grito de guerra, danzó la danza de combate y de victoria, prendió a Tizón contra el pecho, expulsó los eguns que lo rondaban, le limpió el cuerpo de los maleficios. Un instante, no más: Ressu volvió a calzar sus chinelas.

Estaba Castor Abduim defendido por los siete costados, todos los caminos abiertos a su paso.

20

Pegoteados de sangre de la cabeza a los pies, fueron a bañarse en el río, llevando un pan de jabón. En el camino, Ressu contó:

—Están diciendo por ahí que Bastiao está adornando la casa para fiesta.

—¿Qué fiesta?

—Es decir... el día que ella resuelva ir a vivir con él. Pero, según mi parecer, no va a ser para él. Ahora, entonces... —Creía en el poder de los encantados, en la fuerza de los *ebós*.

Se lavaron con jabón, limpiaron el caparazón de la tortuga, Tizón prometió, agradeciendo la ayuda:

—Voy a hacer con él un cofre para que guardes tus cuentas.

Chapotearon en el agua, se zambulleron juntos, los cuerpos se tocaron y, al rayar el sol, se entregaron el buen juego: nadie es de hierro y cualquier chispa enciende una fogata. El con el pensamiento en Diva, no le salía de la cabeza; ella sin otros pensamientos, por el placer, únicamente. No era la primera vez, había sucedido, aunque había para regalar.

—¿Vas a llevarle a doña Vangé? —Provocó Ressu.

—Llévale tú, sin quieres. Yo, no. Hay cosas que no se pueden comprar ni con dinero ni con regalos. El amor no es mercadería.

Desde la puerta del taller, cuando Ressu se retiró, el negro Castor Abduim, restaurado en su justa medida, lanzó la vista hacia la margen opuesta donde vivía la causa de sus penas. Estaba decidido: iría a su encuentro con el pecho abierto y, para bien o para mal, la tomaría en los brazos para derribarla en la hamaca y mostrarle el valor de un negro enamorado. Había llegado la hora de poner punto final a aquel enamoramiento de niño, sin pies y sin cabeza. Antes de que el blanco de ojos azules le tomara la delantera y lo dejara atrás. Atotô, Omolu, padre del mal de amores y vejiga negra, de la fuerza y de la salud, Atotô, mi padre Obaluaie!

21

Castor Abduim cruzó hacia la otra orilla: en breve ya no cruzaría más por las piedras, mojándose los pies en la corriente. Contratados por el Coronel Robustiano de Araújo, los leñadores derribaban árboles, aserraban troncos que Guido, Lupiscinio y los ayudantes transformarían en vigas y planchas para el proyectado puente. El Coronel había dudado que los dos maestros de carpintería pudieran realizar obra de tal envergadura, había sopesado la posibilidad de hacer venir oficiales habilidosos de Itabuna. Lupiscinio, uno de los constructores del depósito de cacao y del corral, se quedó lastimado con la propuesta: al final, el Coronel le conocía de sobra la competencia.

—Ponga los cobres, Coronel, déjenos el resto a nosotros.

El hacendado había puesto los colores, el Capitán Natario da Fonseca también había puesto algún dinero, en breve el cruce del río se haría con toda seguridad, con tranquilidad. Un año atrás, cuando los sergipanos desembocaron allí, ¿quién podría imaginar esos progresos de puente y casa de harinas?

En lo que se refiere a la casa de harinas, la construcción llegaba al fin. Bastiao da Rosa comandaba a dos sirvientes, concluyendo las paredes; Lupiscinio y el hijo, Araturzinho, torneaban la prensa casi lista. Había una multitud de mujeres alrededor de la obra: Vangé y sus nueras, doña Clara, mujer de Zé dos Santos y las hijas —la casa de harinas se erguía en la división de las tierras cultivadas por las dos familias—. El plantío y los animales de Altamirando quedaban un poco más allá. Pero Cao y su madre, Das Dores, también venían a ayudar. Cao quería que Zinho le enseñara a manejar la garlopa, Zinho esperaba enseñarle el manejo de un instrumento más manual. Las mujeres cargaban piedras, preparaban comida, cambiaban dichos y sonrisas con los hombres. Castor no vio a Diva en medio del bullicio, ¿dónde estaría? en la labranza, seguramente. El negro se sentó en el piso, saludó a la cofradía:

—Buenas tardes a todos.

La vieja Vangé se aproximó:

—Dios le dé buenas tardes, don Tizón. Ressu nos trajo un cuarto de paca, dice que la cazó usted. Que Dios le dé el doble. —Señaló la construcción: —¿Está viendo? No vamos a demorar en hacer harina y no tener más necesidad de traer de afuera. En la primera horneada le voy a mandar unos *beijus*.

También Bastiao da Rosa, manos y pecho sucios de cal, vino a conversar:

—La primera casa de piedra y cal que hice aquí fue la suya, ¿se acuerda? Acá, ya levanté casas de ladrillos, de madera, de barro y hasta de paja. Hice barcazas, estufas, corral, lo que viniera. En estos lados uno tiene que saber hacer de todo, el oficio no alcanza. Cuanto termine esto voy a convertirme en carpintero, voy a ayudar en el puente.

Hablaba bien y cautivaba a quien tratara con él, hombre o mujer.

—Después de que terminemos el puente, quiero hacer la casa nueva de doña Vangé. Para sacarla del agujero donde está viviendo. ¿No es así, mi vieja?

Se rieron los dos, la vieja y el maestro pedrero, con el anuncio del proyecto. Bastiao da Rosa atrajo hacia él a Vangé y la abrazó:

—Buena gente ésta, Tizón.

Una fineza, Bastiao da Rosa, ladino como él solo. De ojos azules, cabellos rubios, igual a un gringo. ¿Y? No por eso Tizón iba a desistir, meter el rabo entre las piernas y huir.

Se disponía a preguntar por Diva cuando dio con ella casi en sus narices, cargando una piedra en la cabeza: la sostenía con las manos. Sudada, el rostro acalorado, ¡todavía más bonita! Al ver a Castor, hizo más lento el paso y sonrió. Tizón se levantó con la intención de ayudarla.

—No es necesario.

Descargó la piedra junto a la obra, se limpió el sudor con el dorso de la mano, vino hacia donde estaba el negro:

—¿Usted por aquí? Qué novedad. —Se arrodilló a su lado.

—Vine para verla. Hice un abebé para darle.

—¿Qué es?

—Es el abanico de Iemanjá. ¿Nunca oyó hablar?

Nunca. Lo oía por primera vez y no sabía lo que era. Sus santos eran otros, los santos de la Iglesia, desembarcados de Europa en la proa de las carabelas. En Sergipe se mezclaban en los ingenios y en los cañaverales con los dioses de Tizón, llegados de Africa en la bodega de los barcos negreros. Pero Diva poco sabía de esas historias y misterios.

247

—Abanico... Nunca tuve.

¿Un abanico de verdad, semejante a aquel que las señoras arrodilladas en los reclinatorios exhibían con gracia y elegancia en las misas dominicales de Maroim? Había tenido pantallas de paja, numerosas: servían para aliviar el calor de la cara y para avivar el fuego.

—¿Dónde está?

—Está en el taller. Puede ir a buscarlo cuando quiera.

Diva levantó los ojos hacia el negro, pensativa. No se le escapaba —y cómo podría escapársele a no ser que fuera tonta y bruta más allá de cualquier medida— el interés de Tizón y Bastiao da Rosa, uno y otro rondándola, pisando encima de sus pasos, derrochando miradas y sonrisas. El maestro Bastiao no daba treguas, siempre dando vueltas con Vangé y con Ambrosio, almorzando en la obra todos los días, elogiando adobos y comidas, yendo con los hombres al fin de las tardes a conversar en el rancho vestido, beber *cachaça*, como si ya fuera de la familia. Tizón se quedaba espiando de lejos, sacando conversación cuando la veía jugando con Alma en Pena en las proximidades de la herrería, apareciendo en el río a la hora en que ella se bañaba.

—¿Quiere que yo lo vaya a buscar al taller?

—¿Sabe que usted sólo entró allá el día que llegó y nunca más? Hasta parece que tiene miedo.

—¿Miedo de qué? —Se puso a reír, la misma risa extravagante del día en que había confundido al negro Castor Abduim con el Turco Fadul Abdala: —Hoy mismo voy a buscarlo.

22

Al caer de la tarde, Diva cumplió lo prometido. Paró en la puerta del negocio del herrero, miró para adentro, la fragua estaba encendida pero de Castor ni rastro ni noticia. Dio un paso al frente, entró, espió alrededor, vio el peji. En la distante tarde de la llegada, no había reparado en nada además del negro de torso desnudo, la piel grasosa del chancho salvaje pendiente de la cintura.

Cuatro platos con comida, piezas de hierro, de madera, de paja y de metal, hechicería. Miraba fascinada. Inesperadamente sintió el mismo olor fuerte y penetrante que la había envuelto en la red, en la noche única, sin igual y sin comparación, en que embarcó en el bote de la luna y su cuerpo sangró. Supo, antes de haberlo visto, que él acababa de llegar. Se volvió lentamente: Castor, una sola risa, habló:

—Está en su casa.

¿Qué quería decir él con eso? Diva no preguntó, ¿dónde estaba el coraje? Tizón caminó hacia un rincón entre las paredes donde estaban dispuestos aquellos extraños, deslumbrantes objetos. Se curvó reverente, con las puntas de los dedos de la mano derecha tocó la tierra antes de extenderse de bruces en el suelo para besar la piedra en la ceremonia del *icá.*

Se levantó y tomando una de las piezas, nueva, reluciente, se dirigió hacia Diva. Ella se sentía simultáneamente ansiosa y asustada, envuelta en una atmósfera de misterio y brujería. Extendió la mano, con miedo, Castor le entregó el abebé: en los ojos del herrero brillaba una luz fuerte y roja, luz o llama, brasa ardiente. La voz era un soplo grave y apagado:

—La sirena es Iemanjá, es decir, tú.

Diva miró su rostro reflejado en el espejo de metal. Observando la figura en él grabada, ella se reconoció, o mejor, se adivinó: los cabellos, el busto y el trasero. Sonrió, bajó los ojos, esperó que él prosiguiera y finalmente pronunciara las palabras largamente esperadas.

En el silencio, los brazos la tomaron y apretaron con violencia, a lo valiente y de sorpresa. En vez de abrirse en las tiernas palabras que ella aguardaba y quería oír, la boca de Castor, en un arrebato de labios, lengua y dientes, cubrió sus labios, se cerró sobre ellos, ávida y feroz, lastimándolos. Ella lo desconoció y tuvo miedo, un miedo atroz. Se quedó fría e insensible, muerta por dentro. En lugar de cariño y ternura, la brutalidad y la prepotencia. En un esfuerzo desmedido, se separó de él y antes de que el malvado intentara retomarla en los brazos, fuera de sí, le estampó la mano en la cara:

—¿No le importa? —Dijo y salió corriendo.

Tizón quedó de tal manera perplejo, anonadado, que la dejó partir sin decir palabra, sin intentar un gesto para retenerla. Ni siquiera notó, atónito y derrotado, que, después de cruzar la puerta, a poca distancia, ella suspendió la fuga por un instante, largo como una vida, lo esperó: el olor de Castor le tapaba la nariz, impregnado en su cuerpo, circulando en sus venas. Pero él no la vio: ciego de rabia, inmovilizado por el despecho, la mano oscura puesta sobre la cara que sangraba.

Solamente al llegar a casa, trémula y abatida, Diva se dio cuenta de que llevaba en la mano el abanico de metal que Castor había moldeado y cincelado para ofrecerle. Arma de la que se había servido en la hora fatal del desencuentro, el abebé de Iemanjá. Iemanjá tiene dos semblantes, afirman los marinos en el puerto de Bahía: la dulce faz de la bonanza, el agrio perfil de la tempestad.

23

A pesar de que doña Ester no compareció al baile conmemorativo de su grata presencia en Tocaia Grande, un éxito absoluto coronó la feliz iniciativa. Veterano del lugar, Pedro Cigano, rey del fuelle, no recordaba una fiesta tan animada y tan tranquila. Para empezar, la violenta confrontación entre Castor Abduim y Bastiao da Rosa, prevista y anunciada por Durvalino Usted-Va-a-Ver, no sucedió. Castor y Bastiao no sólo conversaron amigablemente sino que también bebieron juntos, brindando con Lupiscinio, marido de la homenajeada.

Para compensar, el cajero vio reafirmada su otra previsión: había quedado claro y patente, a quien quisiera observar y sacar conclusiones, hacia cuál de los arrastradores de ala se inclinaba la presencia de la sergipana Diva. Resplandeciente en sus recién cumplidos quince años, se había deshecho las trenzas y prendido los desatados cabellos con una ancha cinta color rosa, el mismo ancho y el mismo color que le rodeaba la cintura del vestido, falda de volados, corpiño de jabot, hecho por doña Natalina. Una maravilla.

¿Quién es esta doña Natalina, cuyo nombre todavía no se vio escrito en el relato de Tocaia Grande y que ahora surge en plena fiesta? ¿De quién se trata, de dónde salió? Pues se trata de la viuda de Joao Medeiros, *alagoano* de poca conversación que fuera administrador de la hacienda Bom Retiro y muriera en reciente emboscada montada por no se sabe quién ni por qué motivo. Demasiado vieja para hacer la vida, sabiendo coser y siendo propietaria de una máquina Singer manual, vino a Tocaia Grande donde optó por la profesión de modista. Tantas novedades ocurrieron en el poblado que algunas pasaron inadvertidas: en el caso de doña Natalina, además de un error, se cometió una injusticia.

Para el negro Tizón la preferencia de Diva ya no era aquel oscuro enigma de sus cavilaciones anteriores cuando trataba de explicar los motivos y las posturas de la moza de Maroim. Para él todo se había tornado evidente en el momento en que intentara besarla y ella, demostrando rechazo y asco, lo había agredido con el abebé, alcanzándolo en el rostro. La cicatriz en la cara — ¿qué es eso, Tizón, se anduvo hiriendo con alguna espina venenosa?— no era nada comparada con la llaga abierta en el pecho que dolía y sangraba, haciéndolo penar como un perro apaleado. Pero en el exterior no la mostraba, quien lo mirara no sospecharía cuánto estaba sufriendo, pues simulaba ser el mismo negro risueño y ocioso de siempre, perenne alegría, altanero y voluble corazón.

En el baile de doña Ester —no me gustan para nada esos tumultos, explicó doña Ester cuando Pedro Cigano le transmitió la noticia y la invitación, y allá no piso ni atada— no hubo nadie más animado que el herrero Castor Abduim. De él había partido la idea de la fiesta y quería verla en llamas. Bailó sin parar durante la noche entera, no se perdió una polca, una mazurca, un *coco*, un *xote*, y comandó el esplendor de una cuadrilla. El otro parecía un gringo pero quien pronunciaba "balancé" y "an navante", en lengua extranjera, era él, con la boca llena. Había aprendido a hablar europeo y exhibir ademanes en el colchón de plumas, en las sábanas de satén de Madame La Baronne, ésa sí blanca como la leche, rubia como la miel.

Comenzó a convidar a Zilda para un xote. Ella había venido acompañada por los ocho hijos, los cinco que había parido y los tres adoptados. El último, ahijado del Coronel Boaventura Andrade y de doña Ernestina, corría suelto en el galpón, pero las niñas, dos de diez años, tan parecidas como gemelas, a pesar de que una no era de ella, la otra de nueve por cumplir, no rechazaban caballeros. El Capitán andaba por la Atalaia: había comenzado la cosecha, él dirigía los trabajos. Por eso mismo Zilda no se quedó hasta el fin. Juntó a las niñas y a los más pequeños —Edu y Peba se negaron a acompañarla— y se fue de la fiesta.

Con Zilda abrió el baile pero no dispensó a ninguna de las presentes, moza o prostituta. Dio vueltas en la sala, eximio e incansable, con Merencia y con Ressu, con las hijas de Zé dos Santos, con Cao y con Bernarda que no soltaba el crío ni para bailar la polca, con Dinorá y con Lía, bien casadas, y con todas las putas, sin exceptuar ninguna. Solamente no bailó con Diva, compañera constante de Bastiao da Rosa, raramente vista en otros brazos revoleando el vestido de volados, en la cintura y los cabellos los lazos de cinta color rosa. Apenas en la contradanza de la cuadrilla, "anavantu", Castor tocó la mano de Diva con la punta de los dedos, sin mirarla.

La edad no era impedimento para que Coroca fuera una pareja disputada, dama de muchos y anticipados compromisos: guarde la próxima para mí. En el paso menudo del coco no había quien le ganara. Ya hacia el final, Tizón consiguió conducirla a través del salón de baile —salón de baile había dicho el Turco Fadul Abdala al boyero Misael, individuo de mala entraña, en la siempre recordada fiesta de San Antonio—. En la ocasión el pajar estaba nuevito pero, a pesar de encontrarse desvencijado y envejecido, cayéndose a pedazos —proyectaban construir en su lugar un barracón para acoger a los arrieros y abrigar la feria—, Fadul continuaba designándolo salón de baile, no lo consideraba menos. Hablando de Fadul, tampoco él perdía sol-y-do, imbatible bailarín. Ya no tenía que preocuparse tanto; de la venta de *cachaça* se ocupaba Durvalino.

Castor despilfarraba animación, riendo y bromeando, invitando tragos, deber de quien era el promotor de la fiesta:

—Vamos a divertirnos, Jacinta, que la muerte es segura.

Coroca lo acompañó en el chiste pero se negó a creer en la afectada exuberancia del negro:

—¡Te estás muriendo de contento, bendito sea Dios! ¿Por qué será que la gente, cuando está enamorada, queda ciega y cabezona? No ve y no piensa. —No dijo más ni él pidió explicación.

La fiesta estaba en llamas, como quería Tizón. La fiesta de doña Ester, con la homenajeada brillando por su ausencia. Pero Zinho y Lupiscinio, hijo y marido, suplían su falta y se divertían a rolete. Zinho atrás de Cao, Lupiscinio conduciendo a la pecosa Nininha, antiquísimo enamoramiento, con edad y verdín de casamiento. Zinho disputaba las atenciones de la mocosa con Aurelio y Durvalino que, cuando tenía oportunidad, suspendía la venta de *cachaça*. La cosa que más me gusta es bailar, había revelado Cao en la tienda de Fadul, y así era. No había calentado una silla, pasaba de compañero en compañero, y ella misma invitaba y escogía caballero, convidándolo sin ceremonia: sáqueme, vamos, al ver a uno de sus preferidos —Fadul, Castor, Bastiao da Rosa, Guido— parado matando la sed, descansando. Recorrió el salón abrazada a Pedro Cigano: con una de las manos el acordeonista manejaba el fuelle, con la otra le rodeaba la cintura. Pedro Cigano, ¡lindo como el Perro!

Habiendo dejado a Coroca sacudiéndose con Balbino, Castor se dirigió al improvisado mostrador donde Lleva-y-Trae, viéndolo aproximarse, llenó un vaso y le ofreció aun antes de que él pidiera:

—Nunca lo vi tan animado, don Tizón... —En la voz, admiración y espanto: el herrero no daba el brazo a torcer, debía de estar comiéndose por dentro pero no lo demostraba, como si el asunto nada le importara.

Si oyó, Castor Abduim no respondió ni comentó. Tragó la bebida y pidió más. Durvalino sirvió, recogió el pago, apurado: se precipitó hacia donde estaba Cao increíblemente libre, a la espera de invitación:

—Voy ahí, y vuelvo...

Tizón lo acompañó con los ojos y lo vio salir saltando con Cao, desarticulado y animadísimo. Bastiao da Rosa bailaba con Vangé, el astuto. Fue cuando percibió una sombra y levantó la vista hacia el bulto frente a él. Mirándolo de costado, sonrisa aduladora, deslumbrante en el vestido de volados, Diva arrulló una queja:

—¿No me va a sacar a bailar?

24

Concluida y entregada la casa de harinas, raspada y exprimida la mandioca, torrada la primera pasta, ni así Bastiao da Rosa había dejado de aparecer para insistir en su intento a la hora del almuerzo o para reunirse con los hombres cuando, al morir del sol, volvían de los plantíos e iban a bañarse al río. Adulaba los oídos de Vangé y de Ambrosio, pegado a Diva curioseando sobre gustos y preferencias, sobre todo en lo que se refería a las necesidades de un matrimonio. Mientras no se reunía a los carpinteros en el inicio de los trabajos del puente, cuidaba de la propia casa para tornarla aún más confortable: había terminado de blanquearla, había cavado un pozo, construido una cocina a leña, igual sólo a la de Merencia, y otras cosas. Vangé fue invitada a dar su opinión.

En una tarde cenicienta de lluvia fina y pertinaz, volviendo con Diva del Bidet de las Damas donde habían lavado ropa y se habían bañado, Vangé habló como quien no quiere la cosa:

—La casa de don Bastiao está lista. Fui a verla, da gusto.

—Oí decir.

Anduvieron en silencio, el asunto parecía terminado. Pero venciendo prevenciones y embarazos, Vangé prosiguió:

—Don Bastiao es un mozo derecho. Habló conmigo y con Ambrosio.

—¿De qué, madre?

Demoró en responder, como si la respuesta le costara esfuerzo;

—Ya vas a saber.

Pararon delante del rancho afirmado sobre pilares, el chiquero debajo, los cerdos buscando con el hocico restos de *jaca* y *fruta-pao*. Vangé miraba en silencio como si estuviera rememorando y reflexionando, olvidada de la pregunta. De arriba llegó el llanto del hijo de Lía y Agnaldo. Se decidió:

—Acá no podemos resolver las cosas del mismo modo que si viviéramos en Maroim. Allá, todos los domingos estábamos en la Iglesia oyendo la misa y el sermón del padre. Si un caradura viniera a hablarme de vivir con mi hija sin casarse con ella, sin las alianzas, ni sé lo que le iba a responder, cosa buena no habría de ser. ¿Ya lo pensaste? Jaosé y Agnaldo se casaron, imagínate tú, que eres mujer.

—¿Pero acá quién se casa? Ni padre hay, ni capilla donde rezar. Pero hay tierra en abundancia, estamos de lo mejor. No es como allá, que trabajábamos en tierra ajena. Acá nos ha ido bien, el lugar es atrasado, pero es mejor que allá.

Trataba de ser objetiva, ver las cosas como eran. Resignada, miró a la hija moza, mujer de quince años, en la edad de casarse o de amancebarse. Si demoraba, acabaría en la vida, prostituta. Si estuvieran en Maroim, iría a prevenir al padre, marcar la fecha. Pero estaban en Emboscada Grande, nada de padre, nada de iglesia, nada de nada. Mejor amancebada que recibiendo hombres en la Baixa dos Sapos, pobrecita.

—Bastiao da Rosa quiere juntarse contigo. Me dio su palabra que cuando haya santa misión en Taquaras, ustedes se casan, que me puedo quedar tranquila. En la casa de él hay y sobra, no falta nada. Cama de hierro de las grandes, de matrimonio, la compró en Itabuna. Espejo de pared. —Repitió a fin de convencerla y convencerse: —Bastiao es un mozo derecho.

Diva bajó los ojos, sonrió por las comisuras de la boca:

—¿Casar? No hace falta, mamá.

Vangé suspiró: ¿sosprendida o aliviada? La vista puesta en el rancho donde vivían amontonados unos sobre los otros, iguales a los bichos del chiquero. No había terminado de contar: Bastiao había prometido que después de terminado el puente iba a levantar una casa nueva para ellos: un buen muchacho, este Bastiao da Rosa.

Ay, ¿por qué Dios no despachaba una santa misión directo para Taquaras? Además: a Dios Todopoderoso no le costaba nada, sólo tenía que querer. Pero Dios tenía otras cosas en que pensar, ocupado con el reino de los cielos y los capataces del mundo, no podía perder tiempo con las tonterías de una vieja loca. Al contrario del Dios de Fadul, el buen Señor de los maronitas, patricio e íntimo, servicial el Dios de Vangé era el Padre Eterno, el Ente Supremo, el Rey de los Reyes, altísimo y remoto. Vaya a saber cuándo desembarcarían curas en la estación de Taquaras, con la cruz en la mano, para combatir el pecado, distribuir penitencias, bautizar niños, casar parejas amancebadas. Vangé suspiró de nuevo.

Amancebamiento: palabra fea. ¿Pero qué se podía hacer? ¿Pedirle a Bastiao que esperara? ¿Hasta cuándo? Diva no era la única en edad de hombre que se mostraba en el poblado. La mayor de Zé dos Santos, la tuerta Ricardina, vivía mostrando las partes a unos y otros, todavía no estaba con la puerta abierta en la Baixa dos Sapos de miedo al padre, que la quería ayudando en los plantíos. Las más jóvenes, Isaura y Abigail, lindonas, andaban las dos con los ojos puestos en el maestro pedrero, cada cual más sinvergüenza. Todos sabían en Emboscada Grande que Bastiao da Rosa había caleado sala y cuarto, cavado cisterna y construido cocina con el fin de poner una mujer en la casa y vivir con ella. Pretendientes a montones: bastaría con que él hiciera sonar los dedos para que las muchachas y las prostitutas corrieran, afanosas. No estaban en Maroim. En Tocaia Grande no había iglesia ni padre. ¿cómo pensar en casamiento?

Perdida en tales melancolías, cuando Vangé se dio cuenta Diva había desaparecido. No hace falta casarse, había concordado ella, sacándole un peso de encima del pecho: ¡imagínese si no aceptara! Bastiao da Rosa, en una prueba de consideración, había pedido el consentimiento a Ambrosio y a Vangé para el domingo, terminada la feria, llevar a Diva para su casa en el Camino de los Burros. Si fuera en Maroim... No era. Que sea lo que Dios quiera. Suspiró una vez más.

Las sombras del crepúsculo se hicieron densas, oscureciendo el río y las plantaciones: en el valle, la noche caía de repente. Diva descendió los rústicos escalones, un atado en la mano, vino hasta Vangé inmóvil en el mismo lugar donde la había dejado:

—La bendición, madre.

—¿Adónde vas? —A la casa de Bastiao, habría de ser.

—Me voy, madre.

—Bastiao marcó para el domingo, después de la feria. No hay apuro.

—Voy a la casa de Tizón. Voy a vivir con él.

25

Las primeras estrellas, pálidas en el cielo de ceniza. En el descampado los primeros convoyes, los hombres cubriendo las cabezas y las cargas con bolsas de arpillera. Bajo la lluvia, en la mano el atado con sus pertenencias, Diva cruzó el río, se dirigió a la tienda del herrero, taller y morada. Cocina a leña no tenía con seguridad, tenía la fragua y un brasero donde cocinar la comida. Espejo, no sabía. En el atado llevaba el abanico de metal, podía mirarse en él, era espejo y retrato, invención de negro hechicero. Sonrió al pensar.

Ella lo había querido y deseado desde que, al llegar a Emboscada Grande, inmunda de polvo y ancha, el torso desnudo, la piel de chancho en la cintura, escondiendo las partes. Había pensado encontrar un turco, había encontrado a su hombre. En la hamaca, a la noche, el olor poderoso —el olor fuerte, el aroma, el perfume— la había invadido, cuerpo y alma, y la había hecho mujer: fue de él antes de conocerle el peso y el gusto de la tórtola.

Bastiao da Rosa era un hombre de bien, rubio de ojos azules, un gringo atractivo, casa puesta en abundancia. Pero su hombre, aquel que le calentaba la sangre y se le aparecía en sueños, era el negro Castor Abduim, herrador de burros, Tizón de apodo. Iba por voluntad propia, llevaba el atado en la mano derecha, en la izquierda el corazón.

Arrodillado, Tizón mantenía inmóvil la pata de la mula Lamiré, le calzaba herradura nueva, el martillo suspendido en el aire: Edu, aprendiz a su lado, le alcanzaba los clavos, y el muchacho Trabuco, ayudante de arriero, le admiraba la pericia. Diva se detuvo ante él y le sonrió. Castor también sonrió, y si demostró sorpresa no dejó que se percibiera. No cambiaron palabra: él bajó el martillo sobre el clavo, la mula ni lo sintió. Festejada por Alma en Pena y Ofrecida, Diva cruzó la puerta, entró en casa, en su casa.

El fuego crecía en la fragua, Diva tomó el candelero encendido, iluminó el cuarto donde nunca había estado: la estera en el piso, la hamaca colgada, en una caja los trapos de vestir. Junto a los pantalones y las camisas, las pocas ropas de Tizón, acomodó las dos faldas, otras tantas enaguas y blusas, el vestido, las chinelas. Apagó el candelero, subió a la hamaca y se echó. De ahí en adelante, ninguna otra, fuera quien fuere, la ocuparía. Tenía dueña.

Se dejó envolver por el olor de su hombre, rió bajito la risa desatada del primer encuentro y se sintió en paz: mañana serían dos las manchas de sangre, de su sangre, en la gastada y sucia hamaca de matrimonio.

EL PUEBLO

DESFILAN LAS PREÑADAS EN EL AFLUJO DE ANIMALES Y PERSONAS

1

Barrigas empinadas, las preñadas desfilan orgullosas en los límites de Tocaia Grande: tendrían niños cuando el verano llegara, al fin de la cosecha. Al comienza sólo Diva y Abagail, hija menor de José dos Santos; después se incorporaron Isaura, once meses mayor que la hermana, y Dinorá, casada con Jaosé. Con el advenimiento de los residentes, el cortejo de grávidas iría casi a duplicarse, pues tres de las mujeres del clan estaban embarazadas; también ellas parirían en las manos beneméritas de Jacinta Coroca.

Dinorá había comenzado a renacer el día en que avistaron Emboscada Grande y Jaosé le tocó con los dedos de esperanza el rostro fatigado y polvoriento. Muerta-viva, venía manteniendo por milagro la vida en el cuerpo raquítico del pequeño que lloriqueaba en sus brazos, segura de que para ellos todo se había acabado en el día del juicio final cuando fueron expulsados de las tierras de Maroim. Pero al ver el valle pujante y bello y al sentir la caricia inesperada, la mano callosa y amorosa del hombre, pensó que tal vez en aquellos parajes pudiera volver a la labranza de la tierra, a la crianza de animales, a sentir ganas, calor en las partes, capaz hasta de embarazarse: apta de nuevo para el trabajo y la cama.

Así sucedió; sin embargo, la gravidez no fue tan inmediata. Solamente después de inaugurada la casa de harinas, Jaosé construyó con la ayuda del padre y los hermanos un rancho de barro donde se alojó con la mujer y el hijo. En la casa de la familia, escasas dos piezas, ni siquiera intentaban retozar. Tanto ellos como Lía y Agnaldo, cuando el apetito crecía y se imponía, se refugiaban detrás de los árboles, en la selva, o en los rincones del río para gemir y suspirar, a las escondidas y a los apurones.

En el rancho reencontraron finalmente la paz de la noche, refugio y privacidad, sonreían el uno al otro mientras el niño resucitado dormía a pierna suelta. Dinorá volvió entonces a quedar grávida.

2

Diva, Isaura y Abigail se embarazaron una después de la otra con pequeña diferencia de tiempo. La primera en exhibir la panza fue Abigail, la más joven de las tres, amancebada con Bastiao da Rosa, usufructuando los beneficios de la casa del maestro de obras. Habiendo blanqueado el cható —así había rotulado Fadul a la residencia del pedrero para distinguirla de los ranchos vecinos—, dado una mano de pintura en la fachada azul y en las ventanas color rosa, cavado pozo de agua, encendido fuego de leña, comprado en Itabuna cama y colchón de matrimonio, de hierro la cama, de crin el colchón, pompas de coronel, todo eso con la idea de amancebarse con Diva, José Sebastiao da Rosa no cultivó el dolor del vencido. Con rapidez lo consumió: maldiciones crudas y rabiosas, breves consideraciones pesimistas sobre los sentimientos femeninos, ninguna demostración de desesperación, tampoco juramentos de venganza.

Aquella que él había tenido en la mira y en la cabeza, a quien le había arrastrado el ala durante meses, había preferido acomodar sus trapos en el taller del herrero, dejando con la boca abierta a Durvalino y a la mayoría de los habitantes de Tocaia Grande, ¡paciencia! No era la única y tal vez ni la más bonita de las doncellas del lugar. Cuando volvió a verla en la feria, orgullosa, del brazo de Tizón, les deseó felicidades y siguió adelante.

Abrase un paréntesis en el espanto de los profetas de segunda, ocupados en meterse en el culo pronósticos y agüeros, para proclamar una vez más los méritos de la Coroca. En el mismo momento en que los chismosos se asombraban —... dejó colgado a Bastiao, prefirió al negro, qué cosa...—, ella comentó con Bernarda mientras la ayudaba en los cuidados del niño:

—Bien que lo dije... Había de estar ciego para no verlo.

—Comadre, no se burle de la gente que sólo ve con los ojos. Usted ve con los ojos y con el entendimiento.

Coroca previó igualmente la reacción del desdeñado:

—No va a tardar en meterse con otra.

Realmente Bastiao da Rosa no vaciló. No iba a perder tiempo, trabajo y dinero lamentándose infeliz. Había preparado la casa para acoger a una mujer permanente, constituir familia, no iba a dejarla vacía, entregada a las víboras y a los chinches. Además de Diva, existían otras en Emboscada Grande, jóvenes y robustas, capaces de cuidar la cocina a leña y los niños cuando llegaran. No necesitaba ir lejos: en la casa de harinas, raspando mandioca, revolviendo el tacho, estaban esperando las hijas de Zé dos Santos. Descartando a Ricardina, la mayor, por tuerta y desflorada, podía escoger entre Isaura y Abigail, ambas jovencitas, bien formadas y enteras. Escogió a Abigail, la más morena.

Aindiado, cabellos lacios, alto y robusto, individuo de poca conversación y mucho ánimo para el trabajo, Zé dos Santos dejaba a cargo de doña Clara el destino de las hijas, le bastaban las preocupaciones de la labranza. Sabía que las mozas, día más día menos, tomarían su rumbo: se preocupaba sobre todo con la falta que harían en el plantío. Al contrario de lo que el nombre indica, doña Clara era bastante oscura. Cabello rizado, gorda y afable, rostro redondo todavía vistoso a pesar de envejecido: atenta a los atractivos de las hijas no acostumbraba a afligirse con ellas.

Había traído de Sergipe los mismos preconceptos que tanto amargaban a Vangé, pero se adaptaba sin mayores escrúpulos a la realidad de la tierra grapiúna, nueva y abundante, donde otros valores se imponían y la vida tenía un precio diferente. Lo que de veras la preocupaba, su recelo mayor en relación con las hijas, consistía en el miedo de verlas caer en la zona, putas de puerta abierta en la Baixa dos Sapos. Eso sí la afligiría. Amancebarse en aquel fin del mundo significaba una bendición de los cielos, más valiosa que el casamiento en la iglesia de Buquim, de donde viniera. Las cosas son como son y no como uno desearía, ¿no? Aquí o allá, bendición de cura y mierda, la misma cosa, sin la menor valía.

Las tres hijas de José dos Santos y doña Clara habían salido tan diferentes, en el físico y en las maneras, que ni parecían hermanas de padre y madre. Isaura había salido a la madre en la cordialidad, era buena para la charla y la convivencia, al padre en los cabellos lacios y en el color de la piel cobriza, mimbre delgado marcado con la sangre indígena. Abigail, callada igual que Zé dos Santos, era como ver a doña Clara: gorducha, cargada en el color, denso pelo crespo, ojos rasgados; en ella había predominado la sangre negra. ¿De qué abuelo blanco había heredado la cemi-ceguera Ricardina, una flor de mujer, los cabellos rubios y la tez blanca, los ojos azules y el tamaño? En las familias sergipanas, mestizas de tantas sangres, de cuando en cuando asoma un recién nacido de ojos azules y cabellos rubios, la blancura y la estatura de un ascendiente holandés o, quizás, cristiano nuevo, venido a Recife con el Príncipe Mauricio de Nassau. Huido, después de la derrota, a la capitanía de Sergipe del Rey, allí refugiado y aceptado, radicado para siempre, haciendo hijos a negras y mulatas. Ricardina, un buen ejemplo, a pesar de ser tuerta: no se puede exigir la perfección.

Entre Isaura y Abigail había vacilado Bastiao da Rosa al rechazar los cuernos, pero la duda duró poco, conquistado que fue por la mansedumbre de Abigail. En ese particular llevaba ventaja sobre Diva, arrogante y a veces insolente. Para no estrellarse de nuevo, antes de tratar con doña Clara y José dos Santos, conversó con la pretendida y obtuvo su consentimiento:

—Si es del gusto de usted, es del mío también. —Mansita y de buen carácter.

Antes de cumplir dieciséis años, Abigail ya había echado panza, Bastiao da Rosa no perdía el tiempo. Tampoco Tizón Abduim, aclárese que si bien Diva tardó un poco más en quedar embarazada fue por cuestiones de regla y de luna, y no de competencia: tenían las dos la misma edad. En cuanto a Isaura, antes de vivir con ella, el mozo Aurelio le comió la virginidad detrás de la prensa, en la casa de harinas. Con el agregado de las tres residentes a cada momento y en cada rincón, en Tocaia Grande, quien por allí pasara se cruzaba con una grávida, las barrigas llenas, anunciando el aumento del número de emboscadanos natos.

3

¿Tocaiano? Para abrillantar con un tópico erudito el relato de los acontecimientos, la narración de los problemas de Tocaia Grande, vale la pena una referencia aunque sea superficial y apresurada a los doctos debates trabados a propósito de la justa denominación a ser dada a los nativos de aquel culo del mundo, el gentilicio de los niños allí nacidos. ¿Cómo se debía designar a los ciudadanos de Tocaia Grande? ¿Tocaianos, Tocaiadenses, tocaia-grandes o simplemente tocainos? Fadul puso el tema en el tapete en el cabaret de Itabuna, en la mesa de Fuad Karan; en Ilhéus, en un bar del puerto bebiendo con Alvaro Faria. Oyó de los dos letrados conclusión si no análoga en forma, igual en el contenido.

—No cabe duda. —dijo Fuad Karan con la voz mojada de arak, perfumada de anís: —Quien nace en Tocaia Grande es *jagunço*, Grao Turco. Y de los más desalmados, ciertamente.

Alvaro Faria, degustando el whisky de los ingleses, no fue menos claro y objetivo:

—Un hijo de Tocaia Grande sólo puede ser carabinero, mi Fadul.

Reputación pérfida, injusta e infeliz, discordó al turco. Si había en el inmenso territorio del cacao, en toda la latitud grapiúna, un sitio de veras tranquilo, de violencia mesurada, era Tocaia Grande, donde reinaba la paz de Dios. Lo que había acontecido otrora, dándole nombre y renombre, fue antes del principio, antes de que existiera cualquier alma en el lugar. No obstante, quien allí viera la luz primera nacía cargando sobre el lomo la marca de la sangre derramada, la memoria de la muerte y de los difuntos.

4

Es cierto que nadie se tomaba en serio la panza abultada de Cao, la niña soltera. Motivo sólo de risas oblicuas y obscenos comentarios. En la ambición de un hijo, la pobrecita se metía mazos de pasto seco debajo del vestido para que la imaginaran preñada, esperando un bebé.

Un domingo apareció en la feria exhibiendo un vientre desmedido y extrañamente inquieto. Se sentó en el piso en medio de la gente y, entre carcajadas y bromas de los presentes, parió un lechoncito y enseguida, allí delante de todos, se bajó el escote de la blusa harapienta e intentó darle el seno para mamar, feliz de la vida.

5

Al llegar a Tocaia Grande, fogoso muchachito alrededor de los dieciocho años, ingenuo y apetitoso, Aurelio había perturbado el juicio de un puñado de prostitutas: hamacas y esteras se pusieron a su disposición, gratuitas.

Encantado, retozó a merced de las putas hasta el día en que, habiendo conseguido las monedas necesarias, pagó una metida con Bernarda. Había planeado tenerla durante toda una noche, pero era difícil, desde que le naciera el hijo y volviera a ejercer, había limitado las obligaciones del oficio a cogidas en horario reducido: entre las mamadas del niño y nunca después de la media noche. Aun así, la rápida función fue suficiente para dejar a Aurelio loco por la prostituta, embelesado. Las otras dejaron de tener cualquier interés para él. Cao, que iría a renovar su empeño, aún no vivía en Tocaia Grande.

Hizo un infierno de la vida de Bernarda, no se le despegaba de los talones, sólo le faltaba robar para conseguir el dinero con que candidatizarse a la cama de campaña aun para una breve matracada. Supo, en una conversación en el intervalo de la devoción, que ella admiraba el sonido del *cavaquinho*, y eso bastó para que iniciara con uno de los hombres del depósito de cacao, músico apreciado, el aprendizaje del instrumento. Dedicaba todas las horas libres a la prostituta, insistía hasta en ayudarle con el cuidado del niño Bernardo: tenía el nombre de la madre, ya que no podía tener el del padre.

Cuando Bernarda, sin siquiera inmutarse por eso, amamantaba al niño en la puerta de la casa de madera, el último pecho del día —las cuatro horas siguientes dedicadas a ganarse la vida—, Aurelio se ponía de tal manera excitado que la prostituta dejó de hacerlo delante de él. No habían transcurrido dos meses desde la llegada de los sergipanos al lugar cuando Aurelio le propuso vida en común y fue más lejos: vivir en un sitio más adelantado donde hubiera cura. Dispuesto a casarse con ella en la primera iglesia que encontraran, a ayudarla a criar al hijo. Como si fuera de él.

Bernarda oyó el apasionado arranque del adolescente, trató de disuadirlo de tales locuras, proyectos absurdos. Pero lo hizo sin menoscabo y hasta le agradeció la distinción:

—Cualquiera puede decirle que no quiero ni oír hablar de una cosa de esas...

—¿Y por qué no me lo dices con tu boca?

—Pues lo digo: tengo un hombre y me gusta. Es por eso.

Aurelio quiso detalles pero Bernarda se calló. Lo demás, él lo supo por terceros: ponte a un costado, muchacho, deja a la prostituta en paz, corres el riesgo de pasar vergüenza, de sufrir un contratiempo. ¿El Capitán Natario da Fonseca? ¿Un valentón? Menos por miedo que por gratitud, Aurelio se tragó los planes, vomitó el disgusto; por la mano y bajo la protección del Capitán, la familia de los sergipanos había venido a establecerse en Tocaia Grande. Experiencias de la juventud, cabezazos, desatinos: así se madura, en el padecimiento y en la pasión.

Regresó al favor de las putas, convaleciente. Después Cao despuntó en el horizonte, completando la cura. Se vio al joven Aurelio cercar a la loquita con el ahinco que le era peculiar, dispuesto a vivir con ella sin importarle la tontería. Cao se dejaba seducir, fogosa y fácil, permitiendo casi todo, pero a la hora de la decisión, se escabullía. Aurelio, se quedaba loco al punto de proponerle amancebamiento, para poner fin a aquel abuso. Atribuía la firmeza del rechazo al miedo de la muchacha a verse cogida y abandonada, en situación sin remedio: no le negaba razón.

Un día, cuando menos lo esperaba, Cao se dejó poseer. El entusiasmo de la victoria se malogró en decepción al constatar que ella ya no era virgen. Enfurecido, Aurelio intentó obligarla a decir cuál de los dos, Zinho o Durvalino, había alcanzado la meta que él tanto persiguiera y deseara: comerle la flor. No obtuvo respuesta: Cao sólo reía y pedía más. Por vías atravesadas vino a saber que el raspa-tablas y el cajero habían sufrido idéntica desilusión, habían hecho la misma e inútil pregunta —¿cuál de los dos?—, sin obtener respuesta. Ante lo cual, sin previo acuerdo, cada uno continuó volteándola en los matorrales: ella satisfacía a los tres y riendo pedía más.

En Isaura jamás había posado los ojos con interés. Los sembrados de Zé dos Santos comenzaban donde terminaban los de Ambrosio, la casa de harinas se levantaba en el límite. Aurelio venía a Isaura diariamente, era como si no la viera. A los dieciocho años, Aurelio aún no había llegado a la edad de asentar cabeza y establecer familia. A los dieciséis, Isaura comenzaba a sobrepasar el tiempo adecuado.

Al raspar la mandioca, al apretar la prensa, al revolver en el tacho, inesperadamente se reconocieron cuando los ojos se cruzaron. Diva y Abigail habían tomado cada una su rumbo, también Isaura quería cumplir el sino que el cielo le había destinado. En la casa de harinas, en los plantíos, en la orilla del río, cambiaron sonrisas y palabras, y cuando se dieron cuenta Isaura estaba preñada, Aurelio iba a ser padre. Virginidad por virginidad, la de ella era pequeña y excelente, dificultosa. Atrás de la prensa, en el olor de la raspa de mandioca, embriagadora.

En el consejo de las familias reunidas, lo más difícil fue decidir dónde iban a vivir. ¿En la casa del muchacho o en la de la moza? Acordaron que sería en la de Isaura, donde sobraba un poco más de espacio, pero Aurelio continuaría ayudando a los padres: la mitad de la semana con Ambrosio, la otra mitad con José dos Santos.

A Cao le extrañó el retraimiento de Aurelio, desaparecido, que le reducía la elección vespertina. El hecho de haberse amancebado no explicaba el apartamiento. Para ella, casado, amancebado o soltero no hacía diferencia, eran bienvenidos todos, independientemente del estado civil y de la edad. Pero prefería a los hombres hechos, eran menos tontos, sabían más, no perdían tiempo con preguntas sin interés. Mozo o maduro, habría de ponerle en la panza la simiente de un niño. Un niño para hamacar en los brazos. ¿Dónde andaría don Pedro Cigano, lindo como el Perro?

6

La población crecía con el establecimiento en el pueblo de los vivientes atraídos por las noticias que, con respecto al progreso de Emboscada Grande, circulaban en la región del río de las Víboras y más allá: en Ferradas, en Río do Braço, en Sequeiro do Espinho, en Agua Preta, en Itapira, en la ciudad de Itabuna. Arrieros, leñadores y asalariados —y más que nadie el trotamundos Pedro Cigano— alardeaban exageraciones sobre el movimiento, la animación y las prostitutas. Las novedades llegaban hasta Ilhéus llevadas inclusive por hacendados ricos, coroneles del linaje de los señores de la Atalaia y de la Santa Mariana. Crónica de sucesos alardeada notablemente por el Turco Fadul cuando por allá aparecía para comprar y pagar mercaderías, para respirar aires civilizados y en ellos complacerse— en Ilhéus competentísimas y carísimas francesas y polacas hacían absolutamente todo y más de lo que se pudiera imaginar— y para ver el mar.

Con la afluencia de tantos vecinos, el Camino de los Burros se prolongaba en una calle extensa e irregular acompañando el curso del río. Algunas casas de ladrillos y tejas, cantidad de ranchos, continuo vaivén de gente y de animales. Habían dejado de existir las horas ociosas du-

rante las cuales, después de la partida de los arrieros, el árabe, el negro
y las prostitutas descansaban de la noche y de la madrugada trabajosas
y se reunían para charlar, escuchar historias, cantar coplas. No es que
hubieran abandonado por completo las costumbres de antes, de cuando Tocaia Grande era reciente puesto para pasar la noche o ínfimo
caserío vegetando en la ociosidad y en el abandono. Todavía se
encontraban para conversar en los lugares acostumbrados pero lo
hacían con menor frecuencia, si bien con mayor número de partici-
pantes. Grupos de fiesta se reunían los domingos en la feria, en el
Bidet de las Damas, frente a la tienda del herrero, en la barbería de
Dodô Peroba y, como siempre, en la tienda de Fadul.

Se sucedían bailes con la animación de guitarras y armónicas, gaitas
y *cavaquinhos*. El número exacto de las chozas en la Baixa dos Sapos
sólo Dios lo sabía. Dios y Durvalino, el popular cajero Lleva-y-Trae.

7

Se habían multiplicado igualmente los animales domésticos, criados
en las tierras de la otra orilla, o sueltos en la calle. A la mañana y a la
noche proseguía el tráfico de los convoyes de burros; durante el día
los viajeros se encontraban con piaras que husmeaban con el hocico
en el barro, bandadas de gallinas que picoteaban en los matorrales y
de aves que pasaban en disparada. El Capitán Natario da Fonseca, en
ocasión de la llegada de los sergipanos, había traído de la Atalaia una
docena de huevos de *toufraco* que Zilda había mandado para Vangé.
Puestos a empollar bajo una gallina de monte, nacieron diez pollitos
y de esos diez el tropel que se esparcía a uno y otro lado del río, propiedad teórica de la plantación, de hecho bien común de los habitantes. Gallinas de angola, de carne negra, buenas para la cacerola, manjares especiales.

Además de los descendientes de los apasionamientos de Alma en
Pena y Ofrecida, otros perros vinieron en los equipajes de los nuevos
moradores, y procrearon una voraz población de flacos perros sin
raza. Con Zilda se mudó a Tocaia Grande numeroso bicherío.
Además de perros y gatos, aves de corral —gallinas, gansos, patos y
pavos—, se veían, en el terreno del fondo, frente a la casa, *mutuns*
y *jacus* domesticados, la *ema* de Pega, el casal de *seriemas* gritando
su grito ronco, matando víboras, el erizo *cacheiro* de Lucía, la niña
mayor. Sin hablar de los periquitos y papagayos, los pajaritos, las
jaulas colgadas en la galería y en la entrada.

Los papagayos eran tres, vistosos y habladores, dos relegados a la
cocina y al terreno pero el tercero —*maracaná* inquieto y locuaz—,
dueño de extenso vocabulario pornográfico, vivía suelto en la galería

donde estaba su palito en el cual poco permanecía: el animal preferido del dueño de casa. Respondía al nombre de Andá-a-que-te-la-metan-en-el-culo, su expresión favorita, que repetía cada dos por tres, con o sin motivo. Andaba de un lado a otro por la baranda de la galería gritando palabrotas, silbando para llamar a los perros, riendo con una risa estridente y burlona cuando los veía llegar para atender la convocatoria. Proclamaba orgullosa la patente y el nombre del señor y cautivado amigo: ¡Capitán Natario da Fonseca!

El Capitán lo ponía panza arriba en la palma de la mano y le rascaba la cabeza y la barriga. Andá-a-que-te-la-metan-en-el-culo cerraba los ojos, deleitado, entregado. Debía de ser hembra para dejarse manosear así, garantizaba Zilda. Hembra y fiel, pues sólo a Natario le permitía tales intimidades; picoteaba, feroz, a cualquier otra persona que la quisiera agradar, y la insultaba: ¡Ladrón! ¡Hijo de puta! ¡Anda a que te la metan en el culo! Casi le arranca un dedo al negro Tizón, que había intentado hacer amistad: dame la patita, lorito.

El contundente vocabulario del papagayo era el resultado de prolongada convivencia en la humosa sala de juego de un garito en el Beco da Mula en Itabuna, la frecuentada Pensión de las Nubes. Mezcla de taberna donde servían *cachaça*, coñac y tragos diversos, de puterío —en unos cubículos del sótano ejercían las prostitutas— y sobre todo antro de juego, ese complejo recreativo era explotado por Luiz Preto, un paladín, a veces incomprendido y considerado sin justicia, del ocio con dignidad. El Capitán le había salvado la vida en oportunidad de una agarrada de naipes.

Se encontraban por casualidad en el lugar invitado por una ramera, conocida suya de tiempos pasados: cuánto tiempo hace que no lo veo, Natario, había dicho la seductora al encontrarlo en la calle. De reminiscencia en reminiscencia, acabaron en el piso de arriba de la Pensión de las Nubes para conmemorar el encuentro y matar nostalgias a golpes de tórtola.

Natario se abotonaba los pantalones, iniciando las despedidas, cuando el barullo de mesas y sillas dadas vueltas y los gritos entusiasmados de un papagayo — ¡Ladrón de mierda! ¡Sorete!— le llamaron la atención. La dama, aún desnuda, no se alteró, peleas y desórdenes acontecían con bastante frecuencia en el concurrido comulgatorio. Pero como el bravucón proseguía con las amenazas de muerte — ¡te voy a arrancar las tripas, perro! —y habiendo el Capitán reconocido la voz de Lalau, *jagunço* que había servido a sus órdenes, ciudadano de pecho y de palabra, se precipitó a tiempo de impedir el envío de Luiz Preto a la tierra de los pies juntos: el puñal de Lalau relumbraba en el humo. Restablecido el orden, reiniciada la partida, Natario se demoró provocando al papagayo y llegó a desatarse en una carcajada —cosa rara en su proceder— al oír al loro ordenarle: anda a que te lo metan en el culo, mientras cerraba un ojo y sacudía alegremente las alas verdes y rojas. Agradecido, Luiz Preto mandó dejar el ave en la pensión de tía Senhorinha donde el Capitán se hospedaba en Itabuna: regalo de un resucitado.

En la hacienda Atalaia, Anda-a-que-te-lo-metan-en-el-culo había aprendido a silbar a los perros, a piar a las gallinas, a imitar la voz del negro Espiridiao: ¡Paz y salud, comadre Zilda! En Tocaia Grande, el Turco Fadul le había enseñado palabrotas en árabe: manhúk, ru-h inták, ibam, charmuta: el papagayo las repetía con la límpida pronunciación de las montañas del Líbano.

En la abundante mesa del almuerzo, en casa del Capitán, Fadul, invitado frecuente, se moría de risa con los insultos, en español y en árabe, de Anda-a-que-te-lo-metan-en-el-culo. Nunca logró, sin embargo, por más que lo intentara, rascarle la cabeza, mucho menos la panza. Privilegios del Capitán Natario da Fonseca.

8

Anda-a-que-te-lo-metan-en-el-culo se tornaba políglota. Además de repetir palabrotas en árabe, cantaba en italiano trechos de arias —"Ridi, pagliaccio", "La donna é mobile"— tocadas en el gramófono. La fama del papagayo ganaba mundo en los convoyes de burros:

—El Capitán Natario tiene un loro que es un coloso. Habla en turco, canta en lengua de gringos, de lo más gracioso.

El gramófono, regalo del Coronel Boaventura Andrade, era la gran atracción, el lujo principal de la casa del Capitán Natario da Fonseca. Zilda le dedicaba tal estima que no le permitía ni siquiera a Edu, el hijo mayor, ponerlo en funcionamiento; sólo ella y Natario podían hacerlo. Una vez cada muerte de obispo, el Capitán hacía girar la manivela dando cuerda al aparato para mostrarlo, con un dejo de ufanía, a visitas de alta jerarquía: el coronel Robustiano de Araújo, el compadre Dalvo, jefe de la estación de Taquaras, don Cícero Moura, comprador de cacao por cuenta de Koifman & Cia. exportadores.

En los momentos de ocio, el general al final de las tardes, antes de la comida vespertina, Zilda ponía el gramófono a tocar, se quedaba escuchando, la mano en el mentón, los ojos semicerrados: no entendía la lengua en que cantaban pero los graves y los agudos —los agudos sobre todo— la emocionaban. Raras veces Coroca aparecía para hacerle compañía, comentar los acontecimientos del pueblo, escuchar música; poseían apenas tres cilindros, venidos con la máquina. También solía ir Vangé llevando alguna atención —batatas, zapallo, mandioca— para la cocina del Capitán, elogiaba el gramófono:

—Si no se ve no se cree...

Vangé se había hecho íntima de Zilda, mantenía una deferencia especial para con el Capitán: jamás podría olvidar el encuentro en la ruta. Había oído contar cosas sobre él, entraban por un oído y salían por el otro; para ella, ante Dios, nadie se comparaba al Capitán Natario da Fonseca. Lo había invitado para que fuera el padrino del niño de Lía y Agnaldo cuando un día lo bautizaran. La madrina —discúlpeme, doña Zilda— sólo podía ser Jacinta Coroca, que lo había traído al mundo.

Al comienzo la chiquillada, traída por Edu y Peba, se juntaba al pie del gramófono. Atentos y asombrados, queriendo saber dónde se escondían la fulana y el sujeto que entonaban aquellos cantos de las extranjas. Pero se cansaron rápidamente, las músicas eran siempre las mismas; preferían la selva con los pájaros y los monitos, armaban trampas y armadillas.

Bernarda llegaba, el hijo enganchado en la cintura. Pedía la bendición a la madrina, ayudaba en los trabajos de la casa; callada y sonriente escuchaba el gramófono mientras le buscaba liendres a Zilda. Venía siempre en la ausencia del Capitán, y si sucedía que él llegaba de viaje y la encontraba allí, ella pedía la bendición y enseguida se despedía. Iba a quedarse en su casa, de plantón, a la espera de que él viniera a verla, en el momento en que quisiera.

Zilda servía a las visitas licor de *jenipapo*, de *pitanga*, de maracujá, todos de fabricación casera: ¿Cómo conseguía tiempo para tanta cosa? ¿Para los quehaceres domésticos, la cocina, los licores, el dulce de banana, las pasas de cajú, para la costura y el punto cruz? ¿Para, devota y cuidadosa, criar a los hijos: los suyos y los adoptivos? Todo eso sin elevar la voz, sin correr, sin quejarse. ¿Quejarse de qué? Cuando Natario la recogió, huérfana y mendiga, nunca había imaginado llegar a tales alturas: casada, marido capitán de la Guardia Nacional y hacendado, dueña de una casa de tal porte, los hijos sanos, en el terreno los animales, la mesa abundante y abierta. ¿Quejarse? Sólo si fuera ingrata.

Mesa abundante y abierta, en ella comía quien llegara aun sin invitación. Concurrencia diminuta cuando el Capitán estaba ausente: Coroca, Merencia, Bernarda, alguna otra amiga; hombre, jamás, no estando en casa el jefe de familia. Natario pasaba la mayor parte del tiempo en las haciendas, en la Atalaia y en la Boa Vista, todavía más durante la temporada y la cosecha, cuidando de la recolección y el secado del cacao. Pero cuando pasaba por Tocaia Grande, la casa se llenaba de visitas. En la mesa no sobraba lugar, con frecuencia había quien comiera en la galería o en la cocina, junto con los niños. Amigos, compadres, simples conocidos, personas que tenían asuntos que tratar con él, forasteros que venían a saludarlo, además de los habitantes. Cuando pasaba, a pie o a caballo, por el descampado, por el Camino de los Burros, por la Baixa dos Sapos, todos lo saludaban cordial y alegremente, en una mezcla de consideración y estima. Los hombres se sacaban el sombrero en señal de respeto, las mujeres le sonreían con aprecio: en el respeto de algunos hombres un resquicio de miedo, en el aprecio de ciertas mujeres un toque de calentura. Los chicos corrían a besarle la mano:

— ¡La bendición, Capitán!

9

El propio Coronel Boaventura Andrade, mandamás de aquellos confines, patrón y compadre, probó la sal de la mesa de Zilda, repitió los manjares y los alabó, lamiéndose los dedos: la gallina en salsa parda, el *teñú* adobado, el pescado con aceite de *dendê*, la fritura de capote, los dulces de banana y de caju, la crema de aguacate. Zilda se disculpaba por el menú poco variado, sólo cuatro platos, pobreza de almuerzo si se lo comparaba con los de la casa-grande. Las hijas la ayudaban en la cocina, aprendían a sazonar, a determinar las salsas y a presentir el punto.

Venido de la Atalaia, el Coronel había tomado por el atajo y pasado por Tocaia Grande con el objetivo de estudiar con Natario la localización de un grupo de sergipanos, esperados en Ilhéus, procedentes de Estancia, tierra natal del hacendado, por lo que supo después, parientes suyos. Aprovechó para recorrer el valle: allí había estado en la cosecha pasada, hacía más de un año. Ya entonces el progreso de Tocaia Grande lo había dejado impresionado, ¿qué decir ahora?

Visitó los plantíos de Ambrosio, José dos Santos y Altamirando —Altamirando había iniciado un criadero de cabras— balanceando la cabeza en señal de aprobación. Entró en la casa de harinas donde estaban raspando mandioca. Los estancianos iban a estar en buena compañía.

La gran sorpresa, sin embargo, que le arrancó exclamaciones entusiastas, fue la obra del puente que estaba llegando al fin. La envergadura de la empresa, la calidad del trabajo y el acabado lo dejaron maravillado. Lupiscinio y Guido, maestros carpinteros, recibieron con modestia y satisfacción las felicitaciones del Coronel. Lupiscinio reveló, sin mostrarse lastimado:

—El Coronel Robustiano creía que no íbamos a poder hacerlo.

Contaron que para la conclusión de la obra muchos habían colaborado. El citado Coronel Robustiano y el Capitán Natario allí presente habían aportado el dinero. Los maestros pedreros, Balbino y Bastiao da Rosa, los alfareros Merencia y Zé Luiz, el herrero Tizón Abduim se habían vuelto carpinteros y raspa-tablas y hasta las prostitutas habían ayudado.

268

Se detuvieron en la casa de Bernarda, el Coronel deseó ver al niño que naciera en ocasión de su estada anterior. Por él había levantado brindis de *cachaça* en la tienda de Fadul. Coroca sirvió un café, Bernarda no cabía en sí al mostrar el crío, la cara del padre:

—La marca registrada de Natario... —bromeó el Coronel.

Estuvo también en la tienda de Castor felicitando a Diva. Tocaia Grande ya no era sólo un campamento de prostitutas: se constituían familias: en su trayecto se había cruzado con Dinorá y con Isaura, había visto a Abigail en la calle, se encontraba ahora con Diva, las cuatro en la espera de un niño. El Coronel volvió a recordar la previsión de Natario. Mirando, desde lo alto del cerro donde ahora se erguía la casa, el valle deshabitado, la selva virgen, el paisaje inhóspito, Natario había visto el día de mañana. El Coronel nunca había logrado explicar el don que permitía al mestizo leer los pensamientos, adivinar el futuro. La sangre india, otra cosa no sería.

Fueron por fin a tomar un trago, antes del almuerzo, en la tienda de Fadul.

—¿Qué le pareció la tierra, Coronel?

—En unos años más pasa a Taquaras. Sólo falta que lleguen acá las vías del tren.

Empachado, salió de la mesa directo hacia la hamaca de la galería a fin de echarse un sueñito. Antes, sin embargo, de roncar, el Coronel cambió dos dedos de charla con la comadre Zilda y le contó las nuevas de la Atalaia. Doña Pequena tenía una ayudante, la hija del finado Tiburcinho: ¿se acuerda de ella, comadre?

—¿Sacramento? Sí, me acuerdo muy bien... Una lindura de muchacha.

En el rostro del Coronel, marcado por el tiempo y por la vida, por las amarguras, asomó una sonrisa escondida, casí tímida:

—Doña Pequena casi no consigue andar. Esa moza fue una suerte, trabajadora como ninguna otra. Moza buena, comadre. La casa está que da gusto y hasta de mí se ocupa. —¿Hablaba de criada o de amante?— Acá entre nosotros, comadre, le digo que ahora paso más tiempo en la Atalaia que en Ilhéus.

—¿Y Venturinha, compadre? ¿Ha dado noticias?

La sonrisa desapareció del rostro del Coronel:

—Continúa en Río, pienso que se mudó para siempre.

—¿Sigue con los estudios? Es dedicado de verdad, nunca vi que a alguien le gustara tanto estudiar. —Puras palabras de alabanza inocente, sin malicia.

—Así es, comadre, ya es tiempo de parar. Con demasiado estudio, un doctor termina haciéndose sinvergüenza.

El grito insolente del papagayo cortó el diálogo:

—¡Hijo de puta! ¡Anda a que te la metan en el culo!

El Coronel cerró los ojos tratando de alejar el pensamiento de Venturinha farreando en Río de Janeiro, ¿de qué servía afligirse? Pero se afligía, quisiera o no, el sinvergüenza era su hijo, el único. Por causa de él había trabajado sin descanso, día y noche. Había roto y amansado la selva, había plantado leguas de cacao. Había empuñado armas, combatido, arriesgado la vida, mandado matar y matado. Ah, si no fuera por la joven Sacramento ya habría perdido por completo el gusto de vivir; no bastan el dinero y el poderío.

Viéndolo con los ojos cerrados, Zilda se retiró despacio, evitando hacer ruido. El Coronel no la retuvo, la dejó partir sin retomar el hilo de la conversación: no le gustaba hablar sobre la ausencia del hijo. Debido, tal vez, al disgusto de esa ausencia, se apegaba aún más a los viejos servidores, gente simple. Doña Pequena, que había envejecido en la casa-grande, sin un solo día de descanso. El negro Espiridiao, las motas blancas. Cuando vino con la carabina era un matón de media edad y desde entonces velaba en la casa-grande el sueño del Coronel. La comadre Zilda y el compadre Natario. Natario había terminado compadre y capitán, pues además de la valentía y la lealtad, comunes a él y a Espiridiao, tenía la inteligencia, sabía leer y escribir y sobre todo sabía mandar.

Gente simple y derecha, también la moza Sacramento, que jamás lo trató de tú. Le decía usted, pero la voz y los modos eran un consuelo para las amarguras y la desgracia: le restauraban las fuerzas y las ganas de vivir. Le buscaba los piojos, él en la hamaca, ella sentada en el suelo, olía a hoja de pitanga, en la cama se acurrucaba en su pecho, reía y suspiraba. Consejo de Natario, el Coronel lo había seguido. Había salido bien, como siempre sucediera.

10

Cuando se vieron solos en los matorrales, reducidos al dinero de los servicios y a un poco más puesto por caridad por Leovigildo Calasanz, dueño del bangüé, doña Leocadia, octogenaria, viuda, madre, suegra, tía, abuela, se acordó del parentesco. En aquella hora de tribulación, ¿quién podría socorrerlos sino el primo? Primo en tercero o cuarto grado, pero no por eso desconsiderado.

El Coronel Boaventura Andrade, la última vez que había estado en Estancia, hacía mucho tiempo, los había reconocido y saludado en la feria donde exponían y vendían los abundantes productos de la quinta. Millonario, sin saber dónde poner el dinero, no había desdeñado la pobreza de los parientes. Sentado en una caja al lado de la prima Leocadia, se había demorado conversando, recordando personas y acontecimientos, unos graciosos, otros tristes. Además de prima, Leocadia había sido novia del trombonista José de Andrade, padre del Coronel. Muchas mazurcas, muchos xotes habían bailado juntos en las fiestas de la Lira Estanciana, inolvidables.

—Por poco no fui su madre, primo Boaventura.

Enternecido, el lord grapiúna abrió la cartera y dio unos billetes para la chiquillada. ¿Unos billetes? Cantidad gruesa que Leocadia guardó para una necesidad de salud y médico. Al despedirse, el Coronel ofreció los servicios si un día fueran a necesitarlos. En Ilhéus, a las órdenes, cualquier cosa, sólo tienen que escribir. Basta poner en el sobre: Coronel Boaventura Andrade, Ilhéus, Estado de Bahía, y la carta llega, no hace falta nombre de calle, allá todos me conocen.

La historia no era diferente de las demás, se repetía siempre igual, pequeñas discrepancias en los detalles. Habían cultivado tierras a medias, conocido tiempos de prosperidad. Después fue lo que se vio: las tierras volvieron a manos del dueño, la caña de azúcar sustituyó al maíz y la mandioca. En Estancia no había cómo ganarse la vida: ni tierras que labrar, ni empleos en el comercio, nada que hacer salvo la faena en los cañaverales del bangüé.

Antes, Estancia había llegado a ser metrópolis de importancia en la vida del Estado de Sergipe. Las mercaderías, transportadas por mar, desembarcadas en la barra del río Real, se acumulaban en el puerto de Crasto. De Estancia salían para el *sertao*, movimiento intenso de convoyes y carros. Pero las vías del ferrocarril que habían unido a Bahía y Sergipe pasaban lejos de la ciudad y así la condenaron, si no a la muerte, sí a la decadencia. A los estancianos no les quedó otra alternativa que la partida hacia el sur: la fama del cacao arrastraba a los desheredados. Todavía más si habían perdido tierra, labranza y esperanza.

Entonces doña Leocadia se acordó del pariente distante y millonario. Reunió el clan, propuso el éxodo. Sumaban veintitrés almas, padres y hermanos, tíos y primos, la misma sangre; siete mujeres, seis hombres y diez hijos menores, de varias edades. La moza Neneca se negó a partir, andaba de enamoramiento firme con Osiris, brillante orador oficial y mediocre flautista de la Lira Estanciana, vago cajero en la modesta tienda de telas del padre, don Américo, en fin, un muerto en pie. Neneca aprovechó la ocasión para irse de la casa y juntarse con el pretendiente: un peso más en las espaldas del pobre don Américo. Gabriel, padre de Neneca, amenazó hacer escándalo, ella ni se preocupó y doña Leocadia dijo que dejara correr el río, que se callara la boca: si la ingrata quería quedarse allí pasando hambre para acabar vendiendo el cuerpo, problema de ella, ellos tenían demasiadas cosas de que preocuparse.

Doña Leocadia escribió una carta al Coronel, recordando el encuentro y las promesas. ¿Todavía no había estirado la pata?, había preguntado Vavá, el hijo mayor de doña Leocadia, cincuentón. Si hubiera faltado, la noticia del fallecimiento habría llegado a Estancia fatalmente, las noticias malas andan ligero, no se pierden ni se atrasan. No va a responder, previó el yerno Amandio, incurable aguafiestas.

No solamente respondió sino que lo hizo por telegrama, fue una sensación. Juntaron las pertenencias, embarcaron en la tercera clase del tren a Bahía donde tomarían el navío hacia Ilhéus, contando con parco dinero. En Ilhéus, el primo se ocuparía de ellos.

Trabajo no faltaba, sobre todo en la época de la cosecha, pero el Coronel no deseaba ver a sus parientes trabajando en la precaria condición de asalariados. Se acordó de Tocaia Grande, decidió ir personalmente a verificar la situación. Con la asistencia de Natario, eligió el lugar, en la división del plantío y del criadero de Altamirando. Allí podrían desenvolverse, no correrían peligro de que alguien viniera a sacarles las tierras para en ellas plantar caña de azúcar. Ni siquiera el Coronel podría hacerlo para sembrar cacao: no había propietario. Tierras sin dueño, bastaba que las ocuparan.

El Coronel pidió a Natario que fuera a recibir a los estancianos en la estación de Taquaras cuando desembarcaran en Ilhéus. Al final, eran parientes además de coterráneos, la vieja iba a cumplir en breve ochenta años, merecían más que simple compasión. Así Natario llevó consigo un burro cabestrero, la mansedumbre hecha animal, y, por seguridad, una hamaca y un varal: si la vieja no pudiera montar, vendría cargada en andas. Los esperó en la estación y los llevó hasta Tocaia Grande.

Doña Leocadia en nada recordaba a una vieja. Enjuta de carnes, espigada, no demostraba la edad. Agil y animada, bien dispuesta, mantuvo el burro al paso de la mula ardiente montada por el enviado del primo y reclamó informaciones.

—¿Es un lugar adelantado? ¿Tiene banda de música? ¿Cuál es la devoción de la iglesia? ¿El santo patrono?

El hilo de una sonrisa asomó en los labios de Natario:

—Banda de música aún no hay, pero no falta guitarra y acordeón. Tampoco hay iglesia, fuera de eso es adelantado como lo que es, usted va a ver. El santo patrono, le voy a decir: si hay alguno, es éste, su servidor, Capitán Natario da Fonseca.

Tres de las mujeres estaban grávidas: Fausta, Hilda y Zeferina.

11

Las jaulas suspendidas en las paredes de barro de la barbería nunca sumaban más de media docena. Sin tomar en cuenta la jaula del *cancá*, casi siempre vacía, pues el ave volaba por el rancho, en libertad, cazando insectos con el largo pico. Ni la de la tórtola *fogo-pagou*. Exhibían pajaritos deslumbrantes, escogidos especialmente por Dodô Peroba. ¿Cómo explicar que fueran tan pocos si el pajarero traía de la selva una cantidad de ellos, cada vez que armaba sus trampas en puntos estratégicos?

Edu y Nando, socios en el comercio de pájaros y de pequeños animales, exponían variada oferta en la feria dominical a los compradores de los alrededores. Un pajarito alegra la casa y hasta el hogar más pobre y desolado se enriquece y se embellece con el canto y el plumaje de un *corrupiao*, un *sabiá*, un *papa-capim*, un *curió*, un *pájaro-negro*, un canario silvestre, un *pintassilgo*: la lista es vasta. En cuanto a los periquitos y los papagayos, son íntimos e inestimables compañeros.

No sólo los pájaros, otros bichos también. La viuda Natali poseía un *jupará* color de miel quemada que resonaba en la caja próxima a la máquina de coser, envuelto en la larga cola. En la creencia del pueblo, los juparás, o monos-de-media-noche, eran plantadores de cacao: dormían el día entero, cruzaban la noche en el mayor bullicio. Merencia y Zé Luiz criaban en la alfarería una *jibóia*: ya había pasado los dos metros y todavía no había terminado de crecer. Mantenía el lugar libre de animales dañinos y ahuyentaba a las víboras venenosas. Las putas y los muchachos optaban por la diversión de los monos pequeños.

Dodô Peroba no cazaba pajaritos para venderlos en la feria, tampoco para tenerlos simplemente cautivos en las jaulas, adornando el salón de barbero. Llamar a la miserable pieza, donde había sido colocada la silla hecha por Lupiscinio, salón de barbero, era una jactancia igual que designar salón de baile al galpón, maneras de decir de los moradores del lugar.

De los abundantes frutos de las trampas, muchas veces el pajarero no guardaba ni una sola ave. Después de estudiarlas con atenta minuciosidad, de someterlas a ensayos y ejercicios curiosos y extraños, seleccionaba poquísimos ejemplares, basándose en misteriosas conclusiones sólo conocidas por él. Volvía a soltar a la gran mayoría, cuando no a la totalidad, y, al verlos volar felices con la inesperada libertad, demostraba tal satisfacción que se podría imaginar un absurdo: él los había aprisionado sólo para tener el placer de liberarlos.

Los escogidos —por la belleza, por el canto, por la vivacidad, ¿quién sabe por qué?— pasaban a vivir en las jaulas colgadas en las paredes de la barbería y a ocupar la mayor parte del tiempo del pajarero. Dodô los amansaba y con infinita paciencia y extrema maestría les enseñaba a hacer cosas sorprendentes. Con el pico, movían en las jaulas maquinismos de cordones trenzados, bajando y suspendiendo dedales para llenarlos en los bebederos de lata, como si fueran personas que retiraban agua de un pozo. Levantaban las tapas de los cajoncitos de madera para comer el alpiste, abrían y cerraban la puerta de la jaula y etcétera,

273

un montón de habilidades. Dodô les ordenaba haciendo estallar los dedos.

Mi Niño, Flor de Selva, Clavelina, Erizado, Pechugón, cada cual respondía a un nombre; venían volando cuando eran llamados por la voz meliflua del amansador. El barbero conseguía que, libertos de la prisión de la jaula, volaran dentro y fuera de la casa, fueran lejos, y enseguida retornaran viniendo a posarse encima de la jaula o en la puertita de ramas de bambú, abierta, a la espera. Doblaban el canto y permitían que Dodô los acariciara. Los mocosos, mudos y pasmados, se pasaban horas viéndolo enseñar a los pájaros aquellos imposibles.

Silbador emérito, Dodô silbaba cancioncitas, los pájaros sofrés retomaban la melodía y aprendían a imitar a la perfección el trino de los vecinos de jaula. Los pajaritos de Dodô Peroba no eran sólo mansos y enseñados como otros de por ahí: eran artistas dignos de figurar en un circo. Así le había dicho el Coronel Boaventura Andrade que de sus manos comprara una *concriz-concriz*, *joao*-pinto, sofreu y *corrupiao* —son algunos de los nombres por los que se conoce al pájaro sofré— para llevar de recuerdo a la moza Sacramento: la había oído referirse a la nostalgia del canto del corrupiao; cosas más emocionantes según su parecer no existían.

Los pájaros que Dodô criaba y amansaba no alcanzaban para los encargos, pedidos provenientes de las haciendas, de la estación de Taquaras, hasta de Itabuna. Pero el pajarero se deshacía de ellos contra su voluntad y con tristeza, y solamente al fin de prolongada negociación. No los vendía al primero que apareciera, a cualquiera. Antes quería estar seguro de que al comprador le gustaban realmente los animales; no era uno de aquellos desalmados dueños de gallos de riña y de pajaritos que los criaban con la intención de luchas y apuestas.

Suelta en la barbería vivía una tórtola fogo-pagou, ésa él no admitía venderla ni por todo el oro del mundo: le pellizcaba los dedos de los pies, se posaba en su hombro o sobre la erizada melena descubriendo y estirando con el pico los primeros hilos de cabello blanco. Propuestas de compra no faltaban, ya había recibido varias y las había rechazado todas, enojándose, abandonando su habitual pachorra, cuando insistían. ¡Cómo podría vivir sin oírla repetir a cada momento la onomatopeya sonora y divertida: ¡fogo-pagou, fogo-pagou! Se lo veía en la puerta, sentado en un taburete de madera, el ave en la cabeza picándole el pelo.

Pero se dio que una noche, pasado el tumulto de los arrieros, cuando el silencio se hizo en el descampado, Dodô Peroba despertó del sueño leve oyendo sorprendido a la tortolita emitir el alegre aviso: a aquella hora debía estar adormecida en la jaula, el alba del día aún no se había anunciado. Se levantó de la estera y escuchó en lo oscuro: los pájaros dormían, no provenía de la sala el grito que continuaba haciénse oír, obstinado llamado. Llegaba de afuera, sería un pájaro perdido, afligido y loco. Quizás herido en el ala, sin poder volar, solicitando ayuda.

Levantándose sin hacer ruido para no perturbar a los pajaritos, Dodô Peroba se estiró hasta la puerta. No anduvo dos pasos: enseguida vio a la retardada allí agachada, bajo la llovizna. Al divisarlo en la negrura, Cao sonrió, se puso de pie y le extendió los brazos.

CRECEN LAS AGUAS DEL RIO, CASI TERMINAN CON TOCAIA GRANDE

1

Bajo el aguacero torrencial, chorreando agua, el capote empapado, el Coronel Robustiano de Araújo desmontó en la puerta del taller del herrador de burros. Entregó las riendas al capanga que lo acompañaba, Nazareno, hermano más joven de Gerino, dos hombres de absoluta confianza:

—Espéreme en el depósito.

En la puerta, Castor Abduim saludó al hacendado con alborozo:

—Pase, compadre, la casa es suya. Su ahijado ya nació, venga a ver que maravilla de mulato.

Amulatado también, el Coronel. Pero en aquellos lugares la división se hacía entre ricos y pobres: para que el hacendado no pasara por blanco era necesario ser negro retinto como el coronel José Nique y hacer hincapié en pregonar la raza. ¡Negro Zé Nique! ¡Bonito y millonario! —se proclamaba él desde lo alto del caballo pampa haciendo estallar el látigo de cuero trenzado y mango de plata. El Coronel Robustiano entregaba en el tiempo entre cosecha y cosecha al padre Mariano Bastors, prior de la catedral de San Jorge, una donación para el altar del santo guerrero, y un óbolo, igualmente liberal, al pai Arolu para el peji de Oxóssi, señor de la naturaleza. Entre los dos, el santo y el encantado, habrían de mantener la lluvia dentro de límites razonables para que la floración y las bayas de cacao se desarrollaran libres de amenazas y la cosecha fuera aún mayor. Promesa urgente y necesaria: en las cabeceras del río de las Víboras el tiempo se descomponía.

El Coronel desabotonó su capote y lo puso en el pedregullo próximo a la fragua para secarlo: ¡qué tiempo hijo de puta, renegado!

—Recibí el recado con la buena nueva, vine a visitar a la comadrita, ¿Cómo está ella?

—Contenta como un pajarito, no para de reír.

El compromiso del compadrazgo venía de lejos. Al saldar la deuda contraída con el Coronel para los gastos de la instalación del taller, pagada a los pedazos, *a la vonté*, como el generoso acreedor le permitiera, —no hace falta que se ahogue, Tizón, no hay apuro, le repetía a cada cuota—, Tizón había anunciado:

—Cuando un día yo me case, le voy a pedir a usted y a doña Isabel que bauticen a mi primer hijo.

—Pues será con mucho gusto, Tizón.

El negro había cumplido la promesa. Casar, no se había casado, pero se había juntado, en la práctica la misma cosa. Cuando Diva comenzó a tener panza, al ver al Coronel en Tocaia Grande, Tizón le había dicho:

—Me junté, Coronel, y el ahijado de usted ya está encargado. —Negro vanidoso y alegre, agregó: —Con todo esmero.

Con todo esmero, con empeño, en el gemir de la hamaca: concubinos, él y Diva más parecían novios: de enojos o peleas, ni rumor; tomados de la mano, risueños, estaban siempre juntos, cambiando secretos y besitos, y se decía que habían nacido el uno para el otro. El la trataba de negra, mi negra, y ella le decía mi blanco. Reposaba la cabeza en el pecho negro y ancho de él, le tocaba la panza con la mano abierta, midiéndole el crecimiento. Esperaban, ansiosos.

Finalmente fue un bullicio la madrugada en la tienda del herrero. Con el comienzo de la temporada entre cosecha y cosecha se había reducido el movimiento de las tropas de cacao seco. Cuando, en el transcurso de la noche, los dolores se hicieron sentir, Tizón había ido a buscar el gallo, atado con prudente antecedencia en la guayabera del terreno, y lo había sacrificado a los orixás. Solamente después había salido en busca de Coroca.

Sobre las pisadas de la partera, las parientas no demoraron en invadir la casa: Vangé, Lía y Dinorá. Dinorá con la panza deformada, tan abultada, dando a pensar que los *ibejes* habían aceitado la tórtola de Jaosé e iban a nacer los gemelos, Cosme y Damiao, mellizos. No sirvió de nada que Castor pusiera cara fea, tratando de imponer su presencia al lado de la estera donde Diva padecía. Cuando paraba de gemir, le sonreía, valiente, como si fuera parturienta veterana.

— ¡Fuera de aquí! —Ordenó Coroca, empujando al negro: —Vaya a rezarle a los santos. —Autoridad de partera, la mayor que existe.

Sentado junto al peji, Tizón aguardó, conteniendo la impaciencia. Alma en Pena y Ofrecida se echaron a sus pies, inquietos ellos también, los hocicos husmeando el aire, las orejas atentas, los ojos puestos en el amigo. Algo estaba a punto de acontecer, ellos lo sabían.

Al escuchar el vagido, Castor se levantó de un salto y entró en el cuarto: Coroca tenía al recién nacido en las manos y mostró el pequeño cuerpo sucio de sangre a la luz blanquecina del rayar de la mañana para que todos lo vieran: Tizón y Diva, Lía y Dinorá con su barrigón. En el pecho del negro el corazón creció y él sintió los ojos húmedos.

276

Desde que tenía uso de razón jamás le habían salido lágrimas. Ni siquiera al recibir al fin del invierno la noticia llegada con tremendo atraso de la muerte de su tío Cristóvao Abduim, herrero y *alabé*. Había dicho a Diva: si es un varón se va a llamar Cristóvao como mi tío que me crió; si es nena le pones el nombre que quieras.

2

Ese mismo día mandó, con el arriero Romeu da Luz, un recado para el Coronel Robustiano de Araújo en la hacienda Santa Mariana:

—No se olvide decirle al Coronel que nació el ahijado de él.

Romeu da Luz había acompañado a Gerino hasta el taller del herrero para visitar a Diva y conocer al hijo de Tizón. Incesante romería, no faltó nadie. Zilda trajo una batita y escarpines de crochet, hechos por ella. Fadul retiró de sus ahorros y colgó en el cuello de Cristóvao, para librarlo del mal de ojo, una cadenita con una *figa* de oro, pequeñita. Entre los primeros en aparecer, Bastiao da Rosa y Abigail, ella parecía un barril, toda redonda: habiéndose embarazado antes, parió tres días después de Diva.

—Si nace mujer —decidió el maestro pedrero—, cuando los dos crezcan van a juntar sus trapos. Queda contratado desde ahora.

En las haciendas, las cosechas habían terminado, llegaba al fin el secado del cacao. Cosechas más allá de todas las previsiones y esperanzas, había duplicado a la anterior con la impetuosa producción de las plantaciones nuevas. En las casas de los coroneles el dinero corría como agua, disparaban los créditos en las agencias del Banco de Brasil en Ilhéus y en Itabuna, en las cuentas corrientes de las firmas exportadoras. En los cabarets, los hacendados despilfarraban champaña, regalaban a las rameras anillos de brillantes, pulseras de oro, collares de perlas. Para que un coronel fuera realmente respetado, debía poseer casa civil y casa militar: en la civil, la esposa austera y religiosa, reina del hogar, dedicada a los cuidados de la familia, a los deberes de madre; en la militar, amante vistosa y elegante, puesta con todo lujo, buena en la cama, alegre compañía, para deleite de la vista y regalo del cuerpo y para provocar envidia.

En el intento de dar la medida de los despropósitos, corría la voz en las calles de las ciudades, en los caminos de las plantaciones, de que los coroneles encendían cigarros con billetes de quinientos mil reyes. Por lo que parece, realmente, en una noche de jarana memorable, conmemorativa del fin de la cosecha en un cabaret de Ilhéus, el coronel Damasio de Castro o el hijo de él, el abogado Zequinha, —las versiones se contradicen—, había prendido fuego a un billete de quinientos para con él encender el cigarrillo de Wanda Miau-Miau, supremo homenaje.

Había encendido el cigarrillo de la aleonada polaca y había aprovechado el fuego para el cigarro Suerdieck hecho a mano en la fábrica de Sao Felix.

No menos abundante y feliz había sido la cosecha de Jacinta Coroca, cosecha de bebés. No había perdido ninguno y en lugar de siete habían sido nueve, uno detrás del otro. ¿Cómo, si eran siete las preñadas que desfilaban por Tocaia Grande, en las dos orillas del río, durante el invierno, bajo la lluvia fina? Dinorá, conforme las previsiones de los agoreros, parió gemelas con la diferencia de menos de media hora entre las niñas, dos muñequitas según la alabanza de la partera, Marta y María, las primeras mellizas de Coroca. El noveno, además el primero en nacer, fue puesto en el mundo por Guaraciaba, mujer de Elói Countinho, matrimonio proveniente del Recôncavo. Por ellos había sabido Castor del fallecimiento del tío Cristóvao Abduim y del devoto comportamiento de Madame La Baronne, entregada a los quehaceres de la Catedral. Más que la edad, el sol de los trópicos la había avejentado sin con todo disimularle el atractivo, proseguía activa y actuante: en el fervoroso recitado del ora-pro-nobis, volteaba adolescentes monaguillos, sin distinción de color, aunque mantenía cierta debilidad por los oscuritos, de los acólitos de Dios los predilectos.

Zapateros de profesión, Guaraciaba y Elói levantaron un rancho y comenzaron a trabajar, con ahínco y aptitud, el cuero y la madera. Guaraciaba por poco no pare en el camino, tan pesada estaba. Fue la precursora de aquella cosecha; una de las estancianas, Zeferina, cerró el ciclo, tuvo el hijo en la noche en que comenzó la creciente.

Cinco hembras y cuatro machos en las manos de Jacinta Coroca, manos benditas en el decir de la vieja Vangé, alabanza que de boca en boca se generalizaba: la mandaban llamar de las haciendas próximas. A la mujer del Coronel Setembrino Arruda le salvó la vida —la de ella y la del crío—, transformando en feliz acontecimiento un parto difícil, prematuro, de siete meses. Doña Beatriz descansaba en la casa-grande de la hacienda, entre Taquaras y Tocaia Grande, a la espera de la fecha prevista para dar a luz en Ilhéus, asistida por la capacidad del doctor Ismael Alves, obstetra ideal ya sea por la sabiduría celebrada, ya sea por la edad respetable. De repente fue una correría, un diosnos-ayude: mandaron a toda prisa un mensajero con una cabalgadura y órdenes de traer a Coroca volando, a todo vapor. Llegó a tiempo, se hizo cargo de su tarea, luchó con la muerte, palmo a palmo, no tuvo miedo. ¿Realmente no lo tuvo?

3

El Coronel Robustiano dio las felicitaciones a la comadre Diva, felicitaciones dignas de quien recogía más de cinco mil arrobas de cacao y marcaba con su hierro tantos rebaños, incontables cabezas de ganado y pie-duro: bueyes, vacas, novillas, becerros y dos toros *guzerás*, comprados a peso de oro en el *sertao* de Minas Gerais, hijos de campeón importado por el famoso Coronel Alfredo Machado. Felicitaciones en billetes de quinientos, haciendo ruido de tan nuevos.

—Fue Isabel que le mandó esto, para que la comadre compre unas bobaditas para el ahijado.

Visita de congratulaciones, por consecuencia alegre. Entre tanto, Tizón percibió en los modos del hacendado, habitualmente conversador y bromista, una latente aprensión. No se aventuró a preguntar la causa pero el mismo Coronel, al despedirse en la puerta del taller, reveló:

—Estoy muy preocupado, Tizón. Mucho.

—¿Y por qué, si no es mucho preguntar, Coronel?

—Está lloviendo sin parar en las cabeceras del río, una cortina de agua cada vez más fuerte. El río se está llenando demasiado, no sé lo que va a suceder. Dios quiera que no pase nada. Por las dudas, tomé providencias para llevar el ganado a aquel casco más interior donde queda el criadero de becerros, usted lo conoce.

También allí la lluvia lavaba el valle, engordaba el río. El hacendado y el herrador de burros se demoraron un instante examinando el cielo cubierto de nubes negras, cargadas, oyendo el zumbido del viento que atravesaba la selva. El Coronel Robustiano de Araújo completó antes de partir bajo el aguacero:

—Mi mayor temor es por las plantaciones de cacao que están floreciendo: la cosecha puede arruinarse. Vamos a rogar a Dios que la lluvia pare.

4

Don Cícero Moura, conocido en los puteríos por el apodo de Doctor Permanganato, bajito y delicado, representante de Koifman & Cia., una de las principales casas exportadoras de cacao, subía y bajaba el territorio del río de las Víboras montado en Envelope, burro lerdo y cauteloso, de paso medido y meditado: en los caminos de lodazales, senderos, despeñaderos, la seguridad del jinete dependía de la calidad del animal.

Ni siquiera para cruzar las sendas abiertas en la selva, para llegar a ínfimos caseríos, don Cícero Moura dejaba su corbata mariposa, su cuello y sus puño engomados, la punta del pañuelo doblada sobresaliendo del bolsillo del saco, la cadena del reloj cruzada en el chaleco, el cabello pegoteado de tanta brillantina, una raya en el medio del peinado, última moda. Como si estuviera en camino hacia una velada de gala. En cierta manera era así, pues en las casas-grandes de las haciendas donde paraba siempre que podía, su llegada ponía en movimiento cocineros y camareras, ya que él era afecto a la buena mesa y a las criadas. Pequeño y flacucho, en cada refrigerio comía su peso. En cuanto a las criadas, tenía razones de sobra para preferirlas.

Los mejores clientes de don Cícero Moura se encontraban entre los pequeños hacendados. Necesitados en general de dinero para enfrentar los gastos cotidianos, no podían aguardar temporada y cosecha, cuando el precio de la arroba de cacao alcanzaba exorbitancias, como hacían los grandes propietarios. Don Cícero Moura compraba con anticipación, y a precio conveniente, parte de la cosecha venidera, adelantando el pago. En esas plantaciones menores discutía y acertaba precios, bebiendo un cafecito o un vasito de licor de *jenipapo*, pero para hospedarse, comer y pasar la noche, prefería las grandes haciendas donde la comida era de primera y las camareras, criadas en la casa, eran unas maravillas.

Unas maravillas, le encantaban por la juventud y por el aseo. Acostándose con ellas se consideraba garantizado, libre del peligro de agarrar una enfermedad fea. Las molestas véneres, gonorrea, llagas y bubones, abundaban en los puteríos de la región, y eran tratadas sobre la base de brebajes y ungüentos milagrosos. Apenas comenzara a andar por aquellos confines de judas, don Cícero Moura había agarrado, en una pensión de prostitutas, en Taquaras, una gonorrea que se había hecho crónica y le había traído más de un problema. Desde entonces cargaba consigo en los viajes permanganato en polvo: si tuviera que castigar el palo con una mujer de la vida, exigía que la puta comenzara por lavarse las partes con una solución de permanganato disuelto en agua, condición *sine qua non* para cogida y pago; no era mezquino si le satisfacían las exigencias. Sin embargo, solamente en último caso recurría a las putas. En los brazos de las camareras se sentía seguro, pues siendo ellas por regla desfloradas y poseídas por coroneles tenían que ser, en consecuencia, limpias y sanas. No desdeñaba tampoco a las amancebadas y daba la vida por las muchachas jóvenes, recién desvirgadas. Don Cícero Moura, un chanchito excitado, loco por las mujeres.

Se había convertido en una figura popular en los límites de las provincias del río de las Víboras. En el imponente portafolios de cuero, además del cuaderno de notas con los números de las compras y los créditos, llevaba mazos de pequeñas estampas de santos, coloridas, que distribuía con igual piedad a las señoras de los coroneles, a las camareras de las haciendas y a las prostitutas en los puteríos: regalo recibido siempre con agrado.

De vez en cuando se veía a don Cícero Moura desmontar el burro Envelope frente al almacén del árabe Fadul Abdala, tragar una dosis doble de coñac e informarse sobre las mujeres:

—¿Hay ganado nuevo por aquí, don Fadul? ¿Alguna becerra destetada?

Iniciando su trayecto, en la entrada del período entre cosecha y cosecha y de las lluvias de verano, el comprador de cacao pasó por Tocaia Grande y repitió la pregunta habitual. El turco señaló con el dedo a la retardada parada sobre el puente, cubierta con una bolsa de arpillera:

—Alguien le comió la flor a la muchacha y los muchachos se le están poniendo encima. Este granuja de acá, también. —Se refería a Durvalino, ocupado en llevar botellas junto al pozo.

Don Cícero Moura aún averiguó detalles de edad y de ocasión: ¿cuándo había sucedido, más o menos? Tan jovencita, la cachucha en flor, sin haber tenido tiempo de agarrar enfermedad, abriendo las piernas por placer, no por dinero, exactamente como él apreciaba. Tragó el resto del coñac, se dirigió al puente, la mirada encendida.

5

Sirviendo la *cachaça* escasa del paradero a clientes ocasionales, Fadul Abdala digería noticias alarmantes con los ojos puestos en el cielo de plomo. Conjeturas, vaticinios, exclamaciones de alarma rodaban sobre el mostrador grasiento. También el corazón del turco se contraía.

Antes de seguir a Taquaras bajo el aguacero —parecía el mismo que lo acogiera a la llegada, tan seguidos se desataban los golpes de agua—, el Coronel Robustiano de Araújo paró en el negocio del árabe para darle los buenos días, tomó un trago precaviéndose contra los síntomas del resfrío y reafirmó la aprensión que lo consumía:

—Voy a Ilhéus pero vuelvo enseguida. Hace más de quince días que no veía tanta agua. La cosa no está para bromas.

Con igual prisa en volver a las plantaciones amenazadas, el Capitán Natario da Fonseca llegó de prolongada ausencia en las haciendas de Boa Vista y Atalaia, portador de noticias tristes, recibidas de Itabuna. El río Cachoeira había desbordado e inundado haciendas, destruido plantaciones, transformándolas en inmenso lodazal, expulsando a los trabajadores hacia el pueblo de Ferradas. Enormes perjuicios: las flores de la temporada habían quedado totalmente arruinadas.

El Coronel Boaventura Andrade, no menos preocupado, había aprovechado para reenviar a doña Ernestina a las comodidades del palacete en Ilhéus, no antes, sin embargo, de que la santa señora iluminara la capilla con decenas de velas encendidas a los pies de San José, con la asistencia de la moza Sacramento, amor de niña, dedicada a los patrones, seria y diligente. Dócil y cálida, agregaba el Coronel a

281

sus dotes, acurrucándose en los brazos acogedores para soportar esas nuevas aflicciones que se sumaban a antiguas y pesadas amarguras. Si San José no se conmovía con las velas y las promesas, si el diluvio persistía en las cabeceras del río de las Víboras, también allí, como sucediera en el valle del río Cachoeira, la temporada estaría perdida y la cosecha correría peligro.

No habían sido sólo el Coronel Robustiano y el Capitán Natario, dueños de tierras y de plantaciones, los alarmados. Leñadores y asalariados, viajeros en rumbo a la estación y las ciudades, bandada de putas en retirada, repetían la misma desolada cantilena: las aguas subían y amenazaban el cacao. Golpeado por las lluvias, también Pedro Cigano vino a refugiarse en Emboscada Grande:

—Caminos no hay más, es puro barro, los convoyes ya no pasan. Me quedo por acá hasta que Dios mande una sequía.

En el mostrador de su próspero negocio, Fadul Abdala escuchaba los relatos asustados, los malos presagios. Todos ellos, los hacendados, los asalariados, las prostitutas y el tocador de acordeón se preocupaban por la floración de las plantaciones, las incipientes bayas que nacían en los árboles de cacao, por la temporada y la cosecha.

Escuchando, constataba que nadie se refería al destino de las personas. Calculaban el monto de los perjuicios causados por la crecida del río Cachoeira, pero por la suerte de los desocupados, sin techo y sin comida, apiñados en Ferradas, nadie se preocupaba ni de ellos se compadecía. Habiendo preguntado qué estaba sucediendo con aquellos infelices, supo, más o menos vagamente, del surgimiento de la peste. Los casos sueltos de peste no eran motivo para asustarse, pero cuando prosperaba en epidemia, la muerte hacía su fiesta, facturaba alto.

Más de dos décadas habían transcurrido desde que Fadul Abdala pisara el suelo del cacao y se hiciera grapiúna, primero de alma y entrañas, después con certificado. Guardaba en el fondo del baúl, ensobrado en papel pardo, el documento de la notaría de Itabuna, en el cual se leían fecha y lugar de nacimiento de un niño de sexo masculino, color blanco etcétera, etcétera, que en la pila bautismal había recibido el nombre de Fadul. Había visto la luz del día en la hacienda Araruama, en el lugar de Macuco; brasileño de nacimiento por obra y gracia de Ubaldo Madureira, segundo notario y compañero de jarana en las pensiones de prostitutas. Hombres y mujeres, niños y niñas sobre todo, llegados del otro lado del mundo, renacían brasileños en la pluma tortuosa del amanuense. El notario, abogado Marcio Costa do Amaral, ponía sello y rúbrica, garantías de la verdad, embolsaba buena parte del dinero.

Buenos brasileños, dígase para que la verdad quede completa. Fadul casi había olvidado el día y la circunstancia del desembarque en el puerto de Ilhéus, adolescente recomendado al patricio Emilio Calim, propietario del bazar Alexandria en cuyo mostrador penara y aprendiera. Pero aún no se había compenetrado: en su amada patria grapiúna, antes que los hombres y las mujeres estaban los árboles de cacao, contaban más.

Inesperadamente, don Cícero Moura, que debía de estar de hacienda en hacienda, comprando cacao por cuenta de Koifman & Cia., ató al burro Envelope en el poste del muro del almacén, se acercó al mostrador cuidando de no ensuciarse las mangas del saco usado pero impecable, a pesar de todo aquel aluvión de barro. A Fadul le llamó. la atención, pues el corredor no pidió noticias de las mujeres, no quiso saber del ganado nuevo. El rostro sombrío, no escondía el desasosiego:

—La situación se está poniendo negra, amigo Fadul, nadie quiere cerrar negocio. Voy a esperar por aquí a que las lluvias paren.

Fadul se admiró: ¿esperar en Tocaia Grande? El doctor Permanganato paraba habitualmente en Taquaras, donde inclusive vivían parientes suyos. El turco no preguntó la razón: en el mostrador del rancho vestido acababa sabiendo, día más día menos, el por qué de las cosas sin que fuera necesario demostrar curiosidad o empeño, sin pasar por preguntón.

6

Acompañada por Tarcisio, Coroca se dirigió al rancho de los estancianos en la otra orilla. Al atravesar el puente, constató el crecimiento del río: lleno y rumoroso descendía con rabia, rezongando. Reparó en los montones de flores arrastradas en el ímpetu de la corriente. Una flor azul, erguida entre dos hojas verdes, se mantenía incólume en el borbotear de las aguas, frágil y soberana. El río, buen amigo: les daba peces y pitus, agua para todas las necesidades, en él se bañaban, lavaban la ropa, mataban el tiempo en diversión y charla, y, en las noches claras de luna llena, y en las oscuras de luna nueva, parejas enamoradas lo usaban para el amor y el placer, se zambullían abrazados en las aguas tibias, gemían en los remansos, se refugiaban en los rincones de juncos. Sin razón, se había transformado en enemigo, gruñía bravatas, tronaba amenazas. Coroca pensó así pero nada dijo, para no aumentar la aflicción del suplicante.

El muchacho caminaba apurado y tenso, era natural: Zeferina, su mujer, se había quejado de las primeras contracciones, dolores todavía leves e intermitentes. Pero, nervioso, él salió debajo de la tormenta hacia la casita de madera en la Baixa dos Sapos. No iba a esperar que aumentaran las contracciones o que la paciente comenzase a perder las aguas, para entonces salir en disparada en busca de la partera.

—Llegó la hora de parir, doña Coroca. ¡Vamos!

¡Vamos! ¿Cuántas veces Coroca había oído el imperativo, atendido la orden perentoria y salido, ella también en agonía? Controlaba el nerviosismo y el miedo, solamente lograba encontrar la calma necesaria al llegar al lugar y asumir el mando de la pugna: ella de un lado, del otro lado la muerte. En la ocasión el sobresalto, el aprieto del corazón era aún mayor, pues, aunque no eran más de las tres de la tarde, se tenía la impresión de que un prolongado crepúsculo, feo y triste, se había abatido sobre Tocaia Grande.

Vamos, concordó sonriendo para calmar a Tarcisio. Se cubrió la cara con una bolsa y allá salió a atender el parto a Zeferina. El octavo de la lista iniciada con Guaraciaba, la zapatera: el noveno tomando en cuenta que el de Dinorá había sido de gemelos en noche de prodigio y maravilla.

Las ráfagas de viento amenazaban cargar el consumido cuerpo de Coroca y en el puente tuvo que apoyarse en el brazo del acompañante. Con tanta lluvia nadie ponía el pie fuera de su casa, pero no compete a las parturientas escoger la fecha del parto. Cuando atendió a Hilda y la alivió, doña Leocadia, entendida en cosas de religión, había explicado que el día y la hora se anotan en una hojita en el cielo, con antelación. La partera se burlaba de las creencias de la anciana: quiere decir que cuando el niño nace antes de tiempo es porque el santo erró en las cuentas de las lunas entre el día del goce y del padecimento, dígame usted. Doña Leocadia reía con los disparates de Coroca, además de pecadora, hereje: el ambiente se tranquilizaba, los trabajos de parto transcurrían fáciles, bajo las bendiciones del Señor.

Las estancianas eran de buen parir, al menos Hilda y Fausta lo habían sido, ciertamente lo mismo iba a acontecer con Zeferina. Los maridos, en cambio, unos alarmistas, a la primera señal corrían a la casa de la partera. Mientras ordenaba los preparativos iniciales, Coroca se ponía al tanto de las iniciativas y de los proyectos de aquella gente trabajadora, unida y sensata, igual a la de Ambrosio. Y festiva, a juzgar por el poco tiempo de residencia: cualquier pretexto servía para que armaran un baile; si era posible, de acuerdo con los demás sergipanos y con la gente del pueblo, en el último caso ellos solos: no dejaban escapar domingo sin una diversión. La música no era problema, los cuatro hombres formaban un conjunto bien o mal afinado, poco importaba: Vavá y Tarcisio en la guitarra, Gabriel en el *cavaquinho*, en la flauta Jardelino se las arreglaba. Dos de los mozos, Zelito y Jair, rasgaban también las cuerdas de la guitarra y no lo hacían mal. Doña Leocadia armaba el grupo, la madre de la animación.

Adelante del criadero de Altamirando, donde, en el cerro pedregoso, las cabras se reproducían diestras e independientes —cabrito montés, Cao las apacentaba—, los estancianos habían medido varias brazas de tierra, comenzaron a cuidarlas y sembrarlas: campos de mandioca, feijao, batata y *aipim*. Las mujeres se encargaban de la huerta, cultivaban las verduras y las legumbres más consumidas en la región: chuchu, quiabo, jiló, maxime, zapallo. Doña Leocadia explicaba:

—Me gusta comer un cocido de sustancia... —costumbres de Sergipé, influyendo en la mesa grapiúna, marcando gusto y preferencia.

Planeaban plantar una huerta para cultivar naranjas —a la de ombligo, ni la miel se le compara en sabor, la de agua y la seca, la de la tierra, amarga como hiel pero con la cáscara se hace el dulce más sabroso—, limones y mandarinas, además de las frutas que allí crecían a la buena de Dios, tantas e incomparables: jaca, mango, aguacate, mamón, *condessa* y ananá, grosella, *jambo* y *carambola*, guayaba y *araça*, muchas y muchas otras, ni de lejos se agotó la lista. Filas de bananeros de especies variadas: de tierra y de agua, de plata y de oro, la banana-maca y la de sao-tomé, moradas o amarillas, buenas para levantar las fuerzas de los enfermos. Más todavía que en religión, doña Leocadia era entendida en dulces de almíbar y de pasta, en Estancia los hacía para vender a numerosa clientela. El día en que los estancianos terminaran de preparar el suelo que habían demarcado, la feria de Tocaia Grande no iba a dar abasto con tanta abundancia. Doña Leocadia proyectaba vender las sobras en la feria de Taquaras. Habitaban un rancho de paja, enorme, con divisiones para los diversos matrimonios y para la chiquillada, pero preveían para dentro de poco la construcción de casas separadas, al menos cuatro.

Parto fácil, el de Zeferina, a ejemplo de los de Hilda y Fausta. No fue como el de Isaura, trabajoso, tampoco doble como el de Dinorá. Había una cierta expectativa en el pueblo en torno del parto de Zeferina, y había dado lugar a algunas apuestas sobre el sexo de la criatura. En Tocaia Grande todo y nada eran motivos de juego y rifa; se rifaban gatos y perros, pájaros cantores, jaulas trabajadas, un reloj sin cuerda, una pistola, cualquier cosa. En el transcurso de la temporada habían nacido cuatro machos y cuatro hembras, cabría a Zeferina el desempate; los peritos colocaban dinero a la forma y la punta de la panza.

Nació nena ya después de las nueve de la noche y doña Leocadia anunció el nombre elegido: Jacinta, ¡Jacinta, ay, no me diga! Sí, señora, el nombre de la comadre responsable por los partos de las tres estancianas, ¿quién más merecedora? No merezco nada, ni sé qué decir, eso no se hace. Tomada por sorpresa, Coroca perdió el aplomo la vieron por fin avergonzada.

Todo en orden, Coroca se lavó las manos con un pedazo de jabón de coco, otra novedad de los estancianos, tomó el trago de café colado por Fausto y encima el trago de aguardiente servido por Gabriel. Rechazó acompañante para el camino de vuelta, ¿dónde se ha visto? Al cruzar el puente, se asustó: las aguas, turbulentas, aceleradas y rebeldes, lo cubrían, corrían sobre las tablas, incontrolables. Aún no había llegado a la puerta de la casa cuando oyó el estampido asustador.

7

Las aguas, alimentadas por las lluvias del diluvio, crecieron en la naciente del río de las Víboras, se levantó altísima montaña y se desbordó. El río entonces bajó de las cabeceras, rugiendo, barriendo todo lo que encontró a su paso. Oprimido en los límites inmemoriales de las márgenes, avasallador los rompió y la crecida inundó a Tocaia Grande. Fue un horror, recordaba el Turco Fadul.

En la selva invadida, los animales huían aterrorizados, subiendo por los árboles, metiéndose tierra adentro, en un éxodo donde se mezclaban víboras y onzas, pájaros y monos, cerdos salvajes, tatús y *capivaras*, lerdos perezosos moviéndose de rama en rama. Los que no habían escapado a tiempo luchaban impotentes contra la corriente, luego los cuerpos fueron muchos y diversos, flotando a la deriva, bichos salvajes y animales domésticos.

Con el estruendo, el que estaba durmiendo se despertó, quien velaba a la espera de lo peor se puso en pie, salieron todos puertas afuera. El río arremetía loco, destruyendo lo que encontraba adelante. Al río se juntó el viento, estremeciéndose furibundo, para terminar de una vez con el pueblo. Se vislumbraban bultos en la oscuridad, algunos llevando candeleros que enseguida se apagaban, otros gritando recomendaciones, pedidos de socorro, órdenes, quien sabe qué: el vendaval consumía las palabras y la luz de las lámparas. No se oía nada además del ronquido aterrorizante del chubasco y del bramido fúnebre del huracán.

Un hombre pasó corriendo, era el carpintero Lupiscinio, fue a apostarse junto al puente. ¿Pensaría sostenerlo con las manos, defenderlo con el cuerpo? Las mujeres afluían de la Baixa dos Sapos, como locas; llegaba gente del Camino de los Burros; se reunían en el descampado en sorpresa y confusión, en alarido y llanto. Nadie sabía para dónde ir ni qué hacer.

Más fuerte que el terror y la desesperación, la voz atronadora del árabe Fadul Abdala cubrió el zumbido del viento y el motín de las aguas. Puños levantados, desafiaba a los cielos.

8

Primera construcción en desmoronarse y ser tragada por el caudal de las aguas, el viejo barracón, podrido por el tiempo, arrastró en sus

286

destrozos la memoria de alegrías y tristezas. Cuando había danza en el piso de barro batido, más sólido que el cemento, el Turco Fadul, usando vocabulario de cabaret, lo denominaba pomposamente salón de baile. Pero había servido con igual provecho de dormitorio para arrieros y viajeros que allí encendían braseros para chamuscar *jabá* y calentar café. Se juntaban en las ruedas de naipes, sala de juegos, casino de apuesta, antro de revuelos y encontronazos donde refulgía a menudo el acero de los puñales. Cenáculo de prosa y cantoría: anécdotas, amoríos, confusiones, canciones, resonar de guitarra y *cavaquinho*, sones de concertina. Enfermería de hospital, allí reposaron enfermos en tránsito hacia Itabuna en demanda de médico y farmacia. Capilla mortuoria, donde parientes y extraños velaron difuntos recordándoles los hechos y las cualidades en el ánimo de la *cachaça*. Territorio de amancebamientos y amoríos, en el pajar las miradas se cruzaban, se oían galanteos, se conocieron y se desearon parejas, se desentendieron y se despidieron, nacieron y se deshicieron sueños. Arena de desavenencias, cólera y pelea, allí la violencia se desató, corrió sangre y acontecieron muertes.

En las distantes otroras había habido un pequeño galpón, abrigo levantado por los valientes que abrieron la senda reduciendo el trayecto de los convoyes de cacao, y al desembocar en un lugar tan lindo y acogedor, se refirieron al hecho todavía reciente de la emboscada grande y con ese nombre lo bautizaron. Habiendo crecido el movimiento de los arrieros y aumentado el número de moradores, tornándose intenso el tráfico de las putas, leñadores y asalariados, instalada la tienda del turco y el taller del herrador de burros, hubo necesidad de lugar más espacioso.

Para edificar el pajar se congregaron todos los habitantes: dos docenas de desterrados, como mucho, contando hombres y mujeres. Presurosos y unánimes atendieron el llamado de Castor Abduim, amigo de las novedades, cuando, a pedido de la negra Epifanía, el herrero resolvió festejar el San Juan. Para decir la verdad, la fiesta comenzó en el momento en que decidieron construir el barracón y distribuyeron las tareas. No fue trabajo, fue diversión: cortar las pajas de las palmeras, medir las varas de bambú, hacer la costura de los toldos, establecer las bases y la cobertura.

Una fiesta, comprobó Pedro Cigano que, estando de paso, resolvió detenerse en Tocaia Grande para participar en el rumoroso vaivén y comandar el ciclo de los festejos. Comenzó proponiendo anticipar la fecha de la inauguración para la noche de San Antonio, propuesta acogida con entusiasmo.

¿Cuántas fiestas el acordeonista había hecho brillar en el pobre y feérico salón de baile en Tocaia Grande? En número exacto ni él lo sabía, ni nadie, tantas habían sido, cada cual más animada. Pero los

287

que participaron en el baile inicial jamás lo olvidarían por motivos varios que tuvieron que ver con la abrupta presencia de la muerte y con la proclamación de la vida.

Había comenzado concurrido y ruidoso con tumultuosa pelea de putas en la cual se mostraron Dalila y Epifanía, Cotinha y Zuleica, un agarrón realmente divertido y emocionante. Para calentar una fiesta nada se compara a una buena batahola de prostitutas. Siendo así, el baile había proseguido en la mayor satisfacción hasta el momento del conflicto, cuando los boyeros quisieron agarrar a las mujeres a la fuerza. Como se sabe, terminó con tristeza y luto.

Una bala perdida mató a la pequeña Cotinha, sorprendente criatura: cuerpo delgado, alma compasiva, ánimo fuerte. Sabía recetas de dulces y licores y los preparaba, delicias de convento. Había crecido en un convento de monjas donde para mejor servir a Dios había servido de consuelo y pasatiempo al fraile Nuno de Santa María, poderoso culeador portugués. Cuando salía el nombre de Cotinha, recordado con nostalgia, Coroca la comparaba con un pajarito.

Pero antes de recibir el tiro, ella y todos los demás circundantes, los de la tierra y los de afuera, los de paz y los prepotentes, habían oído la proclamación enunciada en alto y buen sonido por Fadul Abdala en nombre de la pequeña comunidad que allí vivía y trabajaba: en Tocaia Grande eran todos para uno y uno para todos, ésa era la divisa del lugar. Valía la pena recordarla en la hora fatal de la inundación al verse el pueblo amenazado de desaparecer en las aguas, cuando una vez más el turco se irguió para hablar en nombre de la comunidad mucho más numerosa. Para reafirmar la divisa inscrita en la noche de San Antonio en los blasones que Tocaia Grande no llegó a poseer, pacto de vida triunfante sobre la muerte.

9

En medio de las pajas deshechas, llevadas por las aguas, se reconocieron pertenencias de don Cícero Moura: los puños de celuloide, el cuello duro, la corbata-mariposa, la camisa y el par de pantalones. ¿Dónde estarían el capote y las botas, piezas de valor? ¿Y el propio comprador de cacao, distinguido ciudadano, representante de Koifman & Cía? Si dormía en el galpón, ciertamente se había puesto el capote y las botas y había salido a ver la desgracia.

10

Después del pajar, se fueron uno detrás de otro en las aguas turbias las chozas de paja de las prostitutas, los ranchos de barro, misérrimas

288

viviendas. También lo casi nada que las andariegas poseían: jergones y esteras, rotas y sucias mantas de telas rústicas, utensilios de barro, latas de variado empleo, objetos que daban pena.

En pie quedó apenas la casita de madera mandada a construir por el Capitán Natario da Fonseca para abrigar a Coroca y a Bernarda, la vieja y la jovencita. Aun así invadida por las aguas, los trapos de vestir y los objetos de uso perdidos en el aluvión. El cajón de querosén, cuna del niño, se había hecho pedazos contra un árbol en la maldita corriente.

No había escapado ni siquiera el rancho levantado para Epifanía cuando la negra apareciera por aquellos lados con su insolencia y los hombres del lugar se esmeraron en la masa de los adobes y en el trenzado de las varas. Resistió un poco más, terminó por ceder y deshacerse en barro. En dos tiempos, el puterío se acabó, de la Baixa dos Sapos sólo quedaba el nombre.

11

Al oír el estampido, Coroca se había precipitado en la casa, entró llamando a gritos a Bernarda. No esperó que ella despachara al cliente, tomó al niño y partió corriendo, chorreando agua, curvada por el viento. Al salir, avisó:

—Voy a la casa del Capitán, llevo a Nadinho. Apúrate.

Bernarda la alcanzó en el comienzo de los escalones de piedra, jadeante:

—¿Qué lluvia es ésta, comadre? Nunca vi...

Coroca le devolvió al chico.

—Si fuera sólo lluvia... Es la creciente, ¿no te diste cuenta?

—Estaba ocupada. ¿Para dónde va?

Coroca había dado media vuelta, Bernarda la tomó por el brazo: el barro corría entre las piernas de las dos mujeres, el viento las sacudía:

—Zeferina acaba de parir, voy allá a verla a ella y a la nenita que nació. A ayudar en lo que pueda.

Al pie de la colina los bultos se agitaban. No pasó por la cabeza de Bernarda detener a la vieja, al contrario, le soltó el brazo, apretó al niño contra el pecho y, antes de retomar la subida, avisó:

—Dejo a Nadinho con la madrina Zilda y voy a su encuentro.

—Es mejor que te quedes por aquí. Va a haber mucho que hacer.

—Puede ser.

Coroca bajó equilibrándose en los escalones resbaladizos, Bernarda siguió en la subida, Edu vino a su encuentro:

—¿Quiere que la ayude? Deme el niño. Mamá la está esperando.

—No hace falta, ¿Y tú? ¿Adónde vas?

Oyeron el ruido del barracón derrumbándose. Parados, intentaron ver en la oscuridad, el viento cortaba como navaja. Edu cayó por la ladera.

— ¡Apúrate!

Bernarda retomó la subida, el niño lloriqueando. Desde la galería destacó la silueta de Zilda, anduvo rápidamente hacia Bernarda, extendió los brazos para recibir al niño:

—Dame mi hijo.

Solamente entonces, al abrigarse en casa de los padrinos, Bernarda se estremeció de miedo: no de los peligros de la creciente, no era miedo de morir. Mucho peor: tuvo miedo de la bondad, de las abnegaciones de la vida. Bien Coroca le había avisado: cuando una prostituta pone un niño en el mundo, uno de los dos se prepara para sufrir. O el hijo en la desvergüenza y el oprobio de los puteríos o la madre partida al medio, el corazón fuera del pecho.

12

Los acontecimientos, los grandes y los pequeños, éstos no menos importantes, ocurrieron, varios al mismo tiempo, con la misma increíble rapidez con que las aguas se extendieron y se elevaron, cubriendo por entero el valle y el pie de las colinas. Un mar, mal comparado, dijo el viejo Gerino que nunca había visto el mar, pero lo sabía desmedido.

Al abandonar las viviendas bajo el golpe del estruendo del río rasgándose, los habitantes se dieron cuenta de que estaban con agua hasta las pantorrillas pero ni tuvieron tiempo de admirarse pues el agua continuó subiendo muslos arriba, sobrepasó las panzas, llegó al pecho de los más altos, a los cuellos de los más bajos. El nivel más elevado se midió por la mañana en una claridad difusa como si la noche intentara proseguir: la creciente golpeaba el mentón de Fadul. El pueblo había subido por los cerros, se amontonaba en los escalones de la ladera empedrada que llevaba a la casa del Capitán.

Noche de pesadilla, hubo un comienzo de pánico, por poco no se generaliza. Contenido a duras penas, fue posible ordenar providencias mientras la creciente no sobrepasara la altura media de los adultos. Desarticuladas cucarachas tontas, las prostitutas iban del taller al almacén, recurrían a los gritos de Castor y Fadul, de algunas más desvariadas partió la histeria y el anuncio del fin del mundo. El resto del pueblo se había retirado al descampado a ver, con los ojos que la tierra habría de comer, el caserío del Camino de los Burros reducirse a menos de la mitad en cuestión de minutos. Las chozas y los ranchos se desarmaban en el torrente, iguales a frutos podridos cayendo de los árboles. Refugios levantados sin intención de permanencia, pensando demorarse el período de una empresa, habían echado raíces y allí se habían fijado. De pie resistieron las construcciones más sólidas, de ladrillo y piedra y cal; ocupadas por las aguas que entraban y salían por puertas y ventanas, los moradores expulsados.

Poco afectos al miedo, valientes y fanfarrones, habituados a convivir con *jaguatiricas* y serpientes venenosas, a desafiar la muerte en los caminos de emboscadas, *jagunços*, carabineros, se veían de repente amenazados por fuerzas superiores —las aguas en revuelta derribando casas, tragando animales, el vendaval arrancando árboles, levantándose en el aire—, no sabían cómo enfrentarlas, se sentían desarmados, impotentes. Las armas de fuego —revólveres, escopetas, carabinas—, las armas blancas —puñales, cuchillos de punta— no servían, se necesitaba otra valentía.

Atónitos, hesitantes, acorralados, cercaban a Fadul sin saber qué hacer. No faltaba que hacer si querían enfrentar la situación y limitar las consecuencias: bastaba mirar alrededor, acompañando el gesto imperativo del turco, los brazos extendidos. Fadul no titubeó: había terminado de decirle a Dios las últimas verdades, estaba listo para lo que sucediera.

Comenzó recuperando al cajero Durvalino, poniéndolo en su lugar: el flacucho había amenazado con perder la cabeza y portarse mal. Al avistar las ropas de don Cícero Moura flotando en las aguas, Lleva-y-Trae había quedado pálido, le había dado por temblar. Los ojos desorbitados, señalando la camisa y el par de pantalones, había comenzado a gemir como un niño recién nacido, manifestando síntomas de terror, como si no bastaran las putas. Urgía terminar con el mal ejemplo antes de que otros lo imitaran y fuera general la histeria. Fadul no perdió tiempo con discursos y consejos, recurrió al remedio comprobado: aplicó la mano al pie del oído de ¿Ya-Sabe?, un único bofetón.

— ¡Aguanta, flojo!

El resultado fue instantáneo, Durvalino aguantó bien: si no recuperó la calma absoluta, al menos se tragó el miedo, comenzó a trabajar en el mismo momento. Miedo, flojera, términos inadecuados para definir el estado de espíritu del empleado del almacén: un horror, un presentimiento malo. De vez en cuando se estremecía, abría la boca como si quisiera contar a alguien alguna cosa pero se contenía, guardaba para sí agujeros y cuidados. Del modo en que el patrón estaba, la ocasión no era propicia para discutirle las órdenes.

A fin de recuperar el ánimo zamarreado e impedir que el pánico se expandiera, Fadul atribuyó —atribuyó no, impuso sin dejar escapatoria— a cada uno, de inmediato, responsabilidades concretas para enfrentar y cumplir. En cuanto a la población de la otra orilla, de ella se encargaron Tizón Abduim y Bastiao da Rosa, parientes políticos de los sergipanos por lazos de amancebamiento.

13

La casa del Capitán Natario no demoró en llenarse de gente, por la mañana estaba abarrotada. Allí hasta los más desalentados se sentían seguros, garantizados contra todo y contra todos, inclusive a las incontrolables fuerzas de la naturaleza, estaban a salvo de la rabia y del castigo de Dios. Por encontrarse la casa situada en lo alto de la colina y por pertenecer al Capitán Natario da Fonseca.

Para allá transportaron a los recién nacidos y a las paridas, además de una prostituta de nombre Alzira, volando de fiebre, sin fuerzas para andar, cargada a los espaldas por Balbino. En la sala repleta, Nadinho, el hijo de Bernarda, ensayaba los primeros pasos mal equilibrado en las piernas, los otros hijos del Capitán corrían a ampararlo, estallaban de risa. Bernarda había bajado para ayudar llevando en los ojos la amenazante visión de aquella alegría despreocupada.

También Diva, habiendo entregado el crío a los cuidados de Zilda, resbaló ladera abajo bajo la lluvia y el viento, cruzó el descampado con el agua por la cintura, quería saber de los parientes del otro lado del río. Habría de llegar allá, fuera como fuere. Enfrentando la creciente, desobedeciendo a la convenido con Tizón: quédate con el niño, deja que del resto me ocupo yo.

Los chiquitos en la cama de matrimonio, la enferma en la hamaca de Edu, mujeres llorando, hombres callados, lúgubres, en aquella barahunda, Zilda pensó en lo que podría hacer para disminuir el miedo y dar nuevo aliento a los débiles y desgraciados allí refugiados. Empezar un rezo, como quería doña Natalina, de nada servía, la melancólica letanía lo único que hacía era aumentar la desesperanza. Zilda caminó hacia el gramófono, dio vueltas a la manivela, ajustó el cilindro, la música fluyó, se extendió y se elevó cubriendo las oraciones, la creciente y el vendaval.

14

Vencido el susto inicial, el pueblo mostró coraje, acudió a los llamados, fue una buena ayuda. En el almacén, para preservar la mercadería, ayudando a Fadul y Durvalino a arreglar el surtido en los estantes más altos, pegados al techo. En el corral, llevando las reses hacia los cerros a fin de impedir que el torbellino las arrastrara, trabajo desgraciado. Por suerte eran pocas: la vaca lechera, una novilla y un buey que aguardaba ser sacrificado. Precavido, el Coronel Robustiano había anticipado la remesa para Itabuna de la mayor parte de las vacas, que allí se rehacía antes de seguir para el matadero. En el depósito de cacao, para salvar la carga acumulada, a la espera de los convoyes en atraso de Koifman & Cía.

Decenas de arrobas de cacao seco amontonadas sobre el tejado, fue una ardua tarea. Con el auxilio de los voluntarios, hombres y mujeres —las mujeres paraban de llorar, comenzaban a divertirse—, Gerino y los hombres que guardaban el depósito lograron levantar, con las tablas que habían sobrado de la obra del puente, una especie de refugio para en él almacenar, a salvo de las aguas, el cacao que trataban de embolsar lo más rápido posible. Aun así, parte de los granos fue alcanzada y se empapó: perdió la clasificación de cacao superior, pasando a *good* o *regular*. Restaba discutir quién cargaría con el perjuicio: ¿el Coronel o la casa exportadora? En Ilhéus, el hacendado había alertado a Kurt Koifman, el jefe de la firma: que se apurara porque todo podía ocurrir en el valle de Tocaia Grande. Las lluvias amenazaban la floración de las plantaciones pero el cacao seco almacenado en los depósitos no estaba libre de peligro si, a ejemplo del río Cachoeira, el río de las Víboras se desbordaba.

Con empeño admirable, Pedro Cigano se ocupó por su cuenta del encargo de recuperar la canoa, tan necesaria en aquella emergencia. Amarrada en la orilla opuesta, sería natural que de ella se ocuparan los sergipanos. Pero el acordeonista no quiso oír razones y allá fue. Por segunda vez, el cajero Durvalino actuó de manera extraña, por poco no se lleva otro sopapo. Había intentado acompañar a Pedro Cigano, demostrando también él singular interés por la embarcación. Pero Fadul le cortó las alas y lo mantuvo bajo su vista, recibiendo y ejecutando órdenes.

Por orden del turco o por iniciativa propia, Durvalino, embebiendo en brea trapos inútiles, atándolos en varas de bambú, consiguió fabricar algunas teas cuyo fuego resistía al viento, con lo que podían ver en la oscuridad. Así pudieron recuperar a tiempo parte del criadero amenazado de exterminio y objetos dados por perdidos. Ayudaban a las gallinas a subir a las guayaberas y cajueiros, conducían lechones y puercos al pie de las colinas. Salvaban animales y encontraban utensilios sin la preocupación de saber a quién pertenecían: los dueños se apurarían en reclamarlos cuando la creciente declinara. Si un día sucedía ese milagro.

No sería por falta de rezos y promesas: la costurera Natalina que, para abrigarse en la casa del Capitán, había subido los resbaladizos escalones de la ladera, enfrentando el peligroso torrente, llevando en la cabeza la máquina Singer, su gana-pan, había prometido el oro y el moro a Santa María Auxiliadora de los Afligidos e iniciado la letanía, con poco éxito, bien es verdad. Igualmente, Merencia había recurrido a los santos implorando clemencia y misericordia. Sin tomar en cuenta los ruegos de las putas: debido al peso de los pecados no alcanzaban los cielos, se deshacían en las aguas de la creciente con las pajas podridas de las chozas.

Temerosa de Dios, bien vista en las alturas, Merencia mereció respuesta inmediata a sus preces. En la fulguración de una antorcha empuñada por Zé Luiz, vio pasar entre los destrozos enroscada en un tronco de árbol, a la *jiboia* que habitaba la alfafería. Al reconocerla, Merencia se precipitó, consiguió salvarla, depositándola en las ramas de la *jaqueira*. Cruzó las aguas revueltas con la víbora enroscada en el busto voluminoso: figura estrafalaria, digna de ser vista, causaba espanto y risa. En aquella noche de aspaviento, en los límites de Tocaia Grande, se vio de todo, hubo motivo de espanto y risa, de llanto y desesperación.

15

Dodô Peroba se detuvo en lo mejor del placer, trató de soltarse de Ricardina cuando escuchó el clamor del río, tiro de cañón, ensordecedor, ruido pavoroso, sonido de muerte. La ola derribó la puerta de la casa de harinas, cubrió los cuerpos abrazados y los hizo rodar en el suelo. Dodô consiguió ponerse de pie, ayudó a la aterrorizada Ricardina, salió a ver. El agua había invadido las plantaciones, devoraba el maizal.

La tuerta todavía intentó retenerlo ahí, en seguridad. Pero él la rechazó, desabrido, brusco, contrastando con su modo gentil y amable. Enfrentó el temporal, desconoció la creciente, el pensamiento puesto en los pajaritos presos en las jaulas:

— ¡Suéltame!

Llegó demasiado tarde, la barbería había dejado de existir, las jaulas con los pájaros habían zozobrado. Para que no todo fuera desolación y tristeza, para contener las lágrimas del amaestrador de *corrupioes* y *curiós*, Guido había recogido de las aguas la silla de afeitar y posado en ella, la tortolita *fogo-pagou*. Dodô tomó al pajarito con los ojos húmedos y lo colocó bajo la camisa junto al pecho para que se calentara. Solamente entonces se interesó en el sillón, único bien que que le quedaba, pues del *canca* no encontró vestigio por más que se hubiera demorado buscándolo.

16

Tizón Abduim y Bastiao da Rosa bajaron juntos de la casa del Capitán donde habían dejado a las mujeres y a los hijos. Cristovao y Otilia, en compañía de María Rosa, la hija de los zapateros que había iniciado la cosecha de partos en el fin del invierno. Los zapatos al antojo de las aguas parecían pequeños barcos enfrentando tempestades.

Junto al puente el carpintero Lupiscinio montaba guardia. Zinho había tratado de sacarlo inútilmente; había decidido entonces hacerle compañía. Bastiao da Rosa, que había trabajado con Guido y Lupiscinio en la dificultosa empresa, se vanaglorió:

—Esto sí que es una obra para sacarse el sombrero. ¡Viva nosotros, compadre Lupiscinio! El puente era uno de los orgullos de Tocaia Grande.

—Hasta ahora está aguantando, vamos a ver de acá en adelante. ¿Adónde van?

—A ver cómo se las está arreglando la gente de allá.

—Vamos a traer a los niños a la casa del Capitán. —Aclaró el negro: ¿por qué no viene con nosotros? Puede hacernos falta.

—Vamos, Padre. —Insistió el muchacho: —¿de qué sirve que nos quedemos acá?

—No sirve de nada, ya lo sé. Pero una cosa como ésta, que nos hizo pensar y babearnos de gusto, es lo mismo que un hijo. Si corre peligro uno se queda al lado. Anda tú con ellos.

—No voy. Me quedo con usted.

La primera persona que vieron en la casa de harinas fue Coroca. En los brazos secos, la criaturita que había traído al mundo horas antes y a quien habían dado el nombre de Jacinta. Desparramados en el lugar, los demás recién nacidos: las gemelas de Dinorá, los hijos de Hilda y Fausta. Faltaba el de Isaura, ocupado en chupar el pecho materno, ubre oscura y turgente: la leche salía abundante. Unos pocos hombres: la mayoría andaba en busca de la canoa.

Mocosas y mocosos, indóciles, allí contenidos a duras penas. Un mundo de mujeres, silenciosas. Ambiente cargado, triste, Bastiao da Rosa bromeó con la intención de distenderlo:

— ¡Linda horneada de beijus!

Además de los dos o tres muchachos, sólo doña Leocadia, sentada en la rosca de la prensa, las piernas cubiertas por el agua, rió de la broma del maestro de obras. Ambrosio no le halló gracia, renegó:

—Vamos a demorar mucho tiempo en comer beijus, sin torrar harina. La mandioca se acabó, los plantíos se los llevó el río. Perdimos todo lo que teníamos.

Doña Vangé dio un paso en dirección al marido y, sin desdecirlo, le cerró la boca al lamento. ¿De qué servía quejarse?

—Es cierto, mi viejo, el río se llevó un montón de cosas, los plantíos, el rancho, los bichos. Pero no nos llevó todos. La tierra está ahí, la plantamos de nuevo, si Dios quiere.

Amancio, uno de los estancianos, replicó:

—Parece que Dios no está queriendo. Si depende de él...

Desde arriba del asiento improvisado, doña Leocadia reprendió al pesimista, apoyó a Vangé:

—Cállate la boca, no sabes lo que dices. Yo digo lo mismo que usted, doña Vangé. Estamos con vida y nadie nos sacó de nuestra tierra. Sólo le pido a Dios que nos dé salud.

—Salud y un poquito de sol... —bromeó nuevamente Bastiao: —¿Se acuerda de la promesa que le hice, doña Vangé? La primera casa que voy a poner en pie cuando la creciente se acabe va a ser la suya. No piense que me olvidé.

Apenas podían moverse en el pequeño recinto de la casa de harinas. Tizón pidió noticias de Altamirando, la mujer y la hija. Supo por los estancianos que el matrimonio permanecía en el plantío, ocupado en salvar el criadero de chanchos; la creciente había tragado el rancho y el chiquero. No habían visto a la retardada: suelta al mundo, no tenía hora de salida ni de llegada. A menos que estuviera con las cabras, metida en un escondrijo de los cerros. La conversación no llegó a alargarse porque los hombres, que habían salido a recoger la canoa, volvían, portadores de malas noticias.

Conforme a lo previsto, de la canoa, ni señal. La habían dejado agarrada entre las raíces de la gran *jaqueira*, más abajo de la corriente, en un lugar donde el río, libre de la garganta de piedras, se ensanchaba y se hacía más profundo. ¿Cómo imaginar que la embarcación permanecería allí, a disposición de los dueños? El río había pasado a ser señor y dueño, único e incontestado, desmandando solo. Ni vale la pena ir a ver, había dicho Ambrosio. Junto con los plantadores llegó Pedro Cigano, lo habían encontrado al pie del árbol de *cajá:* sombrío, con la cara larga, hablando solo.

El negro Castor no permitió siquiera que comenzaran a discutir sobre la suerte de la canoa:

—Vamos mientras el puente está firme, antes de que también se rompa.

Coroca tomó la delantera, mostró el nené al pedrero y al herrador de burros.

— ¡Qué cosita más linda!

Se sacó la blusa para con ella abrigar mejor a la criatura, hilo de vida, cordón de esperanza.

17

Inmóviles en las faldas del otero, las cabras eran piedras esculpidas. De repente, sin motivo, una de ellas había salido corriendo, desatinada: las demás la acompañaban. En el paisaje devastado, las cabras afirmaban la eternidad.

Entre los dos, Das Dores y Altamirando, cargaban cerro arriba los chanchos de engorde, las chanchas preñadas y la parida, los lechones, más de diez bichos pesados: cada paso costaba un rudo esfuerzo. Perdieron tres de los ocho lechoncitos. Hablando de esto, ¿qué se hizo de Cao, que no aparecía a la hora de ayudar? Le gustaba cuidar a los lechoncitos, les cantaba canciones de cuna.

Del paradero de Cao, fuera de día, fuera de noche, nadie daba una noticia cierta; de su vida el padre y la madre, resignados, cargaban la cruz. Siendo ella tonta, una simple de Dios, sin tino de persona, imposible ponerle frenos, controlarle los pasos. Intentar bien que habían intentado, sin éxito. Das Dores había dicho y repetido a Altamirando al verlo a menudo preocupado a causa de su hija:

—No te preocupes. Fue Dios que la hizo así, queda a los cuidados de él. Nosotros no podemos hacer nada. —Temía que el marido se enterara de todo y, enfurecido, matara a la pobre de una paliza.

Así era, no podían hacer nada. Altamirando trataba de seguir el consejo de su mujer, olvidarse, trataba de no calentarse la cabeza. Pero cuando Cao, aparecía para apacentar a las cabras, acunar lechoncitos o para vender en la feria, cuando venía corriendo y se colgaba de su cogote, el sertanejo, sin demostrar nada, se sentía otro, leve y contento. Una buena niña, su hija, no tenía la culpa de la sesera débil, había nacido así, si había un culpable era Dios que no había tenido pena de ellos. Bonita como era, tocada de la cabeza, indefensa en aquellas breñas, realmente era mejor no pensar en las desgracias fáciles de suceder.

Exhaustos, en sus últimas fuerzas, Dos Dores echando los pulmones por la boca, terminaron la faena con los chanchos. Nada habían podido hacer para salvar el plantío. Das Dores se sentó en unas piedras. Altamirando anunció:

—Voy a salir por ahí.

—¿A hacer qué?

—Voy a buscarla. Tengo que encontrarla.

—Voy contigo.

—¿Para qué? Tú te quedas acá, cuidando. Uno solo o los dos juntos, es la misma cosa. Vuelvo con ella o con la noticia.

La noticia: otra cosa no podía ser. Dios, que da la vida, da la muerte, pensó Das Dores. Altamirando bajó el otero, entró en el agua que le golpeaba la cintura, se echó hacia adelante bajo la lluvia y el viento, y salió a buscar a la hija. Das Dores se cubrió la cara con las manos, se puso a llorar.

18

La visión de Altamirando desorientado, yendo de un lado para el otro, en el medio de las aguas que crecían, preguntando por la hija —si la habían visto, dónde, con quién, haciendo qué— causó tamaña impresión en Durvalino al punto de llevarlo a enfrentar nuevamente la ira de Fadul Abdala, su patrón a quien estimaba, acataba y temía:

—Don Fadu, no lo tome a mal pero me tengo que ir...

—¿Ir adónde, por el amor de Dios? Te parece poco...

—Yo lo vi, con mis propios ojos...

—¡Desgraciado! ¿No ves que no es hora de chismes?

—Lo juro por el alma de mi madre. Los vi a los dos, Cao y don Cícero, en la canoa. Don Pedro Cigano también los vio.

—¿Por qué no lo dijiste antes?

—Bien que quise, pero usted no me dejó.

No llegaron al árbol de *cajá* donde había estado amarrada la canoa, tampoco obtuvieron noticias recientes de Cao y de don Cícero Moura: otras tareas urgentes habían ocupado al patrón y al cajero. De la desaparición de la canoa supieron por los sergipanos mientras que Pedro Cigano confirmó haber visto de lejos a la loquita y al comisario de Koifman & Cía., encaminándose al refugio del árbol de *cajá*. De lo que les había sucedido después no tenía idea. ¿Al oír el estruendo habrían huído o la creciente los había alcanzado?

En la mitad del camino entre el puente y la casa de harinas, Fadul y Durvalino se encontraron con el numeroso grupo de los sergipanos. A pesar del apuro, avanzaban lentamente cuidando a Zeferina, recién parida y con los niños, entre advertencias y precauciones. Viejos y jóvenes, hombres y mujeres, la chiquillada rebelde, además de los que habían venido del pueblo: Coroca, Castor, Bastiao, Pedro Cigano. Proyectado desde las lejanías de la memoria, un recuerdo conmovió al árabe: de niño, había visto caravanas llegando del desierto, cargadas de miseria y de infortunio. Tan diferente y tan igual.

Al dar de frente con los despojados, y solamente entonces, Fadul pudo medir la completa extensión de la catástrofe. Antes, no le había sobrado tiempo para ocuparse de los labradores: además del caserío, la creciente había engullido las labranzas, había arrasado, destruido Tocaia Grande. En los dos lados del río, la miseria y el infortunio. Justo cuando las cosas marchaban tan satisfactoriamente y él, Fadul, comenzaba a recoger los frutos de su persistencia. El buen Dios de los maronitas una vez más lo ponía a prueba. ¿Buen Dios? ¡Rayos que lo partan! ¡Dios de la maldad y la desolación, impío, rufián, verdugo! Iá-ráradinál! Rará! Rára!

19

De nada serviría proseguir tras el rastro de Cao y de don Cícero Moura: la canoa ya no servía de punto de referencia. Tizón sugirió

298

que, después de dejar a las mujeres y a los hijos seguros en casa del Capitán, organizaran una batida general por los alrededores, en busca de los desaparecidos. Tal vez, además de esos dos, había otros: con con tanto morador novato en Tocaia Grande ¿cómo afirmar que todos estaban a salvo? Reunirían a los hombres disponibles —no soy hombre pero póngame en la lista, reclamó Coroca —. Bastiao da Rosa dudó de la viabilidad de la idea:

—Mientras las aguas estén subiendo no se va poder hacer nada. Dentro de poco no se va a poder andar. De ahora en adelante va a ser peor.

Ni que lo hubiera adivinado: Zinho surgió como un fantasma, pidiendo socorro. El agua había arrancado las tablas de encima del puente. Enloquecido, Lupiscinio hablaba de matarse si la creciente destruía el trabajo hecho por los maestros de obra a costa de sudor, competencia y empeño.

La creciente aumentaba en volumen y en violencia. Tizón se adelantó con el raspa-tablas para salvar el estrago. Fadul levantó con las manos enormes a la venerable doña Leocadia, piel y huesos y la indómita voluntad de vivir, y la colocó en los hombros, las piernas encajadas en su pescuezo:

—¿Está a gusto, mi señora? —Primero le habló a la vieja, después a todos: —Vamos a cruzar de cualquier manera. Aquí nadie puede quedarse, la muerte es segura.

No fué fácil pero consiguieron pasar a toda la gente. El negro se había zambullido bajo el puente y confirmó que el río apenas se había llevado las tablas del piso. Los pilares que lo sostenían, gruesas estacas bien fijadas, resistían: las bases estaban indemnes, nada habían sufrido. Consolado, Lupiscinio fue de la opinión de que era posible hacer la travesía por allí, utilizando los barrotes.

Organizaron una especie de puente humano: sobre cada una de las doce estacas de madera un hombre se puso en equilibrio, parado. Así, cambiando de mano en mano, los chicos cruzaron el río. Menos la chiquita Jacinta, pues Coroca no admitió confiarla a otras manos: midiendo el paso, ensanchándolo en la medida necesaria, cruzó pisando sobre los pilares. Seguida de cerca por hombres y mujeres. Fausta e Isaura resbalaron, se hundieron, tragaron agua pero no llegaron a correr más peligro. Unos pocos jactanciosos prefirieron afrontar la corriente a nado. Vavá casi se ahoga.

Por iniciativa de los muchachos, utilizaron la puerta de la casa de harinas como embarcación. Armado con una vara, Nando la piloteó; se dedicaron a recuperar bichos y utensilios. En aquella confusión de miedo y tristeza, los mocosos reían alegremente. La inundación no era para ellos una calamidad, era maravillosa diversión, aventura apasionante. Felices, en el navío de los piratas, capitán y marineros.

Descargada de los hombros de Fadul, doña Leocadia, antes de trepar, en compañía de las paridas, los escalones de la subida a la casa del Capitán, preguntó por Das Dores. La había visto cargando chanchos hasta el cerro, pero cuando Altamirando pasara delante de la casa de harinas preguntando por la hija, no estaba acompañado. No podían abandonarla sola, sin recursos, dependiente de la vuelta del marido.

Fadul y Tizón se entrecruzaron miradas y, sin cambiar palabras, se dirigieron hacia la margen opuesta, de donde habían acabado de llegar.

20

Tan ansiosos, el turco y el negro no escucharon los gritos de Diva, perdidos en el ruido de la creciente. Gritos altos, contenidos sollozos: traía en los brazos el cuerpo de la perra Ofrecida que se había ahogado al intentar acompañarla.

Diva se había tirado al agua para cruzar el río y auxiliar a la familia del otro lado, no aguantaba quedarse a la espera de noticias. No notó que la perra la había seguido desde la casa del Capitán. Solamente al llegar a la otra orilla, y al extender la vista por los alrededores, se dio cuenta, demasiado tarde. La corriente había arrastrado a Ofrecida hacia el fondo y la había arrojado contra las piedras sumergidas. Diva vio la sangre que burbujeaba, antes de ver el cuerpo que flotó más adelante en un último estremecimiento.

Logró alcanzarlo, Diva nadaba igual que un pez, ¿no era acaso una sirena? El golpe había abierto la cabeza de Ofrecida. Diva no permitió que el río se la llevara junto con los animales del criadero. Al regreso de Tizón, cavaron un agujero en la misma colina donde quedaba el cementerio y allí la enterraron, asistidos por un cortejo de niños. Alma en Pena gimió durante horas, apostado junto a las piedras con que habían marcado el lugar de la fosa.

21

Los cuerpos de Cao y de don Cícero Moura fueron alcanzados mucho más abajo en el curso del río, presos entre montones de flores. Los había visto, a la tarde, el Capitán Natario da Fonseca, que acudía al llamado de Zilda, atravesando la ruta.

En la hacienda de Atalaia, Edu había tenido que recorrer las plantaciones en busca de Natario, que acompañaba al Coronel Boaventura Andrade en una inspección de cacaotales: la floración sufría mucho

300

con las lluvias, el peligro se prolongaba. Caras cerradas, el Coronel y el Capitán renegaban del mal tiempo, rumiaban perjuicios.

—La bendición, don Coronel. La bendición, padre. Madre me mandó decir que la creciente está acabando con Tocaia Grande. Está que da miedo.

—Con su permiso, Coronel, voy hasta allá a ver. Mañana o a más tardar pasado mañana, estoy de vuelta.

Estaba que daba miedo, como lo había anunciado Edu, y cortaba el corazón. Con la disminución de las lluvias, la subida de las aguas se había estacionado, pero el río continuaba corriendo impetuoso y se desparramaba por la selva. El Capitán, antes de subir a la residencia en la colina, recorrió el valle de punta a punta, la mula negra patinaba. Cabalgó por las laderas de los cerros donde la mayor parte de la gente se había refugiado, parando para conversar, oír informaciones, escuchar lamentos, dirigiéndose a cada uno por el nombre, dando la bendición a los mocosos. No dijo que la creciente era una bobería ni que era el fin del mundo. Prefirió pedir sugerencias sobre cómo debían actuar ni bien terminara: lo peor ya había pasado. Atento a las opiniones y a los agüeros, en poco tiempo estaba discutiendo proyectos para reedificar y replantar:

—¿Ya pensó dónde va a poner la zapatería, amigo Elói? Y usted, don Ambrosio, ¿va a aumentar los plantíos? —Definían detalles, tomaban decisiones: —Ya es hora de tener una pensión de prostitutas en Tocaia Grande, ¿no te parece, Ressu? —A Ressu le parecía.

Convocó voluntarios para remover los cadáveres de Cao y de don Cícero Moura, y se informó del paradero de Altamirando. Supo que el sertanejo había regresado a la otra orilla, al otero donde dejaba el criadero. Había llevada rapadura, un pedazo de *jabá*, una botella de *cachaca*. Das Dores, rescatada por Tizón y Fadul durante la noche, había agradecido y regresado con el marido, no había admitido permanecer lejos de su hombre. En el almacén, el Capitán dijo a Fadul:

—Voy a darles la noticia.

—¿Quiere compañía, Capitán? —Se ofreció Fadul. —La carga es pesada. Altamirando no se conforma.

—Mejor que el compadre se quede por ahí y se ocupe del entierro.

De nochecita, al final, Natario entró en casa y saludó a la concurrencia, un mundo de gente: desde doña Leocadia, octogenaria, a Jacinta, bebita que aún no había cumplido un día de nacida. Lo cercaron de todos lados. Zilda cargaba en brazos al hijo de Bernarda.

—Voy a tomarlo para criarlo.

El Capitán asintió con la cabeza: iguales los siete, jugaban por la casa niñas y niños que Zilda había parido o criado, todos con la misma cara de *curiboca*, sangre fuerte de indio: la bendición, padre mío.

Colocados en hamacas, iluminados por las antorchas, los cuerpos fueron llevados directamente al cementerio al oscurecer. No había lugar en condiciones para la compasiva y concurrida vigilia en la cual, entre tragos de *cachaça*, recordaran las buenas cualidades de los fallecidos. Cao, bonita y simple de juicio, había sido la alegría del pueblo, ¿quién no la estimaba?

Los muchachos corrían detrás de ella, en algarabía. Los muchachos la derribaban en el piso de la canoa, en los cercados sobre macizos lechos de pasto, en los claros entre los matorrales a la vista de los lagartos impasibles. No solamente muchachos jóvenes, también hombres hechos y maduros la disfrutaron y eran ésos los que ella prefería. Habría sido compasivo e indiscreto velatorio de chismes, fecundo en indagaciones: tal vez, en la cantidad de recuerdos y confidencias, se sacara en limpio el secreto en que se mantenía envuelto el desvirgamiento de Cao. ¿Quién le había comido la flor, enfrentando la ira de Dios? Que no había sido ninguno de los tres insistentes e ineptos bribones Aurelio, Zinho y Durvalino, se sabía con seguridad. ¿Quién entonces? ¿Pedro Cigano, acordeonista? ¿Dodô Peroba, que amansaba pajaritos? ¿Guido? ¿Balbino? ¿Don Cícero Moura, de cuello duro y corbata-mariposa?

Don Cícero Moura, no. Solamente se aprovechó y se regaló después de que ella había perdido la flor. Había mucho también que contar sobre don Cícero: comenzando por las razones del apodo de Doctor Permanganato, las manías de limpieza, el gusto por las camareras, el olor a brillantina, la raya en el cabello. Persona importante en los atajos del río de las Víboras, comprador de cacao, comisario de firma exportadora. Quien lo sustituyera, de hacienda en hacienda, cargando el portafolios de documentos y el libro de notas, ¿continuaría o no, ofreciendo pequeñas estampas de santos, regalo piadoso y codiciado? Quienquiera que fuese, no habría de ser tan engomado y divertido como don Cícero Moura. Si las putas le satisfacían las exigencias, no discutía precio y pago.

Por la actitud, en la opinión de los entendidos y eran muchos, Cao se había ahogado intentando salvar a don Cícero Moura, que no sabía nadar, se bañaba en la playa, en el Bidet de las Damas. En el momento de la desesperación se había agarrado a la retardada, impidiéndole los movimientos; con el brazo le había rodeado el cuello y lo había apretado. Nadie quiso comentar lo sucedido: excepto en la animación de la vigilia, lo mejor era olvidar.

Altamirando y Das Dores cargaron la red con el cuerpo de la hija. El Capitán y Fadul llevaron el cuerpo flacucho de don Cícero Moura, calzado con las botas, vestido con el capote, los ojos abiertos, desmesurados. En el acompañamiento no faltó casi nadie. Zé dos Santos y doña Clara, la gente de Ambrosio, el clan de los estancianos, a excepción de doña Leocadia que no estimaba los cementerios. De los cerros donde se refugiaban bajaron los moradores del Camino de los Burros y el enjambre de putas. Merencia hizo la señal de la cruz, rezó un padrenuestro. Otro enigma para descifrar: ¿quién había logrado recoger, en los montones de flores, una flor intacta, azul-celeste, y la había colocado entre los dedos de Cao?

Situado en un declive, el cementerio no había sido alcanzado por la creciente, permanecía incólume. Entre las fosas brotaban árboles de mamón, bananeros, *cajueiros, pitangueiras*, agreste jardín, alegre de colores, rico de aromas. Yendo de tumba en tumba se podía contar la historia entera de Tocaia Grande, desde el remoto y nebuloso comienzo de leyenda y patraña, hasta el descalabro de la inundación que aún sucedía.

23

La creciente duró más de treinta horas de agonía hasta que en la segunda noche las lluvias se tornaron intermitentes y las aguas comenzaron a bajar, a refluir lentamente hacia el lecho del río. Un sol blanquecino iluminó el suelo de barro y la devastación se mostró plena, desnuda y sucia.

En una y otra margen, la ruina y el abandono: las plantaciones encharcadas, el cultivo destruido, el criadero diezmado. En el pueblo quedaron las pocas casas del ladrillos y piedra y cal, media docena de ranchos de adobe, el corral, el depósito de cacao, el horno de la alfarería, el taller del herrero, el almacén del turco, la residencia del Capitán en lo alto de la colina. En la Baixa dos Sapos apenas la casita de madera de Coroca y Bernarda.

En las haciendas, las plantaciones de cacao, sobre todo las sembradas en las proximidades del río, sufrieron con la inundación, hubo perjuicios que lamentar, pero menos de lo que se previó y se temió. Como si el río, prosiguiendo con la asentada tradición del continente grapiúna, hubiera preferido violentar y destruir la morada de los hombres a perjudicar el cultivo de cacao.

Algunos días después, viajando hacia Ilhéus donde doña Ernestina se excedía en promesas y en misas, consultaba espíritus de luz sobre la meteorología, el Coronel Boaventura Andrade, acompañado por el Capitán Natario da Fonseca y por el negro Espiridiao, pasó por Tocaia Grande, gleba de charcos, escombros y destrozos donde la gente aún recogía restos de pertenencias. Balanceando la cabeza, el Coronel lamentó apenado:

—Bien que lo dijo la comadre: se acabó. De una vez. Nunca más vuelve a ser lo que fue.

Lo decía para el Capitán, Fadul y Castor, estaban los tres y también Pedro Cigano bebiendo junto al mostrador de la tienda. Por los labios de Natario pasó aquella sombra huidiza de sonrisa: elevó apenas la voz como si fuera innecesario subrayar las palabras:

—Con su permiso, Coronel, le voy a decir: usted todavía va a ver a Tocaia Grande dos veces lo que fue.

Miró a los demás, le hubiera gustado que estuvieran todos: el viejo Gerino y Coroca, Lupiscinio y Bastiao, Balbino y Guido, Merencia y Zé Luiz, Dodô Peroba y la gente de la otra orilla:

—No soy yo solo el que lo está diciendo. Pregunte a Fadul y a Tizón, a cualquiera que usted quiera encontrar por ahí viviendo en los oteros.

Miró más allá de la puerta hacia el paisaje nuevamente bello bajo el sol luminoso del verano:

—No sé de nadie que se haya ido de acá a causa de la creciente. Ni las prostitutas, que son de no parar en ningún lugar. Sólo se habla de hacer casas, casas que el agua no derribe. Usted ha de volver conmigo un día de estos: va a ver a Tocaia Grande y se va a admirar.

EN EL DIA DE LA FIESTA DEL BARRACON, LA FIEBRE LLEGA Y SE INSTALA

1

Si Pedro Cigano fuera gitano de verdad, de nacimiento y sangre, se transformaría en artículo de fe la tendencia de ciertas prostitutas que solían prestar carácter sobrenatural a las periódicas apariciones del trotamundos en Tocaia Grande. Pero siendo él gitano apenas de apodo, atribuían la concordancia de fechas y hechos a la reconocida sabiduría del acordeonista: en la simple casualidad nadie creía.

—¿Tú adivinas las fiestas, no, querido? —Exclamó la doliente Anália al verlo trasponer el umbral de la puerta en la pensión de *Nora Pao-de-Ló*: —¿Cómo fue que lo supiste?

—Un pajarito se posó en mi hombro y sopló en mi oreja. ¿No sabes que los pajaritos son mis mensajeros? Me cuentan todo lo que sucede.

La desaparición se había extendido por meses y meses. Las noticias traídas por los arrieros habían impedido que lo consideraran muerto y enterrado: animaba bailes en las quebradas del mundo y a todos preguntaba por Tocaia Grande. Para explicar ausencia tan prolongada, había quien afirmara que Pedro Cigano le había tomado rabia al lugar, rabia o disgusto. Sólo podía ser eso.

El motivo tendría que ver con la muerte de Cao en los brazos de don Cícero Moura, un petiso, un pigmeo. La verdad de tales invenciones nunca se consiguió comprobarla, pues si el maestro Pedro pensó que por haber sido el primero sería el único en voltearla bajo el piso de la canoa, había revelado total ignorancia al respecto de la naturaleza de las retardadas, otra nación muy singular. En la crónica fortuita de los caminos, las patrañas se alimentaban de lo que se oía decir; Pedro Cigano jamás se había jactado de las primicias de la virginidad de Cao; al contrario, si alguien sacaba el tema, él cambiaba de conversación.

De cualquier manera, por adivinación o por sabiduría, por haber superado el disgusto o por no haber soportado la nostalgia, apenas arreglada la fecha de la fiesta inaugural del barracón, ahí estaba él acomodado junto al mostrador del almacén, saboreando al trago gratuito de *cachaça*, ofrecido por Fadul Abdala al calor de la bienvenida:

—¿Cómo había de faltar? ¿Quién fue el que inauguró los otros dos? Ni la muerte podía impedírmelo: me levantaba de la tumba y venía.

La inauguración había sido marcada para el domingo, siete de septiembre, por feliz coincidencia fecha conmemorativa de la proclamación de la independencia de Brasil, conforme recordó el turco, ciudadano informado y patriota, el único en Tocaia Grande. Para los demás, esa historia de la independencia eran habladurías, vagas y abstractas, sórdidas, sin rudimentos ni amplitudes. Para Tizón tenía que ver con el Dos de Julio y el desfile de los grupos escolares en las ciudades del Recôncavo, los muchachos cargando banderas y andas con las figuras del mestizo y la mestiza. El Dos de Julio, usando arcos y flechas contra las bayonetas, los indios habían expulsado a los portugueses. O eso o cosa parecida.

—Sólo faltaba el amigo. —Concordó Fadul.

¿Cómo podía estar ausente? La voz amargada revelaba la justa indignación del acordeonista. ¿Quién sino él había colaborado en la construcción de los galpones anteriores? Del pajar, ¿se acuerda, don Fadul? Un palacio, si se lo comparaba con la precaria cangrejera situada en el centro del descampado, entre el río y las colinas; cuatro palos clavados en la tierra, cubiertos con cuatro palmas de dendê. Levantado en noche de lluvia y frío, por los troperos que habían abierto a fuerza de puñales y las patas de los burros el sendero inicial para reducir las leguas de la caminata. El, Pedro Cigano, había ayudado a poner en pie el primitivo abrigo. No veía motivo para risa y broma. Había sido de bastante ayuda: había dado consejos, opiniones, ideas. Para construir no bastan los brazos, nada se hace sin el uso de la cabeza. Había propuesto, además, que firmaran lo hecho y combatieran la lluvia y el frío con un baile, y así se había hecho. Tocaron y bailaron hasta la madrugada, ocho almas contando arrieros, ayudantes, putas y él, Pedro Cigano, con el fuelle en la mano.

—Pregunten a Lázaro si es mentira —desafiaba.

Sucesos de antaño, vetustos, ni el turco los conocía. Pero ahí estaba Lázaro, vivo, llevando y trayendo arrieros de la hacienda de Malhado para Itabuna, y podía confirmar o desmentir el montón de detalles citados por el trotamundos: las putas eran tres, Coroca ha de acordarse. Recordaba los nombres de las otras dos: María Grelao, ya fallecida, y do Carmo que, al amancebarse con el vaquero Oséias, había dejado de hacer la vida. Pedro Cigano seguía su perorata en el oratorio del rancho vestido: rancho vestido como decía cuando Fadul abrió las puertas del negocio, para vender *cachaça*, *jabá* y rapadura.

¿Cómo había de faltar? Ningún acontecimiento en Emboscada Grande sin que en él participara el tocador de acordeón. Con el silbido, ah, con el divino sonido de su fuelle había comandado fiestas memorables, *forrós* como ninguno. Alegre compañero en la mesa de la bebida, briosa pareja en el empinamiento de la botella, muchacho lindo en el amor de las prostitutas, con el mismo temple y la misma compostura había sido testigo y padecido las adversidades y las desgracias a que se habían visto expuestos lugar y moradores. Del asalto de los *jagunços* cuando Tocaia Grande no era más que un pueblo ruinoso con cuatro putas y una bodega, conforme definiera Gerino en la remota ocasión, hasta la creciente del río que, si no había acabado con el pueblo, poco faltó.

—¿Ya sabe, don Pedro? Andan diciendo por ahí que el Coronel Boaventura va a venir a la fiesta. —Anunció Durvalino, el sábelotodo.

—¡Loado sea Dios! Antes al Coronel le gustaba un *forró* y una muchacha joven. Era más joven y menos rico.

—Las mujeres jóvenes le gustan hasta hoy.

Hablando de mujeres, el turco quiso saber si el amigo Pedro Cigano ya había estado en la pensión de Nora Pao-de-Ló:

—Tiene una recluta, una tal Ceci... —juntó los dedos de la mano derecha, recogió un beso en los labios y lo lanzó al aire para completar el elogio de la prostituta.

Pedro Cigano todavía no había estado, había llegado ahorita mismo pero no dejaría de ir, con seguridad. Para conocer a la fulana y al lugar:

—Barracón, con éste va a ser el tercero que inauguro. Pero pensión de prostitutas en Tocaia Grande, nunca pensé ver. Me contaron, me pareció que eran mentiras.

Y allá fue Pedro Cigano rumbo a la pensión de Nora Pao-de-Ló. Embobado, con la boca abierta, recorrió el pueblo de punta a punta deteniéndose a cada momento para cambiar dos dedos de charla, repetir interjecciones de asombro. En la pensión, desdeñó las habilidades de la patrona, la enfermedad de Anália, los recomendados atractivos de Ceci, prefirió a Paulinha Marisca que tenía entre los ojos desde hacía un montón de tiempo.

Tierra grapiúna, pródiga en riquezas y exageraciones: con un vaso de agua se hacía un océano. En el vaivén de los senderos y los caminos, de los atajos y las rutas, arrieros, asalariados, putas en mudanza, *jagunços*, inclusive coroneles, comentaban y engrandecían el progreso de Tocaia Grande. Sacrificada por pavorosa creciente —también la creciente ganaba en volumen y en violencia— la población se había reerguido del pantanal a que había quedado reducida: no se había contentado en volver a ser sólo lo que fuera, movido poblado, ganaba proporciones de próspero pueblo, de futuro asegurado: había dado un salto hacia adelante, había que ver para creer.

En lugar de irse, el pueblo se había reunido solidario. Se transformó en una familia, explicó en Ilhéus el Coronel Robustiano de Araújo, testigo idóneo. En poco tiempo renacieron plantaciones y casas. Para contar detalle por detalle el día a día de la reconstrucción de Tocaia Grande sería necesario largo aliento y, si ciertos detalles valían la pena por la gracia o la valentía, la mayor parte no pasaría de actitudes corrientes y hechos simples, fastidioso relato.

Sergipanos y sertanejos retomaron la labranza de la tierra, los criaderos de puercos y de cabras. Con el auxilio de los pedreros y los carpinteros, levantaron viviendas más sólidas, más amplias, y en mayor número. La necesidad promovía ayudantes a pedreros, raspa-tablas a carpinteros, maestros de obras improvisados. Bastiao da Rosa recordó lo prometido: aun antes de encargarse de la casa de José Dos Santos y doña Clara, abuelos de su hija, se ocupó de la de doña Vangé y Ambrosio. Promesa y deuda, que nadie paga, pero Bastiao, muchacho derecho, pagó la deuda, cumplió la promesa. A veces sucede.

Trabajando noche y día, espontánea multitud en curiosa prestación y cambio de servicios con pagos en productos de la tierra y animales domésticos, si era posible, y dinero cuando Dios diera tiempo, los habitantes rehicieron la topografía del pueblo. Topografía, palabra solemne y presumida, no se aplica a Tocaia Grande: modificaron la apariencia del lugar.

Antes de la creciente, además del Camino de los Burros, arteria única que acompañaba al río, había el descampado con el terreno en el centro y, desparramados en la distancia, el almacén, el taller del herrador de burros, el depósito de cacao y el corral, reposo de las boyadas. Más adelante, la Baixa dos Sapos, con las chozas de paja y la casita de madera donde vivían Coroca y Bernarda. Así era Tocaia Grande: en paraje tan bonito un caserío tan feo. Hasta el recuerdo se perdió en las aguas.

El Camino de los Burros había pasado a ser la Calle del Frente, de alegres fachadas coloridas. Paralela a la Calle de los Fondos: hubo quien prefiriera vivir más distante del río. En el Callejón del Medio que ligaba a las dos callejuelas —las dos calles en la ostentación del pueblo— los zapateros vivían y trabajaban. Allí también doña Natalina había colocado la máquina de coser y no daba abasto para los pedidos. Uno de ellos, recientísimo, traído por el Capitán Natario da Fonseca, vestido de fiesta para Sacramento, la muchacha que había hechizado al Coronel Boaventura.

En la Baixa dos Sapos nuevas chozas sustituyeron a las que llevara el río, es decir, todas. Las prostitutas necesitaban con urgencia un agujero donde tender las esteras. Otras, sin embargo, menos apresuradas, habiendo echado raíces en Tocaia Grande —Nininha, enamorada de Lupiscinio, para recordar apenas una— aprovechaban para construir habitaciones estables. Así, una callecita de ranchos de adobe nació y prosperó: en la esquina, pintada de amarillo, quedaba la pensión de Nora Pao-de-Ló: sobrenombre preciso a los quince años, cuando debutara en Acaraju, blando y sabroso bizcochuelo; a los cuarenta una carcaza buena para los buitres. Pensión de Nora y no de Ressu. Ressu, pobre, incapaz de administrar su propio cuerpo, le había pasado la idea a Nora por el mismo precio que la recibiera del Capitán: gratis.

Vale la pena una referencia a un hecho curioso, demostrativo del ansia de construcción que había dominado al pueblo: dueños de ranchos que habían resistido a la creciente habían terminado por derribarlos para edificar otros más confortables. La alfarería no daba abasto a los pedidos de tejas y ladrillos. Zé Luiz y Merencia, si no se hicieron ricos por lo menos se tornaron acreedores de la mayoría de los habitantes. Lo más sorprendente es que esperaban cobrar las deudas: si la temporada había sufrido y se había menguado con las lluvias, la cosecha había compensado los perjuicios con holgura.

Las tablas del puente habían sido repuestas ni bien las aguas se retiraron. Lupiscinio había ido en persona a Taquaras para adquirir material, clavos especiales y herramientas.

—Ahora puede venir la creciente que quiera. —Dijo el carpintero al Coronel Robustiano de Araújo, cobrándole la apuesta inexistente: —Usted creyó que nosotros no éramos capaces de hacer una obra que durara. Sacando las tablas de arriba, el resto ni se movió. Si hubiera habido apuesta como usted quería...

No había llegado a apostar pero no por eso el Coronel dejó de ponerse con unos buenos cobres para determinadas obras. Sin su apoyo, el barracón no sería ni de lejos ese coloso que él señalara con orgullo de emboscada-grandense honorario a don Carlinhos Silva, nuevo comisario de Koifman & Cía.:

—Nunca vi gente más empecinada. No baja la cresta así no más.

Durante algunos días, después del entierro de Cao, Altamirando
había andado desarticulado, sin pronunciar palabra, distante. Das
Dores se mataba en el trabajo, tratando de recuperar la plantación y el
criadero. Altamirando se dejaba estar sentado en el suelo picando tabaco y alisando la paja de maíz con la punta del puñal. Fumar era lo
único que hacía.

Cambió a partir del día en que, estando el sol en el cenit, vio en lo
alto del otero, sentada en las piedras según su costumbre, la imagen de
Cao: había venido a apacentar las cabras y le sonreía. Llamó a Das
Dores para que ella también viera, pero cuando la madre llegó, Cao
se desvaneció. Altamirando comprendió que solamente él y las cabras
podían verla.

No se mostraba todos los días, sólo de vez en cuando. Das Dores
se negaba a creer: es natural pues aquél era un secreto entre el padre
y la hija. Altamirando regresó al trabajo con disposición y energía
redobladas. Los vaqueros que trataban con él en el corral, eligiendo las
vacas para el matadero y la venta de carne al por menor, decían que
Altamirando se había quedado con un tornillo menos: no por eso
desatento a las obligaciones y a los compromisos. Un tornillo menos,
bastante para vivir y luchar.

4

A pesar de la insistencia de Lupiscinio, de los ruegos de sus compadres Castor y Diva, no pudo el Coronel Robustiano quedarse para la
fiesta del barracón. Resistió inclusive a la noticia, confirmada por el
Capitán Natario da Fonseca, de la presencia del Coronel Boaventura
Andrade: el propietario de la Atalaia había prometido comparecer.

Para compensar, dos Carlinhos Silva, nuevo representante de Koifman & Cía., la principal firma exportadora de cacao, de vuelta del
rutinario recorrido por las haciendas, no siguió directo para Taquaras,
se demoró en Tocaia Grande para participar en el baile, y se hospedó en la Pensión Central.

¿Qué novedad es ésta de Pensión Central? En esta breve reseña
sobre el renacimiento de Tocaia Grande ya se hizo más de una referencia a la Pensión de Nora-Pao-de-Ló con detalle sobre el color de
la fachada, la ubicación exacta, en la esquina de la callejuela de los
ranchos, en la Baixa dos Sapos. El número de la puerta no fue provisto
por la simple razón de no existir, pero por la boca pecaminosa del
turco Fadul se alabaron las cualidades de las prostitutas que ocupaban
los cuartos del establecimiento. Una prueba más de la tendenciosidad

y la bellaquería de informes y relatos que se pretenden serios y correctos. Por ser albergue de putas, destinada al libertinaje, la pensión de Nora mereció destaque y elogios, mientras que la Pensión Central, debido sin duda a su carácter familiar, permaneció relegada al olvido.

Estrictamente familiar, pregonaba el cartel colgado en la fachada: se destinaba a proveer, a precios módicos, casa y comida a eventuales visitantes del pueblo. Dos cuartos, cada uno equipado con tres camas de campaña y una palangana de estaño, de las pequeñas; en el fondo del jardín la tina con agua. ¿Qué más se puede decir en beneficio de la Pensión Central, de propiedad de doña Valentina y don Juca das Neves? ¿Qué doña Valentina, además de propietaria, cocinera, criada de servir y de limpiar, solía flaquear si el forastero le caía en gracia o se disponía a dar un suplemento a los gastos diarios? Bonita no era, tampoco fea, pero el hecho de ser casada le daba categoría, despertaba la codicia. Tales detalles, sin embargo, así como los referentes a la voracidad de las chinches, cabía a los huéspedes descubrirlos.

Aclarado el equívoco de las pensiones, cumple retornar a don Carlinhos Silva, huésped de categoría: el opuesto, en el físico y en el comportamiento, a su antecesor. Lo que tenía don Cícero Moura de delgado y escrupuloso, tenía don Carlinhos de corpulento y espontáneo.

Negro albino de motas rubias y ojos claros, cucaracha descascarada, las malas lenguas lo decían hijo natural de Klaus Koifman, el fundador de la firma. Si así no fuera, ¿por qué el gringo lo había mandado, de niño a estudiar en Alemania y allá lo había mantenido durante años? Con la muerte de Klaus, asumió la jefatura de la sociedad el hermano más joven, Kurt, que, de inmediato, ordenó el regreso a Brasil del protegido del finado jefe: ¿hijo natural? Dudoso. Hijo de puta, con seguridad. Volvió el joven Carlinhos a Ilhéus y en condición de huérfano de Benedita Silva, esplendor de negra que había servido la mesa y calentado la cama germánica de Klaus. De estudiante en Weimar pasó a notario en la exportadora de cacao. Hizo carrera.

En la fiesta del barracón reveló inesperada faceta de su humanidad: sabía hacer magia y se complacía en mostrarla. Escondía otras sorpresas en la manga del saco, como se vio después, en el momento de la decisión.

5

Razones de peso corroboraban la opinión entusiasta y generalizada: la mayor y mejor fiesta jamás vista en Tocaia Grande. Imagínese que el salón —éste sí merecía ser llamado salón de baile— había sido iluminado con lámparas de vidrio; los faroles, artículos de lujo en los estantes del almacén, novedad incorporada a los utensilios en boga en el pueblo, sustituían en algunas viviendas a los candeleros y antorchas.

Sin quererse deshacer del brillo del fuelle y de la presencia de Pedro Cigano, dígase, para empezar a conversar, que no fue el único músico que animó el baile. Los estancianos trajeron los instrumentos: las guitarras, el *cavaquinho*, la gaita, y ejecutaron variado repertorio de músicas bailables, de moda en los bailes de Sergipe. También el ciego Tiago y el hijo Lucas, los dos en la guitarra, demostraron su valor. Formaban parte de un grupo venido de Taquaras, compuesto por figuras de proa de la localidad vecina, invitados del Capitán, de Lupiscinio, de Fadul, de Bastiao da Rosa; el jefe de la estación, don Lourenço Baptista; el telegrafista, el almojarife, dos o tres comerciantes, algunos curiosos y Mara, abadesa de la pensión de prostitutas, acompañada por cuatro expansivas mujerzuelas.

Procedentes de las haciendas próximas, algunos asalariados transitaban en la feria desde temprano, hacían cola en la pensión de Nora Paode-Ló y en las puertas de las chozas y ranchos en la Baixa dos Sapos: a la noche, debido a las fiestas, las putas cerrarían sus puertas. Además, aquel domingo, la población se duplicó: acudían de los alrededores, algunas de muy lejos, atraídas por el anuncio de la diversión que resonaba en los confines del río de las Víboras.

No hay palabras para describir el éxito de don Carlinhos Silva, en los números de prestidigitación que brindó a los presentes. Provocando ataques de risa con mezcla de exclamaciones de incredulidad en la asistencia boquiabierta, llevando a la chiquillada a extremos de exaltación y de asombro. Exito estruendoso y no va exageración en el adjetivo: la casi totalidad de los espectadores jamás había presenciado una representación teatral, cualquiera que fuera, nada sabían sobre ilusionismo, trucos de magia, pases de cartas. Las mujeres se bendecían — ¡vade retro! —, los hombres, pasmados, no sabían que pensar.

Don Carlinhos Silva se levantó las mangas del saco y de la camisa y los prodigios comenzaron a acontecer, todos los vieron, no era borrachera de arriero. Sin usar las manos, con la fuerza del pensamiento, el empleado de Koifman y Cía., transfirió monedas de centavos del bolsillo de Guido a la oreja de Edu; de las fosas nasales de Zé Luiz extrajo cinco granos de cacao seco. Repitiendo palabras cabalísticas, hokus pokus, sinsalabín presto, abracadabra y otros conjuros horripilantes, con la punta de los dedos retiró del escote entre los senos de la señora Valentina el pañuelo de bolsillo que, a la vista de todos, había dejado guardado en la alforja de Aurelio y que de allá había desaparecido sin que nadie lo tocara: no se podía entender. Hizo lo que quiso con un mazo de naipes, las cartas circulaban entre sus dedos, aparecían, desaparecían, volvían a aparecer, el as de copas se transformaba en rey de bastos, el dos de espadas se convertía en diez de oros y a la

311

dama de corazones fue a buscarla en los cabellos sueltos de Bernarda. Manipulaba los naipes ante un público estupefacto, comprimido ante él, que quería ver de cerca, que veía y no creía.

—¡Jugar con usted, Dios me libre y guarde! ¡Mejor jugar con el Perro! —Avisó el arriero Zé Raimundo a pesar de estar habituado a los tramposos.

Fadul Abdala aplaudía, la asistencia lo acompañaba. Muchos querían explicaciones —él encandilaba los ojos, ¿o cómo lo hace?—, otros juraban que don Carlinhos era socio del diablo. Quien más se extasió aplaudiendo fue la moza Sacramento. Había estado hasta entonces con los ojos bajos, puestos en el piso, señtada en silencio al lado de Zilda en un banco de madera. Hasta el Coronel Boaventura Andrade batió palmas y no regateó alabanzas a don Carlinhos Silva: ¡sí, señor, mis felicitaciones! Si el amigo quisiera se podría ganar la vida haciendo magia en los teatros de la capital.

Músicos, mago *amateur*, afluencia de personas de afuera y sobre todo la presencia del hacendado llevaron la fiesta del barracón a un éxito sin igual. Habían traído y colocado en un extremo del salón el sillón de barbero de Dodô Peroba para que en él se sentara el Coronel. En las inmediaciones del bar improvisado para la venta de *cachaça*, coñac, licor de *jenipapo*, a cargo de Durvalino, bajo la discreta vigilancia de Fadul.

Nadie se había atrevido a sacar a bailar a Sacramento, pero a la hora de la cuadrilla, al ver a Castor organizando las parejas, don Carlinhos Silva, por no ser de allí, y por haberle gustado el rostro y las maneras modestas de la muchacha que tanto lo había aplaudido, se dirigió a ella invitándola a componer con él el *baile de los lanceiros*. Solita en el banco, pues Zilda ya se había ido del brazo del Capitán a tomar su puesto en la cuadrilla, Sacramento se sintió confusa, vacilante, los ojos bajos, perdida en la calle de la amargura. Parado, con la mano extendida, don Carlinhos aguardaba. Entonces el Coronel Boaventura, que había observado la escena con sonriente interés, se levantó del sillón de barbero:

—Discúlpeme, Carlinhos, pero la dama ya tiene compromiso, el compañero de ella es éste, su amigo.

No creyendo lo que oía, Sacramento levantó la vista, sonrió tímida al Coronel que la esperaba. Piernas trémulas, ella lo acompañó a la rueda de cuadrilla bajo las miradas de soslayo de los chismosos. Don Carlinhos Silva entendió, salió en procura de Bernarda: demasiado tarde, la prostituta ya tenía pareja. Se conformó con la señora Valentina, mejor ella que nadie. El negro Tizón batió palmas llamando la atención, la danza de los pares iba a comenzar. Elevó la voz, habló en franciú.

6

Diva revoloteaba los pasos de la cuadrilla, ufana con la picardía de Tizón, él también era socio del diablo. Pero Tizón, que la conocía y adivinaba, la sabía inquieta, preocupada, por más que ella intentara disfrazarlo. Su pensamiento huía de la fiesta a la casa de los padres en el otro lado del río.

Vangé y Ambrosio no se encontraban en el barracón. En la feria, por la mañana, vendiendo los productos del plantío, Ambrosio volaba de fiebre. Zilda, que se había detenido para comprar y conversar, al verlo así descompuesto tuvo un mal presentimiento. Aconsejó a Vangé llevar el marido a la casa y darle un sudor cuanto antes. Tal vez aún pudiera limpiarle la sangre, echar afuera los malos fluidos.

En la ruidosa mesa del almuerzo, repleta de vecinos venidos para esta fiesta, Zilda habló al Capitán: según parecía, a Ambrosio lo había agarrado la fiebre:

—Quiera Dios que no se desparrame.

7

Ambrosio murió tres días después de la fiesta del barracón y a su entierro ni el viejo Gerino ni el joven Tancredo, hijo del estanciano Vavá, pudieron comparecer: derribados por la fiebre.

La fiebre sin nombre, la peste, aquella que según el decir del pueblo mataba hasta a los monos. Hablaba de ella en voz baja y reverente, monstruosa divinidad, flagelo endémico y antiguo sobre el país del cacao, ciudades y plantaciones, recogiendo aquí y acullá la cuota que se le debía en sacrificio. Evitaban citarla en las conversaciones, procuraban olvidarla para ver si así ella los olvidaba y los dejaba en paz.

Mientras la maligna mataba con parsimonia, sin prisa, sin fatiga, le iban entregando su ración de muertos, conviviendo con ella, resignados. Pero cuando, acuartelada en una población, se convertía en epidemia y mataba a granel, el miedo se transformaba en pánico y en lugar del llanto manso de padre y madre, de mujer, marido e hijo, subía a los cielos un clamor de maldición.

Consumía al viviente en pocos días. Le quemaba el cuerpo y lo ablandaba, la cabeza estallando de dolor, el entendimiento desvariado, el mal olor de las llagas, las entrañas deshechas en una diarrea pestilente. Muerte segura y fea, no había nada que hacer.

Otras fiebres tenían nombre: la terciana, la palúdica, la aftosa que ataca a la gente y al ganado, la fiebre amarilla y la peste bubónica, cada cual más peligrosa. Pero no había remedio para la fiebre sin nombre, simplemente la fiebre, sin adjetivo que la distinguiera, sin diagnóstico ni receta, el paciente en las manos de Dios, el impío Dios de la peste. Recurrían a sudores, cataplasmas, ungüentos, brebajes y tisanas, bebidas hechas con raíces y hojas de la selva, fórmulas pasadas de padres a hijos. Resultados efectivos en la cura de múltiples afecciones: las enfermedades feas, por ejemplo, llagas y pústulas, gonorrea. Pero de ninguna manera para la fiebre, aquella que no tenía nombre y mataba hasta a los monos. Restaban los rezos, las jaculatorias, las brujerías, los hechizos y las promesas.

Llegaba de repente, sin hacerse anunciar. Derribada, pelaba y escaldaba, vaciaba las tripas y el juicio, reducía al hombre más fuerte a un harapo, antes de matarlo. No había nada que hacer además de esperar que, lleno el buche, inesperada como viniera, se fuera a cavar sepulturas en otra parte. ¿Obedeciendo a un ciclo o por simple accidente, al azar? ¿Por estar harta o porque Dios había escuchado las preces? Todo podía ser. Si en las ciudades de Ilhéus y de Itabuna, doctores de anillo y pluma no sabían diagnosticarla y combatirla, al pueblo diezmado en los confines de judas le cabía apenas huir o aguardar que la fiebre decidiera partir, mudara de cuartel, llevando en las alforjas las sentencias de muerte, sin apelación. Muerte dolorosa, hedionda y sucia, atroz.

8

Duró una quincena. Llegó el domingo de la fiesta, se mostró en la feria con Ambrosio, dos domingos después aprovechó un vendaval, montó en él y prosiguió viaje para matar más adelante. Dejó en el próspero cementerio de Tocaia Grande nueve cruces más para contar la historia.

Lo que la creciente no había logrado, poner en fuga a los moradores, vaciar el pueblo, la fiebre estuvo a punto de conseguirlo sin estruendo y sin barullo, como quien no quiere la cosa. Si hubiera durado una semana más, ¿quién habría sido tan loco para permanecer allí, esperando la muerte?

El éxodo comenzó el miércoles del entierro de las primeras víctimas, el viejo Ambrosio y la prostituta Clementina. Prosiguió y aumentó en los días siguientes con la sucesión de las muertes. Cupo a doña Ester, mujer de Lupiscinio, tocar a retirada: la fiebre se había instalado a Tocaia Grande. Opinión de entendida: gastar dinero en remedios era una tontería, hacer promesas era perder el tiempo. Farmacia no había en Tocaia Grande, apenas cuatro frascos de jarabe en el almacén del turco. Mucho menos iglesia donde rezar. Otra cosa no quedaba por hacer que irse de aquel miserable lugar, además de desprovisto, apestoso.

314

Doña Ester cumplió su obligación esparciendo la alarma de vecino en vecino, haciéndolo con cierta satisfacción debido a la desestima que sentía por el poblado, el disgusto de habitar un sitio tan atrasado. Entre otros fastidios menores, bastaba el hecho de que el marido vivía yendo y viniendo con esa fulana. Todavía si fuera amante con casa montada, privativa, decente, se podía aguantar. Pero no era más que una puta de puerta abierta. Doña Ester intentó arrastrar al hijo pero Zinho se negó a acompañarla. Encogió los hombros, ¡paciencia! Antes vivir abandonada en Taquaras que morir en la hediondez junto con la familia. Recogió sus pertenencias, partió sin mirar atrás, dio el ejemplo.

Con exageración duplicada debido a las fúnebres circunstancias, circulaban noticias que ponían los pelos de punta, se contaban episodios aterrorizantes, en las haciendas, en las poblaciones, en los puntos para pasar la noche, en los caminos. Estaba por suceder en Tocaia Grande el mismo horror que se había abatido sobre anónimo poblado en los lados de Agua Preta: todos los habitantes habían desencarnado. En los lados de Agua Preta, de Sequeiro do Espinho o de Rio do Braço, variaba la geografía según el narrador, crecía el tamaño del lugar, el número de muertos aumentaba pero un detalle permanecía igual: no había quedado nadie para contar la historia. En cuanto a Tocaia Grande, hasta el Capitán Natario fue dado como víctima de la fiebre, había estirado la pata, debía de estar en el infierno pagando sus culpas. Había quien, a escondidas, bebiera un trago para conmemorar.

Las putas, ya de por sí andariegas, se fueron. Habiendo iniciado la cosecha en los plantíos de los sergipanos, la fiebre cruzó el puente y atacó las chozas de la Baixa dos Sapos: en dos días murieron tres mujeres. La desbandada fue casi general: aprovechando el paso de los convoyes o solas, el atado en la mano o en la cabeza, las prostitutas se mandaron mudar. Una de ellas, Gloria María, partió ya atacada de vómitos y mareos, la fiebre en la sesera. Hizo el viaje haciéndose encima de los matorrales, murió al llegar a Taquaras y allá se enterró, evitando que sumaran diez las fosas abiertas en el cementerio de Tocaia Grande.

Algunos arrieros desviaron la ruta de los convoyes, durante algún tiempo evitaron el atajo, el movimiento en el barracón disminuyó. En la segunda semana el éxodo creció, la idea de fuga dominó al pueblo. Después de intentar obtener, sin conseguirlo, la compañía de Zé dos Santos y de doña Clara — ¿con quién vamos a dejar las plantaciones y los animales?—, Bastiao da Rosa juntó a la mujer y la hija y fue a buscar refugio y seguridad en Taquaras. Al verlo pasar la tranca en la puerta de la casa, los indecisos liquidaron las dudas y se decidieron.

Contados siete días y cinco muertos, a partir del domingo en que Zilda refiriera sus temores al Capitán, en el mismo momento del almuerzo, en la mesa silenciosa, sin vecinos, ella retomó el asunto en el punto en que lo había dejado:

—Se desparramó.

La semana había sido triste y dificultosa. Natario, sombrío, parecía un animal de la selva, acorralado. Venían a buscarlo, ansiosos; atormentados, como si el Capitán fuera médico o curandero, esperando de él una providencia, una solución, y él no tenía ni providencia ni solución que ofrecer, ni siquiera una palabra alentadora: las palabras eran vagas y vacías, sonaban falsas. El pueblo no buscaba consuelo para el luto, quería salvación para los vivos. Zé Luiz se había sentado en el banco, en la galería, mojado en llanto: no existe nada más inoportuno, más insoportable que un hombre llorando, perdidas la vergüenza y la presunción, desnudo de la condición de macho.

Zilda repitió, elevando la voz para ser oída y obtener respuesta:

—Se desparramó.

El Capitán amasaba con los dedos una bola de feijao con farinha:

—Dicen que otro pariente de doña Leocadia está caído. ¿Es hombre o mujer? ¿Tú sabes? —Los estancianos el viernes habían enterrado al mozo Tancredo.

—Un chiquito, Mariozinho, de unos diez años, no tenía más. No salía de acá, era carne y uña con Peba.

—Hablas como si ya se hubiera muerto.

—¡Dios me perdone! No quiero hacerle un mal augurio a nadie, pero ¿ya viste que alguno se salvara? Yo no supe de ninguno.

Bajó los ojos hacia el plato de estaño, revolvió la comida con la cuchara:

—Ando afligida a causa de los muchachos. ¿ A ti qué te parece? ¿No era mejor agarrarlos e ir a las plantación? Hasta que pase.

El Capitán recorrió con la vista a la chiquillada que, desatenta a la conversación, comía con ganas, unos en la mesa, otros sentados en el piso. Después encaró a la mujer:

—¿Ya viste cuánta casa cerrada, cuánta gente se fué? Si nosotros nos retiramos, si tú te vas a la plantación con los niños, al otro día no queda nadie en Tocaia Grande. No podemos hacer eso.

Zilda largó la cuchara, levantó los ojos hacia él:

—Tomé hijos de otras para criar.

—Acá es la casa de ellos y de acá no van a salir. Nadie, —se limpió las manos sucias de comida, una con la otra: —A no ser que sea para el cementerio.

Zilda balanceó la cabeza, concordando: no estaban discutiendo, sólo conversando. Conocía al marido y su manera de pensar: quien tiene mando y autoridad, tiene obligaciones. De nada serviría argumentar, menos todavía oponerse. Había cumplido su parte, expuesto sus temores: a él le competía decidir, a ella obedecer.

10

Más tarde, en la cama de Bernarda, el Capitán le dijo:

—Un montón de gente se está yendo. Tú deberías hacer lo mismo. Acá el riesgo es grande.

Miraba el techo de madera, la voz neutra, sosegada: no dictaba una orden, daba un consejo.

—¿Irme? ¿Para dónde?

—Hay un lugar en Taquaras donde puedes quedarte.

—¿El padrino también va?

—Yo no puedo salir de acá.

—¿Y la madrina?

—Se queda acá, conmigo. Ella y los niños.

—Ni usted, ni la madrina, ni los niños. ¿Por que tendría que irme yo? ¿Por qué usted quiere verme lejos? ¿Por qué me echa? No hice nada para merecer mal trato y desprecio. Aquí, si tengo que morir, estoy cerca de usted y de Nadinho.

Descansó la cabeza en el pecho del padrino como lo hacía desde pequeña, pero con los brazos y las piernas lo prendió contra el cuerpo desnudo:

—¿Se cansó de mí?

—No dije que te fueras, sólo sugerí.

Cumplía su parte, igual que Zilda en la mesa del almuerzo. El Capitán Natario da Fonseca tocó con los dedos la cara de la ahijada, amor de tantos años. Al hablar, ya sabía la respuesta.

11

Muerte sentida fue la de Merencia. Si hubiera sido víctima de cualquier otra enfermedad o de mordedura de víbora, también ella habría merecido velatorio de pompa, con más razón que la retardada y el comprador de cacao. Tantos hechos para recordar, trechos divertidos, momentos de exaltación.

Mujer casada, guardaba distancia de las prostitutas pero no por eso dejó de defenderlas cuando los vaqueros trataron de imponer la ley de la prepotencia. Con las callosas manos de alfarera, colaboró infatigable para levantar paredes y colocar tejados en la desolación de Tocaia

317

Grande después de la creciente. Con las delicadas manos habilidosas, en las horas vacías, con papel y caña fabricaba cometas y las regalaba a los niños para que las empinaran en el cielo del poblado. Apreciaba las habilidades de sus protegidos y batía palmas aplaudiendo la altura del vuelo y las evoluciones. Había deseado un hijo, ¡ah, cómo lo había deseado! Pero tenía la matriz volteada, la huevera seca. A falta de hijos mimaba mocosos, criaba animales. ¿Quién no la recordaba con el agua a la cintura en la mañana de la inundación, la *jibóia* enroscada en el busto?

Si Zé Luiz se pasaba de la raya, en la *cachaça* o en el puterío, borracho o enamorado, Merencia se enojaba y le pegaba sin que él reaccionara. Iba a buscarlo, embriagado, a la Baixa dos Sapos y lo llevaba de vuelta al hogar a los insultos y los bofetones. ¡Ah! ¡Habría sido velatorio de mucha risa y de mucho remordimiento!

Había sido enterrada a las carreras como los demás consumidos por la fiebre. Para que las miasmas no se desparramaran en el aire penetrando en la sangre de los vivientes. Devota, una capacidad en catequismo y rezo, a Merencia le habría gustado un acompañamiento con letanías y alabanzas. Tan merecedora, en la hora extrema todo le faltó: velatorio, lloronas, preces. No tuvo siquiera el coro de las putas diciendo amén. La fiebre mataba rápido, aún más rápido el difunto era llevado al cementerio en el apuro del miedo. En la alborotada confusión, apenas tuvo tiempo Fadul de pronunciar un padrenuestro en árabe.

12

Transcurridos tres días del entierro de Merencia sin que se supiera de nuevos casos de sentencia y maldición en el pueblo desierto de movimiento y de alegría, Pedro Cigano había aparecido en el taller de Castor Abduim en misión de vida y muerte. Para discutir la idea de un baile: era necesario olvidar los días negros, suspender el llanto, apagar el recuerdo de la fiebre, poner fin a las conmemoraciones de la muerte: los muertos sólo resucitan en ocasión del juicio final.

Enseguida después de la fiesta del barracón, Pedro Cigano había desaparecido de Tocaia Grande y cierta gentuza lenguaraz se aprovechó para sacarle el cuero. Había salido corriendo con tal rapidez y tamaño miedo de estirar la pata, que abandonó el fuelle en el almacén del turco: a la hora de la juerga era presencia obligatoria, los cinco dedos extendidos para sacar las baratijas de la música, la boca abierta para beber por cuenta de las manos abiertas. Acusaciones de envidiosos de sus dones de vate, de las libres andanzas y los enamoramientos constantes, miserias enseguida desenmascaradas: Pedro Cigano volvió al mismo otero, cargado de quinina y otras drogas de farmacia, obtenidas en Taquaras, en los armarios de la estación, destinadas al combate del paludismo, inútiles en los casos de la fiebre sin nombre y sin cura. No solamente volvió, allí permaneció distribuyendo dosis preventivas de quinina a los habitantes, dando tonos de azul al pis de Tocaia Grande.

Seguro de que la maldición había llegado al fin, había salido en busca de apoyo para la propuesta de una fiesta de las buenas, capaz de extinguir la morriña y restablecer la risa. En el taller contuvo el entusiasmo al recordar que el viejo Ambrosio, padre de Diva, había iniciado el banquete de la maligna. Pero Diva no se ofendió, concordó con el acordeonista: nada mejor que un baile para dispersar las cenizas y restaurar el gusto de vivir. De acuerdo, dijo Tizón. Pedro Cigano fue adelante en busca de otras adhesiones.

13

Diva murió al amanecer, limpia y serena, extendida en la hamaca, sintiendo contra el cuerpo en brasas la frescura del cuerpo de Tizón, abrazada a él, oyéndolo murmurar: ô iiá, mi negra, negra mía, ô iiá. Marejada de aguas mansas, olas en la playa, distante sonido de caracoles. Dijo: "Mi blanco". Y le faltó.

Había contraído la fiebre cuando ya se pensaba en festejar el término de la desgracia y se convenía fecha para el baile. A la mañana siguiente de la visita de Pedro Cigano, Diva se quejó de debilidad en las piernas, calor en el rostro y dolor en las tripas. Duró un día y una noche.

Lía y Vangé habían ido a hacerle compañía y a ayudar. El niño había sido llevado para que se quedara con Dinorá, lejos del peligro del contagio. Tizón permanecía acuclillado al pie de la estera donde Diva minuto a minuto se acababa: mano de caricia, palabras sueltas, trataba de sonreír, no lo conseguía. Le había sacrificado un cerdo a Omulu sabiendo sin embargo que sería inútil como lo habían sido los dos ofrecidos la semana anterior. La fiebre había cerrado los caminos hacia los encantados, abierto la puerta de los eguns y cualquier criatura en cuya frente pusiera la mano le pertenecía. Tizón lo sabía con seguridad pero había decidido que la maldita no se llevaría a Diva sola. Si no lo derribaba en la misma estera inmunda de vómito y diarrea, Tizón sabía qué hacer. Allí, arrodillado, había pensado y resuelto.

Diva gimió bajito y una vez más la madre y la cuñada le limpiaron la suciedad mientras Tizón la sostenía apretada al pecho. Pero los trapos de poco sirvieron, ella se sentía mugrienta y hedionda. Pidió que calentaran agua para un baño. Lía y Vangé resistieron: bañarse con el cuerpo quemando, deseo absurdo, delirio de la fiebre. Por el amor de Dios, rogó Diva, desfalleciente. Tizón mandó que obedecieran: absurdo, delirio, fantasía de agonizante, ella tenía derecho a lo que quisiera. Fue a buscar la tina.

Le sacaron la combinación sucia, la sentaron en el agua tibia, Vangé y Lía se retiraron al taller y la dejaron en compañía de Tizón. Desnuda, limpia, oliendo a jabón, quiso que él se subiera con ella a la hamaca y se echaron juntos.

Debajo de la hamaca, inmóvil, el hocico entre las patas, Alma en Pena.

14

Aullido de muerte, el grito de Tizón cortó la blanquecina madrugada, traspuso el miedo y el luto despertó al pueblo: lo mismo había sucedido en el verano cuando el río explotó en las cabeceras y se convirtió en devastación. ¿Qué otra prueba se anunciaba? ¿No había habido bastante infortunio y sufrimiento?

La aurora se encendía y los que acudieron vieron a la fiebre, desenfrenada, embarcar en el vendaval: quiera Dios que estuviera harta de matar. Nueve muertos, diez con Gloria María, nada mal: buena parte de la población del culo del mundo. Hechas las cuentas, de sumar y de restar, dando de baja a los difuntos y los fugitivos, bien pocos sobraban de los que allí habitaban permanentemente. No perderían por esperar. La fiebre sin nombre, la que mataba hasta a los monos, escudriñaba la capitanía del cacao, atenta iba y venía de un lugar a otro, daba treguas pero no decía adiós para siempre y nunca más.

Lía apareció adelante, corriendo en disparada, clamando socorro, pidiendo la ayuda de Fadu. Enseguida se formó un grupo con arrieros, putas, moradores, que querían saber. A paso lento, zombie embrujado, Tizón cruzaba el descampado en dirección al río, seguido por el perro Alma en Pena. En los brazos extendidos llevaba el cuerpo de Diva, vestido con la luz del rayar de la mañana. Sola no la dejaría ir: en el fondo de las aguas, en el lecho del río se extienden tierras de Aiocá, ¡Sacrilegio! A los difuntos se los entierra en el cementerio y a los vivos les corresponde llorar y recordar.

Vangé tropezó al pie de la colina y cayó en el barro antes de alcanzar a Castor y suplicarle respeto para con la muerte y su circunstancia. Bernarda apareció y la ayudó a levantarse. Calzada con las alpargatas del diablo, Coroca corría en remolino. En el cielo, se disolvían fantasmas en harapos de nubes. Después de la desgracia, el vituperio.

Fadul apenas tuvo tiempo de ponerse los pantalones. Se precipitó para tomar la delantera al herrador de burros e impedirle el paso. Iba gritando:

—¿Qué pasa, Tizón, estás loco?

Castor Abduim no detuvo la marcha, tampoco se apresuró, prosiguió andando. No era el herrero Tizón, buen mozo, por todos estimado, era un alma del otro mundo. Gruñó en una voz sin timbre, fea de escuchar:

—¡Atrás!

Un círculo se fue apretando en torno a él, la gente dispuesta a impedir el sacrilegio. El turco se aproximó más, el círculo se cerró.

—Vamos a vestirla, ponerla en la hamaca, hacer el entierro.

—¡Atrás!

En los ojos el vacío de la muerte, Tizón trató de cruzar, dio de cara con Fadul. En torno el pueblo, listo para intervenir: impotente contra la fiebre, no iría a permitir el ultraje.

Fadul levantó la mano deforme, cerró el puño, y asestó el golpe antes de que la gente avanzara y fuera tarde. Vangé, Bernarda y Lía recogieron el cuerpo. Tizón se levantó para matar y morir. Pero a quien encontró parada delante fue a Coroca, la madre de la vida:

—¿Te olvidas, desgraciado, de que tienes un hijo que criar?

EL *REISADO* DE DOÑA LEOCADIA PIDE PERMISO AL PUEBLO DE TOCAIA GRANDE PARA BAILAR ¡QUILARIO! ¡QUILARIA!

1

Estaba Castor Abduim entregado al trabajo de herrar a la yegua Emperatriz, cabalgadura estimada del Coronel Robustiano de Araújo, tarea delicada, pues el animal, además de nervioso, tenía los cascos frágiles, cuando los ladridos, inesperados y festivos, de Alma en Pena le llamaron la atención. El perro había levantado las orejas, se había puesto en pie moviendo la cola, y partido veloz al encuentro de un viajero. Alma en Pena no era de índole expansiva. Apegado al dueño, reservaba para él sus efusiones, no vivía corriendo atrás y saltando alrededor de los desconocidos. Al fin de la tarde de verano una fogata quemaba el cielo de Tocaia Grande, deslumbre en rojos y amarillos.

Entregando a Edu la pata de la yegua para que el muchacho completara el servicio con el pujavante, Tizón, fijando la vista, distinguió la silueta de una persona, esfumada contra las luces y las sombras de la puesta de sol. Por el pensamiento del herrador de burros pasó una idea fugaz y absurda: por fin iba a aclarar el misterio que rodeaba la aparición de Alma en Pena en Tocaia Grande. Transcurridos tantos años, alguien venía por él, dispuesto, tal vez, a recuperarlo.

Vago perfil de mujer, envuelto en la luz y el polvo, el bulto se agachó, largó en el suelo el atado de viaje para mejor recibir y retribuir las fiestas del perro. En aquel preciso momento, sin ver las facciones ni el contorno de la figura, el negro supo de quién se trataba: sólo podía ser ella y nadie más. Desde que partiera, jamás había dado noticias. Tizón se mantuvo parado, a la espera, sin manifestar reacción cualquiera que fuere: muerto por dentro, vivo solamente en apariencia. Al menos así corría en el pueblo: la verdadera alma en pena del taller era el herrero y no el perro.

Paso agraciado, cuerpo sacudido, el bamboleo de los cuadriles, Epifanía se aproximó, el rostro serio. Comedida en los modos, sin escándalo, no había mostrado los dientes, no se deshacía en seducción. Ni parecía aquella atrevida y mimosa, lujuriosa, que daba vuelta a la cabeza de los hombres y perturbaba la paz. Paró delante de Tizón, el atado bajo el brazo, el perro saltando alrededor:

—Vine para cuidar al niño. Anduve desaparecida, estaba amancebada. Anteayer me encontré con Cosme, él me contó. Quedé dolida:

La voz serena y firme:

—¿Dónde está él, mi chiquito? No me voy ni aunque me lo ordenes.

Sin esperar respuesta, caminó hacia la puerta del taller, seguida por Alma en Pena, entró en la casa. Lavado en sangre, el sol se ahogaba en el río.

2

En compañía de la nieta Aracati, cuyos quince años no habían festejado debido a la fiebre que arrasara durante el invierno, doña Leocadia recorrió la media legua que mediaba entre las plantaciones de los estancianos y las de la gente de Vangé. Valiente caminadora a pesar del fardo de la edad que le doblaba los hombros: la muchacha debía aligerar el paso para acompañarla.

Iban las dos conversando sobre asuntos insólitos en aquellas lejanías. Discutían de trajes de pastoras, pastoras de estrellas según daban a entender, y se referían a personajes cuyos nombres y títulos resonaban extraños y seductores: Doña Diosa, Bestia-Fiera, *Caboclo* Sabrosito. Esos y otros seres espantosos, además de lindas pastorcitas de pesebre, desfilarían en breve las breñas de Tocaia Grande, bajo las órdenes de doña Leocadia. Había comenzado el verano, chaparrones de lluvia lavaban el cielo, enjuagaban el sol, días bellos y cálidos, corazones alzados. Doña Leocadia había partido en misión de gentileza: iba a escuchar la opinión de los vecinos pero la resolución estaba tomada y nadie la haría desistir. Así había dicho a su gente:

—No voy a pasar un año más sin poner el reisado en la calle.

Con los ojos profundos, dos agujeros en la cara cavada, había escudriñado parientes y adherentes para observar la reacción de cada uno. Doninha, mujer de Vavá, bajó los ojos y Sinhá desvió la vista, pero nadie levantó la voz para oponerse. El yerno Amancio no podía dejar de meterse en la conversación. Estaba gracioso, consideró en son de burla:

—¿Dónde vió usted una calle por acá?

—Vamos a bailar del lado de allá.

Del lado de allá designaba igualmente a cualquiera de las calles de las dos márgenes, la del caserío o la de las plantaciones, dependiendo de la posición de quien hablara. Amancio prosiguió con la broma:

—¿Y del lado de allá hay una calle? ¿Usted piensa que todavía vivimos en Estancia?

—Nosotros vivíamos en la plantación, cerca de Estancia, ahora vivimos cerca de Tocaia Grande. Yo sé que es diferente, no necesitas decírmelo. Hay una cosa mejor, otra peor; la calle es peor, la tierra es mejor. Cuando vinimos trajimos solamente lo puesto. Cuando vinimos, el reisado vino con nosotros, yo lo traje en la cabeza. Y ahora él va a bailar para el pueblo de acá, quieras o no. —¿Se dirigía al yerno o a todos los presentes?— Si tú estás en contra, no necesitas salir, consigo otro Jaraguá. Nadie está obligado, sólo sale el que quiera.

—¡Faltaba más! No dije nada. La que manda es usted.

Era ella quien mandaba, la matriarca. No cuestionaban sus decisiones, y en cuanto a Amancio, nadie más apegado al reisado que él. En la figuración del Jaraguá no había quien se le comparara, Bestia-Fiera revoltosa y asustadora. Hablaba por hablar, en vano, de la boca para afuera: hay quienes son así. Doña Leocadia puso fin a la conversación antes de que alguna mujer, Doninha, Sinhá o cualquier otra tonta, recordara a los muertos:

—La gente de acá se va a volver loca. ¿Ya lo pensaste?

El año anterior, recién instalados en Tocaia Grande, ni habían podido pensar en el reisado. En Estancia, durante más de cuarenta años, el Reisado de Doña Leocadia, venido de la plantación, había disputado con los de la ciudad los aplausos de la población. No era el más rico ni el mayor, pero el más alegre e influido. En pompa y lucimiento nadie se atrevería a compararse con el Reisado de la familia Alencar que, las más de las veces, tenía lectura y tuétano. Doña Aglaé y don Alencarzinho ensayaban el año entero y hasta en los libros estudiaban cada paso y cada verso para cumplir al pie de la letra el *enredo* y el baile. Aun así, compitiendo con la fortuna y el saber, el Reisado de Doña Leocadia resultaba bonito: cuando asomaba en la entrada de la ciudad, encendía los farolitos de las pastoras y la Señora Doña Diosa empuñaba el estandarte, la gente acudía a saludarlo, entre palmas y vivas, lo acompañaba a la Plaza de la Iglesia. Doña Leocadia calzaba zapatos y usaba peineta en el vértice de los cabellos blancos.

La abuela y la nieta disfrazaban la caminata comentando acerca de la salida del reisado. En Tocaia Grande no podría ser igual que en Estancia, faltaba de todo, comenzando por el bombo, indispensable: tendrían que conformarse con acordeón y cavaquinho. ¿Dónde las plazas, las calles anchas, iluminadas por lámparas a querosene, los edificios de dos pisos y las casas con dos salas de frente: en una, el pesebre armado, la otra abierta para la danza, las mesas puestas en abundancia para recibir a las pastoras y a la figuración? En Estancia los festejos comenzaban con la misa de gallo la noche de Navidad y se prolongaban hasta el día de los Reyes Magos: la Lira en el estrado tocando doblados, marchas y xotes, en cada esquina un baile. Pero Estancia había quedado en las quebradas del mundo cuando los trabajados plantíos fueron sustituidos por verdeantes campos de caña de azúcar. En Tocaia Grande, ni lámparas de querosén ni casas coloniales ni viviendas con dos salas de frente y pesebre armado: tres docenas y media de habitantes, fuera de las putas pasajeras, los arrieros en el descanso del barracón, asalariados venidos de las haciendas para la feria y para consolar la tórtola. No por eso el Reisado de Doña Leocadia sería menos esmerado y concurrido.

Cuando pasaron frente al criadero de Altamirando, la nieta quiso saber:

—¿No va a hablar con doña Clara, abuela?

—Primero vamos a hablar con Vangé, después con los otros. Si ella quiere, el reisado va a ser de nosotros y de ella.

3

Tiempo de atropello, aún no había transcurrido un año y medio de la llegada de los estancianos a Tocaia Grande, parecía un siglo. Doña Leocadia resumía, llena de razón: allí habían disfrutado de lo mejor, padecido de lo peor. Tierra sin dueño, virgen y fértil. —En Estancia, la tierra, cansada, tenía dueño.— Protección de pariente rico, ayuda de buenos vecinos, compatriotas de Sergipe, facilidades de toda clase. Pero enfrentaron también, en corto plazo, la desgracia y la muerte.

La desgracia de la creciente. Había destruido por completo lo que habían conquistado con esfuerzo loco, en el momento en que se preparaban para recoger los frutos iniciales: habían quedado desamparados y las saludables plantaciones se habían transformado en barro. Ni bien se recuperaban la fiebre, o sea la muerte, había acampado en Tocaia Grande.

Había atacado de preferencia a los sergipanos. Los grapiúnas se revelaban más resistentes al contagio y había quien se jactara de poseer cuerpo cerrado: hasta podía ser verdad. De los diez enterrados por la fiebre, nueve en el cementerio de Tocaia Grande, uno en el de Taquaras, seis eran serpiganos y Clementina había venido de cerquita. de Alagoas, en la otra orilla de San Francisco. Dos de la familia de Vangé, el marido Ambrosio y la hija Diva, concubina de Tizón; dos del clan de doña Leocadia, el muchacho Tancredo y el chico Mariozinho; de las cuatro putas que murieron, una sola, Dinair, había nacido y se había criado en las plantaciones de cacao; Caetana procedía de Buquim, Gloria María, de Itaporanga.

Doña Leocadia estaba acostumbrada a convivir con la muerte. Entre hijos e hijas, yernos y nueras, nietos y bisnietos ya había rezado por catorce: con los fallecidos en Tocaia Grande había dieciséis. Muertes penosas aquellas dos, pues el lugar era desvalido y de tal fiebre no se conocía ni el nombre, apenas se decía que mataba hasta a los monos. El muchacho y el niño, ay, mi Dios, acabándose, echando la vida por la boca y por las tripas, cosa horrorosa de ver.

El reisado no había dejado de salir y de bailar en las calles ni siquiera en ocasión de la muerte de Fortunato, marido de doña Leocadia, jefe de la familia, que entregó el alma mientras trabajaba en el plantío, sin soltar un ay, sin haber dado aviso de enfermo. Durante una pila de años había representado al Caboclo Sabrosito y, de acuerdo con la gente de Estancia, ni el propio don Leonardo del reisado de los Alencar se comparaba con él en el recitado de la parte del buey:

Mi buey errante
murió de quebranto.

Con la falta de Fortunato, la representación de Caboclo Sabrosito dejaba de ser exclusividad de éste o de aquel. Cada año doña Leocadia elegía a uno de los hombres de la grey para asumir el puesto y recitar la estrofa. Casi llegando a la casa de la vieja Vangé, Aracati se atrevió a preguntar:

—¿En quién piensa, abuela, para que baile el Caboclo esta vez?

Gracioso: doña Leocadia venía pensando en aquel problema:

—Voy a hacer todo lo posible para que sea Tizón. Parece que se enterró junto con la mujer.

—Me parece lindo, abuela, tanto sentimiento. ¿A usted no le parece?

—Muchacho joven, cubierto de luto como una viuda vieja, no, no me parece lindo.

Luto, una manera de hablar. Cubrirse de negro, de la cabeza a los pies, era lujo de rico en las ciudades y en las casas-grandes de las haciendas. El luto del pueblo era tristezas y quebrantos, agobiando el pecho, no se exhibía en la ropa, se le llamaba rabia y duraba poco. En la fatiga de la vida, ¿dónde estaba el tiempo y el sosiego para la tristeza y el llanto?

4

Don Carlinhos Silva modificó el aspecto del depósito de cacao, por fuera y por dentro, ampliándolo inclusive con dos nuevas construcciones. Una le servía de residencia y oficina, la otra para alojar a los centinelas: antes dormían en esteras junto al cacao apilado, se bañaban en el río y hacían las necesidades en los matorrales. Con la reforma ganaron cama de lona y cagatorio. Bien se decía que don Carlinhos tenía una parte de gringo, lleno de novedades. Retretes había hecho dos: el de los cabras y el de él, reservado para su uso exclusivo, cerrado con llave.

Hubo a quien le llamara la atención verlo un día en el depósito, dando vueltas con Lupiscinio y Zinho, trazando planos, contratando empleados, dando órdenes. Pero la noticia corrió enseguida: el Coronel Robustiano de Araújo había cedido el depósito a la firma Koifman & Cía. El motivo de la decisión del Coronel iban a buscarlo en la muerte de Gerino, víctima de la fiebre que no había respetado su condición de grapiúna.

Debido a tantos entierros en tan poco tiempo, no se hizo referencia en la ocasión al bulto del velatorio de Gerino, capaz de superar a los de Cao y don Cícero Moura y de emparejarse con el de Merencia: cuatro velorios inexistentes. Perversa, la fiebre mataba y encima impedía recordación y alabanza.

El Coronel había construido el depósito cuando, después de una desavenencia con los suizos de Weltman & Scherman a quienes vendía sus cosechas, se había pasado a los alemanes de Koifman & Cía. que, para agradarlo, propusieron recibir el cacao seco en Emboscada Grande, a medio camino entre la hacienda Santa Mariana y la estación de Taquaras. Había entregado el depósito a la guardia de Gerino, cabra probado, serio y fiel, que lo había acompañado durante las luchas, bueno para la escopeta, inútil en la labranza y en la crianza de ganado.

Las casas exportadoras, casi todas alemanas y suizas, una única brasileña —la menor y la más ladrona, según las malas lenguas—, trababan una batalla de maña y prestigio en las diversas áreas de la región del cacao a fin de ganar y garantizar la clientela de los hacendados. De los pequeños, facilitándoles adelantos por cuenta del cacao que iba a ser entregado, de los grandes ofreciéndoles comodidades y ventajas. Debido a don Cícero Moura, y, sobre todo, a don Carlinhos Silva, Koifman & Cía., había ampliado sus negocios en los límites del río de las Víboras, acaparando buena parte de la producción de la zona. Con el objetivo de facilitar la vida de los cultivadores de cacao, en especial de los menores, liberándolos de la obligación de entregar el producto en la matriz de Ilhéus o en la filial de Itabuna, disminuyendo el trayecto de los convoyes y los gastos, don Carlinhos propuso a Kurt Koifman, patrón y casi pariente, el establecimiento de un depósito en Tocaia Grande, localidad bien situada y de futuro, para allí recibir y almacenar el cacao, a ejemplo de lo que ya hacían con las cosechas del Coronel Robustiano de Araújo.

El hacendado, todavía sacudido con la muerte del insustituible Gerino —hombre de confianza igual a él solo su hermano Nazareno y éste no salía del lado del Coronel, ¡Dios sea loado!—, al enterarse del proyecto propuso ceder su depósito a la firma, negocio ventajoso para ambas partes. Así se hizo y, en consecuencia, don Carlinhos Silva se instaló en Tocaia Grande con armas y equipaje, solución cómoda y práctica: iba a Ilhéus una vez por mes a presentar el informe.

Además de la cama de matrimonio, trajo de la ciudad escritorio y biblioteca con libros, la mayoría en lengua de gringo. A los que se admiraban de ver una cama de matrimonio en casa de soltero, respondía amable y desbocado: soltero sí, pajero no. Persona dada, de índole cordial, cuando no estaba viajando para comprar cacao le gustaba charlar con la gente, interesado en toda especie de disparates: recetas de medicinas y brebajes, *simpatías* para curar asmáticos y tísicos, historias de aparecidos, dichos y proverbios, sucesos menudos y tontos. Con un muñón de lápiz tomaba notas en una libreta: ¡se ve cada cosa en esta vida! Por estas y otras razones, Braulio, uno de los guardias del depósito, decía que don Carlinhos era una persona interesante. Braulio había oído la palabra en una pensión de putas en Itabuna y la había incorporado a su menguado vocabulario, usándola con parsimonia, cuando tenía que explicar lo inexplicable: ¡interesante!

Escuchando a doña Leocadia referirse al proyecto del reisado, don Carlinhos Silva aplaudió la idea con entusiasmo y se puso a las órdenes: ¿en qué podía ser útil? Doña Leocadia aprovechó para citar la grave cuestión del bombo: sin bombo, el reisado no era lo mismo. Don Carlinhos se comprometió a obtener de Koifman & Cía., la donación del instrumento; quédese tranquila, no será por falta de bombo que el reisado dejará de salir. A cambio hizo un pedido: deseaba asistir a los ensayos, ¿tenía permiso? Es claro que sí, bastaría con ir al barracón donde se realizaría, tres días por semana. En Estancia, cada ensayo era una fiesta con enamoramiento, canto y baile. A veces, resultaba en casamiento.

5

El Capitán Natario da Fonseca devolvió la paja y el tabaco a Espiridiao, guardó el puñal en el cinturón, transmitió al Coronel Boaventura Andrade el mensaje de doña Leocadia:

—Doña Leocadia mandó decir que cuenta sin falta con usted para el reisado.

Recado urgente: no se olvide, Capitán, de hablar con el primo. El Coronel sonrió, recordando:

—¡Vieja inquieta! Todavía me acuerdo de su reisado. Nunca vi gente más amiga de las fiestas que la de Estancia.

—Ella dijo que el padre de usted representaba a Mateos y era bueno para el baile.

—El Viejo Zé Andrade estaba medio loco. Salía en los reisados, tocaba trombón, hacía cualquier cosa. Hasta el día de su muerte.

Hasta el día de su muerte. En la galería de la casa-grande, el Coronel Boaventura Andrade demoró la mirada en los dos hombres, Natario, su brazo derecho, Espiridiao, su perro de guardia. No estaría allí, conversando, si no fuera por ellos. Natario dos veces, Espiridiao una, al menos, habían tirado antes de que *jagunços* al mando de los enemigos completaran con éxito el trabajo contratado a peso de oro. Jurado de muerte durante el decenio de las luchas sin cuartel cuando coroneles y *jagunços* construyeran y aseguraran la riqueza con el dedo en el gatillo. En Estancia, el viejo José Andrade, trombonista de la Lira Estanciana, se había divertido hasta el día de su muerte. En la galería de la casa-grande el Coronel Boaventura Andrade, millonario y poderoso, reflexionaba sobre el destino de las criaturas.

En Ilhéus y en Itabuna pululaban los abogados, raza bellaca y sospechosa: funcionaban Logias Masónicas y Asociaciones Comerciales: el colegio de las monjas ursulinas formaba maestras; circulaban diarios, algunos todas las semanas, que se metían en política, ocupación asquerosa y necesaria; en los cabarets se mostraban bailarinas; se fundaban hospitales; todas las semanas desembarcaban de los navíos de la Bahiana conferencistas en busca de dinero, los divertidos contaban anécdotas, los taciturnos declamaban poesías; y hasta un gremio literario habían fundado en Agua Preta en la oportunidad de la reciente visita del hijo del Coronel Emilio Medauar, el que escribía versos y había sido compañero de Venturinha en la Facultad de Derecho. Tarambanas los dos en Río de Janeiro, gastando dinero a rodos, el escritor por lo menos daba a los padres motivos de orgullo y venía a pedirles la bendición, en San Juan y en Año Nuevo, poniendo a Agua Preta en polvorosa: los letrados y las muchachas. Buen hijo, dedicado a los padres. El suyo, ni eso. Dedicados eran Natario y Espiridiao.

Tanta grandeza en las ciudades, lujo y pompa en los bungalows y los palacetes, discursos, artículos de fondo, recitales, conferencias, danza de los siete velos y mil otras exquisiteces: toda esa vanagloria se había hecho posible porque Natario, Espiridiao y la gloriosa laya de los coroneles habían empuñado los trabucos y partido a la conquista de la selva: cada palmo de plantación había costado una vida, por así decir. Los notables decían discursos y escribían sobre civilización y progreso, ideas liberales, elecciones, libros y otras tonterías, palabrerío y enrollamiento. Si ellos, coroneles y *jagunços*, no hubieran domado la selva y plantado la tierra, eldorado del cacao, tema de las peroratas y los ditirambos, ni en sueños existiría.

Oyendo a Natario hablar respecto a los estancianos, el Coronel posó sobre los dos cabras la mirada afectuosa y sintió en el pecho estima y gratitud. Había envejecido, ya no era el mismo semental, tampoco el mandamás autoritario, señor de lazo y cuchillo, que ordenaba en la política y en la justicia, en la Intendencia y en las notarías de Itabuna. Si todavía mantenía las riendas del poder, y las mantenía cortas para evitar tramoyas, era porque a pesar de todo conservaba la esperanza de ver al hijo de regreso para asumir el mando y permitirle descansar en paz.

El viejo Zé Andrade, hombre pobre, músico aficionado, se había divertido hasta el día de su muerte, no se había desprendido de nada de lo que la vida le ofrecía, tantas cosas.

—Dígale a Leocadia que estoy muy viejo para bailar reisado.

—Ella dijo que usted fuera por lo menos a ver. A divertirse un poco.

6

Para divertir la vejez del Coronel muy pocas cosas la vida ofrecía. Dos de ellas, sin embargo, eran consuelo y bálsamo: el cacao y la muchacha Sacramento.

La visión y el cuidado de las plantaciones de cacao, espectáculo sublime, dulce tarea, jubilosa. Acababa de completar, en compañía de Natario, la inspección de la entrecosecha, plantación por plantación, las antiguas y las nuevas, cada cual más florida y cargada en aquel verano glorioso, perfecto en la medida de la lluvia y del calor. Para compensar el perjuicio de las inundaciones del año anterior. Floración excepcional, abundancia y vigor en las bayas, calentaban el corazón.

Había atravesado también las plantaciones de la Boa Vista, los cacaotales no tenían diferencia con los de la Atalaia, el mismo trato, el mismo cuidado que daba gusto. Natario había sido recompensado, si no en la medida en que lo merecía —dos veces le había salvado la vida—, al menos poseía un pedazo de tierra plantado de cacao: trabajador y experimentado, acabaría rico. Y Espiridiao no tenía dónde caerse muerto; guardaba sus pertenencias en un cuarto sin ventanas en los fondos de la casa-grande. Sueño leve, oído fino, dormía en la sala cuidando el cuarto y el descanso del patrón.

Nunca había abierto la boca para reclamar, nada había querido ni pedido. Había llegado a la hacienda de Atalaia en la alborada de la lucha, en compañía de una hija pequeña: la madre había muerto tísica, echando sangre por la boca durante la sequía en el *sertao* de Conquista. Por disposición del Coronel y no por ruego del padre, la niña Antonia, criada en la casa-grande, había estudiado en el colegio de las ursulinas en Ilhéus: única negra retinta en la fila de las alumnas más o menos blancas. Maestra diplomada, se esforzaba por alfabetizar niños en la pequeña escuela de Taquaras. Usaba anteojos, no se había casado, criaba pajaritos. El negro Espiridiao tenía por la hija verdadera veneración, la trataba con ceremonia, sólo le faltaba llamarla señora y cuando se refería a su nombre agregaba los títulos: mi hija, la maestra doña Antonia.

Espiridiao se sentó en el escalón de la galería, Natario en la punta del banco, entre los dos hombres el Coronel reflexionaba sobre la vida, la vejez y las pocas alegrías que le restaban. Desde la cocina llegaba la voz de Sacramento entonando una copla de doble intención:

> *El azulao es pájaro negro,*
> *el ruiseñor color canela,*
> *quien tiene su amor de frente*
> *hace ronda, hace vigilia.*

Venturinha vagabundeaba en Río de Janeiro, derrochando. Doña Ernestina, su santa esposa, rezaba y hacía promesas en Ilhéus; Adriana, prostituta, en vías también de santidad, no salía de las sesiones de espiritismo; esposa y amante, cada una con sus males y devociones: su gente, el lado rico. En la hacienda, donde siempre se demoraba más, Natario, Espiridiao, Sacramento, también gente de él, del otro lado. Para que no muriera solitario, la vida le había dado a Sacramento. Pena que hubiera tardado tanto.

Sacramento silenció el canto, apareció en la galería con la cafetera de café recién colado caliente y oloroso. Mientras lo sorbía a pequeños tragos, soplando en la taza, el Coronel carraspeó y dijo:

—Espiridiao va a querer una *cachacita*...

—¿Sólo él? —Bromeó la joven, familiarizada con los hábitos del hacendado.

—Creo que Natario es bien capaz de aceptar. ¿Qué me dice, compadre?

—Si es para acompañarlo a usted, acepto con placer.

El Coronel rió reconfortado, se sentía entre los suyos. La simple presencia de la moza, igual a la visión de las plantaciones de cacao, le

330

entibiaba el corazón. Sacramento recogió las tazas, volvió con la botella y las copas. Copas de pie, cálices finos y frágiles, en ellos no cabía más que una gota de *cachaça*. Cuando Sacramento se agachó para servir, el Coronel vio, en el escote de la bata, la curva y el volumen de los senos y los sintió contra el reverso de la mano, levantada a propósito. El deseo le embargó los ojos, le quemó el pecho mezclado con el trago de aguardiente.

En la galería de la casa-grande el Coronel reflexionaba sobre la vida, las pocas alegrías, las muchas miserias a que el hombre está sujeto: con el pasar de la edad va aumentando la distancia entre el deseo y la calentura, entre el pensamiento ardiente queriendo endurecer el palo marchito, blando, negándose a subir. Natario y Espiridiao le respetaban los silencios, entre ellos nunca se había hecho necesario desperdiciar palabras para entenderse: el Capitán hasta adivinaba.

Fiesta de reisado, broma para gente joven, ¿qué diablos tenían que ver él y Leocadia con caboclos y pastoras? Ella con un pie en la fosa, él al borde de la chochera, ¿al borde? Vieja inquieta, queriendo morir en la farra. Gente fuerte, no se dejaba abatir: habían perdido dos en la epidemia, un muchacho y un niño. También el viejo Zé Andrade había farreado hasta el día de su muerte.

Las plantaciones de cacao, su reisado. La joven Sacramento, su pastora, su Señorita Doña Diosa. Todo cuanto le restaba. Empinó la copa de *cachaça*, ordenó, entre severo y bromista:

—Deje la botella ahí, doña avarita. Este no es trago para ofrecer a Espiridiao.

Se volvió a Natario, la voz cansada:

—Dígale a Leocadia que no le garantizo ir, lo más seguro es que no vaya. Aunque me gustaría. Pero o bien doña Ernestina viene para acá o yo voy a pasar las fiestas en Ilhéus. Prometer para no cumplir no es de mi agrado.

La tarde moría sobre las plantaciones de cacao. En el campo, el croar de un sapo en agonía en la boca de una víbora. En la sala, Sacramento, la chica del Coronel, encendió el farol de querosene.

7

Lavado en sangre, el sol se ahogaba en el río. Hijo de Xangó, con un lado de Oxóssi y otro de Oxalá, el negro Castor Abduim se había quedado parado, sin acción, cerca de la puerta del taller por donde se metiera la negra Epifanía en busca del niño. Mi chiquito, como había dicho ella. Nubes rojas corrían por el cielo, luz y sombra se confundían en una atmósfera de emboscada, aviso de amenaza, anuncio de peligro.

¿Qué hacer?, se preguntaba Castor: ¿cómo enfrentarla y decirle no?

Entonces un viento, abrupto y abrasador, sopló del oriente, agitó las aguas del río, cruzó la selva y en el centro del descampado, entre el barracón y el almacén del turco, se extendió, denso manto de polvo, y cortó el mundo en dos partes, la de arriba y la de abajo: en una luz del día, el calor de la vida; en la otra las sombras de la noche, el frío de la muerte. Y enseguida ese manto de claridad y tinieblas separadas ya no era remolino de polvo sino una aparición gigantesca y aterrorizante. La parte de abajo inmersa en la noche, vestida de harapos sucios de vómito y diarrea, las piernas y los brazos atados a cadenas inmundas de herrumbre, la parte de arriba refulgiendo en lumbre, encendida en llamas.

La figura completa, con la cabellera de oro puro el manto de estrellas y la corona de caracoles azules, sólo vino a mostrarse más adelante, cuando el horizonte se vistió de púrpura y el egum, por fin liberado, en él se zambulló y partió para siempre y nunca más. No era cosa de este mundo.

El negro Tizón Abduim lo vio surgir del vacío, aspavientos, crecer en el aire, estremecerse en el viento, levantarse en una espiral que tocaba el cielo. Se encogió de miedo, se curvó en respeto, cerró los ojos para evitar la ceguera y pronunció el saludo de los muertos: ¡epa babá! Masticando frases en *nagó*, el egum le ordenó abrir los ojos y aproximarse para oír lo que tenía que decirle. Sacando fuerza de la debilidad, el negro caminó en su dirección.

Epifanía de Ogum, ekede apta para acoger a los encantados pues ya había cumplido catorce años de hecha, podría haberlo visto con sus ojos de mirar y de percibir pero no estaba allí, había desaparecido en la casa en busca de Tovo sin que Tizón, tomado de sorpresa, se lo impidiera. Edu, ocupado en limpiar con el pujavante los cascos de la yegua Emperatriz calzados con herraduras nuevas, y el vaquero, portador de la cabalgadura por orden del Coronel Robustiano de Araújo, apenas vieron, con los ojos de ver sin percibir, la polvareda levantada por el inesperado remolino, se espantaron con la altura y la fuerza del vendaval.

Tizón se adelantó al encuentro del *babá*, arrastrando los pies: había perdido el control de los propios movimientos y, a medida que se aproximaba, sentía crecer un peso en el lomo, una fatiga, un cansancio como si fuera a morir allí mismo, en aquel momento. Era el egum de Diva que se manifestaba, un motivo imperioso lo había hecho embarcar en el viento de fuego del desierto: venía de Más Allá para buscarlo. Ya era tiempo.

La cabeza en las brumas del vértigo, las piernas le fallaban. Con dificultad logró alcanzar una piedra y en ella se sentó obedeciendo al mando del babá. Se encontró en los portones de la noche, ante el egum de Iemanjá, pero sólo lo veía de la cintura para abajo. Trapos asquerosos lo cubrían, exhalaban el hedor de la fiebre, exhibían su repugnante porquería y los pies estaban amarrados con cadenas iguales a las que él de niño, había visto en la casa de los negros del ingenio: habían servido para prender los pies de los esclavos e impedirles la fuga hacia la libertad.

Tizón no conseguía distinguirle el rostro proyectado en las alturas pero reconoció la marea de la voz de Diva susurrándole al oído las palabras familiares de mimo y ternura: mi blanco, soy tu negra y aquí estoy. Voz sufrida, entrecortada de sollozos, lavada en llanto, trasbordaba pena y queja, amargura. ¿Cuál era la razón de tan profundo sufrimiento? ¿Quieres saber? Voy a decírtelo, ¡escucha! Inició la acusación. Le preguntó por qué Tizón no la liberaba, no le daba la moneda del *axexé* para pagar el barco de la muerte, ¿por qué la ataba a un mundo que ya no era el de ella y la mantenía amarrada en cadenas de tristeza y de ira? Yo, que morí en el oleaje de la peste, estoy obligada a vivir; tú, que estás vivo, pareces muerto, todo al revés y para el otro lado, todo al contrario, y disconforme. ¡Ay, mi blanco, tu negra está cumpliendo pena, tú me condenaste, no tengo paz! ¿Para qué me quieres pesando en tu costado?

Libera mi muerte y guarda en tu corazón mi recuerdo vivo. ¿Por qué mantienes mis trapos junto a los tuyos en la caja de querosén y sobre ellos el *abebé* que un día cincelaste para mí con un clavo y tu astucia? Líbrame de las cadenas: toma mis trapos, llévaselos a Lía y Dinorá, aún tienen utilidad. Coloca el abebé en el peji de los orixás porque ahora soy una encantada, un egum de Iemanjá. Llama a Epifanía de Oxum y Ressu de Iansan y baila con ellas mi axexé: hasta hoy no lo bailaste. Libera mi muerte que prendiste en tu pecho y vuelve a vivir como vivías antes de conocerme. Quiero escuchar tu risa clara y alegre. No quiero tu llanto ni tu desesperación. Vuelve a ser Tizón, de nuevo, un hombre.

Los sollozos cesaron, las quejas, la acusación y lo que fue pena volvió a ser cálida ternura: mi blanco, ay, mi blanco, escucha lo que te voy a decir. Dijo y tres veces lo repitió para que lo dicho y repetido se le encajara en la cabeza dura y obstinada: había sido ella, Diva, su fallecida, su negra, la madre de Tovo, quien guiara los pasos de Epifanía, llevándola de vuelta al taller para que ella tomara al niño bajo sus cuidados. Hombre solo nunca supo criar hijos, Tovo no había aprendido siquiera a reír, más parecía un animal de la selva que un niño. Había sido ella, Diva, quien había enviado a Epifanía para que se ocupara de Tovo y también de él, Castor Abduim da Assunçao, antes Tizón encendido. después pedazo de palo sin valor. Cuando morí no te capé, mi blanco. También tú te convertiste en animal, una aparición, un lobizón. ¿Por qué lloras si yo quiero oír tu risa?

Solamente entonces él vio el rostro luminoso, vio la figura completa del egum: liberado de las cadenas, de los harapos, vestido de luz. Diva, las trenzas de niña, Iemanjá, la larga cabellera, eran las dos y eran una sola, no son cosas para explicar sino para entender. Diva sobrevoló el río y el descampado. Con los labios tocó la cara del negro, le sopló vida por la boca, le resucitó el bulto, y en paz con la muerte desapareció en la nada.

Los que vieron al negro Tizón Abduim sentado en una piedra, los ojos en la reverberación de la luz deshaciéndose en polvo, cuentan que él se levantó aún ausente y ejecutó los pasos rituales de danza, hechicerías de macumba. Informado por terceros, Fadul Abdala vino apresuradamente del almacén:

—¿Te pasa algo, Tizón?

Sorprendido, el negro sonrió:

—No, no fue nada. Estaba durmiendo y me desperté.

Había despertado sonriendo, buenas nuevas.

8

Para Epifanía de Oxum, Tizón había concebido un abebê dorado en días de soledad y de morriña: la soledad, fardo pesado; la morriña asfixiaba. Oxum había venido a hacerle compañía y lo había ayudado en la tarea de reunir a los que hasta entonces vivían indiferentes y distantes, cada uno por su lado, como si el vecino no existiera. Juntos, los dos negros rompieron la soledad y prepararon la fiesta, en tiempos de encuentro y desencuentro.

Para Diva de Iemanjá, Castor Abduim había forjado un abebê plateado en días de duda y quebranto: la duda, herida expuesta; el quebranto lo consumía. Iemanjá había venido de las lejanías de Sergipe en la panza del navío de la luna, y ancló en la hamaca de dormir. Mi blanco, mi negra, ¡ay! En la hamaca el mundo comenzaba y terminaba.

Con la muerte de Diva, la soledad había regresado, otra, diferente. Ahora no provenía de la carencia, del desamparo del lugar: estaba dentro del pecho de Tizón, no alrededor. No había querido entregar el niño a la abuela, a las tías, había rechazado el ofrecimiento de Zilda: yo me ocupo de él, lo crío junto con los míos. Pero la presencia del hijo no disminuía la ausencia de Diva, no consolaba: al contrario, hacía el recuerdo más agudo.

Niño sin madre, criado a la buena de Dios. A veces Tizón se sentía culpable por mantenerlo junto a sí, pero ¿cómo separarse de él? El grito de Coroca, en la noche de la maldición, todavía resonaba en sus oídos: ¡te olvidas, desgraciado, que tienes un hijo! Para cumplir con la obligación que Diva le había dejado de herencia, el negro Castor

334

Abduim no se había matado. En la soledad, el abandono, tres bichos en la casa de piedra y cal: Tovo, Tizón y Alma en Pena. En las aguas del río, en los brazos del padre, Tovo aprendía a nadar; en el taller aprendía a caminar, a los tropiezos, jugando con el perro. Tenía un cascabel grande, regalado por un arriero, y el Turco Fadul le había traído de Ilhéus un pequeño cisne de celuloide que Tovo mordía en el asomar de los dientes. Niño sin madre.

Tizón se detuvo en la puerta del taller al escuchar una risa de niño, enseguida repetida, que venía de allá adentro. Se quedó parado, atento a la risa de su hijo. Tovo no sabe reír, había censurado Diva, parece un animal de la selva, y él, Tizón, una aparición. Era verdad. Atendía al llanto del niño solamente para darle de comer o limpiarle la caca. Lo llevaba a la selva a la mañana, al río al fin de la tarde. De lo demás se ocupaba el perro. El, Tizón, se había convertido en un lobizón.

En la estera jugaban los tres: Tovo, Alma en Pena y Epifanía, Tizón se arrodilló junto a ellos. Epifanía había oído decir que el herrador de burros ya no era el mismo que ella había conocido, había olvidado la risa, vivía por vivir. ¿Quién había inventado ese disparate? Allí estaba él, riendo, el Tizón de siempre. Nadie sabía reír con tanto gusto como él.

—¿Viniste para quedarte? ¿De verdad?

—¿No me lo oíste decir? No me voy ni aunque me lo ordenes.

No lo dijo con voz de desafío, lo dijo para que lo oyera y concordara. Levantó los ojos hacia Castor Abduim que un día fuera su amor. Se había jurado a sí misma, soberbia e irreductible, jamás volver a verlo. Pero apenas lo había sabido purgando la pena, infeliz, un pobre perro, y los pies ya no le obedecieron: allí estaba. Pero aún conservaba el antiguo brío:

—No vine a ocupar tu hamaca, puedes tener todas las mujeres que se te antoje, no me importa. Si tengo que dormir aquí es porque el niño lo precisa, duermo con él en la estera. No vine con la intención de amancebarme contigo y ser la madrastra de él, lo juro por Dios. Sólo quiero que me dejes jugar con él, que me ocupe. Todos los niños necesitan una madre y todas las mujeres necesitan un hijo, aunque sea una muñeca de paño o un hombre grande. ¿Sabes que tuve un hijo? Nunca te conté, ¿para qué? Tenía la edad de él cuando murió. También yo quise morir un día, Tizón.

—Hiciste bien en venir. Fue ella quien te trajo.

—¿Ella? Puede ser. Lo supe por Cosme, en el camino. Yo estaba yendo para Itabuna, seguí adelante. No había andado ni media legua y me encontré rumbo a Tocaia Grande.

El niño gateaba buscando el regazo de Epifanía.

—Le gustas a Tovo. —El negro hablaba como si estuviera dando la bienvenida.

—¿Es el nombre o el sobrenombre?

—El nombre es Cristovao, por causa de mi tío. Tovo es un sobrenombre que le puso ella.

El niño extendió los brazos hacia el padre. Alma en Pena se cubrió el hocico con las patas. El negro Castor Abduim da Assunçao acababa de llegar a la casa, de vuelta de las profundidades del infierno.

9

Dios Todopoderoso, la Suma Sapiencia, sólo él y nadie más podría saber si el Reisado de Doña Leocadia se transformaría con el tiempo en una tradición de Tocaia Grande, repitiendo lo que había sucedido en Estancia. Don Carlinhos Silva previó que allí sucedería lo mismo: afirmación de simple mortal, no pasaba de dudosa conjetura. En las calles de Estancia el reisado había desfilado durante más de cuarenta años: la fabulosa figuración del Buey y del Caboclo, los cordones de pastoras, el azul y el encarnado, la orquesta de acordeón y *cavaquinhos*, el bombo en la marcación. El bombo arrastraba a la chiquillada, abría alas, levantaba al pueblo. Lo que iría a suceder con el Reisado de Doña Leocadia en Tocaia Grande, después de aquel año de triunfo y gloria, sólo Dios lo sabía, si es que sabía.

Cierto y bonito es que hubo diversión, baile, amores, idilios, farra en grande mientras duraron los ensayos, desde mediados de diciembre hasta la antevíspera del Día de Reyes. La víspera y el día de los festejos de los Reyes Magos fueron recordados durante la vida entera por privilegiados que habían visto a doña Leocadia, en las noches del cinco y del seis de enero, trasponer la puerta del barracón, calzada con zapatos, alta peineta en la punta de los cabellos blancos. Detrás de ella desembocaba el trío de pastoras con todas las figurantes, para bailar en el descampado donde la gente aguardaba, reunida, en las casas particulares, comenzando por la residencia del Capitán Natario da Fonseca donde Zilda había cocinado montones de manjares.

Antes, sin embargo, de esos incomparables sucesos de enero, hubo la preparación, veinte noches de trabajo y francachela durante las cuales fueron trazados los planes y puestos en pie todos los detalles necesarios para la salida del reisado. La discusión fue pública, en términos, pues las muchachas guardaban relativo secreto acerca de los pormenores de los trajes de pastora. En cuanto a las decisiones, se puede decir que fueron tomadas por aclamación: doña Leocadia unánime había decidido, los demás aplaudían.

Cada dos días crecía la animación con el ensayo de la música y de los pasos de danza, de las jornadas y los recitados, aprendidos de memoria en la punta de la lengua. Conforme dijera doña Leocadia al benemérito Carlinhos Silva —había obtenido la donación del bombo—, la fiesta comenzaba con el primer ensayo y se prolongaba casi un mes.

Los presentes en la elección de los figurantes usaron y abusaron del derecho de aplaudir las indicaciones hechas por doña Leocadia: patrona del trío, no admitía controversia, huesuda mano de hierro. El Capitán Natario da Fonseca comentó con el Turco Fadul el parecido con la designación de los candidatos a las elecciones para Intendente y ediles en Itabuna: la asamblea de los políticos aclamando los nombres propuestos por el Coronel Boaventura Andrade. ¿No eran acaso parientes, la vieja y el hacendado?

Reunidos en el barracón los interesados y los curiosos, en la práctica la población entera, doña Leocadia distribuyó la figuración. La Señorita Doña Diosa sería la nieta Aracati: debido a la fiebre, sus quince años habían pasado sin fiesta. Vestido de payaso, una vez más Vavá triunfaría en el papel de Mateus, arrastrado y preso por la soldadesca. Amancio moriría de disgusto si le tocara a otro representar a la temida Bestia-Fiera, también conocida por Jaraguá y Temeroso. Aurelio cargaría el cuero del Buey para que hubiera gente de Vangé en la representación del reisado. Zinho, Edu, Durvalino, Balbino, Zelito y Jair constituían el contingente de soldados que prenderían a Mateus, acusado de matar al Buey. En cuanto al Caboclo Sabrosito, principal elemento masculino, que coprotagoniza y dialoga con la Señorita Doña Diosa, por la mañana doña Leocadia había ido al taller del herrero para invitar a Castor Abduim a representarlo. A su ver, el Caboclo Sabrosito, en el desfile del reisado en Tocaia Grande, no podía ser otro sino el negro: tenía el porte, la petulancia, la picardía. Andaba triste, pero, quizás, la invitación lo animaría.

Si hubiera ido una semana antes, con seguridad habría recibido rotunda negativa. Doña Leocadia aprovechó para ofrecer a la negra Epifanía un puesto de pastora, pero la prostituta agradeció y declinó la amabilidad a causa del niño.

10

Contando desde el primer ensayo, mejor dicho desde el encuentro inicial para decidir sobre algunos puntos importantes, el Reisado de doña Leocadia en preparativos para desfilar en Tocaia Grande ya no fue idéntico a aquél que alegrara a la población de Estancia durante cuatro decenios. Ciudad grande y populosa en la medida de Sergipe, Estancia había sido rica y próspera, había hospedado al Emperador Pedro II, y su decadencia se revestía de exquisiteces de civilización, mientras Tocaia Grande no era más que un vulgar villorrio de putas, con unas pocas decenas de habitantes. ¿Cómo podría ser igual al desfile del trío de pastoras? Apenas parecido y nada más. Para Tocaia Grande, aun así, modificado, el Reisado de Doña Leocadia fue un asombro, un portento, un dos de julio, ¡maravilla de las maravillas!

Para no mentir diciendo que jamás había participado en el reisado una muchacha mal afamada, los más viejos recordaban a Dolores, saltando en el cordón encarnado. Hija de don Romero, gallego y sastre, iba a la cama por dinero con los patrones de la fábrica de telas pero no era prostituta de puerta abierta, y don Romero, además, cosía gratis el traje de Mateus, difícil tarea. Pero, habiendo ido a ejercer al quilimbo de Ninita, en Aracaju, al volver a Estancia, en ocasión de las fiestas, con el propósito exclusivo de salir en el cordón encarnado, Dolores se encontró sustituida, había perdido su lugar. No explicaron la razón, no era necesario.

En Tocaia Grande, ¿cómo organizar los grupos de pastoras sin la participación de las putas? Para comenzar, no había en el lugar doncellas en número suficiente para componer los dos cordones de ocho pastoras cada uno, y en general, las casadas o amancebadas presentaban disculpas: hijo, marido o amante, y se negaban. La solución fue recurrir a las prostitutas, aunque en Tocaia Grande se hacía imposible establecer los límites entre ellas y las familias. ¿Cuál era el oficio de Jacinta Coroca, que lo diga el que pueda, por el amor de Dios: partera o prostituta? Famosa en una y otra ocupación, manos de hada, jamás había aceptado dinero como pago de los partos. Había traído al mundo a todos los niños allí nacidos, inclusive los de Hilda, Fausta y Zeferina, siendo que la hija de esta última, nacida en la noche de la creciente, había recibido el nombre de Jacinta en honor de la comadre, en prueba de gratitud. Quien intentara vetar la presencia de las putas en el pastoril de Tocaia Grande no pondría el reisado en la calle, para pagar el desatino.

¡Qué pastoras lindas, ay! ¡Qué bien trajeadas, qué elegantes y exultantes! Fue sin embargo necesario aumentar el número, pues en total, sumando prostitutas y doncellas, eran veintitrés las candidatas para componer los dos cordones, de ocho pastoras cada uno. Doña Leocadia, magnánima, decidió que existiendo un único reisado en Tocaia Grande tales convenciones se tornaban abusivas: ¿por qué solamente ocho? Elevó a doce el contingente del cordón azul y el del encarnado, y para igualar los números, invitó a la vieja Vangé y ella no se hizo rogar: pastora de su edad, ¡sólo allí, en el culo del mundo!

En Estancia cada pastora tenía un nombre tradicional: cambiaba la pastora, el nombre persistía: Borboleta, Andorinha, Papagaio, Belaninha, Marialva, Venturinha, Juriti y Açucena, las ocho del cordón azul, y Magnolia, Cuiubinha, Pintassilgo, Gracinha, Ribeirinha, Pitanga, Cordeirinha y Bem-Te-Vi, las ocho del cordón encarnado. Se agregaron en Tocaia Grande ocho nuevos motes, escogidos por las interesadas, de acuerdo con doña Leocadia. La vieja Vangé se intituló Sergipana, Ressu, Itabunense y Bernarda fue la Ciganinha, y así hasta que se completó la lista. Si alguien hace hincapié en los otros cinco nombres para que sea precisa en los detalles la crónica de la presentación del Reisado de Doña Leocadia, ahí van: Graciosa, Baianinha, Atrevida, Florzinha, Girassol.

Nada faltó durante los ensayos: risa y llanto, amores, discusión y pelea. A causa de la tuerta Ricardina, la pastora Girassol, Dodô Peroba y el arriero Levindo se enemistaron, cambiaron insultos y desafíos, pero no llegaron a las manos: doña Leocadia exigía orden y compostura en los ensayos.

Doña Leocadia se jactaba de que en Estancia cada salida del reisado era marcado por un casamiento. Si en Tocaia Grande sucedió amancebamiento en vez de casamiento, se debió al hecho de que no existía cura en el lugar para celebrar el acto y bendecir a los novios. Zinho, carpintero que trabajaba por cuenta propia, tan competente como el maestro Lupiscinio —había hecho la armazón de la Bestia-Fiera y la del Buey, mejores que las de Estancia, según el parecer de doña Leocadia: más leves y más seguras —al término del reisado se juntó con Cleide, la fogosa y apresurada pastora Ribeirinha, hija menor de Gabriel y de Sinhá, hermana del fallecido Tancredo y de Neneca, otra apresurada, que había quedado en Sergipe, viviendo con Osiris, a costa de don Américo: los padres son para eso.

Un batallón de mujeres se encargó de los trajes de las pastoras. La costurera Natalina se responsabilizó por la vestimenta del payaso Mateus, pierrot de tafeta, ornado de pompones, el vistoso pantalón del Buey y el estandarte. Para componer la figura del Caboclo Sabrosito obtuvieron, de préstamo en el corral, chaqueta y sombrero de cuero. No habiendo uniformes para los soldados, los soldados de Tocaia Grande se transformaron en *jagunços*, armados hasta los dientes con carabinas, pistolas y puñales. Doña Leocadia tomó a su cargo la confección de la indumentaria —mitad azul y mitad color rosa— de la señorita Doña Diosa, su nieta Aracati: la falda, el corpiño, el manto y los adornos, muchos. No habían podido festejar los quince años de Aracati debido a la fiebre que asolara a Tocaia Grande durante el invierno. Doña Leocadia se sacaba las ganas en el verano.).

El verano había transformado el barro en polvo y la luz del sol había alimentado los cacaotales dando vigor a la floración y a los frutos en las plantaciones de incomparable hermosura. La gente andaba alegre, olvidada del año maldito de creciente y peste: lo que pasó, pasó.

11

Cabalgando al lado del Coronel Boaventura Andrade, Natario lo encontró muy acabado. De la noche a la mañana la vejez se había abatido sobre el hacendado, acentuándole las arrugas, aumentando las canas y los silencios.

Acompañados por Espiridiao y por el arriero Joel, iban a la estación de Taquaras a esperar a doña Ernestina que venía a pasar las vacaciones en la hacienda con el marido. El burro Himalaia, así denominado debido a su corpulencia, acompañaba a la cabalgadura del arriero, en el dorso una ancha silla fabricada a la medida para contener las grasas de la santa esposa del Coronel.

Viéndolo durante días seguidos en la Atalaia, Natario no se daba cuenta de cuánto el Coronel había envejecido. Pero aquella mañana, los dos animales al mismo paso, emparejados, el mestizo pudo comprobar la devastación de la edad en el rostro fláccido del compadre y le percibió la respiración jadeante: tuvo miedo.

Haciendo una señal a Natario para que lo acompañara, el Coronel azuzó a la yegua con la espuela y se adelantó. El cabra y el arriero guardaban distancia conveniente.

—Dígale a Leocadia que, con Ernestina en la hacienda, no voy a poder ir al reisado. Tengo pena porque a Sacramento le gustaría. Le dije que fuera, que se quedara con la comadre Zilda. ¿Sabe lo que me respondió? Imagínese: dijo que no iba porque si lo hacía no iba a haber quien ayudara a Ernestina. Es una buena muchacha.

Guardó silencio por un momento como si reflexionara sobre la negación de Sacramento, después bajó la voz:

—Oiga, Natario, quiero pedirle una cosa.

—A las órdenes, Coronel.

—Usted nunca me falló en la vida. Quiero que no me falle cuando yo muera.

Sorprendido, Natario se puso alerta: ¿qué pedido le iba a hacer el Coronel? Desearía seguramente arrancarle la promesa de continuar sirviendo al hijo como lo había servido a él, conservando el título y las obligaciones de administrador de la hacienda Atalaia. No pretendía tomar tal compromiso. Sólo él sabía el perjuicio que significaba para la Boa Vista tener bajo sus cuidados las tierras del Coronel: plantaciones, cosechas, recursos y trabajadores, tarea pesada y difícil, responsabilidad inmensa. Otro patrón, jamás. El Coronel Boaventura Andrade había sido el primero y único, sería el último. Después de él nadie más habría de darle órdenes. Tenso, esperó.

—Oiga, Natario. Prométame que cuando me muera va a cuidar de Sacramento. —Repitió: —Es una buena muchacha.

Aliviado de preocupaciones y temores, Natario prometió:

—Si usted llega a faltar antes que yo, puede quedarse tranquilo por la moza. La gente suya es lo mismo que si fuera mía. La cuidaré.

Anduvieron un buen trecho en silencio. La preocupación había desaparecido de la cara del Coronel, floja pero serena, la voz tranquila. Así sucedía siempre que él tomaba una decisión:

— ¡Soportar abusos de viejos sin ganar nada con eso! ¿Sabe una cosa, Natario? Voy a comprar una casa en Itabuna y ponerla a nombre de ella.

—Con su permiso, Coronel, creo que hace muy bien.

12

Daban vueltas los farolitos de las pastoras, revuelo de luciérnagas, en la subida que conducía a la residencia del Capitán Natario da Fonseca en lo alto de la colina, donde el Reisado de Doña Leocadia iniciaría su exhibición en la noche del cinco de enero, víspera de Reyes. Atrás, la población entera. Sólo una persona no se había movido para apreciar las evoluciones de las pastoras: el sertanejo Altamirando. La fiesta, para él, se resumía a las apariciones de Cao en el otero de las cabras. No necesitaba nada más para ir llevando la vida.

Las dos alas de pastoras con la figuración al centro se ordenaban frente a la galería, en el terreno que se extendía hasta el pie del mulungu. A una señal de Doña Leocadia, iniciaron el Canto de la Petición de Sala, dirigiéndose a los endomingados dueños de la casa, doña Zilda y el Capitán, a la espera en la puerta de entrada.

> *Llegaron, llegaron*
> *Llegaron las morenitas*
> *El Reisado de las niñas*
> *ay qué baile tan primoroso.*

En la sala de visitas no había espacio suficiente para el movimiento del grupo: los juegos del Buey, las evoluciones de la Señorita Doña Diosa y del Caboclo Sabrosito, las piruetas del payaso Mateus, las correrías de la Bestia-Fiera, la entrada de los soldados: vale decir *jagunços*. Ni en la casa del Capitán, menos aún en las demás visitadas a continuación. En todas ellas el reisado presentó una única jornada, además de la petición de la sala, los cánticos entonados en honor del niño Dios:

> *Bendito alabado sea*
> *Bendito alabado sea*
> *El niño-Dios nacido.*

Primero bailaron juntos los dos cordones, después separados el encarnado y el azul, iniciando la competencia del estandarte y la división de la concurrencia en dos partidos. Pasaron entonces a la exhibición individual de las pastoras, una a una en el centro de la sala y, sin querer desmerecer a ninguna de ellas, pues todas eran lindas y airosas, inclusive doña Vangé, zapateadora de primera, la verdad manda decir que Bernarda sobresalió entre las demás. Después de arrancar aplausos estremeciéndose en el repiqueteo de la orquesta, llevando hasta el bambú el farol de papel de seda transparente, la hermosa pastora Ciganinha con la otra mano trajo hacia la rueda un niño de unos dos años de edad, si tenía más sería poco: hijo adoptivo de Zilda, nacido del vientre de Bernarda. Bailaron, madre e hijo, innovaciones del reisado de Tocaia Grande.

El acordeón y los *cavaquinhos* sacaban la melodía pobre: el bombo, nuevo, hacía la marcación. Vestidos de tafeta floreada y colorida, con puntillas, moños y volados, los sombreros de paja adornados con hojas y flores de tela, llenos de cintas azules y color rosa —el azul de la Virgen Inmaculada, el encarnado de la pasión de Cristo—, las pastoras de Tocaia Grande bailaron y cantaron al niño Dios recién nacido en el pesebre de Belén, y, vaya a saber por qué, hallado en Roma:

> *El niño Dios nacido*
> *fue hallado allá en Roma*
> *fue hallado allá en Roma*
> *vestidito en un altar*

Terminados los cánticos, hubo una pausa en la función para beber, comilona abundante y sabrosa. Las botellas de *cachaça* pasaban de mano en mano, la gente tomaba de la boca: los vasos y copas reservados para el licor de *jenipapo* servido a las pastoras. Limpiando la boca con el reverso de la mano, los figurantes del reisado iniciaron el Canto de Despedida, iban a representar en otra casa:

> *Buenas tardes,*
> *Señoras, Señoritas,*
> *mi ida*
> *los va a hacer llorar.*

Despertado por los cantos y el redoblar del bombo, el papagayo Anda-a-que-te-la-metan-en-el-culo se alborotó en el palito: sacudía las alas, gritaba palabrotas mientras todos los actores se reunían para entonar las estrofas finales:

Me voy
a mi tierra
voy a volver con mi gente.

La última vuelta por la sala, el reisado saludaba y decía adiós:

Quilarió, quilariá
la Estrella del Alba
sólo juega en el mar.

Vacilante luz de luciérnagas, los faroles de las pastoras en el descen-
so de la colina, atrás la población de Tocaia Grande, aumentada con
el capitán Natario da Fonseca, con doña Zilda y los hijos del matrimonio, los de sangre y los adoptivos.

13

Bailaron y cantaron, comieron y bebieron, se divirtieron *a vonté*,
en diferentes casas y lugares, homenajeando a personas que habían colaborado con la salida del reisado: los zapateros Guaraciaba y Elói
Coutinho, Guido, Lupiscinio, el Turco Fadul, doña Natalina, doña
Valentina y Juca Neves, dueños de la Pensión Central, sin olvidar a
Coroca: la casa de madera, en la Baixa dos Sapos. Concluyeron el trayecto de la amistad en el depósito de cacao seco donde, al son del
bombo ofrecido por Koifman & Cía., el grupo de pastoras agradeció
a don Carlinhos Silva el apoyo e interés: el comprador de cacao no se
había perdido un solo ensayo, tomando nota de todo cuando no estaba divirtiéndose con los actores.

La apoteosis, sin embargo, lo nunca visto, cuyo registro se hace
obligatorio, ocurrió en el descampado, delante del barracón, en el
lugar de la feria, ya noche cerrada. No había faltado una sola alma, a
excepción de Altamirando, conforme se contó. Das Dores, su mujer,
estuvo presente, pero poco tiempo; desde que dejara el sertao no
había vuelto a ver un grupo de pastoras: ¡le gustaba tanto! Vinieron
los moradores de los dos lados del río, los del pueblo y los de los plantíos: viejos, adultos, jóvenes y chicos, los chiquitos de los últimos partos enganchados en las ancas de las madres.

Quien viera aquel mundo de gente reunida en el descampado
podría pensar que Tocaia Grande era una villa populosa, pues
de las haciendas habían llegado asalariados y leñadores y el tráfico de
los convoyes había crecido en las noches de reyes. Putas, ni hablar.
Los habitantes del lugar que no participaban en el reisado no por eso
se mostraban menos orgullosos: mezclados en el montón de foraste-

ros, eructaban importancia y fanfarronería a la alabanza del Reisado de Doña Leocadia, ostentación de Tocaia Grande. En Taquaras un *bumba-meu-boi* salía a las calles en las fiestas de los Reyes Magos. Desanimado y pobre, media docena de pastoras harapientas, figuración de mierda: viejas bolsas de arpillera haciendo las veces de cuero de Buey, el vaquero que daba lástima, la *Caapora* vestida de follaje traído de la selva y se acabó. Comparando con el reisado de Tocaia Grande, causaba pena.

Al desembocar en el descampado, los figurantes del pastoril habían alcanzado el auge de la animación en el calor de la danza ya danzada y de los tragos ya empinados: el sudor corriendo por los rostros, los pies descalzos, negros de polvo, el sudor suelto en el aire, embriagante.

Montada en sus zapatos comprados en la tienda de don Américo, en Estancia, la alta peineta en la punta de la cabeza — ¡corona incontestable de reina!—, doña Leocadia se equilibró encima de un cajón de querosene, vacío, traído del almacén del turco. Con sus huesudas manos de octogenaria batió palmas y pidió silencio: el reisado iba a iniciar sus jornadas. Algarabía, barahunda, griterío, carcajadas, exabruptos, palabrotas, diabluras de los mocosos con toda la cuerda, tremendo barullo: el ruego de doña Leocadia, viejita frágil y menuda, más que un absurdo era una pérdida de tiempo, tontería sin tamaño.

Pues bien: apenas ella batió palmas y anunció el comienzo de la función, cesó todo y cualquier bullicio, el silencio fue total, absoluto. Ni el más leve rumor, apenas las respiraciones ansiosas, el palpitar de los corazones.

14

La presentación se inició con el Canto de la Petición y los cánticos, las danzas de los cordones y las pastoras, jornadas ya vistas y oídas en las casas particulares, no por eso menos aplaudidas:

> *Llegaron las morenitas*
> *ay qué baile tan primoroso.*

De allí en adelante todo fue novedad, encanto y fantasía. Del centro de las alas destacó el Buey para hacer su entrada. Comenzó por sacar corriendo a los chicos, amenazando cornear a los más osados, mientras cantaba el Canto de la Entrada del Buey:

> *Quien tenga su buey*
> *que lo ate en el corral*
> *que yo no tengo sembrado*
> *para que lo coma un buey*

Sin salir del lugar, las pastoras movían los pies en los pasos del baile, obedeciendo a la orquesta de acordeón, bombo y *cavaquinhos*. La Señorita Doña Diosa hacía evoluciones con el estandarte —un lado azul, el otro color rosa—. En el azul, en letras color rosa, el hombre del reisado; en el color rosa, las letras eran azules, hechas una y otras con retazos de tela: REISADO DE LEOCADIA BENVINDA DE ANDRADE.

> *Quien tenga su buey*
> *que lo ate en una estaca*
> *que yo no tengo sembrado*
> *para buey ladrón.*

Los espectadores dividían sus simpatías entre los dos cordones, en la disputa del estandarte: la Señorita Doña Diosa lo entregaría, al final, al ala que recibiera, en monedas pequeñas y grandes, mayores pruebas de la preferencia del público. Hubo quien se gastara hasta el último centavo colocándolo en el bolsillo del delantal azul o encarnado de esa o aquella pastora. Zinho y Balbino se batieron níquel a níquel hasta quedar secos. Zinho, patrono de Cleide, la pastora Ribeirinha del cordón azul, Balbino apoyando los colores del encarnado en la persona de Chica, hija de Amancio, la gentil pastora Juriti.

El caboclo Sabrosito fue a buscar al Buey y lo trajo de vuelta al centro de las alas después de haberlo llevado a reverenciar al Capitán y Fadul, Coroca y don Carlinhos Silva, doña Natalina, José dos Santos y doña Clara. El payaso Mateus hizo su entrada, jugueteando con los chicos, haciendo gracias a las mujeres, revoloteando en piruetas, la cara pintada con albayalde. Se dirigió a Caboclo, proponiéndole comprarle el Buey por tres centavos:

> *Yo tengo un centavo*
> *Jaci me dio dos*
> *para comprar con ventaja*
> *para enlazar mi buey*

El coro de las pastoras respondía:

> *Oi, iaia, oi*
> *el Buey que te da*

Mientras Mateus cantaba su parte, surgió de la oscuridad el Jaraguá, luciendo la horrenda vestimenta de la Bestia Fiera, el cuerpo escondido en un armazón de varas de bambú, revestida de tafeta, una carcaza de jumento haciendo las veces de cabeza. Embestía con maldiciones y bufidos, desparramaba a la gente, daba miedo. Las pastoras lo denunciaron:

345

Allá viene el Temeroso.
Qué bicho feo.

Feo y malvado. Saltó sobre el Buey, luchó con él —el Buey usando los cuernos, Jaraguá armado de poderes infernales— en combate tremebundo, conforme comentó Mateus dirigiéndose a la concurrencia. Agarrando al Buey por los cuernos, Temeroso lo derribó en el suelo y, sin piedad, lo mató. Rió con los dientes de la carcaza del jumento, se preparó para huir, pidió la ayuda del Diablo y desapareció del mundo.

Avisado por el Caboclo Sabrosito, la Señorita Doña Diosa entró en escena y viendo a Mateus al lado del Buey, afligido, ordenó prenderlo, sospechando que fuera él el asesino. Pero las pastoras, que habían visto todo, proclamaron la inocencia de Mateus y reclamaron su libertad:

> *Señorita Doña Diosa*
> *vengo a hacerle un pedido*
> *suélteme a Mateus*
> *que él es mi amigo*

Haciendo evoluciones entre los cordones, empuñando vanidosa el invencible estandarte del reisado, Señorita Doña Diosa prestó oídos sordos a la súplica de las pastoras, pero ellas no desistieron, buscaron nuevos argumentos, usaron la palabra amor.

> *Señorita Doña Diosa*
> *vengo a pedirle un favor*
> *suélteme a Mateus*
> *que él es mi amor*

Los ojos de Cleide puestos en Zinho; los de Chica, en Balbino; la tuerta Ricardina con el ojo sano buscaba a Dodô Peroba, amaestrador de pajaritos. La Señorita Doña Diosa, tocada por el amor, atendió por fin al ruego de las pastoras y puso a Mateus en libertad:

> *Ya está suelto, ya está suelto.*
> *ya está suelto, ya lo solté*

15

El lamento del Caboclo Sabrosito sobrevoló las colinas y el río, resonó en el valle de Tocaia Grande y las pastoras lo acompañaron en quejumbrosa cantilena:

Mi buey travieso
murió de quebranto

Señal de que el Caboclo Sabrosito y la Señorita Doña Diosa iban a iniciar la parte del Buey, la jornada más divertida del reisado, el pueblo se aproximó y rodeó al actor. El Caboclo comenzó por ofrecer al Capitán Natario da Fonseca la cabeza del Buey:

La cabeza del Buey
es de don Capitán.

A cada parte mencionada, correspondía el coro de las pastoras:

Oi, iáiá, oi
el Buey que te da.

Llegó el turno de que la señorita Doña reverenciara a don Carlinhos Silva:

La punta del hocico
es de don Carlinhos.

Así, pedazo a pedazo, el Caboclo Sabrosito y la Señorita Doña Diosa repartieron el Buey. Para doña Sinhá, quedó la carne de la paleta; el muslo fue para José dos Santos; la tripa más gruesa para doña Coroca; la tripa fina, como siempre sucede, les tocó a las solteras; el hueso largo, fue para Lupiscinio, y, *a locê de parler*, el Caboclo Sabrosito usando la lengua franciú de Tizón Abduim dio la parte por terminada:

La tripa del culo
es de don Fadu

Nunca se rió tanto y tan a gusto en Tocaia Grande. Para que la felicidad fuera general, el actor cantó pidiendo la resurrección del Buey. A quien más se lo pedía era a la Bestia-Fiera, el Temeroso, el Jaraguá:

Levanta Enero, eh Buey
Baila en el salón, eh Buey
para todo el pueblo, eh Buey

El Buey resucitó, levantándose en un paso revoleado, Buey muy matrero y sinvergüenza. Hizo reverencias aquí y allá, embistió contra los chicos, corrió con ellos. Al Buey se juntaron el Caboclo Sabrosito,

347

el payaso Mateus, la Bestia-Fiera, las pastoras y los soldados que habían venido de Estancia y se habían convertido en *jagunços* en Tocaia Grande; al frente de todos la Señorita Diosa conduciendo, con justo orgullo, el estandarte del Reisado Grapiúna de Doña Leocadia Benvinda de Andrade. Se reunieron para cantar la jornada de despedida.

16

No hay bien que siempre dure: no por ser lugar común deja de ser verdad. El reisado se preparó para partir, las pastoras contaron las monedas a fin de saber qué cordón iba a ganar el estandarte de las manos de la Señorita Doña Diosa, la nieta Aracati de doña Leocadia. Dodô Peroba, barbero y profesor de pajaritos, vino a depositar cuatrocientos reyes, en el delantal de Ricardina: la pasión de los desafíos conduce a tales locuras. A un gesto de doña Leocadia tuvo inicio la última jornada:

> *Me voy*
> *para mi tierra*
> *voy a volver con mi gente*

Aunque el día de mañana tendrían más, la jornada fue la última de la Víspera de Reyes, pero la última debería ser solamente el día de los Reyes Magos. Gaspar, Melchor y Baltasar llevaron al niño Dios nacido las ofrendas de oro, incienso y mirra. Y en aquella víspera, cuando se extinguiera el canto de las pastoras y los faroles, las armazones del Buey y del Temeroso y el estandarte fueran recogidos, el bombo bien guardado en el depósito de cacao, entonces el acordeón y los *cavaquinhos* seguramente irían a convocar a los habitantes del pueblo y los forasteros para el baile conmemorativo de la presentación del reisado que se despedía:

> *Quilarió, quilariá*
> *cuando yo me muera*
> *el mundo se puede acabar*

El reisado bailaba en medio de la gente, la gente bailaba mezclada con el grupo de actores y la orquesta. En el bombo, haciendo la marcación, Jaosé, de Maroim, en los *cavaquinhos* tres estancianos: Gabriel, Tarcisio, y Jardelino. ¿Y el acordeón, quién lo tocaba? Es fácil encontrar la clave de la adivinanza, aquí va una pista: se trataba de alguien jamás ausente de las alegrías y aflicciones de Tocaia Grande. No era otro, y no podía ser: tocando y bailando al mismo tiempo, en medio del grupo de pastoras, feliz de la vida, Pedro Cigano, muchacho lindo, entonaba el Canto de la Despedida:

> *Quilarió, quilariá,*
> *la Estrella del Alba*
> *sólo juega en el mar*

Se alejaban los faroles del reisado, se cruzaron con un jinete que irrumpía de las tinieblas de la noche: montado en pelo, desatinado, venía al galope, llamando a los gritos al Capitán. Al llegar ante él, de un salto desmontó y empezó a hablar. Era el negro Espiridio:

— ¡Natario! El Coronel expiró. Murió bajo mi vista, sin decir esto es mío. Abrió los ojos, torció la cara, frunció la boca y cayó de boca en el piso. —Habló de un tirón. tal vez queriendo librarse de la visión que trajera en los ojos y en el pecho.

El Coronel Boaventura Andrade había caído muerto ante la vista de Espiridiao que guardaba la puerta del cuarto del patrón y jefe para defenderlo de cualquier bandido pagado por un enemigo para hacerle mal. Espiridiao no había podido enfrentar con la carabina la congestión que estaba acechando, esperando el momento. En la distancia, las pastoras cantaban adiós:

> *Quilarió, quilariá*
> *cuando yo me muera*
> *el mundo se puede acabar*
> *quilarió, quilariá.*

Zilda rompió en sollozos. El Capitán Natario da Fonseca. el rostro inmóvil, máscara de piedra o de madera: con permiso, ¡qué desgracia tan grande, Coronel! Quilariá, quilarió, el mundo se acabó.

LA CIUDADELA DEL PECADO,
EL REFUGIO DE LOS BANDIDOS

VISITA DEL SANTO OFICIO A TOCAIA GRANDE CON
REQUISITORIO, CONDENACION Y FARRA

1

Transportando en dos baúles de metal los sagrados utensilios, las vestes talares, el incienso, el agua bendita, el vino de misa y la palabra de Dios, la Santa Misión llegó a Tocaia Grande cuando, pesada y espesa, la morriña del invierno se imponía: lluvia fina y deprimente, el barro de los caminos, peligroso, la claridad de los días disminuida, la negrura de las noches alargada. Dos frailes mendicantes, en la faena de la catequesis, bajaban de las cabeceras del río de las Víboras. En la amplitud del valle, al ritmo del desarrollo de las plantaciones de cacao, brotaban caseríos, crecían villorrios, unos más, otros menos miserables, viviendo todos, sin excepción, en la iniquidad y el pecado.

Venían fray Zygmunt von Gotteshammer y fray Theun da Santa Eucaristía de recorrer, en dos meses de apostolado arduo y penoso, la extensa provincia del paganismo y herejía y, al aproximarse a Emboscada Grande, montando burros lerdos y cautelosos, traían los corazones colmados de piedad y cólera. De piedad el del joven fray Theun, holandés de nacimiento, novicio consagrado padre en Roma, destinado por la Orden a misionero en el Brasil. De cólera, el de fray Zygmunt, flaco y seco, el aire ascético, el dedo señalador, acusador, la boca de anatema y condenación. Gotteshammer, o sea, el Martillo de Dios.

El rostro redondo de fray Theun, sacerdote reciente en su primera santa misión, acusaba el cansancio de la interminable travesía por las desoladas comarcas: carentes de comodidades materiales y desvalidas de asistencia espiritual. Estaban desprovistas de todo, a pesar de ser abundantes y ricas productoras de cacao, mercadería más valiosa solamente oro. Veinte años más viejo que el compañero de prédica y con más de diez en la irreligiosidad grapiúna, fray Zygmunt, si estaba fatigado, no lo dejaba percibir y proseguía adelante en la tarea de desenmascarar y derrotar a Belcebú.

En las márgenes del río de las Víboras la ausencia del orden y el desprecio por la moral eran totales y absolutos. La misión de instaurar orden y moral, de implantar el temor de Dios, fray Zygmunt no la había recibido apenas del Superior de la Congregación que lo enviara a predicar y convertir en aquellos confines del mundo. La había recibido directa e inapelable de Cristo Nuestro Señor. En la soledad de la celda, en noches no dormidas de prez y silicio, se flagelaba con el látigo para domar el cuerpo, librarlo de las seducciones del mundo, de la idolatría y de la lujuria. Adorno único en la pared desnuda, la estampa del Corazón de Jesús, la sangre escurriendo del sagrado corazón debido a los pecados cometidos contra la gloria de Dios, ganaba vida, la sangre se esparcía, salpicando muslos y vientre, nalgas y tronco del monte atormentado. Jesús le ordenaba partir a combatir el pecado a hierro y fuego, hasta extirparlo por completo.

En la opinión de fray Zigmunt, no poseía la Santa Madre Iglesia santo de mayor virtud, más digno de honra y devoción que Torquemada, el inquisidor mayor de España y Portugal: no había sido canonizado, injusticia que no lo hacía menos venerable. Capitán de las huestes de la virtud y de la doctrina, del ejército de Dios, bajo su bandera se inscribió fray Zygmunt y partió a la lucha sin cuartel contra los herejes, los depravados y los anarquistas. Lo sostenía la furia de los iluminados. Iluminados por el fuego del infierno.

Durante la fatigante travesía, de caserío en caserío, los dos curas habían tenido conocimiento de la fama de Tocaia Grande, negra, siniestra. Siendo el más próspero pueblo del valle, en él campeaban la impiedad y el desorden. Por lo que se oía contar, entre el gentío sin religión y sin ley, sin dogmas y sin códigos —paganos, concubinos, *jagunços*, rameras—, existían negros macumberos y árabes mahometanos. El nombre del lugar ya lo decía todo. Puesto en términos bíblicos, Tocaia Grande significaba Sodoma y Gomorra reunidas en la maldición de los siete pecados capitales.

2

En la huella de los frailes, acompañante y rival, andaba por el barro, en busca de Tocaia Grande, el popular acordeonista y trotamundo Pedro Cigano. Donde se anunciaba la presencia de monjes y padres en santa misión de apostolado: prédica, bautismo, casamiento, confesión, conjura y expiación, llegaba, en el mismo rastro, parte integrante del grandioso hecho y al mismo tiempo su negación, el acordeón de Pedro Cigano. Para dar brillo a la temporada de *forrós* con que el pueblo del lugar conmemoraría bautismos y casamientos.

De tanto frecuentar santas misiones, Pedro Cigano sería capaz de asistir de sacristán y ayudar en la celebración de la misa. A pesar de eso, fray Zygmunt, al verlo atento a las palabras candentes del sermón, en la primera fila de los devotos, sentía que se le revolvían las tripas: veía a la figura de Satanás, en carne y hueso, la risa de corrupción en el rostro necio. Mucho sufre un misionero en la época de desvarío y decadencia de las costumbres, desactivado el Santo Oficio, abolida la santa esclavitud.

3

Desde que vendiera el depósito de cacao a Koifman & Cía., el Coronel Robustiano de Araújo había espaciado su tránsito por Emboscada Grande. Con todo, una que otra vez, tomaba por el atajo y venía a echar un vistazo al corral, charlar un poco con el árabe Fadul o con el Capitán Natario, hacer una visita al compadre Castor Abduim, darle la bendición al ahijado.

Tenía al negro en gran estima, lo había ayudado a establecerse por cuenta propia. Se había preocupado al verlo marchito, sin gracia, desinteresado de todo, después de la muerte de la comadre Diva. No había quedado ni sombra del muchacho expansivo y expedito que se las ingeniaba para proponer farras y bailes, que animara con su jovialidad la hacienda Santa Mariana y con su inventiva transformara los hábitos del pueblo.

La repentina resurrección del herrero había alegrado al Coronel. El compadre le había contado en confianza el episodio del *egum* que se había manifestado en el descampado para ordenarle el fin del luto y restituir al cuerpo vacío y suicida el gusto de vivir. Le había tocado la frente, el corazón y el sexo. Para que Epifanía viniera a cuidarlo a él y al niño, había modificado el camino de la prostituta, le había guiado los pasos. El *egum* de Diva, estrella encendida sobre las olas del océano, en las lejanías de Aiocá.

Al contrario de lo que sucedía con muchos, el Coronel Robustiano de Araújo no buscaba esconder la sangre negra que le corría por las venas, abundante y poderosa. Blanco puro por ser rico —cultivador de cacao de más de seis mil arrobas por cosecha, ganadero de considerable rebaño de bovinos—, sustentáculo de la Iglesia, suegro de franciú —la hija menor se había casado con un Lafitte de la Compañía de Iluminación a Gas—, ni así renegaba de los orixás. Su madre, la mulata Rosalía, oscura y bella, había entrado en un barco de *iaós* para *hacer el santo* sin saber que estaba preñada del patrón, el profesor primario Silvio de Araújo, lindo y pobre, débil del pecho. *Oxaguian*, al apoderarse de la cabeza de Rosalía, se tornó en el mismo paso señor y dueño del futuro niño. Para rescatarle el derecho a la vida, Rosalía lo recompró al encantado cumpliendo obligaciones pesadas, pagando precio alto por la libertad del esclavo, pero tuvo éxito en su cometido, lo liberó y le dio jerarquía de hijo de Oxaguian. El chico creció sano y fuerte, aun mozo partió a la guerra del cacao y de ella regresó victorioso.

Antes de morir, el padre lo había reconocido: nada más tenía para dejarle además del nombre de la familia. El joven Robustiano se juntó a Basilio de Oliveira en la lucha legendaria contra los Badarós: rompió la selva, demarcó tierras, enfrentó *jagunços*. Cuerpo cerrado, protegido de Oxaguian, no sufrió siquiera un rasguño. Plantó cacao, crió rebaños, se casó con una muchacha rica, encima una parienta de los Badarós, la niña Isabel. No tuvo hijo varón, puso a las hijas a estudiar en el Colegio de la Piedad con las buenas monjas ursulinas. Serían maestras primarias como la abuela pero no tendrían necesidad de dar clases; morenas hermosas, herederas ricas, no les faltarían pretendientes. Así sucedió: el médico Itazil Veiga se casó con la primogénita; la menor, de nombre Katia, ganó en la lotería, un día de quermese para San Jorge, al gringo Jean Lafitte, ingeniero formado en el extranjero. El Coronel contribuía generoso con las fiestas de la Iglesia y con el *axé* del pai Arolu. Cargaba al santo patrono en andas en las procesiones católicas. No bailaba en la rueda de los orixás, en el candomblé; pero en casa daba de comer a Oxaguian.

4

Cierta ocasión, en el verano anterior, el Coronel Robustiano de Araújo se había demorado en Tocaia Grande un tiempo mayor que la habitual parada de algunas pocas horas para ver el corral y charlar con los amigos. Lo había hecho para atender a la invitación del Capitán Natario da Fonseca por quien siempre había demostrado especial aprecio. Le había prometido una visita a la hacienda Boa Vista cuya producción causaba espanto y comentarios: pedazo de tierra mínimo si se lo comparaba con los terrenos de la Atalaia o de la Santa Mariana, la cosecha, en la última temporada, había sobrepasado las quinientas arrobas y el Capitán preveía doblar la cifra en pocos años.

Al cumplir lo prometido —recordó la hacienda de punta a punta, de plantación en plantación, examinó las construcciones una a una, barcazas, estufas, cocho, casas de asalariados— el Coronel satisfizo una curiosidad: se enteró de lo que realmente había sucedido entre Natario y Venturinha, cuando el hijo y heredero único del fallecido Coronel Boaventura Andrade había por fin tomado posesión de sus propiedades. Se oían rumores sobre el delicado asunto, se hablaba de desentendimiento y de cambio de palabras ásperas.

En la oportunidad del imprevisto fallecimiento del padre, Venturinha se encontraba en Europa, en el comienzo de una excursión proyectada para prolongarse por los cabarets y *randevus* de las grandes capitales, Londres y París, Berlín y Roma. No llegó a visitar Berlín y Roma, pues la noticia, retransmitida de Londres, lo había alcanzado en París, apasionado y perdulario. Con bastante atraso: hacía casi un mes que el Coronel yacía en el cementerio de Ilhéus, en el Alto de la Conquista —cortejo fúnebre interminable, interminables discursos al pie del mausoleo—, y las misas del séptimo día habían sido rezadas, y estaban próximas las del mes: las encomendadas por doña Ernestina y las de Adriana. Inclusive el espíritu del Coronel ya se había encarnado durante más de una hora en el cuerpo esbelto y nervioso de la medium Zoravia, en la Tienda Espiritista Fe y Caridad, solicitando a Adriana misas para el reposo de su alma y limosnas a los pobres, ayudándolo así a dejar los círculos inferiores del Más Allá donde vagaba. En las calles de las ciudades, sobre todo en Itabuna, los maledicientes, al tanto de tales fenómenos psíquicos, traducían inferiores por profundidades de los infiernos. Lenguas viperinas, no respetaban a los muertos.

También se decía por todas partes que la causa inmediata de la congestión que había fulminado al Coronel había sido la carta llegada de Río de Janeiro en la cual el hijo le anunciaba la partida para Londres a bordo de un paquebote del Correo Real Inglés. Viaje de Estudios con duración prevista de tres meses. Solicitaba el rescate del documento firmado contra un Banco igualmente inglés, préstamo destinado a financiar la excursión. Viaje decidido a última hora, Venturinha lamentaba no haber tenido tiempo de avisar a los padres con la debida anticipación: cuando recibieran la carta ya estaría en Inglaterra. No teniendo todavía dirección para comunicar, enviaba la del Banco a través del cual debía serle remitida, con la natural urgencia, fuerte suma de dinero: siendo quien era no podía pasar papelones en Europa, pobre diablo, sin recursos de ninguna clase. Reclamaba dinero copioso y rápido: los estudios en Oxford y en la Sorbonne costaban un ojo de la cara.

La carta había llegado a Ilhéus y de allá había sido remitida a Taquaras. Obedeciendo órdenes estrictas del Coronel, Dalvo, el jefe de la estación del ferrocarril, la había enviado por un mensajero a la hacienda Atalaia: carta o telegrama del doctor Venturinha mándela como sea, por un mensajero a caballo.

Según contaba el negro Espiridiao, el Coronel apenas había concluido la lectura de la malhadada epístola, había dado un paso en dirección a doña Ernestina extendiéndole la hoja de papel pero no había conseguido entregarla, había caído agonizante entre el cabra y la santa esposa, junto a los pies de Sacramento. ¿Cómo había podido doña Ernestina soportar lo sucedido sin caer muerta allí también, en el mismo instante, al lado del marido?

Con un grito se tiró sobre el cuerpo inerte, y cuando Sacramento logró levantarla, se abrazó a la muchacha, lloraron juntas. El marido muerto, el hijo lejos, sola y perdida, doña Ernestina encontró amparo y consuelo en la dedicada e incansable Sacramento. La llevó consigo en el tren especial en que, a la mañana siguiente, embarcaron el cuerpo del fallecido para enterrarlo en Ilhéus. Llegado a los apurones, en medio de la noche, Natario se había encargado de tomar las providencias. El rostro inmóvil no dejaba traslucir lo que sentía, cerrado en un silencio duro y opaco.

A partir de entonces hasta el desembarque de Venturinha, Sacramento hizo compañía a doña Ernestina y lloró con ella la muerte del Coronel Boaventura Andrade, hacendado de cacao, millonario, jefe de *jagunços*, señor de los yermos de la Atalaia, mandamás en Ilhéus y en Itabuna.

5

Si, como era voz corriente y como él mismo, Coronel Robustiano de Araújo, había podido constatar, el trato dado a las plantaciones de la hacienda Atalaia era idéntico al dispensado por Natario a los cacaotales de la Boa Vista, tenía Venturinha demasiada razón al enojarse con la negativa del administrador a mantenerse en el puesto. Indeclinable negativa, no hubo propuesta de dinero, ventajas otras y diversas capaces de modificar la decisión de Natario. ¿Por qué razón?, preguntó el Coronel Robustiano de Araújo, la curiosidad manifestándose entre las alabanzas al esplendor de las plantaciones y a la floración paradísiaca: nada más próximo a la belleza del paraíso que la conmovedora imagen de una plantación de cacao cargada de flores y de bayas.

El Capitán Natario da Fonseca oyó la indagación sin mover un solo músculo del rostro de indio: la cara cobriza, los ojos menudos, en los labios aquel hilo de sonrisa que el abogado y poeta Medauar un día comparara con un fino corte de navaja. Sonrisa enigmática, unos la pensaban burlona, otros la hallaban amedrentadora.

—Voy a decirle, Coronel, si tiene paciencia para escucharme. Vine de Sergipe, era un niño, había hecho una maldad por allá. Cosa de poca importancia, el sujeto no valía el cartucho que gasté. Traje una presentación para el Coronel y él me acogió.

La yegua Emperatriz del Coronel Robustiano y la mula negra del Capitán Natario iban parejas a paso lento y cuidadoso en la senda entre los cacaos. El Coronel no hizo comentarios, el Capitán prosiguió la narración:

—El Coronel Boaventura ya estaba metido en líos, como usted sabe pues anduvieron juntos. Tuvo confianza en mí, me entregó una carabina y me llevó con él. Puedo decir que él me crió, siempre me trató como se debe tratar a un hombre, le debo a él lo que soy y lo que tengo. No me acuerdo de mi padre: desvirgó a mi madre y se mandó mudar. El padre que conocí fue el Coronel Boaventura.

—Pero lo oí a él mismo decir que usted le salvó la vida más de una vez. Boaventura no le hizo un favor cuando mandó poner a su nombre el suelo que estamos pisando.

—El Coronel me acogió y me pagaba el sueldo de *jagunço* para que velara por él. Soy ligero en el gatillo y en el pensamiento. Sólo cumplí con mi obligación. Si él quería, podría no haberme dado ni tierra ni patente. No voy a decirle a usted que no lo merecí, me lo merecí bien merecido, sólo que él no estaba obligado a reconocerlo, pues había el albergue y la paga.

El Capitán había soltado las riendas sobre la silla, dejaba que la mula fuera sola por la senda conocida, él recorría otros caminos, los del pasado, donde, a veces, ni senda había:

—El Coronel Boaventura fue el hombre más valiente y el más derecho que conocí y a mí no me importaba si tenía que morir por él. Fue por eso que, aun después de ser poseedor de tierra y de haber plantado cacao, no largué el trabajo de él, continué cuidando de la Atalaia. Le dije a él en más de una ocasión: mientras usted esté vivo y me quiera, soy un cabra a su servicio. Para después de la muerte de él sólo prometí una cosa y la estoy cumpliendo. Pero nada tiene que ver con la plantación de cacao y con el puesto de administrador.

—Me dijeron que Venturinha le ofreció pagarle lo que usted pidiera.

—Coronel, yo pienso que todo hombre tiene ganas de ser dueño de su destino. Cuando yo comencé a ganarme la vida, acompañando valientes allá en San Francisco, oí a la gente decir que el destino de uno está escrito en el cielo y nadie puede cambiarlo, pero mi pensar es diferente. Creo que cada criatura tiene que cuidarse por sí misma y siempre tuve ganas de ser dueño de mí mismo. Serví al Coronel durante más de veinte años: tenía diecisiete cuando llegué por acá, ya festejé los cuarenta y dos. Nunca prometí servir a la viuda o al hijo. Ni él me lo pidió.

Miró al Coronel Robustiano de Araújo, contó:

—Poco antes de que él faltara, un día nosotros íbamos conversando así como hoy usted y yo, y él me dijo que me iba a hacer un pedido para que yo realizara después de su muerte. Tuve miedo de que me pidiera que continuara capataz de la Atalaia pues iba a tener que decirle que no. Patrón, solamente él y nadie más. Felizmente lo que él quería era otra cosa, y le dije que sí. Venturinha pensó que yo iba a continuar haciéndome cargo de la hacienda, se extrañó cuando le dije que por ningún dinero. Ni por dinero ni por obligación de amistad. La obligación se acabó con la muerte del Coronel.

Retomó las riendas, las cabalgaduras abandonaban el cacaotal, enveredaron por el camino que conducía a la casa que Natario acababa de construir. El Coronel Robustiano aún no la conocía. Natario ablandó la voz:

—Aprecio mucho a Venturinha, cuando llegué a la hacienda él era un niño. Pero es un aprecio diferente del que yo sentía por el Coronel. El Coronel me dio la mano, yo no pasaba de ser un perseguido por la justicia. Ahora el único que me manda soy yo, soy quien decide qué hacer.

—¿Y Venturinha entendió su punto de vista? ¿Estuvo de acuerdo? Supe que no.

—No pregunté, no quise saber. El va a meterse en política, asumir el lugar del padre. Yo le dije que si algún día me necesita para defenderlo de los enemigos, basta con mandarme avisar, todavía tengo buena puntería. Pero empleado, que me fuera disculpando, ni de él ni de ningún otro.

Antes de apearse frente a la casa, el Coronel Robustiano de Araújo, la curiosidad satisfecha, terminó la conversación:

—Si mi opinión puede interesarle, Natario, vaya sabiendo que actuó derecho tanto sirviendo a Boaventura como negándose a servir a Venturinha. No había la medida cierta que debe haber entre quien manda y quien obedece. —Cambió de tema: —Belleza de casa-grande. Mis felicitaciones.

—¿Casa-grande? Sólo una casita para que Zilda se quede con los niños. Ella no pasa un mes sin venir a la plantación.

6

En la hacienda de Atalaia, las moradas de los trabajadores —ranchos de barro o de madera— se agrupaban entre la casa-grande y el riachuelo, que bordeaba la entrada: unas pocas quedaban aisladas, esparcidas en las plantaciones más distantes. Natario había hecho hincapié en pasar por todas ellas para comunicar la noticia y despedirse, relaciones de trabajo y también cortesía, y algunos eran sus compadres. La noche había descendido sobre los cacaos y la selva, y a pesar del invierno no llovía, en aquella noche la atmósfera estaba tibia, acariciante. El Capitán se sentía dominado por sentimientos opuestos: de alivio y de ufanía, porque había dejado por fin de tener patrón, y de pena y nostalgia por abandonar aquella tierra donde había vivido y trabajado por más de veinte años.

En su peregrinación, notó luz de candelero en el rancho del finado Tiburcinho y le llamó la atención: acababa de encontrar a doña Efigenia cuidando a Idalicio, joven recogedor de cacao, mordido por una víbora esa tarde. Curandera competente, la vieja le había prestado socorro. Había llenado de tabaco la boca sin dientes, boca de ventosa,

y la había aplicado sobre la mordedura, en el tobillo del paciente:
chupaba el veneno y lo escupía, murmurando rezos:

> *Mi Señor San Benito*
> *Péguele a la víbora*
> *mate a esa víbora*
> *que la víbora es del Perro*
> *líbreme del veneno*
> *y de la tentación.*

Idalicio volaba de fiebre pero resistía, la vieja había conseguido
reducir la cantidad de ponzoña, mitigarle el efecto casi siempre mortal.
El Capitán encontró a la cabecera del enfermo a doña Efigenia y allí
conversó con ella antes de abandonar la hacienda de Atalaia. Hizo vo-
tos para que Idalicio saliera con vida, tal vez lo lograra, gracias a los
poderes de San Benito y a la sabiduría popular de la curandera. Hablaron de Sacramento y doña Efigenia se lamentó: extrañaba a la hija
cuya demora en Ilhéus, donde cuidaba a la viuda del Coronel, le impedía la realización de planes alimentados desde que ella la supiera po-
seedora de una casa de alquiler en Itabuna, regalo del Coronel Boaventura Andrade, agradecido y magnánimo.

De la casa adquirida por el hacendado y puesta a nombre de la querida, escritura labrada en la notaría con todos los items y todos los
conformes, doña Efigenia y Sacramento habían sabido por Natario,
único al tanto del sigiloso asunto: el Coronel no deseaba que la novedad se desparramara. El alquiler rendía unos buenos cobres mensuales,
bastante para que la madre y la hija vivieran libres de aflicciones. Doña
Efigenia soñaba desde entonces con abandonar el trabajo en la hacienda para abrir una verdulería, en Itabuna o en Taquaras, donde vendieran bananas, frutas-pao, ajíes, jilós y todo lo demás que sirviera para
guarnecer y aderezar.

Estando sin embargo el Coronel bien de salud y loco por la muchacha, la curandera había demorado el proyecto para cuando el hacendado se cansara de Sacramento: amorío de rico ya sabe cómo es, puede
acabarse en un instante, de la noche a la mañana. No alcanzó el tiempo para que el Coronel se cansara, faltó antes: la muerte sopló la congestión en su cogote y él cayó duro, la boca torcida. Vendiendo zapallo y maxixe en la verdulería, en la concurrencia de Itabuna, Sacramento no tardaría en encontrarse otro ricachón que le pusiera casa y
le abriera cuenta en tienda de telas y zapatos. Así había deliberado
doña Efigenia, ambiciosa y práctica.

Pero doña Ernestina había heredado a Sacramento, junto con las
propiedades rurales y urbanas: el latifundio, las calles de casas de
alquiler en Ilhéus y en Itabuna, los dineros a intereses, la fortuna

359

inmensa. Los sueños de verdulera de doña Efigenia se vieron demorados para cuando Dios quisiera.

La herencia del Coronel Boaventura Andrade, tema principal de conversación y dimes y diretes en las esquinas y bares, en las calles y en las tabernas, no fue objeto de inventario y división. Día más día menos todo será de él —había dispuesto la viuda encomendando misas al padre Alfonso y refiriéndose al hijo—, ni bien Dios me llame a su compañía. Siendo así, ¿para qué dividir plantaciones y casas, bienes mayores y menores, el capital y los intereses? Ni bien Venturinha desembarcó de Europa, con escalas en Río y en Bahía, la madre le había entregado el mando y el desmando de la fortuna. Exclusiva para ella, doña Ernestina reservó una única pertenencia: la sierva Sacramento.

7

¿De quién sería la sombra que el Capitán viera reflejada en la llama del caldero, en casa del finado Tiburcinho? ¿Qué había venido a hacer en el rancho en la ausencia de los moradores? Cosa buena no sería. Natario empujó la puerta con la mano izquierda, la derecha en el mango del revólver. Dio de cara con Sacramento, cubierta de polvo: la muchacha soltó un pequeño grito al verlo pero no era de susto, era de sorpresa y de satisfacción:

—¡Ay, Capitán! ¡Qué alegría verlo! Me dijeron que se había ido.

—¿Y tú qué haces aquí? ¿Doña Ernestina te echó?

Sacramento bajó los ojos hacia el suelo:

—Si fuera por doña Ernestina yo nunca hubiera salido de allá. La pobrecita debe de estar pensando mal de mí, creyendo que soy mala. Me escabullí sin decirle nada, ¿cómo se lo iba a decir?

—¿Huiste de la casa del Coronel? ¿Qué bicho te picó?

—Fue el doctor. Quiso agarrarme.

El Capitán no pareció sorprendido: en los labios se dibujó la sonrisa álgida, casi imperceptible:

—¿Venturinha?

—Como le estoy diciendo. Invadió el cuarto donde yo estaba, alterado, sucio de baba, con olor a bebida. Esa fue mi suerte. Lo empujé, se cayó al piso, vomitando. No tuvo fuerzas para levantarse, lo único que hacía era decirme que me iba a pegar. Me dio tanto miedo que ni junté mis cosas. Fui buscando a tientas hasta que encontré el pañuelo donde tenía atados unos dineritos, y fui a esperar el tren a la estación. De Taquaras me vine a pie para ver a mamá y hablar con usted.

El Capitán no hizo comentarios, sólo que los ojos se hicieron más apretados, en la misma medida de la sonrisa. Sacramento levantó la vista y lo miró de frente:

—Me agarró, me tiró al piso, me pegó y me mordió. Si está dudando, mire. —Mostró los brazos con moretones, en el cuello señales de chupones y de mordidas.

Perduró el silencio de Natario. Tal vez, pensó Sacramento, a él no le parecieran esas marcas suficientes para explicar la fuga. Se levantó la falda hasta lo alto de los muslos y las mostró: manchas negras en el lugar donde las rodillas de Venturinha, ciudadano alto y corpulento, se habían hundido en la carne morena y apetitosa. Los ojos del Capitán se demoraron espiando, Sacramento bajó la falda pero no bajó la vista:

—¿Cómo es que iba a querer acostarme con el hijo de él? ¡Dios me libre y guarde! Cuando entró, me ofreció dinero, dijo que yo era bonita y no sé qué más. Le pedí que me dejara en paz y él habló del Coronel, gritó que sabía todo y que también quería. Se lo pedí de nuevo, por el bien de su madre, por el alma del Coronel. Pero ya se había quitado el saco y el pantalón, ahí fue cuando me agarró. Estaba cayéndose de borracho, eso fue mi salvación.

El Capitán Natario da Fonseca no pronunció una sola palabra, solamente tocó con la punta de los dedos el rostro tenso de la muchacha y le limpió una lágrima en la cara. Sacramento tomó la mano que la acariciaba y la besó.

—En el tren venía pensando en usted. Fuera de mamá, que no puede hacer nada, sólo lo tengo a usted en la vida.

Bajó entonces los ojos nuevamente hacia el suelo:

—Los otros días me acordé de usted, me acordé tanto que lo vi junto a mí diciéndome qué es lo que debía responder a doña Misete.

El nombre sonó familiar en los oídos del Capitán:

—Conozco una Misete, una que tiene pensión de prostitutas en la Isla de las Víboras.

—Me mandó un recado para que yo fuera a ser prostituta en la casa de ella. Fue ahí que me acordé de usted y usted me decía que al Coronel no le iba a gustar verme haciendo la vida. Era mejor quedarme de criada en la casa de doña Ernestina. Sólo que, con el doctor viviendo allá, no puede ser. Tomé el tren, bajé en Taquaras, me vine hasta acá. Acabo de llegar ahorita mismo, ni sé dónde está mamá. Pero lo vi a usted y eso me basta.

Volvió a mirarlo para afirmar con la voz serena y firme:

—No es por dinero ni a la fuerza que alguien se va a acostar conmigo. —Una sonrisa entre las lágrimas, examinó los brazos polvorientos del camino, se tocó los cabellos duros de suciedad, habló bajito: —Necesito bañarme, estoy horrorosa. Ni bien aparezca mamá, me voy a lavar en el río.

Natario le dijo dónde estaba Efigenia y lo que hacía. Entre avergonzada y atrevida, Sacramento anunció:

—Entonces me voy a bañar ahora mismo, antes de que ella llegue. Estoy inmunda, tan fea que usted ni se fija en mí.

—Sucia o limpia, tú eres bonita. Si el Coronel no te hubiera puesto los ojos encima, quien te iba a hacer mujer era yo.

—Puede ser. ¿Cómo iba a decir que no, si yo sólo pensaba en usted?

Anduvo hacia la puerta, pasó junto a él, los senos túrgidos tocaron el pecho del Capitán. Con su permiso, Coronel: la siguió rumbo al río.

8

Fuad Karan, en la mesa del bar, saboreando el arak perfumado, bebida predilecta, sonrió al Grao-Turco, el amigo Fadul Abdala, y declaró enfático:

—Se desató sobre Itabuna, mi Fadul, un cataclismo sexual, y vivimos bajo su signo. Responde a la poética y misteriosa invocación de Ludmila Gregorióvna Cytkynbaum, un verso, ¿ve? —Repitió elevando, en un gesto declamatorio, la mano abierta y la voz impostada y redonda: —Vino de las taigas siberianas: Ludmila Gregorióvna Cytkynbaum.

Durante un segundo se detuvo al oír el eco de la límpida pronunciación del nombre altisonante, en un evidente aplauso a la propia voz:

—¿Ya oíste hablar de mujeres fatales, Fadul? Ludmila Gregorióvna es el espécimen perfecto, es el prototipo, el paradigma de la mujer fatal, y estamos todos encadenados a sus encantos, somos sus esclavos, felices en nuestra esclavitud.

Fuad Karan sorbió un trago de arak para templar la garganta. El rostro irradiando profundo gozo espiritual, Fadul lo acompañó. Cautivado, escuchaba al amigo, uno de sus dos eminencias: el otro era Alvaro Faria y vivía en Ilhéus:

—Una devoradora de hombres, mi Grao-Turco. Oscuros de preferencia, cuanto más afro, más le toca la psique y le humedece la vulva. Pertenece de derecho pero no de hecho al nuevo maestro y señor, el doctor Boaventura Andrade Junior, heredero del Reino Unido de Itabuna y de Ilhéus. Estamos en el reinado de Boaventura II, el Alegre, sucesor de Boaventura I, el Semental.

Para Fadul, desterrado por el buen Dios de los maronitas a los confines de Tocaia Grande, las venidas a las calles agitadas de las ciudades, para rehacer el surtido, rescatar documentos vencidos y firmar nuevos, ir a los bares y cabarets y a las pensiones de putas, y para ver el mar convertirse en espuma en las playas *ilheenses* había, además de todo, el privilegio de la conversación con las dos eminencias, los dos letrados: Alvaro Faria, en el puerto de Ilhéus, Fuad Karan, en el sertao de Itabuna. Se parecían los dos en el poco aprecio por cualquier trabajo que no fuera pura elucubración intelectual: la conversación, el juego de póquer y el comentario de los acontecimientos locales. Fuad Karan llevaba discreta ventaja sobre su par en el concepto de Fadul, por ser árabe y hablar la lengua del profeta con miel y támaras, con azúcar y anís. Al tanto de todos los acontecimientos y todas las invenciones, Fuad los relataba y analizaba con conocimiento y gracia. Fadul oía extasiado.

—¿Bonita? —Voz de codicia y apetito, Fadul quiso saber.

—Bonita es un adjetivo impropio para definir a Ludmila Gregorióvna: digamos bella, de preferencia. Quiero creer que es eurasiática, mestiza de eslavos y semitas: podría ser nuestra pariente distante y de eso debemos enorgullecernos. Además de bella, es mística por ser rusa, dramática pues es judía, romántica y sensual debido a la sangre árabe. Si tu suerte de Grao-Turco todavía persiste, podrás verla durante el día cruzar la calle para entrar en los negocios y desdeñar el muestrario o, acompañada por nuestro joven monarca, reinar a la noche en el cabaret con la larga boquilla de jade y los ojos verdes. —Resumió sus sentimientos en una expresión en árabe: ¡ia hôhi!

—¿Cómo vino a parar aquí?

—Traída por Venturinha, ¿de qué otra forma podría ser?

—¿Y por qué vino con el doctorcito? —Fadul aún no se consideraba bien informado.

—Porque es puta, ése es su oficio. Disimula cantando baladas rusas. Asesina *El barquero del Volga* con una perfección extraordinaria. El hermano, dicho sea de paso, toca balalaica bastante bien: hay que confesarlo pues es verdad.

—¿Será realmente el hermano?

—Anduve investigando y concluí que los lazos que unen a Ludmila Gregoriovna y Piotr Sergueinovitch son realmente de sangre y no de cama. Hermanos por parte de madre. En cuanto a que ella sea puta, no debemos condenarla así no más. Por dinero, solamente se vende a nuestro bravo Venturinha, a los demás se da gratis por el placer de la fornicación. y nosotros sabemos, mi Fadul, que no existe placer igual, en el mundo, al de fornicar.

—No existe, de verdad.

Las exageraciones y la retórica de Fuad Karan correspondían a la conmoción de la ciudad aún bajo el golpe de la presencia embriagadora de Ludmila Gregorióvna Cytkynbaum: tanto en el cabaret como en la Catedral, recintos animados, su aparición de nieve y fuego, colgada del brazo de Venturinha, causaba sensación, provocaba tumulto: todos querían verla, calentarse con su sonrisa, morir en el desmayo de sus ojos. En el cabaret silenciaba el avinado barullo, en la Iglesia rompía el devoto silencio, aquí y allá se oían !ahs! y ¡ohs! de codicia y entusiasmo y una llama de deseo se elevaba en torno de ella como un halo divino, la fulgurante cola de un cometa.

9

La noticia del fallecimiento del Coronel Boaventura Andrade había interrumpido los fascinantes estudios de Venturinha en la Sorbonne de la Place Pigalle, apresurándole la vuelta al Brasil. Aquella noche, el abogado empapó en vodka el remordimiento y el disgusto, se agarró la borrachera de su vida.

También Ludmila Gregoriovna, al tomar conocimiento de la tragedia que se había abatido sobre su "padrecito", tuvo una crisis de nervios, cayó en un llanto agonizante, no un llantito cualquier con dos lágrimas roñosas: llanto a lo eslavo, con desmayo, desvarío y oraciones en ruso. Apasionado hasta las amígdalas y los huevos, el novel europeo decidió traer a Ludmila al Brasil en su compañía, mejor manera de importar la cultura de Europa en lo que ella tenía de más representativo. La acompañó el hermano, Piotr Sergueinovitch, pero el amante, Konstantin Ivanovitch Surkov, había quedado en París comiéndose los codos, en la folklórica expresión del triunfante Venturinha.

El Conde y Coronel de la Guardia Imperial Konstantin Ivanovitch Surkiv, pariente de la familia real pero en desacuerdo con el Zar, había contado confidencialmente un secreto de estado a Venturinha, el Barón Boaventura Boaventurovitch, como se había hecho conocido en los círculos de la inmigración eslava: Ludmila Gregorióvna también tenía sangre noble si bien no lo proclamara debido al infortunio que la obligaba a cantar melódicas baladas en los cabarets parisienses. Había huido de la corte en virtud de innobles persecuciones del Grand-Duc Nikolai Nikolaievitch Romanov, que la quería de concubina. Tío del Zar Nicolás II, generalísimo de los ejércitos rusos, le hacía la vida un infierno. Habiéndole llamado la atención a Venturinha que la requerida no se hubiera entregado a tan poderosa y eminente figura, Konstantin Ivanovitch explicó a su querido Boaventura Andrade que la pequeña Ludi, fina y sensible, no soportaba el olor a ajo del aliento del generalísimo: los besos del Gran Duque le causaban náuseas, le mantenían la virtud. Por eso había acompañado a Konstantin cuando el Coronel disidente se exilara en París. Relación dramática, no podían casarse pues él tenía esposa en Moscú, también prima del Zar, pero se habían jurado amor eterno y cumplían el juramento. Venturinha pagaba las cuentas y lo hacía con justificado orgullo: no es todos los días que se cornea a un miembro de la familia imperial de todas las Rusias.

En la Datcha, cabaret moscovita en la Place Blanche, acompañada por el hermano Piotr, virtuoso de la balalaica — ¡Pedrinho, hermano!, rogaba Venturinha en el auge de la pasión y de la borrachera, ¡tañe esa guitarra tuya para hacerme llorar!—, Ludmila cantaba melodías rusas y bailaba bailes del Cáucaso exhibiendo la perfección de las piernas. En mesa próxima, el Conde Konstantin, de antigua estirpe, y Boaventura Junior, Barón reciente, aplaudían, consumiendo vodka y coñac. Al fin de la noche y del espectáculo, Piotr recogía al corneado Konstatin, dejando a los cuidados del brasileño, campeón intercontinental de la ingestión de aguardiente, a la tímida y sufrida Ludmila: en la cama, impetuosa yegua de la caballería imperial, gloria de la corte del Zar. En el momento del orgasmo, recitaba versos de Pushkin y oraciones ortodoxas.

La versión de Ludmila acerca de los sucesos de Moscú divergía un tanto de la proclamada por el Conde y Coronel. No es que no se refiriera al Gran Duque Nicolás, el masticador de ajo: de hecho, la había perseguido como un perro maldito, obligándola a exilarse en compañía del hermano. Pero era falso que ella se hubiera enamorado de Konstantin. Aprovechándose de su triste condición de fugitiva, emigrada en París, él se había impuesto en su lecho de artista ostentándole contratos y defendiéndola de la codiciosa agresión de los frecuentadores de La Datcha. Agradecida, ella lo había aceptado y lo toleraba, pero de ahí a proclamar amor había una distancia tan grande como la que separaba la plaza del Kremlin, en Moscú, de la Place Pigalle, en París.

En una y otra variantes subsistían hiatos, contradicciones, espacios en blanco, incongruencias, todo debido al precario dominio de la lengua francesa por los personajes envueltos, si bien Ludmila revelaba talento para el cultivo de los idiomas: con adorable pronunciación, entre besos. De cualquier manera, alguna verdad debía de haber en las exageradas narraciones, pues cuando Ludmila Gregoriówna aceptó acompañarlo al Brasil, el Conde y Coronel había invadido el hotel del brasileño, amenazándolo con el escándalo y la muerte, desafiándolo a duelo, daga en mano.

De Venturinha todo se podía decir, menos que fuera medroso. Ya se había encontrado en problemas, en ocasiones anteriores, con maridos y amantes en furia y jamás se había cagado. Levantó la mano al pariente del Zar, le tomó la daga y la guardó como trofeo. Terminó por resolver el asunto con educación y generosidad, en francos franceses y libras inglesas, a falta de rublos. Embarcó hacia Río de Janeiro en un transatlántico de Chargeurs Reunis, trayendo en el bagaje a Ludi y Piotr, la balalaica y la daga, la Rusia imperial.

En el cabaret, Fadul Abdala comprobó la justeza de las palabras exaltadas de Fuad Karan y repitió la exclamación proveniente del fondo del alma: ¡ia hôhi! Tuvo inclusive pretexto y circunstancia para tocar la albísima mano de la rusa con las puntas de los dedos deformes, pues Venturinha, al verlo y reconocerlo, le hizo un saludo cordial. Ante lo cual el turco se aventuró hasta la mesa del abogado para saludarlo y mirar más de cerca a la pelirroja fatal que incendiaba la ciudad de Itabuna y el mar de Ilhéus. En la lengua venenosa de Fuad, tenía inclinación por los negros: bocadillo ideal para Tizón Abduim, negro habituado a retozar con gringas.

De regreso a Tocaia Grande, comentó el caso con el Capitán Natario da Fonseca y lamentó que la rusa fuera especialista en negros y millonarios, desinteresada en árabes tenderos. El Capitán la había conocido y tratado en ocasión del regreso de Venturinha. Para él, Venturinha continuaba siendo el niño a quien llevara hacía más de veinte años, enseñándole a montar y a tirar; la primera mujer que el mocoso había conocido, la pecosa Julia Sarué, le había sido presentada por el cabra:

—Es un tiro al aire, no puede ver una falda. Con esa tal rusa está gastando una pila de arrobas de cacao. Ni aun así deja de correr detrás de las minas, quiere comerse todo lo que es mujer. En el fondo no pasa de ser un chiquillo.

—Gastar dinero para ser cornudo...

—Los cuernos de puta no se toman en cuenta, Fadul, no son cuernos de verdad.

El turco aún pensó en discutir el asunto pero lo dejó de lado: el Capitán era capaz de ofenderse, pues le gustaba tanto Venturinha, como si el doctorcito fuera su pariente. Pariente próximo, una especie de sobrino sin juicio.

11

El anuncio de la inminente llegada de la Santa Misión corrió como un reguero de pólvora, causó sensación, exaltó a los habitantes de Tocaia Grande, novedad extraordinaria. A uno y otro lado del río, fue un dios-nos-ayude.

En la manivela de la máquina de coser, Natalina no tuvo descanso. Encargos del mujerío en general y, en particular, de las novias de mayo: estaban a mediados de mayo, mes de las primeras lluvias y, según supieron por los frailes, de la Virgen María. Novia digna de usar guirnalda y velo, se señalaba una sola: la niña Chica, de noviazgo firme con Balbino. Vivía en casa de los padres mientras las demás candidatas a recibir la bendición nupcial eran todas ellas concubinas, algunas con hijos.

La propia Chica, a pesar de ser jovencita y de continuar en el lar paterno, ¿quién se dispondría a poner las manos al fuego por su virginidad? en Tocaia Grande, como además en toda la extensión del país grapiúna, la doncellez acostumbraba durar poco; en las haciendas se contaba una mujer para diez hombres y la flor del virgo se hacía recoger aún en botón.

Chica se dejaba ver en compañía de Balbino en los escondrijos del río, en los claros de la selva; si todavía conservaba la virginidad, una de dos: o bien Balbino era impotente o había ocurrido un milagro. Fuera como fuere, doña Leocadia vino en persona a encargar el vestido de novia a la nieta y explicó a doña Natalina que lo deseaba a la moda sergipana, con todos los pertrechos y atavíos de doncella.

Las otras no pidieron tanto, se contentaron con trajes simples, no querían casarse cubiertas con trapos viejos. Cleide, también nieta de doña Leocadia, prima de Chica, estaba con la panza llena: encargó un vestido azul de color de su cordón de pastoras en el reisado, el azul de la Virgen Inmaculada. Ya que se habla de las nietas de doña Leocadia y se citó al reisado, regístrese todavía en la lista de las casaderas a la espera de la Santa Misión a la muchacha Aracati, que representara a la Señorita Doña Diosa en el desfile. Para sorpresa de los parientes, inclusive de la abuela atenta, enseguida del triunfo en la noche de Reyes, apareció en casa tomada del brazo de Guido, diciendo que iban a vivir juntos. Los estancianos habían colaborado con tres preñadas en la estación de los partos, colaboraban con tres novias en la cosecha de los casamientos.

Las concubinas antiguas también ordenaron vestidos a doña Natalina o los cosieron en sus casas. Abigail trajo el suyo de Taquaras, donde ella y Bastiao da Rosa estaban viviendo desde la creciente: los frailes irían hasta allá pero ella se quería casar en Tocaia Grande, al mismo tiempo que Isaura, su hermana: fiestecita en casa de Zé dos Santos y doña Clara. De las haciendas llegaron parejas en cantidad, no siempre aparecía una Santa Misión en los lados del río de las Víboras.

12

No menos agitados estaban los padres de los niños a la espera de bautismo. Cerca de una decena de paganos aguardaban en Tocaia Grande la oportunidad de hacerse católicos romanos, escapando del limbo si murieran infantes, del infierno si llegaran a adultos. Hubo una animación del compadrío, la elección de los padrinos generaba discusiones y risas. Zilda mandó un recado a Bernarda: que escogiera los padrinos para Nado pues el niño sería bautizado en el paso de la Santa Misión.

En el lecho con Natario, Bernarda trajo el tema:

—¿El padrino ya pensó en alguien? —Descansaba la cabeza en el pecho del Capitán, él le tocaba los cabellos sueltos.

—Si quieres, hacemos así: yo elijo el padrino, tú la madrina.

—Para mí, la madrina sólo puede ser la comadre Coroca. Le debo más a ella que a mi madre, pobrecita.

—Para padrino, pensé en Fadu, ya nos tratamos de compadre.

Bajó la mano de los cabellos hasta los senos de la ahijada, de los senos hacia el vientre y jugó con los pelos del tajo.

Así se dio la elección de los padrinos del niño Nado, hijo de sangre de Bernarda y del Capitán Natario da Fonseca, hijo adoptivo de Zilda, madrina de Bernarda, mujer del Capitán.

13

—¡Vade retro, Satanás! —exclamó fray Zygmunt Gotteshammer en el momento culminante de la niña Chica, no tan niña pues iba a cumplir catorce años en las vísperas de San Pedro: de las novias de mayo la única en condiciones de usar guirnalda y velo en la ceremonia de casamiento.

Revelando decidida inclinación a los detalles y absurda inocencia al respecto de lo que fuera y lo que no fuera pecado venial y pecado mortal, la mocosa del cordón encarnado, sin ruborizarse —lo que además iría bien con los colores de su ala—, relató al indignado fray Zygmunt las sabrosas pruebas a que sujetaba al novio. Balbino había vivido en Ilhéus y conocía las invenciones de las gringas: con ellas Chica se había complacido.

No por incruenta fue menos insana la lucha que se trabó en el improvisado santuario entre el santo inquisidor y la niña del cordón encarnado. Placentera, ella le narró escabrosos detalles de dedo y lengua, de sodomía —¡ah, Sodoma rediviva!— ante lo cual el fraile le había interdicto velo y guirnalda, los símbolos de la virginidad. Pero la novia, en obstinado pleito, había reivindicado sus derechos a los azahares, confeccionados por los dedos hábiles de doña Natalina, pues allá dentro de la vagina —¡lo juro por Dios, padre!— Balbino nunca se había metido, Chica nunca lo había dejado. Lo demás que habían practicado había servido exactamente para impedir que él la desvirgara: ¿dónde el reverendo fraile había oído decir que recibirla en el cuelo era lo mismo que dar la palomita? En Estancia las muchachas se casaban doncellas, en su mayoría, pero para aguantar la espera iban recibiendo en los muslos y en el upite, que nadie es de hierro, padre.

Fray Zigmunt la expulsó en latín, ¡vade retro, Belcebú! En otros tiempos habría usado el látigo para exorcizarla, retirarle del cuerpo los demonios que lo habitaban: en los buenos tiempos de la Sagrada Inquisición. Chica se fue satisfecha, creyendo que el sacerdote la bendecía y con ella se había puesto de acuerdo sobre el vestido de novia. Rezó tres avemarías y un padrenuestro, pues el buen fraile se había olvidado de darle la penitencia.

14

Los frailes, con el consentimiento de don Carlinhos Silva, habían improvisado dos confesionarios en el depósito de cacao seco, uno en cada extremidad del recinto. No había la habitual separación entre confesor y confesando, pero las pocas mujeres que fueron a cumplir el sacramento —el más importante de todos en la sapiente opinión de fray Zygmunt von Gotteshammer— no tenían pudor de mirar al padre a la hora de abrir la bolsa de pecados, no sabían, las infelices, lo que era el pudor.

Pocas mujeres, ningún hombre. Iglesia y cura son cosas de mujeres, decían los hombres, los renegados. Criminales de muerte muchos de ellos, comenzando por el tal Capitán, a cuya fama de crueldad y a cuyo pasado de crímenes habían oído temibles referencias en las caminadas leguas del suelo del río de las Víboras.

Fray Theun y fray Zygmunt habían reservado el primer día de la Santa Misión para un balance de la vida de Tocaia Grande: recibir en confesión a los pecadores, enterarse de la situación del paganismo y de la moralidad del lugar. Habiendo sido mínima la búsqueda del confesionario, de la penitencia y de la absolución —la absolución en la voz de fray zygmunt von Gotteshammer, el Martillo de Dios, tenía acento de censura y castigo—, salieron los frailes a saber de casa en casa, de persona en persona.

Regresaron a la residencia de Carlinhos Silva, donde estaban hospedados, Theun con el corazón cargado de tristeza por ver tan menospreciada la ley de Dios —¡ah! ¡los pobres infelices!—, Zygmunt tomado de indignación y de horror, vibrando de cólera sagrada, al constatar el estado de abominación en que vivían aquellos renegados: ¡reos malditos!

Niños sin bautismo, hijos naturales concebidos en el pecado, parejas reproduciéndose como animales, sin el consentimiento y la bendición de Dios, la corrupción, el crimen, del desconocimiento y la desidia por las cosas de la Santa Madre Iglesia. Mayor que el caserío erguido en el núcleo del poblado —dos callejuelas y un callejón—, era la podrida aglomeración de ranchos de barro y chozas de paja en la Baixa dos Sapos, el puterío en la sucia voz de los habitantes: a él se referían con acentuado orgullo, debido a sus dimensiones, el mayor de aquellos parajes.

En el otro lado del río, donde plantaban lo necesario para la feria semanal, no iba mejor la moralidad, tampoco la devoción. En el nuevo hábitat, los piadosos sergipanos, temerosos de Dios, en contacto con la impiedad grapiúna, se desentendían de las obligaciones para con el Señor, perdían el temor de Dios y se revolcaban en el barro de los abominables hábitos del lugar.

El árabe que allí comerciaba, robando a los pobres diablos, residentes o viajeros, agiotista de los peores, un degradado, no era propiamente mahometano pero poco le faltaba. Lejos de ser hijo ejemplar de la Iglesia de Roma, pertenecía a la secta oriental de los maronitas, poco digna de confianza: para musulmán le faltaba poco. Si viviera en España, en los buenos tiempos, no escaparía de la espada cristiana y bendita de Santiago Mata Moros.

En cuanto a los negros fetichistas, al frente el cínico guerrero, siempre riéndose, persistían en la eterna y perversa tentativa de mancillar la pureza y dignidad de los santos canonizados por el Vaticano, mezclándolos y confundiéndolos con los demoníacos ídolos de las *senzalas*, ofreciéndoles animales en sangrientos sacrificios. El centro de la hechicería se encontraba instalado en el taller del herrador de burros, un réprobo.

Fray Zygmunt Martillo de Dios proyectaba levantar el ánimo de los fieles durante los sermones, tal vez conseguiría llevarlos a destruir el impío altar erguido detrás de la fragua para los monstruosos diablos africanos que los negros, libertos de la esclavitud a través de conjuras y trampas de la Masonería, llamaban encantados y procuraban vestir con el manto luminoso de los bienaventurados. ¡Sacrilegio!

15

Descansando de la bárbara — ¡y deliciosa!— cena de frutas y carnes de caza, al fin de aquel primer día de Santa Inquisición, fray Theun lamentó, condolido y compasivo, la suerte de aquellos pecadores, víctimas de la ignorancia y del atraso, cuyas almas estaban condenadas al infierno sin que tal vez lo merecieran. Era sobre todo la falta de los códigos morales, de las riendas de las leyes, de la contención impuesta por las reglas, que los llevaba a la práctica de tamaños errores, a vivir en estado de delincuencia y culpa.

Don Carlinhos Silva, hablando alemán con fluidez y pronunciación de letrado —un mulato rubio, ¡imagínese! Sorpresas a que están sujetos los frailes mendicantes en Santa Misión—, con voz calma y afable, así como quien no quiere decir las cosas pero las va diciendo, defendió al lugar y a la gente del lugar. Parecía un profesor dando clase en la cátedra de Weimar y fray Zygmunt lo examinó con los ojos de sospecha. Con razón, pues el mestizo quitó toda culpa a aquella gentuza. Los habitantes de Tocaia Grande —dijo él— vivían allí al margen de ideas preconcebidas, libres de las limitaciones y de las coacciones consecuencia de las leyes, libres de los preconceptos morales y sociales impuestos por los códigos, fuera el código penal, fuera el catecismo. Gente más tranquila que la de Tocaia Grande, a pesar del nombre y de las malas costumbres, no había en toda la región del cacao, en el país de los grapiúnas. ¿Y saben por qué, mis reverendos? Porque aquí nadie manda a nadie, todo se hace de común acuerdo y no por miedo a un castigo. Si dependiera de don Carlinhos Silva, esa paz jamás sería turbada, ese vivir del pueblo de Tocaia Grande que, a su ver, merecía con certeza el agrado de Dios, del verdadero.

—Si vuestros reverendísimos me permiten opinar, yo les diré que aquí se encuentra el buscado paraíso natural de los sabios...

De un salto se levantó fray Zigmunt Gotteshammer, Martillo de Dios, derribando el plato de estaño, el rosario en la mano como si fuera un látigo erguido contra el pecado y los pecadores y, en especial, contra el hereje que tenía delante. En Ilhéus le habían informado que ese mestizo e hijo natural había sido educado en Alemania y tenía pretensiones de doctor: enemigo de la Iglesia de Roma, era un infame luterano, tal vez aún más pernicioso que los macumberos, con seguridad más peligroso que el maronita. Símbolo de lo peor que existía en el mundo: heraldo de las infames ideas de la Revolución Francesa, de los enciclopedistas, de los enemigos de Dios y de la monarquía, de los petroleros incendiarios, de la bomba en mano contra los emperadores y la nobleza, con el puñal erguido para rasgar de nuevo el corazón de Jesucristo. Además de luterano, ¡anarquista!

16

Los carpinteros, Lupiscinio, Guido y Zinho, levantaron en el centro del descampado a media distancia entre el río y el barracón, frente al lugar de la feria, una cruz de palo-brasil, monumental, de gran altura, obra que daba impresión, sólo comparable a la del puente. Quien surgiera, viniendo de las cabeceras del río de las Víboras o de la estación de Taquaras, de lejos en los caminos, avistaba el Santo Leño señalando el paso por Tocaia Grande de la primera Santa Misión que extendía hasta aquel fin del mundo la predicación de la virtud y la condenación del pecado.

Una larga plataforma de tablas corridas fue armada delante de la cruz y en ella los frailes colocaron los materiales y los pertrechos para la misa, la bendición y los sacramentos de bautismo y matrimonio. Los frailes se revistieron con los hábitos para los oficios divinos y los sermones.

Fray Theun rogó por la mañana, en la eucaristía, Fray Zygmunt oró por la tarde, a la hora de la bendición. Los habitantes fueron unánimes en considerar el sermón de fray Zygmunt en todos los aspectos superior al del fraile holandés. No había comparación. Fray Theun, gordote y retacón, hablando español casi sin acento, se demoró en la bondad y en la misericordia de Dios, describió el paraíso, habló de las bellezas y dádivas.

Flaco y alto, cara cavada, manos huesudas, mezclando al español términos alemanes y expresiones latinas, con una pronunciación de perro de caza, el alemán arrebató a los oyentes, pequeña multitud todavía mayor que la reunida por el Reisado de Doña Leocadia, en el verano. Su tema fue el infierno. Belcebú, el ángel caído, el pecado y el fuego que consume a los pecadores. Martillo de Dios, como el nombre indicaba, fray Zygmunt Gotteshammer obtuvo éxito casi igual al de don Carlinhos Silva con los trucos de la prestidigitación. ¡Una dulzura, fray Zygmunt!

17

Se dio la coincidencia —de coincidencias están llenas las novelas, todavía más la vida— de que, en el segundo y último día de la Santa Misión, llegó a Tocaia Grande, procedente de Itabuna, en tránsito hacia la hacienda de Atalaia, el doctor Boaventura Andrade Junior, cada vez menos tratado por el diminutivo familiar de Venturinha. Venía acompañado por Ludmila Gregoriovna, su amante —amante era el término que el abogado usaba pues indicaba hembra noble y cara, de alta alcurnia, gastadora, situada en alturas no alcanzadas por prostitutas, mancebas, concubinas, queridas, vulgar putada. Erizada cabellera color fuego, perfume fuerte de almizcle, reluciente en el traje inglés de montar, breeches, yegua de las cuadras del Zar de Rusia o de las caballerizas del Rey Salomón, como mejor dijo el Turco Fadul, lector de la Biblia.

En los tiempos de los altercados, cuando los encuentros de grupos de *jagunços* eran acontecimientos cotidianos y cada guayabo escondía una emboscada, los coroneles viajaban cubiertos por grupos de cabras, siempre existía la posibilidad de un ataque. Con el fin de las luchas, la guardia se había reducido a un hombre de confianza, rápido en el gatillo. El Coronel Boaventura Andrade, cuya vida había estado tantas veces amenazada, en los últimos años se hacía acompañar sólo por el negro Espiridiao. A veces Natario iba con ellos: para conversar con el Coronel, arreglar quehaceres, no en la calidad de capanga, como antes.

Venturinha, sin embargo, no dispensaba en sus travesías entre Itabuna y la hacienda de Atalaia, o por donde quiera que viajara, un séquito digno de un Basilio de Oliveira, de un Sinhó Badaró, de un Henrique Alves en los áureos tiempos.

Al comando de la patrulla de cuatro hombres armados hasta los dientes, un guerrero que se había hecho célebre en las luchas pasadas, Benaia Fosa Rasa —el nombre ya lo dice todo, después no conté más, decía el presumido Benaia hablando de sus difuntos, de aquellos para los cuales había abierto fosa rasa o profunda—. Era un mestizo pequeño y flaco, de boca chupada y poco hablar, bueno para la carabina, mejor para el cuchillo.

Había comparecido tres veces ante la ley por causa de la muerte del Coronel Josefá Peixoto. La primera vez le dieron treinta años, la segunda dieciséis, la tercera, defendido por Rui Penalva, abogado célebre, fue absuelto. Puesto en libertad, se enganchó de soldado en el batallón de la Policía Militar, de donde Venturinha lo había retirado para que fuera jefe de su guardia personal. Su último hecho había sido la muerte de una prostituta, llamada Bira, que no lo quiso recibir por estar de puertas cerradas debido a promesas a la Virgen Madre de Dios. Vestido con el uniforme de soldado y con la fama torva, todavía llevó presos y metió a la carcel a dos pobres cajeros que descargaban la naturaleza con putas de la pensión, además de la dueña del puterío, María Sacadura.

18

A ruego de Ludmila, Venturinha resolvió demorarse en Tocaia Grande hasta la hora de la bendición, de los bautismos y de los casamientos, del sermón final de fray Zigmunt von Gotteshammer: por nada del mundo se perdería ese espectáculo.

—En ese caso tendremos que viajar a la noche, quiero dormir en la hacienda.

—*Voyager dans la forêt pendant la nuit, c'est romantique, mon amour.*

Mon amour concordó, ganó un beso y, en compañía de Piotr y de Fosa Rasa, él y Ludmila almorzaron en casa de Natario y de Zilda. Festín alegre y opíparo, conmemorativo del paso de la Santa Misión, contó con la presencia del compadre Fadul Abdala que se había puesto el traje de viaje para el bautismo de Nado. Día de fiesta en el Otero del Capitán.

Después del cafecito, Venturinha se extendió en la hamaca, en la galería, empuñó el cigarro Suerdieck, se quedó conversando con el Capitán y con Fadul. Había contratado un agrónomo para sustituir a

373

Natario en la administración de la hacienda de Atalaia y se explayó sobre la competencia del fulano, doctor graduado: estaba haciendo una revolución en los métodos del trabajo, de plantío y de cosecha, prometía triplicar la producción: ¿qué le parecía al Capitán? A Natario no le parecía nada, no hizo comentarios ni pretendió comparar conocimientos aprendidos en los libros de estudio con la rudimentaria y precaria sabiduría de los coroneles y los administradores. En sus labios apenas se dejó ver aquel hilo de sonrisa, señal de duda o de disentimiento, tal vez.

Salió en el tema el nombre de Espiridiao, Venturinha no comprendía por qué el negro, igual que Natario, no había aceptado el puesto de jefe de la guardia personal ahora ejercido por Benaia Fosa Rasa, había abandonado la hacienda para vivir en compañía de la hija profesora, en Taquaras. Trató al viejo *jagunço* de ingrato, con lo que Natario no estuvo de acuerdo. Si alguien debía gratitud no era el negro a Venturinha, y sí el hijo del Coronel a quien salvara la vida del padre y le guardara el sueño durante tantos años. El abogado cambió de asunto, aún niño había aprendido a respetar las opiniones de Natario; si el respeto le pesaba no lo demostraba. Tampoco el ex administrador hablaba en tono de reproche o de echarle en cara, apenas conversaba, la voz neutra, la cara inmóvil.

Quien le echó algo en cara a Venturinha fue Fadul, recordando que, de paso por Tocaia Grande, en cierta oportunidad, el abogado se había declarado pesimista al extremo en relación al futuro del lugar, le había previsto una vida corta y mezquina. Esto no tiene futuro, no pasará nunca de un chiquero. Fadul no se había olvidado de las palabras que lo habían perturbado: si no fuera por el trato hecho con el buen Dios de los maronitas, se habría dejado envolver por el desánimo. Riendo, Venturinha confesó haberse equivocado en sus previsiones:

—Sí, señor, le acepto el reproche. El chiquero tomó impulso. Creció, tiene aires de ciudad.

Se dio al trabajo de explicar que ciudad era una manera de decir y él la usaba para acentuar el crecimiento del poblado si se lo comparaba con otros caseríos de la región, porque categoría de ciudad propiamente dicha no la merecían ni Ilhéus ni Itabuna, capitales del municipio, ni siquiera Bahía, capital de estado, cuando mucho Río de Janeiro, si la comparación fuera hecha con París y Londres. Esas sí eran ciudades. ¡Qué mujeres! Además, los dos compadres podían juzgar por la rusa que él había conquistado, ¿ya habían visto cosa igual?

Igual nunca habían visto, ni el indio ni el turco. Pero Natario recordó que una mujer bonita siempre había sido el pan de cada día, el colchón del lecho del abogado. En aquella ocasión, hacía casi siete años. cuando renegara de Tocaia Grande, Venturinha, doctor reciente, desde entonces allegado a gringas y artistas, andaba metido con una argentina, ¿se acordaba?

Venturinha se acordó, complacido. Adela La porteña, una flor de mujer, cantaba tangos, era buena en la cama. Sin embargo, ¡junto a Ludmila Gregorióvna Cytkynbaum no era más que una piltrafa, un despojo!

19

Los pasos guardados por Benaia Fosa Rasa, mientras Venturinha conversaba en la galería, Ludmila y Piotr bajaron del otero para recorrer Tocaia Grande.

A la rusa la estaba maravillando aquel viaje a caballo a través de las haciendas y de los poblados. En la hacienda Carrapicho, primera parada de la comitiva, el Coronel Demóstenes Berbert había recibido a Venturinha y a su amante con gran estilo. Siendo soltero, tres guapas mozas cuidaban de la casa-grande y de los caprichos del ricachón, cuarentón sacudido, con abuelo francés en la mezcla de la sangre brasileña. Hablando francés con fluidez y corrección —lo había aprendido con el abuelo—, le había presentado las tres gracias a Ludmila: la *cunha*, la *minhota* y la *malê*, sus tres Marías, la india, la blanca y la negra. Escogidas especialmente por el Coronel Demostinho, fino conocedor, de exquisito gusto.

En la selva del cacao, el propietario de la hacienda Carrapicho era una *avis rara*: en la casa-grande tenía biblioteca con libros, bodega de vinos y, además del gramófono, un piano que él mismo tocaba para regalo de las tres camareras arrodilladas alrededor. Fuad Karan, huésped frecuente, se refería al harén del Coronel Demostinho, y Alvaro Faria, secuestrado de los bares del puerto, permaneció una semana en la hacienda volteando botellas de vino y de coñac, portugueses y franceses. En la opinión del letrado ilheense, el Coronel Berbert era el único ser de hecho civilizado en el universo grapiúna.

En la mesa del café matinal —habían partido de Itabuna en el rayar de la mañana con la intención de llegar a la Atalaia al ponerse el sol— el Coronel sirvió los manjares de la región: los *cuscuses*, los *mingaus*, el requesón, la cuajada, la banana frita, la fruta-pao, el inhame, el aipin, batatas y el espeso chocolate. Ludmila apreciaba la buena mesa, de todo comía un poco y a todo elogiaba con la voz oscura, imbuída de misterio.

Visitaron las plantaciones en plena cosecha —el trabajo de los asalariados comenzaba a las cinco de la mañana— y el corral de las vacas lecheras donde, aprovechándose de una distracción de Venturinha interesado en la novilla Sulamita, el Coronel Demostinho había corrido la mano por el noble trasero de Ludmila Gregorióvna y le había susurrado, el aliento haciendo cosquillas en el cogote:

—El día que quiera, esta casa es suya, así como otra que queda en Ilhéus, frente al mar. —Lo dijo en su mejor francés en un murmullo de brisa matutina.

Ludmila respondió con una sonrisa y una mirada enigmáticas como suelen ser las sonrisas y las miradas de las heroínas rusas. El bravo Coronel, antes de retirar la mano que sopesaba el elegante traste, le echó delicado pellizcón para recordarle el ofrecimiento, concluir el trato.

Inolvidable jornada para los ojos de Ludmila Gregoriôvna Cytkynbaum. La ruta bordeaba los cacaotales: los cocos amarillos refulgían bajo la luz de la mañana, plantación más bella no existe, ni siquiera el trigal maduro en las estepas. Paraban de hacienda en hacienda para descansar, aceptando un trago de agua, un cafecito, probando dulce de banana en rodajas o de naranja-de-la-tierra, regalándose con un vaso de jugo hecho con la miel que cubre los granos de cacao, invención de los dioses.

Para conocer a la cantante rusa que ellas sabían prostituta del doctor Venturinha, las señoras de los coroneles abandonaban las cocinas y los prejuicios y se presentaban estiradas, los vestidos domingueros metidos a los apurones. Ludmila extendía la punta de los dedos para el beso de los hacendados, sonreía hermosa y modesta a las señoras dueñas, decía *merci* y *vous êtes tres gentille, Madame*. Un encanto de cantante rusa.

Todo aquel trópico ardiente y delirante, de coroneles millonarios y de miserables asalariados, de casas-grandes abundantes y de ranchos de barro, era el opuesto y el igual de las planicies de la Rusia de nobles, de kulakes y de siervos. Ludmila Gregorióvna cambiaba opiniones con Piotr, su hermano, expresando la esperanza de recibir, día más día menos, de las manos dadivosas del padrecito Boaventura o de otro tan rico como él, regalo de un campo y de una aldea con siervos negros. Vivía en una exaltación de descubrimiento, todo le parecía amoroso y romanesco, con una pizca de peligro: las serpientes y los bandidos.

La Santa Misión le encantó y fue ella quien estableció la comparación histórica y erudita con el Santo Oficio, demostrando una vez más a Venturinha, loco de tanta pasión, no ser apenas una hembra deslumbrante e incontinente: incontinente en la cama, tan sólo. Agregaba a la belleza las dotes de inteligencia y de cultura: podía dar lecciones a los abogados de Itabuna.

Conquistada por Tocaia Grande, había andado por el descampado, en las callejas, atravesado el puente, cruzado la Baixa dos Sapos y se había demorado en el taller viendo al herrero —busto desnudo, una piel grasienta de animal cubriéndole las partes— golpear el hierro

376

en el yunque, fabricando una pulsera de metal. Quiso comprarla, el negro la ofreció, recuerdo pobre e incomparable: chispeaba al sol.

Al regresar del paseo, los ojos centelleantes, el rostro perlado de sudor, la voz cortada de emoción, Ludi preguntó a Venturinha todavía echado en la red, prolongando la siesta:

—¿Esta aldea es tuya, padrecito? ¿Estas gentes son tus siervos? —Se echó sobre la red, los senos jadeaban, conmovedores: —Si me amaras de verdad, me darías aldea y siervos en prueba de tu afecto.

20

Pronunciado por la mañana, durante la misa, el sermón, emotivo y clemente, de fray Theun de la Santa Eucaristía, lamentaba el estado de degradación y renegamiento en que se complacía el pueblo de Tocaia Grande, pero recordaba la caridad de Dios, suprema bondad, cuyo corazón sangraba de la pena de las desviadas ovejas de su rebaño; invitaba al arrepentimiento y a las lágrimas.

Si no fueran empedernidos los habitantes de Tocaia, el llanto habría corrido suelto y alto, las manos habrían flagelado los pechos pecadores: pecadores, ay, eran todos los del lugar, sin excepción. Sería piadoso y edificante consignar en la crónica de los hechos de Tocaia Grande ese augusto instante de remordimiento y de penitencia de la diminuta multitud comprimida frente a la Santa Cruz, que escuchaba en relativo silencio las palabras del predicador. ¿Pero cómo hacerlo, si no sucedieron muestras de remordimiento ni tentativas de penitencia? En una cosa, con todo, estuvieron de acuerdo: el reverendo hablaba bonito, la voz fervorosa y caliente. El mismo era un bonito muchacho, en la crítica opinión de las putas.

No hubo llanto por la mañana ni castañetear de dientes por la tarde, miedo pánico, durante el sermón de fray Zygmunt, Martillo de Dios que martillaba con su pronunciación de perro de presa, Gotteshammer. Fray Theun obtuvo éxito con el prostituterío: mientras, luciendo por encima de la zurrada sotana el albo sobrepelliz, se movía en el altar improvisado y se condolía por el destino de las almas cuya salvación le parecía tan amenazada, las putas cambiaban comentarios de gusto dudoso e intención callada sobre lo que ellas harían si tuvieran el privilegio de apretar en los brazos al rollizo fraile con cara de bebé llorón. En cambio, fray Zygmunt con el sermón de fuego, de amenazas y de insultos, entusiasmó sobre todo a los hombres, ¡qué cura más zafado!

Lloraron sólo algunos niños cuando llevados a la pila bautismal, una pileta esmaltada, nuevita, prestada por el Turco Fadul, pieza cara en el almacenamiento de utensilios vendidos en el almacén. Fadul, además, desempeñó papel destacado en la ceremonia del bautismo colectivo, teniendo a su derecha a Coroca que conducía en los brazos al niño Nado, y a la izquierda a Bernarda, madre conmovida, hermosa con la falda ancha y la blusa de algodón, en la mano una vela prendida.

Reunidos los paganos de todas las edades, entre los cuales había muchachones altos, venidos de las haciendas, fray Theun los recibió en el seno de la Santa Madre Iglesia, haciéndolos cristianos. Fue de uno en uno, imponiéndoles la sal y el aceite, mojándoles las cabezas en la pileta llena de agua bendita. Declamaba las palabras del Credo: creo en Dios Padre Todopoderoso. Padres y padrinos las repetían en un vocear confuso, en una algarabía de feria libre.

Cumpliendo una promesa hecha, el Coronel Robustiano de Araújo y la esposa, doña Isabel, amanecieron en Tocaia Grande para ser testigos del bautismo de Tovo, hijo de la finada Diva y de Castor Abduim: allí estaban, presentes, a la hora de los santos óleos. La negra Epifanía había bordado una tela para la ceremonia y en ella había envuelto al inquieto Tovo, declarándose madrina de presentación, conforme la costumbre. Alma en Pena gruñó al fraile e intentó morderlo cuando el niño empezó a llorar al sentir en la boca la sal sagrada. Incidente cómico, provocó risas.

En el camino hacia la estación del tren, en Taquaras, después del bautismo, acompañado por el cabra Nazareno, el Coronel y doña Isabel se cruzaron con el séquito de Venturinha y durante algunos minutos intercambiaron gentilezas en medio del lodazal. Desde las alturas de la silla sobre el burro Mansedumbre, doña Isabel contempló a la zutana que había venido del extranjero traída por el hijo del fallecido Coronel Boaventura, extrañado amigo. No pudo negarle la belleza peregrina, parecía una estampa de la Virgen María en la fuga a Egipto, modesta y pura. Esas, que parecen santas, son las peores, comentó doña Isabel con el marido, al proseguir viaje. En cuanto al corpulento abogado, no pasaba, en su opinión, de un petimetre.

21

Las novias de mayo, unas preñadas, otras acompañadas por los hijos nacidos en la abominación de la mancebía, se formaron lado a lado en la plataforma ante la Cruz, de frente hacia el altar. Fray Theun ayudó en el arreglo de las parejas, cada una acompañada por los padrinos y madrinas.

Tizón Abduim había torneado para las novias rústicas alianzas de metal. Risueño y animado por la mañana, durante el bautismo, había estado serio y mudo a la tarde, en la ronda de los casamientos, padrino de Bastiao da Rosa y Abigail. Epifanía en medio de la gente lo contemplaba, preocupada: sabía que el negro pensaba en Diva, con quien estaría casándose si la fiebre no la hubiera consumido.

Decir cuál era la novia más bella y más feliz sería difícil e imprudente; sobre la más joven, sin embargo, no había dudas: era la niña Chica con sus catorce años sin cumplir y el tajo entero. La única en esas condiciones, conforme ya se informó, inclusive a fray Zygmunt: ¿dónde el reverendo había oído decir que recibirla en el culo era lo mismo que dar la palomita? Y en la palomita, Balbino, el novio, nunca había puesto el arma, Chica no lo había dejado. Pues bien, ¿y no sucede que en el momento del santo sacramento del matrimonio, el cura se fastidió y exigió que la pobre se retirara el velo tan lindo y la guirnalda donde doña Natalina se había superado bordando flores de azahar, una dulzura? Doña Leocadia, que no era de tragarse las bromas, indignada, quiso pelear, retirar su gente, abandonar la ceremonia, pero se quedó en las amenazas con que brindó a fray Zigmunt: si no vistiera sotana, iba a ver. Escuchó los llamados de fray Theun y llegaron a un acuerdo: quedó el velo, salió la guirnalda. Chica se casó deshecha en lágrimas, afirmando a los gritos, su castigada doncellez.

Con los casamientos y la bendición, la Santa Misión llegaba al fin: al día siguiente, de mañanita, los dos misioneros partirían hacia Taquaras, lugar más grande y menos abyecto. El sermón de fray Zygmunt dio fin a la parte religiosa del evento que sacudió y conmovió a Tocaia Grande durante cuarenta y ocho horas de exaltada animación. El último hecho del día contó con la colaboración de los curas; estuvo bajo la dirección y el control de Pedro Cigano, acordeonista, benemérito ciudadano. Para celebrar en una única jarana tantos bautismos y tantos casamientos, la fiesta tendría que cruzar la noche, como de hecho la cruzó. Compelida por Venturinha, Ludmila Gregorióvna Cytkynbaum partió hacia la hacienda de Atalaia antes de que el baile terminara. No antes, sin embargo, de haber bailado la cuadrilla francesa bajo el comando de Castor Abduim, el negro Tizón, en aquel día sometido a tan diversas emociones. Un etíope de la corte del Négus, dijo Ludi a Piotr, hermano y confidente. Se sintió bien en el *forró*, animado igual que los bailes de su adolescencia campesina y pobre. El sermón de fray Zygmunt von Gotteshammer fue lo que se denomina broche de oro, el broche de diamantes de la Santa Misión. Las palabras afirmativas y candentes si no amedrentaron el árido terreno de las almas estériles de Tocaia Grande, hicieron eco en oídos apropiados dando lugar a la reflexión, determinando procedimientos, todo de acuerdo con los edictos y las buenas costumbres.

El nombre, dado en homenaje al crimen, ya lo dice todo: he aquí cómo comenzó el Gran Inquisidor su sermón. En resumen acusó a Tocaia Grande de ser una ciudadela del pecado, refugio de bandidos. Tierra sin ley, ni la de Dios, ni la de los hombres, territorio de la degradación, de la lujuria, de la impiedad, del sacrilegio, de la inmundas prácticas del demonio, reino de la maldición de Satanás. Sodoma y Gomorra reunidas, desafiando la ira del Señor. Un día la cólera de Dios irrumpirá en fuego, castigando a los infieles, destruyendo los muros de la maldad y de la profanación, transformando en cenizas aquel cubil de escándalo y de iniquidad. Así profetizó.

En el momento de la bendición, en la agonía del crepúsculo, fray Zygmunt, Martillo de Dios, irguió la garra adusta, trazó en el aire la cruz de la excomunión, maldijo al lugar y a sus habitantes.

CON LA LLEGADA DE LA LEY A TOCAIA GRANDE, AQUI SE INTERRUMPE, AUN EN EL COMIENZO, LA HISTORIA DE LA CIUDAD DE IRISOPOLIS.

1

Guarida de bandidos, asesinos sin ley, pistoleros y rameras, había excomulgado el enviado de Dios. Urgía poner un freno a la violencia y al libertinaje, dar fin al desorden y a la villanía: decretaron los sabelo-todos y los charlatanes. El rumor creció en exigencia en el foro, en la Municipalidad, en la Catedral, en el cabaret.

La tradición era la trampa, la emboscada, la jaguncería, de ellos provenían la propiedad y la ley. Al frente de su ejército, el rey montó su caballo heredado y partió a imponer regla y compás, autoridades y obediencia, donde solamente había habido libertad y sueño.

Del anatema del Inquisidor a la marcha de los soldados, fue pequeño el paso, cubriendo justo la distancia entre el invierno de los sermones y el verano de los tiros, entre la vida y la muerte, entre el hombre y el súbdito. Aún más corto fue el tiempo del combate: de los recados a la ocupación, lo que pasó, pasó en pocos días.

2

El recado del Coronel Robustiano de Araújo alcanzó al Capitán Natario da Fonseca de vuelta de la hacienda Boa Vista donde la cosecha acababa de terminar y la recolección, en el vigor de las plantas nuevas, había sobrepasado los cálculos más optimistas. El Capitán había previsto llegar un poco más allá de las seiscientas arrobas, y había pasado de las setecientas. Cacaotal tan bien tratado, antes solamente en la hacienda de Atalaia. Despúes ni ése, a pesar de la asistencia del doctor Luiz César Gusmao y de las modernas teorías sobre el cultivo del theo-

380

broma cacao, árbol esterculiáceo, según la presumida expresión del ingeniero agrónomo.

El doctor Luiz César Gusmao, con toda su ciencia agronómica, estuvo a punto de ser despedido cuando Venturinha, el patrón, de regreso de Río de Janeiro a donde había ido a tomar un rápido baño de civilización en compañía de Ludmila Gregorióvna y del hermano Piotr, se dio cuenta de la caída del volumen de la cosecha si se la comparaba con el del año anterior. Hizo una escena, amenazó a Dios y María Santísima, exigió explicaciones. El ingeniero agrónomo, hojeando libros especializados en la materia, explicó que era así mismo: los resultados positivos de la aplicación de los métodos modernos y científicos, exigen tiempo y paciencia. Tiempo y paciencia, ¡la puta que los parió!, vituperó Venturinha, indignado. Pero terminó por rendirse a los argumentos del doctor Gusmao, un afortunado de primera porque, una vez más, Natario se negó a enterarse de las propuestas renovadas e irrecusables para reasumir el puesto de administrador.

Venturinha se sintió lastimado y se ofendió con la negación pues había prometido al *jagunço*, al Natario del Coronel Boaventura, hasta comisión en las ganancias, cosa nunca vista y reprobable en la crítica y en la correcta opinión de los hacendados. La cólera lleva a la desesperación: Venturinha habló, a quien quisiera oírlo, de deslealtad y usó la palabra traición. Natario ni siquiera había respetado la memoria del jefe y protector, a quien todo debía, y, enseguida después de su muerte, había puesto casa y financiado verdulería a Sacramento, prostituta del Coronel, corneándolo así post-mortem, innoble felonía. Pronunciaba post-mortem y felonía con el mismo acento doctoral con que el agrónomo se refería al theobroma cacao, árbol, esterculiáceo.

3

Oí unas conversaciones, no me gustaron, prevéngase; ése era el mensaje del Coronel Robustiano de Araújo, un tanto oscuro, traído por el cabra Nazareno, hombre de fe, que no supo agregar detalles. Al principio, el Capitán pensó que se trataba de los rezongos despechados de Venturinha, ya le habían llegado a los oídos y de ellos Natario se reía: enojo de chico mandón, cuando vaya a Itabuna le tiro las orejas, empinaremos un codo hablando de mujeres y la bronca se termina.

Sin embargo, discurriendo sobre el asunto con Fadul Abdala, se sorprendió al saber que el turco había recibido, con pequeña diferencia de fecha, un papel escrito por Fuad Karan, vertido en lenguaje alegórico, por no decir poético. El felá planta en los oasis un jardín de dátileros, pero quien coge los frutos es el zanguil; toma cuidado, mi buen Fadu, pues los frutos comenzaron a sazonar, alertaba en rebuscada caligrafía árabe. La nota había sido confiada al arriero Zé Raimundo, veterano del atajo, para que fuera entregada, en la mano, al tendero.

Juntos se rompieron la cabeza, Natario y Fadul, pidieron la opinión de Castor Abduim, aun así no encontraron la clave de la charada, capaz de exponer a la luz del entendimiento el sibilino significado de la embajada del Coronel, de la alegoría del letrado.

—En la semana voy a Itabuna, sacaré eso en limpio. —Dijo Natario ya entonces con la pulga en la oreja.

¿Qué conversaciones serían ésas que desagradaban al Coronel Robustiano? ¿Precaverse de qué? ¿Cuál era el concepto para la charada de dátiles maduros en que se había esmerado Fuad Karan? Sumando el recado y la nota, atando cabos, el asunto no debía de ser cosa así no más.

Para acompañar al Capitán, antes compadre de tratamiento, ahora de verdad, después del bautismo de Nado, para estar con él en Itabuna en el bar, en la pensión de Xandu, en el cabaret, Fadul decidió anticipar el acostumbrado viaje de negocios: encuentros con los proveedores, arreglo de cuentas, renovación de mercadería. En la pensión de prostitutas, recordaría con Xandu la gracia y la seducción de Zezinha do Butiá, ¡el tajo un abismo! Perdida en Sergipe, no daba noticias ni siquiera al sobrino Durvalino, el Lleva-y-Trae.

Si sobrara tiempo, iría a Ilhéus a charlar con Alvaro Faria y ver el mar que, de muchacho, había cruzado en un lugre de inmigrantes para venir del país de las támaras a las tierras del cacao.

4

No llegaron a emprender el proyectado viaje, no hubo tiempo, los acontecimientos comenzaron a desarrollarse enseguida y se precipitaron a ritmo de tormenta y vendaval.

Acababa el Capitán Natario da Fonseca de sentarse a la mesa del almuerzo cuando el hijo Peba entró corriendo en la casa: no venía por la comida. Jadeante, se dirigió al padre:

—Allá afuera hay dos hombres tirándoles a los chanchos y dicen que son fiscales y ya mataron...

El Capitán no esperó que Peba terminara la frase, tomó el cinturón con el arma, colgado en la pared al lado de la mesa, se echó por la ladera. Alcanzó el descampado a tiempo de ver a Altamirando, también él llamado a los apuros, agarrarse con uno de los desconocidos. Con las armas en las manos, gritando amenazas, los dos advenedizos habían hecho una carnicería de chanchos, en su mayoría del criadero del sertanejo.

Altamirando, un puñal en la mano, y el tal sujeto cuyo revólver se había perdido en la caída, rodaban en el suelo. Todavía distante, Natario no pudo hacer otra cosa que gritar, cuando el otro individuo enfocó a Altamirando y disparó el trabuco varias veces: el criador de chanchos retrocedió, un agujero en la espalda por donde la sangre en un chorro lo abandonaba. Casi en el mismo instante, el asesino cayó muerto con un único tiro de la escopeta del Capitán. Llegaba gente de todos lados y Tizón Abduim agarró en los brazos al fulano, que habiéndose librado del cuerpo de Altamirando, trataba de levantarse.

Cuando el tipo se vio cercado y recibió los primeros sopapos, se puso de rodillas e imploró que no le sacaran la vida, por el amor de Dios: tenía mujer que mantener e hijos que criar. Allí habían llegado él y su colega con órdenes expresas de ejecutar. Ambos fiscales de la Intendencia del Municipio de Itabuna con dominio en la ciudad, en las villas y en los poblados: en el territorio del municipio se situaba el caserío, o lo que fuera, de Tocaia Grande. Venían para hacer valer la ordenanza que prohibía animales sueltos en las calles: las determinaciones recibidas del Sargento Delgado mandaban matar a todos los animales de cuatro patas que se encontraran vagando en las arterias, pues no tenían dónde recogerlos y, aunque tuvieran, era necesario dar el ejemplo. Cuando se cumplen órdenes, no se tiene la culpa, Capitán. Tenga compasión de un pobre siervo.

Lo soltaron por fin, bastante maltratado, y permitieron que montara el burro en que había llegado. Antes, sin embargo, lo desarmaron —además del revólver abandonado, portaba puñal, navaja y un arsenal de balas—, y lo desvistieron, dejándolo desnudo como había venido al mundo. En la silla del otro animal, ataron el cuerpo del finado matador de chanchos y como despedida el Capitán recomendó al aterrorizado fiscal de calles:

—Dígale a quien lo mandó que aquí en Tocaia Grande, ningún forastero pone el pie ni mete la mano. Quien lo está mandando a decir es el Capitán Natario da Fonseca y las pruebas las está llevando. No olvide el recado.

5

Terminado el arreglo de los utensilios indispensables para la temporada en la hacienda, Zilda vino a sentarse junto a Natario, en la galería. Los hijos, a excepción de Edu, que estaba en el taller ayudando a Tizón, subían y bajaban la ladera, conduciendo los atados y baúles de estaño al carro de buey, a la espera, abajo. Zilda permaneció silenciosa durante un buen tiempo, al fin abrió el pecho y habló:

—Voy a disgusto. Me echaba atrás, si pudiera.

—No veo por qué. Pensé que estabas contenta. Desde que la casa estuvo lista sólo hablas de ir a la plantación.

—Eso era antes. Después que los fiscales aparecieron por acá, perdí las ganas. ¿Tú qué piensas de la venida de ellos?

Desde lo alto del otero, sentado en el banco en la galería de su residencia, el capitán Natario contemplaba Tocaia Grande. En un día distante, cuando ni el cementerio había empezado aún, le había dicho al Coronel Boaventura Andrade al enseñarle la existencia del valle desconocido: "aquí es donde voy a hacer mi casa, cuando la pelea termine y usted cumpla el trato". Se volvió hacia la mujer, le miró la cara en general serena, en aquel instante cubierta por una sombra de inquietud. Zilda nunca había sido una hermosura pero tenía los rasgos delicados y todavía le quedaban, en el rostro delgado, unos rastros de juventud: los años y los hijos, los que pariera y los que adoptara, no habían conseguido quebrarla, reducirle el temperamento y la disposición. Llevado por Peba, el papagayo Anda-a-que-te-la-metan-por-el-culo gritando palabrotas de protesta. Aun en los peores momentos de peligro, durante los altercados, Natario nunca le había ocultado la verdad cuando Zilda, abandonando la prudencia diaria, indagaba sobre contingencias de problemas o de mujeres.

—Puede no ser nada, no pasar de una extralimitación del sargento Orígenes, que quiere hacerse ver, o del Intendente, doctor Castro.

El Intendente de Itabuna continuaba siendo el mismo abogado Ricardo Castro que, diez años antes, se había pasado al lado del Coronel Boaventura Andrade, con armas y bagajes. Sus armas y bagajes eran la obsecuencia y la ambición: siendo así, otro mejor para el cargo no podía haber y él lo alternaba con Salviano Neves, un pariente de doña Ernestina, dentista práctico. Electo y reelecto, casi vitalicio, el abogado Castro, sin ser más que un testaferro, apreciaba exhibir fuerza y poder, eructar autoridad.

—Cuando vaya a Itabuna, le voy a decir a Venturinha que le ponga las barbas en remojo. En los tiempos del Coronel ninguno de ellos se iba a atrever, vivían con las riendas cortas, pero Venturinha deja que la cosa corra.

—¿Crees que él no sabía? —Se apresuró a agregar: —Yo también lo creo, puede ser que hasta con la intención de intrigar.

El Capitán aprobó con la cabeza. Quién sabe, bien podía ser esa la idea de Orígenes: el doctor Castro era demasiado bruto para pensar en eso. La conversación parecía haber llegado al fin pero Natario siguió hablando. No quería dejar a la mujer, madre de sus hijos, al tanto apenas de la mitad de sus elucubraciones: le debía la misma lealtad que ella le dedicaba. A veces no le hablaba de éste o de aquel asunto pero jamás le había escondido fuera lo que fuere cuando ella había abierto la boca para preguntar.

384

—Puede ser también cosa de mayor alcance. Puede haber algún intrigante por detrás del sargento o del doctor. Tocaia Grande ya está creciendo, antes no valía dos centavos pero ahora debe haber mucha gente con el ojo puesto acá por causa de la política y del movimiento. Gente que quiere meter la mano acá. Sólo que yo no lo voy a permitir.

Habiendo aclarado su pensamiento, dio el discurso por terminado:

—Anda en tu viaje con los muchachos.

—Estoy con ganas de no ir.

El Capitán retiró de nuevo los ojos del paisaje glorioso en la mañana de verano, se detuvo en el rostro crispado de Zilda:

—¿Te acuerdas que la vez de la fiebre querías ir a la plantación con los niños y yo te dije que no? No era hora de que nosotros saliéramos de aquí, ni yo, ni tú, ni los niños. Nos íbamos a quedar aunque fuera para morir. Ahora soy yo que te digo: anda y llévalos. En este caso basta con que me quede yo.

—¿No es mejor que yo me quede contigo?

—¿Cuánto tiempo hace que nos juntamos? Dime. ¿Qué es lo que yo hacía entonces? ¿Ya te olvidaste?

En el acento normal, ni rabia, ni exaltación, como si se refiriera a cosas corrientes; presa en el pecho la ternura por la mujer que había conquistado a balas en medio del camino. Había costado la vida de un hombre, una basura. Con ella se había casado ante el cura, aprovechando una Santa Misión en el tiempo de ñaupa, le había hecho un montón de hijos y, no satisfecha, Zilda tomaba los de las otras para criar como si fueran de ella. Eran todos de él.

—Tú siempre estuviste con los niños, actuaste bien. Yo sé cuidarme, mi oficio toda la vida fue ese, el de *jagunço*, tú lo sabes muy bien. Anda, lleva a los niños, arregla la casa y espérame allá.

—¿Vas a tardar en ir?

—Puede que sí, puede que no. Tengo mucho que hacer en la plantación pero antes voy a Itabuna a saber qué es lo que está pasando.

Del pie de la colina subía el barullo de los niños arreglando los bultos en el carro de bueyes. Peba vino a avisar que estaba todo listo para la partida. El Capitán bajó junto con Zilda para dar la bendición a los hijos. Zilda le extendió la punta de los dedos, las manos se tocaron y la de Natario, en un gesto de él, acarició el rostro de la mujer.

La calma de la mañana asoleada cubría a Tocaia Grande, con un manto de paz. Los ruidos eran los de siempre, la brisa estremecía el agua del río, las mujeres lavaban ropa cantando canciones, los chanchos buscaban frutos podridos con el hocico debajo de la jaqueira. Fadul estaba en la puerta del almacén, Durvalino sacaba agua del pozo y se oía el golpe del martillo sobre el yunque en el taller de Tizón

385

Abduim. Bernarda y Coroca se aproximaban para desear buen viaje a Zilda y besar a Nado.

En el cementerio, una sepultura más, fosa rasa igual a las otras; la de Altamirando, pastor de cabras y de cerdos. Lo habían enterrado cerca de Cao, adivinándole la voluntad.

6

Desnudos, debido al calor, aquel mismo día, en la boca de la noche, estaban el Capitán Natario da Fonseca y Bernarda, su ahijada, su enamorada, en la cama de retozar, cuando sintieron a alguien abrir la traba y empujar la puerta de entrada de la casa de manera. Debía de ser Coroca que volvía del otro lado del río donde había ido a visitar a doña Vangé. Así pensando, el Capitán quiso proseguir el goce, pero Bernarda dudó y, en un estremecimiento, salió de debajo de él. Andaba a los sobresaltos desde el día de los fiscales que mataron los cerdos, un presentimiento en la cabeza, un peso en el corazón.

En las sombras del cuarto se incorporó un bulto, venía gritando de la sala:

—¡Llegó el día de tu muerte, Natario da Fonseca, Capitán de mierda!

Apuntó al Capitán pero quien recibió el tiro fue Bernarda, que se había levantado de repente, poniéndose adelante del padrino. La bala le rasgó el pecho, atravesando el seno izquierdo, y ella cayó encima de Natario.

En el mismo instante una bala, disparada desde la puerta, derribó al *capanga*. El negro Espiridiao se dejó ver en el crepúsculo, pero no entró en el cuarto, se quedó esperando en la salita. Bernarda moría en los brazos del padrino como le anunciara la gitana el distante día en que le leyera la mano.

—Mi amor... —murmuró, echando sangre por el pecho y por la boca. Por primera vez ella le decía mi amor, al único amor de su vida. Volvió a repetir antes de que la voz se extinguiera: —Mi amor...

La sangre de Bernarda cubrió el rostro de Natario, corriéndole por la panza y por los muslos. El la levantó en los brazos, la puso sobre la cama y la cubrió con la sábana. El rostro inmóvil, las mandíbulas duras, los dientes cerrados, los ojos empañados, un filo de navaja, el Capitán demoró un minuto allí parado ante el cuerpo de la ahijada. Daba pena y daba miedo.

7

—Dalvino, ¿se acuerda de él? —Dijo el negro Espiridiao empujando el cadáver con el pie.

Natario se acordaba muy bien del blancucho, uno de los muchos que le había jurado muerte en las otroras de las peleas. Se habían enfrentando, entonces, el cabra enganchado en las huestes del Coronel Daltan Melo, de Ferradas, él guardando los pasos del Coronel Boaventura. En una pensión de putas, en Itabuna, había tenido además una desavenencia por causa de mujer, pero el desaguisado no había prosperado: Dalvino, borracho, apenas se sostenía en pie. La lengua gruesa de *cachaça*, se había reducido a amenazas y juramentos de venganza. Una de las prostitutas lo llevó consigo a la cama.

Blancucho, cabello cortado al rape, en el mentón recuerdo de tiroteo, un rasgón rojo. Bueno de mira, Dalvino pasaba por autor de sinnúmero de muertes en emboscadas armadas por cuenta de mandadores diversos. Cuando el Coronel Dalton estiró la pata, consumido por la fiebre, la que mataba hasta a monos, Dalvino se transformó en francotirador, alquilando arma y puntería a quien le propusiera trabajo y pago. Después había desaparecido, lo habían dado como muerto en el *sertao* de Jequié, de donde viniera y donde volviera. He aquí que resucitó de repente para aparecer en Tocaia Grande, resuelto a liquidar a Natario. A cuenta de viejas amenazas, venganza con tamaño atraso, difícil de creer. Había sido contratado para hacer el trabajo, por alguien al tanto de la topografía del poblado y de los hábitos del Capitán, compromisos y amores.

—Taquaras está así de *jagunços*, todos los días llega un crápula, venido de Itabuna. —Continuó Espiridiao: —Si quiere saber para qué, yo le digo: están juntándose para atacar Tocaia Grande.

Hallando extraño la repentina afluencia de aquella banda de facinerosos, en la estación de Taquaras, Espiridiao buscó saber el motivo de la curiosa convergencia. Hacía mucho que no se veían tantos carabineros reunidos, sin razón aparente, pues reinaba la paz en la grey de los coroneles, la tierra dividida entre los adinerados, y la política andaba en calma, todavía distantes las elecciones. Sin nada que hacer fuera de admirar los conocimientos de la hija, la profesora Antonia —verla al pizarrón dictando cuentas a los niños le inflamaba el corazón y le abría la boca en una risa que destapaba las encías sin dientes—, había salido en busca de informaciones: ¿por qué se concentraba en Taquaras tal cantidad de *capangas*, algunos de tenebrosa y merecida fama? Todos armados hasta los dientes, dinero sobrando en el bolsillo: en las pensiones corría *cachaça* a rodos.

La mayoría de los cojudos no sabía gran cosa, además de la invitación transmitida de parte del sargento Orígenes a una diligencia que podía rendir buenos cobres, con garantía de saqueo y de botín, y la perspectiva de un puesto en la Policía Militar, dependiendo del comportamiento del individuo. Engancharse en la Policía Militar, con derecho a uniforme e impunidad, era la ambición mayor de los *jagunços* desocupados. En Taquaras, lugar de encuentro, recibirían las directivas en el momento oportuno.

Uno u otro, sin embargo, sabía poco más y el nombre de Tocaia Grande fue citado varias veces. Dalvino, en una borrachera monumental en la pensión de Mara, en el Beco de Valsa, fanfarrón además de borracho, se jactó de estar encargado de incumbencia especial, de relevancia, que precedería el movimiento de la *jagunçada*. Grato encargo, pues le permitiría cobrarse agravio antiguo.

Terminó refiriéndose al nombre del Capitán y, a partir de allí, Espiridiao ya no lo perdió de vista. Se le pegó a los talones, acompañó de lejos el encuentro del cabra con el cabo Chico Roncolho, subdelegado de policía de Itabuna llegado en el tren, y, manteniendo buena distancia para no ser visto, pisó los pasos de Dalvino cuando el cabra tomó el camino a Tocaia Grande. El resto de la historia el amigo Natario lo conocía.

El negro sólo lamentaba no haber tirado antes que el miserable, evitando la muerte de Bernarda. Pero desde la puerta veía mal el interior del cuarto, inmerso en las sombras de la boca de la noche. Había temido darle a la muchacha o a Natario, sólo había podido descargar el arma en la claridad del tiro de Dalvino. Una tristeza, la muerte de Bernarda: era la prostituta más bonita en la vastedad del río de las Víboras, ninguna se le podía comparar: una estampa de almanaque.

8

Jacinta, apodada Coroca desde hacía mucho tiempo, por fin pareció una viejita menuda y acabada, desvalida, como si la edad y el cansancio se le hubiera echado, de una vez y de repente, en la cabeza. Arrodillada al pie del lecho de muerte de Bernarda mirándole el rostro. Lecho de muerte, cama de campaña donde la hermosa ejerciera el oficio de puta durante tantos años y durante todos esos años fuera mujer sólo de un hombre, su padrino.

Dos veces comadre, Coroca había traído al mundo al niño que ella pariera; después lo había bautizado en el altar de la Santa Misión. Más que comadre, hija, pues cuando se encontraron en Tocaia Grande y Coroca la adoptó, Bernarda no pasaba de ser una niña agraviada por el sufrimiento: la flor comida por el padre; la madre paralizada en la cama; crecidas ella y la hermana menor, en el hambre y en el golpe. Si fuera hija de sangre, concebida en sus entrañas, no sería más querida.

En el transcurso de aquellos años, habitando las dos la misma casita mandada construir por el Capitán Natario da Fonseca, jamás una palabra de mal modo, un gesto abrupto, riña de cualquier especie, la

388

menor desconfianza se había interpuesto en la perfecta convivencia de las comadres. Dios mío, ¿cómo iba a ser de ahora en adelante? Coroca bajó la cabeza, no quería pensar.

No pensaba en nada, no recordaba el pasado, acontecimientos, conversaciones, proyectos, horas tristes y alegres, peligros, sueños y fiestas. Estaba seca y vacía como si le hubieran arrancado el corazón y las tripas, a golpe de puñal. Había lavado el cuerpo de Bernarda y lo había vestido, le había peinado los cabellos escurridos y le había colgado en las orejas los aros que el padrino le había dado de regalo.

Poco a poco, la gente fue llegando para el velorio. Las prostitutas trancaron sus puertas, en señal de luto.

9

Con mi silencio les digo, comadres y compadres: en los tiempos de antaño, en esta tierra grapiúna donde crece la labranza del cacao, la más bella y la más rica de cuantas en el mundo se plantan y se cultivan, existía una decencia de palabra empeñada, una nobleza de trato, y no se hacía necesario el uso de papel timbrado o la presentación de documentos. Los ciudadanos, los ricos y los pobres, los coroneles y los *jagunços*, tenían la misma estatura en la lealtad y en el respeto, en el brío y en la honra. La traición se pagaba con la muerte.

Muchas cosas habían cambiado, por fuera y por dentro, desde aquel ayer cuando se cruzaba la calle con escopeta en el puño y la confianza entre los señores y los valientes era moneda preciosa y acreditada. Ahora manda otra gente. El rostro de Natario, piedra adusta, no dejaba traslucir los amargos pensamientos, no reflejaba el dolor de la ausencia de quien fuera amante y ahijada, casi hija. Pero las comadres y los compadres, fraterno compadrío nacido de la diaria convivencia de hombres libres, le conocían el discurso, el manifiesto y el silencio.

Sucediera lo que sucediera, honraría la palabra empeñada, tácita y sobreentendida, cumpliría el compromiso asumido en la trayectoria de las coyunturas y de los sucesos, los grandes y los pequeños, los bienaventurados y los malditos, la alianza celebrada por la vida.

10

Espiridiao había oído aquí y allá, en los bancos de charla ociosa de la estación, en las ruidosas bodegas de *cachaça*, en las alegres pensiones de prostitutas, rumores, boatos, chismes sobre el intempestivo e intenso movimiento de la Intendencia, en las notarías, en el cuartel de la Briosa, en la cárcel, en las calles de Itabuna. Las tramas, si se creía al vocerío, eran varias y diversas.

Referencias muchas, pero vagas, no bastaban para que se llegara a conclusiones precisas. El Capitán pensó en irse a Itabuna a fin de saber, detalle por detalle, lo que estaba sucediendo, aclarando todo. Pero los otros tres, y enseguida también Coroca, persona de buen juicio, desaconsejaron tal viaje por imprudente y peligroso: era lo mismo que meterse en la madriguera del enemigo, entregarse a él con las manos y los pies atados.

En la opinión segura y equilibrada de Espiridiao, si habían enviado un *jagunço* a Tocaia Grande para matarlo, habría en cada esquina de Itabuna un bandido esperándolo, acechante. Fadul Abdala y Castor Abduim concordaban en género, número y grado. Espiridiao había encargado a la hija —la profesora Antonia se daba con todo el mundo, merecía confianza y era respetada debido al saber y a los anteojos que lo probaban— obtener el máximo de informaciones y mandar que un mensajero las llevara en mano, en un recado escrito. Para escribir bien explicado, con letras bonitas, no había dos, la profesora era la única.

Ni así, con todo, el Capitán había desistido, si no fuera por la llegada a Tocaia Grande de don Carlinhos Silva. Había estado en Ilhéus para el informe mensual, traía noticias concretas y orden expresa, dictada por Kurt Koifman en persona, de vaciar y cerrar el depósito de cacao y volverse a la matriz de la firma. Pasado el tiempo caliente que se anunciaba, decidirían sobre la localización del depósito: si dependía de los conformes podrían hasta mantenerlo en Tocaia Grande.

11

Acompañada por los tres hijos, Jaosé, Agnaldo y Aurelio, la vieja Vangé paró delante de la entrada de la galería, en casa del Capitán Natario da Fonseca:

—Permiso, Capitán. Quería hablar unas palabras con usted.

Sentado en uno de los bancos de madera, limpiando el arma, el Capitán conversaba con Fadul y Tizón. Armas amontonadas en la sala de visita, a los pies del gramófono, llamaron la atención de la sergipana.

—Tome asiento, tía Vangé. —Natario señaló los bancos vacíos. —Ustedes también. Hay lugar para todos.

Jaosé había vuelto de Taquaras con los ojos muy abiertos, las orejas preñadas con lo que había visto y oído. Había ido a la feria, en compañía del hermano Aurelio, llevando, en las alforjas del burro, un cesto de gallinas y dos bolsos repletos de productos del plantío: zapallos, chuchus, maxixes, quiabos, jilós, batatas; había regresado confuso y alarmado, en marcha apresurada. Había asistido al insólito tránsito de *jagunços*, la feria en alboroto, escuchaba rumores estremecedores.

—Don Capitán, ¿usted ya sabe lo que Jaosé oyó decir en la feria de Taquaras? El nos lo contó y ni creo que pueda ser verdad.

El Capitán se había levantado en busca de jarros, servía *cachaça* a los recién llegados.

—Hable, tía, la estoy escuchando...

Antes de sentarse, reforzó la dosis de los jarros del negro y del turco y del suyo propio. Dejó la botella al alcance de la mano.

—Pues andan diciendo que todos nosotros somos criminales, que estamos ocupando tierra ajena sin orden del dueño.

—Eso mismo. —Confirmó el hijo: —Que nosotros somos ladrones de tierra.

Vangé retomó la palabra:

—Que nos van a echar a todos, que los dueños están por llegar, que no van a tardar mucho.

—Garantizados por los *jagunços*... Los dueños de Tocaia Grande, fue lo que él oyó. Jaosé quiso rebatir, pero confirmaron lo dicho: es la ley que va a llegar. Por ser lugar atrasado, acá no había, pero va a haber. ¿Es verdad? Dígame, Capitán. Sólo le creo a usted.

El Capitán Natario da Fonseca colocó la escopeta sobre el banco, demoró la mirada en la cara ansiosa de la vieja Sergipana, luego tragó el sorbo de *cachaça*, con el reverso de la mano se limpió la boca:

—Hay gente que quiere que sea así, tía. Si nosotros los dejamos, así será.

—Póngalo más claro, Capitán, no le estoy entendiendo bien.

Los tres hermanos, así como Castor y Fadul, acompañaban en silencio el diálogo entre la vieja y el Capitán, bebiendo la *cachaça* despacio. Había una tensión en el aire, tan fuerte y concreta que casi se podía tocarla con la mano. Jaosé escupió, más allá de la puerta, un escupitajo grueso.

—¿Cuántos años hace que usted llegó con el finado Ambrosio y su gente? Respóndame si entonces la tierra tenía dueño o no lo tenía. Cuando ustedes la ocuparon, limpiaron los matorrales, comenzaron a plantar mandioca, ¿apareció alguien para reclamar diciendo que era el dueño?

—Nadie.

—Ni podía, porque nunca tuvo dueño. ¿Cuántos años hace? Ahora que está limpio y plantado, que hay casa de harinas, y ustedes venden acá y en Taquaras, le ponen el ojo encima. ¿Usted no vio el caso de los fiscales? ¿De quién eran los chanchos que mataron? ¿No eran de Altamirando? Lo mataron a él también. Dicen que es la ley, que nosotros tenemos que obedecer.

Agnaldo abrió la boca, llegó a decir, con rabia: la ley, mierda de ley, pero la madre no lo dejó continuar:

—Espera, hijo. Capitán, usted acaba de decir que ellos nos la sacan si nosotros los dejamos, ¿no? —Repitió pidiendo confirmación: ¿Si nosotros los dejamos?

—Eso mismo, doña Vangé. Los hombres de Itabuna armaron una trampa y andan diciendo que estas tierras donde nosotros asentamos Tocaia Grande tienen dueño, que lo tenían desde el comienzo. Estas tierras de los dos lados del río, donde quedan los sembrados que usted plantó, junto con Zé dos Santos, Altamirando y doña Leocadia, y donde están las casas que nosotros hicimos. Los plantíos y las casas. que se llevó la creciente y ustedes y nosotros plantamos e hicimos de nuevo. Estas tierras que eran de ustedes y de nosotros, dicen ahora que tienen dueño y que lo tuvieron toda la vida. Está escrito y registrado en la notaría. Sólo falta que nosotros concordemos.

—¿Concordar en que tomen nuestra tierra?

—Preste atención, doña Vangé, atienda lo que voy a decir. Ustedes también, Jaosé, Agnaldo y Aurelio. O bien decimos que ellos tienen razón y nos entregamos, hacemos acuerdo: ustedes trabajan para otro, yo pago por el otero, o peleamos para defender lo que es nuestro.

—¿Valdrá la pena? —Jaosé escupió de nuevo: —Nunca vi tantos *jagunços*.

—La pelea va a ser fea... —El Capitán recorrió a los sergipanos con los ojos menudos, bajó la voz: —... lo más seguro es que perdamos. Aun así, Jaosé, soy de la opinión de que vale la pena, y el compadre Fadul y el amigo Tizón piensan lo mismo. Decididamente que vamos a pelear.

Demoró la vista en la cara de la vieja, marcada por la vida.

—A Tocaia Grande la hicimos nosotros, nosotros y ustedes, doña Vangé. Y los finados Ambrosio y Altamirando, la finada Merencia, los difuntos que están en el cementerio. ¿Estoy mintiendo? Mientras yo viva, nadia va a abusar de nosotros.

Agnaldo quiso interrumpir, el Capitán hizo un gesto pidiéndole paciencia:

—Ya estoy terminando, Agnaldo, después hablas tú. Cada uno es libre de hacer lo que quiera, tía. Así usted como sus hijos. Hacer trato, irse para siempre o para volver después, o bien agarrar las armas.

—Por mí, ya sé lo que voy a hacer. No a va a ser como la otra vez, que ellas no me dejaron... —explotó Agnaldo casi a los gritos.

Vangé retomó la palabra, no alteró la voz.

—¿Se acuerda, Capitán, cuando usted nos encontró en la ruta, corridos de Sergipe? Conmigo era la segunda vez, ya había sucedido con la tierra de mi padre. Sé como piensa Agnaldo, él nunca se olvidó. No sé de los otros, cada uno sabe por sí mismo. Pero puedo decirlo, Capitán Natario, a usted, que fue un padre para nosotros: del provecho de esta tierra que era selva cerrada cuando nosotros llegamos, no le doy a nadie ni la mitad ni un tercio. A nadie. Y sólo salgo de ella muerta. Los otros, no sé.

—Nosotros hacemos lo que usted mande, madre. —Jaosé se levantó, no podía dejar los plantíos abandonados. —Vamos a trabajar.

—Dios se lo pague, Capitán —dijo Vangé y salió seguida por los hijos. Pero Aurelio, el más joven, que durante el encuentro no había pronunciado una sola palabra, se quedó rezagado:

—¿Me consigue un arma, Capitán? Allá en casa, el único que tiene es Agnaldo. Y yo no tengo mala puntería.

12

La ley, comadres y compadres. En el caño de la escopeta, en el gatillo de los revólveres, en la boca de las carabinas, la ley se anunciaba. Después de la creciente y la fiebre.

Quien quiera puede irse, mandarse mudar, empezar a caminar, quedarse de lejos esperando que el lío termine, para volver despacito, el cogote bajo, a fin de recibir el yugo y obedecer las órdenes del señor. Quien quiera puede escapar, poner los pies en polvorosa, juntar las pertenencias y desaparecer. No hay más lugar en Tocaia Grande para los cobardes y los miedosos.

Habiendo decidido qué hacer, antes de tomar las últimas providencias, el Capitán Natario da Fonseca, antiguo comandante de *jagunços*, cabra valiente, ora acompañado por Castor, ora por Fadul, cuando no por los dos, fue de casa en casa, en las dos orillas, y explicó a cada criatura lo que estaba sucediendo y lo que iba a suceder.

A muchos, inclusive, por conocerlos bien, les aconsejó prudencia y exhortó a la fuga; si les fallaba la temeridad, tampoco poseían las mismas razones para tomar las armas y resistir. Era más difícil — ¡ay, mucho más, sin comparación!— que enfrentar la creciente: más mortal la ley que la peste.

Sólo valía la pena para aquellos que tenían un pacto que honrar. Un pacto con Dios, con el buen Dios de los maronitas, era el caso de Fadul. O con la libertad, era el de Castor. Con la tierra ganada con el sudor de la frente, en el caso de Vangé. En el de Coroca, un pacto firmado con la vida. O cuando alguien, habiendo conquistado mando y autoridad, contrajo obligaciones y debe cumplirlas. Era el caso del Capitán Natario da Fonseca.

13

En la última noche de expectativa, el buen Dios de los maronitas apareció en sueños a su hijo Fadul Abdala, como ya había sucedido en diversas ocasiones anteriores. Vivían en asiduo contacto, cambiaban impresiones sobre los acontecimientos, el árabe agradecía o reclamaba, conforme fuera, alabando las providencias tomadas por el Señor o acusándolo de desatento y liviano.

Con su majestuosa aparición —nube inmensa que, para conversar con Fadul, adquiría forma humana, anciano gigantesco, barbudo y melenudo— el buen Dios interrumpió disoluta noche de bacanal durante la cual el turco comenzó tocando los pechos a la viuda Jussara Ramos Rabat, por otro lado mujer casada pues había revertido la condición ya hacía tiempo, al tomar marido: un patricio todavía joven, recién llegado a la región, que había asumido con garbo la Tienda Oriental y los cuernos del extrañado Kalil. Enseguida, el potente Abdala facturó en la misma modorra dos hermanas, ambas casadas y coquetas, con las cuales había estado envuelto otrora cuando el Diablo trataba de tentarlo con muchachas núbiles y herederas para alejarlo de Tocaia Grande. Eran hermanas de Adma, fea como la necesidad, mala como el Perro, con quien había estado a punto de casarse. Historia de los principios del poblado, menospreciada en la crónica de Tocaia Grande pues sus detalles habían ocurrido en Itabuna; habría sido narración curiosa y picaresca con personas conocidas como Fuad Karan, y con nuevos protagonistas: Adib Barud, el sorprendente mozo de bar, por ejemplo; pero es demasiado tarde para contarla.

Para completar la orgía de aquella noche solitaria, hasta la doncella Aruza, desaparecida del ancho lecho del colchón de pasto y de chinches, desde que un abogado la llevara al altar cogida y preñada, apareció para otorgarle la virginidad todavía intacta, y la virginidad de Aruza era el tajo de Zezinha do Butiá, aquel infinito abismo. En las últimas noches, cuando la espera fue larga y lenta, Zezinha le había hecho constante compañía.

El buen Dios de los maronitas le tocaba el hombro, le tiraba del brazo, retirándolo de los senos y de los pliegues de las mujeres para alertarlo acerca del peligro que se aproximaba a Tocaia Grande. Abrió los ojos, el Señor se había transformado en el largucho Durvalino, su cajero, que le informó, exaltadísimo:

—¡Don Fadu! ¡Los cabras están llegando, don Fadu!

Una excitación infrecuente lo dominaba: individuo cuya característica principal era la continua agitación, imagínese su estado. Fadul se puso de pie:

—¿Cómo lo sabes?

—Fue don Pedro Cigano quien me lo dijo. El está en la tienda y quiere hablar con usted y con el Capitán. Sólo que el Capitán no está en casa.

Mientras se lavaba la cara en la palangana de estaño, el turco pidió detalles, Durvalino contó lo poco que sabía:

—Don Pedro se encontró con ellos viniendo para acá. Se escondió y los siguió hasta cerquita de acá.

Lleva-y-Trae se restregaba las manos, se rascaba los ojos, no conseguía esconder el nerviosismo. Fadul acababa de secarse el rostro:

—Hoy mismo te vas.

—¿Yo? ¿Ir adónde? ¿Usted me está despidiendo? ¿Qué hice?

—No es eso. No hiciste nada. Pero no te quiero cerca de aquí. No quiero que mañana tu tía me culpe si te pasa alguna cosa.

Durvalino se rió en la cara del patrón:

—Tía Zezinha, cuando me mandó venir acá, me dijo: Lininho, es así como me llama ella, te vas a quedar con don Fadu, vas a cuidarlo, no te vas de al lado de él que mi turco es un niño grande, vive metiéndose en líos. Lío peor que éste de ahora no puede haber. ¿Cómo es que usted quiere que me vaya? ¿Qué iba a decir mi tía?

Miró serio al patrón y arriesgó el pálpito, adelantó su opinión sobre todo aquel enredo en que estaban envueltos:

—Usted va a ver, don Fadu, que todos nosotros vamos a morir en las manos de esos *jagunços*. No va a sobrar ninguno, ¡ya va a ver!

14

Apoyado en el mostrador, Pedro Cigano se había servido, por cuenta propia, el trago matinal para lavar la boca. Había pasado buena parte de la noche arrastrándose en los matorrales, acompañando el movimiento de los *jagunços*, venidos de Taquaras, en marcha forzada.

Hábito maquinal, Fadul reparó en la baja dada a la botella de *cachaça* por el trotamundos. Levantó los hombros, el momento no era apropiado para rezongar. Muy probable que Durvalino tuviera razón y nadie escapara: en el estado de guerra en que se encontraban no cabían las mezquindades del comercio. Apenas comentó con cierta aspereza:

—Elegiste una hora inoportuna para aparecer. No podía ser peor.

—¿Por qué me dice eso el amigo Fadul? ¿Estás enojado conmigo?

—El que mejor sabe el porqué eres tú, que viste a los cabras, ¿no? Vienen para atacar a Tocaia Grande, ¿no lo sabes?

—¿Alguna vez falté? Si falté, puedes decírmelo. ¿Quién estaba acá cuando Manuelzinho, Chico Serra y Janjao devastaron todo? Y en la creciente, ¿quién salió a buscar a don Cícero Moura y Cao, pobrecita? Y en la fiebre, ¿quién fue a buscar remedio? No soy de jactarme, amigo Fadu, menos todavía de huír a la hora de agarrar para matar. Pregúntale al Capitán, que no me conoce de ayer.

Puso el vaso en el mostrador grasiento, se rascó la cabeza:

—¿Qué me dice el amigo de comer un poco de jabá para quebrar el ayuno? Bolsa vacía no aguanta en pie, y nosotros necesitamos forrar la panza antes de que empiece el tiempo caliente. —Entregaba la armónica al turco: —Guarda el acordeón, por favor, que es para festejar después.

15

Comprobaron la exactitud de las noticias traídas por Pedro Cigano, coincidían con el escrito de la profesora Antonia, mandado en propias manos, por su alumno, el diablo Lazinho, hijo de Dalvo, jefe de la estación. Acostumbrado a llevar cartas y telegramas al Coronel Boaventura Andrade, en la hacienda de Atalaia, el muchacho montado en un burro en pelo, había precedido a los *jagunços*, posibilitando la toma de recaudos. Recaudos urgentes y no siempre fáciles.

No había sido fácil convencer al negro Espiridiao para que fuera a la hacienda Boa Vista, pero él decidió hacerlo por amistad con Natario: fue, ante el ruego del compañero de tantos años y de tantas tropelías, a guardarle la mujer y los hijos para que el amigo pudiera comandar con más tranquilidad la defensa de Tocaia Grande. Cuando el Capitán le habló del asunto, el negro por poco se rebela:

—¿A la plantación? ¿Me está desconociendo, Natario? ¿Salir de acá, justo ahora? ¿Convertirme en viejo flojo? Ni soñar.

El Capitán se espantó tanto que hasta se puso a reír, cosa que sólo de vez en cuando sucedía: —Sácate eso de la cabeza y oyéme, por favor: —Puso la mano en el hombro del negro en un gesto afectuoso, para convencerlo mejor: —¿Por qué viniste para acá? No viniste por Tocaia Grande, viniste para ayudarme porque nosotros somos como hermanos. ¿Estoy mintiendo?

—Está diciendo la verdad.

—Entonces. Me ayudas más si vas a quedarte con Zilda y con los niños, no tengo nadie de confianza para que ayude si es necesario. No faltan hombres malvados por ahí.

Natario no le dio tiempo a Espiridiao para que reflexionara:

—Si aparece algún cabra por allá, primero echa bala, después manda a Peba que me avise.

Con la mano siempre posada en el hombro del negro, le confió su inquietud:

—Yo hubiera querido que Edu fuera con vos, pero no quiso ni oír hablar de eso. Nunca le desobedecí, padre, va a ser la primera vez, me dijo. —Repetía con preocupación y soberbia, contento con la rebeldía del muchacho.

—Tenía que ser, siendo tu hijo.

Natario retiró la mano del hombro de Espiridiao y, abandonando una vez más la reserva habitual, lo abrazó. Desde la muerte de Bernarda, el Capitán parecía otro.

—Dile a Zilda que se aguante por allá, que no salga de la plantación por nada de este mundo, que cuide bien a los niños y me espere.

16

Más difícil todavía fue convencer a la negra Epifanía para que partiera a la hacienda Santa Mariana, en las cabeceras del río de las Víboras, llevando a Tovo, ahijado de doña Isabel y del Coronel Robustiano de Araújo.

Hijo de Xangô, el dios de la guerra, Tizón Abduim tenía un lado de Oxóssi, el cazador, el otro de Oxalá, el pai mayor. Epifanía era de Oxum, dueña del río y de la soberbia; siendo reina no aceptaba órdenes de mortal, cualquiera que fuera. En la madrugada, antes de que el sol rayara sobre los habitantes y los *jagunços*, el herrador de burros convocó a Ressu para ayudarlos a presentar el ebó de sangre: sacrificaron cuatro gallos y destinaron uno de ellos a Iemanjá, dueña de la cabeza de la finada Diva.

Primero Iansan montó en su caballo, Ressu danzó danza de guerra, partió para el combate, volvió al frente de los muertos y abrió camino para el egum en el axexé.

El negro se estremeció, se cubrió los ojos con las manos; perseguido, corrió de un lado a otro, la boca roja de sangre del gallo ofrecido a Iemanjá. El viento sopló inesperado, la nube descendió de los cielos y se transformó en un ente: no era el buen Dios de los maronitas, era la reina de las aguas, la señora del océano, doña Janaína. Siendo de Oxalá por el lado derecho, el hijo de xangô y de Oxóssi, recibió a Iemanjá, su mujer. Ella tomó en los brazos al niño y lo levantó en las manos, cantó a la alegría y a la vida.

Ordenes del egum, Epifanía no tuvo más remedio que obedecer. Mujer de pelea y de convicción, dura, en sus ojos jamás se había visto la huella de una lágrima, ni elevarse de sus labios el plañir de una queja. Solamente en las horas del amor y del goce, gemía y suspiraba: gemido de júbilo, suspiros de deleite. Epifanía intentó resistir, no pudo, el egum señalaba el camino de la vida con el dedo descarnado. Como ya lo hiciera antes, le entregó el niño, impuso la decisión.

La negra Epifanía partió llorando, quien la veía no lo creía. Alma en Pena la acompañó un buen trecho de camino. Después volvió junto al amigo que empuñaba las armas.

Tizón, en la despedida, había apretado al hijo contra el pecho:

—Dile al Coronel que haga de él un hombre.

Alrededor de las once de la mañana, la ley se hizo presente en la persona mezquina y tranquila de Irenio Gomes, alguacil de la jurisdicción criminal en el movido foro de Itabuna. Llegó a Tocaia Grande acompañado por dos soldados de la Policía Militar para así afirmar o alardear autoridad; forzarla, si era posible. Los soldados armados hasta los dientes podridos, Bebeto exhibiendo en el cinturón la pistola herrumbrosa, obsoleta.

Sin bajar de la cabalgadura, escoltado por los dos reclutas, el oficial de justicia proclamó en la plaza pública, o sea en el descampado, ante la cruz erigida para la Santa Misión, el edicto dictado por el Doctor Juez de Derecho, y por él mandado a publicar en *La semana grapiúna* y pregonar a los cuatro vientos.

Ordenaba que los ciudadanos de Tocaia Grande depusieran las armas y se rindieran a la antes citada autoridad, a la cual debía entregarse al mismo tiempo, poniéndose a disposición de la justicia, para responder al proceso por crimen y muerte y comparecer a juicio, el señalado Natario da Fonseca, contra quien había sido expedida la orden de prisión.

Habiendo terminado el bando solemne, entre burlas y risas de los asistentes, Irenio Gomes inició la retirada. Y lo hizo en paz o casi, pues la gente reunida para escuchar desarmó a los tres estúpidos. Los ciudadanos más exaltados mandaron la ley a la mierda y al juez a la puta que lo parió.

18

Se cambiaron los primeros tiros a las dos de la tarde, en la casa de harinas, en los límites de los plantíos de Zé dos Santos y de la vieja Vangé, y los último después de la medianoche, en los altos del Otero del Capitán; en la subida de piedras se amontonaban los cadáveres como si la guarnición de la casa estuviera compuesta por una pila de cojonudos. Valían por una banda pero eran apenas dos, apostados detrás del mulungu, abierto en flor.

Cerco, ataque y ocupación duraron diez horas y veinte minutos, contados, segundo a segundo, en el reloj de níquel del nervioso sargento Orígenes. Entre las tres y las cuatro horas, o sea, entre la masacre de los sergipanos y la segunda embestida, comandada por el cabo Roncolho, tuvo lugar una tregua. Aprovechada por los atacantes para completar el cerco y por los moradores para sepultar a sus muertos en fosas abiertas a los apurones, las últimas individuales. Después ya no hubo tiempo para enterrar a nadie y la fosa en la cual, al día siguiente, tiraron sin cuidado, indiscriminados, los cuerpos de los caídos, de las dos facciones, fue cavada por los advenedizos.

En el reclutamiento de *jagunços*, en Itabuna, los alguaciles prometieron juerga descomunal, orgía sin comparación, botín ilimitado en la gran fiesta conmemorativa de la victoria. A falta de putas, la función se redujo a la comilona y a la *cachaçada*, ¿y de qué vale comer y beber sin la animación de las prostitutas? Solamente ellas son capaces de apaciguar el corazón y levantar el ánimo del sujeto en las vicisitudes de los combates, el frío del miedo apuñalando los huevos, aflojando la tórtola. Además de eso, apenas el rico saqueo del almacén; en las residencias particulares, muy poca cosa de valor obtuvieron. Los que habían abandonado Tocaia Grande antes y durante el ataque se llevaron consigo el máximo de pertenencias, auténticos burros de convoy, sobrecargados. Menos mal que la máquina de coser de doña Natalina era manual y no de pie, pues ella la llevó sobre la cabeza. Doña Valentina y Juca Neves sudaron y renegaron, transportando enormes atados en los cuales salvaban ropas y objetos de cama y mesa de la Pensión Central.

No vale la pena perder tiempo hablando de los que, por cobardía o avaricia, abandonaron el poblado negándose a tomar las armas. Debe decirse, con todo, que ni el Capitán ni Fadul y Tizón, sus lugartenientes, forzaron la decisión de quien quiera que fuera. Nada más arriesgado que comandar temerosos, quien mejor lo sabía era Natario.

Los que huyeron, salvaron la vida y algunas pertenencias, perdieron todo lo demás, inclusive el respeto propio y la consideración ajena, como si, al desertar de parientes y vecinos, adquirieran, en el semblante y en el alma, las marcas de la peste o contrajeran lepra. Así sucede.

No se incluye en esta cáfila de flojos a aquellos que partieron para cumplir misión o para acompañar a heridos y niños. Zinho, además de amparar a Lupiscinio, su padre, herido de gravedad al fin de la tarde, llevaba el encargo de desparramar la noticia de la muerte de Natario con el objetivo de aflojar la vigilancia del enemigo, conforme le confiara el mismo Capitán. Jaosé, con el brazo en cabestrillo y el hombro en jirones, había guiado en dirección a las cabeceras del río de las Víboras a una caravana de mujeres preñadas o paridas y a los niños. Dejaba en el cementerio de Tocaia Grande a la madre, los tres hermanos, la cuñada y una de las hijas, además del compadre José dos Santos.

Zinho, Lupiscinio, Jaosé y los demás heridos: Elói, Balbino, Zé Luiz y Ressu figuran así en la lista de los valientes que fue proclamada en alto y buen sonido para que fueran recordados si para ello hubiera ocasión, ocasión y empeño, dudosa hipótesis. Porque, una vez al menos, Durvalino había acertado en sus presagios: los que no murieron, sufrieron heridas. Zé Luiz quedó lisiado de una pierna, un *jagunço* le arrancó un ojo a Ressu con el puñal.

En honor a su correcto raciocinio, se abre la revelación de los valientes con el nombre del popular Durvalino Lleva-y-Trae, inscribiéndose seguidamente, en el atropello de la pelea, los de Lupiscinio, Zinho, Balbino, Guido, el alfarero Zé Luiz, el zapatero Elói, Pedro Cigano, Zé dos Santos, Jaosé, Agnaldo, Aurelio y Dodô Peroba, que había puesto en libertad a los pájaros enseñados. Trece almas poco afectas a las armas de fuego y a las pendencias, a excepción del acordeonista que ya había visto de todo y ya había corrido de muchos tiroteos.

A ellos se juntaron, a partir de cierto momento, los estancianos Vavá y Amancio que, al contrario de los demás miembros de la familia, no se habían fugado, no habían espoleado las mulas. El clan se había reunido, después de la visita del Capitán, y decidió mantenerse al margen del conflicto por lo menos mientras no fueran atacados: el problema de la posesión de la tierra y de las condiciones del cultivo lo discutirían más adelante. Doña Leocadia había concordado a duras penas, mordiéndose por dentro. Ante lo sucedido con la gente de Vangé, los estancianos se dividieron, la mayoría se fue, yendo a refugiarse en haciendas de las cercanías.

Bajo las órdenes de Castor Abduim, de Fadul Abdala y del Capitán Natario da Fonseca, sumarían dieciocho en total, pero sería injusticia sin nombre y sin medida no contar las mujeres entre los valientes sólo por faltarles los huevos. Los huevos, no la valentía: en intrepidez nadie se comparaba con Jacinta Coroca. Además de ella, allí dejaron la vida doña Vangé, la nuera Lía, Paulinha Marisca, una revelación y doña Leocadia. Ciega de un ojo, un corte en la cara, Ressu perdió las facciones de querubín, quedó pareciendo una aparición.

Todavía más injusto sería olvidar a Edu y Nando, debido a la poca edad. Nando había llegado a Tocaia Grande siendo un niño de once años, había crecido convirtiéndose en un adolescente mujeriego, ay, Jesús de las putas; había muerto junto a los suyos. Igualmente, Marinho, hijo de Tarcisio, nieto de doña Leocadia, que, desoyendo a los padres y tíos, vino a colocar la astucia de los inquietos doce años a disposición de Natario, y fue de real utilidad para espiar los movimientos de los enemigos. Capturado en una de esas idas y venidas, lo mataron a sangre fría, arrancándole las tripas. Edu cayó combatiendo al lado de Fadul: había heredado del padre la temeridad y la puntería.

El balance final de aquellas diez horas de tiroteo, de emboscadas y de cuerpo-a-cuerpo, de armas de fuego y armas blancas, acusó un total de cuarenta y ocho muertos, siendo veintidós habitantes de Tocaia Grande entre viejos, jóvenes y niños y veintiséis asaltantes, entre ellos el cabo Chico Roncolho y el facineroso Benaia Fosa Rasa. Ni en los tiempos de las luchas entre Basilio de Oliveira y los Badarós había sucedido tamaña matanza en tan corto espacio de tiempo.

19

De nada serviría hacer acusaciones, señalar responsabilidades, incriminar a éste o a aquel, de cualquier manera habrían transcurrido los hechos, la desproporción de las fuerzas habría conducido fatalmente a la ocupación de Tocaia Grande.

El contingente de la Policía Militar, ocho hombres efectivos y veinte más reclutados para garantizar y legitimar la operación, bajo las órdenes del cabo Chico Roncolho y del sargento Orígenes, solamente efectuó el gran ataque postrero después de la noticia de la muerte de Natario, cuando las fuerzas del Capitán estaban reducidas a seis hombres válidos y a una mujer: Coroca, puta, partera y lugarteniente en sustitución de Fadul y Castor, caídos ambos en combate. Los enfrentamientos anteriores se debieron a los *jagunços* sin uniforme —que tantos uniformes militares no poseía el destacamento—, otros veinte por lo menos: cuantos fueron encontrados vagando por los caminos, provocando desórdenes en los caseríos, amenazando a Dios y al mundo.

La verdad, sin embargo, imposible ocultarla, manda decir que el demente gesto de Agnaldo ante la aparición de los primeros capangas determinó la carnicería inicial, transformando la lucha en matanza. Cortando por dentro la selva, un grupo de *jagunços*, dirigidos por Felipao Zureta, avanzó más rápido que los demás y ocupó la casa de harinas. Natario mandó a Castor cruzar el puente, al frente de cuatro voluntarios, Dodô Peroba, Balbino, Zé Luiz y la negra Ressu de Iansan, santa guerrera, con el objetivo de desalojar a los invasores o de, por lo menos, impedirles marchar sobre el poblado. Sin esperar que el pelotón se aproximara, Agnaldo tomó la carabina y se precipitó a la casa de harinas.

Desde los lejanos y humillantes días de Sergipe —la expulsión de las tierras de Maroim, el poste donde fuera atado como una vaca en el matadero, los grillos aplicados con la golpiza de los esclavos—, Agnaldo sentía la sed de venganza que le quemaba el pecho, la garganta. Realmente bueno habría sido tirarle al Senador, pero, a falta de él, los enviados de los otros señores para mantener y renovar la ley inicua pagarían las culpas.

Se adelantó tirando con la carabina que, inútil, había llevado al hombro en la travesía de los peregrinos. Acertó en el tórax del *jagunço* y enseguida cayó lleno de balas, fueron los primeros muertos. Al paso de Agnaldo, para contenerlo, quién sabe, había salido Lía, su mujer: recibió una descarga a quemarropa, rodó encima del cuerpo del marido. Por detrás de ella surgió Aurelio, en la mano el arma que el Capitán le había dado; no llegó a dispararla.

Furioso con el ataque imprevisto, Felipao ordenó violenta represalia y los cabras la iniciaron si bien no consiguieron completarla satisfactoriamente. No les bastó liquidar o poner fuera de combate a Zé dos Santos y Jaosé que estaban armados; mataron a la vieja Vangé que acudía a los gritos, al mocoso Nando cuya arma era un palo y a una de las gemelas de Dinorá: mal equilibrada sobre las piernitas, la inocente extendía los bracitos a los carabineros.

Solamente no acabaron con las dos familias sergipanas —la de Ambrosio y la de José dos Santos— porque el piquete de Castor llegó por el otro lado y los tomó desprevenidos, pues habían dejado el refugio de la casa de harinas para matar más cómodamente. Se batieron en retirada.

20

Cuando el turco Fadul se vio solo, Edu y Durvalino derribados en el suelo, uno muerto, el otro muriendo, sin balas en el revólver ni municiones en el cinto, se tiró encima del cabra más próximo que no era otro que Benai Fosa Rasa. Con las dos manos, aquellas manos deformes con que apartaba peleas y convencía a los más penitentes, dos tenazas, apretó el pescuezo del bandido pero no llegó a estrangularlo: recibió dos tiros de los pistoleros, uno en el hombro, otro en el pescuezo; aflojó los dedos y cayó. No lo mataron enseguida atendiendo a las órdenes de Benaia que, sin aliento y jadeante, respiraba con dificultad, ataron al gigante y lo depositaron en el corral donde estaban atrincherados. Benaia tenía intenciones de ocuparse de él cuando la lucha amainara.

Por algunos minutos Fadul se dejó estar inmóvil, juntando fuerzas. Sangraba en el pescuezo y en el hombro pero consiguió llenar el pecho de aire, e inflamando el tórax, rompió las cuerdas de atar bueyes con que lo habían amarrado. En un impulso rápido, se apoderó de un revólver de uno de los cabras y empezó a tirar. Mandó a dos para el infierno y más no hizo porque Benaia le descargó en el cuerpo seis balazos. No pudo Fosa Rasa acabarlo a cuchillo, como había planeado; lo lamentó, escarnecido y enfurecido.

Así murió Fadul Abdala, el Grao-Turco, el Turco Fadul, don Fadu de los asalariados y los arrieros, vendedor ambulante de extensa tradición, tendero, ciudadano insigne del poblado, celebrado por el tamaño de la tórtola, respetado por la fuerza bruta, bien visto por la amabilidad en el trato, querido por la naturaleza franca y solidaria: ¿no había sido él quien decretara, en eras remotas, que en Tocaia Grande eran todos para uno y uno para todos?

En las calendas, había hecho un pacto con el buen Dios de los maronitas que allí lo había conducido de la mano. Cumplió su parte hasta el fin, a pesar de todos los pesares, y a la hora de morir, le echó en cara al Señor el desamparo. En una niebla vio pasar ante sus ojos turbios la figura de Zezinha do Butiá, saludando con un pañuelo floreado desde la puerta del vagón. Abría la boca pero en lugar de balbucear una palabra tierna, gritaba el grito de Siroca cuando él la había desvirgado. Teniendo tantas criaturas lindas en quienes pensar, fue en la muchacha en quien pensó cuando rindió el alma a Dios, al buen Dios de los maronitas. ¿Buen Dios? Que lo crea el que quiera; se indignó antes de vomitar el alma: —Un embustero sin palabra, un canalla, un hijo de su madre, que faltó al trato hecho, ¡iá-rára-dinak!

21

Después de que todo hubo pasado, cuando la ley ya se había instalado y se hacía cumplir con el necesario rigor, muchas historias se contaron por los caminos, por las rutas y atajos de la tierra grapiúna, al respecto del asalto y de la ocupación de Tocaia Grande. Según el noticiero de los periódicos, el mayor y más violento combate que había ocurrido en la región desde el fin de las luchas por la posesión de las tierras, luchas que, por coincidencia, habían sido finalizadas con la memorable emboscada grande, acontecida en el mismo lugar, de ahí el nombre.

En las planicies del *sertao*, en los prados de Sergipe, los cantadores habían empuñado las guitarras y trovado los acontecimientos pavorosos, rimando venganza con labranza, mezquindad con solidaridad, de un lado cobardía y bajeza, del otro valentía y entereza, la iniquidad destrozando a la libertad.

Si en la prensa de la capital, con argumentos en pro y contra, cada hoja mostraba su verdad, lo contrario sucedía en la consonancia y en la versificación de los maestros de coplas: se dio la condenación unánime a la masacre, en una evidente toma de posición al lado del pueblo de Tocaia Grande. Expusieron a las claras las causas del ataque —la envidia, la avidez de lucro, la imposición de la fuerza—. Denunciaron a los héroes proclamados por las gacetas de la situación, marcaron a los vencedores con el estigma de la maldad y la violencia, y defendieron la causa de los vencidos. Subversiva actitud de ignorantes, expuesta en rimas de indigencia. Con faltas de metrificación y de gramática, las trovas corrieron mundo, llegaron a distantes comarcas de Paraíba y de Pernambuco. Fueron una pequeña luz, un oscilar de candeleros iluminando el lado oscuro.

Algunos hombres se vieron malditos, otros exaltados en los romances populares. Los versos hablaban de injusticia y de intolerancia, de hipocresía y perfidia, de sangre y muerte, pero también se referían a la belleza y a la alegría. Los hombres de corazón leal, que habían levantado su casa y sembrado un plantío de feijao:

> *La casa del Capitán*
> *hecha con amor y fe*
> *el plantío de feijao*
> de la vieja Vangé

La "Historia Verdadera del Capitán Natario da Fonseca", de autoría de Filomeno das Rosas Alencar, pariente pobre de los eruditos Alencar de los estudios folklóricos, describía los hechos de Natario. No todos serían verdaderos como anunciaba el autor de la narración, pero aun los inventados estaban hechos con la medida de la temeridad y la decencia del mestizo:

> *Era un bravo capitán*
> *era un fiero comandante*
> *pa' las mujeres buen amante,*
> *pa' los enemigos la maldición*

Contaba cómo, durante el cerco el Capitán era visto en todos los rincones de Tocaia Grande, ordenando y combatiendo. Solamente él había liquidado a un montón de facinerosos, y, dado por muerto, había continuado derribando cabras a diestra y siniestra. Con la última bala, con la puntería justa, había cobrado al infiel el precio fatal de la traición:

> *Acertó en la tapa de la cabeza*
> *los sesos desparramándose por el piso*

Dudu Matias, guitarrista de Amargosa, había dedicado inspiración y redondillas a Pedro Cigano y Dodô Peroba, "dos trovadores de la vida". Relató con competencia la llegada del "rey de los acordeonistas y del emperador de los pajaritos" al Paraíso donde, para atender a la Corte Celestial, enseguida Pedro Cigano

> *Organizó concurrido bailongo*
> *y Jesús bailó con Magdalena*

mientras Dodô Peroba retiró del pecho roto por las escopetas un pájaro sofrê y lo ofreció de regalo al Padre Eterno

> *Para consolar al Niño Dios*
> *y mitigar la eternidad*

Todos los guitarristas, sin excepción, hablaron de Fadul, de su fuerza de gigante, de la potencia y del tamaño "de la tórtola más grande que la enorme palma de la mano, menor que el inmenso corazón", y recordaron a Coroca, "bendita partera de niños, tajo de rechupete, cuanto más vieja más sabrosa, en la pelea valió por dos hombres, quizás tres".

Jesús da Mata, natural de Freita de Sant'Ana, incomparable en la improvisación, tocando la guitarra en la boca del *sertao*, desparramó de los cañaverales del Recôncavo a los cacaotales del sur el "ABC de Castor Abduim, llamado Tizón", en cuyas estrofas de pie quebrado, en seis y siete sílabas rimadas, trazó la saga del negro, personaje de mil amores e incontables peripecias.

> *... En la francesía era un letrado*
> *de las camareras y madamas el queridito*
> *comió el buen y el mejor bocado*
> *bailó cuadrilla,* xote *y* miudinho

En la exageración de los poetas, afirmó que el negro "levantó la mano a condes y barones, puso los cuernos a la nobleza y a la prelacía". Se refirió con emoción a la muerte del herrero en el tiroteo del puente:

> *Por la espalda fusilado*
> *cayó sin vida el negro Tizón*
> *el más grande hechicero*
> *el más diestro herrero*
> *de toda aquella región.*
> *Murió en la misma ocasión*
> *Alma en Pena su perro fiel.*

Dudu Matias informaba sobre la repercusión universal de la muerte de Castor:

> *Fue grande el llanterío*
> *en la corte de Francia y en Bahía*
> *pues el endiablado no hacía distinción*
> *volteaba blancas, y negras él volteaba*
> *con la mayor satisfacción*
> *a todas ellas las servía*
> *para acabar con la soledad.*

Los versos mencionaban rayos y truenos en la última hora del negro Castor Abduim da Assunçao, adolescente Príncipe de Ebano retozando en el lecho de la baronesa y de la camarera, herrador de burros, artífice de joyas de latón, hijo de xangô, con un lado de Oxóssi y el otro de Oxalá, enamorado de Oxum, amor de Iemanjá. En el fulgor de los rayos, en el ronquido del trueno, rayos y truenos de las escopetas, subieron a los cielos el negro Tizón y su perro Alma en Pena que nadie sabía de dónde había venido: una dádiva de Exu, no había otra explicación.

Subieron a los cielos en una llamarada y allá pueden ser vistos hasta hoy por negras, mulatas, caboclas, blancas e hidalgas, en la huella de la luna, en el campo de las estrellas, sobrevolando los cañaverales de Santo Amaro y el río de las Víboras, en la capitanía de Sao Jorge dos Ilhéus.

22

En cuanto a los mencionados periódicos de la Capital, trabaron ruidosa polémica, incruenta pero furibunda: quedó en los anales de la prensa baiana debido a los fulgurantes talentos que en ella participaron, ¡pléyade de águilas!

En el único diario de la oposición, vibrantes periodistas pusieron la boca en el mundo, en artículos sueltos y a pedidos, que echaban chispas, todos ellos, de indignación, vergüenza y sangre, hablando de la vuelta de tiempos ignominiosos, cuando el sur del estado era tierra de criminales desnaturalizados, monstruos desalmados, bandidos sin ley. Los tres diarios gobiernistas, no menos vehementes, replicaron afirmando que, muy por el contrario, lo sucedido había sido la imposición del orden y de la ley en remaneciente guarida de bandidos, reos confesos y condenados, tránsfugas huidos de la policía. Simple, rutinaria operación de limpieza que viniera a poner término a los últimos residuos de una era de infamia y barbarie.

23

A pesar de la insistencia de las autoridades superiores, apresuradas e impúdicas, el sargento Orígenes esperó, para dictar órdenes, una buena media hora después de que hubieron cesado los tiros escasos venidos de la cruz y del barracón, señal de que, heridos o muertos, los obstinados estaban fuera de combate.

La prudencia del sargento le era dictada por las pérdidas sufridas. No había previsto tantas bajas en las filas de los *jagunços* y de los soldados. De los ocho reclutas efectivos, cinco habían caído, además del cabo Roncolho. Unos quince cabras —no había contado pero el cálculo debía de ser bastante exacto— habían entregado el alma a Dios o al Diablo. Los tipos de Tocaia Grande, algunos de ellos tomando las armas por primera vez, se comportaron como profesionales, vendieron cara la vida. Por qué demonios lo habían hecho, el Sargento no lo sabía, pero, siendo del ramo, antiguo *jagunço*, valoraba la hazaña. La suerte había sido la muerte del Capitán Natario da Fonseca. Sin él, el resto había sido fácil.

Prolongándose la calma, marcada la media hora de espera, Orígenes ordenó al contingente aún numeroso, a pesar de las duras pérdidas, avanzar sobre el barracón, con cuidado, despacio, con las armas preparadas. Nunca está de más estar prevenido contra un loco, en todas partes existen y se muestran.

Si hubiera apostado, habría ganado. Estaban aproximándose a la cruz cuando de los escondrijos de la noche surgió una figura extraña, empuñando y agitando una especie de bandera mientras, con la mano libre, disparaba una pistola carcomida: tiros al aire, por eso mismo peligrosos.

Incontinente, el Sargento ordenó fuego y fue obedecido. La descarga derribó al solitario tirador; la bandera dio vueltas sola y vino a caer a los pies de la cruz. Había servido de bandera pero no pasaba de estandarte de reisado, encarnado y azul. Quien lo condujera y manejara la pistola había sido doña Leocadia que, en lugar de seguir a los parientes en la retirada, a la espera de ver cómo sería después, había preferido quedarse en Tocaia Grande, arriesgando la vida. Vieja de ochenta años, se había puesto los trajes de la Señorita Doña Diosa, usados en el día de los Reyes Magos por la nieta Aracati, empuñado el estandarte y la garrucha y venido a desfilar por el descampado. Allí quedaron, acribillados de bala, la venerada e influyente estanciana —vieja inquieta, murmuró el Sargento— y el invencible estandarte del reisado.

Los *jagunços* siguieron adelante y ocuparon el barracón. Con lo que el Sargento Orígenes Brito, de la Policía Militar del Estado de Bahía, delegado comisionado de Itabuna, dio por cumplida la misión de guerra y pasó a organizar, con los cabras rebeldes, la guardia de honor para acoger con las venias debidas a las autoridades del municipio, la egregia y garrida comitiva aún a la espera en la Baixa dos Sapos. Solamente después de la ceremonia del triunfo, el Sargento liberaría a sus comandados para el saqueo y la borrachera.

24

En el deslumbre de la luna llena clavada sobre la tierra violada, sobre el río asesinado, sobre la muerte desatada, a la hora de la medianoche, junto al árbol de mulungu, en lo alto del Otero del Capitán,

Jacinta Coroca y Natario da Fonseca, ella con la escopeta, él con el trabuco, en la emboscada, usufructuaban la belleza del paisaje. Allá abajo, yacía Tocaia Grande ocupada por los *jagunços* y por los cabras de la Briosa.

—Lo mejor de todo —dijo Coroca—, no hay nada que se le compare, es traer niños al mundo. Ver aquel peso de carne salido de un vientre de mujer, tocarle las manos, vivito. Hasta dan ganas de llorar. Cuando saqué el primero, caí en llanto.

El Capitán dejó traslucir en los labios el hilo de la sonrisa:

—Tú sacaste un montón de niños. Te hiciste una señora y dueña.

—Nosotros cambiamos y crecimos con el lugar. Tú también, Natario, ya no eres el mismo cabra malo de antes.

—Puede ser.

Hubo un breve silencio y, venida del río, en la noche estival, la brisa los envolvió en una caricia tibia y desparramó en el aire el perfume del jazmín. En la voz serena de Coroca, el calor y la brisa:

—Nunca ví a nadie que le gustara tanto una persona, una mujer que le gustara tanto un hombre, como Bernarda contigo. —Se quedó pensativa por un instante, prosiguió: —Creo que ese es el amor del que tanto se habla. Sé cómo es, lo conocí cuando era jovencita. Se llamaba Olavo, me comió la flor, era débil de pecho, murió echando sangre por la boca. Me acuerdo como si fuera hoy.

Llegó hasta ellos el tropel de la comitiva de los notables. Venían de la desolación de la Baixa dos Sapos: en las chozas abandonadas por las prostitutas, los *jagunços* se habían atrincherado, después de liquidar a Paulina Marisca, única que había quedado para guardar el puterío. Había aprendido a tirar en Alagoas con los varios pistoleros de la familia. En la casa de madera, en los ranchos de adobe, el Intendente, el Juez, el Promotor, el Mandatario y la risueña compañía, la corte altisonante, se abrigaron, aguardando el momento de la entrada triunfal.

Asomaron bajo la claridad de la luz de la luna, una caballada de verse y aplaudir: gordos, fuertes, garbosos, bien vestidos, bien dispuestos: traían la ley para implantarla. Jacinta Coroca apoyó la escopeta en la rama del árbol. El Capitán Natario da Fonseca repitió:

—¡Qué lugar tan lindo para vivir!

—No hay otro igual. —Concordó Coroca.

Montando un esplendor de yegua, en el centro del cortejo, teniendo de un lado al Intendente, del otro a la divina Ludmila Gregorióvna, destacaba el corpachón del abogado Boaventura Andrade Junior, jefe político, mandamás. La cara abierta en risa.

Natario afinó la puntería, apuntando a la frente de Venturinha. En más de veinte años, no había errado un tiro. Con su permiso, Coronel.

25

Y aquí se interrumpe en sus comienzos la historia de la ciudad de Irisópolis cuando aún era Tocaia Grande, el lado oscuro. Lo que sucedió después —el progreso, la emancipación, el cambio de nombre, la comarca, el municipio, la iglesia, los bungalós, los palacetes, los paralelepípedos ingleses, el intendente, el vicario, el promotor y el juez, el foro y la cárcel, la logia masónica, el club social y el gremio literario, el lado luminoso— no vale la pena contarlo, no tiene gracia. Hasta más ver.

GLOSARIO

A

Abebe: Abanico de forma circular en cuyo centro se ve, recortada, la figura de una sirena, que es atributo de la diosa Oxum si es de latón, y de la diosa Iemanjá, si está pintado de blanco.

Adarrum: En el candomblé, ritmo apurado, fuerte y continuo, marcado al unísono por todos los atabaques y el agogô, destinado a invocar a cualquier santo.

Aganjá: Uno de los nombres de Xangô.

Agogô: Instrumento de percusión de origen africano.

Aiocá: Uno de los nombres de Iemanjá.

Aipim: Un tipo de mandioca.

Alabê: El jefe de la orquesta de atabaques de los candomblés.

Alagoano: Nacido en Alagoas.

Alqueire: Medida agraria que varía de estado a estado; en el Norte, equivale a 27.225 m^2.

Alujá: Toque ceremonial de las orquestas de candomblé para Xangó, el dios de las tempestades.

Amalá: Comida votiva de Xangô.

Anum: Ave de la familia de los cuculídeos.

Araçá: Fruto del araçazeiro, arbusto de la familia de las mirtáceas.

Atabaque: Tambor primitivo.

Axé: Cada uno de los objetos sagrados del orixa que quedan en el peji de las casas de candomblé.

Axexé: Ceremonia ritual fúnebre de los candomblés.

Azulao: Ave de la familia de los fringilídeas, que habita en todo Brasil.

B

Babá: Sacerdote de candomblé.

Babalorixá: Pai-de-santo, jefe masculino de terreiro, sacerdote que dirige un candomblé.

Baé: Especie de suinos muy bajos y gordos.

Baiana, bahiana: Nacida en Bahía.

411

Balanganda: (onomatopeya de los ruidos hechos por cosas colgantes) Adorno o amuleto, generalmente hecho de metal, en forma de figas, medallas, frutas, etc., que las bahianas se cuelgan del cuello en días de fiesta.

Banana prata, bananas de terra: Variedades de banana.

Bangüe: Propiedad agrícola con cañaverales e ingenio.

Batucar: Hacer ritmo percutiendo.

Beiju: Masita de pasta de mandioca o de tapioca, de la cual hay numerosas variedades.

Bulgariana: Tela rústica parecida a la franela.

Bumba-meu-boi: Baile popular cómico-dramático del norte de Brasil, organizado en cortejo, con personajes humanos, animales y fantásticos, cuyas peripecias giran en torno a la muerte y la resurrección del buey (boi). Reisado.

C

Caatinga: Tipo de vegetación característico del nordeste brasileño, formado por pequeños árboles, generalmente espinosos, que pierden las hojas durante el curso de la larga estación seca. Zona cuya vegetación es la caatinga.

Caboclo: Mestizo de blanco con indígena.

Cabo-verde: Mestizo de negro e indio.

Cabra: Ver Capanga.

Cachaça: Aguardiente que se obtiene mediante la fermentación de la melaza.

Caititu: Mamífero del orden de los artiodáctilos; especie de cerdo salvaje.

Cajá: Fruto de la cajazeira; es una drupa elipsoide, amarilla, aromática, muy jugosa y ácida.

Cajú: Fruto del cajueiro, con el que se preparan dulces y bebidas. En el exterior tiene una especie de almendra qué es muy apreciada por su sabor.

Calundu: Ente sobrenatural que dirige los destinos humanos y, entrando en el cuerpo de una persona, la torna triste, nostálgica, malhumorada.

Canca: Ave de la familia de los corvídeos, de color azul oscuro; es la especie mas común en las caatingas.

Candomblé: Religión de los negros ioruba, del estado de Bahía. Cualquiera de las grandes fiestas de los orixás.

Cangaceiro: Bandido del sertao nordestino brasileño, que anda siempre fuertemente armado.

Canjica: Papilla de consistencia cremosa que se hace con maíz fresco rallado, leche de vaca o de coco, azúcar y canela.

Capanga: Matón que se coloca al servicio de quien le paga. Sinónimo de cabra y de Jagunço.

Capivara: Roedor de la familia de los cavídeos; especie de carpincho.

Carambola: Fruto de la caramboleira; carámbolo.

Carima: Harina de mandioca muy fina. Torta hecha con esta harina.

Carúara: Mal o enfermedad causada por hechizo, quebrantos, mal de ojo.

Carne-de-sol: Carne ligeramente salada y seca al sol.

Casa-grande: En el tiempo de la colonia o del Imperio, casa señorial brasileña, de ingenio de azúcar o de hacienda.

Cavaquinho: Pequeña viola, de origen europeo, de cuatro ruedas simples.

Caxixe: Negocio irregular en torno de tierras productoras de cacao.

Chitao: Tela ordinaria de algodón, estampada.

Chuchu: Planta trepadora herbácea de la familia de las cucurbitáceas, de fruto verde, comestible.

Cocho: Caja donde se pone el fruto del cacao para su fermentación.

Coco: Danza popular, acompañada por canto y percusión.

Condessa: Fruta.

Coroca: Decrépito, caduco. Persona vieja y fea.

Corrupiao: Ave de la familia de los icterídeos, muy apreciada por su canto.

Cosme y Damián: Santos mártires católicos sincretizados enteramente a Ibeji.

Cuerpo cerrado: (tener el): Según el rito del candomblé, estar inmune, por medio de la protección de un santo, a toda clase de hechizos y desgracias.

Cunha: India joven.

Curiboca: Mestizo.

Curió: Ave de la familia de los fringilídeos.

Cuscuz: Plato preparado con harina de maíz o de arroz cocida al vapor.

Cutia: Pequeño mamífero roedor de la familia de los dasiproctídeos.

D

Dendê: Fruto drupáceo, amarillo anaranjado, del que se extrae aceite de la pulpa y del carozon, muy usado en la comida del norte brasileño.

Doburu: Pochoclo, maíz especial reventado al calor del fuego, dedicado a Omolu-Obaluaie, ya que es su comida predilecta.

E

Ebó: Ofrenda o sacrificio animal hecho a cualquier orixá.

Eiru: Erukerê.

Eito: Plantación donde trabajaban esclavos.

Ekede: Mujer auxiliar de las hijas-de-santo (sacerdotisas) en trance, que las atiende, cuida, seca el sudor, etc.

413

Ema: Ave de la familia reidae, parecida al ñandú.

Encantados: Designación de los orixás, representados por caboclos, espíritus ancestrales indígenas. Es un nombre extraído de los ritos amazónicos, donde se designa así a los seres animados por fuerzas sobrenaturales con formas animales o humanas.

Erukerê: Instrumento simbólico de jerarquía usado en Africa por reyes, príncipes, jefes. Es un cabo de madera, hueso o metal que sostiene una cola de caballo, antílope o vaca.

Escaldados: Especie de papilla hecha con caldo hirviendo y harina de mandioca, sin revolver.

Exú: En el candomblé tradicional, mensajero entre los dioses y el hombre.

F

Feijao: Poroto, base de la feijoada.

Feijoada: Plato típico brasileño que se prepara con porotos (en general negros), tocino, carne de vaca, carnes de cerdo saladas, chorizos, etc.

Figa: Amuleto en forma de mano humana cerrada, con el dedo pulgar entre el índice y el mayor. Tiene finalidad contra el mal de ojo, hechizos, envidia, etc.

Fogo-pagou: Nombre onomatopéyico de un ave de la familia de los columbídeos.

Forró: Baile popular del norte. Forrobodó.

Forrobodó: Forro.

Fruta-pao: Arbol de la familia de las moráceas de fruto compuesto, grande, globoso, verde, de semillas pequeñas, comestible y muy perfumado.

G

Grao-Turco: Juego de palabras. *Grao* es la a vez apócope de grande y "testículo" en la lengua popular del norte.

Grapiúna: Ilheense. Palabra usada también para designar a la región del cacao. y a la gente que la habitaba.

Graviola: Fruta, muy perfumada.

H

Hacerse la cabeza, hacer el santo: Iniciarse, someterse a determinados rituales, preparar la mente para "recibir" a los orixás.

I

Iansan: Orixá femenino, divinidad africana del río Niger, una de las esposas de Xangô, reina guerrera, dueña de los vientos, rayos y tempestades.

Iaó: Sacerdotisa. Iniciada, esposa de los orixás. Hija-de-santo.

Ibeji: Principio de la dualidad, representado por los gemelos sagrados. En Brasil se les sincretiza a Cosme y Damián, santos gemelos católicos.

Iemanjá: Orixá de los ríos y corrientes y del mar, considerada madre de todos los orixás. Representa la gestación, la procreación.

Ibgim: Caracol comestible que es la comida predilecta de Oxalá.

Iia: Término jerárquico que se aplica a las mujeres.

Iiabá: Auxiliar de las sacerdotisas en trance.

Ilheense: Nacido en Ilhéus.

Inaê: Uno de los nomres de Iemanjá.

Inhame: Clase de tubérculo nutritivo y sabroso, parecido a la mandioca.

J

Jabá: Tipo de carne seca.

Jaca: Fruto de la jaqueira, árbol de la familia de las moráceas.

Jacú: Designación común de varias aves galiformes, frecuentes en las selvas brasileñas.

Jaguatirica: Mamífero carnívoro de la familia de las panteras, parecido a un jaguar.

Jagunço: Capanga.

Jambo: Fruto del jamboeiro, grande y carnoso.

Janaína: Uno de los nombres de Iemanjá.

Japurá: Ver Jupará.

Jenipapo: Fruto del jenipapeiro, cuyo jugo es usado para hacer un licor muy apreciado en el norte del Brasil.

Jibóia: Tipo de boa.

Jiló: fruto del jiloeiro, de la familia de las solanáceas: es una baya roja de sabor amargo muy apreciada como alimento.

Jupará: Mono carnívoro de la familia de los prociónidas.

L

Lanceiro: Baile popular, variante de la cuadrilla.

Lavadeira: Libélula.

Lundu: Canción solista, frecuentemente de carácter cómico.

Macumba: Término genérico para los cultos afro-brasileños derivados del nagô, pero modificados por influencias amerindias, católicas, espiritistas y ocultistas.

Macumbero: Frecuentador asiduo de terreiros de macumba.

Malagueta: Tipo de pimiento muy picante.

Malê: Individuo de los malês, musulmanes brasileños de origen africano.

Mangaba: Fruta del tamaño de un limón, pulposa y dulce.

Maracana: Designación común de varias aves de la familia de los psitacídeos, parecida al papagayo.

Maxixe: Danza de parejas, resultado de la fusión de la habanera y la polca con una adaptación del ritmo sincopado africano.

Mela: Enfermedad de los vegetales, que les impide crecer.

Miudinho: Danza de salón, de parejas enlazadas.

Mingau: Pasta de harina de trigo o de mandioca.

Minhota: Mujer blanca.

Mulungu: Corticeira, árbol ornamental de la familia de las leguminosas, de flores rojas y frutos de vaina.

Mutum: Designación general de varias aves galiformes de Brasil.

N

Nagó: Nombre dado, en Brasil, al grupo de esclavos sudaneses procedentes del país Iorubá. Nombre de la "lengua general" de los esclavos.

Nambu: Tipo de ave del norte brasileño, desprovista de cola.

Nlá: Gran.

O

Obaluaié, el Viejo: Orixá sincretizado con San Roque, San Lázaro o San Sebastián.

Ogam: Nombre dado al agogô.

Omulu, el viejo: Orixá de las enfermedades epidémicas en general. Se lo considera muy poderoso y es muy respetado.

Opanijé: Toque (ritmo) especial de Omulu-Obaluaié.

Orixá: Divinidad intermediaria entre Olorum (el Mejor) y los hombres.

Oxaguian: Forma joven, guerra, de Oxalá.

Oxalá: Hijo de Olorum, orixá de la creación de la humanidad.

Oxóssi: Orixá de la caza, protector de los cazadores, hijo de Iemanjá. Sincretizado con San Jorge.

Oxum: Diosa de las aguas dulces, y también de la riqueza y la belleza.

Pai, Pai-de-santo: Jefe de terreiro.

Pamonha: Especie de torta hecha con maíz fresco, leche de coco, manteca, canela y azúcar, cocida en las mismas hojas del maíz o en cáscaras de banana.

Pao-de-ló: Torta muy leve y esponjosa, de harina de trigo, huevos y azúcar.

Papa-capim: Ver Corrupiao.

Pássaro-preto (pájaro negro): Ave de la familia de los icterídeos, de plumaje totalmente negro.

Pau-d'arco: Tipo de árbol.

Pau-Brasil: Tipo de árbol.

Paxoró: Cayado de metal blanco, instrumento simbólico de Oxalá Viejo, que sostiene en la mano cuando baila en los terreiros.

Peji: Altar de los orixás, donde se ponen los símbolos, fetiches, comidas, etc.

Peroba-rosa: Gran árbol de la familia de las apocináceas.

El Perro: El Diablo.

Pinga: Nombre vulgar de la cachaça.

Pintassilgo: Ave de la familia de los fringilídeos.

Pitanga: Fruto de la pitengueira, planta de tamaño variable. Es una baya roja, agridulce, bastante sabrosa.

Pitú: Tipo de camarón de agua dulce.

Pituim: Sudor fuerte.

Pontilhao: Puente pequeño.

Putumuju: Arbol de la familia de las leguminosas.

Quiabo: Fruto capsular cónico y verde, producido por el quiabeiro común.

Rapadura: Azúcar mascavo, en forma de pequeños ladrillos.

Reisado: Bumba-meu-boi. Denominación para los grupos que cantan y bailan en la víspera y el día de Reyes. El reisado puede estar constituído solamente por canciones, o poseer argumento o una serie de pequeños actos encadenados o no.

Rumpi: Tambor mediano usado en cultos afro-brasileños.

S

Sabiá: Designación común de las aves de la familia de los turdídeos, muy cantoras.

Sapo-boi: Variedad de sapo, que puede llegar a los 22 cm. de largo.

Sapogoururú: Variedad de sapo, cuyo tamaño oscila entre los 15 y los 18 cm. de largo.

Sarará: Mulato de pelo claro.

Saveiro: Embarcación usada especialmente para llevar las redes que se lanzan frente a la playa.

Senzala: Especie de brazalete de paja trenzada adornado con caracoles que usan las hijas e hijos de santo.

Seriema: Ave de la familia de los cariamídeos, parecida a la cigüeña, que se alimenta de víboras e insectos.

Sergipano: Nacido en Sergipe.

Sertanejo: Nacido en el sertao.

Sertao: Zona poca poblada del norte de Brasil, en especial del interior semi-árido de la parte nor-occidental, más seca que la caatinga, donde la crianza de ganado prevalece sobre la agricultura y donde perduran costumbres y tradiciones antiguas.

Simpatía: Ritual puesto en práctica, u objeto supersticiosamente usado, para prevenir o curar una enfermedad o malestar.

Pájaro sofrê: Ver Corrupiao.

Soqueira: Raíz de la caña cortada que queda en la tierra.

Suçuarama: Mamífero carnívoro parecido al puma.

Sururucuçu: Serpiente venenosa de Brasil.

T

Teiú: Designación indígena del lagarto.

Terreiro: Conjunto de los terrenos y casas donde se practican las ceremonias religiosas y los preparativos para las mismas, en los cultos afro-brasileños.

Tirana: Copla de amor, lenta y lánguida; baile parecido al fandango.

Trabajo (trabalho): Acto mágico-brutal realizado con finalidad buena o mala, en los cultos afro-brasileños.

X

Xangô: Gran y poderoso orixá, dios del rayo y del trueno, hijo de Iemanjá.

Xaxará: Instrumento simbólico de Omulu-Obaluaié.

Xote: Baile popular.

ESTA EDICION DE 8 000 EJEMPLARES SE TERMINO
DE IMPRIMIR EL 7 DE MARZO DE 1988 EN LOS
TALLERES DE LITO VAN DICK
VAN DICK 105 COL. STA. MARIA NONOALCO
01420 MEXICO, D. F.